Wilbur Smith

Das Grabmal des Pharao

Wilbur Smith

Das Grabmal des Pharao

Roman

Aus dem Englischen
von Franziska Götze

Blanvalet

Die englische Originalausgabe erschien unter dem Titel
»The River God« bei Macmillan Ltd., London

Satz: Uhl + Massopust, Aalen
Druck und Bindung: Wiener Verlag
Printed in Austria
ISBN 3-572-00929-4

Dieses Buch ist, wie so viele zuvor,
meiner Frau Danielle Antoinette gewidmet.

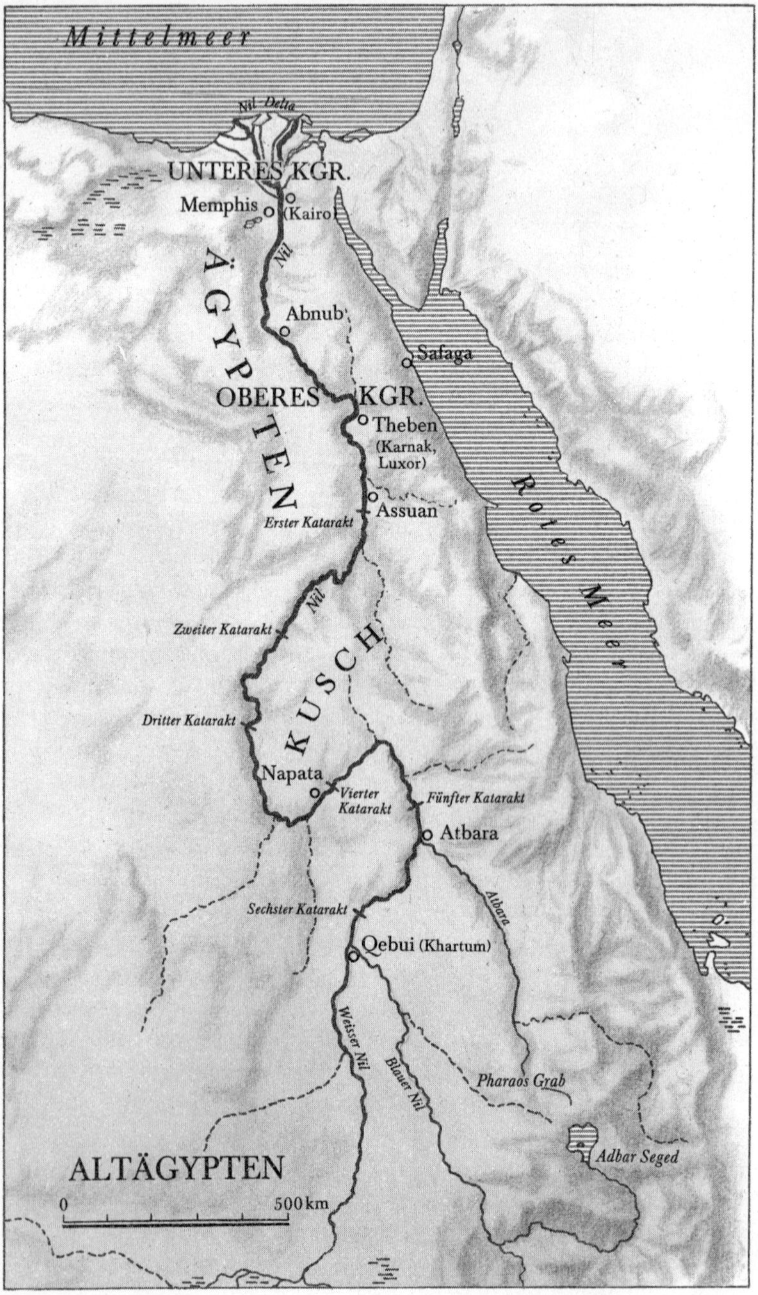
Mittelmeer
Nil Delta
UNTERES KGR.
Memphis
(Kairo)
ÄGYPTEN
Nil
Abnub
Safaga
OBERES KGR.
Theben
(Karnak, Luxor)
Assuan
Erster Katarakt
Rotes Meer
Nil
Zweiter Katarakt
KUSCH
Dritter Katarakt
Napata
Vierter Katarakt
Fünfter Katarakt
Atbara
Atbara
Sechster Katarakt
Qebui (Khartum)
Weisser Nil
Blauer Nil
Pharaos Grab
Adbar Seged
ALTÄGYPTEN
0
500 km

Mächtig zog sich der Fluß durch die Wüste, gleißend wie Metall aus einem Schmelzofen. Der Himmel war blaß über der flimmernden Hitze, und mit der Wucht eines Schmiedehammers fuhr die Sonne auf alles hernieder. In der Luftspiegelung schienen die kahlen Berge, die den Nil säumten, unter den Schlägen zu erbeben.

Unser Boot glitt zügig nahe des Papyrusdickichts am Ufer dahin; nahe genug, daß das Knarren der Wassereimer am Schaduf von den Feldern übers Wasser zu uns herüberdrang. Das Geräusch vermischte sich mit dem Gesang des Mädchens am Bug.

Lostris war vierzehn Jahre alt. Die letzte Nilüberschwemmung hatte an ebendem Tag begonnen, da ihr roter Frauenmond zum erstenmal blühte – ein Zusammentreffen, das die Hapi-Priester für überaus günstig gehalten hatten. Lostris, der Frauenname, den sie anstelle des früheren Kindernamens für sie ausgewählt hatten, bedeutete »Tochter der Wasser«.

Ich weiß noch, wie lebendig Lostris an jenem Tag war. Sie wurde schöner im Laufe der Jahre, wurde selbstsicherer und hoheitsvoller, aber nie wieder ging der Glanz jungfräulicher Weiblichkeit so überwältigend von ihr aus. Alle Männer an Bord spürten es, selbst die Ruderer. Weder sie noch ich konnten den Blick von ihr wenden. Meine Unzulänglichkeit wurde mir bewußt, und ich empfand ein tiefes, schmerzliches Sehnen. Ich bin zwar Eunuch, doch ich wurde es erst, nachdem ich die Freuden erfahren hatte, die ein Frauenkörper zu spenden vermag.

»Taita!« rief Lostris. »Sing mit mir!« Und als ich gehorchte, lächelte sie voller Freude. Meine Stimme war einer der vielen Gründe dafür, daß sie mich in ihrer Nähe hatte, wann immer sie konnte; mein Tenor ergänzte ihren bezaubernden Sopran zur Vollkommenheit. Wir sangen eines der alten Liebeslieder, die ich sie gelehrt hatte:

Mein Herz flattert auf wie eine verwundete Wachtel,
wenn ich das Angesicht meines Liebsten sehe,
und meine Wangen röten sich wie der Abendhimmel
im Sonnenschein seines Lächelns . . .

Vom Heck her fiel eine dritte Stimme ein, eine Männerstimme, tief und kräftig, aber nicht so klar und rein wie meine. Wenn meine Stimme die einer Drossel war, die den Morgen begrüßt, dann war dies die Stimme eines jungen Löwen.

Lostris wandte den Kopf, und nun schimmerte ihr Lächeln wie die Sonne auf dem Wasser des Nils. Und obwohl der Mann, dem sie dieses Lächeln schenkte, mein Freund war, vielleicht mein einzig wahrer, brannte mir die bittere Galle des Neides in der Kehle. Doch ich zwang mich, Tanus liebevoll anzulächeln – wie sie.

Tanus' Vater, Pianki, der edle Herr Harrab, hatte zu den Großen des ägyptischen Adels gehört, seine Mutter aber war die Tochter eines freigelassenen Tehenu-Sklaven gewesen. Wie so viele ihres Stammes hatte sie blondes Haar und blaue Augen gehabt. Sie war am Sumpffieber gestorben, als Tanus noch ein Kind war, und ich hatte nur eine vage Erinnerung an sie. Doch die alten Frauen sagten, eine Schönheit wie die ihre habe man in beiden Reichen nur selten gesehen.

Tanus' Vater dagegen hatte ich gekannt und bewundert, ehe er sein schier unermeßliches Vermögen und die weiträumigen Besitzungen verlor, die sich einst beinahe mit denen Pharaos hatten messen können. Sein Gesicht war dunkel gewesen, seine Augen von der Farbe polierten Obsidians, ein Mann von mehr körperlicher Kraft als Schönheit, aber freigebig und von edler Gesinnung – so mancher würde sagen, zu großzügig und vertrauensvoll, denn er war mittellos und einsam gestorben, mit gebrochenem Herzen, fern dem Sonnenschein von Pharaos Gunst. Und dies war das Werk von Menschen gewesen, die er für seine Freunde gehalten hatte.

Tanus hatte, den Reichtum ausgenommen, offensichtlich das Beste von seinen Eltern geerbt. Seinem Wesen und seiner Kraft nach war er wie sein Vater; an Schönheit glich er seiner Mutter. Warum also hätte es mir mißfallen sollen, daß meine Herrin ihn liebte? Auch ich liebte ihn und wußte wohl, armes geschlechtsloses Wesen, das ich bin, daß ich sie nie würde besitzen können, auch dann nicht, wenn die Götter mich über den Sklavenstand hinaus erhoben.

Lostris saß auf ihrem Kissen am Bug, zu ihren Füßen die Sklavinnen, zwei kleine schwarze Mädchen aus dem Lande Kusch, geschmeidig wie Raubkatzen und nackt bis auf ein goldenes Band um den Hals. Lostris selbst trug nur einen Rock aus gebleichtem Leinen, steif und weiß wie ein Reiherflügel. Ihre Haut, von der Sonne liebkost, war von der Farbe geölten Zedernholzes aus den Bergen bei Byblos. Ihre Brüste hatten die Größe und Gestalt reifer Feigen, die Spitzen waren wie rosenrote Granate.

Sie hatte die Perücke abgelegt und ihr Haar seitlich zu einem Zopf geflochten, der ihr wie ein dickes dunkles Seil über die Brust fiel. Das Silbergrün zerstoßenen Malachits, mit dem ihre Oberlider kunstvoll getönt waren, betonte die Schrägstellung ihrer Augen. Sie hatte grüne Augen, doch es war das dunklere, klarere Grün des Nils, wenn das Hochwasser zurückgegangen ist und seine Fracht, den kostbaren Schlamm, abgelagert hat. Zwischen ihren Brüsten trug Lostris an einer goldenen Kette eine Figurine von Hapi, der Göttin des Nils, aus Gold und Lapislazuli gefertigt. Natürlich ein Meisterstück, ich hatte es mit meinen eigenen Händen für sie gemacht.

Plötzlich hob Tanus die Rechte und ballte sie zur Faust. Wie ein Mann hielten die Ruderer inne und kehrten die Blätter ihrer Riemen empor. Dann riß Tanus das Steuerruder herum, und die Männer auf der Backbordbank tauchten die Riemen zum Rückschlag ein. Das Boot setzte zu einer so scharfen Drehung an, daß sich das Deck besorgniserregend neigte. Dann ruderten beide Bänke im Gleichtakt, und wir schossen vorwärts. Der spitze Bug, mit den blauen Augen von Horus bemalt, schob die dichten Papyrusstauden beiseite, und das Boot bahnte sich seinen Weg aus der Strömung des Flusses ins stille Wasser der Lagune seitab.

Lostris verstummte und beschattete ihre Augen, um besser sehen zu können. »Da sind sie!« rief sie und zeigte es mit anmutig kleiner Hand. Die anderen Boote von Tanus' Geschwader lagen am südlichen Ende der Lagune und versperrten den Hauptzugang zum Fluß, schnitten jeden Fluchtweg in diese Richtung ab.

Tanus hatte sich für die nördliche Position entschieden, denn er wußte, hier würde es die wildeste Jagd geben. Ich wünschte, es wäre anders gewesen. Nicht daß ich ein Feigling bin, aber ich habe für die Sicherheit meiner Herrin Sorge zu tragen. Sie hatte mich, wie sooft, in viele Ränke verstrickt und sich schließlich an Bord der *Atem von Horus* eingeschlichen. Wenn ihr Vater erfuhr – und damit war zu rechnen –, daß sie mit auf der Jagd gewesen war, würde es mir schon schlecht genug ergehen, doch wenn ihm auch noch zugetragen wurde, daß ich sie einen ganzen Tag lang in Tanus' Nähe gelassen hatte, würde mich nicht einmal meine privilegierte Stellung vor seinem Zorn bewahren. Seine Weisungen, was diesen jungen Mann betraf, waren unmißverständlich.

Aber ich schien der einzige auf der *Atem von Horus* zu sein, der beunruhigt war. Die anderen fieberten vor Spannung. Mit herrischer Gebärde gebot Tanus den Ruderern Einhalt, das Boot drehte langsam bei und blieb sacht schaukelnd im grünen Wasser liegen. Die Oberfläche war spiegelglatt, und als ich hineinblickte, war ich erstaunt zu sehen, wie wenig meine Schönheit im Laufe der Jahre gelitten hatte. Mein Gesicht erschien mir hübscher als die himmelblauen Lotosblüten, die es rahmten. Doch ich hatte kaum Muße, es zu bewundern, denn alle an Bord waren äußerst geschäftig.

Ein Stabsoffizier hißte Tanus' Wimpel am Masttopp. Er zeigte ein blaues Krokodil mit gerecktem Schweif und weitaufgerissenen Kiefern. Nur ein Offizier im Rang eines Führers von Zehntausend war berechtigt, einen eigenen Wimpel zu haben. Tanus hatte diesen Rang, mit dem das Kommando über die Division der Blauen Krokodile, eine von Pharaos Elitetruppen, verbunden war, schon vor seinem zwanzigsten Geburtstag erreicht.

Der gehißte Wimpel signalisierte, daß die Jagd beginnen sollte. Am Horizont lag, fern und klein, der Rest des Geschwaders, doch nun begannen die Ruderer mit ihrem rhythmischen Schlag, die Riemen hoben und senkten sich wie die Flügel von Wildgänsen. Die zahllosen kleinen Wellen ihrer Kielspur breiteten sich über den Fluß aus und kräuselten die stille Wasseroberfläche.

Am Heck ließ Tanus den Gong, eine lange Bronzeröhre, herunter, bis das Ende ins Wasser tauchte. Mit einem Bronzehammer geschlagen, würden die schrillen, hallenden Töne unter Wasser weitergeleitet werden und unsere Beute aufschrecken. Ich wußte – und dachte alles andere als gleichmütig daran –, daß dieser Schreck leicht in mörderischen Zorn umschlagen konnte.

Tanus lachte mich aus. Trotz seines Jagdfiebers spürte er meine Bedenken. Für einen rauhbeinigen Soldaten war er ungewöhnlich feinfühlig. »Komm auf den Heckturm, Taita!« befahl er. »Du kannst den Gong schlagen. Das wird dich von der Sorge um deine schöne Haut ablenken.«

Tanus' loses Mundwerk kränkte mich, aber ich war erleichtert über seine Aufforderung, denn der Heckturm ragt hoch über das Wasser. Ohne unwürdige Hast machte ich mich daran, Tanus' Befehl zu gehorchen, und als ich an ihm vorüberging, hielt ich inne, um ihn zu ermahnen: »Gib auf meine Herrin acht. Hörst du mich, Junge? Bestärke sie nicht in ihrem Leichtsinn; du weißt, sie ist genauso ungebärdig wie du.« Ich konnte so zu einem erlauchten Befehlshaber von Zehntausend sprechen, weil er mein Schüler gewesen war und ich ihm mehr als einmal den Rohrstock übers Gesäß gezogen hatte. Frech wie eh und je grinste er mich an.

»Bitte überlaß die Dame meiner Obhut, alter Freund. Glaub mir, nichts würde ich mehr genießen!« Ich verwies ihm den respektlosen Ton nicht, denn ich war in einiger Eile, meinen Platz auf dem Heckturm einzunehmen. Von dort aus beobachtete ich, wie Tanus zu seinem Bogen griff.

Dieser Bogen war berühmt beim ganzen Heer, ja überall am großen Fluß von den Katarakten bis zur See. Ich hatte ihn für Tanus, der mit den vorhandenen schweren Waffen unzufrieden war, entworfen. Es war meine Idee gewesen, aus neuen Werkstoffen einen Bogen zu bauen, aus anderen als den weichen Hölzern, die in unserem schmalen Niltal wachsen; aus dem Kernholz des hethitischen Ölbaums und kuschitischem Ebenholz, aus Rhinozeroshorn und Elfenbein. Der Weg war weit, aber am Ende hatten wir eine schimmernde Waffe, so ungewöhnlich stark, daß nur ein Mann von all den Hunderten, die es versuchten, sie ganz spannen konnte.

Beim Bogenschießen, wie die Ausbilder des Heeres es lehren, besteht das Vorgehen darin, Ziel zu nehmen, den gekerbten Pfeil bis ans Brustbein heranzuziehen, das Ziel eine Weile zu halten und dann den Pfeil fliegen zu lassen. Doch nicht einmal Tanus hatte die Kraft, diesen Bogen ganz zu spannen und das Ziel zu halten. Er mußte eine völlige neue Technik entwickeln. Seitlich zum Ziel stehend und es über die linke Schulter anvisierend, hob er den Bogen mit ausgestrecktem linkem Arm und zog mit einem Ruck den Pfeil zu sich, bis die Federn daran seine Lippen berührten. Im selben Augenblick schoß er, scheinbar ohne zu zielen.

Am Anfang flogen seine Pfeile aufs Geratewohl, wie wilde Bienen ausschwärmen, aber er übte Tag für Tag, Monat für Monat. Die Finger seiner rechten Hand wurden wund und bluteten, weil die Bogensehne – aus dem Gedärm eines Löwen gefertigt – so tief einschnitt, doch sie heilten und wurden härter. Die Innenseite seines linken Armes war verschrammt und aufgeschürft an der Stelle, wo die Sehne vorbeifetzte, aber ich machte zu seinem Schutz eine Ledermanschette. Unverdrossen stand Tanus vor den Zielscheiben und übte.

Selbst ich verlor den Glauben daran, daß er die Waffe je meistern würde, doch Tanus gab nicht auf. Langsam gewann er Gewalt über sie, bis er schließlich drei Pfeile mit solcher Geschwindigkeit abschießen konnte, daß sie fast im selben Augenblick in der Luft waren. Und immer trafen mindestens zwei das Ziel, eine kupferne Scheibe, so groß wie ein Männerkopf und fünfzig Schritt von der Stelle entfernt, an der Tanus stand. Die Pfeile hatten solch eine Wucht, daß sie das fingerdicke Metall geradewegs durchschlugen.

Tanus hatte seiner mächtigen Waffe den Namen Lanata gegeben – den Kindernamen meiner Herrin. Nun stand er wartend am Bug, die Frau an seiner Seite und ihren Namensbruder in der Linken. Sie waren ein prachtvolles Paar, wenn auch zu prachtvoll für meinen Seelenfrieden.

Ich rief in scharfem Ton: »Herrin! Komm sofort hierher! Wo du stehst, ist es zu gefährlich.« Sie würdigte mich keines Blickes, sondern machte hinter ihrem Rücken ein Zeichen in meine Richtung. Die ganze Mannschaft der Galeere sah es, und wer dreist genug war, wieherte vor Lachen.

Eines von den kleinen schwarzen Ludern, ihren Dienerinnen, mußte Lostris diese Geste gelehrt haben; eine Geste, die den Damen aus den Schenken am Fluß besser angestanden hätte als einer hochgeborenen Tochter aus dem Hause Intef. Ich spielte mit dem Gedanken, ihr Vorhaltungen zu machen, verwarf ihn aber sofort wieder, denn meine Herrin läßt sich dergleichen nur sagen, wenn sie dazu aufgelegt ist. Statt dessen schlug ich den Gong mit solcher Heftigkeit, daß mein Ärger verflog.

Der schrille Klang hallte übers spiegelglatte Wasser der Lagune, und sofort erfüllte ein Schwirren von Flügeln die Luft, und ein Schatten legte sich vor die Sonne, als eine riesige Wolke von Vögeln aus dem Papyrus aufstieg. Es waren hunderterlei Arten: schwarze und weiße Ibisse mit geierähnlichen Köpfen, der Göttin des Flusses heilig; Gänse im rotbraunen Federkleid, jede mit einem rubinroten Tropfen auf der Brust; Reiher von grünlichem Blau und nächtigem Schwarz mit Schnäbeln wie Schwerter und schwerem Flügelschlag; und Enten in solcher Menge, daß es kaum zu fassen war.

Die Vogeljagd ist eine der liebsten Beschäftigungen des ägyptischen Adels, aber an jenem Tag verfolgten wir ein anderes Wild. Weit vor mir sah ich, wie sich unter der stillen Wasseroberfläche etwas regte, plump und schwer, und ich zitterte insgeheim, denn ich wußte, welches furchtbare Tier das war. Tanus hatte es auch gesehen, doch er reagierte ganz anders als ich. Er gab Laut wie ein Jagdhund, und seine Leute brüllten mit ihm und legten sich in die Riemen. Die *Atem von Horus* schoß voran, als wäre sie einer von den Vögeln, die den Himmel verdunkelten. Meine Herrin stieß erregte Schreie aus und schlug mit ihrer zierlichen Faust auf Tanus' muskulöse Schulter ein.

Wieder regte sich etwas im Wasser, und Tanus bedeutete seinem Rudergänger, darauf zuzuhalten, während ich mir Mut machte, indem ich auf den Gong hämmerte. Wir erreichten die Stelle, an der wir zuletzt Bewegung gesehen hatten, und das Boot glitt langsam aus.

Ich warf einen Blick ins Wasser, das seicht war und sehr klar. Ich schrie laut auf, wie vorher meine Herrin, und sprang von der Reling zurück, denn das Ungeheuer war unmittelbar unter uns.

Das Nilpferd steht unter dem Schutz von Hapi, der Göttin des großen Flusses, nur mit ihrer Erlaubnis konnten wir es jagen. Deshalb hatte Tanus am Morgen im Tempel der Göttin gebetet und ihr ein Opfer dargebracht. Meine Herrin hatte ihn begleitet. Natürlich ist Hapi ihre Schutzgöttin, aber ich bezweifelte, daß sie nur deshalb so begeistert mit Tanus gegangen war.

Das Tier unter uns war ein alter Bulle. Mir erschien er so groß wie unsere Galeere, ein Koloß, der auf dem Grund der Lagune entlangtrampelte. Durch den Widerstand des Wassers gehemmt, bewegte er sich langsam wie ein Wesen aus einem Alptraum, und seine Hufe wirbelten gewaltige Schlammwolken auf.

Tanus riß das Steuerruder herum, das Boot wendete, und wir sausten dem Bullen, der sich trotz des Wasserwiderstandes rasch von uns entfernte, nach. Schon verschwamm seine dunkle Gestalt in den grünen Tiefen der Lagune.

»Rudert! Bei Seths stinkendem Atem, rudert!« schrie Tanus seine Leute an, aber als einer der Offiziere die Peitsche schwingen wollte, runzelte er die Stirn und schüttelte den Kopf.

Plötzlich tauchte der Bulle vor uns auf und stieß eine Wolke übelriechenden Dampfes aus. Einen Augenblick bildete sein Rücken eine naßglänzende Insel in der Lagune. Dann holte er pfeifend Atem und verschwand.

»Ihm nach!« brüllte Tanus.

»Da ist er!« rief ich und zeigte zur Seite. »Er kommt zurück.«

»Gut gesehen, alter Freund«, sagte Tanus lachend. »Wir werden doch noch einen Krieger aus dir machen.« Das war natürlich eine alberne Bemerkung, denn ich bin Schreiber, Weiser und Künstler. Meine Heldentaten sind solche des Geistes. Trotzdem empfand ich wie immer, wenn Tanus mich lobte, freudige Erregung, ließ mich vom Jagdfieber anstecken und vergaß meine Bangigkeit.

Südlich von uns hatten sich die anderen Galeeren des Geschwaders der Hatz angeschlossen. Die Hapi-Priester hatten die Nilpferde in der Lagune gezählt und dann gestattet, daß fünfzig für das bevorstehende Osiris-Fest erlegt würden. An die dreihundert Tiere von der Herde der Göttin würden übrigbleiben, gerade so viele, wie nötig waren, um die Fahrrinnen von Schlingpflanzen freizuhalten; um zu verhindern, daß der Papyrus aufs Ackerland übergriff; und um die Versorgung des Tempels mit Fleisch zu sichern. Allein die Priester durften auch an anderen Tagen als denen des Osiris-Festes Nilpferdfleisch essen.

Wie nach einem komplizierten Muster breitete sich die Jagd über das Wasser aus; die Boote tänzelten, schlängelten dahin und drehten sich, während die Tiere wie rasend flohen, tauchten, schnaubend und grunzend an die Oberfläche stießen und wieder verschwanden. Doch in immer kürzeren Abständen mußten sie auftauchen, denn sie konnten ihre Lungen nicht mehr ganz füllen, so schnell hielten die Boote auf sie zu und zwangen sie erneut unter Wasser. Unaufhörlich dröhnten die Bronzegongs auf dem Heckturm einer jeden Galeere, ihr Klang vermischte sich mit den erregten Rufen der Ruderer und den Befehlen der Rudergänger. Und inmitten des Aufruhrs und der Verwirrung merkte ich, daß ich schrie und jubelte wie die Blutgierigsten an Bord.

Tanus hatte seine Aufmerksamkeit auf den ersten und größten Bullen gerichtet; die kleineren und jüngeren Tiere, die in Schußweite an die Wasseroberfläche kamen, schien er gar nicht wahrzunehmen. Er folgte dem Bullen auf seinen gewundenen Wegen, näherte sich ihm unerbittlich, wann immer er auftauchte. So erregt ich war, ich konnte nicht umhin zu bewundern, wie geschickt Tanus die *Atem von Horus* steuerte und wie flink die Mannschaft seinen Weisungen nachkam. Doch er hatte sich stets darauf verstanden, aus den Leuten, die er befehligte, das Beste herauszuholen. Wie sonst hätte er ohne Vermögen und ohne Gönner so rasch zu so hohem Rang aufsteigen können? Er hatte alles aus eigener Kraft erreicht, und das trotz mächtiger Feinde, die ihm, im Verborgenen agierend, jedes nur erdenkliche Hindernis in den Weg legten.

Plötzlich tauchte der Bulle keine dreißig Schritt vom Bug entfernt auf, schwarz und fürchterlich wie jenes Wesen aus der Unterwelt, das die Herzen der bei den Göttern in Ungnade Gefallenen verschlingt.

Tanus setzte einen Pfeil an, hob seinen Bogen und ließ das Geschoß sofort fliegen. Ein zweites und ein drittes folgten. Die Bogensehne summte wie die Saite einer Laute, und die Pfeile trafen, einer nach dem anderen. Der Brulle brüllte, als sie sich in seinen Rücken bohrten. Kurz darauf tauchte er wieder unter.

Diese Pfeile hatte ich eigens für die Nilpferdjagd erfunden. Die Federn waren entfernt und durch kleine Schwimmer aus dem Holz des Affenbrotbaumes ersetzt worden, wie sie die Fischer verwenden, um ihre Netze am Treiben zu halten. Sie lösten sich vom Pfeilschaft, sobald das Tier tauchte, waren aber durch einen feinen, um den Schaft gewundenen Leinenfaden mit der Pfeilspitze verbunden. Dieser Faden wickelte sich nun ab. Und so stiegen, während der Bulle unter Wasser floh, die drei kleinen Schwimmer an die Oberfläche und wippten hinter ihm drein. Ich hatte sie leuchtend gelb bemalt, damit die Position des Tieres sofort erkennbar würde.

So konnte Tanus jede Bewegung des Bullen vorausahnen und ihm jedesmal, wenn er auftauchte, weitere Pfeile in den Rücken schießen. Inzwischen zog der Bulle eine Girlande von gelben Schwimmern hinter sich her, und das Wasser hatte sich rot verfärbt. Ich empfand unweigerlich Mitleid mit der gequälten Kreatur. Meine Herrin teilte solche Anwandlungen nicht; sie war mit Leib und Seele dabei und schrie vor wonniger Angst und Erregung.

Wieder tauchte der Bulle unmittelbar vor uns auf, doch diesmal hatte er seinen Kopf der *Atem von Horus* zugewandt. Er riß sein Maul so weit auf, daß ich ihm tief in den Schlund blicken konnte, in dem ein ausgewachsener Mann mit Leichtigkeit Platz gefunden hätte. Der Anblick seiner Zähne ließ mir den Atem stocken. Im Unterkiefer waren es große elfenbeinfarbene Sicheln, mit denen das Tier die harten, knorrigen Stengel des Papyrus schnitt. Im Oberkiefer waren es schimmernd weiße Schäfte, von der Dicke meines Handgelenks, die die Planken der *Atem von Horus* so leicht durchbohren konnten, wie ich von einem Brotfladen abbiß.

Nun kam dieses ergrimmte Ungeheuer mit den fürchterlichen Zähnen auf uns zu, und obwohl ich hoch oben auf dem Heckturm stand, war ich starr vor Entsetzen.

Wieder schoß Tanus einen Pfeil ab, geradewegs in das offene Maul, doch die Schmerzen des Tieres mußten schon gräßlich genug sein. Es schien diese zusätzliche Verletzung gar nicht zu bemerken, obwohl sie mit Sicherheit zu seinem Tod führen würde. Außer Rand und Band griff der Bulle die *Atem von Horus* an. Er stieß ein so markerschütterndes Gebrüll aus, daß eine Schlagader platzte und Blut aus den weitaufgerissenen Kiefern spritzte. Im Sonnenschein verwandelte es sich in roten Nebel, schön und schrecklich zugleich. Dann prallte der Bulle gegen den Bug unserer Galeere.

Die Ruderer fielen von ihren Bänken, und ich wurde mit solcher Wucht gegen die Reling des Heckturms geschleudert, daß mir die Luft wegblieb und ein jäher Schmerz sich in meiner Brust ausbreitete. Doch selbst in dieser Not galt meine ganze Sorge meiner Herrin. Unter Tränen sah ich, wie sie durch die Luft geschleudert wurde. Tanus breitete die Arme aus, um sie zu retten, aber auch er war aus dem Gleichgewicht geraten, und der Bogen in seiner Linken behinderte ihn. Er konnte Lostris' Schwung nur einen Augenblick abfangen. Dann taumelte sie, verzweifelt mit den Armen rudernd, rückwärts auf die Reling zu.

»Tanus!« schrie sie und streckte die Rechte nach ihm aus. Er gewann mit der Gelenkigkeit eines Akrobaten sein Gleichgewicht wieder und versuchte, ihre Hand zu fassen. Einen Augenblick berührten sich ihrer beider Finger, dann wurde sie fortgerissen – und ging über Bord.

Von meinem erhöhten Platz aus konnte ich ihren Sturz genau verfolgen. Sie drehte sich in der Luft wie eine Katze, und der weiße Rock flatterte empor, so daß ihre köstlichen Schenkel zu sehen waren. Mir schien, als fiele sie in alle Ewigkeit, und mein gequälter Schrei vermischte sich mit ihrer verzweifelten Wehklage.

»Mein Kind!« rief ich. »Mein Kleines!« Ich glaubte fest, daß sie verloren war. Ihr ganzes Leben lief noch einmal vor meinem inneren Auge ab. Ich sah sie als kleines Kind und hörte die Koseworte, mit denen sie mich, ihr bewundertes Kindermädchen, bedachte. Ich sah sie zur Frau heranwachsen und erinnerte mich an jede Freude, die sie mir bereitet, an jeden

Kummer, den sie mir gemacht hatte. Ich liebte sie in dem Augenblick, da ich sie zu verlieren meinte, noch mehr als in den vierzehn langen Jahren davor.

Sie fiel auf den breiten, blutbespritzten Rücken des Bullen und lag eine Weile mit von sich gestreckten Armen und Beinen da wie ein Menschenopfer auf dem Altar einer barbarischen Religion. Der Bulle wirbelte herum, bäumte sich auf und drehte seinen großen mißgestalteten Kopf in dem Versuch, Lostris zu packen. Seine blutunterlaufenen kleinen Augen funkelten vor rasender Wut, und seine Kiefer schlugen gegeneinander, als er nach ihr schnappte.

Dann gelang es Lostris, sich zu sammeln und sich an zwei von den Pfeilschäften, die aus dem Rücken des Bullen ragten, festzuklammern. Sie schrie nicht mehr, sondern setzte all ihre Kraft und Geschicklichkeit daran, am Leben zu bleiben. Die krummen Hauer des Bullen prallten aufeinander wie die Schwerter von Kriegern im Zweikampf. Bei jedem Biß schienen sie meine Herrin nur um einen Fingerbreit zu verfehlen, und ich rechnete jeden Augenblick damit, daß ihr eines ihrer schönen Glieder abgerissen wurde und ihr süßes junges Blut sich mit dem des Bullen mischte.

Tanus stand immer noch am Bug. Er fing sich rasch. Den Bogen, der ihm nun nichts mehr nützte, warf er beiseite. Statt dessen griff er zu seinem Schwert und zog mit wilder Bewegung blank. Es war eine schimmernde Bronzewaffe, so lang wie Tanus' Arm, und die Schneiden waren so scharf, daß sie ihm die Haare vom Handrücken hätten abrasieren können.

Tanus sprang aufs Dollbord, verharrte dort einen Augenblick und beobachtete genau, wie sich der tödlich verletzte Bulle im Wasser drehte und wand. Dann sprang er, stieß nieder wie ein Falke. Mit beiden Händen umklammerte er das Schwert, dessen Spitze nach unten gerichtet war.

Er landete auf dem speckigen Nacken des Bullen – rittlings saß er da, als wollte er das Ungetüm in die Unterwelt lenken. Sofort stach er zu, sein ganzes Körpergewicht und die Wucht des Sprungs einsetzend. Er trieb dem Tier die halbe Klinge in den Nacken. Als der Bulle das Schwert spürte, begann er zu toben. Er bäumte sich auf, reckte seinen ungeheuren Leib empor, schwang den Kopf hin und her, wirbelte Wasser auf, daß es in Fahnen durch die Luft trieb und aufs Deck niederprasselte.

Ich mußte mit ansehen, wie das Paar auf dem Rücken des Ungeheuers erbarmungslos geschüttelt und gerüttelt wurde. Der Schaft von einem der Pfeile, an denen Lostris sich festklammerte, zerbrach, und sie rutschte ab. Wäre sie im Wasser gelandet, der Bulle hätte sie gewiß in Stücke gerissen. Tanus griff hinter sich, packte sie und gab ihr Halt, während er mit der Rechten die Bronzeklinge immer tiefer in den Nacken des Bullen trieb.

In seiner Raserei schlug sich das Tier die Hauer ins eigene Fleisch und fügte sich so furchtbare Verletzungen zu, daß sich das Wasser auf fünfzig Schritt im Umkreis der Galeere rot färbte. Lostris und Tanus waren vom Scheitel bis zur Sohle mit Blut besudelt.

Während der Todeskampf des Bullen tobte, entfernten sie sich immer weiter vom Boot, und ich war der erste an Bord, der seine fünf Sinne wieder beisammen hatte. Ich rief den Ruderern zu: »Folgt ihnen! Wir dürfen sie nicht verlieren!«, und sie setzten sich gehorsam auf ihre Bänke und brachten die *Atem von Horus* in Fahrt.

Wir hielten direkt auf das Paar zu. Es schien, als hätte Tanus mit der Spitze seines Schwerts die Verbindung zwischen zwei Halswirbeln des Bullen durchtrennt. Der ungeheure Leib erstarrte, und der Bulle drehte sich langsam auf den Rücken. Dann versank er und zog Lostris und Tanus mit sich in die Tiefe.

Ich versagte mir einen Verzweiflungsschrei und brüllte statt dessen den Ruderern Befehle zu: »Halt! Zieht sie nicht unter den Kiel! An den Bug, wer schwimmen kann!« Ich war selbst verblüfft von der gebieterischen Kraft meiner Stimme.

Die Galeere wurde langsamer, und ehe ich noch darüber nachdenken konnte, ob klug war, was ich da tat, fand ich mich an der Spitze einer Schar von Kriegern wieder, die über die Decksplanken eilten. Wäre ein anderer Offizier ertrunken, so hätten sie es wohl nur beobachtet und möglicherweise gejubelt, doch hier ging es um ihren Tanus.

Was mich betraf, so hatte ich bereits meinen Schurz abgelegt. Unter anderen Umständen hätte mich nicht einmal die Androhung von hundert Peitschenhieben dazu gebracht, mich nackt zu zeigen. Einen einzigen Menschen hatte ich je die Verstümmelungen sehen lassen, die der Scharfrichter mir vor langer Zeit zugefügt hatte, und dies war derjenige gewesen, der befohlen hatte, daß ich kastriert würde. Aber in diesem Moment vergaß ich die grausame Entstellung meiner Männlichkeit.

Ich bin ein guter Schwimmer, und obwohl es mich im Rückblick schaudert vor soviel Tollkühnheit, glaube ich wirklich, daß ich über Bord gesprungen und in die blutgefärbten Tiefen hinabgetaucht wäre, um meine Herrin zu retten. Doch als ich mich an der Reling bereitmachte, teilte sich die Wasseroberfläche unter mir, und zwei Köpfe tauchten auf, einander so nahe wie Otter bei der Paarung. Der eine hatte einen dunklen, der andere einen blonden Schopf, und aus den beiden Mündern drang ein unglaublicher Laut: Sie lachten. Sie heulten und kreischten vor Gelächter, als sie auf die Bordwand zuzappelten, so fest umschlungen, daß ich sicher war, sie würden einander ersäufen.

Angesichts dieser Leichtfertigkeit schlug meine Besorgnis augenblicklich in Empörung um. Ich hörte, wie meine Stimme ihre gebieterische Kraft verlor und schrill wurde. Und ich hatte noch nicht aufgehört, meine Herrin wortreich zu schelten, als ein Dutzend hilfsbereiter Hände Tanus und sie an Bord zog.

»Du gedankenloses Ding!« zeterte ich. »Du leichtsinniger, selbstsüchtiger, zuchtloser Wildfang! Du hast mir etwas versprochen! Du hast bei der Jungfräulichkeit der Göttin geschworen . . .«

Sie kam zu mir gerannt und warf mir ihre Arme um den Hals. »O Taita!« rief sie, immer noch lachend. »Hast du das gesehen? Hast du gesehen, wie Tanus ins Wasser sprang, um mich zu retten? War das nicht die mutigste Tat, die du je erlebt hast? Er war wie der Held aus einer unserer besten Geschichten!«

Daß ich beinahe ähnlich heroisch gehandelt hätte, vergaß sie, und das steigerte meinen Unmut. Außerdem merkte ich plötzlich, daß Lostris ihren Rock verloren hatte. Der kalte, nasse Körper, der sich gegen meinen preßte, war vollständig nackt. Sie bot dem rüden Blick von Offizieren und Mannschaft das hübscheste Gesäß von ganz Ägypten dar.

Ich riß einen Schild an mich, um unser beider Blöße zu bedecken, und rief ihren Sklavinnen zu, sie sollten einen Rock für sie holen. Das Gekicher der kleinen Luder brachte mich noch mehr auf, und als Lostris und ich wieder schicklich bekleidet waren, ging ich Tanus an.

»Was dich betrifft, du unbedachter Rüpel, so werde ich die Sache meinem edlen Herrn Intef melden! Der läßt dir die Haut vom Rücken peitschen!«

»Nichts wirst du melden.« Tanus lachte mich an, legte mir seinen Arm um die Schultern und zog mich so fest an sich, daß es meine Füße vom Boden hob. »Denn er würde dich ebenso auspeitschen lassen. Hab trotzdem Dank für deine Besorgnis, alter Freund.«

Er blickte um sich und runzelte die Stirn. Die *Atem von Horus* hatte sich weit von den anderen Booten entfernt. Die Jagd war beendet, und außer der unseren hatten sich alle Galeeren ihren Teil der von den Priestern bewilligten Beute genommen.

Tanus schüttelte den Kopf. »Wir haben nicht alles herausgeholt, was möglich gewesen wäre, wie?« knurrte er und befahl einem Offizier, das Signal zum Rückruf des Geschwaders zu hissen.

Dann quälte er sich ein Lächeln ab. »Laß uns einen Krug Bier zusammen trinken; wir müssen sowieso eine Weile warten, und die Arbeit hat uns durstig gemacht.« Er ging zum Bug, wo sich die Sklavinnen um Lostris kümmerten. Ich war noch so zornig, daß ich mich ihnen, die an Deck schmausen wollten, nicht anschließen mochte. Statt dessen blieb ich am Heck, unnahbar und in würdevolles Schweigen gehüllt.

»Laß ihn schmollen«, flüsterte Lostris weithin hörbar Tanus zu, als sie seinen Becher mit schäumendem Bier füllte. »Der alte Schatz hat sich arg geängstigt, aber er wird es überwinden, sobald ihn der Hunger zwackt. Er liebt doch sein Essen sosehr.«

Meine Herrin ist der Inbegriff der Ungerechtigkeit. Ich schmolle nie, ich bin kein Vielfraß, und ich war damals kaum dreißig Jahre alt – wenn auch für eine Vierzehnjährige jeder Mensch über zwanzig ein Greis ist und ich gestehen muß, daß ich den verwöhnten Gaumen des Kenners habe, was Speisen und Getränke betrifft. Die gebratene Wildgans mit Feigen, auf die Lostris ostentativ wies, war, wie sie sehr wohl wußte, eines meiner Lieblingsgerichte.

Ich ließ sie noch eine Weile leiden; erst als Tanus mir eigenhändig einen Becher Bier brachte und all seinen Charme einsetzte, um mich milde zu stimmen, gab ich nach und folgte ihm zum Bug. Aber ich blieb reserviert, bis Lostris mich auf die Wange küßte und – so laut, daß es alle hören mußten, sagte: »Meine Mädchen berichten, du hättest wie ein altgedienter Krieger den Befehl über das Boot übernommen und wärest beinahe ins Wasser gesprungen, um mich zu retten. O Taita, was würde ich ohne dich tun?« Erst da lächelte ich wieder und nahm eine Scheibe von der gebratenen Gans. Das Fleisch schmeckte köstlich, und das Bier war von erlesener Güte. Trotzdem aß ich sparsam, denn ich möchte kein Fett ansetzen. Außerdem wurmte mich Lostris' Spott über meinen Appetit immer noch.

Tanus' Geschwader, das weit über die Lagune verstreut gewesen war, begann sich zu sammeln. Ich sah, daß einige Galeeren Schaden genommen hatten wie unsere. Zwei waren im Jagdeifer zusammengestoßen, vier weitere von Nilpferden angegriffen worden. Doch nun bezogen sie rasch die gewohnten Positionen. Dann glitten sie in einer Reihe an uns vorbei, farbenfrohe Wimpel am Masttopp, die anzeigten, wieviel Beute sie gemacht hatten. Die Mannschaften jubelten, wenn sie auf einer Höhe mit der *Atem von Horus* waren. Tanus entbot ihnen mit geballter Faust seinen Gruß, und der Wimpel mit dem blauen Krokodil wurde auf und nieder geholt, als hätten wir soeben einen strahlenden Sieg errungen. Vielleicht war das knabenhaft, aber ich bin selbst noch Knabe genug, um Freude am militärischen Zeremoniell zu haben.

Schließlich nahmen die Boote ihre Position wieder ein. Von den erlegten Nilpferden war noch nichts zu sehen. Zwar hatte jede Galeere mindestens eines getötet, doch die Kadaver waren in den grünen Tiefen der Lagune versunken. Ich wußte, Tanus bedauerte insgeheim, daß die *Atem von Horus* nicht das erfolgreichste Boot war und wir nur den einen, wenn auch riesigen Bullen als Beute aufweisen konnten. Ohnehin war er nicht so munter wie sonst und verließ uns bald, um die Ausbesserungsarbeiten am Rumpf der *Atem von Horus* zu überwachen.

Der Bulle hatte die Beplankung unter Wasser aufgerissen, und wir waren so leck, daß der Kielraum pausenlos mit ledernen Eimern ausgeschöpft werden mußte – eine lästige Tätigkeit, die etliche Männer von ihren Pflichten als Ruderer und Krieger abhielt. Dies kann gewiß verbessert werden, dachte ich mir.

Und so schickte ich, während wir darauf warteten, daß die Kadaver an die Oberfläche stiegen, eine der Sklavinnen den Korb mit meinem Schreibzeug holen. Ich überlegte eine Weile und zeichnete schließlich auf, wie das Leckwasser einer Galeere auf mechanischem Wege auszuschöpfen wäre, so daß sich nicht die halbe Mannschaft damit abzumühen brauchte. Die Vorrichtung sollte nach dem Prinzip des Schadufs funktionieren. Nach meiner Vorstellung würden nur zwei Männer nötig sein, statt wie bisher ein halbes Dutzend.

Als die Zeichnung fertig war, sann ich über den Zusammenstoß nach, der den Schaden verursacht hatte. Die bei Schlachten zu Wasser verfolgte Taktik ist immer dieselbe gewesen wie die bei Gefechten zu Lande. Die Schiffe lagen längsseits, und die Krieger beschossen einander mit Pfeilen. Dann wurde das feindliche Boot geentert und der Kampf mit dem Schwert zu Ende gebracht. Stets achteten die Kapitäne darauf, Zusammenstöße zu vermeiden, da diese als stümpferhaft galten.

Aber was wäre, wenn..., dachte ich weiter und begann eine Galeere mit verstärktem Bug zu zeichnen. Die Idee nahm Gestalt an, und ich fügte dem Bug auf Höhe der Wasserlinie ein Horn hinzu, dem des Rhinozeros ähnlich. Es konnte aus Hartholz geschnitzt und mit Bronze beschlagen werden. Solch ein leicht gekrümmtes Horn würde den Rumpf eines jeden feindlichen Schiffes aufreißen können. Ich war so in meine Arbeit vertieft, daß ich nicht hörte, wie Tanus hinter mich trat. Plötzlich nahm er mir die Papyrusrolle aus der Hand und warf einen Blick darauf.

Natürlich begriff er sofort, worum es ging. Als sein Vater alles Vermögen verloren hatte, hatte ich versucht, was in meiner Macht stand, um einen Gönner zu finden, der es Tanus ermöglicht hätte, bei einem der Tempel als Schreiber anzufangen und sich weiterzubilden. Ich war überzeugt davon, daß er gute Aussichten hatte, sich zu einem der großen Köpfe Ägyptens zu entwickeln, sich zu gegebener Zeit vielleicht einen ebensolchen Namen zu machen wie Imhotep, der vor tausend Jahren die ersten herrlichen Pyramiden von Sakkara entwarf.

Mein Vorhaben war gescheitert, was nicht wundernahm, denn der Feind, der Tanus' Vater mit Haß und Arglist vernichtet hatte, war nun darauf bedacht, auch Tanus Steine in den Weg zu legen. Kein Mensch in

Ägypten hätte sich gegen einen solch bösen Einfluß durchzusetzen vermocht. So hatte ich Tanus den Weg ins Heer geebnet, wofür er sich – ungeachtet meiner Enttäuschung und meiner Zweifel – ohnehin entschieden hatte, seit er zum erstenmal spielerisch ein Holzschwert geschwungen hatte.

»Bei den Pusteln auf Seths Hintern!« rief er aus, als er meine Zeichnungen betrachtete. »Du und dein Malpinsel – ihr seid mir zehn Geschwader wert!«

Es erfüllt mich immer wieder mit Besorgnis, wenn Tanus den großen Gott Seth lästert. Zwar sind wir beide Anhänger von Horus, aber ich halte nichts davon, bei den anderen Bewohnern des ägyptischen Götterhimmels so offen Anstoß zu erregen. Ich gehe nie an einem Heiligtum vorbei, ohne zu beten oder ein kleines Opfer darzubringen, und sei der Gott, dessen Stätte es ist, auch noch so gering. Für mich ist dies ein Gebot der Klugheit. Man hat schon genug Feinde unter den Menschen, ohne daß man sich welche unter den Göttern macht. Gegen Seth bin ich besonders unterwürfig, denn sein furchtbarer Ruf erschreckt mich. Ich vermute, Tanus weiß das und setzt sich absichtlich darüber hinweg, um mich zu ärgern. Doch diesmal vergaß ich mein Unbehagen bald, so warm wurde mir bei seinem Lob ums Herz.

»Wie stellst du das an?« fragte er. »Schließlich bin ich hier der Soldat. Warum fällt mir so etwas nicht ein?«

Und schon waren wir in ein lebhaftes Gespräch über meine Pläne verwickelt. Natürlich konnten wir Lostris nicht lange davon ausschließen, sie kam bald zu uns herüber. Ihre Dienerinnen hatten ihr das Haar getrocknet, es wieder geflochten und sie neu geschminkt. Ihre Schönheit lenkte mich ab, zumal sie neben mir stand und ihren schmalen Arm lässig um meine Schulter legte. Nie hätte sie so in der Öffentlichkeit einen Mann berührt – es wäre ein Verstoß gegen die guten Sitten gewesen. Aber ich bin eben kein Mann, und ihr Blick ruhte, obwohl sie sich gegen mich lehnte, unverwandt auf Tanus' Gesicht.

Sie war in ihn vernarrt gewesen, kaum daß sie das Gehen gelernt hatte. Anbetungsvoll war sie hinter dem hochmütigen Zehnjährigen hergestolpert; getreulich hatte sie versucht, jede seiner Gebärden, jedes seiner Worte nachzuahmen. Wenn er ausspie, spie auch sie aus. Wenn er fluchte, hauchte sie dieselben Kraftausdrücke, bis Tanus sich eines Tages bitterlich bei mir beklagte: »Kannst du nicht dafür sorgen, daß sie mich in Ruhe läßt, Taita? Sie ist doch noch ein kleines Kind!« Jetzt beklagte er sich nicht mehr.

Schließlich wurden wir vom Ruf des Ausgucks am Bug unterbrochen. Wir eilten nach vorn und spähten gespannt hinaus auf die Lagune. Der erste Nilpferdkadaver stieg an die Oberfläche. Den Bauch nach oben gekehrt, tauchte er auf und schaukelte mit steif ausgestreckten Beinen auf dem Wasser. Eine Galeere fuhr hinüber, um ihn zu bergen. Einer der Männer beugte sich über die Reling, warf eine Leine aus und machte sie an einem Bein des Kadavers fest. Dann schleppte die Galeere die Beute zum fernen Ufer.

Unterdessen tauchten ringsumher immer neue gewaltige Kadaver auf. Die Boote sicherten sie und zogen sie davon. Tanus befestigte zwei an unserer Ankertrosse, und die Ruderer mußten sich tüchtig in die Riemen legen.

Als wir uns dem Ufer näherten, schirmte ich meine Augen gegen die schräg einfallenden Sonnenstrahlen ab und hielt Ausschau. Sämtliche Männer, Frauen und Kinder von Oberägypten schienen sich versammelt zu haben. Es waren Unzählige, die sangen und tanzten und zur Begrüßung der kleinen Flotte Palmzweige schwenkten. Ihre wogenden weißen Gewänder muteten an wie eine stürmische Brandung.

Sowie die Galeeren anlandeten, wateten mit kurzen Lendenschurzen bekleidete Männer tief ins Wasser hinein, um die aufgedunsenen Kadaver mit Hilfe von Seilen zu bergen. In ihrer Erregung vergaßen sie sogar die in den trüben grünen Gewässern lauernden Krokodile. Alljährlich verschlingen diese grimmigen Bestien Hunderte von unseren Leuten. Manchmal sind sie dreist genug, aufs Trockene zu stürmen und ein Kind zu packen, das am Ufer spielt, oder eine Bäuerin, die Wäsche wäscht.

In ihrer Gier nach Fleisch hatten diese Menschen nur noch eines im Sinn. Sie ergriffen die Seile und zerrten die Kadaver ans Land. Männer und Frauen, Messer oder Äxte schwingend, schwärmten nun aus. Hungrig zischten und heulten sie einander an wie Geier und Hyänen bei der Beute des Löwen. Sie hieben auf die Kadaver und stritten um jeden Leckerbissen. Blutklumpen und Knochensplitter flogen. Noch am selben Abend würden sich lange Reihen von Verletzten vor dem Tempel einfinden und darauf warten, daß die Priester sie behandelten, denn oft genug glitten Klingen aus, und es entstanden klaffende Wunden.

Auch ich würde die halbe Nacht hindurch beschäftigt sein. In manchen Kreisen übertrifft mein Ruf als Arzt den der Osiris-Priester bei weitem. In aller Bescheidenheit muß ich sagen, daß dieser Ruf nicht unverdient ist, und Horus weiß, ich fordere weniger Geld als die heiligen Männer. Mein edler Herr Intef gestattet mir, ein Drittel von allem, was ich verdiene, selbst zu behalten. Und so verfüge ich über ein gewisses Vermögen, obwohl ich nur ein Sklave bin.

Vom Heckturm der *Atem von Horus* aus verfolgte ich das Schauspiel menschlicher Schwäche. Das Volk – dies ist ein alter Brauch – darf sich nach einer solchen Jagd am Ufer satt essen, solange es nichts von der Beute davonträgt. Da wir in einem grünen Land leben, das der große Fluß fruchtbar macht, sind unsere Leute wohlgenährt. Die Ärmeren müssen allerdings in der Hauptsache mit Getreide vorliebnehmen und haben oft monatelang keinen Bissen Fleisch. Während des Osiris-Fests aber gelten die üblichen Einschränkungen nicht. Übermaß in allen Leibesdingen ist erlaubt, sei es Speise und Trank, sei es sinnliche Begierde. Am Morgen würde so mancher einen verdorbenen Magen, einen brummenden Schädel und ein eheliches Zerwürfnis zu beklagen haben, doch dies war der erste Tag des Festes, und jedem Gelüst konnte nachgegeben werden.

Ich mußte lächeln, als ich eine Frau, nackt bis zu den Hüften und mit Blut und Fett beschmiert, aus der Bauchhöhle eines Nilpferds auftauchen sah, ein Stück Leber zwischen den Fingern, das sie nun einem der Kinder inmitten der kreischenden, sich um den Kadaver drängelnden Schar zuwarf. Die Mutter verschwand wieder, und das Kind flitzte, die Beute fest umklammert, zu einem der nach Hunderten zählenden Kochfeuer am Ufer. Dort nahm ihm sein älterer Bruder die Leber ab und warf sie auf die glühenden Kohlen. Ungeduldig drängte sich eine Meute jüngerer Rangen immer dichter um das Feuer.

Schließlich holte das älteste Kind die fast noch rohe Leber mit einem Zweig aus der Glut, und die ganze Schar fiel darüber her. Das Fleisch war kaum verzehrt, als die Kinder auch schon nach mehr schrien, während Fett und Bratensaft ihnen vom Kinn tropften. Vermutlich hatten die jüngeren unter ihnen noch nie vom köstlichen Fleisch des Nilpferds gekostet. Es ist süßlich und zart, aber vor allem ist es fett, fetter als Rind- und Eselsfleisch; und die Markknochen sind eine Leckerei, die selbst dem großen Gott Osiris mundet. Unsere Leute sind ausgehungert nach tierischem Fett, und sein Geschmack machte sie schier rasend.

Ich war es zufrieden, mich von dem wilden Haufen fernzuhalten, glücklich in dem Wissen, daß die Büttel meines edlen Herrn Intef die feinsten Stücke für die Palastküche sichern würden. Die Köche würden mir eine herrliche Fleischplatte zubereiten. Ich habe im Haushalt des Großwesirs Vorrang vor allen anderen, selbst vor seinem Hofmeister und dem Befehlshaber seiner Leibgarde, die beide frei geboren sind.

Nun beobachtete ich die Büttel bei der Arbeit. Sie forderten den Anteil meines Herrn, des Großwesirs der zweiundzwanzig Gaue von Oberägypten. Zielsicher schwangen sie ihre Knüppel – sie verfügten über reiche Erfahrung –, schlugen auf jeden Rücken und jedes bloße Gesäß ein, das sich ihnen als Ziel bot, und brüllten ihre Befehle.

Die Hauer der Nilpferde gehörten dem Wesir, und die Büttel sammelten sie ein. Diese Hauer sind ebenso wertvoll wie die Elefantenstoßzähne, die aus Kusch – jenseits der Katarakte – eingeführt werden. Natürlich wurde von meinem Herrn erwartet, daß er einen Teil der Jagdbeute den Hapi-Priestern überließ, denn sie sind Hirten der Nilpferdherde der Göttin. Doch wieviel er ihnen gab, lag in seinem Ermessen, und ich, der ich das Rechnungswesen des Palastes unter mir hatte, wußte, wer den Löwenanteil bekam. Mein edler Herr Intef ist nicht über die Maßen großzügig, nicht einmal einer Göttin gegenüber.

Was die Nilpferdhäute betraf, so gehörten sie dem Heer und würden für die Offiziere der Garderegimenter zu Schildern verarbeitet werden. Also nahmen Feldzeugmeister die Häute, deren jede fast so groß war wie ein Beduinenzelt, an sich.

Das Fleisch, das unverzehrt blieb, wurde gepökelt, geräuchert oder gedörrt. Vorgeblich diente es zur Versorgung des Heeres, der Tempel, der Richter und anderer Beamten. Aber in Wirklichkeit wurde ein erheblicher Teil davon unter der Hand verkauft, und der Erlös wanderte auf verschlungenen Wegen in die Geldtruhen meines Herrn. Er war nach Pharao der wohlhabendste Mann des Oberen Königreichs, und sein Vermögen mehrte sich von Jahr zu Jahr.

Hinter mir gab es einen Tumult, und ich drehte mich um. Tanus' Geschwader war noch im Einsatz, die Galeeren lagen fünfzig Schritt vom Ufer entfernt. Auf jedem Boot standen Harpuniere, die Waffen bereit. Das Blut hatte die Krokodile angelockt. Nicht nur aus allen Winkeln der Lagune, sondern auch vom Lauf des großen Flusses her waren sie ausgeschwärmt. Die Harpuniere erwarteten sie. Die langen Harpunenstangen waren mit einer kleinen, widerhakenbewehrten Spitze versehen. Durch ein Öhr im Metall zog sich ein derber Strick aus Flachs.

Die Geschicklichkeit der Harpuniere war in der Tat eindrucksvoll. Zunächst ließen sie das Krokodil unter der Galeere hindurchschwimmen; tauchte es dann auf der anderen Seite auf, die Galeere im Rücken, so beugte sich einer der Harpuniere über die Reling und stieß zu. Es war kein heftiger Stoß, sondern eine beinahe zarte Berührung. Die Bronzespitze am Ende der langen Stange war scharf wie das Messer eines Arztes, sie drang tief in die dicke, geschuppte Haut des Reptils ein. Der Harpunier zielte auf den Nacken, und führte er seine Waffe gut, dann durchbohrte die Spitze das Rückgrat und tötete das Tier auf der Stelle.

Wenn aber ein Stoß sein Ziel verfehlte, schien das Wasser plötzlich zu kochen, so wild waren die Zuckungen des verletzten Krokodils. Mit einer raschen Drehung löste der Harpunier die Stange von der Metallspitze, die im gepanzerten Nacken des Reptils steckenblieb. Dann packten vier Männer den Strick und versuchten, das Tier zu bändigen. Geschah dies, so hielt die hungrige Menge am Ufer inne, feuerte die Männer an und verfolgte den Kampf, bis das Krokodil schließlich überwältigt war. Wenn es den Männern gelang, den Kopf des Tiers in ihre Richtung zu drehen, konnte es nicht mehr entkommen. Dann zogen sie es längsseits, wo andere Männer bereitstanden, um ihm den Schädel mit Keulen einzuschlagen.

Als die Kadaver einiger Krokodile am Ufer lagen, ging ich an Land, um sie zu untersuchen. Die Abdecker von Tanus' Truppe waren bereits bei der Arbeit. Der Großvater unseres jetzigen Königs hat dem Regiment den Ehrentitel »Die Blauen Krokodile« verliehen. Die Rüstung der Truppe ist aus dem Leder dieser Bestien gefertigt. Richtig gegerbt, wird es so hart, daß Pfeile es nicht mehr durchdringen können und Schwerter sich daran verbiegen. Es ist leichter als Metall und vermag die Wüstensonne besser abzuschirmen. Mit seinem Krokodillederhelm, dem Busch aus Straußenfedern daran und seinem Krokodillederbrustharnisch, poliert und mit Bronzerosetten geschmückt, bietet Tanus einen Anblick, der dem Herzen des Feindes Furcht einflößt und jedes Mädchen erregt.

Während ich Länge und Umfang der Kadaver vermaß und die Abdecker bei der Arbeit beobachtete, empfand ich, anders als bei den abgeschlachteten Nilpferden, nicht die flüchtigste Regung von Mitgefühl. Für mich gibt es kein hassenswerteres Tier als das Krokodil, die Uräusschlange vielleicht ausgenommen.

Als ich mit dem Vermessen am Ende war, griff ich zu meinem Pinsel und meiner Papyrusrolle und begann alles aufzuzeichnen, was sich rings um mich her abspielte, vom Harpunieren über das Abhäuten und Zerlegen der Nilpferd- und Krokodilkadaver bis zur Hemmungslosigkeit des schlemmenden, feiernden Volkes.

Schon schnarchten die, welche sich den Bauch mit Fleisch vollgeschlagen und im Übermaß Bier getrunken hatten. Sie schliefen da, wo sie zu Boden gesunken waren, und merkten nicht, wie sie von den anderen, die sich noch auf den Beinen halten konnten, gestoßen und getreten wurden. Die Jüngeren und Schamloseren tanzten und umarmten einander oder nutzten die einbrechende Dunkelheit, um sich hinter kargen Büschen und niedergetrampelten Papyrusstauden zu paaren. Diese Liederlichkeit war nur eines von vielen Anzeichen der Mißstände, die im ganzen Lande herrschten. Hätten wir einen starken Pharao und eine sittenstrenge und rechtschaffene Verwaltung gehabt, wäre es anders gewesen. Die einfachen Leute nehmen sich im Guten wie im Bösen ein Beispiel an ihrer Obrigkeit.

Obwohl ich all das mißbilligte, zeichnete ich es getreulich auf. So verging eine Stunde wie im Flug, während ich – wieder auf dem Achterdeck der *Atem von Horus* sitzend – teils schrieb, teils skizzierte. Die Sonne sank und schien sich im großen Fluß selbst auszulöschen. Sie hinterließ einen Schimmer wie von Kupfer auf dem Wasser und am westlichen Himmel eine rauchige Glut.

Das Treiben am Ufer wurde immer zügelloser, die Huren hatten leichtes Spiel. Ich beobachtete, wie eine feiste Liebespriesterin, das blaue Amulett ihres Standes an der Stirn, einen mageren jungen Mann von einer der Galeeren in den Schatten jenseits des Feuerscheins führte. Dort ließ sie ihren Rock fallen, kniete sich in den Staub und reckte dem jungen Mann ein bebendes Paar gewaltiger Hinterbacken entgegen. Mit einem glücklichen Schrei war der Bursche auf ihr. Ich wollte die Posse skizzieren, aber das Licht schwand rasch, und ich mußte aufhören.

Als ich meine Papyrusrolle beiseite legte, wurde mir plötzlich bewußt, daß ich meine Herrin seit mindestens einer Stunde nicht mehr gesehen hatte. Länger noch! In blankem Entsetzen sprang ich auf. Wie hatte ich nur so pflichtvergessen sein können? Lostris war streng erzogen, dafür hatte ich gesorgt. Sie war tugendhaft und kannte die Obliegenheiten, die Gesetz und Sitte ihr auferlegten. Auch das Ansehen der hohen Familie, der sie angehörte, und ihr gesellschaftlicher Rang waren ihr bewußt. Und sie fürchtete die Macht und den Zorn ihres Vaters ebenso wie ich. Natürlich vertraute ich ihr.

Ich vertraute ihr in dem Maße, in dem ich jedem eigenwilligen Mädchen vertraut hätte, das an einem Abend wie diesem in der ersten Wallung der Gefühle irgendwo in der Dunkelheit mit einem stattlichen, nicht minder leidenschaftlichen und obendrein innig geliebten Soldaten allein war.

Ich war weniger wegen der zu hütenden Jungfräulichkeit meiner Herrin in Sorge als wegen der großen Gefahr, die mir selbst drohte. Am Morgen würden wir nach Karnak zurückkehren, in den Palast meines edlen Herrn Intef, und dort gab es Klatschmäuler genug, die ihm jeden Fehltritt, jedes Versäumnis unsererseits zutrugen.

Die Spitzel meines Herrn waren im ganzen Land zu finden, von den Hafenanlagen und Feldern bis zu Pharaos Palast. Sie waren noch zahlreicher als meine eigenen, denn er hatte mehr Geld, um sie zu entlohnen, wenn auch etliche von ihnen uns beiden dienten. Falls Lostris uns allen Schande bereitet hatte – ihrem Vater, ihrer Familie und mir, ihrem Lehrer und Hüter –, würde mein edler Herr Intef es am Morgen wissen. Und ich ebenso.

Ich eilte vom einen Ende des Schiffes zum anderen. Ich stieg auf den Heckturm und suchte das Ufer ab. Ich sah weder Lostris noch Tanus, und meine düsteren Befürchtungen erhielten neue Nahrung.

Wo ich sie suchen sollte, wußte ich nicht. Ich ertappte mich dabei, wie ich verzweifelt die Hände rang, und untersagte es mir sofort. Ich bin stets bemüht, jeden Anschein von weibischem Wesen zu vermeiden. Zu sehr verabscheue ich die fettleibigen, zimperlichen, gezierten Geschöpfe, die genauso verstümmelt worden sind wie ich. Ich habe immer versucht, mich als Mann zu betragen und nicht als Eunuch.

So beherrschte ich mich und bewahrte die kühl entschlossene Haltung, die ich in der Hitze des Gefechts bei Tanus beobachtet hatte. Mein Kopf wurde wieder klar, und ich überlegte, was meine Herrin am ehesten tun würde. Sie war viel zu wählerisch, um sich unter das betrunkene, ungehobelte Volk zu mischen oder sich in die Büsche zu schlagen und das Tier mit den zwei Rücken zu machen. Ich wußte, ich konnte niemanden bitten, mir bei der Suche zu helfen, denn dies hätte unweigerlich bedeutet, daß mein edler Herr Intef davon erfuhr.

An welchen heimlichen Ort hatte Lostris sich entführen lassen? Wie die meisten Mädchen ihres Alters war sie entzückt von der Vorstellung der gefühlsseligen Liebe. Ich bezweifelte, daß sie je an die irdischeren Seiten des körperlichen Vollzugs gedacht hatte, auch wenn ihre kleinen schwarzen Luder sich durchaus bemüht hatten, sie aufzuklären. Nicht einmal als ich sie, wie es meine Pflicht war, warnte, um sie vor sich selbst zu bewahren, hatte sie sich für die physischen Aspekte der Sache interessiert.

Ich mußte also an einem Ort suchen, der Lostris' Vorstellungen von der Liebe entsprach. Hätte es auf der *Atem von Horus* eine Kabine gegeben, so wäre ich dorthin geeilt, aber unsere Galeeren sind kleine, rein zweckmäßige Kriegsschiffe, nur mit dem Nötigsten versehen. Die Mannschaft schläft an Deck, und selbst der Kapitän und seine Offiziere haben für die Nacht nur ein Sonnensegel. Es war im Augenblick nicht aufgespannt, und damit gab es an Bord keinen Platz, an dem das Paar sich verstecken konnte.

Die Sklaven fingen gerade erst an, unsere Zelte auf einer dem Ufer vorgelagerten Insel – wo wir in angemessenem Abstand zum Pöbel die Nacht verbringen würden – aufzuschlagen. Das war nachlässig, aber sie hatten mitgefeiert und sich verspätet. Im Fackelschein sah ich, daß ein paar von ihnen mehr als unsicher auf den Beinen waren. Sie hatten Lostris' Zelt noch nicht aufgebaut, also stand den Liebenden der Luxus der Teppiche und bestickten Wandbehänge, der Daunenbetten und weichen Matratzen nicht zur Verfügung. Wo mochten sie sein?

In diesem Augenblick erregte ein warmes gelbes Licht weit draußen auf dem Wasser meine Aufmerksamkeit. Mir schwante etwas. In Anbetracht der Verbindung meiner Herrin zu Hapi mochte der Tempel dieser Göttin auf der malerischen kleinen Granitinsel inmitten der Lagune genau der Ort sein, der Lostris unwiderstehlich anzog. Ich sah zum Ufer. Zwar waren Unmengen von kleinen Booten an Land gezogen worden, doch die Fährleute waren fast alle betrunken.

Da entdeckte ich Kratas. Die Straußenfedern an seinem Helm wippten über den Köpfen der Menge, und er hob sich durch seine stolze Haltung von den anderen ab.

»Kratas!« rief ich, und er spähte sogleich herüber und winkte. Kratas war Tanus' Stellvertreter und neben mir der verläßlichste unter seinen vielen Freunden. Ich konnte Kratas in einem Maße vertrauen, wie ich es bei keinem anderen wagte.

»Besorg mir ein Boot!« schrie ich. »Irgendeines!« Es war bezeichnend für den Mann, daß er keinen Augenblick mit Fragen oder Zaudern vergeudete. Er schritt zum nächsten Kahn. Der Fährmann lag wie ein Holzklotz darin. Kratas packte ihn und warf ihn in den Sand. Der Mann rührte sich nicht, sondern blieb, benommen von billigem Wein, so liegen, wie Kratas ihn abgeladen hatte. Kratas ließ das Fahrzeug selbst zu Wasser, stakte einige Male mit der Ruderstange und ging längsseits zur *Atem von Horus*. In meiner Hast stürzte ich vom Heckturm und fiel geradewegs in den Kahn.

»Zum Tempel, Kratas«, bat ich, »und möge die gütige Göttin Hapi geben, daß wir nicht schon zu spät kommen!«

Der Abendwind blähte unser Segel, und wir wurden schnell über das dunkle Wasser zu der steinernen Mole unterhalb des Tempels getragen. Kratas vertäute den Kahn an einem Muringsring und machte Anstalten, mir zu folgen, doch ich gebot ihm Einhalt.

»Nicht um meinetwillen, sondern um Tanus' willen«, sagte ich. »Bleib hier.«

Kratas zögerte einen Augenblick, aber dann nickte er. »Ich werde lauschen, ob du rufst.« Er zückte sein Schwert und reichte es mir. »Brauchst du's?«

Ich schüttelte den Kopf. »Es droht nicht diese Art von Gefahr. Außerdem habe ich meinen Dolch. Aber ich danke dir für dein Vertrauen.« Ich ließ Kratas im Kahn zurück und eilte die Treppe zum Eingang des Hapi-Tempels empor.

Die Fackeln an den hohen Säulen gaben ein rötliches, flackerndes Licht, das die Flachreliefs an der Wand lebendig zu machen schien. Hapi ist eine der mir liebsten Gottheiten. Genaugenommen ist sie weder Gott noch Göttin, sondern ein seltsames, bärtiges, zwittriges Wesen. Sie besitzt sowohl Penis als auch Vagina und üppige Brüste, die allen Menschen Milch spenden. Sie ist die Göttin des Nils und der Ernte. Beide ägyptischen Königreiche und ihre Bewohner sind ganz und gar auf sie und die regelmäßig wiederkehrenden Überschwemmungen des großen Flusses angewiesen. Sie kann ihr Geschlecht ändern und wie viele ägyptische Gottheiten Tiergestalt annehmen. Die von ihr bevorzugte ist die des

Nilpferds. Auch wenn Hapis Geschlechtlichkeit doppeldeutig ist, hat meine Herrin sie immer als Frau betrachtet, und ich halte es ebenso. Die Hapi-Priester mögen darin anderer Meinung sein.

Die großen Bildnisse Hapis an den steinernen Wänden zeigten ein mütterliches Wesen. In starken Grundfarben gemalt, strahlte sie mit dem Kopf eines freundlichen Nilpferds auf die Menschen herab; es schien, als wollte ihr Blick die ganze Natur auffordern, fruchtbar zu sein und sich zu mehren. Das vertrug sich schlecht mit meiner Sorge. Immerhin fürchtete ich, daß meine kostbare Schutzbefohlene in ebendiesem Augenblick Gebrauch von der Nachsicht der Göttin machte.

An einem Seitenaltar kniete eine alte Priesterin. Ich lief zu ihr, faßte den Saum ihres Umhangs und zog daran. »Sag, heilige Schwester, hast du die edle Frau Lostris gesehen, die Tochter des Großwesirs?« Es gab nur wenige Menschen in Oberägypten, die meine Herrin nicht kannten. Alle liebten ihre Schönheit, ihren Frohsinn und ihr freundliches Wesen, und sie scharten sich um sie und jubelten ihr zu, wann immer sie sich außerhalb des Palastes zeigte.

Die Priesterin schmunzelte und legte den knochigen Finger mit einem so verschmitzten Ausdruck an die Nase, daß meine schlimmsten Befürchtungen bestätigt wurden.

Ich schüttelte sie. »Wo ist sie, verehrte Mutter? Sprich, ich flehe dich an!« Doch sie wiegte nur den Kopf und rollte die Augen in Richtung des Eingangs zum Allerheiligsten.

Ich eilte über die Granitplatten, und selbst in meiner Verzweiflung verwunderte ich mich über die Dreistigkeit meiner Herrin. Zwar hatte sie als Mitglied des hohen Adels jederzeit Zugang zum Allerheiligsten – aber gab es eine zweite Frau in Ägypten, die die Stirn gehabt hätte, einen solchen Ort für die Begegnung mit ihrem Liebsten zu wählen?

Vor dem Allerheiligsten hielt ich inne. Mein Gespür hatte mich nicht getrogen. Da waren sie. Ich glaubte so sicher zu wissen, was sich abspielte, daß ich drauf und dran war, ihnen lautstark Einhalt zu gebieten. Doch ich beherrschte mich.

Meine Herrin war vollständig bekleidet, vollständiger als sonst, denn ihre Brüste waren bedeckt, und sie hatte ein blaues Wolltuch um ihren Kopf gelegt. Sie kniete vor Hapis gewaltigem Standbild. Die Göttin, mit Kränzen von blauen Wasserlilien geschmückt, lächelte auf sie hernieder.

Tanus kniete neben seiner Liebsten. Er trug weder Rüstung noch Waffen, sie lagen am Eingang zum Allerheiligsten. Er war nur mit einem Leinenhemd und einem kurzen Übergewand bekleidet und trug Sandalen. Die beiden hielten einander bei den Händen, und ihre Gesichter berührten sich fast, während sie ernst miteinander flüsterten.

Mein Argwohn war nichtig geworden. Reue und Scham erfüllten mich. Wie hatte ich nur an meiner Herrin zweifeln können? Leise begann ich mich zurückzuziehen. Ich wollte zum Seitenaltar gehen und der Göttin für ihren Beistand danken; auch dachte ich, von dort unauffällig ein Auge auf die weiteren Ereignisse haben zu können.

Aber nun erhob sich Lostris und näherte sich schüchtern dem Standbild der Göttin. Ich war so bezaubert von ihrer Anmut, daß ich noch etwas verweilte, um sie zu beobachten.

Sie legte die Kette mit der Lapislazuli-Figurine der Göttin ab, die ich für sie gemacht hatte. Ich erkannte in jähem Schmerz, daß sie sie als Opfer darbringen wollte. Sie stellte sich auf die Zehenspitzen, um der Göttin die Kette um den Hals zu hängen. Dann beugte sie sich nieder und küßte den steinernen Fuß. Tanus, noch immer an der Stelle kniend, an der sie ihn zurückgelassen hatte, beobachtete sie unverwandt.

Lostris richtete sich auf und wandte sich um, wollte zu ihm zurückkehren, doch da entdeckte sie mich. Ich machte noch einen Versuch, mich im Schatten zu verstecken, denn es war mir unangenehm, in einem solchen Augenblick spioniert zu haben. Aber in Lostris' Gesicht leuchtete es freudig auf, und ehe ich fliehen konnte, kam sie zu mir gelaufen und faßte meine Hände.

»O Taita, ich bin so froh, daß du hier bist – gerade du! Das paßt so gut!« Sie führte mich ins Allerheiligste, und Tanus erhob sich und trat lächelnd näher, um meine andere Hand zu fassen.

»Dank dir, daß du gekommen bist. Ich weiß, wir können immer auf dich zählen.« Ich wünschte, meine Beweggründe wären so lauter gewesen, wie die beiden glaubten, und so verbarg ich mein schlechtes Gewissen hinter einem liebevollen Lächeln.

»Knie dich hierher!« befahl Lostris. »So kannst du jedes Wort hören, das wir einander sagen. Du wirst vor Hapi und allen Göttern Ägyptens Zeugnis für uns ablegen.« Sie drückte mich auf die Knie; dann nahmen Tanus und sie ihre Plätze vor der Göttin wieder ein, faßten einander bei den Händen und sahen sich in die Augen.

Lostris sprach zuerst. »Du bist meine Sonne«, flüsterte sie. »Ohne dich ist es dunkel in mir.«

»Du bist der Nil meines Herzens«, antwortete Tanus leise. »Die Wasser deiner Liebe nähren meine Seele.«

»Du bist hier auf Erden und in allen künftigen Welten mein Mann.«

»Du bist meine Frau, und ich gelobe, dich zu lieben. Ich schwöre es dir beim Atem und beim Blut von Horus«, sagte Tanus so klar und deutlich, daß seine Stimme in den steinernen Sälen widerhallte.

»Ich nehme dein Gelöbnis an und vergelte es dir hundertfach!« rief

Lostris. »Niemand kann zwischen uns stehen, nichts uns trennen. Wir sind auf ewig eins.«

Sie hob ihr Gesicht zu Tanus auf, und er küßte sie. Ich empfand es als Ehre, in einem so vertrauten Augenblick zugegen sein zu dürfen. Die beiden umarmten einander, als plötzlich ein frischer Wind von der Lagune durch die matt erleuchteten Hallen des Tempels wirbelte und die Fackeln aufflackern ließ. Er legte sich so rasch, wie er gekommen war, aber sein Wispern zwischen den Säulen war wie ein fernes Hohngelächter der Götter, und ich schauderte vor abergläubischer Angst.

Es ist gefährlich, die Götter mit überzogenen Forderungen zu verärgern, und Lostris hatte gerade das Unmögliche verlangt. Ich hatte seit Jahren gewußt, daß dieser Augenblick kommen würde, und ich hatte ihn mehr gefürchtet als meinen eigenen Tod. Mochten Tanus und Lostris einander noch so innig Treue geloben – es konnte nicht sein. Ich spürte, wie mir das Herz brach, als sie sich aus ihrer Umarmung lösten und mich ansahen.

»Warum so traurig, Taita?« fragte Lostris. »Freu dich mit mir, dies ist der glücklichste Tag meines Lebens!«

Ich rang mir ein Lächeln ab, doch ich konnte kein Trost- oder Segenswort für die beiden finden, die Menschen, die ich am innigsten liebte. Ich blieb auf den Knien liegen, lächelnd wie ein Narr und in tiefster Seele verzweifelt.

Tanus zog mich auf die Beine und umarmte mich. »Du wirst beim edlen Herrn Intef ein gutes Wort für mich einlegen, nicht wahr?« fragte er.

Lostris stimmte ein. »O ja, Taita«, drängte sie. »Mein Vater wird auf dich hören. Du bist der einzige, der sich für uns verwenden kann. Du wirst uns nicht enttäuschen, hab' ich recht, Taita? Du wirst es für mich tun, nicht wahr?«

Was sollte ich darauf erwidern? Ich konnte in diesem Augenblick nicht so grausam sein, den Liebenden die Wahrheit zu sagen. Sie warteten darauf, daß ich redete, meiner Freude Ausdruck verlieh und ihnen meine Hilfe zusicherte. Doch es hatte mir die Sprache verschlagen, mein Mund war ausgetrocknet, als hätte ich in eine unreife Frucht gebissen.

»Taita, was ist?« Ich konnte zusehen, wie der glückliche Ausdruck aus dem Gesicht meiner Herrin verschwand. »Warum freust du dich nicht mit uns?«

»Du weißt, daß ich euch beide liebe, aber...« Ich verstummte.

»Aber was, Taita?« fragte meine Herrin in gebieterischem Ton. »Warum sagst du *aber* und machst ein langes Gesicht an diesem schönsten aller Tage?« Sie wurde ungehalten, und zugleich schwammen ihre

Augen in Tränen. »*Willst* du uns nicht helfen?« Sie kam zu mir und blickte mich herausfordernd an.

»Bitte, Herrin, sprich nicht so. Das habe ich nicht verdient. Nein, hör mir zu!« Ich legte meinen Finger auf ihre Lippen, um sie zum Schweigen zu bringen. »Es liegt nicht an mir. Es liegt an deinem Vater.«

»Ganz recht.« Ungeduldig schob Lostris meine Hand beiseite. »Du wirst zu meinem Vater gehen und mit ihm reden, wie du's immer tust, und alles wird gut sein.«

»Lostris«, hob ich an, und es war ein Zeichen meiner Verzweiflung, daß ich sie so vertraulich ansprach, »du bist kein Kind mehr. Du darfst dich nicht mit kindlichen Träumen täuschen. Du weißt, dein Vater wird dieser Verbindung niemals . . .«

Sie wollte die Wahrheit, die ich zu sagen im Begriff war, nicht hören, und so fiel sie mir ins Wort. »Ja, ich weiß, Tanus hat kein Vermögen. Aber er hat eine große Zukunft! Eines Tages wird er sämtliche Heere Ägyptens befehligen. Eines Tages wird er die Schlachten schlagen, die zur Wiedervereinigung der beiden Königreiche führen, und ich werde ihm zur Seite stehen.«

»Herrin, bitte hör mich zu Ende an. Es geht nicht allein darum, daß Tanus kein Vermögen hat. Es geht um viel, viel mehr.«

»Um seine Abstammung etwa? Macht dir das Kummer? Du weißt doch, daß seine Familie genauso vornehm ist wie meine. Pianki, der edle Herr Harrab, war meinem Vater ebenbürtig und sein bester Freund.« Lostris erkannte nicht, daß sie im Begriff war, sich auf eine Tragödie einzulassen. Tanus erfaßte es ebensowenig. Wahrscheinlich war ich der einzige Mensch in Ägypten, der die Tragweite des Geschehens begriff.

Ich hatte Lostris all die Jahre vor der Wahrheit behütet, und natürlich hätte ich auch Tanus nie alles sagen können. Wie sollte ich es ihr jetzt erklären? Wie ihr das Ausmaß des Hasses offenbaren, den ihr Vater gegen den jungen Mann hegte, den sie liebte? Es war ein aus Schuldbewußtsein und Neid geborener und deshalb nur um so unversöhnlicherer Haß.

Doch mein edler Herr Intef war listig und verschlagen. Er zeigte seine wahren Gefühle nicht. Er konnte seinen Haß und seine Bosheit verbergen, küssen, wen er vernichten wollte, ihn mit Geschenken überhäufen und mit Schmeicheleien in Sicherheit wiegen. Er hatte die Geduld eines Krokodils, das sich an der Tränke im Nilschlamm vergräbt und auf die nichtsahnende Gazelle wartet. Er wartete Jahre und Jahrzehnte, aber wenn sich die Gelegenheit bot, war er ebenso schnell wie jenes furchtbare Reptil.

Lostris ahnte nicht, wie abgrundtief der Haß ihres Vaters war. Sie glaubte sogar, er hätte Pianki, den edlen Herrn Harrab, geliebt, wie Tanus'

Vater ihn geliebt hatte. In ihrer süßen Unschuld meinte sie, das einzige, was ihr Vater an ihrem Liebsten zu bemängeln haben könnte, sei dessen Mittellosigkeit.

»Du weißt, daß es stimmt, Taita. Tanus ist so hochgeboren wie ich. Es steht in den Papyrusrollen des Tempels – wer mag, kann es lesen. Wie will mein Vater das leugnen? Wie willst du es leugnen?«

»Es ist nicht an mir, dies zu leugnen oder zu bestätigen, Herrin...«

»Dann wirst du zu meinem Vater gehen, nicht wahr, lieber Taita? Bitte sag, daß du's tust!«

Ich konnte nur den Kopf neigen, um den hoffnungslosen Ausdruck in meinen Augen zu verbergen.

Schwer beladen war die kleine Flotte unterwegs zurück nach Karnak. Die Galeeren lagen mit ihrer Fracht von ungegerbtem Leder und gepökeltem Fleisch tief im Wasser. So machten wir gegen die Strömung des Nils weitaus weniger Fahrt als auf dem Hinweg, aber immer noch zuviel für mein schweres Herz und meine wachsende Furcht.

Die Liebenden waren fröhlich und voller Überschwang in ihrem Vertrauen darauf, daß ich ihnen alle Hindernisse aus dem Weg räumen würde. Ich konnte mich nicht überwinden, ihnen diesen glücklichen Tag zu verderben, denn ich wußte, es war einer der letzten, die sie gemeinsam verbringen würden. Ich glaube, wenn ich über den nötigen Mut geboten hätte, so hätte ich sie zum Vollzug der Liebe gedrängt, den ich noch am Abend zuvor hatte verhindern wollen. Sie würden nie wieder Gelegenheit dazu haben – jedenfalls nicht, wenn ich meinen edlen Herrn Intef erst mit dem zum Scheitern verurteilten Versuch, eine Ehe zwischen Lostris und Tanus zu stiften, gewarnt haben würde. Sobald er wußte, was sie vorhatten, würde er sie auf immer voneinander trennen.

So lachte ich lieber, gab mich so froh wie die beiden und bemühte mich, sie meine Bangigkeit nicht spüren zu lassen. Und sie waren derart blind vor Liebe, daß es mir gelang. Zu jeder anderen Zeit hätte meine Herrin mich sofort durchschaut, denn sie kennt mich fast so gut, wie ich sie kenne.

Wir saßen zu dritt am Bug und besprachen die Neuinszenierung der Passion von Osiris, die der Höhepunkt des Festes sein sollte. Mein edler Herr Intef hatte mich zum Spielleiter ernannt, und ich hatte Lostris und Tanus Hauptrollen zugedacht.

Das Fest findet alle zwei Jahre statt. Früher wurde es alljährlich veranstaltet, doch die Unkosten, die der Umzug des Hofes von Elephantine nach Theben mit sich gebracht hatte, waren so erheblich, daß Pharao eine längere Pause zwischen den Festen angeordnet hatte. Unser König achtet immer sehr auf sein Geld.

Die Vorbereitungen für das Festspiel lenkten mich von der drohenden Auseinandersetzung mit meinem edlen Herrn Intef ab, und so probte ich mit den beiden Liebenden, was sie zu sprechen hatten. Lostris sollte die Isis spielen, Osiris' Frau, während ich Tanus für die Rolle des Horus vorgesehen hatte. Die Vorstellung, daß Tanus Lostris' Sohn spielen würde, erheiterte die beiden ungemein, und ich mußte ihnen erklären, die Götter seien alterslos und es sei durchaus möglich, daß eine Göttin jünger erscheine als ihre Nachkommenschaft.

Ich hatte eine neue Fassung des Festspiels geschrieben. Sie sollte die ursprüngliche, die fast tausend Jahre unverändert geblieben war, ersetzen. Vor allem die veraltete Sprache paßte nicht mehr für ein zeitgenössisches Publikum. Pharao würde der Ehrengast sein, wenn das Spiel am letzten Tag des Festes im Osiris-Tempel aufgeführt wurde, und so war mir besonders an einem Erfolg gelegen. Mit meiner Neufassung war ich bereits auf Widerstand von seiten jener Adligen und Priester gestoßen, die sehr am Überlieferten hingen. Nur dank des Einschreitens meines edlen Herrn Intef hatte ich mich durchsetzen können.

Mein Herr ist kein allzu frommer Mann und hätte sich unter anderen Umständen nicht um solche theologischen Streitigkeiten gekümmert. Doch ich hatte einige Zeilen eingefügt, die ihn erheitern und ihm schmeicheln sollten. Ich las sie ihm vor und deutete an, der größte Widerstand gegen meine Fassung käme vom Hohepriester von Osiris, einem kleinlichen Greis, der sich einmal der Neigung meines edlen Herrn Intef zu einem hübschen Altardiener entgegengestellt hatte. Mein Herr hatte das dem Hohepriester nie verziehen.

So hatte es sich gefügt, daß meine Fassung uraufgeführt werden sollte. Es war von entscheidender Bedeutung, daß die Schauspieler den Glanz meines Stils zur Geltung brachten; gelang ihnen das nicht, konnte es durchaus sein, daß diese erste Aufführung zugleich die letzte sein würde.

Tanus und Lostris sprachen wundervoll, sie wollten mich für meine Zusage, ihnen zu helfen, belohnen. So verlief die Probe derart fesselnd, daß ich mich für eine Weile vergessen konnte.

Doch dann holte mich ein Ruf des Ausgucks vom Leiden der Götter zu irdischeren Dingen zurück. Die kleine Flotte nahm soeben die letzte Biegung des Flusses, und schon lagen die Zwillingsstädte Luxor und Karnak, die zusammen Groß-Theben bilden, im hellen Sonnenschein schimmernd vor uns. Wir mußten uns der Wirklichkeit stellen. Ich richtete mich auf, und mir schwand der Mut.

»Tanus, laß Lostris und mich zu Kratas' Galeere übersetzen, ehe wir die

Stadt erreichen. Die Günstlinge meines Herrn werden uns vom Ufer aus beobachten. Sie dürfen uns nicht in deiner Gesellschaft sehen.«

»Ist es dafür nicht ein wenig zu spät?« entgegnete Tanus lächelnd. »Daran hättest du ein paar Tage früher denken sollen.«

»Mein Vater wird bald genug von uns erfahren«, bestätigte Lostris. »Es könnte deine Mission erleichtern, wenn wir ihm unsere Absichten schon einmal andeuten.«

»Wenn ihr es besser wißt als ich, müßt ihr auf eure Weise vorgehen, nur will ich dann nichts mehr mit dieser törichten Sache zu tun haben.« Ich stellte mich so verärgert und gekränkt, daß die beiden rasch nachgaben.

Tanus ließ Kratas' Galeere längsseits kommen, und den Liebenden blieb nur wenig Zeit für ihr Lebewohl. Von Kratas' Heckturm aus winkten Lostris und ich der *Atem von Horus* nach, als sie abdrehte und mit Rudern, die blitzten wie Libellenflügel, auf ihren Ankerplatz vor der Stadt Luxor zuhielt. Wir fuhren weiter flußaufwärts, dem Palast des Großwesirs entgegen.

Wir hatten kaum am Kai festgemacht, da erkundigte ich mich, wo mein Herr sei, und erfuhr zu meiner Erleichterung, daß er den Fluß überquert hatte, um in letzter Minute Pharaos Grab und Tempel am westlichen Ufer in Augenschein zu nehmen. Seit zwölf Jahren wurde an diesen Bauwerken gearbeitet; seit jenem Tag, an dem sich unser König die weiße und rote Krone der zwei Königreiche aufgesetzt hatte. Aber nun näherten sie sich der Vollendung, und Pharao würde sie besichtigen wollen, wenn das Fest vorbei war. Meinem edlen Herrn Intef lag sehr daran, daß der König nicht enttäuscht wurde. Einer seiner vielen Titel und Ehrennamen lautete Wächter der Königsgräber, und dies war eine äußerst ernstzunehmende Verpflichtung.

Dank seiner Abwesenheit blieb mir noch ein Tag, um mein Vorgehen zu planen. Ich hatte den Liebenden versprechen müssen, ein gutes Wort für sie einzulegen, sobald sich die erste Gelegenheit bot, und das würde der Morgen des Gerichtstags sein, den mein Herr allwöchentlich abhielt.

Als ich meine Herrin sicher im Harem wußte, eilte ich in meine Gemächer. Sie befinden sich in dem Flügel des Palastes, der die Gefährten des Großwesirs beherbergt.

Die häuslichen Arrangements meines edlen Herrn Intef waren irreführend wie vieles in seinem Leben. Er hatte acht Frauen, die entweder eine üppige Mitgift oder gute Beziehungen mit in die Ehe gebracht hatten. Aber nur drei von ihnen hatten ihm Kinder geboren. Außer Lostris gab es noch zwei Söhne.

Soviel ich wußte – und ich wußte fast alles –, hatte mein Herr den Harem seit fünfzehn Jahren nicht mehr besucht. Bei Lostris' Zeugung hatte er seinen ehelichen Pflichten zum letztenmal genügt. Seine sinnlichen Gelüste waren andere. Die Gefährten des Großwesirs waren die hübschesten jungen Sklaven des Oberen Königreichs, wo die Knabenliebe während der vergangenen hundert Jahre beim größten Teil des Adels die Jagd als bevorzugten Zeitvertreib ersetzt hatte. Auch dies war ein Anzeichen der Mißstände, die in unserem Land herrschten.

Ich war der älteste jener ausgewählten Gesellschaft von Sklaven. Anders als so viele, die mein Herr auf dem Sklavenmarkt verkaufte, wenn ihre körperliche Schönheit zu schwinden begann, hatte ich die Zeit überdauert. Er war dahingekommen, mich für andere Vorzüge zu schätzen. Und meine Schönheit war nicht geschwunden – im Gegenteil, sie wuchs in meinen reiferen Jahren. Du darfst mich nicht für eitel halten, Leser, weil ich dies erwähne; ich habe nun mal beschlossen, nichts als die reine Wahrheit zu schreiben. Und meine Aufzeichnungen sind bemerkenswert genug, ohne daß ich meine Zuflucht zu falscher Bescheidenheit nehmen müßte.

Nein, mein Herr frönte seiner Lust nur noch selten mit mir – eine Vernachlässigung, für die ich ihm zutiefst dankbar war. Und wenn er es tat, dann gewöhnlich, um mich zu bestrafen. Er wußte durchaus um die Schmerzen und die Demütigung, die er mir mit seinen Aufmerksamkeiten bereitete. Obwohl ich schon als Kind gelernt hatte, meinen Ekel zu unterdrücken und Freude an den abartigen Handlungen zu heucheln, zu denen er mich zwang, war es mir nie gelungen, ihn zu täuschen.

Mein Abscheu schmälerte sein Vergnügen seltsamerweise nicht; eher schien er es zu steigern. Mein edler Herr Intef war weder zart noch mitfühlend. Nach Hunderten zählten die jungen Sklaven, die im Laufe der Jahre weinend und verletzt zu mir gebracht worden waren, nachdem sie zum erstenmal eine Nacht mit ihm verbracht hatten. Ich behandelte sie und tat mein Bestes, um sie zu trösten. Vielleicht nennen sie mich deshalb *Akh-Ker*, was »älterer Bruder« bedeutet.

Mochte ich auch nicht mehr das Lieblingsspielzeug meines Herrn sein, er schätzte mich, denn ich war ihm vieles andere: Arzt und Maler, Musiker und Schreiber, Baumeister und Buchhalter, Ratgeber und Vertrauter, Ingenieur und Kindermädchen seiner Tochter. Ich bin nicht so töricht zu glauben, daß er mich liebte, aber er schien dem manchmal so nahe zu sein, wie es ihm eben möglich war. Deshalb hatte Lostris darauf bestanden, daß ich mich für sie verwenden sollte.

Meinem edlen Herrn Intef lag nichts an seiner einzigen Tochter; ihm kam es lediglich darauf an, ihren Heiratswert auf dem höchsten Stand zu halten, und die Verantwortung dafür hatte er ganz in meine Hände gelegt. Manchmal sprach er monatelang kein Wort mit Lostris. Auch die Berichte, die ich ihm regelmäßig über Ausbildung und Erziehung seiner Tochter erstattete, interessierten ihn wenig.

Natürlich war ich stets bemüht, meine wahren Gefühle für Lostris vor ihm zu verbergen, denn ich wußte, daß er sie, wüßte er davon, bei der ersten Gelegenheit gegen mich verwenden würde. Ich versuchte, ihm den Eindruck zu vermitteln, daß ich die Fürsorge für sie als eine öde Pflicht empfand, der ich nur mit gelindem Widerwillen nachkam, und daß ich seine Frauenverachtung teilte. Ich glaube, er hat nie gemerkt, daß ich trotz meiner Kastration dem anderen Geschlecht gegenüber das Verlangen eines echten Mannes hegte.

In meinen Gemächern angelangt, war es meine erste Sorge, meine Lieblinge zu füttern und zu hätscheln. Ich liebe Vögel wie viele Tiere, und ich habe eine glückliche Hand mit ihnen. So war ich gut befreundet mit einem Dutzend Katzen – niemand kann behaupten, Katzen zu besitzen! Dagegen besaß ich eine Meute schöner Hunde. Manchmal jagten Tanus und ich mit ihnen draußen in der Wüste Spießböcke und Löwen.

Wildvögel kamen in Schwärmen auf meine Terrasse geflogen, um die Gastfreundschaft zu genießen, die ich ihnen bot. Erbittert zankten sie sich um einen Platz auf meiner Schulter oder meiner Hand. Die frechsten pickten Futter, das ich zwischen meinen Lippen hielt. Meine zahme Gazelle strich um meine Beine wie eine Katze, und meine beiden Falken zeterten sich von ihren Sitzstangen auf der Terrasse aus an. Es waren Würgfalken aus der Wüste, selten, schön und wild, doch bei mir gaben sie sich sanft wie Tauben.

Erst als ich mich um alle meine Lieblinge gekümmert hatte, rief ich einen der jungen Sklaven und ließ mir mein Abendessen bringen. Auf der Terrasse, von der man einen weiten Blick über den grünen Nil hat, genoß ich das köstliche kleine Gericht – Wachtel in Honigmilch –, das der oberste Koch eigens zubereitet hatte, um mich zu Hause willkommen zu heißen. Und ich wartete auf die Rückkehr meines Herrn. Bei sinkender Sonne trat er sie an. Die goldenen Strahlen leuchteten auf dem Segel seines Galabootes, und ich verzagte fast. Womöglich bestellte er mich am Abend zu sich, und ich war noch nicht gewappnet für eine Auseinandersetzung mit ihm.

Doch Rasfer, der Befehlshaber der Palastgarde, rief zu meiner Erleichterung nach dem derzeitigen Favoriten meines Herrn, einem dunkeläugigen Beduinenjungen, der kaum zehn Jahre alt war. Wenig später hörte ich, wie das Kind in Angst und Schrecken aufbegehrte, als Rasfer es an meiner Tür vorbeizerrte, den Gemächern des Großwesirs entgegen. Obwohl ich ihn wohl kannte, diesen Laut der Kinder, konnte ich mich nicht dagegen verhärten, und so empfand ich das vertraute Mitleid. Und dennoch war ich froh, daß nicht ich es war, der heute abend zu meinem Herrn mußte. Ich würde meinen Schlaf brauchen, damit ich am Morgen gut aussah.

Ich erwachte vor Tagesanbruch, und sofort waren die bangen Gefühle wieder da; verließen mich auch nicht, als ich in den kühlen Wassern des Nils schwamm. Dann eilte ich in meine Kammer zurück, wo zwei junge Sklaven bereitstanden, meinen Körper einzuölen und mir das Haar zu kämmen. Der Adel schminkte sich neuerdings das Gesicht, und ich haßte diese Mode. Meine Haut war auch so schön genug, aber mein Herr schätzte es, wenn seine Knaben sich schminkten, und ich wollte ihm heute besonders gefallen.

Zwar beruhigte mich mein Ebenbild im Bronzespiegel für einen Augenblick, doch das Frühstück schmeckte mir nicht. Aus dem ganzen Gefolge meines Herrn war ich der erste, der im Wassergarten, wo er Gerichtstag hielt, seiner Ankunft harrte.

Während ich auf den Rest des Hofes wartete, beobachtete ich die Königsfischer. Ich hatte den Wassergarten entworfen und die Aufsicht geführt, als er angelegt wurde. Er war herrlich, ein weitverzweigtes Netz aus Kanälen und Teichen. Zu seinem Schmuck waren in allen Teilen des Königreichs Blütenpflanzen gesammelt worden, und sie prangten in ihrer Farbenpracht. In den Teichen schwammen alle Arten von Fischen, mit denen der Nil die Netze der Fischer füllt, aber es mußten täglich neue eingesetzt werden, weil die Königsfischer die Bestände immer wieder plünderten.

Es gefiel meinem edlen Herrn Intef, die bunt schillernden Vögel zu beobachten, wie sie in der Luft schwebten, pfeilgeschwind niedersausten, das Wasser kurz aufrauschen ließen und wieder emporstiegen, einen zappelnden silbrigen Splitter im Schnabel. Ich glaube, er fühlte sich in gewissem Sinn mit ihnen verwandt; jedenfalls hatte er den Gärtnern verboten, sie zu stören.

Allmählich versammelte sich der Rest des Hofes. So mancher hatte noch vom Schlaf zerzaustes Haar und gähnte. Mein Herr beginnt sein Tagwerk früh, er möchte den größten Teil der Staatsgeschäfte erledigt wissen, ehe die Mittagshitze drückend wird. Ehrerbietig warteten wir mit den ersten Sonnenstrahlen auf sein Eintreffen.

»Er ist gut gelaunt heute«, flüsterte der Hofmeister, als er seinen Platz neben mir einnahm, und ich schöpfte ein wenig Hoffnung. Unter uns war ein Raunen und Wispern, als ginge ein leichter Wind durch den Papyrus am Fluß, da trat mein edler Herr Intef zu uns heraus.

Sein Gang war würdevoll, seine Haltung gebieterisch, denn er war reich an Ehren, und groß war seine Macht. Um den Hals trug er das Ehrengold, jene Kette roten Goldes aus den Minen von Lot, die ihm Pharao mit eigenen Händen angelegt hatte. Sein Lobsänger ging ihm voran, ein Zwerg, der wegen seines mißgestalteten Körpers und seiner schallenden Stimme für dieses Amt auserkoren war. Es vergnügte meinen Herrn, sich mit Sonderbarkeiten zu umgeben. Springend und tänzelnd auf seinen kurzen, krummen Beinen, zählte der Zwerg die Titel meines edlen Herrn Intef auf.

»Seht den Fels von Ägypten! Begrüßt den Hüter der Wasser des Nils! Verneigt euch vor Pharaos Gefährten!« All diese Titel hatte ihm der König verliehen, und viele brachten Obliegenheiten mit sich. Als Hüter der Wasser des Nils zum Beispiel mußte mein Herr ein Auge auf die alljährlichen Überschwemmungen des großen Flusses haben – eine Aufgabe, die er natürlich seinem treuen und unermüdlichen Sklaven Taita übertragen hatte.

Ein halbes Jahr lang hatte eine Gruppe von Ingenieuren und Mathematikern unter meiner Leitung gearbeitet. Wir hatten die Felsen bei Assuan vermessen und sie mit Rillen versehen, damit die Höhe des Wassers, das an ihnen emporstieg, genau bestimmt und das Ausmaß der Überschwemmung vorausberechnet werden konnte. Anhand dessen war es mir möglich zu schätzen, wie die Ernte ausfallen würde, ob ein fettes oder ein mageres Jahr bevorstand, und die Verwaltung konnte sich darauf einrichten. Pharao war von meiner Arbeit entzückt gewesen und hatte meinen Herrn mit weiteren Ehren bedacht.

»Beugt das Knie vor dem Gaufürsten von Karnak und Großwesir der zweiundzwanzig Gaue von Oberägypten! Grüßt den Herrn der Totenstadt und Wächter der königlichen Gräber!« Kraft dieser Titel war mein Herr verantwortlich für Planung, Bau und Instandhaltung der Denkmäler längst verstorbener Pharaonen und jenes einen, der noch lebte. Und auch diese Pflicht war auf die Schultern eines geduldigen Sklaven geladen worden. Der Besuch meines edlen Herrn Intef beim Grabmal des Pharao am Tag zuvor war der erste gewesen, den er seit dem vergangenen Osiris-Fest unternommen hatte. Für gewöhnlich wurde ich in Staub und Hitze hinausgeschickt, um die lügenhaften Baumeister und hinterlistigen Steinmetze zu beschwatzen oder zu beschimpfen. Ich habe oft bereut, meinem Herrn gezeigt zu haben, wie viele Fähigkeiten ich besitze.

Jetzt ließ er fast unmerklich eine Aufforderung an mich ergehen. Ein Blick aus seinen gelben Augen traf mich, und er neigte den Kopf ein wenig. Ich reihte mich hinter ihm ein und war wie immer beeindruckt von seiner Größe und seinen breiten Schultern. Er war ein unerhört gutaussehender Mann mit langen, wohlgeformten Gliedern und flachem, straffem Bauch.

Sein Kopf glich dem eines Löwen, und sein dichtes Haar schimmerte. Er zählte damals vierzig Jahre, und fast zwanzig davon war ich sein Sklave gewesen.

Mein edler Herr Intef führte uns zu dem Pavillon in der Mitte des Gartens, einem mit Rohr gedeckten, filigranen Bauwerk ohne Mauern, offen für die kühle Brise, die vom Fluß her wehte. Er setzte sich auf den gefliesten Boden, vor den niedrigen Tisch, auf dem einige Papyrusrollen lagen, und ich nahm meinen gewohnten Platz hinter ihm ein. Die Arbeit begann.

Im Laufe des Vormittags neigte sich mein Herr zweimal kaum merklich zurück. Weder wandte er den Kopf, noch sagte er ein Wort, aber ich wußte, er wollte meinen Rat. Ich bewegte die Lippen kaum und sprach so leise, daß niemand außer ihm mich verstehen konnte. Die wenigsten merkten, daß wir uns austauschten.

Das erste Mal murmelte ich: »Er lügt.« Das zweite Mal: »Retik ist der bessere Mann für den Posten, und er hat fünf Goldringe für die Privatschatulle meines Herrn geboten.« Dazu – was ich freilich nicht erwähnte – einen Goldring für mich, falls ich ihm den Posten sicherte.

Mittags entließ mein Herr die Beamten und Bittsteller und verlangte nach seinem Essen. Zum erstenmal an diesem Tag waren wir allein – abgesehen von Rasfer, der nicht nur Befehlshaber der Palastwache, sondern auch Scharfrichter war. Rasfer stellte sich am Tor zum Garten auf; wir konnten ihn sehen, aber er war außer Hörweite.

Mit einladender Gebärde forderte mein Herr mich auf, näherzutreten und das herrliche Fleisch und die Früchte vorzukosten, mit denen der Tisch für ihn gedeckt war. Während wir abwarteten, ob sich die Wirkung eines etwaigen Giftes an mir zeigte, besprachen wir die Geschäfte des Vormittags.

Dann befragte mich mein Herr über die Fahrt zur Lagune von Hapi und die große Nilpferdjagd. Ich schilderte ihm alles und nannte ihm den Ertrag, den er in etwa aus dem Fleisch, den Häuten und den Zähnen der Tiere erwarten konnte. Ich setzte die Schätzung ein wenig hoch an, und er lächelte. Sein Lächeln ist offen und gewinnend. Wer es einmal gesehen hat, versteht sehr viel besser, wie es meinem edlen Herrn Intef gelingt, Menschen zu beeinflussen und zu führen. Selbst ich, der ich längst eines Besseren hätte belehrt sein müssen, ließ mich wieder von diesem Lächeln in trügerischer Sicherheit wiegen.

Als mein Herr in eine saftige Scheibe kalter Nilpferdlende biß, atmete ich tief durch, faßte mir ein Herz und begann mit dem schwersten Teil meines Berichts. »Du sollst wissen, Herr, daß ich deiner Tochter gestattet habe, mich auf dem Ausflug zu begleiten.« Das war ihm bereits bekannt, ich sah es an seinem Blick; er hatte nur darauf gewartet, daß ich es ihm zu verheimlichen suchte.

»Du hast nicht daran gedacht, meine Erlaubnis einzuholen?« fragte er milde, und ich vermied es, ihm in die Augen zu sehen. Während ich antwortete, schälte ich eine Traube für ihn. »Sie hat mich erst kurz vor dem Aufbruch gefragt. Wie du weißt, ist Hapi ihre Schutzgöttin, und sie wollte im Tempel auf der Insel in der Lagune beten und ein Opfer darbringen.«

»Trotzdem hast du mich nicht gefragt«, wiederholte mein Herr, und ich reichte ihm die Traube. Er öffnete die Lippen und ließ sich die Frucht von mir in den Mund schieben. Das konnte nur bedeuten, daß er mir gewogen war; also wußte er noch nicht alles über Tanis und Lostris.

»Du hast dich, als wir aufbrachen, gerade mit dem Gaufürsten von Assuan beraten, Herr. Ich wagte es nicht, dich zu stören. Außerdem konnte ich nichts Falsches daran finden. Es war eine einfache, häusliche Dinge betreffende Entscheidung, mit der ich dich nicht behelligen wollte.«

Mein Herr lachte leise. »Du bist überaus zungenfertig, mein Lieber«, sagte er. »Und so schön heute. Es gefällt mir, wie du dir die Lider geschminkt hast. Und was ist das für ein köstlicher Duft, den du verströmst?«

»Ein Riechwasser aus den Blütenblättern von wilden Stiefmütterchen«, antwortete ich. »Es freut mich sehr, daß es dir gefällt, denn ich habe dir ein Fläschchen davon mitgebracht.« Ich holte das Fläschchen aus meinem Beutel und kniete nieder, um es meinem Herrn zu überreichen. Er legte einen Finger unter mein Kinn, hob es empor und küßte mich auf den Mund. Gehorsam erwiderte ich seinen Kuß, bis er sich von mir löste und nur noch meine Wange tätschelte.

»Was immer du im Schilde führen magst, du bist noch sehr ansehnlich, Taita. Aber sag mir, du hast dich doch um die edle Frau Lostris gekümmert? Sie nicht aus den Augen gelassen?«

»Wie immer, Herr«, bestätigte ich.

»Also gibt es, was sie betrifft, nichts Ungewöhnliches, das du mir melden möchtest, oder?«

Ich kniete noch immer vor meinem edlen Herrn Intef, und mein nächster Versuch zu reden scheiterte; die Stimme versagte mir.

»Du sollst mich nicht anquieken, mein alter Schatz«, sagte er lachend. »Sprich laut und deutlich wie ein Mann, auch wenn du keiner bist.« Sein Spott war grausam, aber er stählte mich.

»Es gibt tatsächlich etwas, das ich meinem Herrn untertänigst zur Kenntnis bringen möchte«, sagte ich. »Und es betrifft die edle Frau

Lostris, jawohl. Wie ich schon berichtet habe, ist der rote Mond deiner Tochter bei der Überschwemmung des großen Flusses zum erstenmal aufgegangen.«

Mein Herr verzog das Gesicht. Was mit dem weiblichen Körper zu tun hatte, widerte ihn an.

Hastig sprach ich weiter: »Die edle Frau Lostris ist jetzt im heiratsfähigen Alter. Ich glaube, es wäre klug, bald einen Mann für sie zu finden.«

»Zweifellos hast du einen Vorschlag?« fragte mein Herr kühl.

Ich nickte. »Es gibt in der Tat einen Mann, der gern um ihre Hand anhielte.«

»Nicht nur einen, Taita. Du meinst *noch* einen, oder? Mir sind mindestens sechs bekannt, unter ihnen der Gaufürst von Assuan und der Statthalter von Lot. Sie haben bereits Angebote gemacht.«

»Ja, ich meine einen anderen, und zwar einen, den die edle Frau Lostris billigt. Wie du weißt, hat sie den Gaufürsten als fette Kröte und den Statthalter als lüsternen alten Bock bezeichnet.«

»Es kümmert mich in keiner Weise, wen das Kind billigt oder mißbilligt.« Mein Herr schüttelte den Kopf. Dann lächelte er und streichelte erneut meine Wange. »Aber fahr fort, Taita, sag mir den Namen dieses in Liebe entbrannten Mannes, der mir die Ehre erweisen will, für die üppigste Mitgift von ganz Ägypten mein Schwiegersohn zu werden.« Ich wappnete mich für meine Antwort, doch er gebot mir Einhalt. »Nein, warte! Laß mich raten.«

Sein Lächeln verwandelte sich in jenes füchsische Grinsen, das ich so gut kannte, und jetzt merkte ich, daß er sein Spiel mit mir getrieben hatte.

»Da er Lostris willkommen ist, muß er jung und hübsch sein.« Mein Herr tat, als sänne er über seine Worte nach. »Und da du dich für ihn verwendest, muß er ein Freund oder zumindest ein Schützling von dir sein. Dieser Ausbund an erfreulichen Eigenschaften muß Gelegenheit gehabt haben, seine Absicht zu erklären und dich um Hilfe zu bitten. Welche Zeit und welcher Ort mögen dafür günstig gewesen sein? Mitternacht vielleicht und der Hapi-Tempel? Bin ich auf der richtigen Spur, Taita?«

Ich erbleichte. Wie kam es, daß er so viel wußte? Er liebkoste meinen Nacken und küßte mich wieder.

»Ich sehe dir an, daß ich nicht völlig fehlgehe mit meinen Vermutungen.« Mein Herr griff in mein Haar und drehte eine dicke Strähne zwischen seinen Fingern. »Jetzt muß ich nur noch den Namen dieses kecken Liebhabers erraten. Könnte es Dakka sein? Nein, gewiß nicht. Dakka wäre nicht so töricht, meinen Zorn auf sich zu laden.« Er zog so kräftig an der Strähne, daß mir die Tränen kamen. »Oder Kratas? Der ist hübsch, und er ist tollkühn genug, ein solches Wagnis einzugehen.« Nun riß mein Herr an meinem Haar, und ich spürte, wie sich ein Büschel löste. Ich unterdrückte das Wimmern, das in mir aufsteigen wollte.

»Antworte mir, Lieber – ist es Kratas?« Er drückte mein Gesicht in seinen Schoß.

»Nein, Herr«, flüsterte ich gequält. Es wunderte mich nicht, daß er erregt war.

»Kratas ist es also nicht – bist du dir sicher?« Er stellte sich verblüfft. »Wenn der's nicht ist, dann weiß ich wirklich nicht, wer sonst so unverschämt, dreist und dumm sein könnte, sich der jungfräulichen Tochter des Großwesirs von Oberägypten zu nähern.«

Plötzlich erhob er die Stimme. »Rasfer!« rief er und drehte meinen Kopf so, daß ich beobachten konnte, wie Rasfer näher kam.

Der häßliche Bursche schlug einen Trab an, der überraschend leichtfüßig wirkte angesichts der dicken Beine und des ungeheuren Wanstes, und ich fühlte mich sofort in die Vergangenheit zurückversetzt – an jenen Tag, an dem ich meine Männlichkeit verlor.

Es war, als müßte ich das Fürchterliche noch einmal durchleben. Die Einzelheiten standen mir so deutlich vor Augen, daß ich hätte aufschreien mögen. Die Darsteller dieses längstvergangenen Trauerspiels waren dieselben: mein edler Herr Intef, Rasfer das Vieh und ich. Nur das Mädchen fehlte.

Sie hatte Alyda geheißen und war so alt gewesen wie ich, sechzehn süße, unschuldige Jahre. Wie ich gehörte sie dem Sklavenstand an. Ich erinnere mich ihrer als schön, doch wahrscheinlich trügt mich mein Gedächtnis, denn wenn sie schön gewesen wäre, hätte sie im Harem eines der großen Häuser gewohnt und wäre nicht in die Küche verbannt worden. Das einzige, was ich mit Sicherheit weiß, ist, daß ihre Haut die Farbe und den Glanz polierten Bernsteins hatte. Und ich werde nicht vergessen, wie sich ihr Körper anfühlte, denn ich werde dergleichen nie wieder erfahren. In unserem Elend fanden wir Trost beieinander. Ich weiß nicht, wer uns verriet. Gewöhnlich bin ich nicht rachsüchtig, aber ich träume heute noch davon, den Menschen zu finden, der unser Geheimnis ausplauderte.

Damals war ich der Favorit meines edlen Herrn Intef. Die Entdeckung meiner Untreue kränkte ihn so tief, daß es ihn schier zum Wahnsinn trieb.

Rasfer kam, um uns zu holen. Er schleifte uns ins Gemach meines Herrn. Dort riß er uns die Kleider vom Leib, während mein edler Herr Intef mit übergeschlagenen Beinen auf dem Boden saß – genau wie jetzt. Rasfer fesselte Alyda an Händen und Füßen. Sie war blaß und zitterte, doch sie weinte nicht. Nie war meine Liebe zu ihr größer gewesen, und nie hatte ich ihren Mut mehr bewundert.

Mein Herr winkte mir, ließ mich niederknien, nahm eine Locke von meinem Haar und flüsterte mir Koseworte zu. »Liebst du mich, Taita?« fragte er. Aus Furcht und weil ich hoffte, Alyda Leid ersparen zu können, antwortete ich: »Ja, Herr, ich liebe dich.«

»Liebst du sonst noch jemanden, Taita?« fragte er mit einer Stimme wie Honig, und ich, Feigling und Verräter, der ich war, antwortete: »Nein, Herr, ich liebe nur dich.« Und da begann Alyda zu weinen.

Mein Herr befahl Rasfer: »Bring das Hürchen hierher. Sie soll so stehen, daß die beiden einander sehen können. Ich möchte, daß Taita beobachtet, was mit ihr geschieht.«

Rasfer schob das Mädchen in mein Blickfeld und grinste. Mein Herr erhob seine Stimme ein wenig: »Gut so, Rasfer. Fang an.«

Rasfer legte eine Schnur aus ungegerbtem Leder um Alydas Kopf. Die Schnur war in regelmäßigen Abständen geknotet; sie erinnerte an die Stirnbänder, welche die Beduinenfrauen tragen. Hinter dem Mädchen stehend, zog Rasfer die Schnur zur Schlinge zusammen, schob einen kurzen, dicken Stab aus Ölbaumholz hindurch und drehte das Leder, bis es sich straff um Alydas glatte, makellose Haut schloß. Die harten Knoten schnitten ihr ins Fleisch, und sie verzog vor Schmerz das Gesicht.

»Langsam, Rasfer«, mahnte mein Herr. »Wir haben viel Zeit.«

Bedächtig drehte Rasfer den Stab, der in seinen großen, behaarten Pranken wie ein Kinderspielzeug wirkte. Die Knoten schnitten tiefer in Alydas Fleisch, und sie öffnete den Mund. Die Farbe wich aus ihrem Gesicht, es nahm den Ton von ausgeglühter Asche an. Sie rang nach Atem und stieß einen langen, durchdringenden Schrei aus.

Immer noch grinsend, drehte Rasfer den Stab weiter, und ich mußte Alydas Qual mit ansehen. Es schien ewig zu dauern. Schließlich sackte Alyda leblos unter Rasfers Händen zusammen, und meine Seele war übervoll von Kummer und Verzweiflung.

Als es vorbei war, hob mein Herr meinen Kopf und sah mir in die Augen. Mit trauriger Miene sagte er: »Sie ist nicht mehr, Taita. Sie war böse, sie hat dich verführt. Wir müssen sicherstellen, daß sich so etwas nicht wiederholen kann. Wir müssen dich vor allen weiteren Versuchungen schützen.«

Er gab Rasfer ein Zeichen, und der packte Alyda bei den Fersen, schleifte sie auf die Terrasse und warf sie in den Fluß. Sie sank rasch, und ihr Haar breitete sich um sie aus wie fächelnde Schlingpflanzen.

Rasfer wandte sich ab und ging zur anderen Seite der Terrasse, wo zwei seiner Männer ein Holzkohlenfeuer in einem Becken schürten. Neben dem Becken lag ein Brett mit ärztlichen Instrumenten. Rasfer ließ den Blick darüber schweifen und nickte zufrieden. Dann drehte er sich um und verneigte sich vor meinem edlen Herrn Intef. »Alles ist bereit.«

Mein Herr fuhr mit einem Finger über mein verweintes Gesicht und hob den Finger an seine Lippen, als wollte er meinen Kummer schmecken. »Komm, mein Liebling«, flüsterte er, zog mich auf die Beine und führte mich auf die Terrasse hinaus. Ich war blind vor Tränen und erkannte nicht, welche Gefahr mir drohte, bis die Soldaten mich packten. Sie warfen mich zu Boden und hielten mich so fest, daß ich nur noch den Kopf bewegen konnte.

Mein Herr kniete neben mir, Rasfer zwischen meinen Schenkeln.

»Du wirst das nie wieder tun, Taita.« Erst jetzt sah ich, daß Rasfer ein Bronzemesser in der Hand hielt. Mein Herr nickte ihm zu, und Rasfer packte mich.

»Ein schönes Paar Früchte haben wir da!« Grinsend zeigte Rasfer mir das Messer. »Aber ich werde sie den Krokodilen zum Fraß vorwerfen wie deine kleine Freundin.«

»Erbarmen, Herr!« flehte ich. »Erbarmen . . .« Doch mein Bitten wurde zu einem schrillen Schrei, als Rasfer das Messer gegen mich führte. Es war, als würde mir ein rotglühender Spieß in den Unterleib getrieben.

»Nimm Abschied von ihnen, hübscher Knabe.« Rasfer hob den Beutel runzliger Haut mit seinem nutzlos gewordenen Inhalt empor. Dann machte er Anstalten, sich aufzurichten, aber mein Herr verwies es ihm. »Du bist noch nicht fertig, Rasfer«, sagte er. »Ich will alles haben.«

Rasfer starrte ihn einen Augenblick an, als begriffe er den Befehl nicht. Doch dann lachte er, bis sein Wanst hüpfte. »Beim Blut von Horus!« brüllte er. »Von nun an wird sich der hübsche Knabe niederhocken müssen wie ein Mädchen, wenn er sein Wässerlein lassen will!« Und noch einmal führte er das Messer gegen mich. Er wieherte vor Lachen, als er das Fleisch emporhielt, welches mein geheimster Körperteil gewesen war.

»Mach dir nichts draus, hübscher Knabe. Du wirst sehr viel unbeschwerter gehen können, wenn du dieses Gewicht nicht mehr mit dir herumzuschleppen brauchst.« Rasfer wollte schon zum Rand der Terrasse hinübergehen, um die blutigen Überreste meiner Männlichkeit in den Fluß zu werfen, da rief ihn mein Herr zurück.

»Gib sie mir!« befahl er, und Rasfer gehorchte. Mein Herr betrachtete eine kleine Weile, was er mir genommen hatte, und dann richtete er das Wort an mich. »Ich bin nicht so grausam, dich dieser schönen Dinge auf immer zu berauben, mein Lieber. Ich werde sie den Balsamierern schikken, und wenn die fertig sind, lasse ich sie in Perlen und Lapislazuli fassen und an eine Kette hängen. Beim nächsten Osiris-Fest werde ich sie dir als Geschenk überreichen. So können sie mit dir ins Grab gelegt werden, und wenn dir die Götter gewogen sind, wirst du im Leben nach dem Tod wieder über sie verfügen können.«

Die entsetzlichen Erinnerungen hätten mit dem Augenblick enden müssen, da Rasfer die Blutung mit einer Kelle kochenden Balsamierungslacks zum Stehen brachte und mir durch den unerträglichen Schmerz die Sinne schwanden. Doch ich war in dem Alptraum gefangen. Alles geschah von neuem, nur Alyda fehlte. Und statt des Messers hielt Rasfer nun seine Nilpferdpeitsche in der großen behaarten Faust.

Er war ein Meister im Umgang mit diesem schrecklichen Werkzeug. Er konnte sparsam ausholen und auf dem zarten Schenkel eines jungen Mädchens lediglich einen roten Striemen hinterlassen, der die Haut nicht aufriß, aber grausam brannte. Er konnte aber auch mit einem Dutzend zischender Hiebe die Haut und das Fleisch vom Rücken seines Opfers fetzen, bis die Knochen zum Vorschein kamen. Nun stand er hinter mir und grinste, während er mit der Peitsche spielte. Rasfer liebte seine Arbeit, und er haßte mich aus tiefster Seele, weil er mich um mein Äußeres, meine Klugheit und meine besondere Stellung beneidete.

Mein edler Herr Intef streichelte meinen bloßen Rücken und seufzte. »Du bist manchmal sehr böse, mein Lieber. Versuchst mich zu täuschen – mich, dem du Treue schuldest. Nein, viel mehr als das; verdankst du mir nicht dein Leben?« Wieder seufzte er. »Warum wartest du mir mit Unerfreulichem auf? Du solltest nicht so töricht sein, dich bei mir für irgendeinen jungen Laffen zu verwenden, der meine Tochter heiraten will. Es war ein lächerlicher Versuch, aber ich glaube zu verstehen, warum du ihn unternommen hast. Kindisches Mitgefühl – das ist eine deiner vielen Schwächen, und eines Tages wird es wohl der Grund für deinen Untergang sein. Manchmal finde ich es amüsant und beinahe liebenswert, ja, ich hätte dir vielleicht sogar verziehen; aber ich kann nicht darüber hinwegsehen, daß du den Wert der Güter, die ich in deine Obhut gab, gefährdet hast.« Er zwang mich, ihn anzusehen. »Dafür mußt du bestraft werden. Verstehst du?«

»Ja, Herr«, flüsterte ich und schielte nach der Peitsche in Rasfers Händen. Mein edler Herr Intef drückte mein Gesicht tiefer in seinen Schoß. Dann sprach er zu Rasfer.

»So kunstfertig, wie du es nur vermagst, Rasfer. Und bitte laß die Haut unversehrt, ich möchte diesen herrlich glatten Rücken nicht von Narben entstellt sehen. Zehn genügen fürs erste. Zähle laut für uns mit.«

Ich hatte oft erlebt, wie diese Strafe an anderen Unglücklichen vollstreckt wurde. Einige waren Krieger und vielgerühmte Helden, aber wenn Rasfer die Peitsche schwang, blieb keiner still. Allerdings war das auch gut so, denn Schweigen nahm Rasfer als Herausforderung. Ich war fest entschlossen, mir jeden falschen Stolz zu versagen und Rasfers Kunst mit lauter Stimme Tribut zu zollen.

»Eins!« knurrte Rasfer. Die Peitsche sauste hernieder. Es brannte wie Feuer, und ich schrie noch lauter, als ich vorgehabt hatte.

»Du hast Glück, mein lieber Taita«, flüsterte mir mein edler Herr Intef ins Ohr. »Ich habe die Güter gestern abend von den Osiris-Priestern prüfen lassen. Sie sind unversehrt.« Ich wand mich in seinem Schoß. Nicht allein vor Schmerz, sondern auch bei der Vorstellung, daß die schmierigen alten Böcke aus dem Tempel mein kleines Mädchen befingert hatten.

»Zwei!« rief Rasfer, und wieder schrie ich auf.

Eine Sklavin von Lostris erwartete mich auf der breiten Terrasse vor meinen Gemächern. Unter Qualen humpelte ich die Treppe hinauf.

»Meine Herrin befiehlt, daß du sofort zu ihr kommst«, begrüßte sie mich.

»Sag ihr, ich sei unpäßlich.« Ich rief einen der jungen Sklaven, damit er meine Wunden versorgte, eilte in meine Kammer und versuchte auf diese Weise, mir das Mädchen vom Hals zu schaffen. Noch konnte ich Lostris nicht gegenübertreten. Mir bangte davor, ihr mein Scheitern eingestehen und die Aussichtslosigkeit ihrer Liebe zu Tanus vor Augen führen zu müssen. Das schwarze Mädchen folgte mir und begaffte in wonnevollem Entsetzen die Striemen auf meinem Rücken.

»Bestell deiner Herrin, daß ich verletzt bin und nicht zu ihr kommen kann«, fauchte ich sie über die Schulter an.

»Sie hat mir gesagt, daß du versuchen würdest, dich herauszureden. Und sie hat mich beauftragt, bei dir zu bleiben und dafür zu sorgen, daß du's nicht tust.«

»Für eine Sklavin bist du sehr frech«, tadelte ich, während der Junge meinen Rücken mit einer Heilsalbe bestrich, die ich selbst bereitet hatte.

»Ja«, bestätigte das kleine Luder grinsend. »Du aber auch, wie man sieht...« Und mit Leichtigkeit wich sie der halbherzigen Backpfeife aus, die ich ihr geben wollte.

Ich streckte die Waffen. »Geh und sag deiner Herrin, ich komme gleich«, sagte ich.

»Sie hat mir befohlen zu warten und dafür zu sorgen, daß du wirklich kommst.«

So hatte ich denn Begleitung, als ich die Wachen am Tor zum Harem passierte. Es waren Eunuchen wie ich, doch im Gegensatz zu mir waren sie alle feist und weibisch. Ich hatte meinen Einfluß geltend gemacht, um ihnen diesen gemütlichen Posten zu beschaffen, und sie grüßten mich stets ehrerbietig.

Der Harem war nicht halb so schön und behaglich wie die Wohnungen der jungen Sklaven. Er bestand aus Lehmziegelhütten, umschlossen von einer hohen Mauer. Es gab nur einen einzigen Garten, und den hatten Lostris und ihre Dienerinnen mit meiner Hilfe angelegt. Die Frauen des Großwesirs waren zu faul und zu sehr mit den Klatschgeschichten und Ränken des Harems beschäftigt, um sich anzustrengen.

Lostris' Gemächer befanden sich in der Nähe des Haupttors inmitten des Gartens. Wenige Schritte entfernt lag ein Lilienteich, Singvögel zwitscherten in Käfigen aus Holz. An den Wänden von Lostris' Hütte prangten bunte Szenen vom Nil, die sie unter meiner Anleitung gemalt hatte.

Ihre Sklavinnen saßen ängstlich zusammengedrängt vor dem Eingang. Manche hatten geweint, ihre Gesichter waren noch tränennaß. Ich schob mich an ihnen vorbei, trat in die kühle, dunkle Hütte und hörte sofort aus der innersten Kammer das Schluchzen meiner Herrin. Ich eilte zu ihr, zutiefst beschämt, weil ich so feige gewesen war, meine Pflichten gegen sie vernachlässigen zu wollen.

Sie lag auf ihrem niedrigen Bett und weinte, aber als sie mich eintreten hörte, sprang sie auf und kam zu mir gelaufen.

»O Taita! Sie schicken Tanus fort. Pharao trifft morgen in Karnak ein, und mein Vater wird ihn überreden, Tanus zu befehlen, daß er mit seinen Schiffen flußaufwärts fährt, nach Elephantine und zu den Katarakten. O Taita! Bis zum ersten Katarakt sind es zwanzig Tagesreisen. Ich werde Tanus nie wiedersehen. Ich wollte, ich wäre tot. Ich werde mich in den Nil werfen und mich von den Krokodilen verschlingen lassen. Ich mag ohne Tanus nicht leben...«

»Sachte, mein Kind.« Ich wiegte sie in meinen Armen. »Woher willst du all das wissen? Vielleicht geschieht es ja gar nicht.«

»O doch! Tanus hat mir eine Nachricht zukommen lassen. Kratas' Bruder dient bei der Leibwache meines Vaters. Er hat gehört, wie mein Vater mit Rasfer darüber sprach. Er hat herausgefunden, was zwischen Tanus und mir ist. Er weiß, daß wir alleine im Hapi-Tempel waren. O Taita, mein Vater hat den Priestern befohlen, mich zu untersuchen. Sie waren entsetzlich, diese schmierigen alten Männer. Es hat so weh getan, Taita.«

Noch immer wiegte ich Lostris in meinen Armen.

»Ich werde Tanus nie wiedersehen«, schluchzte sie, und mir wurde bewußt, wie jung sie doch war, fast noch ein Kind. »Mein Vater wird ihn vernichten.«

Ich versuchte, sie zu beruhigen. »Selbst dein Vater kann Tanus nichts anhaben«, sagte ich. »Tanus führt eines der Regimenter von Pharaos Elitetruppen. Er ist ein Mann des Königs. Er nimmt seine Befehle nur von

Pharao entgegen, und er steht unter dem Schutz der Doppelkrone Ägyptens.« Ich fügte nicht hinzu, daß der Großwesir Tanus wahrscheinlich nur aus diesem Grunde nicht schon längst vernichtet hatte, sondern fuhr in sanftem Ton fort: »Und was deinen irrigen Glauben betrifft, du würdest Tanus nie wiedersehen, so bedenke, daß du beim Festspiel mit ihm zusammen auftreten wirst. Ich werde dafür sorgen, daß ihr Gelegenheit habt, zwischen den Aufzügen miteinander zu sprechen.«

»Mein Vater läßt bestimmt nicht zu, daß das Festspiel aufgeführt wird.«

»Ihm bleibt keine Wahl, es sei denn, er wäre bereit, mein Werk zu zerstören und Pharaos Mißfallen zu erregen. Du kannst sicher sein, daß er das vermeiden wird.«

»Dann schickt er eben Tanus fort und läßt einen anderen den Horus spielen«, entgegnete Lostris weinend.

»Wir haben nicht mehr die Zeit, mit einem anderen zu proben. Tanus wird den Horus spielen, das werde ich meinem edlen Herrn Intef klarmachen. Ihr werdet miteinander reden können, Tanus und du. Wir finden schon einen Weg.«

Lostris trocknete ihre Tränen und blickte vertrauensvoll zu mir auf. »O Taita. Ich weiß, daß du einen Weg finden wirst. Das tust du doch immer, und ich...« Sie brach mitten im Satz ab, und ihr Gesichtsausdruck veränderte sich. Ihre Hände wanderten über meinen Rücken, ertasteten die Striemen, die Rasfers Peitsche hinterlassen hatte.

»Es tut mir leid, Herrin. Wie versprochen habe ich versucht, deinem Vater vorzutragen, daß Tanus um dich wirbt, und dies ist die Folge meiner Torheit.«

Sie trat hinter mich und hob das leichte Leinenhemd an, das ich übergestreift hatte, um meine Wunden zu verbergen. Nun stockte ihr der Atem. »Das ist Rasfers Werk. O mein armer, lieber Taita, warum hast du mir nicht gesagt, daß mein Vater einer Verbindung zwischen Tanus und mir so ablehnend gegenübersteht?«

Es fiel mir schwer, angesichts dieser unschuldigen Gedankenlosigkeit ruhig zu bleiben. Ich beherrschte mich, obwohl mein Rücken immer noch abscheulich schmerzte. Immerhin vergaß meine Herrin ihr Elend über der Sorge um mich. Sie befahl mir, mich auf ihr Bett zu setzen und das Hemd abzulegen. Ihre Liebe und ihr Mitgefühl wogen auf, daß ihre Handgriffe nicht sehr geschickt waren. Und die Ablenkung holte sie aus den schwärzesten Tiefen ihrer Verzweiflung heraus. Bald plauderte sie lebhaft wie eh und je, schmiedete Pläne, um dem Zorn ihres Vaters entgegenzuwirken und bald wieder mit Tanus vereint zu sein.

Einige dieser Pläne kündeten von ihrem gesunden Menschenverstand; andere, weiter hergeholte, zeigten nur, wie jung sie war und wie wenig sie von der Schlechtigkeit der Welt wußte. »Ich werde die Isis so gut spielen und mich bei Pharao so beliebt machen, daß er mir alles gewährt, worum ich ihn bitte«, verkündete sie. »Ich werde ihn anflehen, mir Tanus zum Mann zu geben, und er wird sagen –«, hier ahmte sie Pharaos salbungsvollen Ton so gut nach, daß ich schmunzeln mußte, »– und er wird sagen: ›Hiermit erkläre ich Tanus, den edlen Herrn Harrab und Sohn von Pianki, und die edle Frau Lostris, Tochter von Intef, für verlobt. Ferner erhebe ich meinen treuen Diener Tanus in den Rang eines Großlöwen von Ägypten und Befehlshabers aller meiner Heere. Des weiteren ordne ich an, daß ihm sämtliche vormaligen Besitzungen seines Vaters zurückgegeben werden ...‹« Lostris vergaß meine Wunden und fiel mir um den Hals.

»So könnte es sein, nicht wahr, lieber Taita? Bitte sag, daß es so sein könnte!«

Lächelnd antwortete ich: »Kein Mann kann dir widerstehen, Herrin. Nicht einmal der große Pharao.« Hätte ich damals geahnt, wie nahe ich mit diesen Worten der Wahrheit kam, dann hätte ich wohl eher eine glühende Kohle auf meine Zunge gelegt, als sie auszusprechen.

Lostris' Gesicht leuchtete wieder hoffnungsfroh. Das war mir Lohn genug, und ich streifte mein Hemd über.

»Doch wenn du eine schöne und unwiderstehliche Isis sein willst, brauchst du jetzt Ruhe, Herrin.« Ich hatte einen Trank bei mir, bereitet aus dem Pulver der Schlafblume, die Roter Mohn genannt wird. Die Samen dieser kostbaren Pflanze waren von Karawanen aus einem gebirgigen Land fern im Osten nach Ägypten gebracht worden. Ich zog sie in meinem Garten, und wenn die Blütenblätter abgefallen waren, ritzte ich die Samenkapseln mit einer goldenen Gabel. Aus den Öffnungen quoll fette weiße Milch, die ich auffing und trocknete. Das Pulver, das ich so gewann, konnte Schlaf bringen, seltsame Träume heraufbeschwören und Schmerzen stillen.

»Bleib noch eine Weile bei mir, Taita«, murmelte Lostris, während sie sich zu Bett legte. »Herze mich in den Schlaf wie früher, als ich ein kleines Kind war.« Ich nahm sie in die Arme und dachte: Sie ist immer noch ein kleines Kind.

»Es wird alles gut, nicht wahr?« flüsterte sie. »Wir werden in Glück und Zufriedenheit leben, nicht wahr, Taita?«

Als sie eingeschlafen war, küßte ich sie behutsam auf die Stirn und zog eine Pelzdecke über sie. Dann stahl ich mich aus ihrer Kammer.

Am fünften Tag des Osiris-Fests kam Pharao nach Karnak. Er kam von seinem Palast auf der Insel Elephantine, die zehn Tagesreisen entfernt war, kam in Pracht und Pomp, um beim Fest des Gottes seines Amtes zu walten.

Tanus' Geschwader hatte drei Tage zuvor Karnak verlassen und war flußaufwärts gefahren, der großen Flotte entgegen, um ihr auf dem letzten Abschnitt der Reise das Geleit zu geben. Weder Lostris noch ich hatten ihn gesehen, seit wir von der Nilpferdjagd zurückgekehrt waren. So war es uns beiden eine besondere Freude, als seine Galeere in der Biegung des Flusses erschien. Die *Atem von Horus* führte die Flotte an.

Lostris stand im Gefolge des Großwesirs hinter ihren Brüdern, Menset und Sobek. Die beiden Jungen waren durchaus hübsch, aber für meinen Geschmack zu sehr nach ihrem Vater geraten. Menset, dem älteren, mißtraute ich besonders, und der jüngere fügte sich seinem Bruder in allen Dingen.

Ich stand weiter hinten bei den Höflingen und niedrigeren Beamten, hatte jedoch sowohl meinen edlen Herrn Intef als auch Lostris im Auge. Ich sah, wie sich ihr Nacken vor Freude und Erregung rötete, als sie Tanus' hochgewachsene Gestalt auf dem Heckturm der *Atem von Horus* entdeckte. Sein Brustharnisch schimmerte, und die Straußenfedern an seinem Helm wogten im Fahrtwind, als er uns passierte.

Lostris hüpfte vor Begeisterung und winkte ihm zu, aber ihre Rufe gingen unter im Aufschrei der gewaltigen Menge, die sich an beiden Nilufern eingefunden hatte, um ihren Pharao zu begrüßen. Theben ist die volkreichste Stadt der Welt, und ich schätzte die Menge auf fast eine Viertelmillion Seelen.

Tanus blickte streng geradeaus, sein blankes Schwert salutierend vor dem Gesicht. Der Rest des Geschwaders folgte der *Atem von Horus* in der Reiher-Formation – benannt nach dem breiten Keil, den diese Vögel bilden, wenn sie bei Sonnenuntergang an ihre Schlafplätze zurückkehren. Die Fahnen und Wimpel der Galeeren leuchteten in den Farben des Regenbogens und boten ein erhabenes Bild. Die Menge jubelte und schwenkte enthusiastisch ihre Palmzweige.

Es dauerte eine Weile, bis das erste Fahrzeug der königlichen Flotte, vollgeladen mit Damen und Edelleuten aus dem Gefolge des Königs, erschien. Ein zweites schlingerte ihm nach, und dann folgte ein unübersichtliches Gewimmel von großen und kleinen Schiffen. Sie schwärmten übers Wasser aus; Frachtschiffe mit Dienern und Sklaven und allem, was sie brauchten; Lastkähne mit Rindern, Ziegen und Hühnern für die Küche; vergoldete und buntbemalte Schiffe, die Möbel und Schätze aus dem Palast sowie hochgestellte und minder bedeutende Personen herantrugen; ein unseemännisches Drunter und Drüber. Wie anders dagegen Tanus' Geschwader, das flußabwärts beidrehte und seine Formation gegen die schnelle Strömung des Nils hielt!

Schließlich schaukelte Pharaos prunkvolles Staatsschiff um die Biegung, und der Jubel der Menge steigerte sich. Dieses gewaltige Fahrzeug – das größte, das je von Menschenhand gebaut worden war – hielt schwerfällig auf die Stelle zu, an der wir warteten: auf den steinernen Kai unterhalb vom Palast des Großwesirs.

Ich hatte Muße, es zu betrachten und darüber nachzusinnen, wie klar sich in seiner Größe, Machart und Lenkung der gegenwärtige Zustand Ägyptens widerspiegelte – Ägypten im zwölften Jahr der Herrschaft von Pharao Mamose, dem achten Herrscher dieses Namens und schwächsten einer schwachen und schwankenden Dynastie. Das Staatsschiff war so lang wie fünf Galeeren, doch in Höhe und Breite so schlecht bemessen, daß es mein künstlerisches Empfinden beleidigte. Der massige Rumpf trug die grellen Farben, die derzeit in Mode waren, und die Bugfigur, Osiris darstellend, war mit echtem Blattgold überzogen. Aber als das Schiff sich dem Kai näherte, an dem wir warteten, sah ich, daß die leuchtenden Farben vielerorts verblaßt waren und das Gold sich mählich von seinem Untergrund löste.

Mittschiffs stand ein hohes Deckshaus. Dies war Pharaos Quartier, so fest gefügt aus dicken Planken kostbaren Zedernholzes und so vollgestopft mit schweren Möbeln, daß das Schiff tief im Wasser lag und kaum Fahrt machte. Auf diesem lächerlichen Bauwerk thronte – hinter einem prunkvollen, mit frischen Lilien umwundenden Geländer und unter einem Himmel aus feinstem Gazellenleder, kunstreich vernäht und mit Darstellungen der wichtigsten Gottheiten geschmückt – Pharao in erhabener Einsamkeit. Er trug vergoldete Sandalen, und sein Gewand war aus Leinen so weiß wie Schönwetterwolken im Hochsommer. Natürlich trug er die hohe Doppelkrone, die weiße von Oberägypten mit dem Kopf der Geiergöttin Neklibet und die rote von Unterägypten mit dem Schlangenkopf von Uto, der Göttin des Nildeltas.

Auch wenn er die Krone trug – die bittere Wahrheit war, daß dieser unser geliebter König das Delta fast zehn Jahre zuvor verloren hatte. In unserer bewegten Zeit regierte in Unterägypten ein anderer Pharao, der die Doppelkrone ebenfalls trug, ein Scharlatan und der Todfeind unseres Königs. Die Kriege, die er ständig gegen uns führte, beraubten beide Reiche ihres Golds und forderten unter den jungen Männern einen hohen Blutzoll. Ägypten war geteilt und von inneren Kämpfen zerrissen. So war es in den mehr als tausend Jahren unserer Geschichte immer gewesen, wenn ein schwacher Pharao auf dem Thron gesessen hatte. Es bedurfte eines starken, kühnen und klugen Mannes, die beiden Reiche zusammenzuhalten.

Um das schwerfällige Schiff in die Strömung zu drehen und an den Kai zu bringen, hätte der Kapitän nahe beim anderen Ufer steuern müssen. Dann hätte er die volle Breite des Nils für das Wendemanöver zur Verfügung gehabt. Doch offenbar hatte er die Stärke von Wind und Strömung unterschätzt, denn erst in der Mitte des Flusses begann er den Kurs zu ändern. Plump schwenkte das Schiff in die Strömung und wieder hinaus. Und als das hohe Deckshaus den Wüstenwind einfing wie ein Segel, bekam das Schiff Schlagseite. Ein halbes Dutzend Männer tobte peitschenschwingend über das Unterdeck.

Von den Hieben zur Eile angetrieben, tauchten die Ruderer ihre Riemen in fliegender Hast in den Fluß. Gischt schäumte auf, hundert Riemen schlugen gegeneinander, und es gelang nicht, einen Gleichtakt herzustellen. Die Flüche der Ruderer vermischten sich mit den Befehlen der vier Rudergänger am Heck, die mit dem langen Steuerruder kämpften. Auf dem Achterdeck raufte sich Nembet, der betagte Admiral und Kapitän des Staatsschiffs, das schüttere graue Haar oder klatschte in ohnmächtiger Wut in die Hände.

Hoch über diesem Tumult saß, reglos wie ein Standbild, Pharao. Ja, dies war unser Ägypten.

Dann verlor das Staatsschiff an Geschwindigkeit, bis es sich schließlich nicht mehr drehte, sondern, getrieben von Strömung und heftigem Wind, geradewegs auf die Stelle zuhielt, an der wir standen. Kapitän und Mannschaft schienen trotz ihrer verzweifelten Bemühungen nicht in der Lage, das Manöver zu beenden und entweder in die Strömung einzuschwenken oder beizudrehen und zu verhindern, daß das Fahrzeug gegen die Granitblöcke des Kais prallte.

Als klar war, was geschehen würde, erstarb der Jubel der schaulustigen Menge, und ein furchtbares Schweigen senkte sich über beide Nilufer. Um so deutlicher tönten das Gebrüll und der Aufruhr an Bord zu uns herüber.

Und plötzlich richteten sich aller Augen flußabwärts: Die *Atem von Horus* verließ ihre Position an der Spitze des Geschwaders und flog auf das Staatsschiff zu, angetrieben von Riemen, die im vollkommenen Gleichtakt eintauchten, pullten, sich aus dem Wasser hoben und wieder eintauchten. Rasch kreuzte die *Atem von Horus* vor dem Bug des Staatsschiffs auf, und ein Stöhnen ging durch die Menge. Ein Zusammenstoß schien unvermeidlich, doch im letzten Augenblick gab Tanus mit geballter Faust ein Zeichen. Die Männer an den Riemen ruderten zurück, und der Rudergänger riß das Steuerruder herum.

Die *Atem von Horus* und das plumpe Staatsschiff berührten einander nur leicht, und für kurze Zeit befand sich der Heckturm der *Atem von Horus* beinahe auf einer Höhe mit dem Hauptdeck des Staatsschiffs.

Jetzt stieg Tanus auf die Reling des Turms. Er hatte seine Sandalen ausgezogen, sich des Harnischs entledigt und seine Waffen abgelegt. Um die Taille hatte er sich das Ende eines Taus geschlungen. Das Tau hinter sich herziehend, sprang er hinüber auf das andere Schiff.

Wie aus einer Erstarrung erwacht, regte sich die Menge. Wenn es hier noch jemanden gab, der nicht wußte, wer Tanus war, so würde er es wissen, ehe der Tag endete. Natürlich hatte sich Tanus bereits in den Kriegen gegen die Truppen des Thronräubers vom Unteren Königreich einen Namen gemacht. Doch nur seine Soldaten hatten ihn im Kampf erlebt. Die Tat, von der berichtet wird, hat nie dasselbe Gewicht wie jene, die man mit eigenen Augen sieht.

»Tanus!« Ich bin sicher, daß es Lostris, meine Herrin, war, die als erste seinen Namen rief, aber ich war der nächste.

»Tanus!« schrie ich, und dann fielen alle um mich ein. »Tanus! Tanus! Tanus!« Sie riefen es im Chor wie die Lobpreisung eines neuentdeckten Gottes.

Kaum daß Tanus auf dem Deck des Staatsschiffs stand, wirbelte er herum und raste zum Bug. Die Männer auf der *Atem von Horus* hatten das Tau unterdessen mit einem noch dickeren verknotet. Jetzt schoben sie es nach, und Tanus stemmte sich rückwärts gegen das Gewicht. Sein Oberkörper glänzte vor Schweiß.

Inzwischen hatten einige von der Mannschaft des Staatsschiffs erkannt, was er plante, und eilten ihm zu Hilfe. Unter Tanus' Anleitung wanden sie das Ende des dicken Taus dreimal um das Bugspriet, und als es befestigt war, gab Tanus seinen Leuten ein Zeichen.

Die *Atem von Horus* steuerte in die Strömung und gewann rasch an Geschwindigkeit. Dann spannte sich das Tau, und das schwere Fahrzeug im Schlepp brachte sie zum Stillstand. Einen entsetzlichen Augenblick lang dachte ich, die *Atem von Horus* werde kentern und sinken, doch Tanus hatte all dies vorausgesehen und bedeutete seiner Mannschaft, behutsam rückwärts zu rudern.

Obwohl die Galeere so tief im Fluß lag, daß schon Wasser übers Heck schlug, trotzte sie der Gefahr, hob sich und blieb oben, während das Tau sich straffte. Eine Weile geschah nichts. Mit ihrem geringen Gewicht vermochte die Galeere nichts gegen die Schwerfälligkeit des Staatsschiffs auszurichten. Es war, als hätte ein Krokodil einen alten Büffel gepackt, könnte ihn aber nicht vom Ufer wegziehen. Tanus wandte sich der verwirrten Mannschaft des Staatsschiffs zu. Mit gebieterischer Gebärde gewann er ihre Aufmerksamkeit, und ein bemerkenswerter Wandel trat ein: Alle warteten auf seine Befehle.

Nembet hatte Pharaos gesamte Flotte unter sich und bekleidete den Rang eines Großlöwen von Ägypten. Vor Jahren hatte er zu den Mächtigen gehört, doch nun war er alt und schwach. Mit größter Selbstverständlichkeit setzte sich Tanus über ihn hinweg, und die Mannschaft gehorchte ihm.

»Rudert vorwärts!« Er deutete auf die Backbordseite, und die Ruderer legten sich mit Feuereifer in die Riemen.

»Rudert zurück!« Er stieß seine Faust in die Richtung der Steuerbordseite, und die Ruderer taten wie geheißen, strengten sich an. Tanus trat an die Reling und gab dem Rudergänger der *Atem von Horus* Zeichen. Meisterhaft stimmte er die Bemühungen beider Mannschaften aufeinander ab. Aber das Staatsschiff hielt nach wie vor auf den Kai zu, und nur ein schmaler Streifen Wasser trennte es noch von den Granitblöcken.

Dann zeitigte das Manöver langsam – zu langsam – Wirkung. Der Bug des Staatsschiffs, von der Galeere gezogen, schwenkte in die Strömung ein. Wieder verstummte der Jubel, wieder senkte sich schicksalsschweres Schweigen über uns, während wir darauf warteten, daß das gewaltige Fahrzeug gegen den Kai prallte. Wenn das geschah, gab es keinen Zweifel daran, welche Folgen es für Tanus haben würde. Er hatte dem alten Admiral das Kommando entrissen und trug damit auch die Verantwortung für sämtliche Fehler des Greises. Wenn Pharao durch den Aufprall von seinem Thron geschleudert wurde, wenn die Doppelkrone über die Decksplanken rollte und er seiner Würde verlustig ging, wenn das Staatsschiff sank und er vor den Augen seiner Untertanen aus dem Fluß gefischt werden mußte wie ein junger Hund, dann würden sowohl der tiefgekränkte Nembet als auch mein edler Herr Intef den König drängen, diesen anmaßenden jungen Naseweis das ganze Gewicht seines Zornes spüren zu lassen.

Ich stand hilflos da und zitterte um meinen lieben Freund, da geschah ein Wunder. Das Staatsschiff war kurz davor, auf Grund zu laufen, und Tanus war der Stelle, an der ich stand, so nahe, daß seine Stimme klar und deutlich zu mir herüberdrang. »Großer Horus, hilf mir!« rief er.

Ich habe keinen Zweifel daran, daß die Götter oft in die Geschicke der Menschen eingreifen. Tanus ist ein Anhänger von Horus, und Horus ist der Gott des Windes.

Der Wind hatte drei Tage und drei Nächte lang mit halber Sturmstärke von Westen geweht, doch nun legte er sich plötzlich. Die kleinen Wellen, welche die Oberfläche des Flusses gekräuselt hatten, glätteten sich, und die Palmen am Wasser, deren Zweige sich so heftig bewegt hatten, standen mit einem Mal starr und still.

Gleichsam entlassen aus den Klauen des Windes, kam das Staatsschiff auf ebenen Kiel und gab dem Zug nach, den die *Atem von Horus* ausübte. Der gewaltige Bug schwenkte in die Strömung ein, und es legte sich genau in dem Augenblick, da seine Seite den behauenen Stein berührte, parallel zum Kai.

Ein letzter Befehl von Tanus, und Leinen wurden herübergeworfen und von eifrigen Händen an den steinernen Pollern festgemacht.

Wir Zuschauer stimmten ein ohrenbetäubendes Lob an, und es war Tanus' Name – nicht der von Pharao – der in aller Munde war. Bescheidenerweise trat Tanus nicht vor uns hin, um den Beifall zu genießen. Es wäre zudem eine Dummheit gewesen, noch mehr Aufmerksamkeit auf sich zu ziehen, denn jetzt stand die Begrüßung des Pharaos an, und davon abzulenken hätte Tanus gewiß um die königliche Gunst gebracht, die sein Heldenstück ihm eingetragen haben mochte. Statt dessen bedeutete er der *Atem von Horus* verstohlen, sie solle längsseits kommen. Als sie unseren Blicken durch den Rumpf des Staatsschiffs entzogen war, sprang er an Deck der Galeere, trat von der Bühne ab, auf der er sich soeben ausgezeichnet hatte, und überließ sie seinem König.

Ich aber sah den Ausdruck des Zorns im Gesicht von Nembet, dem alten Admiral und Großlöwen von Ägypten, als er hinter Pharao von Bord ging, und ich wußte, daß Tanus sich einen weiteren Feind gemacht hatte.

Am Abend, als ich mit meinen Darstellern die Kostümprobe veranstaltete, konnte ich das Versprechen, das ich Lostris gegeben hatte, einlösen. Noch vor Beginn der Probe hatten die Liebenden fast eine Stunde für sich allein.

Im eingefriedeten Bezirk des Osiris-Tempels, der unser Festspieltheater sein sollte, hatte ich für die Hauptdarsteller Zelte zum Umkleiden aufschlagen lassen. Lostris' Zelt stand mit Bedacht ein wenig abseits, verdeckt durch eine der großen steinernen Säulen, die das Dach des Tempels tragen. Während ich vor dem Zelteingang Wache hielt, hob Tanus eine Zeltbahn am hinteren Ende an und schlüpfte hinein.

Ich bemühte mich, die Wonnerufe der Begrüßung nicht zu hören, auch das Flüstern und Girren nicht, das gedämpfte Gelächter, die leisen Seufzer und schweren Atemzüge. Zwar hätte ich nun keinen Versuch mehr unternommen, es zu verhindern, doch ich war überzeugt, daß sie nicht bis zum Äußersten gehen würden. Lange Zeit später sollten Lostris und Tanus mir dies unabhängig voneinander bestätigen. Meine Herrin ging als Jungfrau in die Ehe. Wenn einer von uns geahnt hätte, wie nahe der Tag ihrer Vermählung war, so hätten wir vielleicht anders gehandelt.

Obwohl ich durchaus wußte, daß mit jeder Minute, die Lostris und

Tanus zusammen verbrachten, die Gefahr für uns wuchs, konnte ich mich nicht überwinden, sie zu trennen. Obwohl die Striemen von Rasfers Peitsche noch auf meinem Rücken brannten und sich tief im Morast meiner Seele, wo ich meine unwürdigen Gedanken und Gefühle zu verbergen suchte, Neid auf die Liebenden regte, ließ ich sie länger zusammenbleiben, als gut war.

Ich hörte meinen edlen Herrn Intef nicht. Er ließ seine Sandalen stets mit dem weichsten Ziegenleder besohlen, um das Geräusch seiner Schritte zu dämpfen. Leise wie ein Geist ging er umher, und mancher Höfling oder Sklave bekam wegen unbedachter Worte, die mein Herr auf seinen lautlosen Wanderungen durch den Palast belauschte, Rasfers Peitsche zu spüren. Doch im Laufe der Jahre hatte ich einen Instinkt entwikkelt, dank dessen ich seine Gegenwart meistens ahnte, ehe er aus dem Schatten trat. Als ich mich nun umwandte, war er fast schon da, kam direkt auf mich zu, schlank, hoch gewachsen und todbringend wie eine Uräusschlange, die sich zum Angriff aufgerichtet hat.

»Mein edler Herr Intef!« rief ich – so laut, daß ich selbst erschrak. »Dein Kommen ehrt mich. Wir proben, wie du weißt. Für Vorschläge wäre ich sehr dankbar...« Ich plapperte drauflos, um meine Verwirrung zu überspielen und die Liebenden zu warnen.

Beides gelang besser, als ich erwarten durfte. Ich hörte das Rascheln, als sich die Liebenden in jäher Bestürzung voneinander lösten, und dann das leise Flattern der Zeltbahn, als Tanus auf demselben Weg verschwand, auf dem er gekommen war.

Zu keiner anderen Zeit wäre es mir gelungen, meinen Herrn so leicht zu täuschen, mühelos hätte er das Schuldbewußtsein aus meiner Miene gelesen. Doch an diesem Abend war er blind vor Zorn und nur darauf bedacht, mich für mein neuestes Vergehen zur Rede zu stellen. Er tobte nicht, er brüllte nicht, und mein Herr ist am gefährlichsten, wenn er in mildem Ton spricht und süß lächelt.

»Lieber Taita.« Er flüsterte beinahe. »Es ist mir zu Ohren gekommen, daß du im ersten Aufzug des Festspiels einiges geändert hast, Dinge, die ich selbst angeordnet hatte. Ich mochte nicht glauben, daß du so dreist bist, und bin hergekommen, um herauszufinden, wie es sich damit verhält.«

Ich wußte, es nützte nichts, wenn ich Unschuld oder Unwissenheit heuchelte, und so neigte ich den Kopf und versuchte betrübt auszusehen. »Herr, nicht ich habe die Änderungen befohlen, sondern der Hohepriester des Osiris-Tempels...«

Mein Herr entgegnete ungehalten: »Gewiß, aber erst, nachdem du ihn dazu angestiftet hast.«

»Herr!« protestierte ich.

»Und welche kleine List war es diesmal? Haben die Götter dir wieder einmal einen geeigneten Traum gesandt?« fragte mein Herr mit einer Stimme so leise wie das Rascheln, mit dem die heiligen Schlangen, die den Osiris-Tempel bewohnen, über den steinernen Boden gleiten.

»Herr!« Ich tat mein Bestes, um Entsetzen zu demonstrieren angesichts dieser Bezichtigung. Allerdings hatte ich dem guten Hohepriester in der Tat einen recht phantastischen Bericht darüber geliefert, wie mir Osiris in Gestalt einer Krähe im Traum erschienen sei, um Klage über das Blutvergießen in seinem Tempel zu führen.

Bis dahin hatte der Hohepriester keine Bedenken gegen das höchst wirklichkeitsnahe Theater geäußert, das mein edler Herr Intef zu Pharaos Unterhaltung plante. Erst nachdem all meine Bemühungen, ihn eines besseren zu belehren, gescheitert waren, hatte ich meine Zuflucht zu Träumen genommen. Es war mir ein Greuel, an einer solchen Abscheulichkeit beteiligt zu sein, wie mein Herr sie für den ersten Aufzug des Festspiels angeordnet hatte. Natürlich weiß ich, daß manche wilde Völker im Osten ihren Göttern Menschen opfern. Ich habe gehört, die Kassiten, die jenseits von Euphrat und Tigris leben, würfen Neugeborene in einen Feuerofen. Andere schlachten Jungfrauen zarten Alters, damit es eine gute Ernte gibt, und dergleichen. Doch wir Ägypter sind ein kultiviertes Volk; wir beten weise und gerechte Götter an, keine blutgierigen Ungeheuer, und wir opfern keine Menschen. Ich hatte versucht, dies meinem Herrn zu Bewußtsein zu bringen.

»Was ich vorhabe, ist kein Menschenopfer«, hatte mein Herr widersprochen. »Es ist eine wohlverdiente Hinrichtung, die lediglich auf neue Art vollstreckt wird. Du wirst nicht bestreiten, lieber Taita, daß die Todesstrafe immer ein wichtiger Teil unserer Rechtsordnung war, oder? Min ist ein Dieb. Er hat Geld aus der königlichen Schatulle gestohlen, und er muß sterben – und sei es nur als abschreckendes Beispiel für andere.«

Dies klang vernünftig, aber ich wußte, daß meinem Herrn nicht an der Rechtsordnung gelegen war, sondern daran, seine Schätze zu bewahren und Pharao zu beeindrucken, der das Theater so sehr liebte. Darum war mir keine andere Wahl geblieben, als zu träumen und dem guten Hohepriester davon zu erzählen. Nun verzog mein Herr seinen Mund zu einem breiten Lächeln, bei dem vollkommene Zähne zum Vorschein kamen und das mir gleichwohl das Blut in den Adern gefrieren ließ.

»Ich gebe dir einen Rat«, flüsterte er. »Träume heute nacht etwas anderes, damit der Gott, der dir letztes Mal erschienen ist, Gelegenheit hat, seine Weisungen an den Hohepriester zu widerrufen und meinen

Anordnungen zuzustimmen. Wenn das nicht geschieht, wird Rasfer einiges zu tun haben, das verspreche ich dir.« Mit diesen Worten wandte mein edler Herr Intef sich um und schritt davon. Mit äußerst zwiespältigen Gefühlen blieb ich zurück. Ich war erleichtert, weil er die Liebenden nicht entdeckt hatte, und zutiefst betrübt, weil mir nichts anderes übrigblieb, als die widerwärtige Darbietung, die er befohlen hatte, auf die Bühne zu bringen.

Trotzdem wurde die Probe ein Erfolg, der meine Lebensgeister wieder weckte. Lostris war so beglückt nach ihrer Zusammenkunft mit Tanus, daß ihre Schönheit wahrhaft göttlich zu nennen war, und Tanus glich in seiner Jugend und Kraft ganz dem jungen Horus.

Natürlich machte mir der Auftritt meines Osiris zu schaffen, denn nun wußte ich um das Schicksal, das mein Herr ihm zugedacht hatte. Osiris wurde von Min gespielt, einem ansehnlichen Mann in mittleren Jahren, der Büttel gewesen war, bis er dabei ertappt wurde, wie er sich an den Geldtruhen meines Herrn vergriff, um eine junge und teure Kurtisane zu unterhalten, die ihn bezauberte. Ich war nicht stolz darauf, daß die Unregelmäßigkeiten durch Nachforschungen meinerseits ans Licht gekommen waren.

Mein Herr hatte Min aus dem Gewahrsam entlassen, damit er beim Festspiel den Gott der Unterwelt verkörperte. Und mein Herr hatte versprochen, die Angelegenheit auf sich beruhen zu lassen, wenn Min die Rolle des Osiris zufriedenstellend spielte. Der unselige Min spürte nichts von der Drohung, die hinter diesem Angebot steckte, und machte sich mit rührendem Eifer an die Arbeit, weil er glaubte, er werde sich seine Begnadigung verdienen. Er konnte nicht ahnen, daß mein Herr längst heimlich sein Todesurteil unterzeichnet und Rasfer übergeben hatte, der nicht nur Scharfrichter war, sondern auch meine Wahl für die Rolle des Seth. Der Plan meines Herrn war es, daß Rasfer am folgenden Abend, wenn das Festspiel vor Pharao aufgeführt wurde, beides miteinander verband. Freilich bot Rasfer sich für die Rolle des Seth an, aber als er seinen Auftritt mit Min probte, bedauerte ich, sie ihm gegeben zu haben. Mich schauderte bei dem Gedanken, wie anders im Vergleich zur Probe sich die Aufführung gestalten würde.

Nach der Probe oblag mir die erfreuliche Pflicht, meine Herrin zum Harem zu begleiten. Sie ließ mich nicht gleich wieder gehen, sondern behielt mich noch bis zu später Stunde bei sich, damit ich ihrer Zusammenfassung der außergewöhnlichen Ereignisse des Tages und der Rolle, die Tanus dabei gespielt hatte, lauschte.

»Du erinnerst dich, wie er den großen Gott Horus angerufen hat und wie ihm der Gott sofort zu Hilfe kam? Gewiß genießt er die Gunst und den

Schutz von Horus, meinst du nicht auch? Horus wird kein Unheil über uns kommen lassen, dessen bin ich jetzt sicher.«

Lostris gab sich ihren Träumen hin und sprach nicht mehr von Trennung und Selbstmord. Wie schnell die Winde der jungen Liebe drehen!

»Nach dem, was Tanus heute getan hat, muß er doch auch bei Pharao in hohem Ansehen stehen, oder, Taita? Und wenn ihm Horus und Pharao gewogen sind, wird es meinem Vater nicht gelingen, Tanus fortschicken zu lassen, hab' ich recht, Taita?«

Ich mußte jedem glücklichen Gedanken, der Lostris kam, beipflichten und durfte den Harem nicht verlassen, ehe ich mir mindestens ein halbes Dutzend Liebesbotschaften eingeprägt und versprochen hatte, sie Tanus persönlich zu überbringen.

Erschöpft langte ich schließlich bei meinen Gemächern an, aber auch dort fand ich keine Ruhe. Die jungen Sklaven warteten auf mich, ebenso erregt und schwatzhaft wie meine Herrin. Auch sie wollten wissen, was ich zu den Ereignissen des Tages meinte, besonders dazu, daß Tanus Pharaos Schiff gerettet hatte. Sie scharten sich um mich, während ich auf der Terrasse meine Vögel fütterte, und wetteiferten miteinander um meine Aufmerksamkeit.

»Älterer Bruder, ist es wahr, daß Tanus den Gott um Hilfe angefleht und daß Horus ihn sofort erhört hat? Hast du es gesehen? Manche sagen sogar, der Gott sei in Gestalt eines Falken erschienen und habe seine Flügel schützend über Tanus gebreitet.«

»Ist es wahr, *Akh*, daß unser König Tanus zum Gefährten Pharaos ernannt und ihm zur Belohnung ein Gut am Fluß geschenkt hat?«

»Älterer Bruder, es heißt, das Orakel im Wüstenheiligtum von Thot, dem Gott der Weisheit, habe gesagt, Tanus werde der größte Krieger in der Geschichte Ägyptens sein, und Pharao werde ihm eines Tages den Vorzug vor allen anderen geben.«

Heute ist es vergnüglich, an dieses kindische Geplapper zurückzudenken und zu erkennen, welch seltsame Wahrheiten sich darin andeuteten, aber damals tat ich es achselzuckend ab und schickte die Knaben mit gespielter Strenge zu Bett.

Als ich mich zum Schlafen niederlegte, war mein letzter Gedanke, daß das Volk der Zwillingsstädte Luxor und Karnak Tanus ins Herz geschlossen habe, daß dies allerdings eine zweifelhafte Auszeichnung sei. Ruhm und Beliebtheit lösen bei der Obrigkeit Neid aus, und der Pöbel ist wankelmütig. Er zieht die Abgötter, derer er müde geworden ist, ebensogern in den Staub, wie er sie zuvor angebetet hat.

Es ist weitaus weniger gefährlich, ungesehen und unbemerkt zu bleiben, wie es immer mein Bestreben war.

Am sechsten Tag des Festes zog Pharao in feierlicher Prozession von seinem Landhaus inmitten der königlichen Güter zwischen Karnak und Luxor zum Osiris-Tempel am Ufer des Nils, die zeremonielle, von Löwen aus Granit flankierte Straße entlang.

Der mit weißen Ochsen bespannte Schlitten war so hoch, daß die zu beiden Seiten der Straße sich drängenden Menschen sich schier den Hals verrenken mußten, um zu ihm, der auf einem gewaltigen vergoldeten Thron saß, aufzublicken. Hundert Musiker führten den Zug an, spielten Leier und Harfe, schlugen Zimbeln und Trommeln, schüttelten Klapper und Sistrum, bliesen das lange gerade Horn des Spießbocks und das krumme Horn des Widders. Ein Chor, bestehend aus hundert der schönsten Stimmen Ägpytens, folgte ihnen und sang Pharao und Osiris Preislieder. Selbstverständlich führte ich den Chor an. Nach uns kam eine Ehrengarde vom Regiment der Blauen Krokodile, befehligt von Tanus selbst. Die Menge jubelte ihm zu, als er, mit Rüstung und Federschmuck angetan, vorbeischritt.

Auf die Ehrengarde folgten der Wesir und seine höchsten Beamten, dann die Adligen mit ihren Frauen und Kindern, dann eine Abordnung vom Regiment der Falken und schließlich Pharaos gewaltiger Schlitten. Alles in allem waren hier mehrere Tausend der wohlhabendsten und bedeutendsten Persönlichkeiten des Oberen Königreichs versammelt.

Als wir uns gegen Abend dem Osiris-Tempel näherten, standen der Hohepriester und alle anderen Priester bereits auf der Treppe zwischen den großen Eingangstoren, um Pharao Mamose willkommen zu heißen. Der Tempel war erneuert worden, und die Flachreliefs an seinen Außenmauern leuchteten bunt im warmen gelben Schein der niedrigstehenden Sonne. Banner und Fahnen wehten.

Am Fuße der Treppe stieg Pharao von seinem Thron und begann langsam und feierlich die hundert Stufen emporzusteigen. Der Chor säumte beide Seiten der Treppe. Ich stand auf der fünfzigsten Stufe und konnte den König in dem Augenblick, da er an mir vorbeikam, genauer betrachten.

Ich kannte ihn schon recht gut, denn er war einmal mein Patient gewesen, aber ich hatte vergessen, wie klein er war. Er reichte mir kaum bis zur Schulter, wenn ihn die hohe Doppelkrone auch viel eindrucksvoller erscheinen ließ. Er hatte die Arme in zeremonieller Haltung vor der Brust gekreuzt, und er führte die Insignien seines königlichen Amtes und seiner Gottheit, Krummstab und Wedel, mit sich. Ich bemerkte, daß er unbehaarte Hände hatte, weich und fast weiblich, und daß auch seine Füße klein und zierlich waren. Er trug Ringe an allen Fingern und an den

Zehen, Amulette an den Oberarmen und Reife an den Handgelenken. Das Pektorale auf seiner Brust war rotgolden, mit Einlegearbeiten aus Fayence, die den Gott Thot mit der Feder der Wahrheit zeigten. Dieses kostbare Stück war fast fünfhundert Jahre alt und hatte schon siebzig Könige vor ihm geziert.

Pharaos Gesicht war weiß gepudert, bleich wie das eines Leichnams. Die Lider waren tiefschwarz umrandet, der Mund mit Lippenrot purpurn gefärbt. Unter der dicken Schminke waren deutlich ein verdrießlicher Ausdruck und strichdünne, humorlose Lippen zu erkennen. Pharaos Blick war unstet und gehetzt, was ich nur allzu verständlich fand.

Einst hatte sich sein Herrschaftsgebiet vom Meer über die sieben Mündungen des Deltas südwärts bis nach Assuan und bis zum ersten Katarakt erstreckt – das größte Reich der Welt. Er und seine Vorfahren hatten es sich entgleiten lassen, und nun schwärmten an den geschrumpften Grenzen die Feinde aus, um sich wie Hyäne, Schakal und Geier am Kadaver unseres Ägyptens gütlich zu tun.

Im Süden standen die schwarzen Horden Afrikas, im Norden, an der Küste des Großen Meeres, trieben räuberische Seefahrer ihr Unwesen, und am Unterlauf des Nils machten sich die Heerhaufen des falschen Pharao breit. Im Westen lauerten die tückischen Beduinen und die verschlagenen Libyer, während der Osten täglich die Heraufkunft neuer Völker sah, deren Namen bei einer Nation, die durch Niederlagen ängstlich geworden war, Schrecken auslösten. Assyrer und Meder, Kassiten und Hussiter und Hethiter – es schien kein Ende zu nehmen.

Wie sollten wir den Barbaren mit ihrer Kraft, ihrem Hochmut und ihrer Raubgier trotzen? Ich war der festen Überzeugung, daß es diesem Pharao nicht gegeben war, die Nation zu ihrem alten Glanz zurückzuführen. War er doch nicht einmal in der Lage, einen Erben zu zeugen.

Und daß Ägypten keinen Erben hatte, schien ihn mehr zu bekümmern als der Verlust des Unteren Königreichs. Mit zwanzig Frauen hatte er sich vermählt. Sie hatten ihm Töchter geschenkt, aber keinen Sohn. Er wollte nicht anerkennen, daß es an ihm lag. Alle bekannten Ärzte des Oberen Königreichs hatte er zu Rate gezogen, jedes Orakel aufgesucht und jedes wichtige Heiligtum.

Ich wußte das, weil ich einer der Ärzte war, nach denen er hatte schicken lassen. Ich gestehe, daß mir etwas bange gewesen war, einen Gott zu behandeln; auch hatte ich mich gefragt, warum er sich in einer so heiklen Angelegenheit an Sterbliche wandte. Nichtsdestoweniger hatte ich in Honig gebratene Stierhoden als Kost verordnet und Pharao empfohlen, die schönste Jungfrau Ägyptens ausfindig zu machen und binnen eines Jahres nach der ersten Blüte ihres Frauenmonds in sein Bett zu holen.

Ich selbst setzte kein großes Vertrauen in dieses Heilmittel, doch nach meinem Rezept zubereitet, sind Stierhoden ein schmackhaftes Gericht, und ich nahm an, die Suche nach der schönsten Jungfrau des Landes könne Pharao ablenken und sich nicht nur als vergnüglich, sondern auch als nützlich erweisen. Wenn der König hinreichend vielen jungen Damen beiwohnte, würde ihm sicher eine zu guter Letzt einen Knaben gebären.

Wie auch immer, ich tröstete mich mit dem Gedanken, daß meine Heilmethode nicht so drastisch war wie manch anderes, was meine Kollegen vorschlugen. Wenn sie auch keine Wirkung zeitigten – schaden konnten meine Empfehlungen zumindest nicht. Das glaubte ich fest. Die Schicksalsmächte sollten zeigen, wie sehr ich mich irrte. Hätte ich die Folgen meiner Torheit geahnt, so wäre ich wohl eher in Mins Rolle beim Festspiel geschlüpft, als daß ich Pharao einen derart leichtfertigen Rat erteilt hätte.

Es hatte mir geschmeichelt zu hören, Pharao habe ihn ernst genommen; er habe seinen Gaufürsten und Statthaltern befohlen, im ganzen Land nach Stieren mit strotzenden Hoden zu suchen und nach Jungfrauen, die den von mir aufgestellten Anforderungen entsprachen. Meine Gewährsleute am königlichen Hof hatten mir berichtet, Pharao habe schon Hunderte von ehrgeizigen Bewerberinnen um den Titel der schönsten Jungfrau Ägyptens zurückgewiesen.

Der König betrat den Tempel. Der Großwesir und sein Gefolge schlossen sich an, und nach ihnen kamen minder hochstehende Leute, die sich unwürdig drängelten, um Plätze zu finden, von denen aus sie das Festspiel verfolgen konnten. Der Raum im Tempel war begrenzt. Nur wer mächtig und von hoher Geburt oder reich genug war, um die diebischen Priester zu bestechen, erhielt Zutritt zum inneren Hof. Die anderen mußten mit dem äußeren Hof vorliebnehmen. Viele würden enttäuscht werden und sich mit einem bloßen Bericht vom Festspiel begnügen müssen. Selbst ich, der Spielleiter, hatte erhebliche Schwierigkeiten, mir einen Weg durchs Gedränge zu bahnen, und es gelang mir erst, als Tanus meine mißliche Lage erkannte und zwei seiner Männer schickte, mich in den Bereich zu begleiten, der den Darstellern vorbehalten war.

Ehe das Festspiel begann, mußten wir eine Reihe blumiger Reden über uns ergehen lassen – erst von den hiesigen Würdenträgern und Beamten und dann vom Großwesir selbst. Dieses Intermezzo gab mir Gelegenheit, mich zu vergewissern, daß alle nötigen Vorkehrungen getroffen waren. Ich ging von Zelt zu Zelt, überprüfte Kostüm und Maske eines jeden Darstellers und versuchte, letzte Anfälle von Überspanntheit und Angst zu dämpfen.

Der unselige Min befürchtete, sein Auftritt werde meinen edlen Herrn

Intef nicht zufriedenstellen. Ich konnte ihm mit ziemlicher Gewißheit versichern, daß das Gegenteil der Fall sein werde und gab ihm einen Schluck von meinem Mohntrank zur Betäubung der Schmerzen, die ihm bald zugefügt werden sollten.

Auch in Rasfers Zelt trat ich; er zechte mit zweien seiner Kumpane von der Palastgarde und schärfte gerade sein Kurzschwert. Ich hatte ihn so schminken lassen, daß er noch abstoßender wirkte als sonst, was angesichts seiner Häßlichkeit nicht einfach war. Doch als er mich mit geschwärzten Zähnen angrinste und mir einen Becher Wein anbot, sah ich, daß es geglückt war.

»Was macht dein Rücken, hübscher Knabe? Koste von diesem Männertrank! Vielleicht gibt er dir wieder, was dir fehlt.« Ich bin Rasfers Spott gewohnt und ließ mich zu keiner Würdelosigkeit hinreißen, statt dessen teilte ich ihm mit, mein Herr habe die Anordnungen des Hohepriesters widerrufen; der erste Aufzug solle in der ursprünglich vornehmen Form gespielt werden.

»Ich habe schon mit dem edlen Herrn Intef gesprochen.« Rasfer reckte sein Schwert empor. »Fühl die Schneide, Eunuch. Ich möchte sichergehen, daß es auch deinen Beifall findet.« Ich verließ Rasfer, und mir war unbehaglich.

Obwohl Tanus die Bühne erst im zweiten Aufzug betreten würde, hatte er sein Kostüm bereits angezogen. Gelöst legte er mir eine Hand auf die Schulter »Das ist dein großer Tag, alter Freund. Nach dieser Vorstellung wird sich dein Ruhm als Schauspieldichter in ganz Ägypten ausbreiten.«

»Wie deiner als Held. Dein Name ist in aller Munde«, sagte ich, doch Tanus tat es unbekümmert ab, und ich fuhr fort: »Hast du deine Rede gut einstudiert, Tanus? Möchtest du sie mir vortragen?«

Von alters her beschloß der Darsteller des Horus die Aufführung mit einer Botschaft an Pharao, die dem Schein nach von den Göttern, in Wirklichkeit aber von seinen Untertanen kam. Früher war dies für das Volk die einzige Gelegenheit gewesen, seinem König Sorgen zu Gehör zu bringen, mit denen es sonst nicht zu ihm durchdrang. Doch während der Herrschaft der letzten Dynastie war der alte Brauch zugrunde gegangen, und das Schlußwort hatte sich in eine weitere Lobrede auf den göttlichen Pharao verwandelt.

Ich hatte Tanus des öfteren gebeten, seine Ansprache mit mir zu proben, doch er hatte mich jedesmal mit so faulen Ausreden abgespeist, daß ich inzwischen ernstlich mißtrauisch war. »Dies ist die letzte Gelegenheit«, drang ich in ihn, aber er lachte mich aus.

»Meine Rede soll für dich eine ebensolche Überraschung sein wie für Pharao. So werdet ihr beide mehr Freude daran haben.« Und es gab nichts, womit ich Tanus umzustimmen vermochte. Manchmal kann er so dickköpfig und halsstarrig sein wie kein anderer. Ungehalten verließ ich ihn, um mir angenehmere Gesellschaft zu suchen.

Ich trat in Lostris' Zelt und blieb wie versteinert am Eingang stehen. Obwohl ich ihr Kostüm selbst entworfen und ihre Dienerinnen angewiesen hatte, wie sie Puder, Lippenrot und Lidumrandung auftragen sollten, war ich nicht gefaßt auf die überirdische Erscheinung, die mich hier erwartete. Einen Augenblick lang glaubte ich tatsächlich, es sei ein weiteres Wunder geschehen, die Göttin selbst sei aus der Unterwelt emporgestiegen, um den Platz meiner Herrin einzunehmen. Ich hielt den Atem an und wollte in abergläubischer Ehrfurcht auf die Knie sinken, als meine Herrin kicherte und mich aus meinem Wahn riß.

»Ist das nicht ein Spaß? Ich kann es kaum erwarten, Tanus zu sehen. Ich bin sicher, daß er dem Gott zum Verwechseln gleicht.« Sie drehte sich langsam im Kreis, damit ich ihr Kostüm bewundern konnte, und lächelte mich an.

»Nicht mehr als du der Göttin, meine edle Herrin«, flüsterte ich.

»Wann fängt das Schauspiel an?« frage sie ungeduldig. »Ich bin so aufgeregt, ich kann nicht länger warten.«

Ich legte mein Ohr an die Zeltwand und lauschte der monotonen Leier der Reden. Dies war die letzte Ansprache, bald würde mein edler Herr Intef die Schauspieler auffordern, mit der Vorstellung zu beginnen.

Ich nahm Lostris' Hand und drückte sie. »Denk an die lange Pause und das hochmütige Gebaren vor den ersten Worten, die du sprichst«, mahnte ich, und sie klopfte mir schelmisch auf die Schulter.

»Fort mit dir, du alter Umstandskrämer. Alles geht gut, du wirst schon sehen.« Und nun hörte ich, wie mein edler Herr Intef die Stimme erhob.

»Der göttliche Pharao Mamose, das Große Haus von Ägypten, der Fels des Reiches, der Gewaltige, der alles sieht und sich über alles erbarmt...« Titel folgte auf Titel, während ich Lostris' Zelt verließ und zu meinem Posten hinter der Hauptsäule eilte. Ich lugte an der Säule vorbei und sah, daß der innere Hof des Tempels zum Bersten voll war. Pharao und seine Hauptfrauen saßen in der ersten Reihe auf niedrigen Bänken aus Zedernholz, nippten an erfrischenden Getränken oder naschten Datteln und Zuckerwerk.

Mein edler Herr Intef stand auf dem Podium unterhalb des Hauptaltars, das uns als Bühne diente, und hielt seine Ansprache. Der größte Teil der Bühne war vor den Augen des Publikums noch durch einen Leinenvorhang verborgen. Ich überblickte alles ein letztes Mal, auch wenn es für Änderungen zu spät war.

Die Bühne war mit Palmen und Akazien geschmückt, welche die Palastgärtner unter meiner Anleitung hierhergebracht hatten. Maurer waren von der Arbeit am Grab des Königs abgezogen worden, um an der rückwärtigen Seite des Tempels einen steinernen Behälter zu errichten, aus dem Wasser über die Bühne geleitet werden konnte. Es sollte den Nil darstellen.

Am hinteren Ende der Bühne befanden sich, von der Decke bis zum Boden reichend, straff gespannte Leinenbahnen, auf welche die Künstler der Totenstadt herrliche Landschaften gemalt hatten. Im Dämmerlicht des Sonnenuntergangs und im flackernden Schein der Fackeln war die Wirkung so phantastisch, daß die Zuschauer sich in eine andere Welt versetzt fühlen mußten.

Und ich hatte weitere Überraschungen zu Pharaos Vergnügen vorbereitet, von Käfigen voller Vögel und Schmetterlinge, die freigelassen werden sollten, um an die Erschaffung der Welt durch den großen Gott Amun-Re zu erinnern, bis hin zu Fackeln und Lampen, denen ich besondere Wirkstoffe beigegeben hatte, damit sie rot und grün loderten, die Bühne in ein schauriges Licht tauchten und Rauchwolken über sie hinquellen ließen wie in der Unterwelt, wo die Götter wohnen.

»Mamose, Sohn von Re, möge dir ewiges Leben beschieden sein! Wir, deine treuen Untertanen, die Leute der Stadt Theben, bitten dich, deine Aufmerksamkeit dem bescheidenen Schauspiel zu schenken, das wir dir, Hoheit, widmen.«

Mein edler Herr Intef beschloß seine Begrüßungsrede und nahm wieder Platz. Während Widderhörner eine Fanfare bliesen, trat ich hinter meiner Säule hervor und wandte mich dem Publikum zu. Die Menschen hatten auf dem harten steinernen Boden Unbequemlichkeit und Langeweile ertragen müssen und waren nun reif dafür, daß die Unterhaltung begann. Ich wurde mit heiserem Jubel begrüßt. Selbst Pharao lächelte erwartungsvoll.

Ich hob die Arme, gebot Schweigen, und erst als kein Laut mehr zu hören war, begann ich meine Einleitung vorzutragen.

»Ich schritt im Sonnenschein dahin, jung und voll jugendlicher Kraft, da hörte ich im Ried am Ufer des Nils die Schicksalsmusik. Doch ich erkannte den Klang dieser Harfe nicht, und ich empfand keine Furcht, denn ich stand in der Blüte meiner Männlichkeit und fühlte mich geborgen in der Zuneigung meiner Liebsten. Die Musik war unsagbar schön. Freudig machte ich mich daran, den Spieler zu finden, und ahnte nicht, daß es der Tod war, der mich mit seiner Harfe zu sich rief.« Uns Ägypter fesselt der Tod, und mit diesen Worten hatte ich meine Zuhörer im Innersten angerührt. Sie seufzten, und es schauderte sie.

»Da nahm mich der Tod und trug mich zu Amun-Re, dem Gott der

Sonne, und ich wurde eins mit dem weißen Licht seines Wesens. In weiter Ferne hörte ich meine Liebste weinen, doch ich sah sie nicht, und alle Tage meines Lebens waren wie ausgelöscht.« Ich wußte nun, daß ich die Zuhörer in meinen Bann geschlagen hatte. Sie lauschten gespannt, ja betört.

»Dann setzte mich der Tod an einen hohen Ort, von dem aus ich die Welt überblicken konnte wie einen schimmernd runden Schild im blauen Meer des Himmels. Ich sah alle Menschen und alle Geschöpfe, die je gelebt hatten. Wie ein mächtiger Strom floß die Zeit rückwärts. Hunderttausend Jahre lang beobachtete ich die Mühsale und den Tod der Menschen. Ich sah sie den Weg von Tod und Alter zu Kindheit und Geburt gehen. Es kamen der erste Mann und die erste Frau, und schließlich gab es keine Menschen mehr auf Erden. Einzig die Götter lebten. Doch der Strom der Zeit floß weiter rückwärts, in die Zeit der Dunkelheit und des Chaos. Nun konnte der Strom nicht länger rückwärts fließen, und so kehrte er sich um. Die Zeit nahm wieder den Lauf, der mir von meinen Erdentagen vertraut war, und ich sah das Leiden der Götter.« Meinen Zuhörern war unsere Theologie wohlbekannt, aber keiner hatte je gehört, daß die Mysterien dargestellt wurden. Gebannt lauschten sie mir, und ich fuhr fort.

»Aus der Unordnung und Dunkelheit erhob sich Amun-Re. Ich beobachtete, wie er sein Zeugungsglied betastete und seinen Samen in mächtigen Wellen verspritzte, von denen jener silbrige Schleier über der schwarzen Leere zurückblieb, den wir die Milchstraße nennen. Auch Geb und Nut, die Erde und der Himmel, wurden aus diesem Samen erschaffen.«

»Bak-her!« Eine Stimme brach das bebende Schweigen. *»Bak-her!* Amen!« Der alte Hohepriester hatte nicht länger an sich halten können, mit seinem Ausruf billigte er meine Vision der Schöpfungsgeschichte. Ich war so erstaunt über diesen Sinneswandel, daß ich beinahe meine nächste Zeile vergessen hätte. Schließlich war der Hohepriester bis dahin mein strengster Kritiker gewesen. Jetzt hatte ich ihn für mich gewonnen, und so erhob ich triumphierend die Stimme.

»Geb und Nut erkannten einander als Mann und Frau, und ihrer erhabenen Vereinigung entsprangen die Götter Osiris und Seth und die Göttinnen Isis und Nephthys.«

Ich machte eine ausladende Gebärde. Langsam ging der Vorhang auf, und die phantastische Welt, die ich geschaffen hatte, erschien. Dergleichen hatte man in Ägypten noch nicht gesehen, und das Publikum hielt den Atem an. Gemessenen Schritts zog ich mich zurück, und der Gott Osiris nahm meinen Platz auf der Bühne ein. Das Publikum erkannte ihn an dem hohen, flaschenförmigen Kopfschmuck und den vor der Brust gekreuzten Armen mit Krummstab und Wedel.

Ein dröhnender Ruf der Ehrfurcht stieg auf, und tatsächlich ließ der

Beruhigungstrank, den ich Min verabreicht hatte, seine Augen unheimlich funkeln und gab ihm etwas überzeugend Unirdisches. Osiris machte geheimnisvolle Gebärden mit Krummstab und Wedel und sagte klangvoll: »Seht Atur, den Fluß!«

Ein Raunen ging durchs Publikum, als es den Nil erkannte.

»Bak-her!« rief eine andere Stimme, und mit Erstaunen und Freude nahm ich wahr, wer gesprochen hatte: Pharao. Nun hatte mein Schauspiel geistliche und weltliche Billigung. Ich war sicher, daß meine Fassung verbindlich werden und die alte ersetzen würde. Ich hatte Unsterblichkeit erlangt, mein Name würde Jahrtausende überdauern.

Vergnügt gab ich das Zeichen, daß der steinerne Behälter an der rückwärtigen Seite des Tempels geöffnet werden sollte. Wasser begann über die Bühne zu strömen. Zunächst begriff das Publikum nicht, doch dann erkannte es, daß es tatsächlich die Verkörperung des großen Flußes sah, und aus tausend Kehlen drang ein einziger Schrei: *»Bak-her! Bak-her!«*

»Seht die Wasser steigen!« rief Osiris, und der Nil schwoll an.

»Seht die Wasser fallen!« rief der Gott, und sie gingen zurück. »Nun werden sie wieder steigen!«

Ich hatte dem Wasser Farbe beimischen lassen. Für den Anfang ein Grün zur Nachahmung der Zeit, da der Nil einen niedrigen Pegel hat, und dann eine dunklere Farbe, die getreulich die Tönung des mit Schlamm durchsetzten Wassers zur Zeit der Überschwemmung wiedergab.

»Seht die Geschöpfe der Luft!« rief Osiris, und die Käfige im hinteren Bereich der Bühne wurden geöffnet. Eine Wolke von Vögeln und herrlich bunten Schmetterlingen breitete sich im ganzen Tempel aus.

Die Zuschauer waren bezaubert wie Kinder, streckten die Hände nach den Schmetterlingen aus, fingen sie und ließen sie dann wieder fliegen. Einer der Vögel, ein Wiedehopf mit langem Schnabel und schönem Federkleid ließ sich auf Pharaos Krone nieder.

Die Menge war begeistert. »Ein Zeichen!« rief jemand. »Gesegnet ist der König! Möge er ewig leben!« Und Pharao lächelte.

Osiris wandelte nun durch das Paradies, das er geschaffen hatte, und alles war bereit für den dramatischen Augenblick, da Seth mit einem markerschütternden Schrei auf die Bühne sprang. Zwar hatten die Zuschauer damit gerechnet, doch sie erschraken heftig, und so manche Frau schlug die Hände vor die Augen.

»Was hast du getan, Bruder?« brüllte Seth in neidischem Zorn. »Willst du dich über mich setzen? Bin ich nicht auch ein Gott? Willst du die ganze Schöpfung für dich behalten? Soll ich nicht daran teilhaben?«

Osiris antwortete gelassen und würdig: »Unser Vater Amun-Re hat sie uns beiden geschenkt. Und er hat uns das Recht der Wahl gegeben, wie wir über sie verfügen wollen, zum Guten oder zum Bösen...« Die Worte, die natürlich ich dem Gott in den Mund gelegt hatte, verhallten im Tempel. Es waren die schönsten, die ich geschrieben hatte, und die Zuschauer nahmen sie hingerissen auf. Im Gegensatz zu ihnen wußte ich freilich, was folgen würde, und es erbitterte mich.

Osiris kam zum Schluß seiner Rede. »Dies ist die Welt, wie ich sie offenbart habe. Willst du sie in Frieden und Bruderliebe mit mir teilen, so sei mir gegrüßt. Bist du jedoch in kriegerischem Zorn gekommen, so befehle ich dir zu gehen.« Osiris hob seinen rechten Arm und wies Seth den Weg, auf dem er das irdische Paradies verlassen sollte.

Seth zog die breiten, behaarten Schultern hoch und brüllte, daß der Speichel von seinen Lippen flog. Er hob sein Kurzschwert empor und stürzte sich auf seinen Bruder. Dies war nicht geprobt worden, und Osiris war vollkommen überrascht. Er stand immer noch mit ausgestrecktem rechtem Arm da, als die Klinge niedersauste. Die Hand wurde am Gelenk abgetrennt und fiel Osiris vor die Füße.

In seinem Schrecken verharrte Osiris eine Weile reglos. Die Zuschauer mußten diese Szene für ein Trugbild halten, denn auch das Blut kam nicht gleich. Gebannt, aber nicht beunruhigt starrten sie auf die Bühne, bis Osiris plötzlich rückwärts taumelte und mit einem furchtbaren Wehlaut den Stumpf seines Arms umklammerte. Erst jetzt quoll Blut zwischen seinen Fingern hervor und spritzte auf sein weißes Gewand. Osiris wankte über die Bühne und begann in Todesangst zu schreien. Dieser Schrei, hoch und durchdringend, zerstörte die behagliche Stimmung der Zuschauer. Nun wußten sie, daß es nicht Schein war, was sie da sahen, und Entsetzen machte sich breit.

Ehe Osiris das Ende der Bühne erreichen konnte, sprang Seth ihm schon auf seinen dicken, krummen Beinen nach. Er packte Osiris bei seinem verletzten Arm und zerrte ihn in die Mitte der Bühne zurück. Dort warf er ihn zu Boden. Die Flitterkrone rollte von Osiris' Kopf, und seine dunklen Locken fielen ihm auf die Schultern. Er blutete stark.

»Ich flehe dich an, verschone mich!« schrie Osiris, aber Seth lachte nur.

Dieses barbarische Gelächter riß die Zuschauer aus ihrer Benommenheit. Frauen schrien, und Männer brüllten vor Zorn, als sie Zeugen des Mordes an ihrem Gott wurden.

»Verschone ihn! Verschone den großen Gott Osiris!« riefen sie, aber niemand erhob sich von seinem Platz oder stürmte gar auf die Bühne, um die Tragödie abzuwenden. Sie wußten, daß sie als Sterbliche keinen Einfluß auf die Kämpfe und Leiden der Götter hatten.

Osiris hob die Hand, die ihm geblieben war, und griff unbeholfen nach

Seths Beinen. Immer noch lachend, packte Seth Osiris' Arm und zog ihn gerade.

»Hack ihn ab!« brüllte plötzlich jemand in der Menge.

»Töte ihn!« schrie ein anderer. Es hat mich immer bedrückt, wie der Anblick von Blut und Gewalt auch die sanftesten Menschen aufstachelt. Selbst ich konnte mich der grausigen Szene nicht entziehen. Ich war entsetzt und angewidert, ja, und doch auch gepackt von einer abstoßenden Erregung.

Mit einem einzigen lässigen Streich schlug Seth den Arm ab, und Osiris fiel zurück. Er versuchte, auf die Beine zu kommen, aber er hatte keine Hände mehr, um sich abzustützen. Er trat ins Leere, warf den Kopf hin und her und schrie fürchterlich.

Seth hackte den Arm in drei Stücke und warf diese ins Publikum. Die Menschen johlten und reckten die Hände empor, um die Reliquien ihres Gottes zu fangen.

Mit Hingabe setzte Seth sein Werk fort. Osiris' Füße trennte er bei den Knöcheln ab. Dann die Unterschenkel bei den Knien und die Oberschenkel bei den Hüften. Der Pöbel brüllte nach mehr.

»Den Talisman von Seth!« schrie einer gellend. »Gib uns den Talisman von Seth!« Andere stimmten ein. Dem Mythos zufolge ist dieser Talisman das stärkste aller Zaubermittel. Wer ihn besitzt, gebietet über die dunklen Mächte der Unterwelt. Es ist das einzige der vierzehn Stücke vom Leib des Osiris, das Isis und ihre Schwester Nephthys nicht finden konnten an den Enden der Welt, in die Seth sie zerstreute. Es ist jener Körperteil, den Rasfer mir nahm und der nun an der Kette hängt, die mein edler Herr Intef mir schenkte, um mich zu verhöhnen.

»Gib uns den Talisman von Seth!« heulte der Pöbel, und Seth hob das rotgefleckte Gewand von dem arm- und beinlosen Rumpf an seinen Füßen. Er lachte immer noch. Das Kurzschwert blitzte in seiner behaarten Pranke auf, dann hielt er das, wonach die Menge schrie, empor.

»Gib ihn uns!« bettelten sie. »Gib uns die Kraft des Talismans!«

Doch Seth stellte sich taub gegen ihr Flehen. »Ein Geschenk!« rief er. »Ein Geschenk vom einen Gott an den andern. Ich, Seth, Gott der Finsternis, eigne diesen Talisman dem göttlichen Pharao Mamose zu.« Er sprang die Treppe hinunter und legte die Reliquie dem König zu Füßen.

Zu meiner Verwunderung bückte sich Pharao danach. Er war wie gebannt, als sei dies tatsächlich die Reliquie des Gottes. Ich bin sicher, in diesem Augenblick glaubte er es selbst.

Als sein Geschenk angenommen war, eilte Seth auf die Bühne zurück, um das blutige Werk zu vollenden. Was mich bis heute verfolgt, ist der Gedanke, daß der unglückliche Min bis zuletzt lebte und fühlte. Der

Trank, den ich ihm gegeben hatte, konnte die Schmerzen nicht ganz betäuben; ich sah die gräßliche Todespein in seinem Blick, als er in seinem Blut lag und den Kopf – den einzigen Körperteil, den er noch bewegen konnte – von einer Seite zur anderen warf.

Es war mir eine Erleichterung, als Seth den Kopf endlich abschlug. Er hielt ihn empor, damit ihn die Menge bewunderte, und warf ihn schließlich zu ihnen hinunter.

So endete der erste Aufzug unseres Festspiels. Der Beifall rauschte gewaltig auf und ließ den ganzen Tempel erbeben.

In der Pause halfen Sklaven, die grausigen Spuren des Gemetzels auf der Bühne zu beseitigen. Mir war besonders daran gelegen, daß meine Herrin nicht merkte, was sich während des ersten Aufzugs ereignet hatte. Sie sollte glauben, alles sei so verlaufen, wie wir es geprobt hatten. Deshalb hatte ich Sorge dafür getragen, daß sie in ihrem Zelt blieb. Einer von Tanus' Leuten stand am Eingang, hielt sie dort fest und gewährleistete, daß auch keine von ihren Dienerinnen hinauslugen und Bericht erstatten konnte. Ich wußte, wenn Lostris die Wahrheit erführe, würde sie zu verwirrt sein, um ihre Rolle zu spielen.

Ich eilte zum Zelt meiner Herrin, um sie zu beruhigen und mich davon zu überzeugen, daß meine Maßnahmen wirksam gewesen waren.

»O Taita, ich habe den Beifall gehört!« begrüßte sie mich glücklich. »Dein Stück gefällt den Leuten. Das freut mich für dich. Du hast diesen Erfolg so sehr verdient.« Sie lachte verschwörerisch. »Es hörte sich an, als hätten die Leute den Mord an Osiris für einen echten gehalten, als hätten sie in dem Ochsenblut, mit dem du Min übergießen ließest, tatsächlich das Blut des Gottes gesehen.«

»Ja, Herrin, sie sind unserer kleinen Täuschung offenbar erlegen«, bestätigte ich.

Meine edle Frau Lostris ahnte also nichts, und als ich sie auf die Bühne führte, warf sie kaum einen flüchtigen Blick auf die schauderhaften Flekken, die auf dem Stein zurückgeblieben waren. Ich half ihr, die richtige Position einzunehmen, und ließ den Fackelschein so auf sie richten, daß er ihr schmeichelte. Obwohl ich an ihre Schönheit gewöhnt war, schnürte mir ihr Anblick die Kehle zu.

Ich ließ Lostris hinter dem Leinenvorhang zurück und trat wieder vor mein Publikum. Alle, von Pharao bis zum niedrigsten Untertanen lauschten gebannt meiner Stimme, als ich in funkelnder Prosa die Trauer schilderte, die Isis und ihre Schwester Nephthys über den Tod des Bruders empfanden.

Dann zog ich mich zurück, der Vorhang ging auf, und Isis' betrübte Gestalt wurde sichtbar. Die Zuschauer hielten den Atem an, so herrlich war sie anzuschauen.

Isis begann die Totenklage zu singen, und ihre Stimme füllte die düsteren Hallen des Tempels. Als sie den Kopf zur Melodie wiegte, brach sich der Fackelschein in dem Bronzemond, der ihren Kopfschmuck krönte.

Ich beobachtete Pharao genau, während sie sang. Er wandte den Blick nicht von ihr.

Mein Herz gleicht einer verwundeten Gazelle,
zerrissen von den Löwenklauen meines Grams.

So klagte sie, und der König und sein ganzes Gefolge fühlten mit ihr.

Keine Süße ist mehr in der Honigwabe,
kein Duft blieb in der Wüstenblume,
meine Seele gleicht einem leeren Tempel,
verlassen vom Gott der Liebe.

In der vordersten Reihe schluchzten einige von Pharaos Frauen, doch niemand würdigte sie eines Blickes.

Lächelnd schau' ich dem Tod ins Angesicht.
Mit Wonne folge ich ihm, könnte er mich
in die Arme meines geliebten Herrn führen.

Isis' Worte, Isis' Schönheit waren unwiderstehlich. Es schien undenkbar, daß ein Gott dieselben Gefühle zeigte wie ein Mensch, aber Tränen rannten selbst über Pharaos Wangen.

Nun kam Nephthys auf die Bühne, und die Schwestern stimmten einen Zwiegesang an. Dann gingen die beiden Frauen Hand in Hand, um die Stücke von Osiris' Leichnam zu suchen.

Natürlich hatte ich nicht die Teile von Mins geschundenem Körper auslegen lassen. Während der Pause hatten meine Helfer sie eingesammelt und zu den Balsamierern gebracht. Ich wollte für Mins Bestattung aufkommen; es schien das mindeste, was ich für den Unseligen tun konnte. Auch wenn ein Teil seines Leibes fehlte – Pharao hielt ihn noch immer in der Hand –, hoffte ich, die Götter würden eine Ausnahme machen und Mins Schatten in die Unterwelt eingehen lassen. Und ich hoffte, daß er dort nicht zu schlecht von mir denken würde.

Als Sinnbild für den Leichnam Gottes hatte ich von den Künstlern der

Totenstadt einen prächtigen Mumiensarkophag fertigen lassen, der Osiris mit den Insignien seiner Würde und in der Todeshaltung, mit vor der Brust gekreuzten Armen, zeigte. Dieser Sarkophag war in dreizehn Teile geteilt worden, die nahtlos aneinanderzufügen waren.

Während die Schwestern diese Bruchstücke fanden, sangen sie ein Preislied auf die Körperteile des Gottes, auf seine Hände und Füße, seinen Rumpf und seine Glieder und schließlich auf seinen Kopf.

> Solche Augen, wie Sterne am Himmelszelt,
> müssen ewig leuchten.
> Solche Schönheit soll der Tod nicht verdunkeln,
> Solche Erhabenheit Mumienleinen nicht verbergen.

Als die Schwestern schließlich den Leib von Osiris bis auf den fehlenden Talisman zusammengesetzt hatten, sannen sie laut darüber nach, wie sie ihn wieder zum Leben erwecken könnten.

Das war meine Gelegenheit, dem Festspiel jenes Element beizugeben, welches eine Aufführung für den Publikumsgeschmack ansprechend macht. Die meisten von uns haben eine ausgeprägte lüsterne Ader, und der Dichter tut gut daran, dies im Gedächtnis zu behalten, wenn er wünscht, daß sein Werk von der Mehrheit der Menschen günstig aufgenommen wird.

»Es gibt nur einen sicheren Weg, unseren lieben Herrn und Bruder ins Leben zurückzurufen.« Diese Worte hatte ich Nephthys in den Mund gelegt. »Eine von uns muß den Fortpflanzungsakt mit seinem zerstückelten Körper vollziehen, damit sein Lebensfunke wieder entfacht wird.«

Ein erwartungsvolles Raunen ging durchs Publikum. Ich hatte mir den Kopf darüber zermartert, wie ich diesen Teil des Wiederauferstehungsmythos von Osiris in Szene setzen sollte. Meine Herrin hatte mich ebenso verblüfft wie entsetzt, indem sie erklärte, sie sei bereit, ihre Rolle bis zum Ende zu spielen. Ich war nicht sicher, ob sie scherzte oder ob sie es wirklich getan hätte; wie dem auch sei, ich gab ihr keine Gelegenheit, ihren guten Willen unter Beweis zu stellen. Ihr Ruf und die Ehre ihrer Familie waren zu bedeutend, als daß man damit spaßen konnte.

Und so verließ Lostris, als der Vorhang zuging, auf mein Zeichen hin rasch die Bühne. Ihre Stelle wurde von einer der teuren Kurtisanen eingenommen, die ihr Gewerbe in einem Liebespalast unweit des Hafens ausübten. Ich hatte sie wegen ihres prächtigen jungen Körpers ausgewählt – er ähnelte dem meiner Herrin sehr. Natürlich reichte die Kurtisane, was die Schönheit des Gesichts betraf, nicht an Lostris heran; doch ich kenne keine Frau, die ihr darin ebenbürtig wäre.

Als die Ersatzgöttin ihren Platz eingenommen hatte, wurden die Fackeln im hinteren Teil der Bühne entzündet, so daß ihr Schatten gegen den Vorhang fiel. Sie begann sich auf die aufreizendste Art zu entkleiden. Die Männer im Publikum johlten in dem Glauben, meine Herrin zu sehen. Die Kurtisane beantwortete diese Ermutigung mit immer lüsternerem Gebaren, das fast ebensolchen Beifall fand wie der Mord an Osiris.

Nun kam jener Teil des Festspiels, der mir am meisten zu schaffen gemacht hatte, denn wie sollte der Akt der Fortpflanzung möglich sein ohne den Körperteil, dessen Osiris vor aller Augen beraubt worden war? Schließlich mußte ich Zuflucht zu jenem alten Kunstgriff nehmen, den ich bei anderen Bühnendichtern sosehr verachtete, zum Eingreifen der Götter.

Während Lostris von der Seitenkulisse aus sprach, stand ihre Doppelgängerin vor Osiris' lebloser Gestalt und bewegte beschwörend ihre Hände. »Mein lieber Bruder, dank der wunderbaren Kräfte, die mir unser Vater Amun-Re schenkte, gebe ich dir jene männlichen Teile zurück, welche der grausame Seth dir so roh entriß«, sprach meine Herrin mit feierlicher Stimme.

Ich hatte den Mumiensarkophag mit einem hölzernen Glied versehen, das sich aufstellen ließ, indem an einer Schnur gezogen wurde, die über eine Rolle unter dem Tempeldach führte. Nun richtete sich der mit Scharnieren am Unterleib des Gottes befestigte Phallus vollends auf. Er war so lang wie mein Arm. Das Publikum hielt bewundernd den Atem an.

Während Isis den Phallus liebkoste, riß ich an der Schnur, um ihn zucken zu lassen. Dies gefiel den Zuschauern schon sehr gut, aber noch besser gefiel ihnen, daß die Göttin des Gottes hingestreckte Mumie bestieg. Ihrer gespielten Verzückung nach zu urteilen, mußte die Kurtisane eine der wahrhaft großen Vertreterinnen ihrer Kunst sein. Das Publikum zollte ihr Beifall und feuerte sie mit Pfiffen und zotigen Ratschlägen an.

Auf dem Höhepunkt der Darbietung wurden die Fackeln plötzlich gelöscht, und Finsternis senkte sich über den Tempel. Im Dunkeln erfolgte ein neuerlicher Austausch, und als die Fackeln wieder entzündet wurden, stand meine Herrin in der Mitte vor der Bühne, einen Säugling auf dem Arm. Eine der Küchensklavinnen hatte freundlicherweise vor wenigen Tagen einen Knaben geboren, und ich hatte ihn mir für diese Gelegenheit ausgeliehen.

»Ich reiche euch dar den Sohn von Osiris, dem Gott der Unterwelt, und von Isis, der Göttin des Mondes und der Sterne.« Lostris hob den Knaben empor, und er, erstaunt über das Meer von Fremden, wandte sein kleines Gesicht ab und schrie, bis er rot anlief.

Isis mußte ihn übertönen, als sie sagte: »Grüßt den jungen Horus, den

Gott des Windes und der Lüfte, den Falken des Himmels!« Zur Hälfte bestand das Publikum aus Anhängern von Horus, und die Begeisterung für den Gott ihrer Wahl war unbändig. Sie sprangen von ihren Plätzen auf, und der zweite Aufzug endete mit einem weiteren Triumph für mich – und mit Ungemach für den jungen Gott, der, wie man später herausfand, seine Windeln ungeheuer beschmutzt hatte.

Ich eröffnete den letzten Aufzug mit einer weiteren Vorrede, in der ich die Kindheit und Jugend von Horus schilderte. Ich sprach von dem heiligen Auftrag, den ihm Isis erteilt hatte, und in diesem Augenblick ging der Vorhang auf. Dahinter erschien die Göttin.

Isis badete im Nil, und ihre Dienerinnen warteten ihr auf. Das nasse Gewand schmiegte sich an ihren Körper, so daß die helle Pracht ihrer Haut hindurchschimmerte. Die verschwommene Kontur ihrer Brüste wurde von kleinen Knospen jungfräulichen Rosenrots bekrönt.

Tanus betrat als Horus die Bühne und beherrschte sie sofort. Mit seiner polierten Rüstung und seinem Kriegerstolz bildete er das vollkommene Gegengewicht zur Schönheit der Göttin. Dank der zahlreichen Auszeichnungen, die er in den Flußkriegen errungen hatte, und dank seiner jüngsten Heldentat bei der Rettung des Staatsschiffs stand er im Mittelpunkt der Aufmerksamkeit. In diesem Augenblick war er der Liebling des Volkes. Die Menge jubelte ihm zu, ehe er sprechen konnte, und die Darsteller mußten in ihren Anfangsposen verharren, solange der Beifall anhielt.

Während Tanus gefeiert wurde, beobachtete ich einzelne Gesichter besonders aufmerksam. Nembet, der Großlöwe von Ägypten, machte eine finstere Miene und unternahm keinen Versuch, seine Feindseligkeit zu verbergen. Pharao lächelte huldvoll und nickte leicht, so daß diejenigen, die hinter ihm saßen, sein Einverständnis bemerken mußten und in ihrer Begeisterung bestärkt wurden. Mein edler Herr Intef – er schwamm nie gegen den Strom – lächelte süß und nickte in Übereinstimmung mit seinem König. Sein Blick jedoch war unversöhnlich.

Schließlich ebbte der Beifall ab, und Tanus konnte die Worte sprechen, die ich für ihn geschrieben hatte, aber es war nicht einfach für ihn, denn jedesmal, wenn er innehielt, um Atem zu holen, wurde wieder Jubel laut. Erst als Isis zu singen begann, verstummte das Publikum.

Die Leiden deines Vaters,
das furchtbare Geschick,
welches über unserem Hause liegt,
sie müssen abgewendet werden.

Isis warnte ihren edlen Sohn. Dann streckte sie ihm flehend und gebieterisch zugleich beide Arme entgegen.

> Seths Fluch lastet auf uns allen.
> Nur du kannst ihn brechen.
> Such deinen Oheim, das Ungeheuer.
> An seinem Hochmut und seiner Wildheit
> wirst du ihn erkennen.
> Wenn du ihn findest,
> so strecke ihn nieder.
> Leg ihn in Ketten,
> zwinge ihm deinen Willen auf,
> damit die Götter und alle Menschen
> auf ewig frei sind von deinem Joch.

Immer noch singend ging die Göttin ab. Wie Kinder, die einem ihrer Lieblingslieder lauschten, wußten die Zuschauer, was bevorstand, und so beugten sie sich denn eifrig vor und summten erwartungsvoll.

Als schließlich Seth zum entscheidenden Gefecht noch einmal auf die Bühne kam, zum uralten Kampf zwischen Gut und Böse, Schön und Häßlich, Ehre und Schande, war das Publikum auf ihn gefaßt. Es begrüßte ihn mit einem Haßgeschrei, an dem nichts gekünstelt war. Trotzig grinste Rasfer die Zuschauer an, stolzierte umher, schloß die Hände um sein Geschlecht und stieß mit höhnischer und unflätiger Gebärde seine Hüften in ihre Richtung.

»Töte ihn, Horus!« heulten sie. Seth aber tänzelte vor ihnen auf und ab und vermehrte ihren Grimm.

»Töte den Mörder des großen Gottes Osiris!« brüllten sie.

»Zerschmettere sein Gesicht!«

»Reiß ihm die Eingeweide aus dem Leib!«

Das Wissen darum, daß es nicht Seth, sondern Rasfer war, der da auf der Bühne umherstolzierte, tat der Raserei der Menge keinerlei Abbruch.

»Schlag ihm den Kopf ab!«

»Töte ihn! Töte ihn!«

Dann tat Seth so, als entdeckte er seinen Neffen erst jetzt, und schritt ihm entgegen, ließ die Zunge zwischen den geschwärzten Zähnen heraushängen und sabberte wie ein Schwachsinniger. Ich hätte nicht für möglich gehalten, daß Rasfer sich noch abstoßender geben könnte, als er ohnehin war, doch ich wurde eines Besseren belehrt.

»Wer ist dieses Kind?« fragte er und rülpste Horus mitten ins Gesicht.

Tanus war darauf nicht vorbereitet und wich unwillkürlich zurück; sein Ekel war nicht gespielt.

Doch er faßte sich rasch und sprach seinen Text: »Ich bin Horus, der Sohn von Osiris.«

Seth lachte schallend. »Und was willst du, unmündiges Kind eines toten Gottes?«

»Ich suche Vergeltung für den Mord an meinem edlen Vater. Ich suche den Mörder von Osiris.«

»Dann laß ab von deiner Suche!« rief Seth. »Denn ich bin Seth, der die geringeren Götter bezwingt. Ich bin Seth, der Sterne verschlingt und Welten vernichtet.«

Die beiden Götter zogen blank, schritten zum Angriff und trafen in der Mitte der Bühne mit Schwertgeklirr aufeinander. Ich hatte die Verletzungsgefahr mindern wollen und versucht, Holzschwerter durchzusetzen, aber meine Darsteller hatten davon nichts wissen wollen. Rasfer hatte sich an meinen edlen Herrn Intef gewandt, und der hatte das letzte Wort gesprochen. Auf seinen Befehl hin war den Darstellern gestattet worden, mit ihren echten Waffen zu kämpfen. Immerhin trug es dazu bei, daß die Szene lebensecht wirkte, nun, da sie Brust an Brust standen, Klinge an Klinge, und einander erzürnt anstarrten.

Sie waren ein ungleiches Paar; Tanus hochgewachsen, blond und wohlgestaltet, Seth dunkel, klein und gedrungen, krummbeinig und abscheulich. Das Publikum fieberte dem Kampf entgegen.

Hauend und stechend, mit Finten und Paraden griffen die Widersacher einander an. Sie waren beide gutausgebildete und geschickte Fechter, zählten zu den besten in Pharaos Heeren. Ihre Klingen wirbelten und blinkten im Fackelschein, das Geräusch ihrer Schritte glich jenem der Schwingen von aufgeschreckten Vögeln, doch wenn sie aneinandergerieten, geschah es mit dem harten Schlag von Hämmern, die den Amboß des Schmieds treffen.

Was dem Beobachter der Tumult eines echten Kampfes zu sein schien, war in Wirklichkeit genau vorbereitet und bis ins letzte geprobt. Beide Männer wußten, wie die einzelnen Schläge geführt und abgewehrt werden mußten.

Stieß Seth zu, dann parierte Horus erst, wenn die Schwertspitze seinen Brustharnisch schon berührte und eine kleine helle Spur zog. Ging Horus zum Ausfall über, sauste seine Klinge so dicht an Seths Kopf vorbei, daß wie durch das Messer des Barbiers eine Strähne des filzigen Haars weggeschnitten wurde. Beider Beinarbeit war ausgeklügelt wie von Tempeltänzerinnen; sie waren flink wie Falken und geschmeidig wie Geparden bei der Jagd.

Die Menge war gefesselt wie ich selbst. Es muß ein Gespür gewesen sein, das mich warnte. Vielleicht war es sogar ein Wink von den Göttern? Wie auch immer, irgendeine Kraft bewirkte, daß ich mich von dem Schauspiel losriß und meinen edlen Herrn Intef betrachtete, der in der vordersten Reihe saß.

Und war es auch da mein Gespür oder mein tiefes Wissen um meinen Herrn, war es gar die Hand des Gottes, der Tanus beschützt, die mir den Gedanken eingab? Wahrscheinlich ein wenig von alledem. Jedenfalls erkannte ich sofort und mit absoluter Sicherheit den Grund für das boshafte Grinsen, das die hübschen Züge meines Herrn verzerrte.

Ich wußte, warum er keine Anstrengung unternommen hatte, Tanus – selbst nachdem er die Wahrheit über Lostris und ihn herausgefunden hatte – die Rolle des Horus' zu verweigern. Ich wußte, warum er befohlen hatte, daß mit echten Schwerten gekämpft werden sollte, und ich wußte, warum er jetzt grinste. Das Blutbad war noch nicht beendet. Ehe der Aufzug endete, würde Rasfer erneut seine besonderen Gaben zeigen.

»Tanus!« schrie ich und tat einen Schritt auf die Bühne zu. »Nimm dich in acht! Dies ist eine Falle! Er will...« Meine Rufe gingen unter im Getöse der Menge, und ich hatte noch keinen zweiten Schritt getan, als ich von hinten an beiden Armen gepackt wurde. Ich versuchte, mich loszureißen, aber zwei von Rasfers Kumpanen hielten mich fest und machten Anstalten, mich fortzuschleifen. Sie hatten dort Stellung bezogen – um zu verhindern, daß ich meinen Freund warnte.

»Horus, gib mir Kraft!« Diese stumme Bitte sandte ich rasch gen Himmel, und statt den beiden Grobianen zu widerstehen, warf ich mich rückwärts, in die Richtung, in welche sie mich zogen. Für einen Augenblick verloren sie das Gleichgewicht, und ich konnte mich aus ihrer Umklammerung befreien. Aber ich erreichte kaum den Rand der Bühne, da hatten sie mich schon wieder in ihrer Gewalt.

»Horus, löse mir die Zunge!« betete ich und dann schrie ich aus vollem Hals: »Vorsicht, Tanus! Er hat vor, dich zu töten!«

Diesmal übertönte meine Stimme den Tumult, und Tanus hörte mich. Ich sah, wie sich seine Augen ein wenig verengten. Doch Rasfer hatte mich ebenfalls gehört. Und er schritt sofort zur Tat, indem er vom geprobten Vorgehen abwich. Statt vor dem Wirbelwind von Hieben und Stichen zurückzuweichen, den Tanus um seinen häßlichen Kopf sausen ließ, griff er an und zwang mit einem Aufwärtsschwung seiner Klinge Tanus' Schwertarm hoch empor.

Ohne den Vorteil der Überraschung hätte Rasfer die Lücke, in die er nun einen Stoß richtete, nie eröffnen können. Es war ein Stoß, hinter dem das ganze Gewicht seiner starken Schultern und seines massigen Rumpfes lag. Er zielte mit seiner Schwertspitze einen Zollbreit unter den Rand von Tanus' Helm. Der Stoß sollte das rechte Auge meines Freundes durchbohren und ihm den Schädel spalten.

Doch dank meiner Warnung blieb auch Tanus Zeit zu handeln. Er erlangte die Deckung gerade noch wieder und schlug mit dem Knauf seines Schwerts Rasfer aufs Handgelenk. So gelang es ihm, Rasfers Waffe abzulenken. Im selben Augenblick drückte Tanus sein Kinn nach unten und wandte den Kopf. Er konnte Rasfers Waffe nicht mehr ganz ausweichen, doch der Stoß traf ihn nur an der Stirn, riß seine Braue auf und fetzte dann über seine Schulter hinweg.

Ein Schwall von Blut ergoß sich aus der Wunde über Tanus' Gesicht und machte ihn blind auf dem rechten Auge. Und schon mußte er dem nächsten wilden Angriff ausweichen, den Rasfer gegen ihn führte. Verzweifelt verlor Tanus an Boden; es schien ein Ding der Unmöglichkeit, daß er sich würde verteidigen können, und wenn mich die Rüpel von der Palastgarde nicht so unerbittlich festgehalten hätten, so hätte ich meinen kleinen juwelenbesetzten Dolch gezückt und wäre Tanus zu Hilfe geeilt.

Doch auch ohne meinen Beistand gelang es Tanus, diesen mörderischen Angriff abzuwehren. Obwohl er noch weitere Male verwundet wurde – ein Kratzer am linken Oberschenkel und eine Schramme am Bizeps des Schwertarms –, blieb er beweglich, parierte und duckte sich. Rasfer ging immer wieder auf ihn los, ließ nicht zu, daß er sein Gleichgewicht und sein Stehvermögen auch nur einmal ganz wiedergewann. Bald schnaubte und grunzte Rasfer wie ein gewaltiger Keiler. Der Schweiß rann ihm in Bächen vom Leib, aber er erlahmte nicht.

Wenn ich auch selbst kein großer Fechter bin, so habe ich mich doch mit der Fechtkunst beschäftigt. Ich hatte oft beobachtet, wie Rasfer sich übte, und kannte seinen Kampfstil genau. Ich wußte, er war ein Vertreter der *Chamsin*-Attacke, des Angriffs »wie der Wüstenwind«. Es war ein Stil, der vollkommen zu seiner rohen Kraft und seinem Körperbau paßte, und nun sah ich an seiner Beinarbeit, daß er sich für diesen letzten Angriff wappnete, der allem ein Ende setzen würde.

Im Griff meiner Häscher mich sträubend, schrie ich Tanus noch einmal etwas zu: »*Chamsin!* Sei bereit!« Aber ich mußte befürchten, daß meine Warnung im Getöse untergegangen war, denn Tanus reagierte nicht. Später sagte er mir, er habe mich sehr wohl gehört, und bei seinem beeinträchtigten Sehvermögen habe ihn diese meine zweite Warnung gewiß erneut gerettet.

Rasfer zog sich einen halben Schritt zurück – die übliche Einleitung zum Chamsin – und lockerte den Druck für einen Augenblick, damit sein Gegner für den tödlichen Stoß richtig stand. Dann verlagerte er sein

Gewicht und schob den linken Fuß vor. Mit diesem Schwung und der Kraft seines ganzen Körpers trug er den Angriff vor. Die Spitze seines Schwertes zielte auf Tanus' Hals. Nichts konnte die Klinge daran hindern, ihr Ziel zu treffen, als die einzig mögliche Abwehr: die Entwaffnung.

Genau in dem Augenblick, da Rasfer mit seinem Stoß beschäftigt war, griff Tanus an, mit gleicher Kraft, aber größerer Anmut. Wie ein Pfeil, der von der Bogensehne schwirrt, flog er seinem Feind entgegen. Als sie in der Luft aneinandergerieten, lenkte Tanus Rasfers Schwert mit dem seinen ab.

Das Gewicht beider Männer verlagerte sich auf die Bronzeklinge in Rasfers Faust, und dem hielt sie nicht stand. Sie zerbrach, und Rasfer hielt nur noch das Heft zwischen den Fingern. Nun standen die Männer wieder unbeweglich Brust an Brust. Tanus' Schwert war zwar unbeschädigt, aber Rasfer war unter seiner Deckung durchgeschlüpft. Schon hatten sich Tanus' Hände hinter Rasfers Rücken verkeilt; es blieb nur noch der Nahkampf.

Aneinandergepreßt in zermalmender Umarmung, wirbelten die Gegner über die Bühne. Jeder versuchte, den anderen zu Fall zu bringen, stellte ihm ein Bein, stieß mit dem Kopf und dem Visier seines Helms zu.

Die Zuschauer hatten schon vor geraumer Zeit gemerkt, daß dies kein Scheingefecht mehr war, sondern ein Kampf auf Leben und Tod. Es erstaunte mich, daß ihre Blutgier durch das, was sie an diesem Abend bereits erlebt hatten, noch nicht befriedigt war. Doch sie waren unersättlich; sie schrien nach mehr.

Schließlich riß Rasfer seinen Arm aus Tanus' Griff. Er hielt noch immer das Heft seines zerbrochenen Schwerts umklammert und ging mit dem gezackten Ende auf Tanus' Gesicht los, zielte auf die Augen und die Wunde an der Braue. Tanus drehte den Kopf, um den Stößen auszuweichen, fing sie mit seinem Bronzehelm ab. Wie eine Riesenschlange, die sich um ihre Beute schlingt, nutzte er den Augenblick und schloß seinen Griff um Rasfers Brust noch fester. So gewaltig war seine Kraft, daß Rasfers Gesicht aufschwoll. Er kämpfte gegen das Ersticken und wurde sichtbar schwächer.

Tanus jedoch sammelte seine letzten Kräfte. Er setzte den Griff etwas anders an, senkte die Schultern ein wenig und drückte seinen Gegner hintüber auf die Fersen. Rasfer geriet aus dem Gleichgewicht, und Tanus zwang ihn einen weiteren Schritt zurück. So hielt er seinen Gegner in Bewegung. Immer noch mit ihm verkeilt, ließ er Rasfer rückwärts über die Bühne stolpern, auf eine der mächtigen steinernen Säulen zu. Zunächst war nicht zu erkennen, was Tanus plante. Dann aber sahen wir, wie er seine Schwertspitze in die Waagrechte brachte und das Heft hart gegen Rasfers Rückgrat preßte.

Die Gegner waren noch in vollem Lauf, als Tanus' Schwertspitze die starre Säule traf. Metall kreischte gegen Granit, und der Aufprall übertrug sich auf die Klinge. Er hielt diese beiden starken Männer jählings auf, und seine Wucht trieb das Heft in Rasfers Rückgrat. Einen Schwächeren hätte es getötet, und selbst Rasfer war wie gelähmt. Er stieß einen Schmerzensschrei aus, und seine Arme öffneten sich weit. Das Heft seines zerbrochenen Schwerts fiel ihm aus der Hand und glitt über den Boden hin.

Schließlich gaben Rasfers Knie nach, und er sackte in Tanus' Armen zusammen. Tanus aber schob seine Hüfte vor und schleuderte Rasfer von sich. Rasfer schlug so hart auf, daß ich seine Rippen knacken hörte wie dürre Zweige in den Flammen eines Lagerfeuers. Sein Hinterkopf landete auf den Steinplatten.

Er stöhnte vor Qual, hatte kaum noch die Kraft, seine Arme zu heben und Tanus zu bedeuten, daß er die Waffen streckte. Tanus jedoch war in solcher Kampfeswut und so erregt vom Gebrüll der Menge, daß er schier raste. Sein Schwert hoch erhoben, stand er vor Rasfer. Das Blut, das aus der Wunde an seiner Stirn strömte, hatte sein Gesicht in eine Maske des Grauens verwandelt.

»Töte ihn!« schrien die Zuschauer. »Töte den Bösen!«

Tanus' Schwertspitze war auf Rasfers Brust gerichtet, und ich machte mich auf den Stoß gefaßt, der diesen ungeschlachten Leib durchbohren würde. Im stillen flehte ich Tanus an, es zu tun, denn ich haßte Rasfer mehr als jeden anderen Menschen auf Erden. Die Götter wissen, ich hatte allen Grund dazu; er war das Ungeheuer, das mich entmannt hatte, und mich dürstete nach Rache.

Aber vergebens. Ich hätte meinen Tanus besser kennen müssen, nicht erwarten sollen, daß er einen Feind aufspießte, der sich ergeben hatte. Ich sah das Feuer der Raserei in seinen Augen verglimmen. Er schüttelte den Kopf, wie um sich wieder in die Gewalt zu bekommen, dann senkte er die Schwertspitze langsam, und statt zuzustechen, ritzte er Rasfers Brust nur leicht. Schließlich sprach Tanus weiter, was ihm aufgetragen war:

»Und so zwinge ich dir meinen Willen auf und vertreibe dich aus dem Reiche des Lichts. Auf immer sollst du im Dunkeln wandeln. Nie wieder sollst du Gewalt über die Edlen und Guten unter den Menschen haben. Du magst über den Dieb und die Memme gebieten, über den Leuteschinder und den Betrüger, über den Lügner und den Mörder, über den Grabräuber und den Schänder tugendhafter Frauen, über den Gotteslästerer und den Wortbrüchigen. Von nun an seist du der Gott des Bösen. Weiche von mir und trage den Fluch von Horus und seines wiederauferstandenen Vaters Osiris mit dir.«

Tanus warf sein Schwert von sich, entwaffnete sich selbst in Gegenwart seines Feindes, um seine Verachtung zu bekunden. Die Klinge klapperte über den Stein, und Tanus schritt zu dem fließenden Wasser unseres Bühnen-Nils, schöpfte eine Handvoll, neigte sein Gesicht und wusch sich das Blut ab. Dann riß er einen Streifen Leinen vom Saum seines Schurzes und verband seine Wunde.

Rasfers Knechte ließen mich los und eilten auf die Bühne, um ihrem Befehlshaber beizustehen. Sie zogen ihn auf die Beine, und er taumelte zwischen ihnen dahin, prustend wie ein großer abscheulicher Ochsenfrosch. Ich sah, daß er schwer verwundet war. Sie schleiften ihn fort, und die Menge brüllte ihren Hohn und ihren Haß heraus.

Ich beobachtete meinen edlen Herrn Intef. Für einen Augenblick vergaß er, seinen Gesichtsausdruck zu kontrollieren, und ich fand meinen Verdacht bestätigt. Er hatte geplant, Rache an Tanus zu nehmen, indem er ihn vor dem versammelten Volk erschlagen ließ; und den Mord an ihrem Liebsten mit ansehen zu müssen, hatte Lostris' Strafe dafür sein sollen, daß sie sich über den Willen ihres Vaters hinweggesetzt hatte.

Die Enttäuschung und der Grimm meines Herrn flößten mir Schadenfreude und ein Gefühl der Genugtuung ein, dachte ich doch daran, welche Vergeltung Rasfer bevorstehen mußte. Die grobe Behandlung, die Tanus ihm hatte angedeihen lassen, mochte ihm angenehm erscheinen, gemessen an der Strafe, die mein Herr über ihn verhängen würde.

Tanus keuchte noch vor Anstrengung, aber während er sich zum Rand der Bühne bewegte, holte er ein dutzendmal tief Atem, um ruhig zu werden für die Rede, welche das Festspiel beschließen sollte. Als er seinen Blick auf die Zuschauer richtete, vestummten sie, denn er war ehrfurchtgebietend.

Tanus hob beide Hände zum Dach des Tempels empor und rief aus: »Amun-Re, löse mir die Zunge! Osiris, mach mich beredt!« So lautet von alters her die Bitte desjenigen, der eine Ansprache halten will.

»Löse ihm die Zunge! Mach ihn beredt!« erwiderten die Zuschauer, immer noch hingerissen von dem, was sie gesehen hatten, aber auch begierig nach weiterer Unterhaltung.

Tanus war, ungewöhnlich genug, ein Mann der Tat und zugleich ein Mann des Wortes und der Gedanken. Ich bin sicher, er wäre so hochherzig gewesen zuzugeben, daß der demütige Sklave Taita viele dieser Gedanken in seinen Geist eingepflanzt hatte. Doch einmal eingepflanzt, gediehen sie prächtig, denn der Boden war fruchtbar.

Tanus' Ansprachen an seine Soldaten am Vorabend einer Schlacht waren berühmt. Er hatte ein Gespür fürs Eingängige und das Vermögen, den gemeinen Mann unmittelbar anzusprechen. Ich war davon überzeugt, daß diese Begabung vor allem seiner Ehrlichkeit und seiner freimütigen

Art entsprang. Seine Leute vertrauten ihm und folgten ihm bereitwillig, wohin er sie auch führte – und sei es in den Tod.

Ich war immer noch mitgenommen von dem Kampf. Mit welch knapper Not war Tanus der Falle entronnen, die ihm mein edler Herr Intef gestellt hatte! Aber ich war auch gespannt auf die Rede, die Tanus ohne meine Hilfe und ohne meinen Rat vorbereitet hatte. Um der Wahrheit die Ehre zu geben: Ich grollte ihm noch ein wenig, weil er meinen Beistand abgelehnt hatte, und mir war recht bange, wenn ich mir ausmalte, womit er uns aufwarten mochte. Feine Zurückhaltung gehörte nicht zu den Eigenschaften, die Tanus auszeichneten.

Nun forderte Pharao ihn zum Sprechen auf, indem er Krummstab und Wedel kreuzte und huldvoll den Kopf neigte.

»Ich bin es, der da spricht, Horus, der Falkenköpfige!« begann Tanus, und das Volk feuerte ihn an.

»Wahrlich, es ist der Falkenköpfige! Lauscht ihm!«

»Ha-Ka-Ptah!« Tanus gebrauchte die alte Form, aus welcher sich der gegenwärtige Name Ägyptens ableitete. »Ich spreche zu euch in diesem ehrwürdigen Land, das uns vor zehntausend Jahren geschenkt wurde, zu der Zeit, da die Götter noch jung waren. Ich spreche zu euch in den zwei Königreichen, die ihrem Wesen nach einig und unteilbar sind.«

Pharao nickte Zustimmung. Dies war ein Glaubenssatz der geistlichen wie der weltlichen Obrigkeit: Beide erkannten den falschen König des Unteren Reiches nicht an.

»O *Kemit!«* Tanus verwendete einen weiteren alten Namen für Ägypten: das Schwarze Land, schwarz wie der Nilschlamm, den uns die alljährliche Überschwemmung brachte. »Ich spreche zu euch in diesem uneinigen und geteilten Land, das vom Bürgerkrieg zerrissen und seiner Schätze beraubt ist und aus tausend Wunden blutet.« Ich sah mein eigenes Entsetzen in den Mienen aller anderen Zuhörer widergespiegelt. Soeben hatte Tanus ausgesprochen, was nicht ausgesprochen werden durfte. Am liebsten wäre ich auf die Bühne gestürzt, um ihm den Mund zuzuhalten, doch ich war wie versteinert.

»O *Ta-Meri!«* Ein dritter alter Name: Geliebte Erde. Tanus hatte sich gut eingeprägt, was ich ihn gelehrt hatte. »Ich spreche zu euch von alten und schwachen Feldherren; von Admiralen, die zu müde und unentschlossen sind, um dem Thronräuber das gestohlene Reich zu entreißen. Ich spreche zu euch von Greisen in der zweiten Kindheit, die euren Reichtum verschwenden und das Blut eurer tapfersten Söhne vergießen, als sei es die Neige von bitterem Wein.«

Ich sah, wie Nembet, der Großlöwe von Ägypten, rot anlief vor Zorn. Andere ältere Krieger, die in seiner Nähe saßen, runzelten finster die Stirn und rasselten mit den Schwertern zum Zeichen ihrer Mißbilligung. Einzig mein edler Herr Intef lächelte. Tanus war seiner Falle entronnen, um blindlings in die nächste zu tappen.

»Eine Heerschar von Feinden umgibt unser *Ta-Meri,* aber die Söhne des Adels schneiden sich lieber den Daumen ab, als daß sie das Schwert führen und Ägypten beschützen.« Während er dies sagte, fixierte Tanus Menset und Sobek, Lostris' ältere Brüder, die neben ihrem Vater saßen. Des Königs Erlaß befreite von der Wehrpflicht nur Männer, die körperlich so behindert waren, daß sie den Dienst nicht versehen konnten. Die Ärztepriester vom Osiris-Tempel beherrschten die Kunst, das obere Daumenglied nahezu schmerzlos zu entfernen, so daß diese Hände weder ein Schwert zu führen noch einen Pfeil abzuschießen vermochten. Und die jungen Gecken stellten ihre Verstümmelung auch noch stolz zur Schau, wenn sie beim Glücksspiel und beim Zechen in den Kaschemmen am Fluß saßen. Sie betrachteten das Fehlen des Daumengliedes nicht als Zeugnis der Feigheit, sondern als Zeichen von Klugheit und freiem Geist.

Nun aber, unter Tanus' festem Blick, wurden sie unruhig und verbargen die Linke in den Falten ihres Gewandes. Sie waren beide Rechtshänder, hatten jedoch mit ihrer Beredsamkeit und ein wenig Gold den Aushebungsoffizier vom Gegenteil überzeugt.

Das Volk am hinteren Ende der großen Halle stampfte mit den Füßen und summte beifällig zu dem, was Tanus gesagt hatte. Es waren die Söhne des Volkes, mit denen die Ruderbänke der Galeeren bemannt wurden; seine Söhne, die unter Waffen durch den Wüstensand marschierten.

Ich dagegen rang in den Kulissen verzweifelt die Hände. Mit dieser kleinen Rede hatte Tanus sich mindestens fünfzig der jungen Adligen im Publikum zu Feinden gemacht. Eines Tages würden sie zu Einfluß im Oberen Königreich gelangen.

Ihre Feindschaft wog hundertmal schwerer als die Bewunderung des Volkes, und so betete ich denn zu den Göttern, daß Tanus zum Ende kommen möge. Binnen Minuten hatte er Schaden für hundert Jahre angerichtet. Aber er fuhr unbekümmert fort.

»O *Ta-Nutir!*« Auch dies war ein alter Name: Land der Götter. »Ich spreche zu euch vom Missetäter und Räuber, der auf jedem Berggipfel und in jedem Dickicht lauert. Der Bauer muß mit dem Schild zur Seite pflügen und der Wanderer mit gezücktem Schwert seines Weges ziehen.«

Das Volk klatschte erneut Beifall. Die Räuberbanden waren eine Plage; außerhalb der befestigten Städte war kein Mensch vor ihnen sicher, und die Kommandanten der Räuber, die sich selbst »Die Würger« nannten, waren hochfahrend und furchtlos. Sie achteten kein anderes Gesetz als ihr eigenes.

Für das Volk hatte Tanus genau den richtigen Ton getroffen, und plötzlich kam mir der Gedanke, daß seine Ansprache viel tiefer wirkte, als es in diesem Augenblick den Anschein hatte. Revolutionen waren schon auf den Weg gebracht, Dynastien gestürzt worden durch solche Aufrufe an die Massen. Und Tanus' nächste Worte bestärkten mich in meinem Argwohn.

»Während die Armen unter der Peitsche des Steuereinnehmers ächzen, salben die Adligen ihren Lustknaben das Gesäß mit den kostbarsten Ölen des Ostens...« Im hinteren Teil des Tempels erhob sich Gebrüll, und an die Stelle meiner Bangigkeit trat bebende Erregung. War das geplant? War Tanus gewitzter und gerissener, als ich es ihm zugetraut hatte?

Bei Horus, dachte ich, das Land ist reif für eine Revolution, und wer wäre besser geeignet, sie anzuführen, als Tanus? Nur daß er mich nicht ins Vertrauen gezogen hatte, enttäuschte mich. Ich hätte die Revolution ebenso geschickt und klug vorzubereiten vermocht, wie ich einen Wassergarten anzulegen oder ein Stück zu schreiben verstand.

Ich reckte den Hals, um über die Köpfe der Menge hinwegzuspähen, weil ich jeden Augenblick damit rechnete, daß Kratas und seine Offiziere an der Spitze eines Kriegertrupps den Tempel stürmten. Die feinen Haare auf meinen Unterarmen stellten sich auf, als ich mir ausmalte, wie die Krieger Pharao die Doppelkrone vom Kopf rissen und sie Tanus aufs Haupt setzten. Mit welcher Freude hätte ich in den Ruf »Lang lebe Pharao! König Tanus möge ewig leben!« eingestimmt!

Berauschende Bilder zogen an mir vorbei, während Tanus weitersprach. Ich träumte, daß er, meine edle Frau Lostris neben sich, auf dem weißen Thron Ägyptens saß und daß ich, mit den prächtigen Gewändern des Großwesirs von Oberägypten angetan, hinter ihnen stand. Doch warum nur, warum hatte sich Tanus nicht mit mir beraten, ehe er sich auf dieses gewagte Unternehmen einließ?

Schon mit seinen nächsten Sätzen machte er den Grund offenbar. Ich hatte meinen Tanus verkannt, meinen ehrlichen, offenherzigen, guten Tanus, dem List und Tücke fremd waren.

Dies war keine Verschwörung. Tanus sagte nur ohne Angst und Liebedienerei, was er dachte. Auch das Volk, das noch vor wenigen Augenblicken hingerissen an seinen Lippen gehangen hatte, bekam nun plötzlich seine scharfe Zunge zu spüren.

»Höre mich, o Ägypten! Was soll aus einem Lande werden, in welchem die niedrig Gesinnten die Starken in ihrer Mitte zu unterdrücken suchen; wo geschmäht wird, wer seine Heimat liebt; wo kein Mann vergangener Zeiten für seine Klugheit verehrt wird; wo die Engstirnigen und Neider alle, die sich verdient gemacht haben, zu sich in den Schmutz ziehen wollen?«

Nun, da sich die Menschen im hinteren Teil des Tempels in Tanus' Worten beschrieben fanden, blieb der Jubel aus. Ohne Mühe war es meinem Tanus gelungen, alle gegen sich aufzubringen, Hoch und Nieder, Reich und Arm. O warum hat er sich nicht mit mir beraten, klagte ich stumm, doch die Antwort lag auf der Hand. Weil er gewußt hatte, daß ich mich bemühen würde, ihn von dieser Rede abzubringen.

»Welche Ordnung herrscht in der Gesellschaft, wenn der Sklave seine Zunge nicht im Zaum hält und sich als ebenbürtig betrachtet denen von vornehmer Geburt?« zürnte Tanus. »Darf der Sohn seinen Vater verunglimpfen und die Weisheit geringschätzen, für die man mit grauem Haar und gefurchter Stirn bezahlt? Darf die Hure Ringe aus Lapislazuli tragen und sich über die tugendhafte Ehefrau erheben?«

Bei Horus, er wird niemanden schonen, dachte ich bitter. Wie immer vergaß er seine eigene Sicherheit in Verfolgung dessen, was er für den rechten Weg hielt.

Nur ein Mensch im Tempel war entzückt von jedem seiner Worte. Lostris erschien neben mir und ergriff meinen Arm.

»Ist er nicht wunderbar, Taita?« hauchte sie. »In jedem spricht er die Wahrheit. Heute abend ist er tatsächlich ein junger Gott.«

Ich fand nicht den Mut, ihr beizupflichten, und ließ sorgenvoll den Kopf hängen, während Tanus unerbittlich fortfuhr:

»Pharao, du bist der Vater des Volkes. Wir rufen dich um deinen Schutz und Beistand an. Gib die Geschäfte des Staates und des Krieges in die Hände von redlichen und klugen Männern. Schick die Gauner und Narren fort, damit sie auf ihren Gütern verderben. Berufe die treulosen Priester und wucherischen Beamten ab, diese Schmarotzer am Leibe unseres *Ta-Meri.*«

Horus weiß, daß ich die Priester abgrundtief hasse, doch nur ein Tor oder aber ein sehr mutiger Mann beschwor den Zorn aller Gottesverwalter von Ägypten herauf, denn ihre Macht war unermeßlich und ihr Haß unversöhnlich. Was die Beamten betraf, so hatten sich ihr Einfluß und ihre Bestechlichkeit im Laufe der Jahrhunderte beständig verfestigt, und der nächste von ihnen war mein edler Herr Intef. Mich schauderte vor Mitleid für meinen armen dummen Freund, als er auch noch daranging, Pharao Weisungen zu erteilen, wie die ägyptische Gesellschaft zum Besseren zu verändern sei.

»Höre auf die Worte des Weisen! O König, ehre den Künstler und den Schreiber. Belohne den tapferen Krieger und den treuen Diener. Rotte die Räuber in ihren Schlupfwinkeln aus. Gib dem Volk ein Beispiel und eine

Richtung im Leben, auf daß Ägypten eines Tages wieder in Blüte und Macht stehen möge.«

Tanus fiel in der Mitte der Bühne auf die Knie und breitete die Arme aus. »O Pharao, du bist unser Vater. Wir versichern dich unserer Liebe. Nun zeige uns dafür die Liebe eines Vaters. Wir flehen dich an, unsere Bitten zu erhören.«

War ich eben noch benommen gewesen von der Narrheit meines Freundes, kam ich nun – viel zu spät – zu mir und bedeutete meinen Helfern verzweifelt, den Vorhang herunterzulassen, ehe Tanus noch weiteres Unheil anrichten konnte. Während die schimmernden Leinenbahnen herabsanken und ihn verbargen, saß das Publikum wie erstarrt – als könne es nicht fassen, was es an diesem Abend gehört und gesehen hatte.

Pharao selbst brach schließlich den Bann. Er erhob sich, und sein Gesichtsausdruck war unergründlich unter der weißen Schminke. Als er aus dem Tempel schritt, warfen sich alle vor ihm zu Boden. Es gelang mir, die Miene meines edlen Herrn Intef zu erforschen, ehe auch er dem König huldigte. Er triumphierte.

Ich begleitete Tanus zu seiner kargen Wohnung in der Nähe des Kais, an dem sein Geschwader vertäut war. Ich hatte die Hand am Griff meines Dolches, weil ich darauf gefaßt war, daß uns die Folgen seiner tollkühnen Ehrlichkeit noch heute ereilten. Tanus aber war bar jeder Reue. Tatsächlich schien er blind gegen das Ausmaß seienr Narrheit, ja, er wirkte ungewöhnlich selbstzufrieden. Ich habe oft festgestellt, daß Menschen, die furchtbarer Anspannung und Todesgefahr entronnen sind, redselig und übermütig werden. Selbst Tanus, der kampferprobte Krieger, machte da keine Ausnahme.

»Es war an der Zeit, daß jemand aufgestanden ist und gesagt hat, was gesagt werden muß, meinst du nicht auch, alter Freund?« Laut und klar hallte seine Stimme durch die dunklen Gassen, als sei er fest entschlossen, jeden, er uns auflauern mochte, auf uns aufmerksam zu machen. Ich murmelte gedämpfte Zustimmung.

»Das hast du mir nicht zugetraut, nicht wahr? Sei ehrlich, Taita. Es hat dich vollkommen überrascht, nicht wahr?«

»Es hat uns alle überrascht.« Diesmal fiel meine Bestätigung etwas glutvoller aus. »Selbst Pharao war sprachlos, und das ist kein Wunder.«

»Er hat zugehört, Taita. Er hat alles in sich aufgenommen, das war deutlich zu sehen. Ich habe gute Arbeit geleistet, findest du nicht?«

Als ich versuchte, Rasfers verräterischen Angriff und die Möglichkeit zur Sprache zu bringen, daß mein edler Herr Intef ihn angestiftet hatte, wehrte Tanus ab. »Das kann nicht sein, Taita. Das ist ein Hirngespinst. Der edle Herr Intef war der beste Freund meines Vaters. Wie könnte er mir übelwollen? Außerdem bin ich sein künftiger Schwiegersohn, nicht wahr?« Trotz seiner Verletzungen lachte Tanus so schallend vor Glück, daß die Schlafenden in den dunklen Hütten, an denen wir vorbeikamen, erwachten und mißmutig Ruhe forderten. Tanus achtete nicht darauf.

»Nein, nein, ich bin sicher, daß du dich irrst!« rief er. »Rasfer hat einfach, wie es seine reizende Art ist, seiner Gehässigkeit Luft gemacht. Nun, nächstesmal wird er eines Besseren belehrt sein.« Tanus warf seinen Arm um meine Schulter und drückte mich so überschwenglich, daß es schmerzte. »Du hast mich zweimal gerettet heute abend. Hättest du mich nicht gewarnt, wäre es Rasfer gelungen, mich außer Gefecht zu setzen. Wie machst du das nur, Taita? Ich schwöre Stein und Bein, daß du ein Zauberer bist und die Gabe des inneren Auges hast.« Und wieder lachte er.

Ich wollte ihm seine Freude nicht verderben. Er war wie ein Knabe, ein großer wilder Knabe. Ich konnte nicht anders, ich liebte ihn nur um so mehr. Dies war nicht die Zeit, ihn darauf hinzuweisen, in welche Gefahr er sich selbst und uns alle, die wir seine Freunde waren, gebracht hatte. Sollte er seine glorreiche Stunde haben, morgen würde ich die Stimme der Vernunft sprechen lassen. So geleitete ich Tanus nach Hause, nähte die Wunde an seiner Stirn, wusch die anderen und bestrich sie mit meiner Heilsalbe aus Honig und Kräutern, damit sich kein Wundbrand bildete. Schließlich verabreichte ich ihm noch einen kräftigen Schluck vom Roten Mohn und überließ es Kratas, seinen Schlummer zu bewachen.

Als ich weit nach Mitternacht meine Gemächer erreichte, warteten zwei Aufforderungen auf mich: die eine von meiner Herrin, die andere von Rasfer. Es gab keinen Zweifel daran, welcher ich gefolgt wäre, wenn ich die Wahl gehabt hätte, aber ich hatte sie nicht. Rasfers grobschlächtige Helfer schleiften mich zu ihm. Er lag auf einer schweißgetränkten Matratze, fluchte und stöhnte im Wechsel und rief Seth und alle Götter an, seinen Schmerz und seine Tapferkeit zu sehen.

»Bester Taita!« begrüßte er mich, sich unter Qualen aufrichtend. »Du ahnst gar nicht, welche Schmerzen ich leide. In meiner Brust ist ein unerträgliches Brennen. Ich möchte wetten, jeder Knochen darin ist zermalmt, und mein Kopf fühlt sich an, als würde er von Lederriemen eingeschnürt.«

Ohne allzuviel Mühe konnte ich mich der Mitleidstränen erwehren; doch es ist etwas Seltsames an uns, die wir Ärzte sind, daß wir es nicht übers Herz bringen, unsere Kunst denen, die sie uns abverlangen, zu versagen, mögen sie auch noch so widerwärtig sein. Ich fügte mich seufzend, packte den Lederbeutel aus, der meine medizinische Ausrüstung enthält, und legte meine Instrumente und Salben zurecht.

Mit Entzücken stellte ich fest, daß Rasfers Selbstdiagnose durchaus zutraf. Neben zahlreichen Quetschungen und oberflächlichen Wunden waren mindestens drei Rippen gebrochen, und am Hinterkopf hatte er eine Beule, fast so groß wie meine Faust. All dies verhalf mir zu einem vollkommen rechtmäßigen Grund, Rasfers Unbehagen spürbar zu vermehren. Eine der gebrochenen Rippen hatte sich verschoben und drohte die Lunge zu durchbohren. Während die zwei Grobiane ihn niederhielten und Rasfer auf für mich äußerst befriedigende Weise quiekte und heulte, drückte ich die Rippe an ihren Platz zurück und umwickelte den Brustkorb mit Leinenbändern, die gut mit Essig getränkt waren, damit sie sich beim Trocknen zusammenzogen.

Dann widmete ich mich der Beule an Rasfers Hinterkopf. Sie war entstanden, als er auf den Steinboden aufschlug. Die Götter sind doch oft großmütig. Als ich ein Öllämpchen vor Rasfers Augen hielt, erweiterten sich die Pupillen nicht. Ich hatte nicht den geringsten Zweifel daran, welche Behandlung nötig war. In diesem unschönen Schädel sammelte sich blutige Flüssigkeit. Wenn ich nicht eingriff, würde Rasfer morgen, wenn die Sonne sank, tot sein. Ich widerstand der Versuchung und gemahnte mich an die Pflichten, welche der Arzt gegen seinen Patienten hat.

Es gibt in ganz Ägypten wahrscheinlich nur drei Ärzte, die einen Schädel mit hinlänglicher Aussicht auf Erfolg zu öffnen vermögen, und ich für mein Teil würde kein allzugroßes Vertrauen in die beiden anderen setzen. Erneut befahl ich den Grobianen, Rasfer festzuhalten und mit dem Gesicht nach unten auf seine Matratze zu drücken, damit er sich nicht allzu störend wehren konnte. Da sie ihren Herrn und Meister so hart anfaßten, und seiner gebrochenen Rippen offenkundig nicht achteten, mutmaßte ich, daß ihre Liebe zu ihm keine überströmende war.

Wieder ertönte Geheul und lohnte meine Mühe. Ich legte einen halbkreisförmigen Schnitt, und Rasfer bäumte sich derart auf, daß nicht einmal die beiden stämmigen Burschen ihn niederzuhalten vermochten. Schließlich befahl ich ihnen, seine Hände und Füße mit Lederriemen an die Pfosten des Bettes zu fesseln.

»O lieber Taita, dieser Schmerz ist kaum zu ertragen. Gib mir nur einen Tropfen von deinem Blumensaft, ich flehe dich an, teurer Freund!« greinte Rasfer.

Nun, da er angebunden war, konnte ich mir erlauben, ein offenes Wort mit ihm zu sprechen. »Ich verstehe wohl, mein guter Rasfer, wie dir zumute ist. Auch ich wäre dankbar für ein Schlückchen von dem Blumentrank gewesen, als du das Messer gegen mich führtest. Leider aber, alter Freund, sind meine Vorräte aufgebraucht, und es wird mindestens noch einen Monat dauern, bis wieder eine Karawane aus dem Osten zurückkehrt«, log ich munter, denn nur die wenigsten hatten Kenntnis davon, daß ich den Roten Mohn selbst zog. Wissend, daß das Beste noch kommen würde, griff ich zum Knochenbohrer.

Der Kopf ist der einzige Teil des menschlichen Körpers, der mich als Arzt vor Rätsel stellt. Auf Geheiß meines edlen Herrn Intef wurden die Leichname der hingerichteten Verbrecher an mich übergeben. Überdies hatte Tanus mir häufig Tote von den Schlachtfeldern, eingelegt in Fässer voll Salzlake, zur Verfügung gestellt. Sie alle hatte ich zergliedert und genau untersucht, so daß ich jeden Knochen kannte. Ich habe die Wege verfolgt, auf denen die Nahrung ihren Ein- und Ausgang nimmt. Ich habe studiert, wie das Blut strömt, und die zwei Arten von Blut beobachtet, welche die Gefühle der Menschen bestimmen.

Es gibt ein helles und freudiges Blut, das, freigesetzt durch das ärztliche Messer oder die Axt des Scharfrichters, in gleichmäßigen Stößen aus dem Körper spritzt. Dies ist das Blut der glücklichen Gedanken und guten Gefühle, der Liebe und der Freundlichkeit. Und dann gibt es ein dunkleres, trüberes Blut, das ohne die Kraft und Hurtigkeit jenes anderen fließt. Dies ist das Blut des Ärgers und des Kummers, der schwarzen Gedanken und der bösen Taten.

All dies habe ich untersucht und Hunderte von Papyrusrollen mit meinen Beobachtungen gefüllt. Mir ist kein Mensch auf Erden bekannt, der sich soviel Mühe gemacht hat – gewiß nicht die Quacksalber vom Tempel mit ihren Amuletten und Zaubersprüchen.

In aller Bescheidenheit darf ich sagen, daß ich noch nie jemandem begegnet bin, der den menschlichen Körper besser begriffe als ich, und doch ist mir der Kopf nach wie vor ein Rätsel. Natürlich weiß ich, daß die Augen sehen, die Nase Gerüche wahrnimmt, der Mund zum Schmecken da ist und die Ohren hören – aber welchen Zweck erfüllt der blasse Brei, der den Schädel füllt?

Ich habe es nie ergründen können, und kein Mensch vermochte mir je eine zufriedenstellende Erklärung anzubieten, Tanus vielleicht ausgenommen. Nachdem er und ich einen Abend damit verbracht hatten, neuen Wein zu verkosten, war er am frühen Morgen erwacht und hatte gemeint: »Seth hat uns dieses Ding in den Schädel gepflanzt. Das ist seine Rache an der Menschheit.«

Ich habe einst einen Mann kennengelernt, der mit einer Karawane reiste, aus dem Land jenseits der sagenhaften Zwillingsflüsse Euphrat und Tigris kam und behauptete, sich mit demselben Gegenstand beschäftigt zu haben. Er war klug, und wir tauschten uns im Laufe eines halben Jahres über viele Geheimnisse aus. Dieser Mann vertrat die Ansicht, die menschlichen Gefühle und Gedanken rührten nicht vom Herzen her, sondern von jener weichen, formlosen Masse. Ich zitiere diese einfältige Auffassung nur, um zu zeigen, wie schwerwiegend selbst ein Gelehrter irren kann.

Wer je das Herz betrachtet hat, dieses mächtige Organ, das in der Mitte unseres Körpers vor eigener Lebenskraft hüpft, wird nicht bezweifeln, daß dies die Quelle ist, der alle Gedanken und Gefühle entspringen. Hast du nicht selbst schon gespürt, Leser, wie dein Herz sich regt und rascher schlägt bei schöner Musik, beim Anblick eines bezaubernden Gesichts, bei den wohlgesetzten Worten einer guten Rede? Oder hast du diesen Rhythmus etwa in deinem Kopf empfunden? Selbst der kluge Mann aus dem Osten mußte die Waffen strecken vor meiner unwiderleglichen Beweisführung.

Kein vernünftiger Mensch wird also glauben, daß ein blasser Brei, der untätig in seinem knöchernen Gehäuse liegt, ein Gedicht oder den Plan einer Pyramide zu ersinnen vermöchte oder jemanden dazu bringen könnte, zu lieben oder Krieg zu führen. Selbst die Balsamierer entfernen ihn und legen ihn beiseite, wenn sie einen Leichnam auf seine lange Reise vorbereiten.

Freilich gibt es hier ein Paradox: Wenn diese seltsame Masse Schaden nimmt, und sei es auch nur durch den Druck, den eingeschlossene Flüssigkeit ausübt, droht den Kranken Verderben. Es bedarf gründlicher Kenntnisse vom Aufbau des Kopfes und erheblicher Geschicklichkeit, wenn man den Schädel öffnen will, ohne die Haut zu verletzen, die jenen Brei umschließt. Ich verfüge über das eine wie über das andere.

Angespornt von Rasfers Gebrüll, öffnete ich langsam seinen Schädel, hielt jedoch regelmäßig inne, um die Knochensplitter aus der Wunde zu spülen, indem ich Essig hineinträufelte. Das Brennen dieser Flüssigkeit trug wenig zum Wohlbefinden des Patienten bei, spornte ihn aber zu immer lauterem Geschrei an.

Mit einem letzten Ruck durchstieß der scharfe Bronzebohrer die Schädeldecke, und sofort trat Blut aus der Öffnung. Mit einem Mal wirkte Rasfer gelöst. Ich erkannte – nicht ohne leises Bedauern –, daß er überleben würde. Während ich einen Verband anlegte, fragte ich mich, ob ich der Menschheit mit Rasfers Rettung einen großen Dienst erwiesen hatte.

Erst als ich den vor Selbstmitleid Winselnden verließ, merkte ich, daß ich zum Umfallen müde war. Die Aufregungen des Tages hatten selbst meine nicht unerheblichen Kräfte aufgezehrt.

Doch ich fand noch keine Ruhe, denn die Botin meiner Herrin hatte unbeirrt auf meiner Terrasse gewartet und stürzte sich auf mich, kaum daß ich den Fuß auf die erste Stufe der Treppe setzte. Sie ließ mir gerade so viel Zeit, wie ich brauchte, um mir Rasfers Blut abzuwaschen und mein Gewand zu wechseln.

Als ich schließlich völlig ermattet in Lostris' Kammer trat, empfing sie mich mit flammendem Blick und unheilverkündend stampfendem Fuß. »Wo hast du gesteckt, Meister Taita?« rügte sie mich. »Ich habe vor der zweiten Wache nach dir schicken lassen, und jetzt ist es beinahe Tag. Wie kannst du es wagen, mich so lange warten zu lassen? Manchmal vergißt du, wer du bist. Du kennst die Strafe für unbotmäßige Sklaven...« Sie war außer Rand und Band, nachdem sie ihre Ungeduld all die Stunden hatte bezähmen müssen. Im Zorn ist sie überwältigend schön, und als sie erneut mit dem Fuß aufstampfte, dachte ich, mein Herz müsse vor Liebe zu ihr zerspringen.

»Steh nicht grinsend herum!« schrie sie mich an. »Ich bin so zornig, daß ich gute Lust hätte, dich auspeitschen zu lassen.« Ich spürte, wie die Müdigkeit gleich einer schweren Last von mir abfiel. Lostris' bloße Gegenwart vermochte mir neue Kraft einzuflößen.

»Herrin, du hast wunderbar gespielt heute abend. Mir und allen, die zuschauten, schien, daß es tatsächlich die Göttin war, die unter uns weilte.«

»Komm mir nicht mit deinen Schlichen!« Lostris stampfte zum drittenmal mit dem Fuß auf, aber schon ohne rechte Überzeugung. »So leicht kannst du dich nicht herauswinden!«

»Wahrhaftig, Herrin, als ich vom Tempel durch die belebten Straßen zurückkehrte, war dein Name in aller Munde. Ich hörte die Leute sagen, dein Gesang sei das Schönste, was sie je vernommen hätten, er habe jedes Herz bezwungen.«

»Ich glaube dir kein Wort«, erklärte Lostris trotzig, doch es fiel ihr sichtlich schwer, ihren Zorn aufrechtzuerhalten. »Ich fand meine Stimme gerade heute fürchterlich. Sie war ziemlich dünn, und ich habe zu wiederholten Malen falsch gesungen...«

»Ich muß dir widersprechen, Herrin. Du warst nie besser. Und welche Schönheit! Sie hat den ganzen Tempel erhellt.« Nein, wirklich eitel ist Lostris nicht – aber sie ist eine Frau.

»Du entsetzlicher Mann!« rief sie verzweifelt. »Diesmal war ich bereit, dich auspeitschen zu lassen, o ja. Aber jetzt komm, setz dich zu mir aufs Bett und berichte mir von allem. Ich bin immer noch so aufgeregt, daß ich gewiß eine Woche lang nicht schlafen kann.« Sie faßte meine Hand und führte mich zum Bett und plapperte glücklich drauflos – Tanus müsse mit seinem wunderbaren Auftritt und der furchtlosen Rede die Herzen im Sturm erobert haben, auch das von Pharao; und der Horusknabe habe ihr

Gewand beschmutzt; und ob ich wirklich glaubte, sie habe hinreichend gut gesungen, oder ob ich das nur sagte, um ihr einen Gefallen zu tun?

Schließlich mußte ich ihr Einhalt gebieten. »Herrin, bald graut der Morgen, und wir müssen bereit sein, mit dem ganzen Hof den König zu begleiten, wenn er über den Fluß setzt, um seinen Tempel und sein Grab zu besichtigen. Du mußt ein wenig schlafen, wenn du bei diesem wichtigen Ereignis besonders schön sein willst.«

»Ich bin nicht müde, Taita«, erwiderte Lostris und schwatzte weiter, um wenige Minuten später gegen meine Schulter zu sinken. Sie war mitten im Satz eingeschlafen.

Behutsam ließ ich ihren Kopf auf die hölzerne Kopfstütze gleiten und breitete eine Decke aus Affenfellen über sie. Ich konnte mich nicht dazu durchringen, gleich zu gehen, und blieb noch eine Weile an ihrem Bett sitzen. Schließlich küßte ich sie sacht auf die Wange. Ohne die Augen zu öffnen, flüsterte sie müde: »Glaubst du, daß ich morgen Gelegenheit haben werde, mit dem König zu sprechen?«

Aber noch ehe mir eine Antwort eingefallen war, schlief sie wieder ein.

Am Morgen hatte ich größte Mühe, mich von meiner Liege zu erheben, denn mir schien, daß ich kaum die Lider geschlossen hatte. Der Bronzespiegel zeigte mich abgespannt und mit violetten Schatten unter den Augen. Rasch legte ich Schminke auf, um meine traurige Verfassung zu kaschieren. Zwei junge Sklaven kämmten mein Haar, und ich war so zufrieden mit dem Ergebnis, daß ich beinahe heiter zum Landeplatz des Großwesirs eilte, an dem das große Staatsschiff vertäut lag.

Ich gehörte zu den letzten, die sich in die Schar am Kai einreihten, doch niemand schien meine späte Ankunft zu bemerken, am wenigsten meine Herrin, die sich bereits an Bord befand. Ich beobachtete sie eine Weile.

Sie war gebeten worden, sich den Frauen des Königs anzuschließen. Zu ihnen zählten nicht nur seine Gemahlinnen, sondern auch seine zahlreichen Konkubinen und seine sämtlichen Töchter.

Es war kaum zu glauben, daß Lostris – wie ich – nicht mehr als zwei Stunden geschlafen hatte; sie wirkte so lieblich und frisch wie eine der Wüstenrosen in meinem Garten. Selbst aus diesem betörenden Aufgebot weiblicher Schönheiten, handverlesen von Beauftragten des Pharaos oder von seinen Statthaltern an den Enden des Reiches zu ihm geschickt, stach Lostris hervor wie eine Schwalbe aus einem Schwarm graubrauner Lerchen.

Ich hielt Ausschau nach Tanus, doch sein Geschwader lag schon ein gutes Stück flußaufwärts bereit, um Pharao auf seiner Überfahrt zu begleiten, und die Spiegelung der aufsteigenden Sonne verwandelte die Wasser des Nils in eine blinkende Silberfläche, die das Auge blendete.

Nun wurde eine Trommel gerührt, und das Volk verrenkte den Hals, um zu sehen, wie Pharao voller Würde vom Palast zum Staatsschiff schritt.

An diesem Morgen trug er die leichte *Nemes*-Krone aus gestärktem Linnen, an seinem Kopf befestigt durch den goldenen Stirnreif mit der Uräusschlange. Die Schlange war das Sinnbild der Macht über Leben und Tod, die Pharao besaß. Anstelle von Krummstab und Wedel führte er heute nur das goldene Szepter bei sich. Nach der Doppelkrone war es die größte Kostbarkeit unter den Kronjuwelen, mehr als tausend Jahre alt.

Trotz der königlichen Insignien und des Zeremonials war Pharao nicht geschminkt. Im grellen Sonnenlicht und ohne beschönigenden Puder war Mamose eher unscheinbar. Ein weichlicher Mann in mittleren Jahren, von kleinem Wuchs, mit leichtem Schmerbauch und Zügen, in die sich ein Netz von Kummerfalten eingegraben hatte.

Als er an mir vorüberging, nickte er leicht. Ich warf mich sofort vor ihm nieder, und er hielt inne und bedeutete mir näher zu kommen. Ich kroch zu ihm und neigte die Stirn dreimal auf den Boden vor seinen Füßen.

»Bist du nicht Taita, der Dichter?« fragte Pharao mit dünner, mürrischer Stimme.

»Ich bin Taita, der Sklave, Hoheit«, antwortete ich. Es gibt Zeiten, zu denen sich ein wenig Demut empfiehlt. »Aber ich bin auch ein armseliger Schreiberling.«

»Nun, Taita, gestern abend hast du als solcher Eindruck gemacht. Noch nie bin ich von einem Festspiel so gut unterhalten worden. Ich werde eine Verfügung ergehen lassen, die deine armseligen Schreibereien zur amtlichen Fassung erklärt.«

Dies verkündete er so laut, daß der ganze Hof es hören konnte, und selbst mein edler Herr Intef, der Pharao unmittelbar folgte, strahlte vor Freude. Da ich sein Sklave war, gereichte ihm diese Verfügung mehr zur Ehre als mir. Aber Pharao war noch nicht fertig.

»Sage mir, Taita, bist du nicht auch der Arzt, der mich vor kurzem behandelt hat?«

»Ja, Hoheit, ich bin der untertänige Sklave, der die Stirn besitzt, ein wenig Heilkunde zu betreiben.«

»Wann wird deine Kur Wirkung zeitigen?« Pharao senkte die Stimme, so daß nur ich seine Frage verstehen konnte.

»Hoheit, das Ereignis wird neun Monate nach dem Zeitpunkt eintreten, zu dem du alle Bedingungen erfüllt hast, die ich dir nannte.« Da wir nun wie Arzt und Patient miteinander sprachen, fühlte ich mich ermutigt, hinzuzufügen: »Hast du die Kost zu dir genommen, die ich dir verordnet habe?«

»Bei den freigiebigen Brüsten von Isis!« rief Pharao aus, und in seinen Augen blitzte es unerwartet schalkhaft auf. »Nach den vielen Stierhoden, die ich gegessen habe, ist es ein Wunder, daß ich nicht brülle, wenn eine Kuhherde am Palast vorbeizieht!«

Er war so huldreicher Laune, daß auch ich es mit einem kleinen Scherz versuchte. »Hat Pharao schon die Färse gefunden, die ich empfahl?«

»Das ist leider nicht so einfach, wie es scheinen möchte. Bei den schönsten Blumen sind die Bienen am schnellsten. Du hast doch gesagt, sie müsse unberührt sein, nicht wahr?«

»Ja, und es muß binnen eines Jahres nach ihrem ersten roten Mond geschehen«, fügte ich rasch hinzu, um die Erprobung meines Rezepts möglichst schwierig zu machen. »Hast du schon eine gefunden, Hoheit, die dieser Beschreibung entspricht?«

Pharao lächelte nachdenklich. »Wir werden sehen«, murmelte er. »Wir werden sehen.« Und er wandte sich ab und ging an Bord. Als mein edler Herr Intef auf einer Höhe mit mir war, bedeutete er mir, mich ihm anzuschließen, und so folgte ich ihm auf das Staatsschiff.

Der Wind hatte sich über Nacht gelegt, und die dunklen Wasser des Nils waren schwer und still. Selbst Nembet mußte unter solchen Bedingungen in der Lage sein, die Überfahrt zu bewerkstelligen.

Sobald wir an Bord waren, nahm mich mein edler Herr Intef beiseite. »Manchmal kannst du mich immer noch überraschen, mein Lieber«, flüsterte er und drückte meinen Arm. »Und das, als ich gerade ernsthaft an deiner Treue zu zweifeln begann.«

Ich war höchst verwundert über dieses plötzliche Wohlwollen. Doch ich neigte den Kopf, um meinen Gesichtsausdruck zu verbergen, und wartete, ehe ich mich festlegte, darauf, daß mein Herr mir die Richtung wies, was er denn auch gleich tat.

»Ich hätte keine bessere Rede für Tanus schreiben können. Wo Rasfer, dieser Schwachkopf, versagt hat, hast du den Tag für dich gerettet.« Erst jetzt verstand ich. Mein Herr glaubte, *ich* hätte Tanus jene Worte in den Mund gelegt, und obendrein glaubte er, ich hätte es ihm zuliebe getan. Im Getöse des Tempels hatte er wohl meine Warnungen an Tanus nicht gehört, sonst wäre er eines Besseren belehrt gewesen.

»Es freut mich, daß es dich freut«, antwortete ich leise. Ich empfand unsagbare Erleichterung, denn meine einflußreiche Position war nicht bedroht. Ich dachte in diesem Augenblick nicht an meine eigene Haut – oder nicht nur. Ich dachte an Lostris und Tanus. Sie würden alles an Hilfe und Schutz brauchen, was ich nur aufbieten konnte in den bewegten

Zeiten, die vor ihnen lagen. Ich war dankbar dafür, daß ich noch in der Lage war, von einem gewissen Nutzen für sie zu sein.

»Ich werde mich erkenntlich zeigen«, sagte mein Herr. »Du erinnerst dich an das Stück Land am Kanal hinterm Thot-Tempel, über das wir vor einiger Zeit gesprochen haben?«

»Ja, Herr.« Wir wußten beide, daß ich schon seit zehn Jahren Verlangen nach diesem Stück Land hegte. Es war eine vollkommene Zuflucht für den Schreiber, ein Ort, an den ich mich im Alter würde zurückziehen können.

»Es ist dein.« Ich war entsetzt über die schändliche Weise, auf die es in meinen Besitz gelangt war – als Lohn für einen wenn auch nur vermeintlichen Verrat. Einen Augenblick spielte ich mit dem Gedanken, das Geschenk zurückzuweisen, aber nur einen Augenblick. Als ich mich wieder gefaßt hatte, waren wir über den Fluß und steuerten in den Kanal, der durchs Flachland zu Pharao Mamoses großem Begräbnistempel führte.

Ich hatte diesen Kanal mit nur wenig Hilfe von den königlichen Baumeistern vermessen, wie ich auch fast allein den komplizierten Ablauf der Beförderung von Pharaos Leichnam vom Ort seines Todes zum Tempel geplant hatte, wo die Einbalsamierung stattfinden würde.

Ich hatte angenommen, er werde in seinem Palast auf der bezaubernden Insel Elephantine sterben. Das Staatsschiff würde seinen Leichnam also flußabwärts bringen. Ich hatte den Kanal so angelegt, daß dieses große Fahrzeug bequem darin Platz fand.

Geradlinig durchschnitt der Kanal die schwarze Lehmerde der Uferebene – zweitausend Schritt weit, bis zum Fuße der kahlen Wüstenvorberge. Zehntausend Sklaven hatten jahrelang an ihm gebaut. In dem Augenblick, da das Staatsschiff in den Kanal eingebogen war, hatten zweihundert kräftige Sklaven die Treidelleinen am Bug gepackt und begonnen, es durchs Flachland zu ziehen. Während sie in geordneten Reihen über den Treidelpfad marschierten, sangen sie ein trauriges, aber wohlklingendes Arbeitslied. Die Bauern, welche auf den Feldern am Kanal arbeiteten, kamen gelaufen, uns zu begrüßen. Sie drängten sich am Ufer, flehten den Segen der Götter für den König herbei und schwenkten Palmzweige.

Schließlich erreichten wir den steinernen Kai vor den Außenmauern des halbvollendeten Tempels, und die Sklaven machten die Treidelleinen fest. So genau war mein Plan, daß die Ankerpforte im Schanzkleid des Staatsschiffs mit dem Portal des Haupttors zum Tempel in einer Linie lag.

Als das große Fahrzeug vertäut war, blies der Trompeter am Bug eine Fanfare auf seinem Gazellenhorn. Das Fallgatter des Tors wurde langsam hochgezogen, und zum Vorschein kam der königliche Katafalk, der in der Einfahrt wartete, begleitet von Balsamierern in karmesinroten Gewändern und fünfzig Osiris-Priestern.

Die Priester stimmten feierliche Gesänge an, als sie den Katafalk auf seinen hölzernen Rollen in Bewegung setzten und aufs Deck des Staatsschiffs schoben. Pharao klatschte vor Entzücken in die Hände und eilte herbei, um das groteske Gefährt eingehend zu betrachten.

Ich hatte keinen Anteil an dieser Verherrlichung des schlechten Geschmacks. Sie war allein das Werk der Priester. Möge es genügen, wenn ich sage, daß das überreichlich verwendete Gold im Sonnenschein aufdringlich glänzte und das Auge fast ebensosehr beleidigte wie die überladenen Verzierungen. Solches Goldgewicht machte die Priester keuchen und schwitzen, und als sie den sperrigen Katafalk an Deck wuchteten, krängte selbst das große Staatsschiff besorgniserregend. Mit so viel Gold hätte man alle Getreidespeicher des Oberen Königreichs füllen oder fünfzig Geschwader Kriegsschiffe bauen und ausstatten und ihre Mannschaften zehn Jahre lang besolden können. So versucht der unfähige Kunsthandwerker, die Dürftigkeit seiner Erfindung mit ungeheurem Aufwand zu bemänteln.

Diese Abscheulichkeit sollte mitsamt Pharaos Leichnam im Grab versiegelt werden. Gleichgültig, daß ihr Bau erheblich zum finanziellen Niedergang des Reiches beigetragen hatte – Pharao war begeistert.

Einem Vorschlag meines edlen Herrn Intef folgend, bestieg er das Gefährt und nahm Platz auf der Plattform, die seinen Sarkophag tragen sollte. Von dort blickte er strahlend in die Runde – alle Würde und königliche Zurückhaltung schienen vergessen. Vielleicht freut er sich wie noch nie in seinem trübseligen Leben, dachte ich, und Mitleid regte sich in mir.

Offenbar aus einer Laune heraus bedeutete Pharao meinem Herrn, sich zu ihm zu setzen, und sah sich suchend auf dem von Menschen wimmelnden Deck um. Er schien zu entdecken, wen er meinte, denn er beugte sich ein wenig vor und sagte etwas zum Großwesir.

Mein edler Herr Intef lächelte und winkte. Lostris befahl er, zu ihm zu kommen. Sie war deutlich verwirrt und errötete unter ihrer Schminke. Doch sie fing sich rasch wieder und bestieg mit mädchenhafter Anmut, die, wie immer, die Blicke aller auf sich zog, den Katafalk.

Sie kniete vor dem König nieder und berührte mit ihrer Stirn dreimal die Plattform. Dann – vor sämtlichen Priestern und dem ganzen Hof – tat Pharao etwas Außergewöhnliches. Er faßte Lostris' Hand, zog sie auf die Beine und ließ sie neben sich Platz nehmen. Dies lief auf beispiellose Weise dem Protokoll zuwider, und ich sah, wie Pharaos Minister verdutzte Blicke tauschten.

Und dann geschah noch etwas, das sie gar nicht merkten. Als ich sehr jung war, lebte in den Wohnungen der Knaben auch ein alter tauber Sklave, der sich meiner annahm. Er lehrte mich, die Reden der Menschen nicht nur aus dem Klang zu entschlüsseln, sondern auch aus den Bewegungen ihrer Lippen, wenn sie die Worte formten. Dies war eine äußerst nützliche Fähigkeit, denn mit ihrer Hilfe konnte ich sogar einem Gespräch am äußersten Ende eines gutbesetzten Saales folgen, mochten auch Musiker spielen und hundert Menschen ringsum lachen und lärmen.

Nun sah ich, wie Pharao zu meiner Herrin sagte: »Auch bei Tageslicht bist du so göttlich, wie es Isis im Fackelschein des Tempels war.«

Das traf mich wie ein Faustschlag in den Magen. War ich blind gewesen oder nur sträflich dumm? Gewiß hätte jeder Geistesschwache vorausgeahnt, wie die Würfel des Schicksals dank meiner leichtsinnigen Einmischung fallen würden.

Mein Rat an den König hatte unausweichlich bewirken müssen, daß seine Aufmerksamkeit auf meine Herrin gelenkt wurde. Es war, als hätte mich eine unterschwellige boshafte Regung dazu bewogen, sie ihm als Mutter seines Sohnes und Erben geradezu anzupreisen. Die schönste Jungfrau im ganzen Land, die er binnen eines Jahres nach ihrem ersten roten Mond in sein Bett holen sollte – diese Beschreibung paßte genau auf Lostris. Und obendrein war es mir gelungen, sie dem König im vorteilhaftesten Licht vorzuführen, indem ich ihr die weibliche Hauptrolle beim Festspiel gegeben hatte.

Was geschehen würde, dies erkannte ich plötzlich, hatte allein ich zu verantworten; es mußte so aussehen, als hätte ich es mit Absicht in die Wege geleitet. Und ich konnte nichts mehr daran ändern. Ich war außer mir vor Entsetzen und Reue.

Schwitzend wuchteten die Priester den Katafalk wieder vom Schiff und schoben ihn durch das Tor. Die Menge folgte ihm, und ich wurde, ob ich wollte oder nicht, mitgerissen wie ein Blatt im Strom. Ehe ich meine fünf Sinne wieder beisammen hatte, stand ich im Vorhof des Tempels. Nun bahnte ich mir einen Weg, rempelte die Leute an, um an ihnen vorbeizukommen und in die Nähe des Katafalks zu gelangen.

Während eine Priestergruppe das Gefährt anstieß, hob eine zweite die hölzernen Rollen auf, die zurückblieben, und legte sie wieder nach vorn. Es gab eine kurze Verzögerung, als der Katafalk jenen Teil des Hofes erreichte, der noch nicht gepflastert war. Die Priester breiteten Stroh vor die Rollen, um den unebenen Grund zu glätten, und ich nutzte die Gelegenheit, hinter den großen steinernen Löwen seitlich des Fahrweges entlangzuhuschen, bis ich auf einer Höhe mit dem Katafalk war. Als einer der Priester mir die Bahn versperren wollte, warf ich ihm einen Blick zu, der selbst die steinernen Löwen das Fürchten gelehrt hätte, worauf er geschwind beiseite trat.

Hinter dem Katafalk fand ich mich unterhalb von Lostris wieder, nahe genug, um jedes Wort zu verstehen, das sie zum König sprach. Ich merkte sofort, daß sie inzwischen völlig gefaßt war und nun alles daransetzte, sich ihm so angenehm wie möglich zu machen. Niedergeschlagen besann ich mich darauf, daß sie ebendies geplant hatte. Pharaos Gunst sollte ihr das Einverständnis zu ihrer Vermählung mit Tanus sichern. Gestern noch hatte ich dies als kindisches Geplapper abgetan, aber nun war es zu spät, und ich konnte Lostris nicht einmal mehr vor den gefährlichen Wassern warnen, die sie ansteuerte.

Falls ich in diesen Aufzeichnungen den Eindruck erweckt haben sollte, meine Herrin sei ein flatterhaftes kleines Mädchen gewesen mit nichts als gefühlsseligem Unsinn und leichtfertiger Lebensfreude in ihrem hübschen Kopf, so habe ich in meinen Bemühungen als Chronist versagt. Obwohl noch jung an Jahren, wirkte Lostris manchmal erstaunlich reif. Überdies war sie hochgebildet, hatte einen wachen Verstand und eine durchaus wißbegierige und nachdenkliche Seite. All dies zu entwickeln und zu fördern, hatte ich mich nach Kräften bemüht.

Unter meiner Anleitung war sie dahingekommen, mit den Priestern über die entlegensten religiösen Fragen disputieren zu können, auch vermochte sie sich ebenbürtig mit den Rechtsgelehrten des Palastes über Angelegenheiten wie Pacht- und Lehensbesitz und die äußerst verwickelten Bewässerungsvorschriften zu unterhalten. Natürlich hatte sie eine jede der Papyrusrollen in der Palastbibliothek gelesen. Darunter waren mehrere hundert, die ich abgefaßt hatte – medizinische Traktate, wegeweisende Aufsätze über Strategie und Taktik des Krieges zu Wasser, astrologische Arbeiten über die Namen und das Wesen sämtlicher Himmelskörper, Abhandlungen über die Kunst des Fechtens und des Bogenschießens, über Gartenbau und Falknerei. Lostris war sogar imstande, mit mir die Grundsätze der Baukunst zu erörtern, die ich entwickelt hatte, und sie mit denen des großen Imhotep zu vergleichen.

Und so besaß sie das geistige Rüstzeug, über jeden Gegenstand von der Astrologie bis zur Kriegführung zu sprechen, von Politik und Tempelbau bis zur Messung und Regulierung der Wasser des Nils – samt und sonders Dinge, die Pharao fesselten. Zudem konnte sie dichten, Rätsel ersinnen und erheiternde Sprachspiele aufstellen, und ihr Wortschatz war fast so reich wie meiner. Kurz, sie war eine vollendete Unterhalterin mit köstlichem Humor. Sie drückte sich gewandt aus, hatte eine entzückende Stimme und lachte ansteckend fröhlich. Wahrhaftig, kein Mensch und kein Gott vermochte ihr zu widerstehen, und schon gar nicht jemand, dem sie einen Sohn als Erben verheißen konnte.

Ich mußte sie warnen; doch wie sollte sich ein Sklave in die Begegnung zweier Persönlichkeiten einmischen, die so unendlich hoch über ihm standen? Ich trat unruhig von einem Fuß auf den andern, während ich meiner Herrin lauschte. Natürlich gab sie sich von ihrer bezauberndsten Seite, um des Königs Zuneigung zu gewinnen.

Sie erklärte ihm, sein Tempel sei so angelegt worden, daß er den günstigsten astrologischen Konstellationen entsprach. Hier wiederholte sie nur Wissen, das sie sich dank meiner angeeignet hatte, denn ich hatte den Tempel vermessen und an den Himmelskörpern ausgerichtet. Doch sie tat es so überzeugend, daß ich ihre Erklärungen verfolgte, als hörte ich sie zum erstenmal.

Der Katafalk rollte durch das Eingangstor zum Innenhof des Tempels und weiter durch die lange säulenbestandene Vorhalle, vorbei an den verriegelten und bewachten Türen zu den sechs Schatzkammern, in denen die Grabbeigaben für den König gefertigt und verwahrt wurden. Am Ende der Vorhalle wurden die Türflügel aus Akazienholz – verziert mit Schnitzereien von allen Göttern – geöffnet, und wir zogen in den Saal, in dem eines Tages Pharaos Leichnam einbalsamiert werden sollte.

In diesem ernsten Raum stieg der König vom Katafalk und trat näher, um den gewaltigen Balsamierungstisch in Augenschein zu nehmen. Er bestand aus einem großen, drei Schritt langen und zwei Schritt breiten Dioritblock. In die dunkle, gesprenkelte Oberfläche des Steins war eine Vertiefung für den Hinterkopf des Königs gehauen, ebenso Rinnen, durch die das Blut und die anderen Körpersäfte abfließen würden.

Der Großmeister der Balsamierergilde wartete neben dem Tisch, bereit, Pharao den Ablauf zu erklären, und er hatte einen aufmerksamen Zuhörer, denn der König schien gefesselt von jeder schaurigen Einzelheit. Wie der erste Schnitt von seiner Kehle bis zu seiner Leiste gelegt werden sollte, wie die Eingeweide säuberlich aus seinem Leib herausgehoben und aufgeteilt würden – Leber, Lunge, Magen und Gedärme. Das Herz als Sitz des göttlichen Funkens würde an Ort und Stelle bleiben, ebenso die Nieren wegen ihrer Verbindung mit dem Wasser, mit dem Nil, der Quelle des Lebens.

Nach dieser erbaulichen Unterrichtung widmete sich Pharao den vier Kanopen, jenen Krügen, die seine Eingeweide aufnehmen sollten. Sie standen auf einem zweiten, kleineren Tisch nahebei und waren aus milchig schimmerndem Alabaster gefertigt. Die Deckel der Kanopen waren den tierköpfigen Gottheiten nachgebildet: Anubis, dem Schakal; Sobeth, dem Krokodil; Thot mit dem Ibiskopf und Sachmet mit dem Löwenhaupt.

Sie würden die Hüter über Pharaos göttliche Körperteile sein, bis er im ewigen Leben wiedererwachte.

Auf dem kleineren Tisch hatten die Balsamierer auch ihre Instrumente ausgelegt und all die Töpfe und Behältnisse aneinandergereiht, welche die Salze, Lacke und anderen Wirkstoffe enthielten, die sie verwenden würden. Fasziniert betrachtete Pharao die blinkenden Bronzemesser, die ihn ausweiden würden, und als der Balsamierer ihm den langen, scharfen Löffel zeigte, der durch seine Nase emporfahren und den Inhalt seines Schädels auskratzen würde – jenen blassen Brei, über den ich sooft fruchtlos nachgedacht hatte –, nahm der König das schauerliche Instrument und hielt es ehrfürchtig zwischen seinen Fingern.

Nachdem er am Balsamierungstisch seine Neugier gestillt hatte, lenkte Lostris seine Aufmerksamkeit auf die bemalten Flachreliefs, welche die Tempelwände bedeckten. Sie waren noch nicht bis ins letzte vollendet, aber nichtsdestoweniger eindrucksvoll. Ich hatte den größten Teil der Entwürfe mit eigener Hand gezeichnet und streng überwacht, wie die Künstler des Palastes die restlichen schufen. Die Entwürfe waren mit Kohlestöcken auf die Wand übertragen worden. Anschließend hatte ich sie, falls nötig, berichtigt und vervollkommnet. Nun war eine Gruppe von Bildhauern damit beschäftigt, sie in die Sandsteinblöcke einzumeißeln, und einige Maler arbeiteten mit Farbe an den bereits fertiggestellten Flachreliefs.

Die vorherrschende Farbe war Blau in allen Schattierungen: das Blau des Starenflügels, das Blau des Himmels und des Nils bei Sonnenschein, das Blau der Wüstenorchidee und das Blau des Flußbarschs, der im Netz des Fischers zappelt. Aber auch jene kräftigen Rot- und Gelbtöne, die wir Ägypter so sehr lieben, wurden verwendet.

Pharao, begleitet von meinem edlen Herrn Intef in dessen Eigenschaft als Hüter der königlichen Gräber, studierte alles gründlich und äußerte sich zu fast allen Einzelheiten. Natürlich war das Thema, welches ich für den Balsamierungssaal gewählt hatte, das *Totenbuch,* jene ausführliche Beschreibung des Weges in die Unterwelt, den Pharaos Schatten gehen mußte, einschließlich der Prüfungen, die ihm begegnen würden.

Der König blieb lange vor meiner Zeichnung des Gottes Thot mit seinem Vogelkopf und dem langen gebogenen Ibisschnabel stehen. Thot wog Pharaos Herz auf einer Waagschale gegen die Feder der Wahrheit. War das Herz unrein, so würde die Schale sinken, und der Gott würde es dem krokodilköpfigen Ungeheuer zuwerfen, das in unmittelbarer Nähe darauf wartete, es zu verschlingen. Leise sprach der König den Schutzzauber nach, der zur Bewahrung vor solchem Unglück im *Totenbuch* niedergeschrieben steht, und ging dann weiter zum nächsten Relief.

Es war fast Mittag, als Pharao die Besichtigung des Tempels abschloß und in den Vorhof hinaustrat, wo die Palastköche zum üppigen Mahl im Freien gedeckt hatten.

»Komm und nimm bei mir Platz, damit wir uns weiter über die Sterne unterhalten können!« Wieder achtete der König der Rangordnung nicht, nur um Lostris bei Tisch in seiner Nähe zu haben; er setzte sogar eine seiner Hauptfrauen um. Und während des Mahls sprach er hauptsächlich mit meiner Herrin. Sie war jetzt völlig gelöst und bezauberte Pharao ebenso wie alle ringsum.

Natürlich hatte ich als Sklave nichts bei Tisch zu suchen; ich vermochte mich Lostris nicht einmal so weit zu nähern, daß ich sie hätte ermahnen können, sich in ihrem Betragen zu mäßigen. Statt dessen suchte ich mir einen Platz auf dem Sockel eines der steinernen Löwen. So konnte ich die Tafel überblicken und alles beobachten, was sich dort ereignete. Doch ich war nicht der einzige, der dies tat. Auch mein edler Herr Intef verfolgte die Vorgänge funkelnden, unversöhnlichen Auges.

Nach dem Mittagsmahl pflegte der Hof eine gute Stunde zu ruhen, besonders zu dieser Zeit, der wärmsten im Jahr. Doch Pharao war so ungewöhnlich erregt, daß er an diesem Tag nichts davon wissen wollte.

»Nun werden wir die Schatzkammern besichtigen«, verkündete er. Die Wachen vor der ersten traten beiseite, als sich der König und sein Gefolge näherten, und die Türen wurden von innen geöffnet.

Ich hatte die sechs Schatzkammern nicht nur als Lagerräume geplant, welche die reichen Grabbeigaben bergen sollten, die Pharao in den zwölf Jahren seit der Besteigung des Doppelthrons angehäuft hatte, sondern auch als Werkstätten, in denen eine kleine Heerschar von Künstlern und Handwerkern unaufhörlich damit beschäftigt war, die vorhandenen Schätze zu vermehren.

Die Halle, die wir nun betraten, war die Rüstkammer. Sie enthielt Waffen und Gerät des Krieges und der wilden Jagd, das der König mit ins Jenseits nehmen würde. Im Einverständnis mit meinem edlen Herrn Intef hatte ich dafür gesorgt, daß die Handwerker an ihren Plätzen waren. So hatte der König Gelegenheit, sie bei der Arbeit zu beobachten.

Während Pharao langsam die Reihe der Bänke entlangschritt, stellte er so scharfsinnige und genaue Fragen, daß ihm die Adligen und Priester, an die er sie richtete, keine Antwort zu geben vermochten und verzweifelt nach jemandem Ausschau hielten, der dazu in der Lage war. Ich wurde eilig aus den hinteren Reihen der Menge nach vorn geholt, damit ich die Wißbegier des Königs befriedigte.

»Ach ja.« Pharao verzog ein wenig traurig das Gesicht, als er mich wiedererkannte. »Es ist kein anderer als der demütige Sklave, der Festspiele schreibt und Kranke heilt. Niemand hier scheint die Zusammensetzung des Elektrumdrahtes zu kennen, mit dem der Griff des Bogens umwickelt wird, den dieser Mann für mich fertigt.«

»Gütiger Pharao, das Metall besteht aus einem Teil Kupfer, fünf Teilen Silber und vier Teilen Gold. Wir verwenden natürlich das rote Gold, das man nur in den Minen von Lot findet, denn kein anderes könnte dem Draht diese Geschmeidigkeit geben.«

»Natürlich«, bestätigte der König trocken. »Und wie macht ihr die Stränge so dünn? Sie sind nicht dicker als ein Haar auf meinem Kopf.«

»Hoheit, wir ziehen das heiße Metall in Form, indem wir es in einem Pendel schwingen lassen, das ich eigens zu diesem Zweck erfunden habe. Wenn du wünschst, werden wir den Vorgang später in der Goldgießerei beobachten.«

So war es mir möglich, während der weiteren Besichtigung an der Seite des Königs zu bleiben und seine Aufmerksamkeit ein wenig von Lostris abzulenken, doch eine Gelegenheit, mit ihr allein zu sprechen, fand ich auch jetzt nicht.

Pharao schritt durch die Rüstkammer und nahm die zahlreichen Waffen und Rüstungen in Augenschein, die schon bereitlagen. Einige hatten seinen Vorfahren gehört und waren in berühmten Schlachten zum Einsatz gekommen; andere waren neu gefertigt und würden nie im Krieg verwendet werden. Aber alle Stücke waren großartig, jedes einzelne ein Höhepunkt der Waffenschmiedekunst. Helme und Brustharnische aus Bronze, Silber und Gold, Schwerter mit edelsteinbesetzten Elfenbeingriffen, große und kleine Schilde aus Nilpferdhaut und Krokodilleder, mit goldenen Rosetten geschmückt.

Wir verließen die Rüstkammer, durchquerten die Vorhalle und betraten die Möbelkammer, wo hundert Kunsttischler aus Zedern-, Akazien- und Ebenholz die Möbel für des Königs lange Reise herstellten. In unserem Flußtal wachsen kaum stattliche Bäume, und so ist Holz eine seltene und kostbare Ware, die fast mit Silber aufgewogen wird. Beinahe jeder kleine Stock muß hundert Meilen durch die Wüste getragen oder von den geheimnisvollen Ländern im Süden aus flußabwärts verschifft werden. Hier aber war Holz in Stapeln aufgeschichtet, als sei es etwas ganz Gewöhnliches, und der Geruch von frischem Sägemehl erfüllte die heiße Luft.

Wir beobachteten, wie Handwerker das Kopfbrett von Pharaos Bett mit Einlegearbeiten zierten: Sie verwendeten Perlmutt und Hölzer in unterschiedlichen Farbmengen. Andere Männer schmückten die Armlehnen der Sessel mit goldenen Falken und die Rückenlehnen der gepolsterten Ottomanen mit silbernen Löwenköpfen. Nicht einmal in den Hallen des königlichen Palastes auf der Insel Elephantine fanden sich derart feine Arbeiten.

Von der Möbelkammer gingen wir weiter zur Halle der Bildhauer. Sie meißelten und polierten Marmor, Sandstein und Granit, dünner blasser Staub hing in der Luft. Die Bildhauer hatten Nase und Mund mit Leinenstreifen bedeckt, auf denen sich der Staub ablagerte, und ihre Züge waren wie weiß gepudert. Einige husteten – ein hartnäckiger trockener Husten, den sie sich bei ihrer Arbeit zuzogen. Ich hatte die Leichname etlicher alter Bildhauer zergliedert und entdeckt, daß ihre Lungen gleichsam versteinert waren, und so verbrachte ich möglichst wenig Zeit in der Bildhauerwerkstatt, um mich vor dem Staub zu schützen.

Trotzdem war herrlich anzuschauen, was sie schufen: Standbilder von den Göttern und von Pharao selbst, die wahrhaft beseelt zu sein schienen. Es gab lebensgroße Darstellungen des Königs, auf seinem Thron sitzend oder schreitend, lebendig und tot, in Gestalt eines Gottes und in der eines Sterblichen. Diese Standbilder würden den langen Weg säumen, der vom Tempel in der Talsohle hinauf in die schwarzen Berge führte, aus deren Gestein sein Grab herausgehauen wurde. Nach Pharaos Tod sollte der goldene Katafalk, von hundert weißen Ochsen gezogen, seinen massigen Sarkophag ebenjenen Weg entlang zu seiner letzten Ruhestätte tragen.

Der noch unvollendete Sarkophag befand sich in der Mitte der Bildhauerwerkstatt. Ursprünglich war er ein einziger Block aus Rosengranit gewesen; er stammte aus den Steinbrüchen bei Assuan und war mit einem eigens für diesen Zweck gebauten Schiff flußabwärts befördert worden. Es hatte Hunderter Sklaven bedurft, ihn an Land zu hieven und über hölzerne Rollen zu dem Platz zu ziehen, an dem er jetzt lag, fünf Schritte lang, drei Schritte breit und drei Schritte hoch.

Die Steinmetze hatten ihr Werk damit begonnen, daß sie eine dicke Platte von dem Block sägten. Auf diesem Deckel bildete ein Meister den mumifizierten Pharao nach, die Arme gekreuzt, Krummstab und Wedel in den Händen. Eine andere Gruppe von Steinmetzen war damit beschäftigt, das Innere des Blocks für die Innensärge auszuhöhlen. Insgesamt würden es sieben Särge sein, die vollkommen ineinander paßten. Der innerste würde aus schierem Gold bestehen, und später konnten wir in der Werkstatt der Goldschmiede eine Weile zusehen, wie er aus dem Metall herausgehämmert wurde.

Ein fesselndes Anhängsel zur Halle der Bildhauer war die *Uschebti*-Werkstatt, wo jene Diener und Gefolgsleute, die den toten König begleiten sollten, aus Holz geschnitzt wurden; winzige Figuren, die alle Ränge und Ordnungen der ägyptischen Gesellschaft verkörperten. Jedes

Uschebti war in das Gewand eines Berufes gekleidet und mit dem dazugehörigen Werkzeug versehen. Es gab Bauern und Gärtner, Fischer und Bäcker, Bierbrauer und Mägde, Soldaten und Steuereinnehmer, Schreiber und Barbiere sowie Hunderte und Aberhunderte gewöhnlicher Knechte, die niedrige Tätigkeiten verrichteten und für den König einsprangen, sollte er je in der Unterwelt von den anderen Göttern zur Arbeit aufgerufen werden.

Die letzte Schatzkammer, die Pharao an diesem Tag besichtigte, war die Halle der Goldschmiede. Die gewaltige Glut der Schmelzöfen warf einen seltsamen Schein auf die Gesichter der Handwerker. Ich hatte ihnen genaue Anweisungen gegeben. Als das königliche Gefolge eintrat, knieten sie wie ein Mann nieder, um sich dreimal vor Pharao zu verneigen. Dann erhoben sie sich und nahmen ihre Arbeit wieder auf.

Selbst in der geräumigen Halle war die Wärme der Öfen so ungeheuer, daß es einem fast den Atem verschlug, und wir waren bald schweißgebadet. Doch der König schien zu gefesselt, um die drückende Hitze zu bemerken. Zielstrebig ging er zu der Estrade in der Mitte der Halle, wo die erfahrensten und geschicktesten Schmiede mit dem goldenen Innensarg beschäftigt waren. Sie hatten Pharaos Gesicht vollkommen getroffen. Die Goldmaske würde genau über seinen in Mumienbinden gewickelten Kopf passen. Sie stellte einen Gott mit Augen aus Obsidian und Bergkristall dar, um dessen Stirn sich die Uräusschlange wand. Ich glaube, in den tausend Jahren unserer Kultur ist kein größeres Meisterwerk der Goldschmiedekunst geschaffen worden.

Auch nachdem Pharao die Maske aus allen Blickwinkeln betrachtet hatte, schien er nicht imstande, sich von ihr loszureißen. Auf einem niedrigen Stuhl sitzend, verbrachte er den Rest des Tages neben ihr auf der Estrade, während Zedernholztruhen voll erlesenen Geschmeides ihm zu Füßen abgestellt und die Gegenstände, die sie enthielten, erläutert wurden.

Wohl niemals sind, an welchem Ort auch immer, solche Schätze angehäuft worden. Ein knappes Verzeichnis läßt ihre Üppigkeit und Vielfalt nicht einmal erahnen. Trotzdem will ich dir, lieber Leser, berichten, daß schon sechstausendvierhundertfünfundfünfzig Stücke in den Zedernholztruhen verwahrt wurden und daß Tag für Tag neue dazukamen, denn die Goldschmiede arbeiteten unermüdlich weiter.

Es gab Ringe nicht nur für Pharaos Finger, sondern auch für seine Zehen; es gab Amulette, Talismane und Goldfigurinen von Göttern und Göttinnen; es gab Halsketten, Armreife, Pektorales und Gürtel mit Einlegearbeiten, die Falken und Geier und sämtliche Geschöpfe des Himmels, der Erde und des großen Flusses zeigten; es gab Kronen und Diademe, mit

Lapislazuli, Granaten, Achaten, Karneolen, Jaspis und allen Edelsteinen besetzt, die dem kultivierten Menschen teuer sind.

Des Gewicht des Goldes und Silbers, welches bei der Fertigung des Katafalks, der Maske und all der anderen Kostbarkeiten verarbeitet worden war, betrug über fünfhundert Takh; es hätte fünfhundert starker Männer bedurft, ein solches Gewicht zu heben. Nach meiner Berechnung war dies fast ein Zehntel der Edelmetalle, die in unserer tausendjährigen Geschichte überhaupt gefördert worden waren. Und all das wollte Pharao mit ins Grab nehmen.

Doch wer war ich unmaßgeblicher Sklave, daß ich den Preis in Frage stellte, den ein König für das ewige Leben zu zahlen bereit war? Möge es genügen, wenn ich festhalte, daß Pharao, indem er diesen Schatz anhäufte und zugleich Krieg mit dem Unteren Königreich führte, Ägypten an den Bettelstab brachte.

Was Wunder also, daß Tanus in seiner Rede das Unwesen der Steuereinnehmer als eine der furchtbarsten Plagen herausgehoben hatte. Auf der einen Seite sie, auf der andern die Räuberbanden, die unbehelligt die ländlichen Regionen Ägyptens heimsuchten – so wurden wir erdrückt unter der Kostenlast, die uns allen zu schwer war. Um überleben zu können, mußten wir durch die Maschen des Netzes schlüpfen, das die Steuereinnehmer auswarfen. Und so machte uns der König, während er uns um seiner Erhöhung willen verarmen ließ, zu Verbrechern. Ob Hoch oder Nieder, Reich oder Arm, die wenigsten schliefen gut des Nachts. Bange lagen wir wach und rechneten jeden Augenblick damit, daß der Steuereinnehmer an unsere Tür klopfte.

O trauriges und mißbrauchtes Land, wie es stöhnte unter dem Joch!

In der Totenstadt war ein behagliches Quartier vorbereitet. Dort würde der König diese Nacht am westlichen Ufer des Nils verbringen, nahe bei seiner letzten Ruhestätte in den kahlen schwarzen Bergen.

Die Totenstadt war fast so groß wie Karnak selbst. Hier wohnten alle, die mit Bau und Instandhaltung des Tempels und des königlichen Grabes zu tun hatten. Ein ganzes Regiment von Pharaos Elitetruppen bewachte die heiligen Stätten, denn der falsche König im Norden war genauso gierig nach Schätzen wie unser echter, und die Räuber in der Wüste wurden mit jedem Tag dreister. Neben den Soldaten waren die Handwerker und Künstler samt ihren Lehrlingen unterzubringen. Ich war für die Lohnunterlagen verantwortlich, und so wußte ich genau, wie viele es waren: viertausendachthundertundelf Seelen. Dazu kamen mehr als zehntausend Sklaven, die bei der Arbeit halfen.

Natürlich gab es in der Totenstadt auch einen Palast für den König. Erleichtert bezogen wir ihn, denn es war ein anstrengender Tag gewesen. Doch wieder fand ich wenig Ruhe.

Ich versuchte, Lostris zu erreichen, aber es war fast so, als hätte man sich verschworen, mich von ihr fernzuhalten. Nach Aussage ihrer kleinen Dienerinnen war sie zunächst im Bad. Dann ruhte sie und wollte nicht gestört werden. Und schließlich wurde ich, als ich noch im Vorzimmer zu ihrer Kammer wartete, zu ihrem Vater gerufen.

Sobald ich sein Schlafgemach betrat, entließ er die anderen im Raum. Als wir allein waren, küßte er mich. Wieder war ich erstaunt über sein Wohlwollen und verstört angesichts seiner offenkundigen Erregung. Selten hatte ich ihn in solcher Stimmung erlebt, und wenn, dann hatte sie verhängnisvolle Ereignisse angekündigt.

»Wie oft findet man den Weg zu Macht und Reichtum, wo man ihn am wenigsten erwartet!« Er lachte und liebkoste mein Gesicht. »Diesmal liegt er zwischen den Schenkeln einer Frau. Nein, mein Liebling, spiel nicht die Unschuld. Ich weiß, wie gewitzt du deine Hand im Spiel hattest. Pharao selbst hat es mir erzählt. Du hast ihn soweit gebracht, indem du ihm einen Erben in Aussicht stelltest. Bei Seth, du bist listenreich, nicht wahr? Kein Wort hast du über deinen Plan verloren! Du hast ihn ganz allein ausgeheckt!«

Mein edler Herr Intef lachte erneut und drehte eine Locke von meinem Haar zwischen seinen Fingern. »Du mußt mein Ziel geahnt haben, obwohl wir nie darüber sprachen. Also hast du dich daran gemacht, es für mich zu erreichen. Natürlich müßte ich dich für so viel Anmaßung bestrafen«, er zwirbelte die Locke, bis mir Tränen in die Augen schossen, »aber wie könnte ich dir böse sein, da ich nun die Doppelkrone dank deiner fast mit Händen greifen kann?« Er ließ meine Locke los und küßte mich ein weiteres Mal. »Ich komme gerade vom König. In zwei Tagen, zum Höhepunkt des Festes, wird er seine Verlobung mit meiner Tochter Lostris bekanntgeben.« Mir wurde schwarz vor Augen, und kalter Schweiß trat auf meine Stirn.

»Die Hochzeit wird noch am selben Tag stattfinden, unmittelbar nach Abschluß des Festes, dafür habe ich Sorge getragen. Wir wollen doch keine Verzögerung, oder?«

Eine so schnell vollzogene königliche Vermählung war ungewöhnlich, aber nichts Einmaliges. Wenn mit Bräuten ein politisches Bündnis besiegelt oder die Eroberung eines neuen Gebietes bestätigt werden sollte, fand die Hochzeit nicht selten noch an dem Tag statt, da sie beschlossen wurde. Pharao Mamose I., der Ahnherr unseres gegenwärtigen Königs, hatte sich noch auf dem Schlachtfeld mit der Tochter eines besiegten hurrischen

Stammesführers vermählt. Doch solche geschichtliche Präzedenzien trösteten mich wenig, nun, da ich mit ansehen mußte, wie meine schlimmsten Befürchtungen wahr wurden.

Mein edler Herr Intef schien meinen Kummer nicht zu bemerken. Er war zu sehr mit seinen eigenen Belangen beschäftigt, und so sprach er denn weiter. »Ehe ich der Verbindung zustimmte, habe ich Pharao dazu überredet, meine Tochter, wenn sie ihm einen Sohn schenkt, in den Rang einer Hauptfrau und Königin zu erheben.« Mein Herr klatschte unverhohlen triumphierend in die Hände.

»Du weißt natürlich, was das bedeutet. Sollte Pharao sterben, ehe mein Enkel alt genug ist, um regieren zu können, so würde ich als sein Großvater und nächster männlicher Verwandter Reichsverweser...« Mein Herr unterbrach sich und starrte mich an. Und ich kannte ihn so gut, daß ich wohl verstand, was ihn bewegte. Er bereute seine Unbesonnenheit; niemandem hätte diese Überlegung je zu Ohren kommen dürfen. Es war der reine Hochverrat. Wenn Lostris dem König einen Sohn gebar, würde Mamose nicht mehr lange leben. Das war uns beiden klar. Mein edler Herr Intef hatte von Königsmord gesprochen, und nun spielte er mit dem Gedanken, den einzigen, der es vernommen hatte, den demütigen Sklaven Taita, zu beseitigen. Auch dies war uns beiden klar.

»Herr, ich bin nur froh, daß alles so eingetreten ist, wie ich es plante. Ich gebe zu, ich habe darauf hingearbeitet, dem König deine Tochter zuzuführen; und ich habe sie ihm als zukünftige Mutter seines Sohnes beschrieben. Auch mit dem Festspiel habe ich seine Aufmerksamkeit auf sie gelenkt. Aber ich konnte mich nicht überwinden, dir von so folgenschweren Dingen zu sprechen, ehe sie erfolgreich in die Wege geleitet waren. Gleichwohl bleibt uns vieles zu tun. Noch dürfen wir uns nicht sicher fühlen.«

Und ich begann, alles mögliche aufzuzählen, das scheitern konnte, ehe mein edler Herr Intef die Krone und das goldene Zepter Ägyptens sein eigen zu nennen vermochte. Umsichtig machte ich ihm deutlich, wie sehr er mich immer noch brauchte, wenn er sein Ziel erreichen wollte. Ich merkte, er lockerte sich, während er meinen Ausführungen folgte, und ich wußte, daß ich zumindest für die nächste Zukunft in Sicherheit war.

Es dauerte eine Weile, bis ich meinem Herrn entfliehen und eilen konnte, um Lostris von der mißlichen Lage zu unterrichten, in die ich sie gebracht hatte. Doch ehe ich bei ihr war, erkannte ich bereits, daß dies nichts anderes bewirken würde, als sie in den Wahnsinn oder zum Selbstmord zu treiben. Ich durfte keine Zeit mehr vergeuden, wenn ich verhindern wollte, daß die Ereignisse sich überstürzten und einen tragischen Ausgang nahmen.

Es gab nur noch einen Menschen, an den ich mich wenden konnte.

Ich verließ die Totenstadt und machte mich auf den Weg, ging über den Treidelpfad am Kanal zum Fluß, wo Tanus und seine Leute ihr Lager aufgeschlagen hatten. Der Mond würde in drei Tagen voll sein; mit seinem kalten gelben Schein erleuchtete er die zerklüfteten Berge am westlichen Horizont und warf schwarze Schatten auf das Flachland unterhalb.

Während ich dahineilte, malte ich mir all die Mißgeschicke aus, die Tanus, meiner Herrin und mir selbst in den kommenden Tagen widerfahren konnten. Ich stachelte mich an, schürte meinen Zorn und war schon geraume Zeit vor meiner Ankunft am Nil in heller Wut.

Ohne Mühe fand ich Tanus' Lager dicht bei der Einfahrt zum Kanal. Nahebei ankerten die Schiffe des Geschwaders. Die Wachen verlangten die Losung und führten mich, als sie mich erkannten, zu Tanus' Zelt.

Tanus saß mit Kratas und vier weiteren Offizieren beim Nachtmahl. Er erhob sich, begrüßte mich lächelnd und streckte mir den Krug Bier in seiner Hand entgegen. »Das ist eine unerwartete Freude, alter Freund. Nimm Platz und trink einen Schluck von meinem Bier, bis meine Sklaven einen Teller und einen Becher für dich bringen. Du siehst erhitzt und unwohl aus...«

Ich machte diesen Artigkeiten ein Ende, indem ich Tanus anfuhr: »Zu Seth mit dir, du unvernünftiger Lümmel! Begreifst du nicht, in welche Gefahr du uns gebracht hast? Du und dein loses Mundwerk! Denkst du gar nicht an die Sicherheit und das Wohlergehen meiner Herrin?« Im Grunde hatte ich nicht so barsch sein wollen, aber nachdem ich einmal losgelegt hatte, schien ich keine Gewalt mehr über meine Gefühle zu haben, und meine Furcht und Besorgnis brachen sich in einer Flut von Schmähungen Bahn.

Tanus' Gesichtsausdruck änderte sich, und er hielt seine Rechte empor, wie um sich zu schützen. »Halt ein! Du triffst mich unvorbereitet. Ich bin unbewaffnet und kann mich gegen einen so mörderischen Angriff nicht verteidigen.« In Gegenwart seiner Offiziere war Tanus' Ton scherzhaft, aber sein Lächeln wurde dünner, als er meinen Arm faßte, mich in die Dunkelheit führte und über die Postenkette hinaus in die offenen mondbeschienenen Felder zerrte.

»Jetzt heraus mit der Sprache!« befahl er grimmig. »Was ist geschehen, was hat dich in so üble Laune versetzt?«

Ich war immer noch wütend. »Mein halbes Leben lang habe ich versucht, dich vor deiner Tohrheit zu bewahren, und jetzt bin ich's leid. Verstehst du denn nichts von der Welt? Hast du wirklich geglaubt, du würdest unversehrt aus dieser unglaublichen Eselei hervorgehen?«

»Sprichst du von meiner Rede beim Festspiel?« Tanus blickte mich verwirrt an und lockerte seinen Griff. »Wieso soll das eine Eselei gewesen sein? Meine Offiziere und alle, mit denen ich mich seitdem unterhalten habe, sind begeistert!«

»Du Narr, begreifst du nicht, daß die Meinung deiner Offiziere und Freunde soviel zählt wie ein verfaulter Fisch? Jeder andere Herrscher hätte dich längst hinrichten lassen, und selbst unser schwacher und schwankender König kann es sich nicht erlauben, dich ungestraft davonkommen zu lassen. Du wirst die Zeche bezahlen müssen, Tanus, und bei Horus, es wird eine hohe Zeche sein!«

»Du sprichst in Rätseln«, erwiderte Tanus ungehalten. »Ich habe Pharao einen großen Dienst erwiesen. Er ist von liebedienerischen Kriechern umgeben. Sie flüstern ihm die Lügen ein, die er ihrer Auffassung nach hören will. Es war hoch an der Zeit, daß er die Wahrheit erfuhr, und ich weiß, wenn er sich ihr stellt, wird er mir dankbar sein.«

Mein Zorn schwand dahin angesichts dieses unerschütterlichen Glaubens an den Sieg des Guten. »Tanus, mein lieber Freund, wie einfältig bist du! Kein Mensch ist dankbar, wenn ihm die Wahrheit eingebleut wird. Außerdem hast du meinem Herrn in die Hände gespielt.«

»Dem edlen Intef?« Tanus starrte mich an. »Was ist mit Intef? Du sprichst von ihm, als sei er mein Feind. Der Großwesir war der beste Freund meines Vaters. Ich weiß, ich kann mich darauf verlassen, daß er seine Hand schützend über mich hält. Er hat, als mein Vater auf dem Sterbebett lag, einen Eid geschworen...«

Ich merkte, daß Tanus allmählich in Zorn gegen mich entbrannte, vielleicht zum erstenmal in seinem Leben. Und ich wußte, daß dieser Zorn zu fürchten war.

»O Tanus!« Meine Wut hatte sich restlos verflüchtigt. »Ich bin unlauter gegen dich gewesen. Es gibt vieles, in das ich dich hätte einweihen müssen. Nichts war so, wie du es dir vorstellst. Ich war feige, ja, aber ich habe es nicht über mich gebracht, dir zu sagen, daß Intef der Todfeind deines Vaters war.«

»Wie ist das möglich?« Tanus schüttelte den Kopf. »Sie waren doch Freunde, die besten Freunde. Es gehört zu meinen frühesten Erinnerungen, wie sie miteinander lachten. Mein Vater sagte mir, ich könne dem edlen Intef mein Leben anvertrauen.«

»Gewiß, das hat dein Vater geglaubt. Aber dieser Glaube hat ihn sein ganzes Vermögen gekostet und am Ende auch noch sein Leben, das er in Intefs Hände gegeben hatte.«

»Nein, nein, du irrst dich. Mein Vater war das Opfer einer Reihe von Mißgeschicken...«

»Und ein jedes hat mein Herr bewirkt. Er neidete deinem Vater seine

Vorzüge und seine Beliebtheit, seinen Reichtum und seinen Einfluß auf Pharao. Er begriff, daß nicht er zum Großwesir ernannt werden würde, sondern dein Vater, und dafür haßte er ihn.«

»Ich kann das nicht glauben.« Tanus schüttelte wieder den Kopf.

»Ich werde dir alles erklären, dir alle Beweise vorlegen, die du brauchst. Doch dafür ist jetzt keine Zeit. Du mußt mir vorerst glauben. Mein Herr haßt dich genauso, wie er deinen Vater haßte. Du und Lostris – ihr seid nicht nur in Lebensgefahr, sondern auch in Gefahr, einander auf immer zu verlieren.«

»Aber wie kann das sein, Taita?« Tanus war verwirrt. »Ich dachte, der edle Intef hätte unserer Verbindung längst zugestimmt. Hast du denn nicht mit ihm gesprochen?«

»Doch!« rief ich, ergriff Tanus' Rechte und schob sie unter mein Gewand. »Fühle diese Striemen. Das war seine Antwort. Er hat mich auspeitschen lassen, weil ich die bloße Vermählung zwischen Lostris und dir angedeutet habe. So sehr haßt er dich.«

Tanus blickte mich sprachlos an, aber ich sah, daß er mir endlich glaubte, und so konnte ich zu dem Gegenstand kommen, der mich viel mehr beschäftigte als seine zügellose Rede.

»Höre mich jetzt, mein lieber Freund, und mach dich auf die schlimmste Nachricht von allen gefaßt. Mein Herr hat eurer Verbindung durchaus nicht zugestimmt; vielmehr hat er heute abend die Hand seiner Tochter einem anderen versprochen. Sie soll binnen kürzester Frist Mamose heiraten, und wenn sie ihm einen Sohn schenkt, wird sie zur Hauptfrau und Königin ernannt. Pharao selbst wird es am Ende des Osiris-Festes verkünden. Die Vermählung wird noch am selben Tag stattfinden.«

Tanus geriet ins Taumeln, sein Gesicht wurde geisterbleich. Eine lange Weile schwiegen wir hilflos, dann wandte er sich von mir ab und ging allein ins Kornfeld hinein. Ich folgte ihm, bis er eine Erhebung aus schwarzem Stein fand und sich müde wie ein Greis darauf niederließ. Leise trat ich näher und setzte mich neben ihn. Ich schwieg, bis er seufzte und ruhig fragte: »Hat Lostris der Verbindung zugestimmt?«

»Natürlich nicht. Wahrscheinlich weiß sie noch gar nichts davon. Aber meinst du, ihre Einwände würden zählen gegen den Willen ihres Vaters und gegen den Willen des Königs? Sie wird in dieser Angelegenheit nichts zu sagen haben.«

»Was sollen wir tun, alter Freund?«

Selbst in meinem Kummer war ich Tanus dankbar dafür, daß er mich einschloß. »Es gibt noch etwas, auf das wir gefaßt sein müssen«, sagte ich warnend. »Und zwar, daß Pharao in derselben Rede, in der er seine Verlobung mit Lostris bekanntgibt, deine Verhaftung anordnet oder dein

Todesurteil verkündet. Der König hört auf meinen Herrn, und Intef wird gewiß versuchen, ihn zu einem solchen Schritt zu bewegen. Tatsächlich hätte Pharao guten Grund. Du hast dich der Aufwiegelung schuldig gemacht.«

»Ich will nicht leben ohne Lostris. Wenn der König sie mir nimmt, kann er meinen Kopf gern als Hochzeitsgeschenk haben.« Tanus meinte, was er sagte; er sprach ohne jede Schauspielerei, und so fiel es mir um so schwerer, mich verärgert zu stellen und meiner Stimme einen verächtlichen Ton zu geben.

»Du hörst dich an wie ein jämmerliches altes Weib, das sich kraftlos in sein Schicksal fügt. Wie edel und unendlich ist denn deine Liebe, wenn du nicht einmal für sie kämpfen magst?«

»Wie willst du gegen einen König und Gott kämpfen?« fragte Tanus leise. »Gegen einen König, dem du Treue geschworen hast, gegen einen Gott, der so fern und unangreifbar ist wie die Sonne?«

»Als König ist er deiner Treue nicht würdig. Das hast du in deiner Rede deutlich zum Ausdruck gebracht. Er ist ein schwacher und unentschlossener Mann, der die Teilung unserer zwei Reiche zugelassen, unser *Ta-Meri* geschunden und in die Knie gezwungen hat.«

»Und als Gott?« fragte Tanus, unbeeindruckt von meiner Antwort.

»Als Gott?« Ich schlug einen höhnischen Ton an. »In deinem Schwertarm ist mehr Göttlichkeit als in seinem ganzen verweichlichten Körper.«

»Nun, was schlägst du vor?« fragte Tanus mit trügerischer Milde.

Ich holte tief Atem. »Deine Offiziere und Mannschaften würden dir bis zu den Pforten der Unterwelt folgen. Das Volk liebt dich für deinen Mut und deine lautere Gesinnung...« Ich stockte, denn Tanus' Gesichtsausdruck ermutigte mich nicht gerade zum Weitersprechen.

Er schwieg, und dann befahl er mir leise: »Fahr fort! Sag, was du zu sagen hast!«

»Tanus, du wärst der edelste Pharao, den *Ta-Meri* seit tausend Jahren gesehen hat. Du auf dem Thron und Lostris neben dir – ihr könntet dieses Land wieder zur Größe führen. Ruf deine Leute und marschiere mit ihnen zum Palast, in dem unser unwürdiger Pharao nächtigt. Wenn der Tag anbricht, kannst du der Herrscher des Oberen Königreichs sein. Und nach Ablauf eines Jahres kannst du den Thronräuber besiegt und die zwei Reiche wiedervereinigt haben.« Ich sprang auf und blickte Tanus an. »Tanus, deine Bestimmung erwartet dich – und ebenso die der Frau, die du liebst. Nimm sie in deine starken Kriegerhände.«

»Kriegerhände, o ja.« Tanus streckte mir beide Hände entgegen. »Hände, die für mein Vaterland gekämpft und seinen rechtmäßigen König beschützt haben. Du tust mir einen schlechten Dienst, alter Freund. Dies sind nicht die Hände eines Verräters. Auch ist mein Herz nicht das eines Verräters, der einen Gott stürzen und seinen Platz einnehmen will.«

Ich stöhnte auf vor Enttäuschung. »Du brauchst nicht zu verkünden, daß du ein Gott bist. Aber entschließe dich zu herrschen, ich flehe dich an, um Ägyptens und der Frau willen, die wir beide lieben!«

»Würde Lostris einen Verräter noch lieben, wie sie einen Soldaten und Freund des Vaterlandes geliebt hat? Ich glaube es nicht.« Tanus schüttelte den Kopf.

»Sie würde dich lieben, gleichgültig, was . . .«, begann ich, doch Tanus fiel mir ins Wort.

»Du kannst mich nicht überzeugen. Sie ist eine tugendhafte und ehrenwerte Frau. Als Verräter und Dieb hätte ich jedes Recht auf ihre Achtung verwirkt. Und was nicht minder wichtig ist – ich würde mich selbst nicht mehr achten, könnte mich nie wieder ihrer süßen Liebe für würdig halten, wenn ich täte, wozu du mich drängst. Sprich nicht mehr davon, sofern dir an unserer Freundschaft liegt! Ich habe weder Anspruch auf die Doppelkrone, noch werde ich je einen solchen erheben. Höre mich, Horus, und wende dein Angesicht von mir ab, wenn ich dieses Gelöbnis spreche!«

Damit war das letzte Wort gesprochen. Ich kannte meinen Tanus. Er meinte ernst, was er sagte, und würde sich um jeden Preis daran halten.

»Was willst du also tun, du Dickkopf?« brauste ich auf. »Meine Worte zählen nicht für dich. Willst du das alles allein durchstehen? Bist du plötzlich zu weise, um auf meinen Rat zu hören?«

»Ich höre gern auf deinen Rat, solange er vernünftig ist.« Tanus streckte seine Hand aus. »Komm, Taita, setz dich wieder. Du mußt uns helfen, Lostris und mir. Laß uns nicht im Stich. Hilf uns, einen ehrenhaften Weg zu finden.«

»Ich fürchte, den gibt es nicht«, erwiderte ich seufzend. »Aber wenn du dich nicht der Krone bemächtigen willst, darfst du nicht hierbleiben. Du mußt Lostris in deine Arme nehmen und sie wegbringen.«

Tanus stierte mich an. »Wir sollen Ägypten verlassen? Das kann nicht dein Ernst sein. Dies ist meine Welt. Dies ist Lostris' Welt.«

»So habe ich es nicht gemeint«, beschwichtigte ich. »Es gibt noch einen Pharao in Ägypten. Einen, der Krieger und redliche Männer braucht. Du hast ihm viel zu bieten. Im Unteren Königreich ist dein Ruf so bedeutend wie hier in Karnak. Bring Lostris auf die *Atem von Horus* und fahr mit ihr nach Norden. Kein anderes Schiff wird euch einholen. In zehn Tagen wirst du dich am Hof des roten Pharao in Memphis vorstellen und ihm Treue . . .«

»Bei Horus, du bist immer noch entschlossen, einen Verräter aus mir zu machen!« erwiderte Tanus. »Dem Thronräuber Treue schwören, sagst du? Und wie steht es mit der Treue, die ich dem rechtmäßigen Pharao Mamose gelobt habe? Zählt das nicht? Wer bin ich, wenn ich jedem König und jedem Abtrünnigen, der meinen Weg kreuzt, denselben Eid zu schwören vermag? Einen Eid widerruft man nicht, Taita, er hat fürs ganze Leben Gültigkeit. Und ich habe meinen dem wahren Pharao Mamose geschworen.«

»Dieser wahre Pharao ist derselbe, der deine Liebste heiraten und anordnen wird, daß man dir die Würgeschnur um den Hals legt«, entgegnete ich düster, und nun wurde selbst Tanus wankend.

»Du hast recht. Wir dürfen nicht in Karnak bleiben. Aber ich werde keinen Verrat üben, indem ich gegen meinen König zum Schwert greife.«

»Das ist mir zu hoch.« Gegen meinen Willen schwang Spott in meiner Stimme. »Ich weiß nur, wir alle sind in tödlicher Gefahr. Du hast mir gesagt, was du nicht tun willst. Nun verrate mir auch, was du tun willst, um dich selbst zu retten und Lostris vor einem hassenswerten Geschick zu bewahren.«

»Ja, alter Freund, du hast jedes Recht, mir böse zu sein. Ich habe dich um deinen Rat gebeten, und als du mir welchen gabst, habe ich ihn verschmäht. Ich bitte dich um Geduld. Warte noch eine Weile.« Tanus sprang auf und begann umherzustreichen wie ein Leopard. Er murmelte vor sich hin, schüttelte den Kopf und ballte die Fäuste, als wollte er einem Feind gegenübertreten.

Schließlich blieb er vor mir stehen. »Ich will kein Verräter sein, aber ich werde mich schweren Herzens zwingen, den Feigling zu spielen. Wenn Lostris bereit ist, mich zu begleiten – und nur dann! –, werde ich fliehen. Ich werde sie wegbringen aus diesem Land, das wir beide so sehr lieben.«

»Und wohin willst du gehen?« fragte ich.

»Ich weiß, Lostris kann den Nil nicht verlassen. Damit steht uns nur eine Richtung offen.« Tanus hob seinen rechten Arm und deutete nach Süden. »Wir werden dem Lauf des Nils folgen, tief nach Afrika hinein, ins Land Kusch und weiter. Wir werden jenseits der Katarakte in die unermeßliche Wildnis vordringen, die keines kultivierten Menschen Fuß je betreten hat. Dort werden wir, wenn uns die Götter gewogen sind, vielleicht ein zweites *Ta-Meri* schaffen.«

»Und wer soll euch begleiten?«

»Kratas natürlich und all jene unter meinen Offizieren und Mannschaften, die das Abenteuer nicht scheuen. Ich werde nachher zu ihnen sprechen und ihnen die Wahl lassen. Wir müssen bereit sein, bei Tagesanbruch zu fahren. Wirst du in die Totenstadt gehen und Lostris holen?«

»Nimmst du mich auch mit?« fragte ich leise.

»Dich?« Tanus lachte. Nun, da er seine Entscheidung getroffen hatte, schwang sein Sinn sich hoch auf, wie ein flügelschlagender Falke sich von der behandschuhten Faust des Falkners in den Himmel schwingt. »Würdest du wirklich deinen Garten und deine Schriften aufgeben, deine Festspiele und deinen Tempelbau? Der Weg wird beschwerlich sein, das Leben hart. Willst du das wirklich, Taita?«

»Du brauchst eine Hand auf deiner Schulter, die dich zügelt; anders kann ich dich nicht gehen lassen. In welche Gefahr brächtest du meine Herrin, wenn ich nicht da wäre, um dich zu leiten?«

»Folge mir!« befahl Tanus und klopfte mir auf die Schulter. »Ich habe nicht daran gezweifelt, daß du mitkommen würdest. Ich weiß, Lostris ginge nicht ohne dich. Aber genug geredet! Wir müssen handeln. Als erstes werden wir Kratas und den anderen sagen, was wir vorhaben, und sie ihre Wahl treffen lassen. Dann mußt du zurück in die Totenstadt eilen und Lostris holen, während ich unseren Aufbruch vorbereite. Ich gebe dir ein Dutzend meiner besten Leute mit, aber wir müssen uns sputen. Mitternacht ist vorbei, und wir sind schon in der dritten Woche.«

Armer gefühlsseliger Tor, der ich bin – ich war genauso erregt wie Tanus, als wir zum Lager eilten, war so voller Freude, daß mein Gespür für Gefahren versagte. Es war Tanus, der die unheildrohende Bewegung vor uns erspähte, meinen Arm faßte und mich in die Deckung eines verkrüppelten Johannisbrotbaums zog.

»Ein Trupp von Bewaffneten«, flüsterte er, und ich erkannte das matte Blinken von Speerspitzen. Meiner Schätzung nach waren es dreißig oder vierzig Mann.

»Räuber vielleicht oder Soldaten aus dem Unteren Königreich«, murmelte Tanus, und auch ich war in höchster Besorgnis, weil die Bewaffneten so verstohlen vorgingen. Sie marschierten nicht auf dem Treidelpfad, sondern schlichen in weit auseinandergezogenen Reihen durch die offenen Felder. Offensichtlich hatten sie vor, Tanus' Lager zu umstellen.

»Hier entlang!« Mit seinem im Krieg geübten Blick fürs Gelände hatte Tanus ein flaches Wadi entdeckt, das zum Fluß führte. Wir sprangen hinein, duckten uns und liefen, bis wir die Postenkette des Regiments erreichten. Kaum dort angelangt, weckte Tanus das Lager mit lauter Stimme.

»Zu den Waffen! Und zu mir, Blaue Krokodile! Sammelt euch um mich!« Die Feldwebel der Kompanien nahmen den Ruf sofort auf. Im Nu schien das Lager gleichsam überzukochen. Die Männer, die am Feuer geschlafen hatten, sprangen auf und griffen zu den Waffen, die Zelte der Offiziere öffneten sich, als hätten die Leute darin nicht geschlafen, sondern nur auf Tanus' Befehl gewartet. Das Schwert in der Hand, rannten sie zu ihren Positionen, und ich sah Kratas in der vordersten Reihe.

Ich war verblüfft über ihre Schnelligkeit, obwohl ich wußte, daß sie alle kampferprobt waren. Ehe ich ein dutzendmal Atem holen konnte, hatten sie, Schild an Schild und die langen Speere kampfbereit, Schlachtreihen gebildet. Der fremde Trupp war offensichtlich genauso verblüfft wie ich, der mörderische Angriff, den wir erwarteten, blieb aus.

Sobald Tanus' Männer Aufstellung genommen hatten, befahl er ihnen vorzurücken. Es muß für die Leute da draußen im Dunkel ein angsteinflößendes Schauspiel gewesen sein, denn eine Stimme, in der Furcht bebte, rief uns an. »Wir sind Pharaos Männer und in Geschäften des Königs unterwegs. Haltet ein mit eurem Angriff!«

»Stillgestanden, Blaue Krokodile!« befahl Tanus und rief dann: »Welchem Pharao dient ihr, dem Thronräuber oder dem rechtmäßigen König?«

»Wir dienen dem rechtmäßigen König, dem göttlichen Mamose, Herrscher des Oberen und des Unteren Reichs. Ich bin sein Bote.«

»Dann tritt vor, Bote des Königs, der du durch die Nacht schleichst wie ein Dieb. Tritt vor uns und sage, was dein Begehr ist!« forderte Tanus, doch Kratas flüsterte er zu: »Sei auf Verrat gefaßt. Laß die Feuer schüren. Wir brauchen Licht.«

Kratas gab den Befehl weiter, und sofort wurden Bündel trockenen Reisigs auf die Wachfeuer geworfen. Die Flammen züngelten höher und erhellten die Finsternis. Der Führer des Trupps trat in den rötlichen Feuerschein und sagte mit lauter Stimme: »Mein Name ist Neter. Ich bin der Befehlshaber von Pharaos Leibgarde. Ich habe das Falkensiegel für die Ergreifung und Festnahme von Tanus, dem edlen Herrn Harrab, bei mir.«

»Bei Horus, er lügt«, knurrte Kratas. »Du bist kein Verbrecher. Er beleidigt dich und das Regiment. Kämpfen wir gegen sie, und ich werde dem Kerl das Falkensiegel in den Schlund stopfen.«

»Sachte!« erwiderte Tanus leise. »Hören wir ihn zu Ende an.« Dann erhob er erneut die Stimme: »Zeig uns das Siegel, Hauptmann Neter.«

Neter hielt es empor. Eine blaue Fayence-Statuette in Gestalt des königlichen Falken. Mit diesem Siegel vergab Pharao die größten Vollmachten. Wer es vorwies, handelte mit sämtlichen Befugnissen des Herrschers. Bei Androhung der Todesstrafe war es untersagt, ihn an der Abwicklung der königlichen Geschäfte zu hindern. Der Träger des Siegels war allein Pharao verantwortlich.

»Ich bin der Mann, den du suchst«, sagte Tanus.

»Herr, Herr!« wisperte Kratas eindringlich. »Geh nicht zum König. Das wäre dein sicherer Tod. Ich habe mit den anderen Offizieren gesprochen. Das Regiment steht hinter dir – das ganze Heer steht hinter dir. Befiehl es, und wir machen dich zum König, ehe der neue Tag anbricht.«

»Mein Ohr ist taub gegen solche Worte«, sagte Tanus leise, doch mit einem drohenden Unterton, der wirkungsvoller war als jedes Geschrei. »Aber nur dies eine Mal, Kratas. Wenn du mir wieder von Verrat sprichst, werde ich dich mit meinen eigenen Händen Pharaos Zorn überantworten.«

Tanus wandte sich von Kratas ab, und nahm mich beiseite. »Es ist zu spät, alter Freund. Den Göttern mißfällt unser Unternehmen. Ich muß mich auf Gedeih und Verderb dem König ausliefern. Wenn er wirklich ein Gott ist, wird er mir ins Herz schauen und sehen, daß nichts Übles darin wohnt.« Tanus berührte meinen Arm. »Geh zu Lostris und sag ihr, was geschehen ist. Sag ihr, daß ich sie liebe und immer lieben werde in diesem Leben und im nächsten. Sag ihr, daß ich auf sie warte bis ans Ende der Zeit.«

Dann schob Tanus sein Schwert in die Scheide und trat mit leeren Händen dem Träger des Falkensiegels entgegen. »Ich bin bereit zu tun, was der König gebietet«, sagte er schlicht.

Seine Männer zischten und murrten und schlugen mit den Schwertern gegen ihre Schilde, doch Tanus wandte sich um und brachte sie mit herrischer Gebärde und finsterem Blick zum Schweigen. Dann ging er zu Neter. Die Männer des Königs nahmen Tanus in ihre Mitte und marschierten ab, den Treidelpfad am Kanal entlang in Richtung der Totenstadt.

Wut und Erbitterung herrschten, als ich das Lager verließ, um Tanus und seinen Bewachern in wohlbemessenem Abstand zu folgen. In der Totenstadt suchte ich sofort die Gemächer meiner Herrin auf. Es bereitete mir Sorge, sie leer zu finden. Nur drei von den kleinen schwarzen Dienerinnen waren da und verstauten, träge und gleichgültig wie immer, Lostris' letzte Kleider in einer Truhe aus Zedernholz.

»Wo ist eure Herrin?« fragte ich. Die älteste und frechste bohrte in der Nase, als sie hochmütig erwiderte: »An einem Ort, wo du sie nicht erreichen kannst, Eunuch.« Die anderen kicherten laut über ihre vermeintliche Schlagfertigkeit. Sie alle neiden mir die hohe Gunst, in der ich bei Lostris stehe.

»Gib mir eine klare Antwort, sonst versohle ich dich, du Luder.« Das war schon vorgekommen, und so fügte sie sich und murmelte beleidigt: »Sie ist in Pharaos Harem gebracht worden. Dort hast du nichts zu sagen. Auch wenn du entmannt bist, werden dich die Wächter nicht zu den Frauen des Königs lassen.«

Damit hatte die Dienerin natürlich recht, aber ich mußte es trotzdem versuchen. Lostris würde mich brauchen, vielleicht mehr denn je.

Wie ich befürchtet hatte, waren die Wächter am Eingang zu Pharaos Harem unerbittlich. Sie wußten, wer ich war, doch sie hatten Weisung, niemanden zu Lostris zu lassen, nicht einmal die Vertrautesten aus ihrem Gefolge.

Ich trennte mich von einem goldenen Ring, aber selbst damit erreichte ich nicht mehr als das Versprechen, daß einer der Wächter Lostris meine Nachricht überbringen würde. Die schrieb ich auf einen Fetzen Papyrus, einen nichtssagenden Versuch der Ermutigung. Ich wagte nicht, von allem zu berichten, was uns zugestoßen war, auch nicht von der Gefahr, in welcher Tanus schwebte. Nicht einmal seinen Namen konnte ich nennen; dabei mußte ich Lostris seiner Liebe versichern! Nein, diese Nachricht war ihren Preis nicht wert, obendrein erfuhr ich später – und dies war am schwersten zu ertragen –, daß mein Gold gänzlich vergeudet war, denn Lostris hatte meine Botschaft gar nicht erhalten. Gibt es auf dieser schnöden Welt keinen Menschen, dem wir vertrauen dürfen?

Ich sollte Lostris und Tanus nicht wiedersehen bis zum letzten Tag des Osiris-Festes.

Das Fest endete im Tempel des Gottes. Wieder schien es, als drängten sich alle Einwohner von Groß-Theben in seinen Höfen. Es war so wenig Platz, daß ich Mühe hatte zu atmen.

Ich fühlte mich elend, denn ich hatte zwei Nächte lang kaum geschlafen vor Sorge. Neben der Ungewißheit, was Tanus' Schicksal betraf, war ich weiter belastet worden durch meinen edlen Herrn Intef, und zwar mit der beschwerlichen Pflicht, die Vermählung des Königs mit Lostris auszurichten. O wie lief dies meinen Wünschen zuwider! Außerdem war ich von meiner Herrin getrennt, und das konnte ich am wenigsten ertragen. Ich weiß nicht, wie ich die Zeit überstand. Selbst den jungen Sklaven war bange um mich. Sie sagten, noch nie hätten sie meine Schönheit so beschädigt und mich in so gedrückter Stimmung gesehen.

Zweimal während Pharaos endloser Thronrede war ich kurz davor, in Ohnmacht zu fallen, doch ich zwang mich zum Durchhalten. Und der König leierte all jene Allgemeinplätze und Halbwahrheiten herunter, mit denen er den Zustand Ägyptens zu bemänteln und das Volk zu beschwichtigen suchte.

Wie zu erwarten, sprach er nie direkt vom roten Pharao im Norden und vom Bürgerkrieg. Allenfalls gebrauchte er so verschwommene Wendungen wie »diese unruhigen Zeiten« oder »der Treuebruch«. Als er aber eine Weile geredet hatte, wurde mir plötzlich klar, daß er auf alle Punkte einging, die Tanus vorgebracht hatte, und daß er sich bemühte, für einen jeden Abhilfe zu schaffen.

Gewiß, er tat dies auf seine gewohnt ungeschickte Weise, doch daß er

Tanus' Worte überhaupt zur Kenntnis genommen hatte, machte mir Mut und weckte meine Aufmerksamkeit. Ich schob mich langsam nach vorn im Gedränge, bis ich einen besseren Blick auf den Thron hatte. Inzwischen sprach der König von der Aufsässigkeit der Sklaven und dem respektlosen Betragen der unteren Schichten unserer Gesellschaft. Auch das war ein Punkt, den Tanus genannt hatte, und es erheiterte mich, Pharaos Antwort zu hören. »Von nun an möge der Sklavenhalter dem unbotmäßigen Sklaven fünfzig Hiebe verabreichen lassen, ohne bei der Obrigkeit um Genehmigung solcher Strafe nachzusuchen«, verkündete er.

Es erheiterte mich, weil ich daran dachte, daß ebendieser König vor zwölf Jahren den Staat fast zugrunde gerichtet hatte mit einem Erlaß, der genau in die entgegengesetzte Richtung zielte. Bei seiner Krönung, noch hohen Mutes, hatte er sich tatsächlich daran gemacht, die altehrwürdige Einrichtung der Sklaverei abzuschaffen.

Das liegt weit zurück, doch noch im nachhinein ist mir soviel Torheit unverständlich. Obwohl ich selbst ein Sklave bin, glaube ich, daß die Größe von Völkern auf Sklaverei und Leibeigenschaft beruht. Der Pöbel kann sich nicht selbst regieren. Mit Regierungsgewalt sollten nur diejenigen betraut werden, welche dazu geboren und erzogen sind. Die Freiheit ist eine Vergünstigung, kein Recht. Die Masse braucht eine starke Hand, denn ohne Aufsicht und Führung droht Gesetzlosigkeit.

Es war lehrreich gewesen zu beobachten, wie sich selbst die Sklaven gegen die Aussicht empört hatten, die Freiheit aufgezwungen zu bekommen. Ich war noch sehr jung damals, aber auch mich hatte der Gedanke beunruhigt, von meinem warmen und sicheren Platz in den Wohnungen der Sklaven vertrieben zu werden und für mein nächstes Stück Brot mit einer Horde anderer Freigelassener die Kehrichthaufen durchwühlen zu müssen.

Natürlich hatte diese Narretei das Königreich ins Chaos gestürzt, das Heer war kurz vor dem Aufstand. Hätte der rote Pharao im Norden die Gelegenheit beim Schopf gepackt, so hätte die Geschichte vielleicht umgeschrieben werden müssen. Am Ende hatte unser Pharao seinen unsinnigen Erlaß zurückgenommen und es vermocht, sich auf dem Thron zu halten. Und nun, zwölf Jahre später, ordnete er härtere Strafen für aufsässige Sklaven an. Es war so bezeichnend für diesen zögernden und schwankenden Pharao, daß ich mir den Schweiß von der Stirn wischte, um das erste Lächeln, das seit zwei Tagen meine Mundwinkel kräuselte, zu verbergen.

»Gegen die Selbstverstümmelung zur Umgehung des Wehrdienstes soll in Zukunft streng eingeschritten werden«, fuhr der König fort. »Jeder in Frage kommende junge Mann, der unter Berufung auf körperliche Gebrechen seine Freistellung beantragt, hat vor einem aus drei Offizieren bestehenden Gericht zu erscheinen.« Diesmal lächelte ich in widerwilliger Anerkennung. Pharao war ausnahmsweise auf dem richtigen Weg. Wie gern hätte ich Menset und Sobek dazu aufgerufen gesehen, ihren linken Daumen einem alten Soldaten zu zeigen, der an den Flußkriegen teilgenommen hatte! Welch inniges Mitgefühl würde der ihnen entgegenbringen! »Die Geldbuße für ein solches Vergehen wird tausend Goldringe betragen.« Bei Seths fettem Wanst, das würde diesen beiden jungen Stutzern zu denken geben.

Trotz meiner Sorgen war mir fast fröhlich zumute, als Pharao weitersprach: »Vom heutigen Tage an ist es ein Vergehen, das mit zehn Goldringen Buße bestraft wird, wenn eine Hure an anderen öffentlichen Orten als jenen, welche die Obrigkeit dafür bestimmt hat, ihr Gewerbe ausübt.« Fast hätte ich schallend gelacht. Indirekt würde Tanus aus allen Thebanern sittenstrenge und rechtschaffene Männer machen. Ich fragte mich, wie die Schiffer und Soldaten diesen Eingriff in ihr Geschlechtsleben aufnehmen würden. Pharaos lichte Augenblicke waren kurz gewesen. Jeder Narr weiß, wie töricht der bloße Versuch ist, die Fleischlichkeit des Menschen gesetzlich regeln zu wollen.

Doch Pharao war noch nicht fertig. »Es ist mir zu Ohren gekommen, daß gewisse Beamte das Vertrauen mißbraucht haben, das ich in sie setzte. Diese Beamten, beauftragt mit dem Eintreiben von Steuern und der Verwaltung öffentlicher Mittel, werden aufgefordert, Rechenschaft über die Gelder abzulegen, welche in ihre Hände gegeben wurden. Wer der Veruntreuung und Bestechlichkeit schuldig ist, wird zum Tode durch Erwürgen verurteilt.« Das Volk raunte ungläubig. Würde der König tatsächlich versuchen, seine Steuereinnehmer in die Schranken zu weisen?

Eine Stimme erhob sich im hinteren Teil der Halle: »Groß ist Pharao! Lang lebe Pharao!« Der Ruf wurde aufgenommen, und bald hallte der ganze Tempel von ihm wider. Dieser ungekünstelte Jubel war etwas Seltenes für den König. So fern ich dem Thron auch war, ich konnte deutlich sehen, wie er ihn genoß. Seine kummervolle Miene hellte sich auf, und die Doppelkrone schien weniger schwer auf seinem Haupt zu lasten.

Als der Jubel schließlich verhallte, begann der König zu verkleinern, was er soeben erreicht hatte. »Meinem getreuen Großwesir, dem edlen Herrn Intef, wird die alleinige Verantwortung für die Überprüfung des öffentlichen Dienstes übertragen. Er erhält die Vollmacht für Durchsuchungen und Festnahmen sowie die Gewalt über Leben und Tod.« Hier regte sich weniger Beifall, und ich unterdrückte ein bitteres Lachen. Pharao schickte einen ausgehungerten Leoparden in seinen Hühnerstall, auf daß er die Vögel zähle. Wie würde sich mein Herr mit den königlichen

Schätzen vergnügen und welche Umverteilung des Volksvermögens würde stattfinden, nun, da er der Zuchtmeister war und die heimlich gehorteten Gelder aus den Steuereinnehmern herausmelken konnte!

Ich fragte mich, welche Torheit Pharao mit seiner Ansprache noch vollbringen würde, und ich brauchte nicht lange zu warten.

»Seit einiger Zeit erfüllt es mich mit großer Sorge, daß im Oberen Königreich eine Gesetzlosigkeit herrscht, die das Leben und den Besitz ehrenwerter Menschen aufs höchste bedroht. Ich hatte bereits Vorkehrungen getroffen, diesen Zustand zu gegebener Zeit zu bekämpfen. Doch die Angelegenheit wurde mir kürzlich in einer so unpassenden Art vorgetragen, daß es schon einen Ruch von Aufwiegelung hatte. Dies geschah zwar unter den Ausnahmeregelungen des Osiris-Festes, doch jene Regelungen erstrecken sich nicht auf Verrat und Gotteslästerung, nicht auf einen Angriff gegen den König.« Pharao legte eine bedeutungsvolle Pause ein. Es lag auf der Hand, daß er von Tanus sprach, und ich zweifelte erneut an seinem Urteilsvermögen. Ein starker König erklärt dem Volk seine Beweggründe nicht, sucht nicht dessen Zustimmung zu seinem Handeln zu gewinnen. Er fällt seinen Spruch, und damit ist die Sache abgetan.

»Ich spreche von Tanus, dem edlen Herrn Harrab, welcher beim Osiris-Festspiel den großen Gott Horus darstellte. Er ist wegen versuchter Aufwiegelung festgenommen worden. Mein Kronrat ist uneins in der Frage seiner Schuld. Es gibt Männer, die wünschen, daß er sein Verbrechen mit dem Tode büßt...« Ich sah, wie mein Herr, der unterhalb des Thrones stand, seinen Blick abwandte, und dies bestätigte mir, was ich ohnehin wußte, daß nämlich er der Anführer derer war, die Tanus hingerichtet wissen wollten. »Und es gibt andere, die meinen, seine Rede sei eine göttliche Eingebung gewesen; nicht die Stimme von Tanus, dem edlen Herrn Harrab, habe gesprochen, sondern die Stimme von Horus. Wenn letzteres der Fall ist, so trifft den Sterblichen, durch dessen Mund der Gott zu sprechen begehrte, natürlich keine Schuld.«

Nun gab der König dem Hauptmann seiner Leibgarde ein Zeichen. Ich erkannte ihn wieder: Es war Neter, jener Offizier, der Tanus festgenommen hatte. Neter entfernte sich geschwinden Schritts und kehrte wenig später wieder, Tanus an seiner Seite.

Das Herz hüpfte mir im Leib beim Anblick meines Freundes, und dann sah ich voller Freude, daß er nicht gebunden war. Obwohl er keine Waffen trug und nur mit einem schlichten weißen Schurz bekleidet war, wirkte sein Gang federnd und schwungvoll wie immer. Außer dem Schorf auf seiner Stirn hatte er keine Schrunden. Er war nicht geschlagen, nicht gemartert worden, und ich empfand plötzlich Zuversicht. Man behandelte ihn nicht wie einen zum Tode Verurteilten.

Einen Augenblick später jedoch zerschlugen sich meine Hoffnungen. Tanus warf sich vor dem Thron in den Staub. Als er sich wieder erhob, blickte Pharao streng auf ihn nieder und sprach mit harter Stimme: »Tanus, edler Herr Harrab, du bist des Verrats und der Aufwiegelung angeklagt. Ich befinde dich beider Verbrechen für schuldig und verurteile dich zum Tod durch Erwürgen.«

Als Neter die Leinenschlinge um Tanus' Hals legte, um ihn als einen zum Tode Verurteilten zu kennzeichnen, stieg unter den Menschen, die es sahen, ein Seufzen auf. Eine Frau schrie, und bald war der Tempel von Klagerufen und herzzerreißenden Lauten der Trauer erfüllt. Noch nie hatte sich bei der Verkündung eines Todesurteils dergleichen ereignet. Nichts konnte deutlicher zeigen, welche Liebe das Volk für Tanus hegte. Ich klagte mit den anderen; Tränen quollen mir aus den Augen und strömten über mein Gesicht.

Die Leibwache ging mit den Stangen ihrer Speere auf die Menge los, versuchte, die Trauernden durch Schläge zum Schweigen zu bringen. Es war umsonst, und ich schrie: »Gnade, gütiger Pharao! Gnade für den edlen Tanus!«

Einer der Soldaten schlug auf meinen Kopf ein, und ich stürzte halb betäubt zu Boden. Mein Ruf aber wurde von den anderen aufgenommen: »Gnade, göttlicher Mamose! Wir flehen dich an, Gnade!« Es kostete die Leibwache große Mühe, die Ordnung wiederherzustellen, und immer noch schluchzten einige Frauen.

Erst als Pharao seine Stimme wieder erhob, wurde es still. »Der Verurteilte hat Klage über den gesetzlosen Zustand des Königreiches geführt. Er hat den Thron aufgerufen, die Räuberbanden, welche das Land heimsuchen, mit Stumpf und Stiel auszurotten. Der Verurteilte wird als Held bezeichnet, und es gibt Menschen, die sagen, er sei ein gewaltiger Krieger. Wenn das der Wahrheit entspricht, dann muß er besser als jeder andere geeignet sein, die Maßnahmen, welche er fordert, selbst durchzuführen.«

Nun schwiegen die Menschen verwirrt, und ich wischte mir die Tränen vom Gesicht. »Deshalb wird die Vollstreckung des Todesurteils für zwei Jahre ausgesetzt. Wenn Tanus, als er seine aufwieglerische Rede hielt, tatsächlich einer Eingebung des großen Horus folgte, dann wird ihm der Gott auch beistehen, die Aufgabe, mit der ich ihn nun betraue, zu lösen.«

Totenstille kehrte ein. Es schien, als könne keiner von uns fassen, was er hörte.

Auf ein Zeichen des Königs hin trat einer der Minister vor und hielt Pharao eine flache Schale entgegen, in der eine kleine blaue Figurine lag. Der König zeigte sie dem Volk und verkündete: »Ich gebe das Falkensiegel der Pharaonen in die Hände des edlen Herrn Harrab. Mit diesem Siegel kann er Soldaten ausheben und alles Kriegsgerät beschaffen, das er für nötig hält. Er mag an Mitteln einsetzen, was er will, und niemand darf ihn daran hindern. Zwei Jahre lang ist er der Mann des Königs und nur dem König verantwortlich. Nach Ablauf dieser Zeit am letzten Tag des nächsten Osiris-Festes wird er wieder vor den Thron treten und die Schlinge des Todes um den Hals tragen. Hat er seinen Auftrag nicht erfüllt, so wird die Schlinge zugezogen. Hat er seine Aufgabe jedoch erfüllt, so werde ich, Pharao Mamose, mit meinen eigenen Händen die Schlinge von seinem Hals nehmen und durch eine Kette schieren Goldes ersetzen.«

Immer noch waren wir starr vor Erstaunen, und gebannt sahen wir zu, wie der König mit gebieterischer Gebärde Krummstab und Wedel bewegte. »Tanus, edler Herr Harrab, ich betraue dich mit der Aufgabe, die Verbrecher und Räuber auszurotten, die das Obere Königreich in Angst und Schrecken versetzen. Binnen zweier Jahre wirst du Ruhe und Ordnung wiederherstellen.«

Die Menge stieß einen Schrei aus, wild wie das Rauschen der stürmischen Brandung, die eine Felsenküste peitscht. Mochten die anderen auch unbedacht jubeln – ich trauerte. Die von Pharao gestellte Aufgabe war für einen Sterblichen zu groß. Die Wolke des Todes hatte sich nicht von Tanus hinweggehoben. Ich wußte, in zwei Jahren würde er sterben an ebendem Platz, wo er nun so jung und stolz stand.

Verloren wie ein heimatloses Kind stand sie inmitten der Menge, hinter sich den Fluß, vor sich ein Meer von Gesichtern.

Das Leinengewand, das ihr bis zu den Knöcheln reichte, war mit dem Saft von Schaltieren gefärbt, so daß es den Ton feinsten Weines hatte. Dies war das Zeichen, daß sie eine jungfräuliche Braut war. Sie trug ihr Haar offen; es wallte auf ihre Schultern herab – eine weiche, dunkle Flut, die im Sonnenlicht schimmerte. Ihre Locken wurden von einem aus Wasserlilien geflochtenen Brautkranz gekrönt. Die Blüten waren von unwirklichem Himmelblau.

Ihr Gesicht war weiß wie frischgemahlenes Mehl, ihre Augen glänzten so groß und dunkel, daß sie mich auf herzzerreißende Weise an das kleine Mädchen erinnerten, das ich früher sooft geweckt hatte, wenn ein Alptraum es drückte. Dann hatte ich eine Lampe angezündet und an ihrem Bettchen gesessen, bis sie wieder einschlief. Heute aber vermochte ich ihr nicht zu helfen, denn der Alptraum war Wirklichkeit.

Ich konnte mich ihr auch nicht nähern, denn die Priester und Pharaos Leibwächter schirmten sie ab wie stets in den letzten Tagen. Mein kleines

Mädchen war mir auf immer verloren, und diesen Gedanken ertrug ich nicht.

Die Priester hatten den Hochzeitsbaldachin aus Binsenrohr oberhalb des Nilufers errichtet, und Lostris wartete darunter, daß ihr Bräutigam kam, sie zu holen. Neben ihr stand ihr Vater, das blinkende Ehrengold um den Hals. Das Lächeln einer Schlange umspielte seine Lippen.

Schließlich nahte der Bräutigam zum feierlichen Schlag der Trommel und den Fanfarenstößen der Gazellenhörner. In meinen Ohren war dieser Hochzeitsmarsch die traurigste Musik auf Erden.

Pharao trug die *Nemes*-Krone und das Zepter, aber ohne den Pomp und die königlichen Insignien war er ein kleiner alter Mann mit Schmerbauch und mürrischem Gesicht. Ich mußte an jenen anderen Bräutigam denken, der unter dem Baldachin neben meiner Herrin hätte stehen können, wären uns die Götter nur hold gewesen.

Pharaos Minister und hohe Beamte umdrängten den König so dicht, daß sie mir den Blick auf Lostris verstellten. Zwar war ich gezwungen worden, die Hochzeit auszurichten, doch an der Feier selbst durfte ich nicht teilnehmen.

Der Hohepriester von Osiris wusch die Hände und Füße von Bräutigam und Braut mit frisch aus dem Nil geschöpften Wasser, um die Reinheit ihrer Verbindung zu versinnbildlichen. Dann brach der König einen Bissen vom zeremoniellen Brot und gab ihn seiner jungen Braut als Unterpfand seiner Fürsorge. Flüchtig sah ich das Gesicht meiner Herrin, als er ihr den Bissen zwischen die Lippen schob. Sie konnte ihn weder kauen noch schlucken, sondern behielt ihn im Mund, als wäre es ein Stein.

Wieder war mir die Sicht versperrt, und erst als ich hörte, wie der Krug zerbrach, in dem der Hochzeitswein gewesen war – der Bräutigam zertrümmerte ihn mit einem Hieb seines Schwertes –, wußte ich, es war geschehen. Lostris war Tanus unwiderruflich entzogen.

Die Hochzeitsgäste bildeten eine Gasse, und Pharao führte seine Braut zum Rand der Tribüne, um sie dem Volk zu zeigen. Die Menschen bekundeten ihre Liebe zu Lostris mit Lobpreisungen, die fortdauerten, bis mir die Ohren klangen.

Ich nahm mir vor, das Gedränge zu verlassen und Tanus zu suchen. Zwar wußte ich, daß er aus dem Gewahrsam entlassen worden war, aber er hatte nicht an der Feier teilgenommen. Wo immer er sein mochte, er brauchte mich so dringend wie ich ihn. An diesem Trauertag konnten wir nur beieinander Trost finden. Doch es gelang mir nicht, mich loszureißen. Ich mußte es mit ansehen, bis zum letzten entsetzlichen Augenblick.

Schließlich trat mein edler Herr Intef vor, um von seiner Tochter Abschied zu nehmen. Die Menge verstummte, als er sie umarmte.

Lostris wirkte leblos. Ihre Arme hingen schlaff herab, und sie war totenbleich. Mein Herr löste sich von ihr, hielt sie jedoch bei der Hand, als er sich der Versammlung zuwandte, um seiner Tochter die Gabe des Vaters anzubieten. Diese Gabe wurde zusätzlich zur Mitgift gewährt, die unmittelbar an den Bräutigam ging. Doch nur der Adel befolgte diesen Brauch, welcher der Braut ein eigenes Einkommen sichern sollte.

»Nun, da du meine Obhut verläßt, um ins Haus deines Mannes zu gehen, gebe ich dir ein Abschiedsgeschenk, auf daß du dich stets meiner als des Vaters erinnerst, der dich geliebt hat.« Dieser Spruch paßt nicht, dachte ich bitter. Mein edler Herr Intef hatte niemals einen anderen Menschen geliebt. Doch er fuhr fort mit den altüberlieferten Worten, als entsprächen sie seinen Gefühlen. »Verlange von mir, was du begehrst, mein Kind. Ich werde dir nichts abschlagen an diesem Freudentag.«

Es war üblich, daß Vater und Tochter sich vor der Hochzeit über das Geschenk verständigten, und mein Herr hatte seiner Tochter unmißverständlich gesagt, worum sie ihn bitten durfte. Er hatte mir die Ehre erwiesen, die Angelegenheit mit mir zu besprechen, ehe er Lostris von seinem Entschluß unterrichtete. »Ich möchte nicht verschwenderisch sein, und andererseits wünsche ich nicht knauserig zu erscheinen.« So hatte er laut gedacht. »Sagen wir, zweitausend Goldringe und fünfzig Feddan Land, allerdings nicht am Fluß.« Schließlich hatte er sich, von mir dazu bewogen, für fünftausend Goldringe und hundert Feddan besten bewässerten Landes entschieden.

Damit war alles abgemacht. Blieb nur noch, daß Lostris der Bitte um das Vereinbarte vor dem Bräutigam und den Hochzeitsgästen Ausdruck verlieh. Doch sie stand, blaß, stumm und in sich gekehrt da und schien weder zu sehen noch zu hören, was um sie her vorging.

»Sprich, mein Kind. Was wünschst du dir von mir?« Meines edlen Herrn Intefs väterliche Liebe wirkte schon weniger glaubwürdig; ungeduldig schüttelte er die Hand seiner Tochter. »Nun sag deinem Vater, was er tun kann, um diesen Freudentag vollkommen zu machen.«

Lostris regte sich, als erwachte sie aus einem furchtbaren Traum. Sie blickte in die Runde, und ihre Augen schwammen in Tränen. Sie öffnete den Mund, um zu sprechen, doch was aus ihrer Kehle drang, war der schwache Schrei eines verletzten Vogels. Sie preßte die Lippen aufeinander und schüttelte wortlos den Kopf.

»Komm, Kind. Sprich.« Meinem edlen Herrn Intef fiel es zusehends schwerer, väterliche Liebe zu heucheln. »Nenne mir das Geschenk, das du haben willst, und ich werde es dir geben, was immer es sein mag.«

Obwohl ich so weit entfernt von ihr stand, sah ich deutlich, welche Anstrengung es Lostris kostete, aber als sie den Mund wieder auftat, brachte sie ihren Wunsch klar und deutlich hervor. Es gab keinen in der Menge, der ihn nicht vernahm.

»Schenk mir den Sklaven Taita!«

Mein Herr taumelte zurück, als hätte ihm jemand einen Dolch in die Brust gestoßen. Er starrte Lostris entgeistert an, und sein Mund öffnete sich, ohne daß ein Laut kam. Nur er und ich kannten den Wert des Geschenks, das seine Tochter forderte. Er konnte sich, trotz des Reichtums und der Schätze, die er im Laufe seines Lebens aufgehäuft hatte, eine solche Gabe nicht leisten.

Doch er faßte sich rasch und setzte eine ruhige, huldvolle Miene auf. Nur seine Lippen waren strichdünn geworden. »Du bist zu bescheiden, liebste Tochter. Ein einziger Sklave ist kein passendes Geschenk für Pharaos Frau. Solcher Geiz liegt nicht in meinem Wesen. Es wäre mir lieber, du nähmst ein Geschenk von wirklichem Wert an, zweitausend Goldringe und . . .«

»Vater, du warst all die Jahre zu großzügig gegen mich. Ich möchte nichts weiter als Taita.«

Mein edler Herr Intef lächelte weiß – weißzähnig, weißlippig und weißglühend vor Wut. Ich sah förmlich, wie sich seine Gedanken überschlugen, während er Lostris unverwandt anstarrte.

Ich war sein wertvollster Besitz. Das machten nicht nur meine zahlreichen außergewöhnlichen Talente; mehr noch lag es daran, daß ich jeden Faden in dem feingewirkten Webstück seiner Angelegenheiten ganz genau kannte. Ich hatte den Überblick über seine Spitzel, über jeden Menschen, den er und der ihn bestochen hatte. Ich wußte, welche Gefälligkeiten eingefordert werden mußten und für welchen alten Groll die Bezahlung noch ausstand.

Ich kannte alle seine Feinde – eine lange Reihe –, und ich kannte diejenigen, welche er zu seinen Freunden und Verbündeten rechnete, ein ziemlich kleines Häuflein. Ich wußte, wo seine unermeßlichen Schätze verborgen waren, wer zu seinen Geldgebern, wer zu den Bevollmächtigten und Begünstigten zählte und wie er den Besitz großer Ländereien und reicher Vorräte an Edelmetallen und Edelsteinen in einem Gestrüpp von gesiegelten Verträgen, Rechtstiteln und Nutzungsbefugnissen getarnt hatte. All dies waren Kenntnisse, welche die Steuereinnehmer entzückt und Pharao veranlaßt hätten, seine Meinung von seinem Großwesir zu ändern.

Ich bezweifelte, daß mein edler Herr Intef sich ohne meine Hilfe auf seinen ganzen Reichtum auch nur zu besinnen, geschweige denn ihn ausfindig zu machen vermochte. Ohne mich konnte er sein weitverzweigtes Schattenreich nicht regieren oder zumindest überschauen, denn von dessen anstößigen Seiten hatte er sich meist ferngehalten. Er hatte es vorgezogen, mir jene Einzelheiten aufzubürden, die, wenn sie aufgedeckt würden, geeignet wären ihn zu belasten.

So kam es, daß ich in tausend dunkle Geheimnisse eingeweiht war und von tausend finsteren Machenschaften wußte, von Unterschlagung und Wucher, von dreistem Raub und blutigem Mord. All diese Ränke zusammengenommen konnten selbst einen Mann, der so mächtig war wie der Großwesir, zu Fall bringen.

Kurz, ich war unentbehrlich. Mein Herr konnte mich nicht gehen lassen. Doch ebensowenig konnte er vor Pharao und dem Volk von Theben Lostris abschlagen, worum sie ihn bat.

Mein Herr ist ein Mann des Hasses. Ich habe ihn schon in solcher Raserei erlebt, daß selbst Seth, der Gott des Unmuts, aufgeschreckt worden sein muß. Aber noch nie hatte ich einen solchen Zorn bei ihm gesehen wie nun, da ihn seine eigene Tochter in die Enge trieb.

»Der Sklave Taita möge vortreten!« rief er, und ich erkannte sogleich, daß es eine List war, mit der er Zeit gewinnen wollte. Ich bahnte mir, so schnell es ging, meinen Weg zur Tribüne, damit ihm möglichst wenig Zeit blieb, auf Ausflucht zu sinnen.

»Hier bin ich, Herr!« rief ich, und er starrte vernichtend auf mich nieder. Wir kennen uns so lange, daß er mit Blicken fast ebenso deutlich zu mir sprechen kann wie mit Worten. Schweigend sah er mich an, bis mein Herz jagte und meine Hände flatterten vor Furcht. Schließlich sagte er in sanftem, fast zärtlichem Ton: »Taita, seit deinen Kindertagen bist du bei mir. Ich betrachte dich mehr als einen Bruder denn als Sklaven. Gleichwohl hast du die Bitte meiner Tochter vernommen. Ich bin von gerechtem und freundlichem Wesen. Nach all den Jahren wäre es unmenschlich von mir, gäbe ich dich gegen deinen Willen fort. Ich weiß, es ist ungewöhnlich, wenn man einem Sklaven Mitsprache bei der Frage gewährt, wie über ihn verfügt werden soll, aber auch die Umstände sind ungewöhnlich. Wähle, Taita. Wünschst du, in dem einzigen Zuhause zu bleiben, das du je hattest, so bringe ich es nicht übers Herz, dich fortzuschicken. Nicht einmal, wenn mich meine eigene Tochter darum bittet.« Er wandte seine entsetzlichen gelben Augen nicht von mir ab. Ich bin kein Feigling, doch ich bin auf meine Sicherheit bedacht. Ich spürte, daß ich in die Augen des Todes schaute, und meine Stimme versagte mir den Dienst.

Ich riß meinen Blick von dem meines Herren los und sah Lostris an. Da war ein solches Flehen, waren solche Einsamkeit und solches Entsetzen, daß meine Sicherheit plötzlich nicht mehr zählte. Ich konnte Lostris jetzt nicht im Stich lassen, um keinen Preis der Welt und unter keiner noch so fürchterlichen Drohung.

»Wie könnte ein armer Sklave Pharaos Frau einen Wunsch abschlagen? Ich bin bereit zu tun, was meine neue Herrin gebietet!« rief ich aus vollem Hals und hoffte, daß sich meine Stimme nicht so schrill anhörte, wie sie mir selbst in den Ohren klang.

»Komm, Sklave!« befahl meine neue Besitzerin. »Nimm deinen Platz hinter mir ein.«

Als ich auf die Tribüne stieg, kam ich dicht an meinem edlen Herrn Intef vorbei. Seine blutleeren, harten Lippen bewegten sich kaum, während er flüsterte, was nur für mich bestimmt war: »Leb wohl, mein Lieber. Du bist ein toter Mann.«

Ich schauderte, als hätte ich eine giftige Schlange über meinen Weg gleiten sehen, und eilte, um mich ins Gefolge meiner Herrin einzureihen – als glaubte ich, in ihrer Obhut wirklich Sicherheit finden zu können.

Ich blieb im weiteren Verlauf der Feier in Lostris' Nähe und wartete ihr mit eigenen Händen beim Hochzeitsmahl auf, versuchte, sie dazu zu bewegen, daß sie wenigstens ein bißchen von dem Fleisch und den anderen Köstlichkeiten nahm. Sie wirkte so matt und leidend, daß ich sicher war, sie hatte seit ihrer Verlobung und Tanus' Verurteilung nichts gegessen.

Am Ende nippte sie ein wenig mit Wasser verdünnten Wein. Pharao sah es und dachte, sie tränke auf sein Wohl. Er hob seinen goldenen Becher und lächelte sie an, und die Hochzeitsgäste ließen das Paar begeistert hochleben.

»Taita«, flüsterte Lostris mir zu, als des Königs Aufmerksamkeit durch den Großwesir, der zu seiner Linken saß, abgelenkt war, »ich fürchte, ich muß mich erbrechen. Ich kann keinen Augenblick länger hierbleiben. Bitte bring mich in meine Kammer.«

Das war eine Unverschämtheit, und hätte ich nicht den Arzt spielen können, ich hätte Lostris' Wunsch nicht durchgesetzt. Doch so vermochte ich auf den Knien zum König zu rutschen und mit ihm zu tuscheln, ohne daß sich die Hochzeitsgäste, von denen die meisten schon reichlich dem Wein zugesprochen hatten, über Gebühr dazu äußerten.

Je besser ich ihn kennenlernte, desto deutlicher sollte ich spüren, daß Pharao ein freundlicher Mann war, an jenem Abend erbrachte er den ersten Beweis dafür. Er lauschte meinen Erklärungen, klatschte dann in die Hände und wandte sich an seine Gäste. »Meine Frau wird sich nun in ihr Gemach zurückziehen, um sich für die Nacht vorzubereiten«, sagte er, worauf die Gäste grinsten und schlüpfrige Worte und lüsternen Beifall hören ließen.

Ich half meiner Herrin auf, und sie konnte sich ohne meine Hilfe vor dem König verneigen und den Festsaal verlassen. In ihrem Schlafgemach spie sie den Wein in die Schale, welche ich für sie hielt, und dann brach sie auf dem Bett zusammen. Mehr als den Wein hatte sie nicht im Magen, und mein Verdacht, daß sie mit Absicht hungerte, bestätigte sich.

»Ich möchte nicht sein ohne Tanus.« Lostris' Stimme klang schwächlich, aber ich kannte sie gut genug, um zu wissen, daß ihr Wille ungebrochen stark war.

»Tanus lebt«, versuchte ich sie zu trösten. »Er ist jung und kräftig und hat sicher noch fünfzig Jahre vor sich. Er liebt dich, und er hat gelobt, bis ans Ende der Zeiten auf dich zu warten. Der König ist alt und wird nicht ewig leben...«

Lostris setzte sich auf, und ihre Stimme nahm einen harten, entschlossenen Klang an. »Ich bin Tanus' Frau, und kein anderer Mann soll mich je besitzen. Lieber sterbe ich.«

»Am Ende sterben wir alle, Herrin.« Wenn ich sie nur in den ersten Tagen ihrer Ehe abzulenken vermochte, konnte ich ihr über alles hinweghelfen, das wußte ich. Doch sie durchschaute mich. »Ich sehe, was du vorhast, aber deine schönen Worte nützen dir nichts. Ich werde mich töten. Ich befehle dir, mir einen Gifttrank zu bereiten.«

»Herrin, ich bin kein Giftmischer!« Es war ein zum Scheitern verurteilter Versuch, und Lostris vereitelte ihn denn auch ohne Mühe.

»Ich habe oft gesehen, wie du kranken Tieren Gift gegeben hast. Erinnerst du dich nicht an deinen alten Hund mit den Schwären im Ohr oder an deine zahme Gazelle, die von einem Leoparden elend zugerichtet worden war? Du hast mir gesagt, das Gift verursache keine Schmerzen; es fühle sich an, als schliefe man ein. Nun, ich will einschlafen und ins Jenseits eingehen, um dort auf Tanus zu warten.«

Ich mußte es anders versuchen. »Und was ist mit mir, Herrin? Ich bin erst heute in deinen Besitz gelangt. Wie kannst du mich im Stich lassen? Was soll aus mir werden ohne dich? Hab Erbarmen mit mir!« Ich sah Lostris zaudern und glaubte mich schon am Ziel, doch dann hob sie trotzig das Kinn.

»Es wird dir gutgehen, Taita. Es wird dir immer gutgehen. Mein Vater wird dich bestimmt wiederhaben wollen, wenn ich tot bin.«

»Bitte, mein Kleines«, ich nannte sie in einem letzten Versuch, sie zu erweichen, bei ihrem Kosenamen aus Kindertagen, »laß uns am Morgen noch einmal darüber reden. Bei Sonnenschein sieht alles anders aus...«

»Durchaus nicht«, erwiderte Lostris. »Ich werde auch dann noch von Tanus getrennt sein, und dieser verrunzelte alte Kerl wird mich in seinem Bett haben wollen, um entsetzliche Dinge mit mir anzustellen.« Sie hatte die Stimme erhoben. Gewiß konnten die anderen Frauen im königlichen Harem jedes Wort verstehen. Zum Glück waren die meisten noch bei der Hochzeitsfeier, aber ich zitterte bei dem Gedanken, daß Pharao zugetragen wurde, wie Lostris ihn beschrieben hatte.

Ihre Stimme wurde immer schriller. »Misch mir sofort den Gifttrank. Ich befehle es dir. Wage ja nicht, ungehorsam zu sein!« Dies mußten selbst die Wächter an den äußeren Toren gehört haben, und ich erkühnte mich nicht mehr, Lostris Widerworte zu geben.

»Nun denn, Herrin. Ich muß nur noch mein Medizinkästchen aus meiner Kammer holen.«

Als ich mit dem Kästchen unterm Arm zurückkehrte, hatte Lostris sich vom Bett erhoben und schritt unruhig auf und ab. Dunkel glänzten die Augen in dem blassen Gesicht.

»Ich sehe dir zu. Versuche ja nicht, mich zu betrügen!« sagte sie warnend, als ich zu meiner roten Glasflasche griff. Sie wußte, diese Farbe bedeutete, daß der Inhalt tödlich war.

Als ich ihr den Giftbecher reichte, zeigte sie keinerlei Furcht. Sie hielt nur inne, um mich auf die Wange zu küssen. »Du bist mir ein Vater und lieber Bruder gewesen. Ich danke dir für diese letzte Freundlichkeit. Ich liebe dich, Taita, und du wirst mir fehlen.«

Lostris hob den Giftbecher mit beiden Händen empor, als wäre es ein Festpokal.

»Tanus, mein Liebster«, sagte sie, »sie können mich dir nicht nehmen. Im Jenseits sehen wir uns wieder!« Sie leerte den Becher auf einen Zug und ließ ihn fallen. Er ging in Scherben. Schließlich sank sie seufzend auf ihr Bett.

»Komm, setz dich zu mir. Ich habe Angst, allein zu sein, wenn ich sterbe.«

Auf leeren Magen wirkte der Trank besonders schnell. Lostris hatte gerade noch Zeit, mir ihr Gesicht zuzuwenden und zu flüstern: »Sag Tanus noch einmal, wie sehr ich ihn geliebt habe. Bis an die Pforten des Todes und darüber hinaus.« Dann schloß sie die Lider und verstummte.

So still und bleich lag sie da, daß ich einen Augenblick ernstlich befürchtete, ich hätte die Stärke des Roten Mohns unterschätzt, den ich ihr anstelle der tödlichen Stechapfelessenz gegeben hatte. Erst als ich einen Bronzehandspiegel vor ihren Mund hielt, und die Oberfläche beschlug, wußte ich, daß sie noch lebte. Ich deckte sie behutsam zu und versuchte mir einzureden, am Morgen werde sie sich damit abgefunden haben, daß sie lebte; und sie werde mir verzeihen.

Da klopfte es gebieterisch an die Vorzimmertür, und ich erkannte die Stimme von Aton, dem königlichen Hofmeister, welcher Einlaß forderte.

Auch er war Eunuch, einer von der besonderen Bruderschaft der Entmannten, und so konnte ich ihn zu meinen Freunden zählen. Ich eilte an die Tür und begrüßte ihn.

»Ich bin gekommen, um deine kleine Herrin zum König zu holen, Taita«, erklärte er mit einer hohen Mädchenstimme, die schlecht zu seinem stattlichen Körperbau paßte. Er war noch als Kind entmannt worden. »Ist sie bereit?«

»Es hat ein kleines Mißgeschick gegeben«, erwiderte ich und führte Aton ins Schlafgemach, damit er Lostris mit eigenen Augen sehen konnte.

Verwundert blies er seine rotgeschminkten Wangen auf. »Was soll ich Pharao sagen?« rief er. »Er wird mich auspeitschen lassen! Du bist verantwortlich für diese Frau. Du mußt dem König Rechenschaft ablegen und seinen Zorn über dich ergehen lassen.«

Dies war keine von den Pflichten, an denen ich Gefallen fand, doch Atons Not war echt, und mein Stand als Arzt bot mir ein wenig Schutz vor Pharaos Enttäuschung. Widerwillig erklärte ich mich bereit, Aton ins königliche Schlafgemach zu begleiten. Aber ehe ich meine Herrin verließ, stellte ich sicher, daß eine von den älteren und verläßlicheren Dienerinnen im Vorzimmer blieb.

Pharao hatte die Krone und seine Perücke abgelegt. Sein Schädel war rasiert, kahl und weiß wie ein Straußenei. Der Anblick erschreckte selbst mich, und ich fragte mich, wie meine Herrin das aufgenommen hätte. Ich bezweifle, daß es ihre Glut vermehrt hätte.

Der König schien ebenso erschrocken wie ich. Wir starrten einander einen Augenblick an, ehe ich auf die Knie fiel und mit der Stirn dreimal den Boden berührte.

»Taita der Sklave? Wie soll ich das verstehen? Geschickt habe ich nach deiner...«

»Gütiger Pharao, ich komme im Namen meiner edlen Frau Lostris und bitte um dein Verständnis und deine Nachsicht.« Drastisch schilderte ich ihm die traurige Verfassung meiner Herrin und würzte meinen Bericht mit schwerverständlichen medizinischen Begriffen, die den königlichen Appetit mindern sollten. Aton stand neben mir und nickte zu allem, was ich vorbrachte.

Ich bin sicher, bei einem jüngeren und kraftvolleren Bräutigam hätte ich nichts auszurichten vermocht, aber Mamose war alt und verbraucht. Unmöglich, all die schönen Frauen zu zählen, die im Laufe der letzten dreißig Jahre seine Gunst genossen hatten!

»Hoheit«, unterbrach Aton schließlich meine Ausführungen, »mit deiner Erlaubnis werde ich dir eine andere Gefährtin für die Nacht holen.«

»Nein, nein«, wehrte der König ab. »Dafür bleibt noch genug Zeit, wenn die Kleine wieder genesen ist. Geh jetzt, Hofmeister. Ich möchte noch etwas mit dem Arzt – ich meine, mit diesem Sklaven – besprechen.«

Als wir allein waren, hob der König sein Gewand und zeigte mir seinen Leib. »Was, glaubst du, ist die Ursache davon?« Ich untersuchte den Ausschlag, der Pharaos Schmerbauch zierte, und stellte fest, daß es sich um eine Scherpilzflechte handelte. Einige der königlichen Frauen wuschen sich seltener, als es bei unserem warmen Wetter angeraten wäre. Ich hatte den Zusammenhang von Unreinlichkeit und diesem juckenden Ausschlag schon mehrfach festgestellt. Wahrscheinlich hatte Pharao sich die Flechte in seinem Harem zugezogen.

»Ist das gefährlich? Kannst du es heilen?« Die Furcht macht uns alle gleich; Pharao beugte sich meinem Urteil wie jeder andere Patient.

Mit seiner Erlaubnis holte ich mein Medizinkästchen, und als ich zurückgekehrt war, befahl ich ihm, sich auf das Prunkbett aus Gold und Elfenbein zu legen. Ich bestrich seinen Bauch mit einer Salbe, die ich selbst bereitet hatte. Sie würde, das versicherte ich dem König, seinen Ausschlag binnen dreier Tage heilen.

»Du bist in hohem Maße dafür verantwortlich, daß ich das Kind geheiratet habe, welches deine neue Herrin ist«, sagte er. »Deine Salbe mag meinen Ausschlag kurieren, aber werde ich auch dank deiner anderen Behandlung einen Sohn haben? Dies sind unruhige Zeiten. Ich brauche einen Erben, ehe ich noch ein Jahr älter bin. Meine Dynastie ist bedroht.«

Wir Ärzte garantieren Erfolge nur höchst ungern, doch Advokaten und Astrologen halten es nicht anders. Während ich zauderte, eröffnete Pharao mir den Ausweg, den ich suchte.

»Ich bin kein junger Mann mehr, Taita. Du bist Arzt, dir kann ich es anvertrauen. Mein Schwert hat manch hitzige Schlacht bestanden. Nun ist die Klinge nicht mehr so scharf wie früher. Kürzlich hat es mir sogar einige Male den Dienst versagt. Hast du etwas in deinem Kästchen, das den welken Stengel der Lilie stärken kann?«

»Pharao, es freut mich, daß du dies mit mir besprichst. Die Wege der Götter sind oft unerforschlich...« Wir machten beide das Zeichen gegen den bösen Blick, ehe ich weitersprach. »Deine erste Vereinigung mit meiner jungfräulichen Herrin muß vollkommen sein. Jedes Stocken, jede Abweichung von unserem Ziel, jeder gescheiterte Versuch, das Zepter deiner Männlichkeit hoch aufzurichten, würde unsere Bemühungen zugrunde richten. Wenn wir genötigt sind, es noch einmal anzugehen, besteht die Gefahr, daß du wieder nur eine Tochter zeugst.« Meine Prognose entbehrte jeglicher medizinischen Grundlage. Trotzdem schauten wir beide durchaus ernst drein, Pharao – was Wunder – noch ernster als ich.

Ich erhob meinen Zeigefinger. »Hätten wir den Versuch heute abend unternommen und wäre...« Ich verstummte, ließ den Zeigefinger sinken und schüttelte den Kopf. »Es ist ein rechtes Glück, daß uns die Götter eine weitere Gelegenheit geben.«

»Was müssen wir tun?« fragte Pharao bang, und ich schwieg geraume Zeit.

Es fiel mir schwer, meine Erleichterung und Genugtuung zu verbergen. Schon am ersten Tag der Ehe meiner Herrin arbeitete ich mich zu einer einflußreichen Stellung beim König empor und fand einen guten Vorwand, ihre Jungfernschaft noch eine Weile zu bewahren, lange genug vielleicht, daß ich sie auf den Schrecken der ersten Vereinigung mit einem Mann, den sie nicht liebte, vorzubereiten vermochte. Ich hoffte, die Schonfrist bei kluger Steuerung der Dinge auf unbestimmte Zeit ausdehnen zu können.

»Ja, Hoheit, es steht in meiner Macht, dir zu helfen, aber das wird dauern. Es ist eine aufwendigere Kur als die gegen deinen Ausschlag.« Meine Gedanken überschlugen sich. »Wir müssen sehr strenge Ernährungsvorschriften beachten.«

»Nur keine Stierhoden mehr, ich flehe dich an.«

»Ich glaube, von denen hast du genug gegessen. Doch wir werden dein Blut erwärmen und deine Fortpflanzungssäfte für den entscheidenden Versuch wiederauffrischen müssen. Ziegenmilch also, warme Ziegenmilch mit Honig dreimal am Tage, und natürlich besondere Tränke, die ich aus Rhinozeroshorn und Alraunenwurzel für dich bereiten werde.«

Pharao schien erleichtert. »Bist du sicher, daß es hilft?«

»Es hat seine Wirkung noch nie verfehlt, aber es gibt eine weitere Maßnahme, die von höchster Wichtigkeit ist.«

»Und die wäre?« Pharao setzte sich auf und blickte mich ängstlich an.

»Völlige Enthaltung. Wir müssen das königliche Glied ruhen lassen, damit es seine ganze Kraft und Stärke wiedergewinnt. Du mußt deinem Harem und all seinen Freuden eine Weile entsagen.« Ich brachte diese Forderung mit dem herrischen Gebaren eines Arztes vor, der keinen Widerspruch duldet, denn es war der einzig sichere Weg zu gewährleisten, daß Lostris unberührt blieb. Doch wie würde Pharao es aufnehmen? Ich war in Sorge. Vielleicht erzürnte er sich bei dem Gedanken, daß ihm seine ehelichen Vergnügungen verwehrt wurden. Vielleicht lehnte er mich ab, und ich ging des Vorteils, den ich mir gerade verschafft hatte, wieder verlustig. Aber diese Gefahr mußte ich um meiner Herrin willen auf mich nehmen. Ich mußte Lostris schützen, solange ich es konnte.

Was der König dann tat, erstaunte mich. Er lehnte sich zurück und lächelte. »Wie lange?« fragte er heiter, und ich erkannte verblüfft, daß er die Einschränkung, die ich ihm auferlegte, als Erleichterung empfand. Mich, für den der Liebesakt mit einer schönen Frau auf immer ein Traum bleiben würde, kostete es ungeheure Mühe zu verstehen, daß Pharao froh war, einer einstmals angenehmen Pflicht entbunden zu sein, die er nun, weil er ihr sooft genügt hatte, beschwerlich fand.

»Neunzig Tage«, sagte ich.

»Neunzig Tage?« wiederholte er nachdenklich.

»Mindestens«, bestätigte ich mit fester Stimme.

»Nun gut.« Pharao nickte ohne Groll und lenkte das Gespräch in andere Bahnen.

»Mein Hofmeister sagt mir, du seist nicht nur Arzt, sondern auch einer der drei bedeutendsten Astrologen von ganz Ägypten...«

Ich fragte mich, warum mein Freund Aton seine Aussage derart abgeschwächt hatte, hatte ich doch nicht die geringste Ahnung, wer die beiden anderen sein mochten; aber ich neigte bescheiden den Kopf. »Er übertreibt maßlos, Hoheit. Eine gewisse Kenntnis von den Himmelskörpern habe ich freilich...«

»Dann stell mir ein Horoskop!« befahl Pharao, sich ungeduldig aufsetzend.

»Jetzt?« fragte ich überrascht.

»Ja«, drängte Pharao. »Warum nicht? Aufgrund deiner Vorschriften kann ich doch im Augenblick nichts anderes tun.« Sein unerwartetes Lächeln war wirklich recht liebenswert, und trotz allem, was dieser Mann für Tanus und Lostris bedeutete, spürte ich, daß ich ihn mochte.

»Ich werde einige von meinen Papyrusrollen aus der Palastbibliothek holen müssen.«

»Wir haben die ganze Nacht Zeit«, antwortete Pharao. »Hol, was immer du brauchst.«

Tag und Stunde der Geburt des Königs waren genau verzeichnet, und ich fand in den Rollen sämtliche Beobachtungen der Himmelskörper, die fünfzig Generationen von Astrologen vor mir angestellt hatten. Während Pharao interessiert zusah, begann ich mit der Berechnung seines Horoskops, und ehe ich auch nur halb fertig war, sah ich sein Wesen, wie es sich mir darstellte, von den Sternen vollkommen bestätigt. Der große rote Wandelstern, den wir Auge von Seth nennen, beherrschte sein Geschick. Es ist der Stern des Kampfes und der Ungewißheit, der Wirren und des Krieges, der Traurigkeit und des Unglücks, ja sogar des gewaltsamen Todes.

Doch wie sollte ich ihm das sagen?

Aus dem Stegreif gab ich eine dürftige bemäntelte Zusammenfassung wohlbekannter Tatsachen aus Pharaos Leben und ergänzte sie durch einige weniger bekannte Einzelheiten, welche mir meine Spitzel – von denen einer Pharaos Hofmeister war – zugetragen hatten, und schließlich ließ ich die üblichen Zusicherungen folgen, die jeder Kunde hören will – gute Gesundheit und langes Leben.

Der König war beeindruckt. »Du hast tatsächlich alle Fähigkeiten, die ich aufgrund deines Rufes bei dir erwartet habe.«

»Ich danke dir, Hoheit. Es freut mich sehr, daß ich dir zu Diensten sein konnte.« Ich begann, meine Papyrusrollen und mein Schreibwerkzeug einzusammeln, um mich möglichst bald zu empfehlen. Es war sehr spät. Ich hatte bereits den Hahn krähen gehört.

»Warte, Taita. Ich habe dir nicht erlaubt zu gehen. Du hast mir noch nicht gesagt, was ich wirklich wissen will. Werde ich einen Sohn haben, wird meine Dynastie überleben?«

»Leider, Pharao, läßt sich dies nicht anhand der Sterne voraussagen. Die Sterne können nur die allgemeine Richtung deines Schicksals weisen. Darüber, ob du einen Sohn haben wirst und dergleichen, schaffen sie keine Klarheit...«

Pharao fiel mir ins Wort. »Mag sein, aber es gibt doch auch andere Mittel, in die Zukunft zu schauen, nicht wahr?« Seine Frage beunruhigte mich, und ich versuchte, ihn abzulenken, doch er ließ sich nicht beirren.

»Ich habe Erkundigungen über dich eingezogen, Taita. Du bist ein Meister der Labyrinthe von Amun-Re.« Wie hatte Pharao das herausgefunden? Die wenigsten wußten von dieser meiner geheimen Gabe, und ich wollte, daß es dabei blieb. Aber nun, da er davon wußte, konnte ich es nicht leugnen, und so schwieg ich denn.

»Ich habe die Labyrinthe auf dem Boden deines Medizinkästchens gesehen«, fuhr Pharao fort. Ich zuckte ergeben die Achseln, denn ich wußte, was kommen würde.

»Beschreite die Labyrinthe für mich und sag mir, ob ich einen Erben haben werde und ob meine Dynastie überleben wird«, befahl Pharao.

Das Horoskop erfordert lediglich einiges Wissen über Stellung und Eigenschaften der Sterne. Ein wenig Geduld und das richtige Vorgehen gewährleisten eine leidlich genaue Vorhersage. Durch die Labyrinthe von Amun-Re in die Zukunft zu sehen verlangt dagegen weitaus mehr. Der Seher muß seine Lebenskraft einsetzen, und das läßt ihn ausgebrannt und erschöpft zurück.

Doch ein Sklave kann einem König nichts abschlagen, und so griff ich seufzend nach dem Lederbeutel auf dem Boden meines Kästchens, welcher die Labyrinthe enthielt. Ich legte ihn neben mich und bereitete eine Mischung aus den Kräutern, die die Augen der Seele öffnen. Ich nahm den Kräutertrank zu mir und wartete, bis sich die vertraute, aber gefürchtete

Empfindung einstellte: Ich löste mich von meinem Körper. Wie im Traum fühlte ich mich und war weit von der Wirklichkeit entfernt, als ich den Beutel aufzog.

Die Labyrinthe von Amun-Re bestehen aus zehn Elfenbeinscheiben. Jede steht für einen Aspekt des menschlichen Lebens – von der Geburt bis zum Tode und ins Jenseits hinein. Mit meinen eigenen Händen hatte ich die Symbole der Labyrinthe geschnitzt; jedes war ein kleines Meisterwerk. Und da ich sie im Laufe der Jahre oft in meinen Händen gehalten und mit meinem Atem benetzt hatte, war ein Teil meiner Lebenskraft auf sie übergegangen.

Ich leerte den Beutel und berührte die Scheiben, richtete all meine Energie auf sie. Bald fühlten sie sich warm an wie lebendiges Fleisch. Ich schichtete sie mit der Schauseite nach unten zu zwei Stapeln und bat Pharao, sie zur Hand zu nehmen und zu reiben. Er sollte seine ganze Aufmerksamkeit auf sie richten, während er seine Fragen laut und deutlich wiederholte: »Werde ich einen Sohn haben? Wird meine Dynastie überleben?«

Ich entspannte mich vollständig und öffnete meine Seele, um den Geistern der Prophezeiung Einlaß zu gewähren. Pharaos Stimme drang in mich, tiefer und tiefer mit jeder Wiederholung.

Ich begann, mich im Sitzen leicht hin und her zu wiegen, der Trank tat seine Wirkung. Mir war, als sei ich schwerelos, als schwebte ich im Raum. Ich sprach wie aus weiter Ferne, und meine Stimme hallte in meinem Kopf seltsam wider.

Ich gebot dem König, jeden der Stapel zu behauchen und dann zu teilen, die eine Hälfte beiseite zu legen und die andere bei sich zu behalten. Wieder und wieder ließ ich ihn die Stapel teilen und die restlichen Scheiben miteinander vereinigen, bis er nur noch zwei der münzenförmigen Labyrinthe in Händen hielt.

Zum letztenmal behauchte er sie. Dann gab er das eine in meine Rechte und das andere in meine Linke. Ich hielt sie fest und drückte sie an die Brust. Ich spürte, wie mein Herz gegen meine Fäuste schlug, als es den Einfluß der Labyrinthe in sich aufnahm.

Nun schloß ich die Augen, und aus der Dunkelheit stiegen Gestalten auf. Seltsame Laute erfüllten mein Ohr. Um mich her war eine einzige Wirrnis, und meine Sinne trübten sich. Ich wurde immer leichter und ließ mich emportragen, als sei ich ein Grashalm im Wirbelwind.

Allmählich wurden die Laute in meinem Kopf klarer, und die dunklen Bilder gewannen Kontur.

»Ich höre ein Neugeborenes schreien.« Ich hörte meine Stimme verzerrt.

»Ist es ein Junge?« Pharaos Frage pochte in mir, so daß ich sie eher spürte als hörte.

Immer deutlicher nahm ich die Bilder wahr; ich blickte durch einen langen, finsteren Schacht auf ein Licht am anderen Ende. Die Elfenbeinscheiben lagen in meinen Händen wie glühende Kohlen.

In einem Strahlenkranz schaute ich ein Kind, das in einer blutigen Pfütze aus Fruchtwasser lag, den Mutterkuchen noch auf dem Bauch.

»Ich sehe ein Kind«, sagte ich heiser.

»Ist es ein Junge?« fragte Pharao.

Das Kind wehklagte und strampelte, und ich sah, wie sich zwischen seinen Schenkeln ein heller Finger aus Fleisch erhob.

»Ja, es ist ein Junge«, bestätigte ich und empfand eine unerwartet zärtliche Regung für dieses Geschöpf meiner Vorstellungskraft. Mein Herz schlug ihm entgegen, doch das Bild verblaßte und der Geburtsschrei verhallte.

»Und meine Dynastie? Was wird aus ihr? Hat sie Bestand?« Des Königs Stimme drang in mich und ging unter im Mißklang mannigfacher Geräusche, die meinen Kopf durchgellten – das Schmettern von Kriegstrompeten, das Brüllen von Männern im Kampf auf Leben und Tod, das Klirren von Waffen. Ich blickte zum Himmel auf, und er war dunkel von Pfeilen.

»Krieg! Ich sehe eine gewaltige Schlacht, die das Angesicht der Erde verändern wird!« rief ich.

»Wird meine Dynastie überleben?« Des Königs Stimme klang verzweifelt, aber ich achtete nicht darauf, denn es war ein ungeheures Tosen in meinem Ohr – wie das des Chamsins oder der Wasser des Nils, welche durch die großen Katarakte schäumen. Ich schaute eine sonderbare gelbe Wolke, die den Horizont vor meinem Blick verbarg, Lichtblitze zuckten durch die Wolke, es waren Widerspiegelungen der Sonne auf Kriegsgerät.

»Was wird aus meiner Dynastie?« Pharaos Stimme zerrte gleichsam an meiner Seele, und das Bild verschwand. In meinem Kopfe herrschte absolute Stille, und ich schaute einen Baum am Ufer des Flusses. Es war eine mächtige, üppig belaubte Akazie. Auf ihrem Wipfel saß der königliche Falke, doch während ich ihn betrachtete, veränderte er seine Gestalt. Er wandelte sich zur Doppelkrone von Ägypten, rot und weiß, Paryrus und Lotus der zwei Königreiche miteinander vermählt. Dann stiegen und fielen die Wasser des Nils und stiegen und fielen erneut und wieder, bis es fünfmal geschehen war.

Plötzlich verdunkelte sich der Himmel mit geflügelten Insekten, und Heuschrecken ließen sich auf dem Baum nieder, bedeckten ihn ganz und gar. Als sie davonflogen, war der Baum seines Grüns gänzlich beraubt, die Zweige waren verdorrt. Dann stürzte der Baum mit großem Getöse auf die Erde. Sein Stamm wurde zerschmettert, und die Doppelkrone ging zuschanden. Der Wind trug ihre zu Staub zerfallenen Reste davon.

»Was siehst du?« fragte Pharao, aber da verblaßte meine Vision, und ich fand mich im Schlafgemach des Königs auf dem Boden sitzend wieder. Ich rang nach Atem, als wäre ich eine weite Strecke gelaufen; salziger Schweiß brannte mir in den Augen, Fieber schüttelte mich, und ich hatte das vertraute Gefühl von Schwere und Übelkeit in der Magengrube, das mich tagelang nicht verlassen würde.

Pharao starrte mich an. »Was hast du gesehen?« flüsterte er. »Wird meine Dynastie überleben?«

Ich konnte ihm nicht sagen, was ich geschaut hatte, und so erfand ich ein anderes Gesicht, um ihn zufriedenzustellen. »Ich sah einen Wald von mächtigen Bäumen, die bis an den Horizont reichten. Kein Ende hatte ihre Zahl, und auf dem Wipfel eines jeden war eine Krone, die rote und weiße Krone der zwei Königreiche.«

Pharao seufzte und schlug seine Hände vor die Augen. Wir saßen eine Weile in Schweigen, er erleichtert und ich voller Mitgefühl.

Schließlich gingen mir die Lügen leicht von der Zunge. »Der Wald, den ich sah, war die Reihe deiner Nachkommen«, flüsterte ich. »Sie reichten bis an die Grenzen der Zeit, und ein jeder trug die Krone Ägyptens.«

Pharao nahm die Hände von den Augen, und es war rührend, wie er sich freute. »Ich danke dir, Taita. Wie ich sehe, hat die Zukunftsschau an deinen Kräften gezehrt. Du kannst jetzt gehen und dich ausruhen. Morgen wird der Hof zu meinem Palast auf der Insel Elephantine aufbrechen. Ich lasse eine Galeere für dich und deine Herrin bereitstellen. Behüte sie mit deinem Leben, denn sie ist das Gefäß, welches den Samen meiner Unsterblichkeit birgt.«

Ich war so schwach, daß ich mich aufs Bett stützen mußte, um auf die Beine zu kommen. Doch so schwach, daß ich meine Pflichten gegen Lostris vernachlässigt hätte, war ich nicht.

»Das Hochzeitslaken, Pharao«, mahnte ich. »Das Volk erwartet, daß es gezeigt wird. Sowohl dein Ruf als auch der meiner Herrin stehen auf dem Spiel.«

»Was schlägst du vor, Taita?« Schon verließ sich der König auf mich. Ich sagte ihm, was getan werden mußte, und er nickte. »Dann kümmere dich darum!«

Sorgfältig faltete ich das Laken, welches das königliche Bett bedeckte. Es war aus feinstem Linnen, von reinerem Weiß als ein Lamm, das aus der Schwemme kommt, und mit dem seltenen Seidenfaden bestickt, den die Karawanen manchmal aus dem Osten mitbringen. Das Laken in meinen Händen ging ich durch den noch dunklen und stillen Palast zurück zum Harem.

Lostris schlief wie eine Tote, und ich wußte, bei der Menge Roten Mohns, die ich ihr gegeben hatte, würde sie wahrscheinlich erst gegen Abend erwachen. Eine Weile saß ich an ihrem Bett. Ich war bedrückt, denn die Bilder, welche die Labyrinthe heraufbeschworen hatten, machten mir zu schaffen. Ich war sicher, der Knabe, den ich geschaut hatte, war das Kind meiner Herrin, doch wie ließ sich der Rest des Gesichts erklären? Es schien keine Lösung zu geben, und so stellte ich diese Frage zurück, denn ich hatte noch eine Arbeit zu verrichten.

Neben Lostris' Bett hockend, breitete ich das Laken auf dem Boden aus. Ich suchte mir eine der bläulichen Adern unter der glatten Haut auf der Innenseite meines Handgelenks aus, ritzte sie mit der Spitze meines Dolches und ließ das dunkle, langsam fließende Blut aufs Laken tropfen. Als ich mit der Größe des Flecks zufrieden war, band ich mein Handgelenk mit einem Leinenstreifen ab und raffte das Laken zusammen.

Die Sklavin saß noch im Vorzimmer. Ich ordnete an, daß sie Lostris ungestört schlafen ließ. Dann ging ich und stieg die Leiter zur Krone der Außenmauer des Harems empor.

Der Morgen begann gerade zu dämmern, aber schon hatte sich eine schaulustige Menge, vor allem alte Frauen und Bummler, am Fuße der Mauer versammelt. Sie blickten erwartungsvoll auf, als ich erschien.

Ich machte viel Wesens darum, das Laken auszuschütteln, ehe ich es über die Brustwehr hängte. Der Blutfleck in der Mitte hatte die Form einer Blume, und ein Raunen ging durch die Menge, als sie dieses Zeichen der Jungfräulichkeit meiner Herrin und der Männlichkeit ihres Gatten erblickte.

Weit hinten stand ein Mann, der alle überragte. Sein Kopf war mit einem gestreiften Tuch aus Wolle verhüllt. Erst als er es zurückschob und sein Gesicht und das rotgoldene Haar zeigte, erkannte ich ihn.

»Tanus!« rief ich. »Ich muß mit dir reden.«

Er sah mich an, und in seinen Augen lag unsagbare Pein. Seine Herzwunde bereitete ihm größeren Schmerz als alle Verletzungen, die er sich je auf dem Schlachtfeld zugezogen hatte.

Wenn er dieses Leiden überstehen wollte, brauchte er meine Hilfe. »Tanus! Warte auf mich.«

Er zog das Tuch wieder über seinen Kopf und wandte sich ab. Wie ein Trunkener stolperte er davon.

»Tanus!« rief ich ihm nach. »Komm zurück! Ich muß mit dir reden.« Doch er sah sich nicht um, sondern beschleunigte seinen Schritt.

Als ich von der Mauer gestiegen und durchs Haupttor gelaufen war, war er schon im Labyrinth der Gassen und Lehmhütten des inneren Bezirks von Karnak verschwunden.

Ich suchte den halben Vormittag nach Tanus, doch seine Räume waren verlassen, und niemand hatte ihn an einem seiner gewohnten Aufenthaltsorte gesehen.

Schließlich mußte ich in meine Gemächer zurückkehren. Die königliche Flotte bereitete sich auf die Fahrt gen Süden vor, und ich hatte mich noch reisefertig zu machen. Ich verbannte die Düsternis, welche die Labyrinthe und der Anblick von Tanus hinterlassen hatten, aus meinen Gedanken und ging daran, meine Habseligkeiten zu packen.

Meine Tiere spürten, daß etwas nicht ganz Geheures geschah. Sie waren unruhig, zwitscherten und jaulten, und ein jedes versuchte auf seine Weise, meine Aufmerksamkeit zu erregen. Auf der Terrasse hopsten und flatterten die Wildvögel, während meine geliebten Falken ihre Flügel spreiteten und kreischten. Die Hunde und Katzen und meine zahme Gazelle strichen mir um die Beine.

In meiner Verzweiflung sah ich den Krug mit Sauermilch neben meinem Bett. Dies ist eines meiner liebsten Getränke, und die jungen Sklaven sorgen dafür, daß der Krug stets gefüllt ist. Auch meine Tiere nahmen gern Sauermilch zu sich, und so trug ich den Krug auf die Terrasse und goß ihnen etwas in ihre irdenen Näpfe. Sie kamen, stießen und drängten einander, und ich verließ sie, machte mich wieder ans Werk und zog die Binsenmatte vor die Tür, damit sie draußen blieben.

Es ist seltsam, wieviel Besitz selbst ein Sklave im Laufe seines Lebens anhäufen kann. Als ich endlich fertig war, stapelten sich die Kästen und Bündel hoch auf. Ich war sehr niedergeschlagen und vollkommen erschöpft, und doch fiel mir auf, wie still es geworden war. Ich stand eine Weile in der Mitte des Raumes und lauschte voll Unbehagen. Das einzige Geräusch war das Klimpern der Bronzeglöckchen am Hals meines Falkenweibchens, welches in der weiter entfernten Ecke neben meinem Bett saß und mich mit dem durchdringenden und unversöhnlichen Blick des Raubvogels musterte. Das Männchen schlief auf seiner Stange in der anderen Ecke. Keines meiner Tiere gab einen Laut von sich.

Ich zog die Binsenmatte beiseite. Sonnenlicht flutete in den Raum und blendete mich einen Augenblick. Dann aber, als ich wieder sehen konnte, entfuhr mir ein Schrei des Entsetzens. Überall auf der Terrasse und selbst noch im Garten verstreut lagen meine Vögel und anderen Tiere.

Ich eilte zu ihnen, rief meine Lieblinge mit Namen, kniete nieder, um einen in die Arme zu nehmen, den schlaffen warmen Körper an mich zu drücken, und nach Lebenszeichen zu suchen. Ich ging zu jedem einzelnen Tier, doch vergebens. Sie waren unwiderruflich tot.

Ich glaubte, das Herz müsse mir im Leib zerspringen vor Kummer. Weinend kniete ich auf der Terrasse, zwischen meinen toten Tieren.

Erst geraume Zeit später fand ich die Kraft, über die Ursache dieses Trauerspiels nachzudenken. Ich erhob mich, ging zu einem der geleerten Näpfe und roch daran, um zu ergründen, welches Gift für mich bestimmt gewesen war. Doch der Geruch der Sauermilch war stärker als alles andere; ich wußte nur, es hatte sich um eine sehr rasch wirkende Essenz gehandelt.

Ich fragte mich, wer den Krug an mein Bett gestellt haben mochte, und dachte im selben Augenblick, daß es nicht zählte, wessen Hand das Gefäß zu mir getragen hatte. Denn ich wußte mit letzter Sicherheit, wer den Befehl dazu erteilt hatte. »Leb wohl, mein Lieber. Du bist ein toter Mann«, hatte der Großwesir gesagt, und er hatte nicht lange gezögert, seinen Worten Taten folgen zu lassen.

Der Zorn, welcher mich nun packte, grenzte an Raserei. Ich zog den kleinen Dolch aus meinem Gürtel, und ehe ich wußte, was ich tat, stürmte ich, die blanke Klinge in der Hand, die Treppe meiner Terrasse hinunter. Um diese Zeit würde Intef in seinem Wassergarten sein. Ich ertrug es nicht länger, ihn in Gedanken als meinen edlen Herrn Intef zu bezeichnen. Die Erinnerung an jede einzelne der Ungeheuerlichkeiten, die er mir angetan hatte, an jeden Schmerz und jede Demütigung, stand mir vor Augen. Ich würde Intef töten, sein böses und grausames Herz hundertmal durchbohren.

Erst als ich das Tor zum Wassergarten erblickte, gelangte ich wieder zur Besinnung. Ein halbes Dutzend Wachen war davor aufgereiht, und dahinter würden es ebenso viele sein. Ich würde niemals nahe genug an Intef herankommen, um zustechen zu können; seine Leute würden mich niederstrecken. Ich zwang meine eilenden Füße innezuhalten und kehrte um. Langsam ging ich zu meiner Terrasse zurück und hob die erbarmungswürdigen Leichname meiner Tiere vom Boden auf.

Am Rande meines Gartens hatte ich eine Reihe von Maulbeerfeigenbäumen pflanzen wollen, die Löcher waren bereis ausgehoben. Nun, da ich Karnak verließ, würden die Bäume ohnehin nicht gepflanzt werden, also sollten die Gruben als Gräber für meine geliebten Tiere dienen. Der Nachmittag war halb um, als ich das letzte Grab zuschaufelte, aber mein Zorn hielt unvermindert an.

In dem Krug neben meinem Bett war noch ein Rest Sauermilch. Das Gefäß in meinen Händen haltend, dachte ich darüber nach, wie ich es in des Großwesirs Küche bringen könnte. Ich hätte es ihm so gern mit gleicher Münze heimgezahlt, aber im Innersten wußte ich, daß dies aussichtslos war. Der Herr Intef war viel zu gewitzt, um sich so leicht überlisten zu lassen. Ich selbst hatte ihm geholfen, auf Mittel und Wege zu sinnen, wie er sich vor Gift und Meuchelmord schützen konnte. Ohne sorgfältige Planung war er nicht zu verwunden. Ich hätte Geduld aufbringen müssen, doch das war mir unmöglich. Aber wenn ich ihn schon nicht sofort zu töten vermochte, so konnte ich ihn doch zu einer Anzahlung auf das nötigen, was eines Tages fällig sein würde.

Ich stahl mich mit dem Krug aus einem der Nebeneingänge zu den Wohnungen der jungen Sklaven auf die Straße und brauchte nicht weit zu laufen, bis ich einen Milchmann fand. Er molk einer seiner Ziegen das pralle Euter leer und füllte meinen Krug bis zum Rande. Wer immer das Gift gemischt haben mochte, er hatte so viel davon verwendet, daß er die halbe Bevölkerung von Karnak hätte auslöschen können. Ich wußte, in dem Gefäß war mehr zurückgeblieben, als ich für meine Zwecke brauchte.

Einer von des Großwesirs Leibwächtern stand vor der Tür zu Rasfers Kammer. Daß der Herr Intef ihm solchen Schutz gab, zeigte mir, Rasfer war immer noch wichtig für ihn.

Der Leibwächter erkannte mich und winkte mich in das Krankenzimmer, das stank wie ein Schweinestall. Schweißgebadet lag Rasfer in seinem verdreckten Bett. Doch ich erfuhr sofort, daß meine Operation von Erfolg gekrönt war, denn er schlug die Augen auf und verwünschte mich. Er mußte seiner Genesung so sicher sein, daß er es nicht länger für nötig hielt, mir kriecherisch zu begegnen.

»Wo warst du, hodenlose Mißgeburt?« knurrte er und befreite mich so von den letzten Anwandlungen des Mitleids, das ich sonst vielleicht für ihn empfunden hätte. »Seit du mir den Schädel aufgebohrt hast, habe ich entsetzliche Schmerzen. Du bist mir ein schöner Arzt...«

Dem folgten noch zahllose weitere Beschimpfungen, aber ich stellte mich taub. Nur um Gewißheit zu haben, entfernte ich den beschmutzten Verband von Rasfers Kopf und untersuchte die kleine Wunde, welche der Bohrer hinterlassen hatte. Ja, auch diese Operation war rundum gelungen, und ich verspürte in meiner Eigenschaft als Arzt ein leises Bedauern darüber, daß sie sich letzten Endes doch als überflüssig erwies.

»Gib mir etwas gegen den Schmerz, Eunuch!« Rasfer versuchte, mich beim Gewand zu packen, aber ich wich ihm schnell aus.

Umständlich streute ich einige gewöhnliche Salzkristalle aus einer Glasphiole in seine Trinkschale, dann goß ich Milch aus meinem Krug darauf.

»Wenn die Schmerzen zu schlimm sind, wird dies sie lindern«, erklärte ich Rasfer, als ich die Schale neben ihm abstellte. Ich brachte es nicht über mich, sie ihm unmittelbar zu reichen.

Er hievte sich hoch, stützte sich auf einen Ellenbogen und streckte die Hand nach der Schale aus. Doch noch ehe seine Finger sie berührten, schob ich sie mit dem Fuß aus seiner Reichweite. In diesem Augenblick meinte ich, nur meine Vorfreude auskosten zu wollen und empfand Genugtuung, als er mich anwinselte: »Lieber Taita, gib mir die Schale. Laß mich trinken. Der Schmerz in meinem Schädel treibt mich zum Wahnsinn.«

»Laß uns erst ein wenig reden, lieber Rasfer. Hast du gehört, daß die edle Frau Lostris sich mich als Abschiedsgeschenk von ihrem Vater ausbedungen hat?«

Trotz seiner Schmerzen grinste Rasfer breit. »Du bist ein Narr, wenn du meinst, er würde dich gehen lassen. Du bist ein toter Mann.«

»Ebendiese Worte hat auch der edle Herr Intef gesprochen. Wirst du um mich trauern, Rasfer? Wirst du um mich weinen, wenn ich nicht mehr bin?« fragte ich sanft, und Rasfer begann zu kichern. Doch er ließ bald davon ab und schielte nach der Schale.

»Auf meine Art habe ich dich immer recht gern gemocht«, brummte er. »Jetzt gib mir die Schale.«

»Wie gern mochtest du mich, als du mich entmanntest?« fragte ich, und Rasfer starrte mich an.

»Deswegen grollst du mir doch nicht mehr, oder? Es ist lange her, und außerdem konnte ich mich dem Befehl des edlen Herrn Intef nicht widersetzen. Sei vernünftig, Taita. Laß mich die Schale haben.«

»Du hast gelacht, als du mich entmanntest. Warum? Hat es dir so gut gefallen?«

Rasfer zog die Schultern empor und zuckte im selben Moment zusammen, weil ihn die Bewegung schmerzte. »Ich bin ein fröhlicher Mensch. Ich lache immer. Komm, alter Freund, sag, daß du mir verzeihst, und gib mir die Schale!«

Ich schob sie ihm mit dem Fuß hin. Er streckte seine Hand danach aus und griff sie sich ungelenk. Einige Tropfen schwappten über den Rand, als er sie gierig zum Munde führte.

Ohne zu wissen, was ich tat, schlug ich Rasfer die Schale aus der Hand. Sie fiel zu Boden und rollte in die Ecke, ohne zu zerspringen. Milch spritzte gegen die Wand.

Rasfer und ich starrten einander an. Ich war entsetzt über meine Torheit und Schwäche. Wenn je ein Mensch den qualvollen Gifttod verdient hatte, dann dieser. Aber dann sah ich wieder die verkrümmten Leichname meiner Tiere vor mir und wußte, warum ich es nicht übers Herz gebracht hatte, Rasfer trinken zu lassen. Nur eine böse Person hätte das vermocht. Und ich achtete mich selbst zu sehr, als daß ich zum feigen Giftmörder geworden wäre.

In Rasfers blutunterlaufenen Augen begann eine Ahnung aufzublitzen. »Gift«, flüsterte er. »In der Schale war Gift.«

»Es wurde mir vom edlen Herrn Intef geschickt.« Ich weiß nicht, warum ich Rasfer dies sagte. Vielleicht wollte ich mich für die Abscheulichkeit entschuldigen, die ich beinahe begangen hätte. Eilig machte ich mich auf den Weg zur Tür.

Rasfer aber begann zu lachen, leise erst und dann lauter, bis es schien, als bebten die Wände von seinem Gewieher. »Du bist ein Narr, Eunuch!« brüllte er mir nach. »Du hättest mich töten sollen, denn nun werde ich dich töten, so wahr ich Rasfer heiße.« Ich lief, so schnell ich konnte.

Wie ich vermutet hatte, schlief Lostris noch, als ich in ihre Kammer zurückkehrte. Ich setzte mich ihr zu Füßen vor das Bett und nahm mir vor, zu warten, bis sie erwachte. Doch die Mühsale des vergangenen Tages und der letzten Nacht forderten ihren Tribut. Ich sackte zusammen und schlummerte auf dem Boden ein.

Ich erwachte, weil ich angegriffen wurde. Jemand schlug mir so heftig über den Kopf, daß ich auf den Beinen war, ehe ich überhaupt die Augen geöffnet hatte. Der nächste Schlag traf mich an der Schulter, er brannte wie ein Hornissenstich.

»Du hast mich betrogen!« schrie meine Herrin. »Du hast mich nicht sterben lassen!« Und wieder schwang sie ihren Fächer. Der war eine ernstzunehmende Waffe, ein langer, hölzerner Griff und am Ende ein Kamm aus schwerem Silber, in welchem Straußenfedern steckten. Zum Glück war Lostris noch benommen von meinem Mohntrunk und dem überreichlichen Schlaf und konnte nicht allzu genau zielen. Ich wich dem Schlag aus, und durch ihren eigenen Schwung wurde sie herumgewirbelt und fiel aufs Bett.

Sie ließ den Fächer los und brach in Tränen aus. »Ich wollte sterben. Warum hast du mich nicht sterben lassen?«

Es dauerte eine Weile, bis ich mich ihr nähern und tröstend meinen Arm um ihre Schulter legen konnte. »Habe ich dir weh getan, Taita?« fragte sie. »Ich habe dich noch nie geschlagen...«

»Schon dein erster Versuch war sehr geglückt«, erwiderte ich. »Tatsächlich beherrschst du diese Kunst so gut, daß du dich, glaube ich, nicht weiter in ihr zu üben brauchst.« Ich rieb mir übertrieben zimperlich den Kopf, und meine Herrin lächelte unter Tränen.

»Armer Taita. Ich behandle dich so schlecht! Aber du hast es nicht besser verdient, du hast mich betrogen. Ich wollte sterben, und du warst ungehorsam gegen mich.«

Es wurde Zeit, das Gespräch in andere Bahnen zu lenken. »Herrin, ich habe die ungewöhnlichsten Neuigkeiten für dich. Aber du mußt geloben, keiner Menschenseele etwas davon zu verraten, nicht einmal deinen Dienerinnen.« Seit sie sprechen gelernt hatte, konnte Lostris keinem Geheimnis widerstehen, aber welcher Frau ginge es anders? Ihr ein Geheimnis in Aussicht zu stellen, hatte immer gereicht, um sie abzulenken, und auch diesmal verfehlte es seine Wirkung nicht.

Trotz ihres gebrochenen Herzens und ihrer Todessehnsucht trocknete sie sich die Tränen und befahl mir: »Erzähl!«

In letzter Zeit hatte ich einen wahren Schatz an Geheimnissen zusammengetragen, aus dem ich nun frei wählen konnte, und ich hielt einen Augenblick inne, um meine Entscheidung zu treffen. Natürlich würde ich Lostris weder berichten, daß meine Tiere vergiftet worden waren, noch daß ich Tanus gesehen hatte. Ich brauchte etwas, das sie ermunterte.

»Gestern abend war ich in Pharaos Schlafgemach; ich habe die halbe Nacht mit ihm geredet.«

Wieder stiegen Lostris Tränen in die Augen. »O Taita, ich hasse ihn. Er ist alt und häßlich. Ich möchte nicht, daß er...«

Ich wollte nichts mehr in dieser Art hören, wollte vor allem verhindern, daß Lostris gleich wieder weinte, und so sprach ich eilends weiter. »Ich habe die Labyrinthe für ihn ausgelegt.« Nun hatte ich ihre ungeteilte Aufmerksamkeit. Lostris ist wie gebannt von meinen seherischen Gaben. Hätten die Labyrinthe nicht eine so verderbliche Wirkung auf meine Gesundheit, sie würde mich jeden Tag in die Zukunft schauen lassen.

»Was hast du gesehen? Sprich!« Lostris war gefesselt. Kein Gedanke an Selbstmord mehr, alle Traurigkeit vergessen. Sie war so jung und arglos, daß ich mich für meine kleine List schämte, auch wenn sie nur ihrem Besten dienen sollte.

»Ich hatte die außerordentlichsten Gesichte, Herrin. Noch nie habe ich so klare Bilder gesehen, noch nie war mir eine solche Tiefe der Zukunftsschau vergönnt...«

»Erzähl! Ich sterbe vor Ungeduld.«

»Erst mußt du Verschwiegenheit geloben. Es handelt sich um folgenschwere Staatsangelegenheiten.«

»Ich werde schweigen. Ich schwöre es.«

»Wir können dergleichen nicht auf die leichte Schulter nehmen...«

»Rede, Taita. Du spannst mich doch nur auf die Folter. Ich befehle dir, mir sofort alles zu erzählen, sonst...«, sie suchte nach einer wirksamen Drohung, »sonst werde ich dich wieder schlagen.«

»Nun denn. Hör zu. Ich sah einen großen Baum am Ufer des Nils. Auf seinem Wipfel war die Krone von Ägypten.«

»Pharao! Dieser Baum verkörpert den König.« Ich nickte. »Sprich weiter, Taita. Erzähl mir den Rest.«

»Ich sah die Wasser des Flusses fünfmal steigen und sinken.«

»Fünf Jahre, das sind fünf Jahre!« Lostris klatschte in die Hände vor Erregung. Sie liebte es, die Rätsel meiner Gesichte zu lösen.

»Dann wurde der Baum von Heuschrecken kahlgefressen. Er stürzte um und verfiel zu Staub.«

Lostris starrte mich an, unfähig, die Worte auszusprechen, und so tat ich es für sie. »In fünf Jahren ist Pharao tot, und du bist frei. Dann kannst du zu Tanus gehen. Kein Mensch wird dich daran zu hindern vermögen.«

»Es wäre unerträglich grausam, wenn du mich belögest. Bitte sag, daß es wahr ist.«

»Es *ist* wahr, Herrin, und ich bin noch nicht fertig. Ich sah ein neugeborenes Kind, einen Knaben. Ich liebte ihn, und ich wußte, daß du seine Mutter warst.«

»Und der Vater? Wer war der Vater meines Kindes? O Taita, sag es mir bitte!«

»Im Traum wußte ich mit letzter Sicherheit, daß Tanus der Vater war.« Damit erlaubte ich mir zum erstenmal, von der Wahrheit abzuweichen, doch ich tröstete mich wiederum damit, daß es zu Lostris' Bestem geschah.

Sie schwieg lange, aber aus ihrem Angesicht strahlte ein inneres Leuchten, das mich reich genug belohnte. Schließlich flüsterte sie: »Es wird hart werden, doch ich kann fünf Jahre warten. Du hast recht daran getan, mich nicht sterben zu lassen, Taita. Damit hätten wir uns gegen die Götter versündigt.«

Meine Erleichterung verlieh mir gleichsam Flügel, und ich glaubte zuversichtlich, daß ich meine Herrin wohlbehalten durch alles würde führen können, was vor uns lag.

Die Reise flußaufwärts verlief durchaus angenehm. Es waren lange Tage der Muße, die ich damit zubrachte, auf dem Achterdeck zu sitzen und mit meiner Herrin zu sprechen. Wir unterhielten uns ausführlich über unsere veränderten Lebensumstände und faßten ins Auge, was wir wohl erwarten und erhoffen konnten.

Ich erklärte Lostris die Verwicklungen des höfischen Daseins, die

Rangordnung und das Protokoll. Ich beschrieb ihr die verborgenen Wege von Macht und Einfluß, zählte die Menschen auf, mit denen wir in Beziehung treten mußten, und nannte die, welche wir getrost vernachlässigen konnten. Ich erklärte ihr die Streitfragen des öffentlichen Lebens und Pharaos Stellung dazu. Dann sprach ich ihr von der Stimmung beim Volk.

Für all dies Wissen war ich in hohem Maße meinem Freund Aton, dem königlichen Hofmeister, zu Dank verpflichtet. Während der vergangenen zwölf Jahre hatte mir fast jedes Schiff, das von der Insel Elephantine nach Karnak gefahren war, einen Brief mit fesselnden Auskünften von ihm gebracht und bei der Rückkehr ein goldenes Unterpfand mitgenommen, mit welchem ich mich Aton erkenntlich gezeigt hatte.

Bald würden meine Herrin und ich im Mittelpunkt des höfischen Lebens stehen; das zu erreichen, war ich fest entschlossen. Ich hatte Lostris nicht lange Jahre unterrichtet, um die Waffen, mit denen ich sie ausgestattet hatte, rosten zu sehen. Sie war von beachtlicher Begabung, aber ich sorgte dafür, daß ihre Fähigkeiten sich mehrten. Lostris hatte einen wachen und flinken Verstand. Nachdem ich ihr geholfen hatte, die schwarze Stimmung zu überwinden, welche sie zu vernichten drohte, war sie, wie immer, offen für meine Unterweisung. Bei jeder sich bietenden Gelegenheit spornte ich sie in ihrem Ehrgeiz an, damit sie die Rolle übernahm, die ich ihr zugedacht hatte.

Eines der wirksamsten Mittel, ihre Aufmerksamkeit zu gewinnen, bestand darin anzudeuten, all dies werde für Tanus von Vorteil sein. »Je mehr Einfluß du bei Hofe hast, desto besser kannst du ihn schützen«, erklärte ich. »Der König hat ihm eine schier unlösbare Aufgabe gestellt. Tanus braucht uns, wenn er Erfolg haben will, und wenn er scheitert, vermagst allein du ihn vor dem Urteil zu bewahren, das der König über ihn gesprochen hat.«

»Wie könnten wir ihm bei der Erfüllung seiner Aufgabe helfen?« fragte Lostris. »Sag mir ehrlich, ist überhaupt jemand in der Lage, die Würger auszurotten? Ist es nicht selbst für einen Mann wie Tanus unmöglich?«

Die Räuber, welche das Obere Königreich in Angst und Schrecken versetzten, nannten sich Würger – nach unserem ägyptischen Würgfalken. Er ist kleiner als eine Taube, ein hübsches Geschöpf mit weißer Brust und Kehle, schwarzem Rücken und ebensolcher Haube. Er raubt die Nester anderer Vögel aus und stellt seine Opfer gräßlich zur Schau, indem er sie auf die Dornen der Akazie spießt.

Zunächst hatten die Räuber diesen Namen nur heimlich getragen, um nicht gleich zu verraten, wer sie waren, doch seit sie erstarkt waren, gebrauchten sie ihn offen und benutzten häufig die schwarzweiße Feder des Würgfalken als Kennzeichen.

Am Anfang hatten sie die Feder auf der Schwelle von Häusern, die sie ausgeplündert hatten, oder bei den Leichnamen ihrer Opfer hinterlassen. Aber nun waren sie so dreist geworden, manchen ihrer vorgemerkten Opfer eine Feder als Warnung zu schicken. Damit erreichten sie in den meisten Fällen schon, daß derjenige die Hälfte seines Besitzes an sie abtrat.

»Hältst du es für möglich, daß Tanus den Auftrag des Königs erfüllen kann?« wiederholte meine Herrin. »Ich habe gehört, die Würgerbanden des Oberen Königreichs stünden unter dem Oberbefehl eines Mannes, der Akh-Seth genannt wird, Bruder von Seth. Ist das wahr, Taita?«

Ich überlegte einen Augenblick, ehe ich antwortete. Noch konnte ich Lostris nicht alles sagen, was ich von den Würgern wußte, es sei denn, ich würde ihr all meine Kenntnisse offenbaren. Und das würde derzeit weder ihr zum Vorteil noch mir zur Ehre gereichen. Vielleicht kam in nicht allzuferner Zukunft die Stunde für solche Enthüllungen.

»Auch mir ist dieses Gerücht zugetragen worden«, bestätigte ich vorsichtig. »Mir scheint, wenn Tanus jenen Akh-Seth finden und zermalmen würde, dann gerieten die Reihen der Würger ins Wanken. Aber Tanus wird Hilfe brauchen, die nur ich ihm geben kann.«

Lostris musterte mich mit scharfem Blick. »Wie willst du ihm helfen?« fragte sie. »Und was weißt du von diesen Dingen?«

Meine Herrin war schwer zu täuschen. Sie spürte sofort, daß ich ihr etwas verschwieg. Ich mußte rasch den Rückzug antreten, mich ihrer Liebe zu Tanus und ihres Vertrauens zu mir bedienen.

»Frag mich jetzt nichts mehr – um Tanus' willen. Gestatte mir nur, daß ich tun darf, was ich kann, um ihm bei der Erfüllung seiner schweren Aufgabe zu helfen.«

»Ja, natürlich müssen wir tun, was in unserer Macht steht. Sag mir, wie ich helfen kann.«

»Ich werde neunzig Tage bei dir auf der Insel Elephantine bleiben, aber dann mußt du mir Urlaub geben, damit ich zu Tanus gehen kann...«

Lostris fiel mir ins Wort. »Nein, nein«, sagte sie. »Wenn du Tanus helfen kannst, mußt du sofort gehen.«

»Neunzig Tage«, wiederholte ich störrisch. Dies war die Gnadenfrist, die ich für Lostris erwirkt hatte. Zwar war ich hin und her gerissen zwischen meinen beiden lieben Kindern, doch zuerst stand ich bei meiner Herrin in der Pflicht.

Ich wußte, daß ich sie am Hof nicht allein lassen konnte; sie brauchte einen Freund und Ratgeber. Auch mußte ich bei ihr sein, wenn die Nacht kam, in welcher der König nach ihr schicken ließ.

»Ich kann jetzt noch nicht gehen, aber sei unbesorgt. Ich habe Kratas eine Nachricht für Tanus hinterlassen. Man wird mich erwarten, und ich habe Kratas genau erklärt, was getan werden muß, ehe ich nach Karnak zurückkehre.« Mehr würde ich Lostris nicht verraten, und die wenigsten Menschen sind so begriffsstutzig und ausweichend wie ich, wenn ich es mir vorgenommen habe.

Die Flotte war nur bei Tag unterwegs. Nächtliche Fahrten überforderten Admiral Nembet und waren dem König wie seinem Hof zu unbequem. Also wurden die Schiffe jeden Abend vertäut, und am Ufer des Nils wuchs ein Wald von hunderten Zelten aus dem Boden. Pharaos Kämmerer wählten stets den angenehmsten Platz für das Lager, gewöhnlich in einem Palmenhain oder im Windschatten eines kleinen Hügels, in dessen Nähe sich Tempel oder Dörfer fanden, von denen wir Vorräte beziehen konnten.

Beinahe jeden Abend ließ mich der König kommen, vorgeblich, damit ich nach seiner Flechte sehe, aber in Wirklichkeit ging es ihm um die Vorkehrungen für die Zeugung eines Erben. Ich bereitete meinen Liebes- und Manneskraft spendenden Trank aus zerstoßenem Rhinozeroshorn und Alraunenwurzel und mischte ihn mit warmer Ziegenmilch und Honig. Als Pharao ihn eingenommen hatte, untersuchte ich das königliche Glied und stellte erfreut fest, daß es weder die Länge noch den Umfang hatte, welche man bei einem Gott erwarten würde. Ich ging davon aus, daß so bescheidene Maße meiner jungfräulichen Herrin kein allzugroßes Unbehagen verursachen würden. Natürlich würde ich tun, was in meiner Macht stand, um ihr den gefürchteten Augenblick zu ersparen, doch wenn ich ihn schon nicht abwenden konnte, wollte ich ihr wenigstens den Übergang zum Weibsein erleichtern.

Nachdem ich herausgefunden hatte, daß Pharao im geschlechtlichen Bereich gesund, wenn auch wenig bemerkenswert war, empfahl ich, vor dem Schlafengehen eine Breipackung aus Mehl, Olivenöl und Honig um das königliche Glied zu legen. Anschließend befaßte ich mich mit der Flechte. Zu Pharaos ungeheurer Genugtuung heilte meine Salbe die Krankheit, wie versprochen, binnen dreier Tage, und mein ohnehin beträchtlicher Ruf als Arzt wurde noch einmal vermehrt. Der König rühmte mein Können vor seinem Ministerrat und bald war ich überall gefragt. Als dann noch ruchbar wurde, daß ich nicht nur Arzt, sondern auch Astrologe war – dazu einer, von dem sich Pharao selbst beraten ließ –, kannte meine Beliebtheit keine Grenzen mehr.

Allabendlich kamen Boten, die meiner Herrin teure Geschenke von edlen Frauen und Herren brachten und darum baten, daß ich diese oder jene Erkrankung in Augenschein nehmen möge. Wir verwehrten uns niemandem, mit dem wir besser bekannt zu werden wünschten. Wenn ich dann im Zelt eines mächtigen Mannes weilte – er mit hochgeschlagenem

Schurz, während ich seine Hämorrhoiden untersuchte –, war es ein leichtes, meine Herrin zu preisen und meinem neuen Patienten ihre vielen Vorzüge zur Kenntnis zu bringen.

Die anderen Haremsdamen entdeckten bald, daß Lostris und ich einen schönen Zwiegesang anstimmten, die fesselndsten Rätsel ersinnen und erheiternde Geschichten erzählen konnten. Wir waren beim ganzen Hof begehrt, besonders bei den Haremskindern. Dies machte mir große Freude, denn wenn ich etwas noch mehr mag als Tiere, dann sind es kleine Kinder.

Pharao, dem wir unsere Beliebtheit vor allem verdankten, erfuhr bald, daß sie beständig wuchs, und das lenkte seine Aufmerksamkeit noch stärker auf meine Herrin. An so manchem Morgen wurde sie, ehe die Flotte weiterfuhr, auf das Staatsschiff gerufen, damit sie den Tag in des Königs Gesellschaft verbrachte, und abends speiste sie meistens an Pharaos Tafel und erfreute ihn und die Tischgesellschaft mit ihrem natürlichen Witz und ihrer mädchenhaften Anmut. Ich war, wenn auch im Hintergrund, immer dabei. Da der König keine Anstalten machte, des Nachts nach ihr schicken zu lassen und sie zu jenen abgeschmackten Entsetzlichkeiten zu nötigen, die Lostris so fürchtete, mäßigten sich ihre Gefühle für ihn.

Trotz seines mürrischen Äußeren war Pharao Mamose ein freundlicher, ja gütiger Mann; das blieb auch ihr nicht verborgen, und wie ich begann sie, ihn recht gern zu mögen. Noch vor unserer Ankunft auf der Insel Elephantine behandelte sie ihn wie einen Lieblingsonkel und saß ganz unschuldig auf seinem Knie, um ihm Geschichten zu erzählen, oder spielte mit ihm Stöckewerfen auf dem Deck des Staatsschiffes, beide erhitzt von der Mühe und lachend wie kleine Kinder. Aton vertraute mir an, noch nie habe er den König so fröhlich gesehen.

All dies beobachtete der Hof, und binnen kurzem wurde meine Herrin als Pharaos derzeitige Lieblingsfrau anerkannt. Und es dauerte nicht lange, da kamen auch andere Besucher zu uns, solche, die eine Bittte hatten, für welche meine Herrin den König geneigt stimmen sollte.

Lostris hatte das Geschenk ihres Vaters um eines einzigen Sklaven willen zurückgewiesen, und so hatte sie die Reise verarmt angetreten, einzig auf meine bescheidenen Ersparnisse angewiesen. Aber noch ehe wir in Elephantine waren, hatte sie sich nicht nur ein stattliches Vermögen erworben, sondern es hatten auch viele ihrer neuen Freunde eine Dankesschuld bei ihr abzutragen. Über all diese Posten führte ich sorgfältig Buch.

Ich bin nicht so eitel zu behaupten, meine Herrin hätte sich solche Anerkennung nicht auch ohne meine Hilfe erworben. Ihre Schönheit und Klugheit und ihr angenehmes Wesen hätten sie ohnehin zu jedermanns

Liebling gemacht. Ich konnte lediglich dafür sorgen, daß es ein wenig schneller geschah.

Doch unser Erfolg hatte auch seine Schattenseiten. Wie immer gab es Eifersucht und Neid von seiten derer, die sich, was Pharaos Gunst betraf, zu kurz gekommen wähnten. Und das fleischliche Verlangen des Königs nach Lostris nahm stetig zu.

Eines Abends, nachdem ich ihm seinen Trank gereicht hatte, vertraute er mir an: »Taita, deine Kur ist äußerst wirkungsvoll. Seit meiner Jugend habe ich mich nicht so männlich gefühlt. Als ich heute morgen erwachte, hatte ich eine Gliedversteifung, die so erfreulich war, daß ich nach Aton schicken ließ, damit er sie betrachte. Er war sehr beeindruckt und wollte unverzüglich deine Herrin holen.«

Ich war höchst beunruhigt über diese Neuigkeit, und so setzte ich denn meine strengste Miene auf und schüttelte den Kopf, um meine Mißbilligung zu zeigen. »Ich bin dankbar, Hoheit, daß du so vernünftig warst, Atons Vorschlag nicht zu folgen. Wie leicht hätte das unsere Bemühungen zunichte machen können! Wenn du einen Sohn willst, mußt du dich peinlich genau an meine Vorschriften halten.«

Dies führte mir vor Augen, wie schnell die Zeit verging und wie bald die neunzig Tage Gnadenfrist um sein würden. So begann ich meine Herrin auf die Nacht vorzubereiten, die Pharao binnen kurzem einfordern würde.

Zunächst hatte ich sie seelisch einzustimmen, und ich tat es, indem ich sie darauf hinwies, daß diese Nacht unumgänglich sei; daß sie sich, wenn sie den König überleben und schließlich mit Tanus vereint sein wolle, Pharaos Wünschen fügen müsse. Zum Glück war Lostris immer schon vernünftig gewesen.

»Dann erklär mir bitte genau, was er von mir erwartet, Taita«, seufzte sie. Ich war nicht der beste Führer auf diesem Gebiet, aber ich konnte meiner Herrin die wesentlichen Dinge umreißen und so alltäglich erscheinen lassen, daß sie sich nicht über Gebühr sorgte.

»Wird es weh tun?« wollte sie wissen, und ich beeilte mich, sie zu beruhigen.

»Der König ist ein freundlicher Mann. Er kennt sich mit jungen Mädchen aus. Ich bin sicher, daß er dir behutsam begegnen wird. Ich habe eine Salbe für dich bereitet, die alles einfacher macht. Ich werde sie jede Nacht auftragen, ehe du dich zum Schlummer niederlegst. Sie wird die Pforte öffnen. Denk daran, daß auch Tanus eines Tages diesen Weg nehmen wird und daß du es tust, um ihn willkommen zu heißen.«

Ich bemühte mich, der zurückhaltende Arzt zu bleiben und bei meiner Hilfeleistung keinen sinnlichen Genuß zu empfinden. Die Götter mögen mir verzeihen, doch ich scheiterte. Meine Herrin war so vollkommen, daß sie die schönsten Blumen, welche ich je in meinem Garten gezogen hatte, in den Schatten stellte. Als ich meine Salbe auftrug, bildete sich ein süßer Tau, feiner und seidiger als jeder Balsam, den ich zu ersinnen vermocht hätte.

Lostris' Wangen röteten sich, und ihre Stimme war ein wenig rauh, als sie murmelte: »Warum sehne ich mich so unerträglich nach Tanus, wenn du dies tust?«

Sie vertraute mir so rückhaltlos und begriff so wenig von ihren neuen Gefühlen, daß es der strengsten sittlichen Haltung bedurfte, die Behandlung nicht unnötig in die Länge zu ziehen. Ich schlief unruhig in dieser Nacht. Träume vom Unmöglichen quälten mich.

Während wir weiter nach Süden fuhren, wurde der Streifen grünen Landes an beiden Ufern des großen Flusses immer schmaler. Die Wüste wuchs. Da und dort schien düsterer Granit die Felder zu zerstampfen, traten Felsen so dicht an den Nil heran, daß sie weit über seine Fluten ragten.

Die gefährlichste dieser Engen hieß Tor von Hapi. Hier wurden die Wasser durch eine Lücke zwischen hohen Kliffen gepeitscht, hier waren sie tückisch und wild.

Wir passierten das Tor von Hapi und gelangten schließlich nach Elephantine, der größten einer Gruppe von Inseln, welche in dem Trichter liegen, wo die Berge den Lauf des Nils einzwängen.

Elephantine war geformt wie ein ungeheurer Hai, der den Schwarm kleinerer Inseln verfolgte. Die Wüsten diesseits und jenseits des Flusses waren deutlich verschieden nach Farbe und Art. Am westlichen Ufer die Dünen der Sahara, flammend orange und wild wie die Beduinen, denen es als einzigen Sterblichen gelang, dort zu überleben. Am östlichen Ufer die arabische Wüste, braun und schmutziggrau zwischen schwarzen Bergen, die traumähnlich in der flirrenden Hitze tanzten. Diese Wüsten hatten nur eins gemein: Sie mordeten Menschen.

Welch herrlicher Gegensatz dazu war die Insel Elephantine! Wie ein grüner Edelstein funkelte sie in der Silberkrone des Nils. Sie verdankte ihren Namen den gerundeten grauen Granitblöcken, die sich in großer Zahl am Ufer fanden und einer Herde jener Dickhäuter glichen; zudem war sie seit tausend Jahren Mittelpunkt des Handels mit Elfenbein aus dem Barbarenland Kusch hinter dem Katarakt.

Pharaos Palast nahm fast die ganze Insel ein, und Spötter behaupteten, er habe ihn am südlichsten Rande seines Reiches errichtet, um möglichst weit von dem roten Thronräuber im Norden entfernt zu sein.

Die weite Wasserfläche, welche die Insel umgab, schützte sie vor feindlichen Angriffen, aber die Stadt hatte sich auch auf die beiden Ufer ausgedehnt. Nach Theben war West- und Ost-Elephantine die größte und volkreichste Stadt des Oberen Königreichs; Memphis, dem Sitz des falschen Pharao vom Unteren Königreich, eine würdige Rivalin.

Auf der Insel Elephantine wuchsen die Bäume so üppig wie an keinem anderen Ort in Ägypten. Hunderte von Nilüberschwemmungen hatten Samen herangetragen, und sie hatten Wurzeln geschlagen im fruchtbaren Lehm, der ebenfalls von den rastlosen Wassern angelandet wurde.

Pharaos Palast war auf dem festen Granit errichtet, welcher unter der Erde lag und gleichsam das Knochengerüst der Insel bildete. Ich habe mich oft darüber verwundert, daß unsere Könige soviel von ihrem Reichtum an den Bau gewaltiger Gräber aus Granit und Marmor wandten, während sie es zu Lebzeiten zufrieden waren, in Palästen mit Mauern aus Lehm und Dächern aus Binsenrohr zu wohnen. Im Vergleich zu dem prachtvollen Begräbnistempel, den ich bei Karnak für Pharao Mamose errichtete, war der Palast auf der Insel Elephantine äußerst bescheiden. Vermutlich hatte das heillose Durcheinander aus roten Lehmwänden und Dächern mit sonderbar schiefen Winkeln eine Art von ländlichem Reiz; ich aber brannte darauf, Richtscheit und Senkblei zur Hand zu nehmen.

Natürlich wurden wir im ummauerten Harem an der Nordspitze der Insel untergebracht; Größe und Einrichtung unserer Gemächer waren eine Bestätigung der Gunst, in der wir nicht nur beim König, sondern auch beim Hofmeister standen. Aton hatte uns diese Räumlichkeiten zugewiesen. Er war, wie die meisten, dem natürlichen Zauber meiner Herrin erlegen und gehörte zu ihren unverhohlensten Bewunderern.

Er stellte uns ein ganzes Dutzend weitläufiger und luftiger Kammern mit eigener Küche und eigenem Hof zur Verfügung. Ein Nebentor in der Haremsmauer führte zum Ufer des Flusses und einer steinernen Mole. Gleich am ersten Tag kaufte ich ein kleines Boot, damit wir fischen und Wasservögel jagen konnten, und vertäute es am Kai.

Aber weder meine Herrin noch ich waren zufrieden, und wir machten uns sofort daran, unser neues Zuhause zu verbessern und zu verschönern. Im Hof legte ich einen Garten an. Er hatte einen offenen Pavillon, unter dessen Binsendach wir in der Hitze des Tages sitzen konnten und wo ich meine Falken hielt.

Bei der Mole stellte ich ein Schaduf auf, es sollte aus dem Nil einen ständigen Strom schöpfen, welchen ich durch Keramikröhren in unseren Garten mit seinen Lilien- und Fischteichen leitete. Überschüssiges Wasser floß durch eine Rinne ab. Diese führte ich durch die Mauer der Kammer meiner Herrin in einen mit Wandschirm abgeteilten Winkel des Raumes und zur anderen Seite wieder hinaus, von wo das Wasser in den Nil zurückgelangte. Ich schnitzte einen Leibstuhl aus Zedernholz, versah die Sitzfläche mit einem Loch und stellte ihn über die Rinne, so daß alles, was durch das Loch fiel, fortgeschwemmt wurde. Meine Herrin war entzückt von dieser Neuerung und verbrachte weitaus mehr Zeit auf dem Stuhl, als nötig war.

Die Wände unseres Quartiers bestanden aus unverputztem rotem Lehm. Wir planten Fresken für alle Gemächer. Ich zeichnete die Entwürfe und übertrug sie auf die Wand. Dann malten meine Herrin und ihre Dienerinnen sie aus. Die Fresken zeigten mythologisch Szenen, aber auch Landschaften, die von herrlichen Tieren und Vögeln belebt waren. Natürlich wählte ich Lostris als Modell für die Göttin Isis. Nahm es da noch wunder, daß überall die Gestalt von Horus erschien und daß er auf Wunsch meiner Herrin mit rotgoldenem Haar abgebildet war und erstaunlich vertraut aussah?

Die Fresken erregten im ganzen Harem Aufsehen, und eine jede von den königlichen Frauen besuchte uns, um Sorbet zu trinken und die Malereien zu betrachten. Wir hatten etwas in Mode gebracht, und man bewegte mich dazu, beratend bei der Umgestaltung so mancher Haremswohnung mitzuwirken, natürlich gegen angemessenes Entgelt. Dabei gewannen wir neue Freundinnen unter den königlichen Frauen und vermehrten unser Vermögen noch einmal beträchtlich.

Bald erfuhr auch Pharao von den Fresken und kam in eigener Person, um sie zu besichtigen. Lostris führte ihn durch sämtliche Gemächer, und der König bemerkte auch ihren neuen Wasserstuhl, auf den sie so stolz war, daß sie ihn, als Pharao sie darum bat, ohne Zögern vorführte.

Ach, sie war noch so unschuldig, daß ihr ganz entging, welche Wirkung diese Vorführung auf ihren Gatten hatte. Ich sah ihm an, daß jeder Versuch, ihn über die neunzig Tage hinaus zu vertrösten, sich äußerst schwierig gestalten würde.

Nach dem Rundgang saß Pharao im Pavillon, trank einen Becher Wein und lachte schallend über Lostris' geistreiche Aussprüche. Schließlich wandte er sich mir zu. »Taita, du mußt mir einen ebensolchen Garten mit Teichen und Pavillon anlegen – nur sehr viel größer, und wenn du schon dabei bist, kannst du mir auch gleich einen Wasserstuhl bauen.«

Als er schließlich aufbrach, gebot er mir, ihn eine kleine Wegstrecke zu begleiten, um sich über den neuen Garten zu unterhalten. Doch ich wußte, was er wirklich wollte. Wir hatten den Harem kaum verlassen, da redete er schon in erstaunlicher Offenheit.

»Letzte Nacht habe ich von deiner Herrin geträumt«, berichtete er, »und als ich erwachte, merkte ich, daß sich mein Samen ins Bett ergossen hatte. Dies ist mir seit meinen Jugendjahren nicht mehr geschehen. Deine kleine Herrin geht mir nicht aus dem Sinn, ob ich schlafe oder wache. Ich habe keinen Zweifel, daß ich einen Sohn mit ihr zeugen kann. Wir sollten nicht länger warten. Was meinst du, bin ich bereit für einen Versuch?«

»Ich empfehle dir dringend, die neunzig Tage einzuhalten, Hoheit. Jeder verfrühte Versuch wäre eine Torheit.« Des Königs Begierde als Torheit zu bezeichnen, war gefährlich, aber ich wollte sie zügeln und war zum äußersten entschlossen. »Es wäre sehr unklug, unsere Aussichten auf Erfolg zu schmälern – also fasse dich in Geduld.« Schließlich obsiegte ich, doch als ich Pharao verließ, blickte er mürrischer drein denn je.

Nach meiner Rückkehr in den Harem warnte ich Lostris, der König trage sich mit ernsten Absichten, und da ich sie so gründlich darauf vorbereitet hatte, sich ins Unvermeidliche zu fügen, zeigte sie keine übermäßige Verzweiflung. Sie hatte sich vollkommen mit ihrer Rolle als Pharaos Lieblingsfrau abgefunden, und mein Versprechen, daß ihre Gefangenschaft auf der Insel Elephantine befristet sei, machte ihr alles leichter. Um der Wahrheit die Ehre zu geben: Im Grunde konnte man unseren Aufenthalt nicht als Gefangenschaft bezeichnen. Wir Ägypter ehren unsere Frauen und behandeln sie, wenn schon nicht als ebenbürtig, so doch rücksichtsvoll. Ein Mann darf sein Weib nicht schlagen, ohne bei der Obrigkeit um Genehmigung nachzusuchen, und er ist von Gesetzes wegen verpflichtet, es seinem Stande entsprechend zu kleiden, zu nähren und zu erhalten. Eine königliche Frau oder die Gemahlin eines Adligen muß nicht im Harem bleiben, sondern kann sich, wenn sie, wie es sich ziemt, von ihrem Gefolge begleitet wird, in der Stadt oder auf dem Lande ergehen. Sie ist nicht gezwungen, ihre Reize zu verbergen, sondern darf, der Mode oder ihrer eigenen Laune entsprechend, mit unbedecktem Gesicht und entblößten Brüsten an der Tafel ihres Mannes sitzen und dessen Gäste mit Gespräch und Gesang unterhalten.

Sie kann, unabhängig vom Besitz ihres Mannes, selbst Sklaven und Land und Vermögen haben, wenngleich die Kinder, welche sie gebiert, nur ihm gehören. Sie darf fischen, mit Falken jagen und sich sogar in der Kunst des Bogenschießens üben. Ringen und Schwertkampf sind freilich Männern vorbehalten, und es gibt einige Tätigkeiten, die Weibern verwehrt sind, wie der Beruf des Advokaten oder der des Baumeisters. Trotzdem ist eine Frau von hoher Geburt eine einflußreiche Person, die Würde besitzt und Rechte hat.

So stand es denn meiner Herrin und mir frei, den Harem zu verlassen und die Zwillingsstadt diesseits und jenseits des Nils samt ihrer Umgebung zu erkunden. Bald war Lostris in ganz Elephantine beliebt; auf den Straßen scharte sich das Volk um sie, erbat ihren Segen und hoffte auf ihre

Großzügigkeit. Meine Herrin wies mich an, stets einen großen Beutel voller Gebäck und Naschwerk bei mir zu führen, aus welchem sie reichlich jedem Gassenkind gab, das ihr zu hungern schien. Wo immer wir gingen, begleitete uns eine kreischende tanzende Kinderschar.

Meine Herrin saß gern mit der Hausfrau auf der Schwelle eines ärmlichen Hauses oder mit einem Bauern unter einem Baum an dessen Feld und lauschte ihren Klagen und Kümmernissen. Und bei der ersten sich bietenden Gelegenheit brachte sie dieses Pharao zu Gehör. Oft lächelte er milde und stimmte der Abhilfe zu, die sie vorschlug. So erwarb sich Lostris den Ruf einer Fürsprecherin des Volkes. Auch in den trübseligsten und ärmsten Vierteln der Stadt lächelten die Menschen, wenn sie ihrer ansichtig wurden.

An anderen Tagen fischten wir von unserem kleinen Boot aus in den stillen Wassern der Lagunen, welche die Nilüberschwemmung hinterlassen hatte, oder wir legten Köder für Wildvögel aus. Ich hatte meiner Herrin einen kleinen Bogen gebaut. Natürlich ließ er sich nicht mit Tanus' großem Bogen Lanata vergleichen, doch er genügte für Vögel, die wir erlegen wollten. Lostris konnte besser schießen als die meisten Männer, und bei nahezu jedem Pfeil, den sie schwirren ließ, mußte ich ins Wasser springen und hinausschwimmen, um eine Ente oder eine Gans zu bergen.

Von frühester Jugend an, sobald sie die nötige Kraft und Ausdauer besaß, hatte ich Lostris erlaubt, Tanus und mich zur Jagd und zum Fischen zu begleiten. Der Herr Intef hatte mir die Ausflüge mit Tanus nicht untersagt, vielleicht um seinen Haß auf den Rivalen, den edlen Herrn Harrab, zu verbergen.

Vor Jahren hatten Tanus und ich eine verlassene Fischerhütte am Rande des Sumpfes außerhalb von Karnak in Besitz genommen und zu unserem geheimen Stützpunkt für die Jagd gemacht. Bis zur Wüste war es nur ein kleines Stück Wegs, und so hatten wir von der Hütte aus die Möglichkeit, in der Lagune zu fischen oder Wildvögel zu schießen oder aber mit meinen Falken in der Wüste Jagd auf die Riesentrappe zu machen.

Anfänglich hatte Tanus sich dagegen gesträubt, daß dieses schlaksige neunjährige Mädchen, mager und flachbrüstig wie ein Knabe, in unsere Welt eindrang. Bald aber hatte er sich an ihre Gegenwart gewöhnt und sogar Gefallen daran gefunden, jemanden Aufträge ausführen und lästigere Arbeiten in einer Jagdhütte verrichten zu lassen.

So hatte sich Lostris nach und nach das überlieferte Wissen um die freie Natur angeeignet, bis sie jeden Fisch und jeden Vogel bei seinem Namen kannte und die Harpune ebenso geschickt zu handhaben vermochte wie den Bogen. Am Ende war Tanus so stolz auf sie, als hätte *er* sie gebeten, sich uns anzuschließen.

Auch an dem Tag, da Tanus den Viehräuber, einen Löwen erlegte, war sie bei uns. Die dunkle Mähne des alten Löwen wellte sich, wenn er ausschritt, wie ein Kornfeld im Wind, und seine Stimme glich dem Donner des Himmels. Wir hetzten meine Meute auf ihn und folgten ihr, als sie ihn bei der Koppel am Nil stellte, wo er seinen letzten Ochsen gerissen hatte. Die Hunde kreisten ihn am Ende eines Hohlwegs ein. Sobald wir auftauchten, fegte der Löwe die Hunde beiseite und griff uns an.

Knurrend und brüllend kam er auf uns zu, aber meine Herrin stand unerschütterlich einen Schritt hinter Tanus, ihren kleinen Bogen gespannt.

Natürlich hatte Tanus das Tier getötet, ihm einen Pfeil von dem großen Bogen Lanata in den aufgerissenen Schlund geschossen, doch beide hatten wir Lostris' Mut gesehen. Ich glaube, an diesem Tag war Tanus sich seiner wahren Empfindungen für sie bewußt geworden. Und für meine Herrin war die Jagd auf immer mit Erinnerungen an ihren Liebsten verknüpft. Seit damals war sie eine eifrige Jägerin. Sie hatte von Tanus und mir gelernt, die Beute zu achten, ja zu lieben, sich aber keinesfalls mit Schuldgefühlen zu belasten, wenn sie ein Recht ausübte, das uns die Götter gegeben haben: die anderen Geschöpfe der Erde als Lastenträger zu nutzen, als Nahrung zu verwenden und als Wild zu jagen.

Doch wie wir Herrschaft über die Tiere haben, hat Pharao Herrschaft über uns alle, und niemand darf sich ihm widersetzen. Und so schickte der König am neunzigsten Tag Aton, meine Herrin zu holen.

Unserer alten Freundschaft und seiner eigenen Zuneigung zu Lostris wegen hatte Aton mich vorgewarnt, ehe er kam, und ich konnte die letzten Vorbereitungen rechtzeitig treffen.

Zum letztenmal wiederholte ich meiner Herrin, was sie zu Pharao sagen und wie sie sich gegen ihn benehmen mußte. Dann trug ich den Balsam auf, welchen ich für diese Gelegenheit bereitet hatte. Er sollte nicht nur als Gleitmittel dienen, sondern enthielt auch die Essenz eines Heilkrauts, das ich bei anderen Patienten verwende, um Zahnschmerzen und kleinere Beschwerden zu lindern. Es betäubt auch die empfindlichen Schleimhäute des Körpers.

Lostris blieb tapfer, bis Aton an der Tür ihrer Kammer erschien. Erst da verließ sie der Mut, und sie wandte sich mir mit in Tränen schwimmenden Augen zu.

»Ich kann nicht allein gehen. Ich fürchte mich. Bitte komm mit mir, Taita.« Sie war blaß unter der Schminke, die ich ihr so sorgfältig aufgelegt hatte, und ein Schüttelfrost packte sie, so daß ihre Zähne leise klapperten.

»Herrin, du weißt selbst, daß das nicht möglich ist. Pharao hat nach *dir* geschickt. Dies eine Mal kann ich dir wirklich nicht helfen.«

Doch jetzt stand ihr Aton bei. »Vielleicht kann Taita mit mir im Vorzimmer zum Schlafgemach des Königs warten. Schießlich ist er Pharaos Leibarzt, und es könnte sein, daß seine Dienste benötigt werden«, sagte er mit seiner hellen Stimme, und meine Herrin stellte sich auf die Zehenspitzen, um ihn auf seine Pausbacken zu küssen.

»Du bist so freundlich, Aton«, hauchte sie, und er errötete.

Lostris hielt sich an mir fest, als wir Aton durch das Labyrinth der Korridore zu den Gemächern des Königs folgten. Im Vorzimmer drückte sie mir die Hand. Dann ließ sie mich los und ging zu der Tür, die in Pharaos Schlafgemach führte. Sie zögerte wieder und blickte zu mir zurück. Noch nie hatte sie so jung und verletzlich ausgesehen. Mir brach das Herz, aber ich lächelte, um sie zu ermutigen. Endlich wandte sie sich von mir ab und schritt durch den Vorhang. Ich hörte des Königs gemurmelten Gruß und ihre leise Antwort.

Aton hieß mich auf einen Stuhl an dem niedrigen Tisch Platz zu nehmen und legte wortlos das Bao-Brett zwischen uns. Ich spielte ohne Aufmerksamkeit, und Aton gewann dreimal hintereinander. Er hatte mich zuvor nur selten geschlagen, doch ich war abgelenkt von den Stimmen hinter dem Vorhang, wenngleich sie so leise waren, daß ich nicht verstand, was gesprochen wurde.

Dann hörte ich meine Herrin – genau wie ich es ihr empfohlen hatte – recht deutlich sagen: »Sei zart mit mir, Hoheit. Ich flehe dich an, bereite mir keine Schmerzen.« Diese Bitte war so ergreifend, daß Aton hüstelte und sich die Nase am Ärmel putzte, während ich an mich halten mußte, um nicht aufzuspringen, durch den Vorhang zu stürmen und Lostris fortzutragen.

Eine Weile herrschte Schweigen. Dann ertönte ein spitzer, schluchzender Schrei, der mir in der Seele weh tat, und dann trat wieder Stille ein.

Aton und ich saßen über das Bao-Brett gebeugt, gaben aber nicht einmal mehr vor zu spielen. Ich weiß nicht, wie lange wir warteten, aber es muß zur Zeit der letzten Wache gewesen sein, als ich endlich das Schnarchen eines alten Mannes vernahm. Aton schaute zu mir auf und nickte. Dann erhob er sich schwerfällig.

Ehe er noch beim Vorhang war, teilte sich dieser bereits, und meine Herrin kam auf mich zu. »Bring mich nach Hause, Taita«, flüsterte sie.

Ohne nachzudenken, nahm ich sie in die Arme und hob sie empor. Sie legte die Arme um meinen Hals und den Kopf auf meine Schulter, wie sie es als kleines Mädchen getan hatte.

Aton leuchtete uns mit einer Öllampe, als wir zurück zum Harem gingen. An der Tür zum Schlafgemach meiner Herrin verließ er uns. Ich legte Lostris aufs Bett.

»Hast du Schmerzen, meine Kleine?« fragte ich leise, und sie schüttelte den Kopf.

Dann lächelte sie mich ganz unerwartet an. »Ich weiß nicht, was all die Aufregung sollte«, murmelte sie. »Letzten Endes war es nicht schlimmer, als deinen Wasserstuhl zu benutzen, und es hat auch nicht viel länger gedauert.« Damit rollte sie sich zusammen und schlummerte ein.

Ich weinte fast, so erleichtert war ich. Meine Vorbereitungen hatten sich als hilfreich erwiesen. Lostris hatte keinen Schaden an ihrer süßen Seele genommen.

Am nächsten Morgen gingen wir zur Falkenjagd, als wäre nichts geschehen, und meine Herrin erwähnte die Ereignisse der letzten Nacht nur ein einziges Mal. Als wir am Flußufer einen Imbiß einnahmen, fragte sie grüblerisch: »Meinst du, mit Tanus wird es genauso sein, Taita?«

»Nein, Herrin. Tanus und du – ihr liebt euch. Es wird der schönste Augenblick in deinem Leben sein«, versicherte ich ihr.

»Ja, tief in meinem Herzen weiß ich, daß es so sein wird«, flüsterte Lostris, und beide schauten wir unwillkürlich nach Norden, wo Karnak lag, weit hinterm Horizont.

Zwar kannte ich meine Pflichten gegen Tanus, doch das Leben auf der Insel war so angenehm und ich genoß die Gesellschaft meiner Herrin so sehr, daß ich meine Abreise noch einmal mit der Ausrede verzögerte, sie brauche mich. In Wahrheit hatte Lostris, obwohl Pharao sie Nacht für Nacht holen ließ, eine zähe und unverwüstliche, auf Selbsterhaltung bedachte Seite. Binnen kürzestem lernte sie, dem König gefällig zu sein und gleichzeitig in ihrem Innersten unberührt zu bleiben. Sie brauchte mich nicht so sehr wie Tanus. Und so begann sie denn auch, mir zuzusetzen: Ich sollte sie in Elephantine zurücklassen und flußabwärts fahren.

Ich zögerte immer noch, bis wir eines Abends – wir hatten den Tag mit dem Pharao im Freien verbracht – spät in den Palast zurückkehrten. Ich trug Sorge dafür, daß meiner Herrin ein Bad eingelassen und ein Nachtmahl aufgetragen wurde; dann zog ich mich zurück.

Als ich in meine Kammer trat, erfüllte der köstliche Geruch von reifen Granatäpfeln die Luft. Auf dem Boden stand ein geschlossener Korb mit diesen meinen Lieblingsfrüchten, was mich nicht sonderlich überraschte, denn es verging nach wie vor kein Tag, ohne daß meiner Herrin und mir von Leuten, die unsere Gunst zu erlangen versuchten, Geschenke gesandt wurden.

Ich fragte mich, von wem diese Gabe stammen mochte; verführerisch stieg mir der Duft in die Nase. Seit der Mittagszeit hatte ich nichts gegessen, und so hob ich den geflochtenen Deckel vom Korb und streckte die Hand nach dem reifsten Granatapfel aus. Da fiel die Frucht heraus und rollte über den Boden. Ein zischendes Geräusch ertönte, und dann plumpste ein großer schwarzer Ball mit zahlreichen Windungen und schimmernden Schuppen aus dem Korb und steuerte meine Beine an.

Ich sprang zurück, aber nicht schnell genug. Die Schlange schloß ihren Kiefer mit solcher Kraft um den Lederabsatz meiner Sandale, daß ich fast das Gleichgewicht verlor. Eine helle Wolke sprühte aus den gebogenen Giftzähnen. Die todbringende Flüssigkeit netzte die Haut meines Knöchels, doch mit einem weiteren Sprung konnte ich dem zweiten Angriff entkommen, der unmittelbar auf den ersten folgte. Ich drückte mich in der äußersten Ecke des Raumes gegen die Wand.

Die Schlange befand sich nun in wenigen Schritten Entfernung genau mir gegenüber. Sie hatte den halben Körper eingeringelt, aber der vordere Teil war aufgerichtet und der Kopf ungefähr auf einer Höhe mit meiner Schulter. Wie eine fürchterliche Lilie des Todes, die auf ihrem Stengel schwankt, beobachtete mich die Schlange aus glitzernden kleinen Augen, und da merkte ich, daß sie zwischen mir und der einzigen Tür meiner Kammer stand.

Ich tastete mich an der Wand entlang, versuchte, die Schlange zu überlisten und mich in Sicherheit zu bringen. Doch sie warf sich mir entgegen. Ich stieß einen Schrei des Entsetzens aus, als ich von ihr fortsprang und mich wieder in meine Ecke drückte. Ich wußte, daß dieses Ungeheuer genug Gift in sich hatte, um hundert starke Männer zu töten. Ganz langsam entringelte sich der hintere Teil ihres Körpers, und sie begann auf mich zuzugleiten, den Kopf erhoben und die schrecklichen Augen starr auf mich gerichtet. Und ebenso starr war ich.

Plötzlich nahm ich hinter der Schlange eine Bewegung wahr. Lostris erschien in der Tür, herbeigerufen durch meinen Entsetzensschrei. Ich brüllte: »Gib acht! Komm nicht näher!«

Doch sie hörte nicht auf meine Warnung. Sie war beim Essen gewesen und hielt noch ein Stück Melone in der einen Hand, ein silbernes Messer in der anderen. Mit dem blitzschnellen Gespür der Jägerin handelte sie.

Tanus hatte sie gelehrt, die schwache und ungeschickte Wurfart aufzugeben, welche Frauen eigen ist, und sie schleuderte die Melone mit der Kraft und Zielsicherheit eines geübten Speerwerfers. Sie traf die Schlange am Kopf, und einen Augenblick streckte es die grausige Kreatur nieder. Dann peitschte sie erneut empor, wandte ihren furchtbaren Kopf gegen meine Herrin und strebte auf sie zu.

Endlich erwachte ich aus meiner Benommenheit und schickte mich an, Lostris zu helfen, doch ich war zu langsam. Ihren Schwanz als Drehpunkt benutzend, schoß die Schlange vorwärts. Meine Herrin sprang zurück, rasch und wendig wie eine Gazelle. Die Schlange verfehlte sie, und einen Augenblick warf es sie flach auf den Boden.

Ich weiß nicht, was in Lostris gefahren war, aber es hatte ihr ja nie an Mut gefehlt. Sie sprang vorwärts, ehe die Schlange sich wieder aufrichten konnte, landete mit ihren zierlich beschuhten Füßen auf dem Kopf des Reptils und drückte es mit ihrem Gewicht nieder.

Vielleicht hatte sie gehofft, ihm das Rückgrat zu brechen, doch die Schlange war so dick wie Lostris' Handgelenk und ungeheuer kräftig. Zwar konnte sie den Kopf nicht bewegen, doch sie richtete ihren langen Körper auf, bog ihn und wand sich um Lostris' Beine. Eine Frau von geringerem Verstand hätte wahrscheinlich versucht, dieser hassenswerten Umklammerung zu entrinnen. Hätte meine Herrin das getan, so wäre sie gestorben, denn in dem Augenblick, da sie den Kopf der Schlange freigegeben hätte, wäre der tödliche Angriff erfolgt.

Statt dessen blieb sie mit beiden Füßen auf der sich windenden Schlange stehen, breitete die Arme aus, um das Gleichgewicht zu halten, und rief: »Hilf mir, Taita!«

Ich hatte bereits den halben Weg durch die Kammer zurückgelegt. Nun tat ich einen letzten Sprung und griff zwischen die Windungen des Schlangenkörpers, der Lostris' Beine umspannte. Ich tastete mich vor bis zu der Stelle, an welcher die Halswirbel begannen, packte dort zu und schloß beide Hände zum Würgegriff.

»Ich habe sie!« schrie ich, fast von Sinnen vor Haß auf diese kalte, schuppige Kreatur, die zwischen meinen Fingern zappelte. »Ich habe sie! Fort mit dir, Herrin! Aus dem Weg!«

Lostris sprang gehorsam zurück; ich kam auf die Beine und faßte die Schlange mit verzweifelter Anstrengung, versuchte, ihre weitaufgerissenen Kiefer von meinem Kopf fernzuhalten. Ihr Hinterleib peitschte rückwärts, wand sich um meine Schultern und meinen Hals, drohte mich zu erdrosseln. Sie war erschreckend stark; meine Kraft reichte nicht, um sie zu bändigen. Sie bekam ihren Kopf frei, zog ihn unerbittlich zurück. In diesem Augenblick, da sie sich aus meinem Griff löste, würde sie mir ins Gesicht schnellen.

»Sie entgleitet mir!« rief ich, mehr an mich selbst denn an Lostris gewandt. Ich hielt die Schlange auf Armeslänge, doch sie schob sich weiter gegen mich vor, näherte sich meinen Augen, und ich spürte, wie Wellen von Kraft sie durchpulsten. Die Windungen um meinen Hals zogen sich zusammen, und Stück für Stück glitt der Kopf aus meinen

Fingern. Meine Knöchel traten weiß hervor, so fest packte ich zu, aber die Schlange war meinem Gesicht schon so nahe, daß ich die Giftzähne vor ihrem weitaufgerissenen Schlund sah. Ich wußte, auch nur ein kleiner Tropfen Gifts in meinen Augen würde mich blenden, und der brennende Schmerz würde mich schier um den Verstand bringen.

Ich drehte den Kopf der Schlange noch einmal von meinem Gesicht fort und schrie verzweifelt: »Hol einen Sklaven zu Hilfe!«

»Auf den Tisch mit ihr!« sagte meine Herrin. »Halt ihren Kopf auf dem Tisch fest!« Ich war entsetzt. Ich dachte, sie hätte meinem Befehl gehorcht, aber sie war an meiner Seite geblieben. Immer noch hielt sie das silberne Messer in der Hand.

Die Schlange mit mir zerrend, stolperte ich zum Tisch und fiel dort auf die Knie. Mit großer Mühe drückte ich den Kopf des Reptils über die Tischkante und hielt ihn fest. Meine Herrin schwang das Messer und hieb auf die Halswirbel der Schlange ein.

Das Ungetüm verdoppelte seine Anstrengung. Windung um Windung packte es zu und wand sich um meinen Kopf. Ohrenbetäubendes Zischen drang aus seinem Schlund.

Das kleine Messer war scharf, und das geschuppte Fleisch begann sich zu teilen. Kühles Schlangenblut quoll über meine Finger, doch die Klinge verhakte sich am Rückgrat. Mit aller Kraft, das Gesicht vor Mühe verzerrt, sägte meine Herrin an den Knochen. Meine Finger waren glitschig vom Lebenssaft des Reptils; der Kopf entglitt mir und die Schlange war frei. Doch im selben Augenblick drang das Messer zwischen zwei Wirbeln ein und zerteilte das Rückgrat endgültig. An einem Fetzen Haut hängend, zuckte der Kopf der Schlange im Todeskampf hin und her. Und immer noch sonderten die Giftzähne ihren Inhalt ab. Mit fliegenden Fingern riß ich an dem langen Leib und vermochte ihn schließlich von meinem Hals zu entfernen und auf den Boden zu schleudern.

Selbst als Lostris und ich zur Tür gingen, machte die Schlange noch die absonderlichsten Verrenkungen. Sie verknotete sich, rollte sich zum Ball zusammen.

»Bist du verletzt, Herrin?« fragte ich, ohne den Blick von der sich windenden Schlange wenden zu können. »Ist dir Gift in die Augen oder auf die Haut gekommen?«

»Nein, mir geht es gut«, hauchte Lostris. »Und dir, Taita?« Ihr Tonfall beunruhigte mich derart, daß ich meine eigene Not vergaß, und ich schaute sie an. Die Nachwirkungen der Gefahr zeigten sich, sie begann zu zittern. Ich mußte sie aus dem eisigen Griff des Schrecks befreien.

»Nun«, sagte ich knapp, »damit ist fürs morgige Nachtmahl gesorgt. Ich esse zu gern Schlangenbraten.«

Lostris starrte mich einen Augenblick verständnislos an. Dann lachte sie schrill. Und mein Gelächter war nicht weniger wild. Hilflos hielten wir uns aneinander fest und lachten, bis uns die Tränen über die Wangen rannen.

Ich wollte unseren Koch nicht bemühen, und so bereitete ich die Schlange selbst zu. Ich enthäutete sie und nahm sie aus. Dann füllte ich sie mit wildem Knoblauch und anderen Gewürzen sowie einem Klumpen Fett von einem guten Widder, rollte sie zusammen, wickelte sie in Palmblätter und überzog alles mit einer dicken Schicht nassen Tons. Schließlich legte ich das Bündel in ein Feuer, welches ich den ganzen Tag brennen ließ.

Am Abend, als ich den gebrannten Ton aufschlug, lief uns das Wasser im Munde zusammen, so herrlich duftete das saftige weiße Fleisch. Manche, die an meiner Tafel gespeist haben, sagen, sie hätten nie köstlichere Gerichte gegessen als meine, und wer bin ich, meinen Gästen zu widersprechen?

Ich tischte meiner Herrin die mürben Bratenstücke zu einem vorzüglichen Wein auf, den Aton in Pharaos Vorratskammer gefunden hatte. Lostris bestand darauf, daß ich im Gartenpavillon mit ihr schmauste. Wir stimmten darin überein, daß dieses Fleisch besser munde als Krokodilschweif und feinster Barsch aus dem Nil.

Erst als wir uns sattgegessen und die Reste den Dienerinnen meiner Herrin geschickt hatten, unterhielten wir uns darüber, von wem der Obstkorb gekommen sein mochte.

Ich wollte meine Herrin nicht in Besorgnis versetzen und versuchte einen Scherz: »Es war bestimmt jemand, dem mein Gesang nicht gefällt!« Doch so billig ließ sie sich nicht abspeisen.

»Reiß keine Possen, Taita. Dafür hast du wenig Talent. Ich glaube, du weißt, wer es war – und ich glaube, ich weiß es auch.«

Ich starrte sie an, nicht sicher, wie ich mit dem verfahren sollte, was kommen würde. Ich hatte Lostris immer behütet, auch vor der Wahrheit. Und nun fragte ich mich, wie weit sie mich durchschaut hatte.

»Es war mein Vater«, fuhr sie mit solcher Entschiedenheit fort, daß ich nicht widersprechen konnte. »Erzähl mir von ihm, Taita. Erzähl mir alles, was ich von ihm wissen muß und was du mir nie zu sagen wagtest.«

Ich tat mich schwer. Lebenslange Verschwiegenheit kann nicht binnen kürzester Frist abgelegt werden. Es bereitete mir immer noch Mühe, mir zu vergegenwärtigen, daß ich nicht mehr zum Besitz des Herrn Intef gehörte. So sehr ich ihn stets gehaßt hatte, er hatte mich seit meiner

Kindheit beherrscht, und in mir war eine Art widersinniger Treue zurückgeblieben, die es mir fast unmöglich machte, offen über ihn zu sprechen. Ich versuchte Lostris abzuwehren, indem ich ihr die geheimen Tätigkeiten ihres Vaters nur andeutete, doch sie wurde ungehalten.

»Laß das, Taita! Du mußt mich nicht für töricht halten. Ich weiß mehr von meinem Vater, als du ahnst; und es ist an der Zeit, daß ich auch den Rest erfahre. Erzähl mir alles. Das ist ein Befehl.«

So gehorchte ich denn, und es gab so viel zu erzählen, daß der Vollmond schon hoch am Himmel stand, als ich schließlich endete. Danach saßen wir lange in Schweigen. Ich hatte nichts ausgelassen und in keiner Weise versucht, meinen Anteil zu beschönigen.

»Kein Wunder, daß er dir den Tod wünscht«, flüstere Lostris schließlich. »Mit deinem Wissen könntest du ihn vernichten.« Sie schwieg wieder eine Weile, und dann fuhr sie fort: »Mein Vater ist ein Ungeheuer. Wie kann es sein, daß ich anders bin als er? Warum habe ich nicht die gleichen widernatürlichen Triebe?«

»Wir müssen den Göttern dafür danken, daß du sie nicht hast. Aber verachtest du mich nicht für meine Taten, Herrin?«

Lostris faßte meine Hand. »Du vergißt, daß ich dich mein Leben lang kenne, von dem Tag an, da meine Mutter im Kindbett starb. Ich weiß, wie du wirklich bist. Du wurdest zu allem gezwungen; natürlich vergebe ich dir.«

Lostris sprang auf und schritt unruhig um den Lilienteich. Dann kehrte sie zu mir zurück.

»Tanus ist in furchtbarer Gefahr. Bis zum heutigen Abend habe ich nicht ermessen, wie groß sie ist. Er muß gewarnt werden, damit er sich schützen kann. Du mußt jetzt zu ihm gehen, Taita, ohne noch einen Tag zu säumen.«

»Herrin...«, begann ich, aber sie schnitt mir das Wort ab.

»Nein, Taita, ich erhöre keine deiner schlauen Ausreden mehr. Morgen brichst du nach Karnak auf.«

So fuhr ich am nächsten Tag, ehe die Sonne aufging, allein mit unserem kleinen Boot zum Fischen. Allerdings trug ich Sorge dafür, daß mindestens ein Dutzend Sklaven und Wachen sah, wie ich die Insel verließ.

An einer abgelegenen Stelle der Lagune öffnete ich den Lederbeutel, in welchem ich einen Kater versteckt hatte, der mir zugelaufen war, ein trauriges altes Tier, von Räude befallen und mit schmerzhaften Geschwüren in beiden Ohren. Seit einiger Zeit hatte ich mich dafür gerüstet, ihn von seinem Elend zu erlösen. Nun gab ich ihm einen Brocken rohen

Fleisches, mit Stechapfelessenz getränkt. Während er fraß, hielt ich ihn auf meinem Schoß fest und streichelte ihn. Er schnurrte zufrieden. Sobald er schmerzlos verendet war, schnitt ich ihm die Kehle durch.

Ich sprenkelte das Boot mit seinem Blut und warf ihn ins Wasser. Die Krokodile würden ihn bald beseitigen. Dann stieß ich, meine Harpune, die Leinen und das andere Angelgerät zurücklassend, das Boot in die träge Strömung und watete durch das Papyrusdickicht, bis ich festen Boden unter den Füßen hatte.

Wir hatten vereinbart, daß meine Herrin mich erst nach Einbruch der Dunkelheit vermißt melden würde. Es würde bis morgen mittag dauern, ehe man das Boot fand und zu dem Schluß kam, ein Krokodil habe mich verschlungen oder ich sei einer Würgerbande zum Opfer gefallen.

Am Ufer angelangt, zog ich rasch das Gewand über, welches ich eigens mitgebracht hatte. Ich hatte mich für die Tracht eines Osiris-Priesters entschieden. Es bedurfte lediglich einer Perücke, einer Winzigkeit Schminke und des richtigen Kostüms, um die Verwandlung zu bewirken. Die Priester sind oft unterwegs, reisen vom einen Tempel zum anderen, um Almosen zu erbitten – oder, genauer gesagt, zu fordern. Ich würde also wenig Aufmerksamkeit erregen, und meine Kleidung hielt mir vielleicht die Würger vom Leib. Aus Aberglaube scheuten sie sich, den Gottesmännern etwas anzutun.

Ich ließ die Lagune hinter mir und begab mich nach West-Elephantine. Am Hafen trat ich an den Kapitän eines Lastkahns heran, der sein Fahrzeug mit Ledersäcken voller Getreide und Tonkrügen voller Öl belud. Mit angemessenem Maß an Hochmut verlangte ich in Osiris' Namen freie Fahrt nach Karnak. Der Schiffer zuckte die Achseln und spie auf die Decksplanken, erlaubte mir jedoch an Bord zu kommen. Zähneknirschend fügten sich die Menschen den erpresserischen Forderungen der Priester. Sie mögen sie verachten, aber sie fürchten ihre geistliche und weltliche Macht.

Es war Vollmond, und der Kapitän des Lastkahns war kühner als Admiral Nembet; wir gingen des Nachts nicht vor Anker. Bei günstigem Wind machten wir flotte Fahrt, nahmen am fünften Tag die Biegung des großen Flusses und sahen Karnak vor uns liegen.

Mir war ein wenig übel, als ich an Land ging, denn dies war meine Stadt, und jeder Bettler, jeder Müßiggänger wußte, wer ich war. Wenn ich erkannt wurde, würde der Herr Intef es erfahren, ehe ich das Stadttor erreichte. Doch meine Verkleidung tat ihren Dienst, und ich benutzte die Hintergassen, um zu Tanus' Haus in der Nähe der Liegeplätze des Geschwaders zu gelangen.

Die Tür war nicht verriegelt. Ohne zu zögern, trat ich ein und sperrte hinter mir zu. Die karg eingerichteten Kammern waren verlassen; ich fand nichts, was mir den Hinweis auf Tanus' Verbleib gegeben hätte. Er war offenbar schon vor längerer Zeit gegangen, vielleicht an dem Tag, an welchem meine Herrin und ich nach Elephantine aufgebrochen waren. Die Milch in dem Krug beim Fenster war zu hartem Käse getrocknet, und das Stück Fladenbrot auf dem Teller daneben war dick mit blauem Schimmel überzogen.

Soweit ich sehen konnte, fehlte nichts; selbst der Bogen Lanata hing noch an seinem Platz über dem Bett. Daß Tanus ihn zurückgelassen hatte, war mehr als ungewöhnlich. Ich versteckte die Waffe in einem Geheimfach, das ich für Tanus eingerichtet hatte, als er in diese Wohnung zog. Ich wollte mich möglichst nicht bei Tageslicht in der Stadt zeigen, und so blieb ich den Nachmittag über in Tanus' Kammern und beschäftigte mich damit, Staub und Dreck zu beseitigen.

Bei Einbruch der Dunkelheit stahl ich mich aus der Hütte und ging zum Fluß hinunter und sah die *Atem von Horus* am Kai liegen. Sie war offenbar im Einsatz gewesen und hatte dabei Schaden genommen. Der Bug war ein wenig eingedrückt, und die Bordwände mittschiffs waren angesengt.

Mit einigem Stolz stellte ich fest, daß Tanus meinen Vorschlag verwirklicht hatte. Am Bug, ein kleines Stück oberhalb der Wasserlinie, ragte der mit Metall beschlagene Rammsporn hervor. Auch er war beschädigt, und ich kam zu dem Schluß, daß er unter den Schiffen des roten Thronräubers gewütet hatte.

Doch weder Tanus noch Kratas waren an Deck. Ein junger Offizier, den ich flüchtig kannte, tat Dienst. Ich verwarf den Gedanken, ihn anzurufen, und machte mich statt dessen daran, die bevorzugten Aufenthaltsorte der Schiffer am Hafen zu durchstreifen.

Es sagte einiges über den Lebenswandel der Osiris-Priester aus, daß ich in den Spelunken und Freudenhäusern wie ein Stammgast begrüßt wurde. In einer minder verrufenen Schenke erkannte ich schließlich die beeindruckende Gestalt von Kratas. Er trank und saß mit Kameraden beim Würfelspiel. Ich näherte mich ihm nicht, aber ich beobachtete ihn. Unterdessen hatte ich mich der Angebote einer Reihe von Käuflichen beiderlei Geschlechts zu erwehren, die ihren Liebeslohn immer weiter herabsetzten in der Hoffnung, mich doch noch auf die dunkle Gasse locken und ihre Reize spielen lassen zu können. Sie alle ließen sich in keiner Weise durch mein priesterliches Halsband aus blauen Glasperlen abschrecken.

Als Kratas sich schließlich polternd von seinen Kameraden verabschiedete und auf die Gasse hinaustrat, folgte ich ihm erleichtert.

»Was willst du von mir, Liebling der Götter?« knurrte er verächtlich. »Begehrst du mein Gold oder mein Glied?«

»Dein Gold«, erwiderte ich. »Denn damit bist du reicher gesegnet als mit dem anderen, Kratas.« Er blieb stehen und starrte mich argwöhnisch an. Sein etwas grobes, aber gleichwohl hübsches Gesicht war ein wenig gerötet vom Bier.

»Woher kennst du meinen Namen?« Er packte mich an der Schulter, zerrte mich in einen erleuchteten Hauseingang und schaute mich prüfend an. Schließlich zog er mir die Perücke vom Kopf. »Bei den Haaren in Seths Hintern, du bist es, Taita!« röhrte er.

»Ich wäre dir dankbar, wenn du es unterließest, meinen Namen in alle Welt hinauszuposaunen«, sagte ich, und Kratas wurde sofort ernst.

»Komm mit! Wir gehen auf meine Stube.«

Dort angekommen, füllte er zwei Becher mit Bier. »Hast du nicht schon genug davon?« fragte ich, und er grinste.

»Das werden wir erst am Morgen wissen. Sei nicht so streng mit mir, Taita. Wir waren drei Wochen im Norden und haben die Flotte des falschen Pharao verkleinert. Bei Hapi, der Rammsporn, den du erfunden hast, wirkt Wunder! Wir haben an die zwanzig Galeeren zerstört und ein paar hundert Mordbuben den Kopf abgeschlagen. Es war eine Arbeit, die wahrhaftig durstig machte, aber in all der Zeit ist nichts als Wasser über meine Lippen gekommen. Also gönne mir jetzt mein Bier und trink mit!« Er hob seinen Becher, und auch ich hatte Durst. Ich trank auf Kratas' Wohl, doch als ich den Becher absetzte, fragte ich: »Wo ist Tanus?«

Kratas wurde mit einem Schlag nüchtern. »Tanus ist verschwunden«, antwortete er, und ich starrte ihn an.

»Verschwunden? Wie meinst du das? Hat er euer Unternehmen nicht geleitet?«

Kratas schüttelte den Kopf. »Nein. Er ist fort. Scheint sich in Luft aufgelöst zu haben. Ich habe meine Männer jedes Haus in Theben durchsuchen lassen. Keine Spur von ihm. Ich sage dir, Taita, ich mache mir Sorgen, große Sorgen.«

»Wann hast du ihn zum letztenmal gesehen?«

»Zwei Tage nach der Hochzeit. Ich habe versucht, ihn zur Vernunft zu bringen, den alten Dickschädel, aber er wollte nicht auf mich hören.«

»Was hat er gesagt?«

»Er hat mir den Oberbefehl über die *Atem von Horus* und das ganze Geschwader übertragen.«

»Das konnte er doch nicht!«

»Das konnte er sehr wohl. Kraft Pharaos Falkensiegel...«

Ich verstand. »Und dann? Was hat er dann getan?«

»Ich habe es dir gerade gesagt. Er ist verschwunden.«

Ich trank vom Bier und versuchte nachzudenken. Unterdessen trat

Kratas ans Fenster und schlug sein Wasser ab. Es plätscherte geräuschvoll auf die Straße, und ein erschrockener Nachtschwärmer schrie: »Gib doch acht, du Schwein!«

Kratas lehnte sich weit hinaus und bot dem anderen Prügel an, worauf der es schnell unterließ zu murren. Kichernd kehrte Kratas zu mir zurück, und ich fragte: »In welcher Stimmung war Tanus, als er dich verließ?«

Kratas wurde wieder ernst. »In der übelsten, die ich je beim ihm erlebt habe. Er verwünschte die Götter und Pharao. Er verwünschte sogar die edle Frau Lostris und nannte sie eine Königshure.«

Ich zuckte zusammen, doch ich wußte, hier sprach nicht mein Tanus. Es war die Stimme der verzweifelten und hoffnungslosen Liebe.

»Er hat gesagt, Pharao könnte seine Drohung, ihn erwürgen zu lassen, gern wahrmachen, er würde es als Erlösung empfinden. Oh, er war in großen Nöten, und es gab nichts, womit ich ihn trösten konnte.«

»Das war alles? Er hat dir nicht angedeutet, was er plante?« Kratas schüttelte den Kopf und schenkte sich noch einmal ein.

»Was ist mit dem Falkensiegel geschehen?« fragte ich.

»Er hat es mir überlassen. Sagte, er hätte keine Verwendung mehr dafür. Es ist in Sicherheit – an Bord der *Atem von Horus*.«

»Und was ist mit der Vorkehrung, die ich mit dir besprochen habe? Hast du getan, worum ich dich bat?«

Kratas stierte schuldbewußt in seinen Becher und murmelte: »Ich habe damit angefangen, aber als Tanus verschwunden war, erschien es mir sinnlos. Außerdem war ich mit dem Kampf im Norden beschäftigt.«

»Es ist sonst nicht deine Art, so unzuverlässig zu sein.« Ich wußte, daß die Enttäuschung eines von ihm geschätzten Menschen bei Kratas mehr bewirkte als Zorn. »Meine Herrin hat auf dich gebaut. Sie hat ihr ganzes Vertrauen in dich gesetzt. Kratas ist ein Fels – dies waren ihre Worte.«

Ich merkte, daß es verfing; Kratas war ein glühender Bewunderer meiner Herrin. Die bloße Andeutung, sie sei unzufrieden mit ihm, genügte, um ihn aus der Fassung zu bringen.

»Verflucht, Taita, du tust gerade so, als wäre ich ein feiger Schwachkopf...« Ich schwieg, aber Schweigen kann bohrender sein als Worte. »Was, in Horus' Namen, will die edle Frau Lostris von mir?«

»Nicht mehr als das, worum ich dich gebeten habe, ehe ich nach Elephantine aufbrach«, sagte ich, und Kratas setzte seinen Becher knallend auf dem Tisch ab.

»Ich bin Soldat. Ich kann nicht meine Pflicht vernachlässigen und das halbe Regiment in ein irrwitziges Abenteuer verwickeln. Als Tanus das Falkensiegel hatte...«

»Jetzt hast du es«, erwiderte ich freundlich.

Kratas stierte mich an. »Ohne Tanus kann ich keinen Gebrauch davon machen.«

»Du bist sein Stellvertreter. Tanus hat dir das Falkensiegel gegeben, damit du Gebrauch davon machst. Du weißt, was du damit anfangen sollst. Also tu es! Ich werde Tanus finden, und wenn wir uns wiedertreffen, mußt du bereit sein. Mühselige und blutige Arbeit steht uns bevor, und Tanus braucht dich. Laß ihn nicht noch einmal im Stich.«

Kratas wurde zornesrot. »Das nimmst du zurück«, bellte er.

»Mit Wonne, sobald du mir Anlaß dazu gibst«, antwortete ich. Ich liebe tapfere und redliche Männer. Man hat so leichtes Spiel mit ihnen.

Noch wußte ich nicht, wie ich Tanus finden sollte, doch ich verließ Kratas, damit er seinen Rausch ausschlafen konnte, und kehrte in die Stadt zurück, um die Suche aufzunehmen. Noch einmal machte ich die Runde bei seinen alten Aufenthaltsorten und befragte jeden Menschen, der ihn gesehen haben mochte; lief durch die Nacht, bis selbst die schlimmsten Spelunken und Freudenhäuser am Hafen ihre letzten Gäste hinausgeworfen und das Licht gelöscht hatten.

Als der Morgen dämmerte, stand ich müde und verzweifelt am Ufer des Nils und versuchte mich darauf zu besinnen, ob es irgendeine Möglichkeit gab, die ich außer acht gelassen hatte. Ein wilder, rauher Schrei schreckte mich auf. Hoch über mir zeichnete sich ein weit auseinandergezogener Schwarm von Wildgänsen gegen die blassen Gold- und Kupfertöne des östlichen Himmels ab. Sie riefen mir die glücklichen Tage ins Gedächtnis, die wir drei – Tanus, Lostris und ich – auf der Jagd in den Sümpfen zugebracht hatten.

»Du Narr!« schalt ich mich. »Natürlich!«

Inzwischen waren die Gassen des Geschäftsviertels von lärmenden, drängelnden Menschen gefüllt. Ich bahnte mir meinen Weg durch die Menge und den Tumult des Handelns und Feilschens, während die Krämer und Bauern ihre Ware für die Hausfrauen und die Einkäufer der Reichen auslegten. Es roch aufdringlich nach Gewürzen und Früchten, nach Gemüse und Fisch, und nach Fleisch, das zum Teil durchaus nicht frisch war. Rinder muhten und Ziegen meckerten, Advokaten schwangen hohle Reden, Priester psalmodierten, und Huren führten sich vor.

Ich spielte mit den Gedanken, mir einen Esel zu kaufen, denn es würde ein langer Fußweg sein zur heißesten Zeit im Jahr, und es wurden einige kräftige Tiere angeboten. Doch schließlich entschied ich mich gegen solche Verschwendung; nicht allein aus Sparsamkeit, sondern, weil ich wußte, daß außerhalb der Stadt ein teures Tier die Aufmerksamkeit der

Würger erregen würde. Für einen Fang dieser Art würden sie vielleicht sogar ihre religiösen Bedenken überwinden. Und so kaufte ich statt eines Esels nur eine Handvoll Datteln und einen Laib Brot, einen Lederbeutel zur Beförderung des Vorrats sowie eine aus einem Kürbis geformte Feldflasche. Dann machte ich mich auf den Weg zum Haupttor der Stadt.

Ich war noch nicht dort, als es vor mir einen kleinen Aufruhr gab; ein Trupp der Palastwachen zog in meine Richtung und erzwang sich mit lautem Geschrei freie Bahn. Dicht dahinter folgte ein halbes Dutzend Sklaven, das eine reichverzierte, mit Vorhängen versehene Sänfte trug. Ich war in der Falle, stand gegen die Lehmmauer eines Hauses gelehnt, und wußte sehr wohl, wer in der Sänfte saß und wer den Trupp befehligte. Doch ich konnte die Begegnung nicht vermeiden.

Panik ergriff mich. Wenn Rasfer mir nur einen flüchtigen Blick zuwarf, geschah mir vielleicht nichts; aber daß der Herr Intef mich trotz meiner Verkleidung sofort erkennen würde, daran bestand kein Zweifel. Neben mir stand eine alte Sklavin mit Brüsten wie große Ölamphoren und einer gewaltigen Kehrseite. Ich bewegte mich vorsichtig seitwärts, bis ihre massige Gestalt mich verdeckte. Dann zog ich meine Perücke tief ins Gesicht und lugte hinter der Frau hervor.

Trotz meiner Furcht empfand ich eine leise Regung ärztlichen Stolzes, weil Rasfer so kurz nach der Operation wieder auf den Beinen war. Er führte seine Leute geradewegs auf die Stelle zu, an der ich mich verbarg, und erst als er fast auf einer Höhe mit mir war, sah ich, daß die eine Hälfte seines Gesichts gleichsam zusammengebrochen war. Es sah aus, als wären seine unschönen Züge in Wachs geformt und dann in eine offene Flamme gehalten worden. Nicht selten ist dies die Folge einer Schädeloperation, mag sie auch noch so kunstgerecht ausgeführt worden sein. Die andere Hälfte von Rasfers Gesicht zeigte jedoch den gewohnten grimmigen Ausdruck. Er hatte zuvor schon abscheulich ausgesehen, doch nun würden Kinder, die ihn erblickten, vermutlich in Tränen ausbrechen, und ihre Eltern würden das Zeichen gegen den bösen Blick machen.

Er kam dicht an mir vorüber, gefolgt von der Sänfte. Durch einen Spalt in dem bestickten Vorhang erhaschte ich einen Blick auf den Herrn Intef, der lässig auf Kissen von reiner Seide ruhte. Ein jedes mußte mindestens fünf Goldringe gekostet haben.

Seine Wangen waren frisch rasiert und sein Haar zu zeremoniellen Locken gedreht. Seine Linke – die Finger starrten von edelsteinbesetzten Ringen – lag müde auf dem glatten braunen Schenkel eines hübschen jungen Sklaven, der wohl eine Neuerwerbung war, denn ich kannte ihn nicht.

Ich ließ vor Haß schier die Vorsicht fahren, als ich meinen ehemaligen

Besitzer betrachtete. Die zahllosen Kränkungen und Demütigungen, die ich unter ihm erlitten hatte, kamen mir wieder in den Sinn und quälten mich, und am meisten peinigte mich die letze Ungeheuerlichkeit. Indem er mir die Schlange schickte, hatte er auch das Leben meiner Herrin gefährdet. Hätte ich ihm alles andere zu verzeihen vermocht – das nicht.

Er drehte mählich seinen Kopf in meine Richtung, doch ehe sich unsere Blicke begegneten, duckte ich mich hinter die gewaltige Frau. Die Sänfte wurde davongetragen, und während ich ihr nachstarrte, entdeckte ich plötzlich, daß ich zitterte wie nach meinem Kampf mit der Schlange.

»Göttlicher Horus, erhöre meine Bitte. Vergönne mir keine Ruhe, bis er tot und zu seinem Herrn und Meister Seth heimgekehrt ist«, flüsterte ich und setzte meinen Weg zum Stadttor fort.

Die Überschwemmung hatte ihren Höhepunkt erreicht, und das Land am Fluß lag in der fruchtbaren Umarmung des Nils. Wie jedes Jahr legte er seinen schwarzen Schlamm auf unsere Felder. Wenn die Wasser zurückgegangen waren, würden diese dunkel schimmernden Flächen wieder in jenem Grün prangen, das Ägypten eigen ist. Der Schlamm und die Sonne würden uns drei Ernten bescheren, ehe der Nil erneut über die Ufer trat.

Die Felder waren mit Dämmen eingefaßt, welche die Flut hemmten und zugleich als Wege dienten. Ich folgte einem von ihnen in östlicher Richtung, bis ich den felsigen Grund vor den Bergen erreichte, und wandte mich dann nach Süden. Ab und zu machte ich halt, um einen Stein umzudrehen, bis ich schließlich hatte, was ich suchte. Danach schritt ich entschlossener aus.

Ich hatte ein wachsames Auge auf die zerklüfteten Felsen zu meiner Rechten, denn dies war genau das Gelände, in welchem die Würger zu lauern pflegten. Als ich gerade eine der kleinen Schluchten kreuzte, die den Weg durchzogen, vernahm ich einen Ruf aus nächster Nähe.

»Bete für mich, Liebling der Götter!« Zu meiner Anspannung stieß ich einen Entsetzensschrei aus und sprang in die Luft.

Ein Hirtenknabe saß oben am Rande der Schlucht. Er zählte kaum mehr als zehn Jahre, aber er wirkte so alt wie des Menschen erste Sünde. Ich wußte, die Würger benutzten solche Kinder gern als Späher und Wachen. Dieser ungewaschene Lausebengel schien hervorragend für solche Dienste geeignet. Sein Haar war filzig von Dreck, und er trug ein Gewand aus schlecht gegerbtem Ziegenleder, das ich selbst auf die Entfernung riechen konnte. Seine hellen Augen blitzten habgierig wie die einer Krähe, als er meine Kleider und mein Gepäck musterte.

»Wer bist du und wohin gehst du, guter Vater?« fragte er und blies einen trällernden Ton auf seiner Rohrflöte. Es mochte ein Zeichen für jemanden sein, der weiter oben in den Bergen wartete.

Ich brauchte eine kleine Weile, um mich zu beruhigen, und meine Stimme klang immer noch ein wenig atemlos, als ich erwiderte: »Du bist dreist, mein Sohn. Was kümmert es dich, wer ich bin und wohin ich gehe?«

Sofort veränderte sich sein Betragen. »Ich habe Hunger, o freundlicher Priester. Ich bin ein Waisenkind, das sich selbst erhalten muß. Hast du in deinem großen Beutel nicht ein kleines Stück Brot für mich?«

»Du siehst recht wohlgenährt aus.« Ich wandte mich zum Gehen, aber der Knabe kam den Abhang hinunter und tänzelte neben mir her.

»Laß mich in deinen Beutel sehen, lieber Vater«, bedrängte er mich. »Ich bitte dich um ein Almosen, Herr.«

»Nun gut, du kleiner Racker.« Ich holte eine reife Dattel aus dem Beutel. Der Knabe griff danach, doch ehe seine Finger sie berührten, schloß ich meine Hand, und als ich sie wieder öffnete, hatte sich die Dattel in einen Skorpion verwandelt. Das Tier hob bedrohlich seinen Hinterleib, und der Knabe floh schreiend den Abhang hinauf.

Oben blieb er nur stehen, um zu heulen: »Du bist kein Priester! Du bist ein böser Geist!« Er spuckte dreimal auf den Boden. Dann raste er den Berg hinauf.

Ich hatte den Skorpion am Wegesrand gefangen. Natürlich hatte ich seinen Stachel entfernt, ehe ich ihn in meinen Beutel steckte. Der alte Sklave, der mich lehrte, Worte vom Mund abzulesen, hatte mir noch einige andere nützliche Dinge beigebracht, darunter auch Taschenspielerkunststücke.

Auf der nächsten Berglehne hielt ich an, um zurückzublicken. Der Hirtenknabe stand auf dem Kamm über mir, aber nicht allein. Zwei Männer waren bei ihm. Sie schauten auf mich herab, und das Kind machte heftige Gebärden. Als sie merkten, daß ich sie erspäht hatte, verschwanden alle drei hinter dem Horizont. Ich bezweifelte, daß sie weiterhin mit einem Priester zu tun haben wollten, der ein böser Geist war.

Ich hatte keine allzugroße Strecke zurückgelegt, als ich auf dem Pfad vor mir eine Bewegung wahrnahm. Ich hielt an und schirmte meine Augen gegen die grelle Mittagssonne ab.

Mit Erleichterung stellte ich fest, daß mir eine kleine und harmlos wirkende Gruppe entgegenkam. Ich ging vorsichtig weiter, und als wir einander näher kamen, hüpfte mir das Herz im Leib, denn ich meinte, Tanus vor mir zu sehen. Er führte einen Esel. Das brave kleine Tier trug eine schwere Last. Es hatte ein großes Bündel auf dem Rücken, und darauf saßen eine Frau und ein Kind, doch das Tier trottete unverdrossen dahin. Nun sah ich, daß auch die Frau eine schwere Last trug – sie war hochschwanger. Das Kind, welches hinter ihr sein Gleichgewicht zu halten suchte, war ein Mädchen kurz vor der Geschlechtsreife.

Schon wollte ich eilen, Tanus zu begrüßen, doch da merkte ich, daß ich mich getäuscht hatte; der Mann war ein Fremder. Seine großwüchsige, breitschultrige Gestalt, seine geschmeidige Art, sich zu bewegen, und das schimmernde, üppige rotgoldene Haar hatten mich getäuscht. Er beobachtete mich argwöhnisch, hatte sein Schwert gezückt. Nun zerrte er den Esel vom Weg und stellte sich zwischen mich und das Tier.

»Die Götter mögen dich segnen, guter Mann.« Ich gab mich als Priester, doch er knurrte bloß und hielt die Spitze seiner Waffe auf meinen Bauch gerichtet. In Ägypten vertraute zu jener Zeit kein Mensch einem Fremden.

»Wenn du auf diesem Weg weiterziehst, gefährdest du das Leben deiner Familie. Du hättest den Schutz einer Karawane suchen sollen. In den Bergen gibt es Räuber.« Ich war tatsächlich besorgt um die Leute. Die Frau schien mir sanft und freundlich, während dem Kind bei meiner Warnung fast die Tränen kamen.

»Geh, Priester!« befahl der Mann. »Spar dir deinen Rat für diejenigen, die ihn schätzen.«

»Danke, lieber Herr«, hauchte die Frau. »Wir haben in Quena eine Woche lang auf die Karawane gewartet, aber dann mußten wir aufbrechen. Meine Mutter wohnt in Luxor, sie wird mir bei der Geburt meines Kindes zur Seite stehen.«

»Schweig, Frau!« brummte der Mann. »Wir wollen nichts mit Fremden zu schaffen haben, mögen sie auch Priestergewänder tragen.«

Ich zögerte, versuchte zu ergründen, ob ich etwas für die Leute tun konnte. Das Mädchen war ein hübsches kleines Ding mit Augen wie Obsidian; sie rührte mich. Doch nun trieb der Mann seinen Esel an mir vorbei, und mit hilflosem Achselzucken sah ich zu, wie die Familie weiterzog.

»Die ganze Last der Welt kannst du nicht tragen«, sagte ich mir schließlich. »Und du kannst niemanden zwingen, auf deinen Rat zu hören.« Ohne mich noch einmal umzublicken, setzte ich meinen Weg in Richtung Norden fort.

Es war später Nachmittag, als ich auf die Felsnase schaute, die ins grüne Sumpfland hineinragte. Selbst von diesem günstigen Standort aus vermochte man die Hütte nicht zu erkennen. Sie war tief im Papyrusdickicht verborgen und mit Binsenrohr gedeckt. Die Tarnung war vollkommen. Ich rannte den Pfad hinunter, sprang von Stein zu Stein, bis ich am Wasser war.

Ich fand unseren alten beschädigten Kahn am Landungsplatz vertäut. Er war zur Hälfte mit Wasser vollgeschlagen, und ich mußte ihn ausschöpfen, ehe ich damit fahren konnte. Wenn der Nilpegel niedrig war, stand die Hütte auf dem Trockenen, doch nun befand sich soviel Wasser unter den Pfählen, welche sie trugen, daß ein stehender Mann darin ertrunken wäre.

An einem der Pfähle war ein leerer Kahn gebunden, der in besserem Zustand war als meiner. Ich vertäute meinen daneben, stieg die wackelige Leiter hinauf und warf einen Blick in unsere alte Jagdhütte, die nur aus einem einzigen Raum bestand. Sonnenlicht fiel durch die Löcher im Dach, aber das zählte kaum, denn in Oberägypten regnete es nie.

Die Hütte war seit dem Tag, da Tanus und ich sie entdeckt hatten, nicht in solcher Unordnung gewesen. Kleider, Waffen und Kochgeschirr lagen über den Boden verstreut wie Trümmer auf einem Schlachtfeld. Der Gestank von Fusel war noch aufdringlicher als der von verdorbenem Essen und ungewaschenen Leibern.

Letztere befanden sich auf einer verdreckten Matratze in der hintersten Ecke. Ich trat heran, um zu sehen, ob Leben in ihnen war, und nun drehte sich eine Frau ächzend auf den Rücken. Sie war jung, und ihr nackter Körper üppig und verführerisch, doch selbst im Schlaf wirkte ihr Gesicht hart und gewöhnlich. Kein Zweifel, Tanus hatte sie am Hafen aufgelesen.

Er war stets wählerisch gewesen und hatte nie im Übermaß getrunken. Diese Frau und die leeren Weinkrüge überall zeigten mir, wie tief er gesunken war. Ich erkannte ihn kaum wieder. Sein Gesicht war fleckig und aufgedunsen vom Wein und mit ungestutztem Bart überwuchert.

In diesem Augenblick erwachte die Frau. Sie schaute mich an, erhob sich geschmeidig wie eine Katze und streckte ihre Hand nach dem Dolch aus, der neben mir an der Wand hing. Ich nahm die Waffe an mich, ehe die Frau heranreichen konnte, und hielt ihr die Spitze entgegen.

»Pack dich!« befahl ich leise. »Sonst muß ich Gewalt anwenden.«

Die Frau sammelte ihre Kleider vom Boden auf und streifte sie rasch über. Dann starrte sie mich haßerfüllt an.

»Er hat mich nicht bezahlt«, sagte sie.

»Ich bin sicher, daß du dich schon reichlich bedient hast«, erwiderte ich und wies mit dem Dolch nach der Tür.

»Er hat mir fünf Goldringe versprochen.« Die Frau schlug einen anderen Ton an, begann zu jammern. »Seit zwanzig Tagen arbeite ich hart für ihn. Ich habe alles für ihn getan, gekocht und ihm den Haushalt geführt, ihn bedient und sein Erbrochenes aufgewischt, wenn er betrunken war. Ich muß meinen Lohn haben. Ich gehe nicht eher, als bis du mich bezahlt hast . . .«

Ich zerrte die Frau an einer Flechte ihres langen schwarzen Haars zur Tür. Dann half ich ihr in den beschädigteren von den beiden Kähnen. Sobald sie aus meiner Reichweite gestakt war, wandte sie sich mit einer solchen Flut von Beschimpfungen gegen mich, daß die Reiher im Schilf ringsum aufgeschreckt wurden.

Ich kehrte zu Tanus zurück. Er hatte sich nicht gerührt. Ich überprüfte die Weinkrüge, sie waren leer bis auf zwei oder drei. Mir war schleierhaft, wie Tanus einen solchen Vorrat hatte beschaffen können, und ich vermutete, daß er die Frau nach Karnak geschickt hatte, damit sie einen Fährmann suchte, der ihm den Fusel brachte. Er hätte mit dieser Menge Weins sein Regiment, die Blauen Krokodile, ein Vierteljahr lang betrunken machen können. Kein Wunder, daß er in einer so traurigen Verfassung war.

Ich saß eine Weile neben ihm und dachte nach. Er hatte versucht, sich zugrunde zu richten. Ich verstand das. Seine Liebe zu meiner Herrin war so groß, daß er ohne sie nicht weiterleben wollte.

Natürlich zürnte ich ihm auch, weil er sich auf eine solche Weise geschädigt hatte. Doch selbst in seinem jämmerlichen Zustand fand ich noch vieles an ihm, das edel und bewundernswert war. Schließlich hatte nicht nur er Schuld auf sich geladen. Auch Lostris hatte sich vergiften wollen – aus demselben Grund, aus dem er versucht hatte, sich selbst zu zerstören. Ich hatte ihr verziehen. Sollte ich es bei ihm anders halten? Diese beiden jungen Leute waren alles, was ich im Leben an echtem Wert hatte. Seufzend erhob ich mich und ging an die Arbeit.

Zunächst stand ich eine Weile vor Tanus und schürte meinen Zorn, bis ich mich in der Lage fühlte, grob zu ihm zu werden. Dann packte ich ihn bei den Fersen und schleifte ihn über den Boden. Er erwachte aus seinem Rausch, wenn auch nur halb, und fluchte leise, doch ich achtete nicht darauf und stieß ihn aus der Tür. Er fiel kopfüber ins Wasser und ließ eine gewaltige Fontäne aufsteigen, als er unterging. Ich wartete, bis er auftauchte und matt an der Oberfläche zappelte, immer noch nicht ganz wach.

Ich sprang zu ihm, packte ihn beim Schopf und drückte seinen Kopf unter Wasser. Einen Augenblick wehrte er sich kaum, dann aber siegte sein Lebenswille, und er kämpfte sich mit seiner alten Kraft empor. Ich wurde beiseite geschleudert wie ein Zweiglein im Sturm.

Brüllend vor Anstrengung, nach Atem ringend und um sich schlagend gegen einen Feind, den er nicht sah, tauchte Tanus auf. Seine Schläge hätten selbst ein Nilpferd betäubt, und so entfernte ich mich rasch und beobachtete Tanus aus einiger Entfernung.

Hustend und würgend schwamm er zur Leiter und hielt sich daran fest. Er hatte so viel Wasser geschluckt, daß sich Furcht in mir regte. Meine

Kur mochte ein wenig zu derb gewesen sein. Ich wollte ihm zu Hilfe eilen, da öffnete er den Mund und erbrach eine übelriechende Mischung aus Sumpfwasser und verdorbenem Wein.

Ich schwamm zu einem von den Pfählen, die die Hütte trugen und wartete, bis er sich noch einmal übergeben hatte. Dann, alle Verachtung, zu der ich fähig war, in meine Stimme legend, sagte ich: »Lostris wäre stolz auf dich, wenn sie dich sähe.«

Tanus schielte unsicher in die Runde und richtete seinen Blick schließlich auf mich. »Taita, verflucht! Hast *du* versucht, mich zu ersäufen? Du Narr, ich hätte dich töten können!«

»In deiner gegenwärtigen Verfassung kannst du allenfalls einem Weinkrug gefährlich werden. Welch traurigen, widerwärtigen Anblick bietest du!« Ich stieg die Leiter hinauf, trat in die Hütte und ließ Tanus im Wasser zurück. Er schüttelte den Kopf und murmelte vor sich hin, während ich mich daran machte, die Unordnung zu beseitigen.

Es dauerte eine Weile, bis Tanus mir gefolgt war und verlegen in der Tür saß. Ich beachtete ihn nicht und fuhr mit meiner Arbeit fort. Schließlich konnte er nicht anders, als das Schweigen zu brechen.

»Wie geht es dir, alter Freund? Du hast mir gefehlt.«

»Du wiederum hast anderen gefehlt. Kratas zum Beispiel. Das Geschwader hat im Norden gekämpft. Es hätte gut einen weiteren Mann brauchen können. Auch Lostris hast du gefehlt. Sie spricht jeden Tag von dir, und ihre Liebe ist lauter und rein. Was sie wohl von der Schlampe hielte, die ich aus deinem Bett verjagt habe?«

Tanus faßte sich ächzend an den Kopf. »O Taita, sprich den Namen deiner Herrin nicht aus. Es ist unerträglich, an sie erinnert zu werden...«

»Dann öffne noch einen Krug Wein und wälze dich weiter in Selbstmitleid«, schlug ich vor.

»Ich habe sie auf immer verloren. Was willst du also von mir?«

»Daß du so treu und stark bist wie sie.«

Er blickte mich kläglich an. »Erzähl mir von ihr, Taita. Wie geht es ihr? Denkt sie noch an mich?«

»Leider!« knurrte ich. »Sie denkt kaum an etwas anderes. Sie hält sich bereit für den Tag, an dem ihr wieder vereint seid.«

»Dieser Tag wird nicht kommen. Ich habe sie auf immer verloren, und ich will nicht länger leben.«

»Nun gut!« sagte ich barsch. »Dann werde ich keine Zeit vergeuden. Ich werde meiner Herrin sagen, daß du nicht hören willst, was sie dir ausrichten läßt.« Ich schob Tanus beiseite, stieg die Leiter hinunter und sprang in den Kahn.

»Warte, Taita!« rief Tanus mir nach. »Komm zurück!«

»Wozu? Du willst sterben. Also stirb. Ich werde die Balsamierer schikken, damit sie deinen Leichnam holen.«

Tanus grinste betreten. »Du hast recht, ich führe mich auf wie ein Tor, der Wein hat meinen Verstand verwirrt. Komm zurück, ich flehe dich an. Erzähl, was Lostris mir ausrichten läßt.«

Ich stieg die Leiter wieder hinauf, wobei ich mich sehr unwillig stellte, und Tanus folgte mir ein wenig torkelnd in die Hütte.

»Meine Herrin hat mir geboten, dir zu sagen, daß die Dinge, die ihr aufgezwungen werden, ihrer Liebe keinen Abbruch tun. Sie ist nach wie vor deine Frau und wird es immer bleiben.«

»Bei Horus, sie beschämt mich«, murmelte Tanus. Er zog sein Schwert aus der Scheide, die über der verdreckten Matratze hing, und hieb auf die Weinkrüge ein, welche an der gegenüberliegenden Wand standen. Der Fusel floß heraus und tropfte durch die Ritzen im Boden.

Tanus keuchte, als er zu mir zurückkam, und ich verspottete ihn. »Sieh dich an! Wie hast du dich gehenlassen! Du bist verweichlicht und kurzatmig wie ein greiser Priester...«

»Genug, Taita! Es ist genug. Hör auf, mich zu verhöhnen, du könntest es bereuen.«

Ich merkte, daß er zornig wurde, genau das hatte ich beabsichtigt. »Meine Herrin möchte, daß du dich der Aufgabe stellst, die Pharao dir gegeben hat, damit du noch am Leben bist in fünf Jahren, wenn es ihr freisteht, zu dir zu kommen.«

Jetzt hatte ich Tanus' ganze Aufmerksamkeit. »In fünf Jahren? Was redest du da, Taita? Sollte unser Leiden wirklich ein Ende haben?«

»Ich habe für Pharao in die Zukunft geschaut. In fünf Jahren wird er tot sein«, sagte ich schlicht. Tanus starrte mich ehrfürchtig an.

»Die Labyrinthe!« flüsterte er schließlich. Früher war er ein Zweifler gewesen, inzwischen aber glaubte er fester als Lostris an meine prophetischen Gaben. Er hatte zu oft erlebt, wie meine Gesichter wahr wurden.

»Kannst du so lange auf deine Liebste warten?« fragte ich. »Lostris schwört, daß sie in alle Ewigkeit auf dich warten wird. Kannst du wenigsten fünf Jahre auf sie warten?«

»Sie hat versprochen, auf mich zu warten?«

»In alle Ewigkeit«, wiederholte ich und glaubte schon, er finge zu weinen an. Ich hätte das nicht ertragen, und so sprach ich hastig weiter. »Möchtest du nicht hören, welches Gesicht ich hatte?«

Tanus erwehrte sich der Tränen. »Doch!« sagte er eifrig. »Doch!« Und so begannen wir zu reden. Wir redeten, bis die Nacht hereinbrach, und danach saßen wir in der Dunkelheit und redeten weiter.

Ich erzählte ihm, was ich auch Lostris erzählt hatte, all die Dinge, welche ich ihnen viele Jahre verschwiegen hatte. Als ich darauf zu sprechen kam, wie sein Vater, Pianki, der edle Herr Harrab, von seinem heimlichen Feind zugrunde gerichtet worden war, entflammte Tanus' Zorn mit solcher Wucht, daß es die letzten Nachwirkungen der Ausschweifung aus seinem Geist ausbrannte, und als der neue Tag über dem Sumpfland heraufdämmerte, war Tanus wieder entschlossen und stark.

»Fangen wir also an mit deinen Unternehmungen, es scheint mir das Richtige zu sein!« Er sprang auf und griff nach seinem Schwert. Ich hielt es für klüger, daß er noch eine Weile ruhte, doch er wollte nichts davon wissen.

»Sofort zurück nach Karnak!« rief er. »Kratas wartet, und das Verlangen, meinen Vater zu rächen und meine Liebste wiederzusehen, lodert wie Feuer in meinem Blut.«

Tanus ging geschwind auf dem felsigen Pfad voran, und ich folgte ihm. Sobald die Sonne über dem Horizont aufstieg, brach ihm der Schweiß aus, strömte seinen Rücken herab und netzte den Bund seines Schurzes. Es war, als würde der widerliche Wein restlos aus seinem Körper geschwemmt. Zwar keuchte er heftig, doch er hielt nicht ein einziges Mal an, um sich auszuruhen. Auch verlangsamte er seinen Schritt nicht, ohne Pause lief er in die zunehmende Wüstenhitze hinein.

Ich war es, der ihm mit einem Schrei Einhalt gebot, und nun standen wir Seite an Seite und starrten nach vorn. Die Vögel hatten meine Aufmerksamkeit erregt. Ich hatte gesehen, wie sie mit den Flügeln schlugen.

»Geier«, sagte Tanus mit pfeifendem Atem. »Da ist etwas Totes zwischen den Felsen.« Er zog blank, und wir gingen vorsichtig weiter.

Zuerst fanden wir den Mann, und wir verjagten die Geier. Ich erkannte ihn an seinem blonden Haar als den Familienvater wieder, den ich tags zuvor auf diesem Weg getroffen hatte. Von seinem Gesicht war nichts mehr übrig, denn er lag auf dem Rücken, und die Geier hatten das Fleisch bis auf den Schädel abgefressen. Tanus rollte den Mann auf den Bauch, und wir sahen die Stichwunden in seinem Rücken, ein gutes Dutzend.

»Wer immer das getan hat, er wollte sichergehen«, bemerkte Tanus, abgehärtet gegen den Tod, wie es nur ein erfahrener Soldat sein kann.

Ich lief weiter, und von der Leiche der Frau stieg eine summende schwarze Wolke von Fliegen auf. Offensichtlich hatte sie ihr Kind verloren, während die Räuber mit ihr beschäftigt waren. Sie mußten sie lebendig zurückgelassen haben; mit letzter Kraft hatte die Frau das totgeborene Kind in ihre Arme geschlossen. So war sie gestorben, gegen einen Felsblock gelehnt, ihr Kind vor den Geiern schützend.

Ich lief weiter, und wieder wiesen mir die Fliegen den Weg. Ich fand den Ort, an welchen die Räuber das kleine Mädchen geschleift hatten. Wenigstens hatte einer von ihnen soviel Mitgefühl aufgebracht, ihr, als sie mit ihr fertig waren, die Kehle zu durchschneiden, statt sie langsam verbluten zu lassen.

Eine Fliege landete auf meinem Mund. Ich verscheuchte sie und begann zu weinen. So traf mich Tanus an.

»Kanntest du sie?« fragte er, und ich nickte. Dann räusperte ich mich.

»Ich bin ihnen gestern begegnet. Ich habe sie gewarnt...« Wieder kamen mir die Tränen, und ich holte tief Atem. »Sie hatten einen Esel. Die Würger werden ihn mitgenommen haben.«

Tanus nickte. Seine Miene war düster, als er sich abwandte und zwischen den Felsen nach Spuren suchte.

»Hier entlang!« rief er und trabte mitten in die Wüste hinein.

»Tanus!« rief ich. »Kratas wartet...« Doch er überhörte es, und mir blieb keine andere Wahl, als ihm zu folgen. Ich holte ihn ein, als er die Spuren des Esels auf einem Stück steinigen Grundes verloren hatte und die Richtung nur vermuten konnte.

»Ich empfinde für diese Familie sicher mehr als du«, sagte ich. »Aber das ist Wahnsinn. Kratas wartet auf uns. Wir dürfen keine Zeit vergeuden...«

Tanus schnitt mir das Wort ab. »Wie alt war das Mädchen? Neun Jahre? Zehn? Wenn es darum geht, der Gerechtigkeit Genüge zu tun, habe ich immer Zeit.« Er war erneut von seinem alten Mut beseelt, das lag auf der Hand. Ich wußte, daß es zwecklos war, weitere Widerreden zu führen.

Das Bild des kleinen Mädchens stand mir klar vor Augen. So schloß ich mich Tanus an, und wir hatten die Spur bald wiedergefunden.

So, wie wir Gazellen, Spießböcke und Löwen gejagt hatten, verfolgten wir die Spuren, die die Würger hinterlassen hatten, zu beiden Seiten und zeigten einander jede Abweichung oder Veränderung an. Bald führten die Spuren uns zu einem Pfad, der vom großen Fluß in östlicher Richtung tief in die Wüste hineinführte. Den hatten die Räuber genommen.

Es war kurz vor Mittag, und unsere Feldflaschen waren leer, als wir sie schließlich weit vor uns erspähten, fünf Mann und den Esel. Sie rechneten offenbar nicht damit, hier in der Wüste, wo sich ihre Schlupfwinkel befanden, verfolgt zu werden, und zogen sorglos dahin.

Tanus duckte sich mit mir zu kurzer Rast hinter einen Felsen. Dann brummte er: »Wir werden sie von vorn angreifen. Ich will ihre Gesichter sehen.«

Er sprang auf und führte mich in weitem Bogen vom Pfad fort. Wir überholten die Würger weiträumig und steuerten dann wieder auf den Pfad zu.

Wir hörten die Hufe des Esels und den Singsang der Männer. Während wir auf sie warteten, hatte ich zum erstenmal Gelegenheit, darüber nachzusinnen, ob ich gut getan hatte, Tanus so bedingungslos zu folgen, und als die Würger schließlich in Sicht kamen, war ich davon überzeugt, daß ich voreilig gehandelt hatte. Sie sahen wahrhaft mörderisch aus, diese Schurken, und ich war nur mit meinem kleinen edelsteinbesetzten Dolch bewaffnet.

Kurz vor der Stelle, an der wir uns verbargen, blieb der hochaufgeschossene, bärtige Beduine, welcher offenbar der Anführer war, plötzlich stehen und befahl einem der ihm folgenden Männer, den Wasserschlauch vom Esel zu laden. Er trank zuerst und reichte den Schlauch dann an die anderen weiter.

»Bei Horus, sieh die Blutflecke an ihren Gewändern. Ich wollte, ich hätte Lanata bei mir!« flüsterte Tanus. Er legte mir eine Hand auf den Arm. »Rühr dich nicht, ehe ich es tue, hörst du? Ich will durchaus keine Heldentaten von dir.« Ich nickte heftig und verspürte nicht die geringste Neigung, Einspruch gegen diesen sehr vernünftigen Befehl zu erheben.

Die Würger kamen direkt auf uns zu. Sie waren alle schwer bewaffnet, der Beduine schritt voran. Er hatte sein Schwert zwischen den Schulterblättern festgebunden, doch das Heft ragte griffbereit über seine linke Schulter. Die Kapuze seines wollenen Gewands hatte er über den Kopf gezogen, um sich vor der prallen Sonne zu schützen. Er konnte nicht sehen, was seitlich von ihm vorging, und so bemerkte er uns nicht.

Zwei andere folgten ihm auf dem Fuße. Der eine führte den Esel. Die beiden letzten schlenderten hinter dem Tier drein und zankten sich lustlos um ein goldenes Schmuckstück, das sie der ermordeten Frau abgenommen hatten. Alle Waffen steckten in der Scheide – bis auf die kurzen Speere, welche die hinteren Männer trugen.

Tanus ließ die Gruppe vorbeiziehen. Dann erhob er sich leise und schlich sich an die beiden letzten in der Kolonne heran. Es dauerte nicht länger als einen Atemzug, bis er sein Schwert gegen den Hals des Räubers zu seiner Rechten schwang.

Zwar hatte ich Tanus helfen wollen, doch meine guten Vorsätze waren auf sonderbare Weise nicht zur Tat gediehen, und ich hockte immer noch hinter dem schützenden Felsen. Ich rechtfertigte mich mit der Überlegung, daß ich Tanus wahrscheinlich nur behindert hätte, wenn ich ihm gefolgt wäre.

Noch nie hatte ich beobachtet, wie er Menschen tötete. Natürlich wußte ich, es war sein Beruf, und er hatte im Laufe der Jahre reichlich Gelegenheit gehabt, sich in diesem schauerlichen Handwerk zu üben, aber ich war gleichwohl erstaunt über seine Kunstfertigkeit. Er schlug zu, und der Kopf seines Opfers sprang von dessen Schultern wie ein Hase aus dem Nest. Der enthauptete Rumpf tat noch einen Schritt, ehe die Beine unter ihm nachgaben. Dann drehte Tanus den Streich gleichsam um. Rückhändig, mit derselben fließenden Bewegung zielte er auf den zweiten Räuber und trennte dessen Kopf nicht minder säuberlich vom Rumpf.

Der dumpfe Laut, mit welchem die beiden Köpfe auf dem felsigen Boden aufschlugen, alarmierte die anderen Würger. Sie wirbelten herum und starrten einen Augenblick ungläubig auf das jähe Gemetzel. Dann zogen sie wild schreiend blank und griffen Tanus an. Der kam ihnen entgegen und zersprengte sie. Er wandte sich dem Räuber zu, welchen er von seinen Kumpanen getrennt hatte, und brachte ihm eine Fleischwunde an der Flanke bei. Doch ehe Tanus ihm den Garaus machen konnte, fielen ihm die beiden anderen in den Rücken. Er mußte sich umdrehen, um den Angriff abzuwehren, und Metall klirrte gegen Metall. Tanus hielt die Würger auf Schwerteslänge von sich ab, kämpfte mit dem ersten und dann mit dem zweiten, bis sich der dritte ein wenig erholt hatte und ihn von hinten anfallen wollte.

»Gib acht!« rief ich, und Tanus machte gerade noch rechtzeitig kehrt, um den Stoß mit seiner Waffe abzufangen. Nun griffen die beiden anderen wieder an, und er sah sich, um sich nach allen Seiten verteidigen zu können, genötigt, ein kleines Stück zurückzuweichen. Seine Fechtkunst war atemberaubend. So geschwind war seine Klinge, daß es schien, er habe eine schimmernde Mauer aus Bronze um sich emporgezogen, an welcher die Schläge seiner Feinde wirkungslos abprallten.

Doch nach einer Weile sah ich, daß Tanus ermüdete.

Er wich zurück vor dem nächsten Angriff, welchen der bärtige Beduine gegen ihn vortrug, preßte seinen Rücken an einen der Felsblöcke jenseits des Weges, gegenüber von der Stelle, wo ich immer noch hilflos kauerte. Da der Stein ihm Deckung von hinten gab, mußten die drei Würger von vorn kommen, und ihr Angriff war gnadenlos. Von dem Beduinen angeführt, jaulten die Räuber wie eine Meute wilder Hunde, und Tanus' rechter Arm erlahmte zusehends.

Der Speer des ersten Mannes, den Tanus enthauptet hatte, war auf den Weg gefallen. Ich begriff, daß ich sofort handeln mußte, wenn ich nicht mit ansehen wollte, wie Tanus niedergemäht wurde. Mit großer Mühe nahm ich meinen schwachen Mut zusammen, kroch aus meinem Versteck und erreichte die Stelle, an welcher der Speer lag. Keiner von den dreien bemerkte mich, und ich hob die Waffe auf. Als ich sie in der Hand hatte, verspürte ich plötzlich Kampfgeist.

Der Beduine war der gefährlichste von Tanus' Gegnern. Er stand mit dem Rücken zu mir, und seine ganze Aufmerksamkeit galt dem ungleichen Gefecht. Ich senkte den Speer und ging auf ihn los.

Das verletztlichste Ziel am Rücken des Menschen sind die Nieren. Ich riß fingerbreit neben der Wirbelsäule eine tiefe Wunde auf und traf die rechte. Der Beduine erstarrte. Als ich dann die Speerspitze in seinem Fleisch drehte und die Niere zu Brei zermalmte, fiel ihm das Schwert aus der Hand, und er brach mit einem fürchterlichen Schrei zusammen. Das lenkte seine Kumpane so ab, daß Tanus Gelegenheit hatte, sie zu überrumpeln.

Mit dem nächsten Stoß traf er einen von ihnen in die Brust. Obwohl er erschöpft war, hatte er noch so viel Kraft aufgebracht, daß die Waffe den Leib des Mannes durchbohrte und die blutverschmierte Spitze zwischen den Schulterblättern hervortrat. Ehe Tanus sein Schwert aus dem Fleisch des Mannes ziehen und den letzten Würger töten konnte, wirbelte dieser herum und floh.

Tanus keuchte: »Ich bin zu müde. Ihm nach, Taita. Laß diesen mörderischen Schakal nicht entkommen.«

Nur wenige Menschen sind schneller als ich. Tanus ist der einzige, den ich kenne, und auch er muß ausgeruht sein, um mich zu schlagen. Ich stellte meinen Fuß auf den Rücken des Beduinen und riß den Speer aus seinem Fleisch. Dann verfolgte ich den letzten Würger.

Ich holte ihn ein, ehe er zweihundert Schritt gelaufen war, und er hatte mich nicht kommen gehört. Mit der Speerspitze hieb ich gegen die Sehne über seiner Ferse, und er fiel der Länge nach zu Boden. Das Schwert flog ihm aus der Hand. Wild um sich tretend und brüllend, lag er auf dem Rücken, und ich tanzte um ihn herum und stach auf ihn ein.

»Nun, welche hast du am meisten genossen?« fragte ich, als ich seinen Schenkel traf. »Die Mutter oder die Tochter?«

»Verschont mich, bitte, verschont mich!« schrie der Würger. »Ich habe nichts getan. Die anderen waren es. Töte mich nicht!«

»Ich sehe getrocknetes Blut an deinem Schurz«, sagte ich und stach ihm in den Leib, aber nicht zu tief. »Hat das Kind so laut geschrien wie du jetzt?«

Als der Mann sich zusammenrollte, um seinen Magen zu schützen, bohrte ich den Speer in sein Kreuz. Sofort war er von der Hüfte abwärts gelähmt, und ich trat einen Schritt zurück.

»Gut«, sagte ich. »Du hast mich gebeten, dich nicht zu töten, und ich werde dich nicht töten. Es wäre zu angenehm für dich.«

Ich wandte mich ab und kehrte zu Tanus zurück. Der Würger kroch mir eine kleine Strecke nach, dann wurde ihm die Mühe zu groß, und er brach wimmernd zusammen. Mittag war schon vorbei, doch die Sonne brannte noch heiß genug, um ihn zu töten, ehe sie sank.

Tanus sah mich sonderbar an. »In dir ist eine Wildheit, von der ich bis jetzt nichts geahnt habe.« Er schüttelte den Kopf. »Du erstaunst mich immer wieder.«

Dann nahm er den Wasserschlauch vom Rücken des Esels und bot ihn mir an, doch ich lehnte ab. »Du zuerst – du brauchst es dringender als ich.«

Tanus trank, die Augen geschlossen vor Lust. Dann atmete er tief durch. »Beim süßen Atem von Isis, du hast recht. Ich bin verweichlicht wie ein altes Weib. Dieses kleine Gefecht hat mich fast umgebracht.« Er blickte in die Runde, betrachtete die Leichname der Würger und grinste voller Genugtuung. »Aber es ist kein schlechter Anfang in Pharaos Angelegenheiten.«

»O doch. Der schlechteste, den man sich denken kann«, widersprach ich. Tanus zog fragend eine Augenbraue hoch, und ich fuhr fort: »Wir hätten mindestens einen am Leben lassen sollen, damit er uns zum Schlupfwinkel seiner Spießgesellen führt. Und dieser«, ich deutete auf den Sterbenden, der zwischen den Felsen lag, »ist dem Tode zu nahe, um uns noch von Nutzen zu sein. Es war meine Schuld. Ich habe mich nicht gemäßigt in meinem Zorn. Einen solchen Fehler werden wir nicht noch einmal machen.«

Wir hatten den halben Weg zu der Stelle, an welcher wir die ermordete Familie zurückgelassen hatten, hinter uns, als ich bitter bereute, wie herzlos ich den gelähmten Räuber behandelt hatte.

»Schließlich war er ein Mensch wie wir«, sagte ich, aber Tanus schnaubte nur verächtlich.

»Er war ein Vieh. Vergiß ihn. Sag mir lieber, warum wir diesen Umweg machen und Tote begaffen, statt zu Kratas' Lager zu eilen.«

»Ich brauche den Familienvater.« Mehr verriet ich nicht, bis wir vor dem Leichnam standen. Er stank bereits, die Geier hatte kaum Fleisch auf den Knochen gelassen.

»Betrachte sein Haar«, forderte ich Tanus auf. »Kennst du noch jemanden, der einen solchen Schopf hat?« Tanus schaute einen Augenblick verwirrt drein. Dann fuhr er sich grinsend durch die dichten Locken.

»Hilf mir, ihn auf den Esel zu laden«, befahl ich. »Kratas soll ihn nach Karnak zu den Balsamierern bringen. Wir werden ihm eine würdige Bestattung und ein schönes Grab mit deinem Namen schenken. Morgen bei Sonnenuntergang weiß ganz Theben, daß Tanus, der edle Herr Harrab, in der Wüste umgekommen ist.«

»Wenn Lostris das erfährt...«, sagte Tanus besorgt.

»Ich werde ihr einen Brief schicken und es ihr ankündigen. Der Vorteil, den wir gewinnen, wenn wir die Welt glauben machen, du seist tot, überwiegt die Gefahr, meine Herrin zu ängstigen, bei weitem.«

Kratas hatte sein Lager in der ersten Oase an der Karawanenstraße zum Roten Meer aufgeschlagen, weniger als einen Tagesmarsch von Karnak entfernt. Hundert Mann von den Blauen Krokodilen waren bei ihm, alle sorgfältig ausgewählt, wie ich es angeordnet hatte. Tanus und ich trafen um Mitternacht im Lager ein. Wir waren eilig gelaufen und der Erschöpfung nahe. Am Lagerfeuer fielen wir auf unsere Schlafmatten und schlummerten, bis der Tag anbrach.

Beim ersten Morgenstrahl war Tanus auf den Beinen und mischte sich unter seine Leute. Ihre Freude, ihn wieder bei sich zu haben, war deutlich zu sehen. Die Offiziere umarmten ihn; die Mannschaften jubelten ihm zu und lächelten stolz, als er jeden mit Namen begrüßte.

Kratas erteilte Tanus den Befehl, den Leichnam mit dem rotgoldenen Haar zur Bestattung nach Karnak zu bringen und dafür zu sorgen, daß die Nachricht von seinem, Tanus' Tod in ganz Theben Stadtgespräch war. Ich vertraute Kratas einen Brief an Lostris an. Er würde einen zuverlässigen Boten finden, der die Nachricht nach Elephantine brachte.

Kratas wählte zehn Soldaten als Eskorte aus, und sie trafen ihre Vorbereitungen zum Aufbruch mit dem Esel und seiner übelriechenden Last.

»Auf der Straße zum Meer stößt du wieder zu uns. Wenn es dir nicht gelingt, findest du uns in der Oase Dschebel Nagara!« rief Tanus seinem Stellvertreter nach, als der kleine Trupp abmarschierte. »Und vergiß nicht, meinen Bogen mitzubringen!«

Tanus ließ, kaum daß Kratas hinter der ersten Anhöhe auf dem Weg nach Westen verschwunden war, den Rest des Regiments antreten und führte uns in entgegengesetzter Richtung der See entgegen.

Der Weg von den Ufern des Nils zu den Gestaden des Roten Meers war lang und beschwerlich. Eine große Karawane brauchte gewöhnlich zwanzig Tage für die Reise. Wir aber legten die Strecke in vier Tagen zurück, denn Tanus ordnete härteste Eilmärsche an. Zu Beginn waren er und ich wohl die einzigen, welche sich nicht in der besten Verfassung befanden. Doch als wir Dschebel Nagara erreichten, hatte Tanus alles überschüssige Fett abgebaut und die letzten Fuselgifte ausgeschwitzt. Er war wieder schlank und voll Ausdauer.

Was mich betraf, so machte ich zum erstenmal einen Eilmarsch mit den

Blauen Krokodilen mit. Am Anfang litt ich all die Qualen, welche der *Ka* auf dem Weg zur Unterwelt erdulden muß: Durst und Muskelschmerzen, Blasen an den Füßen und Erschöpfung. Aber mein Stolz ließ es nicht zu, daß ich zurückblieb; auch hätte es in dieser rauhen und unwirtlichen Gegend den sicheren Tod bedeutet. Wie ich jedoch zu meiner Überraschung feststellte, fiel es mir zusehends leichter, meinen Platz in den Reihen der marschierenden Krieger zu behaupten.

Wir begegneten zwei großen Karawanen, die zum Nil zogen mit Eseln, krummbeinig unter der schweren Last von Handelswaren, und schwerbewaffneten Begleitmannschaften, welche die Kaufleute und ihre Gehilfen bei weitem an Zahl übertrafen. Keine Karawane war vor den Würgern sicher, es sei denn, sie wurde von einer Söldnerstreitmacht wie dieser geschützt, oder die Kaufleute waren bereit, den erdrückenden Wegzoll zu entrichten, welchen die Räuber forderten.

Als wir auf die Fremden trafen, zog Tanus sein Tuch über den Kopf, um sein Gesicht und sein rotgoldenes Haar zu verbergen. Sonst hätte die Gefahr bestanden, daß er erkannt und die Nachricht von seinem Weiterleben in Karnak verbreitet worden wäre. Zudem erwiderten wir den Gruß der Reisenden nicht, stellten uns taub gegen ihre Fragen und gingen in unnahbarem Schweigen an ihnen vorbei.

Als wir noch einen Tagesmarsch von der Küste entfernt waren, verließen wir die Karawanenstraße und schwenkten nach Süden, wobei wir einem alten, nicht mehr benutzten Weg folgten, welchen mir einige Jahre zuvor einer der Beduinen, mit denen ich bekannt war, gezeigt hatte. An diesem alten Weg lagen auch die Brunnen von Dschebel Nagara. Außer den Beduinen und den Würgern suchte sie kaum noch jemand auf.

Endlich langten wir bei den Brunnen an, und ich war körperlich so wohlauf wie noch nie in meinem Leben; allerdings bedauerte ich den Umstand, daß ich keinen Spiegel bei mir hatte, denn ich war überzeugt, die neue Kraft und Lebensfülle, welche ich empfand, müsse sich in meinen Zügen offenbaren und meine Schönheit vermehren. Aber auch wenn es mir selbst nicht möglich war, sie zu bewundern, schien es doch keinen Mangel an anderen zu geben, die dies taten. Abends am Lagerfeuer traf mich so mancher lüsterne Blick, und ich erhielt weit mehr als nur ein heimliches Angebot von Kameraden; selbst die Elitetruppe der Blauen Krokodile war verseucht von der fleischlichen Zuchtlosigkeit, welche in unserer Gesellschaft herrschte.

Ich behielt des Nachts meinen Dolch bei mir, und als ich den ersten ungebetenen Besucher ein wenig mit der nadelscharfen Spitze stach, erregte sein Geschrei große Heiterkeit bei den anderen. Und ich blieb von weiteren unwillkommenen Aufmerksamkeiten verschont.

Auch nachdem wir die Brunnen erreicht hatten, gönnte Tanus uns kaum Ruhe. Während wir auf Kratas warteten, ließ er seine Männer sich an den Waffen üben und veranstaltete Wettkämpfe im Bogenschießen, Ringen und Laufen. Es erfüllte mich mit Genugtuung zu sehen, daß Kratas die Leute genau meinen Anweisungen entsprechend ausgewählt hatte. Kein einziger ungeschlachter Grobian war unter ihnen. Von Tanus abgesehen, waren sie alle klein und flink und hervorragend für die Rolle geeignet, die ich ihnen zugedacht hatte.

Kratas traf nur zwei Tage nach uns ein. In Anbetracht der Tatsache, daß er nach Karnak zurückgekehrt war und dort so manches zu erledigen gehabt hatte, mußte er noch erheblich schneller marschiert sein als wir.

»Was hat dich aufgehalten?« begrüßte ihn Tanus. »Hast du unterwegs ein williges Mädchen gefunden?«

»Nein, ich hatte zwei schwere Lasten zu schleppen«, erwiderte Kratas. »Deinen Bogen und das Falkensiegel. Ich bin froh, ihrer beider ledig zu sein.« Grinsend übergab er Tanus die Waffe und die Figurine.

Am nächsten Morgen brachen Tanus und ich allein in Richtung Küste auf. Kratas ließen wir bei den Blauen Krokodilen zurück. Es war nur eine halbe Tagesreise zu dem kleinen Fischerdorf, welches unser Ziel war, und gegen Mittag erstiegen wir die letzte Anhöhe und blickten von den Bergen auf die glitzernde Weite des Meeres. Deutlich erkannten wir die dunklen Umrisse der Korallenriffe unter der türkisblauen Wasseroberfläche.

Im Dorf verlangte Tanus mit so ehrfurchtgebietender Gebärde nach dem Bürgermeister, daß der Alte eilends gelaufen kam. Als Tanus ihm das Falkensiegel zeigte, warf er sich zu Boden, als stünde Pharao selbst vor ihm, und schlug mit solcher Macht seinen Kopf auf die Erde, daß ich befürchtete, er werde ernstlich Schaden nehmen. Ich stellte ihn auf die Beine, und er führte uns zum schönsten Quartier des Dorfes, seiner eigenen schmutzigen, armseligen Hütte. Sogleich scheuchte er seine große Familie ins Freie, damit wir Platz hatten.

Nachdem wir einen Teller Fischsuppe gegessen und einen Becher von dem köstlichen Palmwein getrunken hatten, den der Alte uns vorsetzte, gingen Tanus und ich an den weißen Strand und wuschen den Schweiß und Staub der Wüste in den warmen Wassern der Lagune ab, welche von einer Palisade aus Korallen eingeschlossen wurde. Bald kehrten die Fischerboote zurück, und als der Fang ausgeladen war, ging ich an Bord eines der kleinen Fahrzeuge. Während wir durch die Einfahrt im Riff steuerten, winkte ich Tanus zu, der am Ufer stand. Er sollte im Dorf bleiben, bis ich mit den Dingen zurückkehrte, welche wir für den nächsten Teil meines Planes brauchten. Ich wünschte nicht, daß er an dem Ort, den ich aufsuchte, erkannt wurde, und er hatte die Aufgabe zu verhindern, daß sich ein Fischer oder jemand von den Seinen in die Wüste davonstahl, um den Würgern die Anwesenheit eines hohen Herrn mit dem Falkensiegel zu melden.

Das kleine Fahrzeug nahm gleichsam Witterung vom Meer, hob seinen Bug empor, und der Steuermann wendete durch den Wind und brachte es auf nördlichen Kurs, entlang der graubraunen, öden Küsten. Wir hatten nur einen kurzen Weg zurückzulegen, und ehe die Nacht hereinbrach, deutete der Steuermann auf die verschachtelten steinernen Gebäude des Hafens Safaga.

Seit tausend Jahren war Safaga das Eingangstor für den Osthandel des Oberen Königreichs. Am Bug des Fischerbootes stehend, erkannte ich am nördlichen Horizont die Umrisse wesentlich größerer Schiffe – sie kreuzten zwischen Safaga und den arabischen Häfen an der östlichen Küste des schmalen Meeres.

Es war dunkel, als ich an Land ging, und niemand schien meine Ankunft zu bemerken. Ich wußte genau, welchen Weg ich einzuschlagen hatte, denn ich hatte Safaga im Zuge der ruchlosen Geschäfte des Herrn Intef häufig besucht. Um diese Stunde waren die Straßen fast menschenleer. Ich begab mich eilends zu Tiamat, dem Kaufmann. Tiamat war reich, er besaß das größte Haus in der alten Stadt. Ein bewaffneter Sklave stand vor seiner Tür und verwehrte mir den Zugang.

»Sag deinem Herrn, daß der Arzt aus Karnak hier ist, der sein Bein gerettet hat«, befahl ich, und kurz darauf kam Tiamat selbst angehumpelt, um mich zu begrüßen. Er war verblüfft, als er meine priesterliche Verkleidung sah, aber gewitzt genug, nichts dazu zu bemerken und meinen Namen vor dem Sklaven nicht zu nennen. Er zog mich in den ummauerten Garten, und als wir allein waren, rief er: »Bist du's wirklich, Taita? Habe ich nicht gehört, du seist in Elephantine von den Würgern ermordet worden?«

Tiamat war wohlbeleibt, in mittleren Jahren, hatte ein offenes, kluges Gesicht und einen wachen Verstand. Jahre zuvor war er in einer Sänfte in meine Gemächer getragen worden. Eine Gruppe von Reisenden hatte ihn am Straßenrand gefunden, wo er als vermeintlich toter Mann liegengelassen worden war, nachdem die Würger seine Karawane überfallen hatten. Ich hatte seine Verletzungen behandelt und sogar sein Bein, das bereits brandig war, retten können. Ein leichtes Hinken allerdings war ihm für immer geblieben.

»Es freut mich sehr zu sehen, daß die Meldung von deinem Tod voreilig war.« Er lachte und klatschte in die Hände, damit seine Sklaven mir einen Becher Sorbet und einen Teller mit Feigen und Datteln brachten.

Nach einer angemessenen Frist höflicher Unterhaltung fragte Tiamat leise: »Kann ich etwas für dich tun? Ich verdanke dir mein Leben. Sag mir, was du brauchst. Mein Haus ist dein Haus. Was ich besitze, gehört auch dir.«

»Ich bin in Angelegenheiten des Königs unterwegs«, sagte ich und zog das Falkensiegel unter meinem Gewand hervor.

Tiamats Miene wurde ernst. »Ich erkenne Pharaos Siegel an. Aber es hätte nicht not getan, daß du es mir zeigst. Bitte mich, worum du willst. Ich werde dir nichts abschlagen.«

Ohne ein weiteres Wort lauschte er allem, was ich vorbrachte, und als ich geendet hatte, ließ er seinen Verwalter holen und gab ihm Befehle. Ehe er den Mann fortschickte, wandte er sich mir zu und fragte: »Habe ich auch nichts vergessen? Brauchst du sonst noch etwas?«

»Deine Großzügigkeit ist grenzenlos«, antwortete ich. »Ja, ich brauche tatsächlich noch etwas. Ich vermisse Schreibzeug...«

Als der Verwalter gegangen war, redeten wir noch die halbe Nacht. Tiamat wohnte am belebtesten Handelsweg des Oberen Königreichs und hörte jedes Gerücht aus den fernsten Teilen Ägyptens und den Ländern jenseits des Roten Meers. Ich erfuhr in diesen wenigen Stunden soviel wie im Palast auf der Insel Elephantine nicht in vier Wochen.

»Zahlst du immer noch Wegzoll an die Würger?« fragte ich, und Tiamat zuckte die Achseln.

»Welche Wahl bleibt mir? Ihre Forderungen werden von Jahr zu Jahr dreister. Im Augenblick muß ich ihnen mehr als ein Viertel des Werts meiner Ware abtreten, wenn die Karawane Safaga verläßt, und die Hälfte des Gewinns, wenn die Ware in Theben verkauft ist.«

»Wie leistest du deine Zahlungen?« fragte ich. »Wer setzt den Betrag fest, und wer nimmt das Geld entgegen?«

»Die Würger haben Spitzel im Hafen. Sie beobachten jede Fracht, die gelöscht wird, und wissen, was eine Karawane mit sich führt, wenn sie Safaga verläßt. Ehe sie auf der ersten Paßhöhe ist, findet sich einer der Anführer der Würger ein und fordert den Wegzoll, den sie festgesetzt haben.«

Es war weit nach Mitternacht, als Tiamat schließlich einen Sklaven rief, damit er mir zu meiner Schlafkammer leuchtete.

»Morgen wirst du fort sein, ehe ich wach bin.« Tiamat umarmte mich. »Leb wohl, mein guter Freund. Ich stehe nach wie vor in deiner Schuld. Wende dich an mich, wann immer du willst.«

Derselbe Sklave weckte mich vor Tagesanbruch und führte mich im Dunkeln zum Hafen. Ein schönes Kauffahrteischiff von Tiamats Handelsflotte lag für mich bereit. Wir stachen in See, sobald ich an Bord war.

Am späten Vormittag steuerten wir in die Einfahrt zwischen den Korallenriffen und ankerten vor dem kleinen Fischerdorf. Tanus stand schon am Ufer, um mich zu begrüßen.

Während meiner Abwesenheit hatte Tanus sechs altersschwache Esel beschafft, und die Schiffer von Tiamats Fahrzeug wateten mit den Ballen, welche wir aus Safaga mitgebracht hatten, an Land und luden sie den armen Kreaturen auf. Tanus und ich schärften dem Kapitän ein, auf unsere Rückkehr zu warten. Dann, die Esel in einer Reihe führend, machten wir uns auf den Weg zu den Brunnen von Dschebel Nagara.

Kratas' Männer hatten die Hitze, die Sandfliegen und die Langeweile offenbar höchst widerwillig ertragen, denn sie bereiteten uns einen Empfang, der in keinem Verhältnis zu der Zeit stand, die wir fort gewesen waren. Tanus befahl Kratas, sie antreten zu lassen, und die Krieger beobachteten gespannt, wie ich das erste Bündel auspackte. Als ich das Gewand einer Sklavin ausbreitete, trat an die Stelle der Neugier gelinde Erheiterung. Es kamen weitere neunundsiebzig Frauenkleider zum Vorschein, und ein Raunen ging durch die Reihen der Soldaten.

Kratas und zwei seiner Offiziere halfen mir, vor jeden ein Gewand zu legen, und nun befahl Tanus: »Ausziehen! Schlüpft in die Frauenkleider!« Es gab einen Aufschrei des Widerspruchs und der ungläubigen Belustigung, und erst als Kratas und seine Offiziere die Reihen mit strenger Miene abschritten, gehorchten die Männer.

Anders als unsere Frauen, die sich nur leicht bekleiden, ihre Brüste oft unbedeckt und ihre Beine bloß lassen, tragen Assyriens Weiber Röcke, welche über den Boden schleifen, und Ärmel, die bis zum Handgelenk reichen. In irregeleiteter Sittsamkeit verschleiern sie sogar ihr Gesicht, wenn sie auf die Straße gehen.

Nachdem sie das erste Entsetzen, einander in solch fremdartigen Gewändern zu sehen, überwunden hatten, kosteten die Männer ihre Verkleidung aus. Bald stolzierten und trippelten achtzig verschleierte Sklavinnen in langen Röcken einher, kniffen einander und warfen Tanus und seinen Offizieren schmachtende Blicke zu.

Ich beglückwünschte mich, weil ich darauf bestanden hatte, daß Kratas nur die kleinsten und schlanksten Männer auswählte. Nun, da ich sie betrachtete, war ich sicher, daß die Täuschung klappen konnte. Sie würden nur noch ein wenig Unterricht in weiblichem Betragen brauchen.

Am nächsten Morgen zog unsere seltsame Karawane durch das kleine Fischerdorf hinunter zum Strand, wo das Kauffahrteischiff wartete. Kratas und acht von seinen Offizieren bildeten das Geleit, denn das Fehlen einer bewaffneten Eskorte hätte bei solch wertvoller Ware gewiß Argwohn erregt. Neun wohlgerüstete Männer im bunten Söldnergewand würden ausreichen, ihn zu zerstreuen, wenn sie auch eine Räuberbande nicht abzuschrecken vermochten.

An der Spitze der Karawane marschierte Tanus, angetan mit dem prächtigen Kleid und dem perlenbesetzten Kopfschmuck eines reichen Kaufherrn aus dem Lande jenseits des Euphrats. Ich hatte ihm den Bart zu den feinen Kringeln gelockt, welche die Assyrer lieben. Viele von diesen Asiaten, besonders die aus den weiter nördlich gelegenen Berggegenden, haben eine ähnlich getönte Haut wie Tanus, und so konnte er denn vorzüglich den Part spielen, welchen ich ihm zugedacht hatte.

Ich folgte dicht hinter ihm, hatte den langen Rock einer Assyrerin angezogen und trug dazu ihren Schleier und auffälligen Schmuck.

In Safaga erregten wir einiges Aufsehen, denn die assyrischen Mädchen waren berühmt für ihre Liebeskunst. Einige von ihnen, hieß es, seien zu Wunderdingen fähig, die selbst eine tausendjährige Mumie wieder zum Leben erwecken könnten. Wer uns an Land kommen sah, mußte meinen, entschleiert seien unsere Sklavinnen Musterbilder weiblicher Schönheit. Ein gewitzter Händler brachte seine Ware nicht zu erheblichen Kosten in ein fernes Land, wenn er sich nicht eines guten Preises auf dem Sklavenmarkt sicher war.

So trat denn auch sofort ein Kaufmann aus Safaga an Tanus heran und erbot sich, ihm die beschwerliche Reise durch die Wüste zu ersparen, indem er den ganzen Mädchenschwarm kaufte. Tanus winkte verächtlich lachend ab.

Doch der Kaufmann ließ sich nicht entmutigen. »Bist du vor den Gefahren gewarnt worden, die dich erwarten?« fragte er. »Ehe du den Nil erreichst, wird man dich zwingen, einen Wegzoll zu zahlen, der den größten Teil deines Gewinns verschlingt.«

»Wer will mich dazu zwingen?« erwiderte Tanus. »Ich zahle nur, was ich schuldig bin.«

»Es gibt Leute, die über alle Wege gebieten«, sagte der Kaufmann. »Und selbst wenn zu zahlst, was sie fordern, hast du keine Gewißheit, daß sie dich in Frieden lassen, zumal mit so verlockender Ware. Die Geier an der Straße zum Nil sind von den Leichnamen unbelehrbarer Händler so fett, daß sie kaum fliegen können. Darum rate ich dir, verkaufe an mich...«

»Ich habe bewaffnetes Geleit.« Tanus deutete auf Kratas und seinen kleinen Trupp. »Diese Männer sind den Räubern gewachsen, auf die wir treffen mögen.« Die Umstehenden, welche dem Gespräch gelauscht hatten, stießen einander an und kicherten über diese Großsprecherei.

Der Kaufmann zuckte die Achseln. »Nun denn, mein mutiger Freund. Bei meiner nächsten Reise durch die Wüste werde ich am Wegesrand Ausschau nach deinem Gerippe halten. Ich werde dich an deinem roten Bart erkennen.«

Wie versprochen, hatte Tiamat vierzig Esel für uns bereitgestellt. Zwanzig von ihnen waren mit vollen Wasserschläuchen beladen, die anderen hatten Packsättel für die Ballen und Bündel aufgeschnallt, welche wir mitgebracht hatten.

Mir war sehr daran gelegen, daß wir unter all diesen neugierigen Blikken möglichst wenig Zeit im Hafen verbrachten. Es brauchte nur eine einzige Sklavin aus der Rolle zu fallen, und wir waren am Ende. Kratas und seine Männer eilten mit ihren Schutzbefohlenen durch die schmalen Straßen, hielten die Zuschauer auf Abstand und sorgten dafür, daß die Sklavinnen verschleiert blieben, die Augen niederschlugen und nicht mit rauhen männlichen Tönen auf die zotigen Bemerkungen eingingen, die uns begleiteten, bis wir aus der Stadt waren.

An diesem ersten Abend schlugen wir unser Lager in Sichtweite von Safaga auf. Zwar rechnete ich, ehe wir die Berge erreichten, nicht mit einem Angriff, doch ich war sicher, daß wir bereits von den Spitzeln der Würger beobachtet wurden.

Solange es hell war, vergewisserte ich mich, daß sich unsere Sklavinnen wie Frauen betrugen, Gesicht und Körper bedeckt hielten und sich, wenn sie in den nahegelegenen Wadi gingen, um ihren natürlichen Bedürfnissen zu folgen, sittsam niederhockten.

Erst nach Einbruch der Dunkelheit befahl Tanus, daß die Bündel, welche die Esel getragen hatten, geöffnet und die Waffen, die sie enthielten, an die Sklavinnen ausgeteilt wurden. Jede hatte, als sie einschlummerte, Bogen und Schwert unter der Schlafmatte.

Tanus stellte doppelte Wachen rings um das Lager auf. Dann stahlen er und ich uns davon und kehrten in der Dunkelheit nach Safaga zurück. Ich führte ihn durch die finsteren Straßen zu Tiamats Haus. Dieser erwartete uns und hatte zu unserer Begrüßung ein köstliches Mahl auftragen lassen. Ich sah ihm an, wie sehr er darauf brannte, Tanus kennenzulernen.

»Dein Ruf eilt dir voraus, edler Herr Harrab. Ich habe deinen Vater gekannt. Er war ein rechter Mann«, sagte er. »Wenngleich ich gehört habe, du seist vor einer Woche in der Wüste gestorben und dein Leichnam liege bei den Balsamierern am westlichen Ufer des Nils, bist du willkommen in meinem bescheidenen Hause.«

Während wir aßen, befragte Tanus ihn nach allem, was er von den Würgern wußte, und Tiamat antwortete offen und ehrlich.

Schließlich schaute Tanus mich fragend an, und ich nickte. Tanus wandte sich wieder an Tiamat zu und sagte: »Du bist uns ein großzügiger Freund gewesen, doch wir waren nicht aufrichtig gegen dich. Wir konnten nicht anders, denn niemand sollte unsere wahre Absicht erraten: die Würger zu vernichten und ihre Anführer Pharaos Zorn zu überantworten.«

Tiamat strich sich lächelnd den Bart. »Das überrascht mich nicht sonderlich«, sagte er, »denn ich habe von der Aufgabe gehört, mit der Pharao dich beim Osiris-Fest betraute. Ich kann nur sagen, ich werde den Göttern opfern, auf daß es dir gelinge.«

»Zu diesem Zweck werde ich noch einmal deine Hilfe benötigen«, erklärte Tanus.

»Du brauchst mich nur darum zu bitten.«

»Glaubst du, daß die Würger schon von unserer Karawane erfahren haben?«

»Ganz Safaga spricht von euch«, antwortete Tiamat. »Eure Fracht ist die reichste, die in diesem Jahr eintraf. Eine schöne Sklavin kostet in Karnak mindestens tausend Goldringe – und ihr habt achtzig.« Er lachte leise und schüttelte den Kopf. »Du kannst sicher sein, daß die Würger von euch wissen. Ich habe in der Menge am Hafen mindestens drei ihrer Spitzel gesehen. Sobald ihr in den Bergen seid, werden sie an euch herantreten und ihre Forderungen stellen.«

Wir erhoben uns, um uns zu verabschieden, und Tiamat begleitete uns zur Tür. »Mögen die Götter euch beistehen. Nicht nur Pharao, sondern jeder Mensch im Oberen Königreich wird in eurer Schuld stehen, wenn es euch gelingt, dieser furchtbaren Heimsuchung ein Ende zu bereiten.«

Es war noch dunkel und recht kühl, als wir am nächsten Morgen aufbrachen. Tanus, den Bogen Lanata über der Schulter, marschierte an der Spitze der Karawane; ich folgte ihm in weiblicher Anmut.

Hinter uns kamen die Esel, Schnauze an Schwanz zusammengebunden. Die Sklavinnen trippelten rechts und links von den Tieren, ihre Waffen waren in den Bündeln versteckt. Sie brauchten nur die Hand danach auszustrecken.

Kratas hatte die Eskorte in drei Trupps zu sechs Mann aufgeteilt, die von Astes, Remrem und ihm selbst befehligt wurden. Astes und Remrem waren berühmte Krieger und verdienten längst ein eigenes Kommando. Doch sie hatten bereits mehrfach Beförderungen abgelehnt, nur um bei

Tanus bleiben zu können. Solche Treue wurde Tanus von allen zuteil, die unter ihm dienten.

Die Eskorten schlenderten neben der Karawane her und versuchten, sich möglichst unsoldatisch aufzuführen. Für die Späher, die uns gewiß von den Bergen aus beobachteten, mußte es aussehen, als sollten sie nur die Sklavinnen an der Flucht hindern. In Wirklichkeit freilich waren sie vollauf damit beschäftigt, ihre Schutzbefohlenen daran zu hindern, daß sie, wie gewohnt, Tritt faßten und ein Marschlied anstimmten.

Die Luft begann vor Hitze zu flirren, und Tanus wandte sich mir zu. »Bald werde ich die erste Rast einlegen. Einen Becher Wasser für jede...«

»Lieber Gemahl«, unterbrach ich ihn, »deine Freunde sind da. Schau nach vorn!«

Tanus fuhr herum und schloß unwillkürlich die Hand um seinen Bogen. »Welch hübsche Burschen haben wir da!«

Unsere Karawane zog gerade durch die ersten Vorberge unterhalb der Hochebene. Zu beiden Seiten ragten steile Felswände empor, und drei Männer versperrten uns den Weg. Ihr Anführer war eine hochaufgeschossene, bedrohliche Gestalt, in das wollene Gewand des Wüstenreisenden gehüllt, aber barhäuptig. Seine Haut war sehr dunkel und mit tiefen Pockennarben übersät. Er hatte eine Nase so krumm wie ein Geierschnabel, und sein rechtes Auge war trüb von dem Wurm, welcher blind macht.

»Ich kenne den Schurken«, sagte ich so leise, daß nur Tanus es hören konnte. »Er heißt Sched und ist der berüchtigtste von den Kommandanten der Würger. Hüte dich vor ihm.«

Tanus ließ sich nicht anmerken, daß er mich vernommen hatte, sondern hob seine Rechte, um anzuzeigen, daß er keine Waffe darin hielt, und rief munter: »Mögen alle deine Tage vom süßen Duft des Jasmins erfüllt sein, werter Reisender, und möge dich zu Hause ein liebendes Weib willkommen heißen!«

»Mögen deine Wasserschläuche stets gefüllt sein und kühlende Winde deine Stirn befächeln, wenn du durch die Dürre der Wüste ziehst!« erwiderte Sched und lächelte heimtückisch. Sein sehendes Auge funkelte entsetzlich.

»Du bist überaus gütig, mein edler Herr«, bedankte sich Tanus. »Gern ließe ich dir ein Mahl reichen und die Gastfreundschaft meines Lagers angedeihen, doch ich erbitte deine Nachsicht. Wir haben einen langen Weg vor uns und müssen weiter.«

»Schenk mir nur noch ein wenig von deiner Zeit, mein prachtvoller Assyrer.« Sched tat einen Schritt vorwärts. »Ich habe etwas, das du brauchen wirst, wenn du mit deiner Karawane ungefährdet den Nil erreichen willst.« Er hielt einen kleinen Gegenstand empor.

»Ah, ein Talisman!« rief Tanus. »Bist du ein Zauberer? Und welchen Zauber bietest du mir dar?«

»Dies ist eine Feder.« Sched lächelte immer noch. »Die Feder eines Würgfalken.«

Auch Tanus lächelte, als hätte er es mit einem trotzigen Kind zu tun. »Nun, dann reiche mir die Feder, und ich werde dich nicht länger aufhalten.«

»Gabe um Gabe. Du mußt mir auch etwas überlassen«, entgegnete Sched. »Gib mir zwanzig von deinen Sklavinnen. Wenn du aus Ägypten zurückkehrst, werde ich wieder mit dir zusammentreffen, und dann gibst du mir die Hälfte des Erlöses, den du mit den anderen sechzig gewonnen hast.«

»Für eine einzige Feder?« verwunderte sich Tanus. »Das scheint mir kein gutes Geschäft zu sein.«

»Dies ist keine gewöhnliche Feder. Es ist die Feder eines Würgers«, erklärte Sched. »Bist du so schlecht unterrichtet, daß du noch nie von jenem Vogel gehört hast?«

»Laß mich diese besondere Feder sehen.« Tanus ging mit ausgestreckter Hand auf Sched zu, und Sched kam ihm entgegen. Gleichzeitig traten Kratas, Remrem und Astes näher, als wollten sie die Feder betrachten.

Statt das Geschenk entgegenzunehmen, packte Tanus Scheds Arm und drehte ihn auf dessen Rücken. Mit einem Schreckensruf fiel Sched auf die Knie. Nun schritten Kratas und seine Offiziere zum Angriff und überrumpelten die beiden anderen Räuber ebenso, wie ihr Anführer überrumpelt worden war. Sie schlugen ihnen die Waffen aus den Händen und schleiften sie zu der Stelle, an welcher Tanus stand.

»Ihr kleinen Vögel wollt also Kaarik, den Assyrer, mit euren Drohungen erschrecken? Doch, mein teurer Federverkäufer, ich habe schon von den Würgern gehört. Ich habe gehört, daß sie ein Schwarm von schwatzenden, feigen Grünschnäbeln sind, die mehr Lärm machen als ein Spatzenschwarm.« Tanus drehte Scheds Arm weiter, bis der Räuber brüllte vor Schmerz und auf sein Gesicht fiel. »Ja, ich habe von den Würgern gehört, aber hast du schon von Kaarik dem Schrecklichen gehört?« Tanus nickte Kratas zu, und rasch rissen sie den drei Würgern die Kleider vom Leib und hielten sie auf dem felsigen Boden nieder.

»Ich möchte, daß du dich meines Namens erinnerst und davonfliegst wie ein artiges Vögelchen, wenn du ihn das nächste Mal vernimmst«, sagte Tanus zu Sched und nickte Kratas erneut zu. Der bog eine Peitsche zwischen den Fingern. Tanus streckte seine Hand danach aus, und Kratas reichte sie ihm widerwillig.

»Schau nicht so traurig drein, Sklavenaufseher«, sagte Tanus zu ihm.

»Bald ist die Reihe an dir. Doch den ersten Löffel aus dem Kessel nimmt immer Kaarik, der Assyrer.«

Tanus ließ die Peitsche durch die Luft sausen, und sie pfiff wie der Wind unter den Schwingen der Wildgans. Sched wand sich am Boden und verdrehte den Kopf, um Tanus anzuzischen: »Du bist des Wahnsinns, assyrischer Ochse! Weißt du nicht, daß ich ein Kommandant der Würger bin? Untersteh dich...«

Tanus ließ die Peitsche mit einem Hieb niedersausen, in dem sein ganzes Gewicht lag. Auf Scheds Rücken bildete sich ein roter Striemen so breit wie mein Zeigefinger. So heftig war der Schmerz, daß des Räubers ganzer Leib zuckte und ihm die Luft wegblieb. Tanus hob erneut die Peitsche und legte einen zweiten Striemen neben den ersten. Sched stieß ein heiseres Brüllen aus. Tanus aber achtete nicht darauf, sondern ließ gleichmäßig Streich auf Streich folgen.

Als er schließlich einhielt, zogen sich rotglühende Striemen über die Beine, die Gesäßbacken und den Rücken seines Opfers. Kein Streich hatte den anderen überlagert. Die Haut war heil, kein Tropfen Bluts war gequollen, doch Sched lag mit dem Gesicht im Staub und röchelte, so daß jedesmal, wenn er ausatmete, eine kleine Wolke aufstieg. Als Rem-rem und Kratas ihn losließen, machte er keine Anstalten, sich aufzusetzen. Er rührte sich nicht einmal.

Tanus warf Kratas sie Peitsche zu. »Der nächste ist dein, Sklavenaufseher. Zeichne ihm ein schönes Muster auf den Rücken.«

Kratas' Hiebe waren kräftig, doch es mangelte ihm an Tanus' Kunstfertigkeit. Bald glich der Rücken des Räubers einem lecken Gefäß. Blutstropfen fielen in den Staub und rollten sich zu Dreckkügelchen zusammen.

Ein wenig schwitzend ließ es Kratas schließlich genug sein und reichte die Peitsche an Astes weiter.

Astes schlug noch derber zu als Kratas. Als er mit dem letzten Räuber fertig war, sah dessen Rücken aus wie eine Rinderhälfte, über die ein wahnsinniger Fleischhauer hergefallen ist.

Tanus bedeutete der Karawane, sich in Bewegung zu setzen, auf die Paßhöhe zu. Wir blieben noch eine Weile neben den drei nackten Männern stehen.

Schließlich regte sich Sched, hob den Kopf, und Tanus sagte höflich zu ihm: »So nehme ich denn Abschied von dir, mein Freund. Präge dir meine Züge ein und sei auf der Hut, wenn du mich wiedersiehst.« Tanus hob die zu Boden gefallene Feder auf und steckte sie an seinen Kopfschmuck. »Ich danke dir für dein Geschenk. Mögest du jede Nacht in den Armen einer glutvollen Schönen schlummern.« Er berührte sein

Herz und seinen Mund zum assyrischen Gruß, und ich folgte ihm bergan, der Karawane hinterher.

Ehe wir über den nächsten Berg verschwanden, schaute ich mich noch einmal um. Die Würger hatten sich aufgerappelt und stützten sich gegenseitig, um nicht erneut niederzusinken. Selbst auf die Entfernung sah ich den blanken Haß in Scheds Gesicht.

»Ihr habt dafür gesorgt, daß alle Würger auf dieser Seite des Nils hinter uns her sein werden, wenn wir den ersten Schritt über die Paßhöhe tun«, sagte ich zu Kratas und seinen Leuten, und sie zeigten sich erfreut, als hätte ich ihnen eine Schiffsladung Bier und hübsche Mädchen versprochen.

Von der Paßhöhe aus blickten wir ein letztes Mal auf das kühle Blau des Meeres zurück und stiegen dann hinab in jene glühende Ödnis aus Stein und Sand, welche sich bis zum Nil dehnt.

Die Hitze fiel uns an wie ein Todfeind. Wir rangen nach Atem, und sie sog die Feuchtigkeit aus unseren Leibern. Sie dörrte uns die Haut aus und machte sie rissig, bis unsere Lippen aufplatzten wie überreife Feigen. Der Fels unter unseren Füßen war heiß, als käme er eben aus dem Brennofen des Töpfers, er versengte unsere Sohlen und ließ Blasen quellen, obwohl wir Ledersandalen trugen. Es war unmöglich, den Marsch während der Mittagsstunden fortzusetzen. Wir lagen im kargen Schatten der Leinenzelte, die Tiamat für uns beschafft hatte, und hechelten wie Jagdhunde nach der Hatz.

Als die Sonne endlich gegen den zerklüfteten Horizont sank, ging es weiter. Die Wüste hatte etwas so Bedrohliches, daß selbst die Blauen Krokodile der Mut verließ. Langsam wie eine verletzte Schlange wand sich die Kolonne durch die schwarzen Felsen und löwenfarbigen Dünen, folgte der alten Straße, welche schon zahllose Reisende vor uns entlanggezogen waren.

Als schließlich die Dunkelheit einbrach, begannen die Sterne so funkelnd zu prangen und erleuchteten die Wüste so hell, daß ich von der Spitze der Kolonne aus Kratas' Gestalt an deren Ende erkennen konnte, obwohl zweihundert Schritt uns trennten. Wir marschierten die halbe Nacht. Erst dann gönnte Tanus uns Ruhe. Vor Morgengrauen ließ er uns aufstehen, und wir marschierten weiter, bis sich die Felsen ringsum in der Luftspiegelung aufzulösen schienen und der Horizont verschwamm.

Wir sahen kein Zeichen von Leben. Nur einmal bellte uns eine Pavianherde von den Kliffen eines kahlen, felsigen Tafellandes aus an, und Geier schwebten hoch am heißen blauen Himmel.

Während wir um die Mittagszeit ruhten, wirbelten und drehten sich die Wüstenwinde mit der Anmut tanzender Huris über die Ebene, und der Becher voll Wassers, welcher uns zugeteilt war, schien sich in unseren Mündern in Dampf zu verwandeln.

»Wo sind sie?« knurrte Kratas ungehalten. »Bei Seths Schweißfüßen, ich hoffe, die Vögelchen nehmen bald ihren Mut zusammen und kommen zu uns geflattert.«

»Sched ist ein gerissener Bursche«, sagte ich. »Er wird seine Streitkräfte um sich sammeln und *uns* kommen lassen. Er wird warten, bis wir müde sind von der Reise und achtlos vor Erschöpfung; dann wird er zuschlagen.«

Am fünften Tag, als ich die Höhlen alter Gräber in den dunklen Felsen vor uns erkannte, wußte ich, daß wir uns der Oase Gallala näherten. Vor Jahrhunderten hatte sie eine blühende Stadt am Leben erhalten, aber dann hatte ein Erdbeben die Berge erschüttert und die Brunnen fast versiegen lassen.

Man hatte tiefer gegraben, um das zurückgewichene Naß zu erreichen, und Stufen bis hinab zur Wasseroberfläche gebaut, die stets im Schatten lag, aber die Stadt war dennoch verödet. In düsterer Stille standen Mauern ohne Dach, und Eidechsen sonnten sich in den Höfen, in denen einst reiche Kaufherren mit ihren Haremsdamen geschäkert hatten.

Unsere erste Sorge war es, die leeren Wasserschläuche zu füllen. Die Stimmen der Männer, welche das kostbare Naß aus den Brunnen schöpften, wurden von dem Widerhall in den tiefen Schächten verzerrt. Unterdessen erkundeten Tanus und ich die verfallene Stadt. In ihrer Mitte erhob sich ein Tempel, der einst dem Schutzgott von Gallala geweiht war. Das Dach war eingestürzt, und die Mauern bröckelten da und dort; es gab nur einen kleinen Eingang am westlichen Ende.

»Der wird uns gute Dienste leisten«, murmelte Tanus. Ich erkundigte mich nach seinen Plänen, aber er schüttelte nur den Kopf. »Überlaß das mir, alter Freund. Das Kämpfen ist mein Geschäft.«

In der Mitte des Tempels bemerkte ich im Staub die Spuren von Pavianen. Ich wies Tanus darauf hin. »Die kommen wohl hierher, um aus den Brunnen zu trinken«, sagte ich.

Am Abend, als wir innerhalb des Tempelbereichs an kleinen, stark rauchenden Feuern aus getrocknetem Eselsdung saßen, hörten wir die Paviane wieder. Das Gebell der alten Männchen hallte von den Bergen wider, welche die Stadt umgaben. Ich nickte Tanus zu. »Der Freund Sched ist endlich eingetroffen. Seine Späher sind da droben und beobachten uns. Sie haben die Paviane aufgeschreckt.«

»Hoffentlich hast du recht. Meine Leute murren schon. Sie wissen, das war dein Einfall, und wenn du dich irrst, muß ich ihnen womöglich deinen

Kopf zu Füßen legen«, brummte Tanus. Dann ging er zum nächsten Feuer und besprach sich mit Astes.

Als die Männer erkannten, daß der Feind nahe war, breitete sich eine neue Stimmung im Lager aus. Statt, wie bisher, finster dreinzublicken, lächelten sie einander im Feuerschein an, während sie verstohlen die Schärfe ihrer Schwerter prüften. Doch sie waren gewitzte Leute und fuhren fort mit den Gepflogenheiten des Karawanenlebens, um bei den Beobachtern auf den Bergen keinen Argwohn zu erregen. Schließlich lagen wir alle auf unseren Matten, und die Feuer waren fast verloschen, aber keiner schlief. Ich hörte, wie sich die Männer ringsum unruhig hin und her warfen. Die Stunden zogen sich in die Länge, und ich schaute zu den Sternen empor, die in feierlichem Glanze am Himmel standen. Doch der Angriff blieb aus.

Vor Tagesanbruch machte Tanus zum letztenmal seine Runde bei den Posten. Dann blieb er einen Augenblick an meiner Matte stehen und flüsterte: »Du und deine Freunde, die Paviane – ihr gleicht einander. Ihr bellt, wenn ihr nur einen Schattten seht.«

»Nein, die Würger sind da«, widersprach ich. »Ich rieche sie. Die Berge sind voll von ihnen.«

»Es gibt bald Frühstück. *Das* riechst du«, knurrte Tanus. Er weiß, wie sehr ich die Unterstellung hasse, daß ich ein Vielfraß bin. Ich erwiderte nichts darauf, sondern ging ins Dunkel, um mich hinter dem nächsten Schutthaufen zu erleichtern.

Als ich dort kauerte, bellte erneut ein Pavian. Der wilde, dröhnende Laut zerriß die unheimliche Stille der letzten Nachtwache. Ich wandte den Kopf und hörte von ferne Metall gegen Stein klirren, als wäre oben auf den Bergen einer zitternden Hand das Schwert entglitten oder als hätte ein Schild einen Granitblock gestreift, während ein Bewaffneter eilte, um seine Stellung zu beziehen, ehe das Morgenlicht verriet, wo er war.

Ich lächelte selbstzufrieden; wenige Freuden in meinem Leben kommen dem Vergnügen gleich, das ich empfinde, wenn Tanus eine Behauptung zurücknehmen muß. Als ich zu meiner Matte zurückkehrte, wisperte ich den Männern, an denen ich vorüberging, zu: »Seid bereit. Sie sind da.« Sogleich wurden meine Worte von Mund zu Mund weitergegeben.

Die Sterne begannen zu verblassen; verstohlen wie eine Löwin, die eine Herde Spießböcke beschleicht, kam der Tag. Dann hörte ich plötzlich einen Posten auf der westlichen Mauer des Tempels pfeifen, ein perlendes Trällern, welches der Ruf eines Ziegenmelkers hätte sein können, und sofort entstand Bewegung im Lager. Allerdings geboten Kratas und seine Offiziere eindringlich flüsternd Ruhe. »Sachte, Leute. Denkt an eure Befehle. Bleibt, wo ihr seid!« Und kein Mann rührte sich von seiner Matte fort.

Ich verbarg das Gesicht hinter meinem Tuch, wandte, ohne mich zu erheben, den Kopf und blickte hinauf zu den Bergen, welche den Tempel überragten. Die haifischzahnspitzen, sich dunkel vom Himmel abhebenden Granitfelsen veränderten sich fast unmerklich. Ich blinzelte mehrmals, um sicher zu sein, daß ich mich nicht täuschte. Doch es war überall dasselbe. Den ganzen Horizont umstanden die dräuenden Gestalten bewaffneter Männer. Sie bildeten einen Kessel, aus dem zu entfliehen niemand hoffen konnte.

Nun wußte ich, warum Sched solange gewartet hatte. Er hatte Zeit gebraucht, um diese Heerschar von Räubern um sich zu sammeln. Es mußten tausend oder mehr sein, wenngleich es im matten Licht nicht möglich war, sie zu zählen. Wir waren ihnen mindestens zehnfach unterlegen, und mir sank der Mut. Selbst für eine Kompanie der Blauen Krokodile waren dies trübe Aussichten.

Die Würger standen still wie die Felsen ringsum, und ich war höchst besorgt angesichts ihrer Zucht. Ich hatte erwartet, daß sie uns in hellen Haufen entgegenströmen würden, doch sie betrugen sich wie wohlausgebildete Krieger. Ihre Ruhe war beängstigender, als wenn sie wild geschrien und ihre Waffen geschwenkt hätten.

Es wurde rasch hell, und nun konnten wir sie deutlich erkennen. Die ersten Sonnenstrahlen blinkten auf ihren Bronzeschilden und -schwertern, und der Glanz des Metalls glich Lichtpfeilen, die uns trafen. Alle Würger hatten sich mit Tüchern aus schwarzer Wolle vermummt. In den Schlitzen waren nur ihre Augen zu sehen.

Das Schweigen hielt an, bis ich dachte, mein Herz müßte zerspringen. Dann zerriß plötzlich eine Stimme die Stille. »Kaarik! Bist du wach?«

Ich erkannte Sched trotz des Tuches, hinter dem er sein Gesicht verbarg. Er stand in der Mitte der Felswand, dort, wo die Straße sie durchschnitt. »Kaarik!« fuhr er fort. »Es wird Zeit, daß du zahlst, was du mir schuldig bist, nur ist der Preis gestiegen. Ich will jetzt alles! Alles!« Er streifte das Tuch ab und enthüllte seine pockennarbigen Züge. »Auch deinen dummen, hochmütigen Kopf!«

Tanus erhob sich von seiner Matte. »Dann wirst du herunterkommen und ihn dir holen müssen!« rief er und zog blank.

Sched hob seinen rechten Arm, um ihn sogleich jählings niedersausen zu lassen.

Bei diesem Zeichen stieg ein Schrei aus den Reihen der Männer auf, welche die Felsen säumten; sie reckten ihre Waffen zum blaßgelben

Morgenhimmel und schüttelten sie. Sched bedeutete ihnen anzugreifen, und sie ergossen sich wie ein Sturzbach in das schmale Tal von Gallala.

Tanus rannte zur Mitte des Tempels, wo die vormaligen Einwohner ihrem Schutzpatron Bes, dem zwergengestaltigen Gott der Musik und der Trunkenheit, einen steinernen Altar errichtet hatten. Kratas und seine Offiziere eilten, sich ihm anzuschließen, während die Sklavinnen und ich auf den Matten kauerten, Köpfe bedeckten und in scheinbarer Todesangst klagten.

Tanus sprang auf den Altar und beugte ein Knie, als er den großen Bogen Lanata spannte. Dann richtete er sich wieder auf, langte über seine Schulter, zog einen Pfeil aus dem Köcher auf seinem Rücken und wandte sich zum Haupttor, durch welches die Würgerhorden kommen mußten.

Vor dem Altar hatte Kratas seine Leute in einer Reihe Aufstellung nehmen lassen, und auch sie hatten ihre Bogen gespannt und zielten auf den Eingang zum Tempelhof. Sie waren ein jämmerlich kleines Häuflein, und ich spürte einen Kloß im Hals, als ich sie dort stehen sah. Gleichwohl, welcher Heldenmut! Welche Unerschrockenheit! Ich würde ein Preislied auf sie dichten. Doch ehe ich die erste Zeile zu ersinnen vermochte, brach die Vorhut des Räuberhaufens heulend durch das verfallene Tor.

Nur fünf Mann konnten die steile Treppe zum Eingang gleichzeitig ersteigen, und die Entfernung zu Tanus' Platz auf dem Altar betrug nicht einmal vierzig Schritt. Tanus ließ den ersten Pfeil fliegen und tötete drei Räuber auf einmal. Der erste war hochgewachsen, mit langen, öligen Flechten, die seinen Rücken hinunterwallten. Der Pfeil traf ihn in die nackte Brust und durchschlug seinen Oberkörper so glatt, als handle es sich um eine Papyrus-Zielscheibe.

Schlüpfrig vom Blut des ersten Mannes, durchbohrte der Pfeil den Hals des Räubers hinter ihm und trat wiederum aus, wenn auch nicht ganz. Die Federn am Ende des Schaftes blieben im Fleisch des zweiten Mannes stecken, während sich die Spitze ins Auge des dritten senkte, welcher dichtauf folgte. Die beiden Würger waren nun durch den Pfeil miteinander verbunden; um sich schlagend, taumelten sie in der Mitte des Tores umher und versperrten denen, die sich an ihnen vorbei in den Hof schieben wollten, den Zugang. Schließlich löste sich die Pfeilspitze samt dem aufgespießten Auge aus dem Schädel des dritten Mannes. Die beiden Würger stürzten zu Boden, und über sie hinweg stürmte eine Schar brüllender Räuber in den Hof. Der kleine Trupp am Altar ließ Pfeile gegen sie schwirren und schoß sie alle nieder, bis ihre Leiber fast das ganze Tor ausfüllten. Diejenigen, welche von hinten nachdrängten, waren gezwungen, über Hügel von Toten und Verwundeten zu klettern.

Es konnte nicht mehr lange dauern; der Druck der Krieger war zu groß und ihre Übermacht zu stark. Wie die steigende Flut des Nils an einem geborstenen Damm brachen sie durch die Lücke, und eine gewaltige Masse von Bewaffneten quoll in den Hof und schloß den kleinen Trupp am Altar ein.

Fürs Bogenschießen war der Abstand nun zu gering. Tanus und seine Leute griffen zum Schwert. »Horus, verleihe mir Kraft!« rief Tanus, und die Männer um ihn stimmten in seinen Schlachtruf ein, während sie sich ans Werk machten. Bronze klirrte gegen Bronze, als die Würger an Tanus und die Seinen heranzukommen versuchten, doch sie hatten jetzt einen Kreis um den Altar gebildet, und ihre Gegner hatten es, gleichgültig, von welcher Seite sie anstürmten, mit der todbringenden Fechtkunst der Blauen Krokodile zu tun. Es fehlte den Würgern nicht an Mut. In enggeschlossenen Reihen rückten sie immer wieder gegen den Altar vor. Wurde einer niedergemäht, trat ein anderer an seine Stelle.

Ich entdeckte Sched. Er stand im Tor, griff nicht in den Kampf ein, sondern verwünschte seine Leute und befahl sie mit entsetzlichem Wutgeschrei ins Gefecht. Immer wieder schärfte er ihnen ein: »Bringt mir den Assyrer, aber lebend. Ich möchte ihn langsam töten. Ich möchte ihn winseln hören.«

Die Räuber achteten nicht auf die Sklavinnen, welche immer noch auf ihren Schlafmatten kauerten und wehklagten. Ich klagte mit, und dies nicht ohne Grund: Der Kampf, der da tobte, war mir in der Tat unbehaglich. Mittlerweile drängten sich mehr als tausend Mann in dem beengten Raum. Vor Staub schier erstickend, wurde ich von der kämpfenden Horde getreten und gestoßen, bis ich mich schließlich in einer Ecke an der Tempelwand verkriechen konnte.

Einer der Räuber wandte sich vom Gefecht ab und beugte sich über mich. Er riß das Tuch von meinem Gesicht und starrte mir in die Augen. »Mutter von Isis«, keuchte er, »bist du schön!«

Es war ein häßlicher Kerl mit Zahnlücken und einer langen Narbe auf der Wange. Sein Atem stank wie eine Kloake. »Warte nur, bis das hier vorbei ist. Dann geb' ich dir etwas, daß du vor Freude jauchzt!« sagte er, hob mein Kinn empor und küßte mich.

Meine erste Regung war zurückzuweichen, doch ich erwiderte den Kuß. Ich bin ein Meister der Liebeskunst, denn ich habe sie in den Wohnungen der jungen Sklaven des Herrn Intef erlernt. Meine Küsse können einen Mann vergehen lassen.

Ich küßte ihn, so gut ich es vermochte, und er war wie gelähmt. Unterdessen zog ich meinen Dolch unter dem Gewand hervor und ließ ihn zwischen die fünfte und sechste Rippe des Mannes gleiten. Als er aufschrie, dämpfte ich den Laut mit meinen Lippen und drückte ihn liebreich an meine Brust, drehte die Klinge in seinem Herzen, bis er schaudernd gegen mich sank und ich ihn auf die Seite rollen lassen konnte.

Ich sah mich rasch um. In den wenigen Augenblicken, die ich gebraucht hatte, meines Bewunderers ledig zu werden, war der kleine Trupp am Altar in noch größere Not geraten. Es gab Lücken in der Einerreihe. Zwei Männer lagen am Boden, und Amseth war verwundet. Er hatte sein Schwert in die Linke genommen; sein rechter Arm hing blutend herab.

Unsäglich erleichtert sah ich, daß Tanus kein Haar gekrümmt war. Noch lachte er in wilder Freude, während er das Schwert führte. Aber meine Hoffnung sank. Der ganze Würgerhaufen drängte sich auf dem Hof und trieb Tanus in die Enge. Bald, so befürchtete ich, würden er und die Seinen niedergestreckt werden, mochten sie auch noch so tapfer kämpfen.

Tanus tötete einen weiteren Feind mit einem Stoß in den Hals. Dann riß er die Klinge aus dem Fleisch des Würgers und trat zurück. Er hob den Kopf und brüllte: »Zu mir, Blaue Krokodile!«

Die zusammengekauerten Sklavinnen sprangen auf und warfen ihre langen Gewänder beiseite. Sie hatten bereits blankgezogen und fielen nun der Räuberbande in den Rücken. Die Überraschung war gelungen. Ich sah, wie sie hundert oder mehr töteten, ehe ihre Opfer überhaupt merkten, was geschah, und sich sammeln konnten, um den Angriff abzuwehren. Und als sie sich dann umdrehten, um sich zu verteidigen, boten sie Tanus und seinem kleinen Trupp den Rücken dar.

Die Würger schlugen sich wacker, soviel sei zu ihrer Ehre gesagt, obwohl ich sicher bin, daß eher Entsetzen sie trieb denn Mut. Doch ihre Reihen waren zu dicht, und sie behinderten sich gegenseitig beim Fechten; und es standen ihnen einige der besten Soldaten Ägyptens und damit der ganzen Welt gegenüber.

Eine Weile aber hielten sie aus. Und wieder brüllte Tanus. Zunächst dachte ich, es sei ein weiterer Befehl, doch dann erkannte ich, es war der Schlachtgesang der Blauen Krokodile. Oft hatte ich ehrfürchtig sagen gehört, die Blauen Krokodile pflegten zu singen, wenn der Kampf am hitzigsten tobe, nur hatte ich es nie für möglich gehalten. Nun aber fielen an die hundert Stimmen in den Gesang ein:

Wir sind der Atem von Horus,
heiß wie der Wüstenwind,
wir sind die Schnitter...

Mit ihren Schwertern schlugen sie die Begleitung zu den Worten – so mußte das Getöse von Hämmern auf den Ambossen der Unterwelt klingen. Angesichts so hochmütiger Wildheit gerieten die Reihen der Würger ins Wanken, und dann wurde aus der Schlacht ein Gemetzel.

Ich hatte einmal gesehen, wie eine Meute von wilden Hunden eine Schafherde einkreiste und zerfleischte. Was hier geschah, war schlimmer. Einige Würger warfen ihre Waffen zu Boden, fielen auf die Knie und flehten um Gnade. Doch sie wurde ihnen nicht gewährt. Andere versuchten, den Eingang zu erreichen, aber dort warteten Blaue Krokodile auf sie, das Schwert in der Hand.

Ich sprang am Rande des Gefechts umher und schrie zu Tanus hinüber: »Gebiete ihnen Einhalt! Wir brauchen Gefangene!«

Doch Tanus konnte oder wollte mich nicht verstehen. Singend und lachend, Kratas zur Linken und Remrem zur Rechten, mähte er die Feinde nieder. Sein Bart war naß vom Blute derer, die er getötet hatte, und seine Augen funkelten mit einer Tollheit, die ich noch nicht an ihm gesehen hatte.

»Halt ein, Tanus! Töte sie nicht alle!« Diesmal hörte er mich.

»Gnade denen, die darum bitten!« rief er, und die Blauen Krokodile gehorchten. Aber am Ende krochen von den ursprünglich tausend Würgern weniger als zweihundert waffenlos über die blutbedeckten Wiesen und flehten um ihr Leben.

Eine Weile stand ich benommen und unsicher da, und dann sah ich aus den Augenwinkeln eine verstohlene Bewegung.

Sched hatte erkannt, daß er durch das Tor nicht zu entkommen vermochte. Er warf sein Schwert beiseite und eilte zur östlichen Mauer des Hofes, nahe bei meinem Platz. Dies war der verfallenste Teil des Tempels, die Mauer war nur noch halb so hoch wie früher. Die herabgestürzten Lehmziegel bildeten eine steile Rampe; dort kletterte Sched empor, ausgleitend und rutschend, doch sich gleichwohl der Mauerkrone nähernd. Ich schien der einzige zu sein, der seinen Fluchtversuch bemerkte. Die Blauen Krokodile waren mit ihren Gefangenen beschäftigt, und Tanus hatte mir den Rücken zugewandt.

Fast ohne nachzudenken, bückte ich mich und hob einen halben Ziegel auf. Als Sched auf der Mauerkrone stand, schleuderte ich den Ziegel mit aller Kraft gegen ihn. Der Stein traf ihn mit solcher Wucht am Hinterkopf, daß Sched auf die Knie fiel. Der Haufen lockeren Schutts gab unter ihm nach, und er rutschte in einer Wolke von Staub zurück und landete, halb ohnmächtig, mir zu Füßen.

Ich stürzte mich auf ihn, setzte mich rittlings auf seine Brust, und hielt ihm meinen Dolch an die Kehle. Er starrte mich an.

»Rühr dich nicht«, befahl ich. »Sonst nehme ich dich aus wie einen Fisch.«

Ich hatte mein Tuch und meinen Kopfschmuck verloren, und das Haar fiel mir wild auf die Schultern. Da erkannte mich Sched, was nicht wundernahm. Wir waren einander oft begegnet, wenn auch unter anderen Vorzeichen.

»Taita, der Eunuch«, murmelte er. »Weiß der edle Herr Intef, was du tust?«

»Er wird es bald genug erfahren«, versicherte ich und stach Sched mit meinem Dolch, bis er stöhnte, »aber du wirst nicht der Mann sein, der es ihm sagt.«

Ohne den Dolch von Scheds Hals zu entfernen, rief ich zwei Soldaten zu, sie sollten ihn greifen. Die beiden drehten ihn auf den Bauch und fesselten seine Hände, ehe sie ihn fortschleiften.

Tanus hatte alles beobachtet und kam nun, über Tote und Verwundete steigend, zu mir. »Ein guter Wurf, Taita! Du hast nichts von dem vergessen, was ich dich lehrte.« Er klopfte mir so kräftig auf die Schulter, daß ich taumelte. »Es gibt noch viel Arbeit für dich. Wir haben vier Mann verloren, und mindestens ein Dutzend ist verwundet.«

»Und das Lager?« fragte ich.

Tanus starrte mich an. »Welches Lager?«

»Tausend Würger schießen nicht aus dem Boden wie Wüstenblumen. Sie müssen Lasttiere und Leute haben. Und die sind sicher nicht weit von hier. Du darfst sie nicht entkommen lassen. Keiner von ihnen darf der Welt von dieser Schlacht berichten. Keiner darf in Karnak melden, daß du noch am Leben bist.«

»Süße Isis, du hast recht! Aber wie finden wir die Leute?« Ohne Zweifel war Tanus noch vom Kampf verwirrt.

»Wir suchen ihre Spuren«, erwiderte ich ungeduldig. »Tausend Paar Füße werden einen Weg ausgetreten haben, dem wir nur zu folgen brauchen.«

Tanus' Gesichtsausdruck wurde klarer, und er rief zu Kratas hinüber: »Nimm dir fünfzig Mann und geh mit Taita! Er wird euch zum Lager der Würger führen.«

»Die Verwundeten...«, wandte ich ein, doch Tanus tat es mit den Worten ab: »Du bist der beste Spurenleser, den ich habe. Die Verwundeten können warten, meine Leute sind zäh. Nur wenige werden sterben, bis du zurückkehrst.«

Das Lager zu finden war so einfach, wie ich angenommen hatte. Kratas folgte mir mit seinen fünfzig Mann. Ich schlug einen weiten Bogen um die Stadt und fand hinter der ersten Bergreihe die breite Spur, welche die Räuber in den Staub getrampelt hatten, als sie anmarschiert waren und uns eingekreist hatten. Wir gingen ihr nach, kamen bald auf eine Anhöhe und entdeckten in der flachen Senke unter uns das Lager der Würger.

Die Überraschung war vollständig. Sie hatten keine zwanzig Mann zur Bewachung der Esel und Frauen zurückgelassen. Kratas' Leute überrannten sie beim ersten Ansturm, und diesmal kam ich zu spät, um Gefangene zu retten. Nur die Frauen wurden verschont, und sobald das Lager erobert war, gab Kratas sie seinen Soldaten – die althergebrachte Belohnung der Sieger.

Die Frauen schienen mir ansehnlicher, als ich es bei einer Räuberbande erwartet hätte. Etliche hatten hübsche Gesichter, und sie fügten sich mit bemerkenswertem Gleichmut in die veränderte Lage. Ich hörte einige sogar lachen und scherzen, als Kratas' Leute um sie würfelten. Eine nach der anderen wurden sie in die Deckung der nächsten Felsen geführt und lüpften ohne Förmlichkeiten ihre Röcke.

Als wir nach Gallala zurückkehrten, die Packesel der Würger – über hundertfünfzig an der Zahl und reich beladen mit Beute – führend und gefolgt von einer Reihe Frauen, die sich recht selbstverständlich ihren neuen Männern angeschlossen hatten, war die Sonne untergegangen.

Eines der kleineren Gebäude bei den Brunnen diente als Lazarett. Dort arbeitete ich bei Fackelschein und Lampenlicht, versorgte die verwundeten Soldaten. Wie immer beeindruckte mich ihre Haltung, denn so manche Verletzung war schwer und schmerzhaft. Als der Morgen dämmerte, war mir nur ein Verwundeter gestorben, Amseth erlag dem Blutverlust, den er aufgrund einer durchtrennten Schlagader in seinem Arm erlitten hatte. Wenn ich mich gleich nach der Schlacht seiner angenommen hätte, statt in die Wüste zu ziehen, hätte ich ihn vielleicht zu retten vermocht. Obwohl die Verantwortung bei Tanus lag, empfand ich das vertraute Schuldgefühl, den gewohnten Kummer angesichts eines Todesfalles, den ich hätte verhindern können. Doch ich war zuversichtlich, daß die anderen Verletzten bald genesen würden. Es handelte sich um kräftige junge Männer in bester Verfassung.

Um verwundete Würger brauchte ich mich nicht zu kümmern. Man hatte ihnen noch auf dem Schlachtfeld den Kopf abgehackt. In meiner Eigenschaft als Arzt mißbilligte ich diese althergebrachte Art, mit verwundeten Feinden zu verfahren, aber sie war bloß folgerichtig. Warum sollten die Sieger ihre Mittel an die Besiegten verschwenden, wenn diese als Sklaven kaum einen Wert hatten und nur genasen, um eines Tages den Kampf wiederaufzunehmen?

Ich arbeitete die ganze Nacht, trank bloß einen Schluck Wein und aß mit blutigen Händen ein paar Bissen. Am Ende war ich der Erschöpfung nahe, doch Ruhe war mir noch nicht vergönnt. Tanus ließ mich holen, sobald es hell wurde.

Die unversehrten Gefangenen wurden im Bes-Tempel festgehalten. Die Hände waren ihnen auf dem Rücken zusammengebunden, und sie hockten in langen Reihen an der nördlichen Mauer. Vor ihnen standen Soldaten und bewachten sie.

Als ich den Tempel betrat, rief mich Tanus zu sich und seinen Offizieren. Ich trug immer noch das Gewand einer Assyrerin, und so raffte ich meinen blutbespritzten Rock und trippelte über den Boden, welcher mit den Trümmern der Schlacht bedeckt war.

»Es gibt dreizehn große Würgerbanden – hast du mir das nicht erzählt, Taita?« fragte Tanus, und ich nickte. »Jede hat einen eigenen Kommandanten. Sched haben wir. Nun laß uns sehen, ob du in dieser Versammlung gerechter und freundlicher Menschen einen weiteren Kommandanten entdeckst.« Er wies leise lachend auf die Gefangenen und nahm meinen Arm, um mich an ihnen vorüberzuführen.

Ich hatte mich verschleiert, so daß mich keiner von den Männern wiederzuerkennen vermochte. Ich schaute in jedes Gesicht und spürte zwei Kommandanten auf. Akheku war der Anführer der südlichen Bande; sie trieb ihr Unwesen in der Umgebung von Assuan und Elephantine. Setek stammte von weiter nördlich; er war der Kommandant von Kom-Ombo.

Offenbar hatte Sched alle Räuber um sich geschart, die er in so kurzer Zeit hatte finden können. Unter den Gefangenen waren Mitglieder sämtlicher Banden. Nachdem ich die Anführer mit einem leichten Schlag auf die Schulter benannt hatte, wurden sie fortgeschleift.

Als wir ans Ende der Reihen gelangt waren, fragte Tanus: »Bist du sicher, daß dir keiner entgangen ist?«

»Wie soll ich sicher sein? Ich habe dir doch gesagt, daß ich nicht jeden Kommandanten kenne.«

Tanus zuckte die Achseln. »Wir durften nicht hoffen, alle Vögelchen auf einmal zu fangen. Wir müssen uns schon glücklich schätzen, daß uns in so kurzer Zeit drei ins Netz gegangen sind. Aber schauen wir uns auch die abgeschlagenen Köpfe an. Vielleicht finden wir noch einige mehr unter ihnen.«

Dies war ein schauerliches Geschäft, welches einen empfindlicheren Magen als meinen womöglich beeinträchtigt hätte. Während wir behaglich auf der Tempeltreppe saßen und uns das Frühstück munden ließen, zeigte man uns die abgetrennten Köpfe.

Mein Appetit war durchaus herzhaft, denn ich hatte in den letzten Tagen sehr wenig gegessen. Ich verschlang das köstliche Gebäck und die Früchte, welche Tiamat uns mitgegeben hatte, und wies nebenher auf die Köpfe, die ich erkannte. Es fanden sich mindestens zwanzig gewöhnliche Räuber, denen ich im Laufe meines Wirkens für den Herrn Intef begegnet war, doch nur ein weiterer Kommandant: Nefer-Temu von Quena, ein minder bedeutendes Mitglied der abscheulichen Bruderschaft.

»Damit sind es vier«, brummte Tanus zufrieden und befahl, daß Nefer-Temus Kopf auf die Spitze der Schädelpyramide gelegt würde, welche er bei den Brunnen von Gallala errichten ließ.

»Vier haben wir also unschädlich gemacht. Aber wir müssen auch die anderen neun finden. Laß uns mit einem Verhör der Gefangenen beginnen.« Tanus erhob sich, und ich schluckte hastig die Reste meines Frühstücks hinunter und folgte ihm widerwillig in den Bes-Tempel.

Zwar hatte ich Tanus erklärt, daß es notwendig sei, Gewährsleute bei den Räubern zu finden, auch hatte ich ihm dargelegt, wie wir dies zu bewerkstelligen hatten, doch nun, da die Zeit, nach meinem Vorschlag zu handeln, gekommen war, plagten mich Reue und Schuldgefühle. Hartes Vorgehen anzuregen war eine Sache, aber danebenzustehen und zu beobachten, wie es in die Tat umgesetzt wurde, war eine andere.

Kläglich wandte ich ein, die Verwundeten im Lazarett brauchten mich, doch Tanus ließ das nicht gelten. »Deine Bedenken kann ich jetzt nicht brauchen, Taita. Du mußt während dem Verhör bei mir bleiben, damit sichergestellt ist, daß du keinen von deinen alten Freunden übersehen hast.«

Tanus sprang auf den steinernen Altar von Bes und schaute, das Falkensiegel in der Rechten, auf die Reihen der Gefangenen herab. Bei seinem Lächeln mußte ihnen, wenngleich sie in der heißen Wüstensonne saßen, das Blut in den Adern gefrieren.

»Ich bin der Träger des Falkensiegels von Pharao Mamose und spreche mit seiner Stimme«, erklärte Tanus grimmig. Dazu hielt er die Statuette empor. »Ich bin euer Richter, und ich bin euer Scharfrichter.« Er verstummte und ließ seinen Blick über die Gesichter der Gefangenen schweifen.

»Ihr habt geplündert und gemordet. Wenn es einen unter euch gibt, der dies bestreitet, so erhebe er sich und erkläre seine Unschuld.«

Tanus wartete, kreuz und quer zogen die Schatten der Geier, die am

Himmel kreisten, über den staubigen Hof. »Kommt! Meldet euch zu Wort, Unschuldige!« Tanus blickte hinauf zu den Vögeln mit ihren wunderlich kahlen, blaßroten Köpfen. »Eure Brüder sind ungeduldig vor Hunger. Wir wollen sie nicht warten lassen.«

Immer noch sprach keiner von den Räubern, und Tanus ließ das Falkensiegel sinken. »Durch eure Taten, die alle hier bezeugen können, seid ihr gerichtet. Euer Schweigen bestätigt das Urteil, ihr seid schuldig. Im Namen des göttlichen Pharao verkünde ich eure Strafe. Ihr sollt durch Enthauptung zu Tode gebracht werden. Ich werde eure abgetrennten Köpfe an den Karawanenstraßen ausstellen. Alle gesetzestreuen Menschen, die dieser Wege ziehen, werden eure Schädel sehen und wissen, daß die Würger ihren Meister gefunden haben. Sie werden wissen, daß das Zeitalter der Gesetzlosigkeit ein Ende hat und wieder Friede herrscht in Ägypten. Ich habe gesprochen. Pharao Mamose hat gesprochen.«

Tanus nickte, und der erste Gefangene wurde vor den Altar geschleift, und in die Knie gezwungen.

»Wenn du drei Fragen wahrheitsgemäß beantwortest, schenke ich dir dein Leben. Du wirst mit vollem Sold und allen Vergünstigungen in mein Regiment aufgenommen. Weigerst du dich, die Fragen zu beantworten, so wird das Urteil unverzüglich vollstreckt.«

Tanus blickte streng auf den Gefangenen nieder. »Dies ist die erste Frage: Zu welcher Bande gehörst du?«

Der Mann gab keine Antwort. Er hatte den Würgern bei seinem Blut Treue geschworen, und dieser Eid hatte solche Kraft, daß der Mann ihn nicht zu brechen vermochte.

»Dies ist die zweite Frage: Welcher Kommandant befehligt dich?« fuhr Tanus fort. Der Mann schwieg nach wie vor.

»Dies ist die dritte und letzte Frage: Wirst du mich zu den geheimen Orten führen, an denen sich deine Bande vesteckt?« Der Mann schaute zu Tanus empor, räusperte sich und spie aus. Tanus nickte dem Soldaten zu, welcher mit dem Schwert bei dem Gefangenen stand.

Der Streich war säuberlich geführt, und der Kopf fiel auf die Stufen am Fuße des Altars. »Ein Schädel mehr für die Pyramide«, sagte Tanus und nickte. Dann wurde der nächste Gefangene vorgeführt.

Tanus stellte dieselben drei Fragen, und als der Würger nichts als trotzige Unflätigkeiten erwiderte, nickte er erneut.

Dreiundzwanzig Mann ließ Tanus enthaupten. Ich zählte mit, um mich von dem schwächenden Mitleid abzulenken, welches über mich kam. Schließlich redete der erste Gefangene. Er war jung, kaum mehr als ein Knabe. Mit schriller Stimme gab er Antwort, noch ehe Tanus ihm die Fragen gestellt hatte.

»Ich heiße Hui. Ich gehöre zur Bande von Basti dem Grausamen. Ich kenne die Orte, an denen er sich versteckt, und ich werde euch zu ihnen führen.« Tanus lächelte voll grimmiger Genugtuung und bedeutete seinen Soldaten, sich des Burschen anzunehmen. »Sorgt gut für ihn«, sagte er. »Hui ist von nun an euer Waffengefährte.«

Nach dem Abfall des ersten ging es leichter, wenngleich es noch viele gab, die Tanus die Stirn boten. Einige verwünschten ihn, andere lachten ihm ins Gesicht, bis das Schwert fiel.

Ich bewunderte diejenigen, welche sich nach einem niedrigen und verabscheuungswürdigen Leben entschieden hatten, mit einem Anflug von Ehre zu sterben. Sie hatten keine Furcht vor dem Tode. Ich wußte, zu solchem Mut wäre ich nicht fähig gewesen. Vor die Wahl gestellt, hätte ich sicher getan, was mancher der schwächeren Gefangenen tat.

»Ich gehöre zur Bande von Ur«, bekannte einer.

»Ich bin bei der Bande von Maa-En-Tef. Er ist der Kommandant des westlichen Nilufers bis El Kharga«, gestand ein anderer. Am Ende hatten wir Gewährsleute, die uns zu den Stützpunkten eines jeden der verbliebenen Kommandanten führen wollten, und einen schulterhohen Haufen Köpfe von Verstockten.

Tanus und ich hatten lange darüber beratschlagt, wie wir mit den drei Kommandanten, die wir gefangen, und den zahlreichen Gewährsleuten, welche wir unter den verurteilten Räubern gefunden hatten, verfahren sollten.

Wir wußten, der Einfluß der Würger war so groß, daß wir es nicht wagen konnten, die Leute in Ägypten einzukerkern. Es gab kein Gefängnis, das sicher genug war. Akh-Seth und seine Kommandanten hätten einen Weg gefunden, die Männer durch Bestechung und Gewalt zu befreien oder mit Hilfe von Gift zum Schweigen zu bringen. Akh-Seth war ein Krake, dessen Kopf verborgen blieb, dessen Fangarme aber in jede Einrichtung des Gemeinwesens reichten.

Und so kam mein Freund Tiamat, der Kaufherr aus Safaga, wieder ins Spiel.

Wir kehrten, nun als Einheit der Blauen Krokodile marschierend, eilends in die Stadt am Roten Meer zurück. Wir brachten die Gefangenen auf das Kauffahrteischiff von Tiamat, das im Hafen auf uns gewartet hatte, und der Kapitän lief sofort nach der arabischen Küste aus, wo Tiamat auf der kleinen Insel Jez Baqan ein sicheres Lager für Sklaven unterhielt. In den Gewässern um das Eiland wimmelte es von Haien. Tiamat versicherte uns, wer von Jez Baqan zu fliehen versuche, scheitere entweder an der Aufmerksamkeit der Wärter oder am Appetit der gefräßigen Haie.

Nur ein Gefangener wurde nicht auf die Insel geschickt. Es war Hui von der Bande Bastis des Grausamen, der Bursche, welcher angesichts der drohenden Hinrichtung als erster geredet hatte. Auf dem Marsch zum Meer hatte Tanus ihn stets in seiner Nähe gehabt und seine machtvolle Persönlichkeit auf ihn wirken lassen. Inzwischen war Hui sein williger Sklave. Unter Tanus' Bann stehend, plauderte er alles über die Bande aus, welcher er einst den Treueeid geschworen hatte. Den Schriftpinsel in der Hand, lauschte ich, während Tanus ihn verhörte, und zeichnete auf, was er uns zu sagen hatte.

Wir erfuhren, daß sich der Stützpunkt Bastis des Grausamen in der furchtbaren Wüste Dschebel-Umm-Bahari befand, auf dem Gipfel eines jener Berge, die nach allen Seiten steil abfallen. Verborgen und fast uneinnehmbar, aber keine zwei Tagemärsche vom östlichen Ufer des Nils und den belebten Karawanenstraßen entfernt, war dies ein Räubernest, welches nichts zu wünschen übrigließ.

»Zum Gipfel führt eine in den Fels gehauene Treppe. Sie ist so schmal, daß immer nur einer sie gehen kann«, berichtete Hui.

»Einen anderen Weg gibt es nicht?« fragte Tanus nach, und Hui grinste verschwörerisch.

»Doch. Ich bin ihn oft gegangen, wenn ich ohne Erlaubnis meinen Posten verlassen hatte, um meine Familie zu besuchen. Der Aufstieg ist gefährlich, aber ein Dutzend tüchtige Leute könnten es wagen und den Gipfel halten, während die Hauptstreitmacht auf dem anderen Weg zu ihnen stieße. Ich werde dich auf den Berg führen, Akh-Horus.«

Zum erstenmal hörte ich diesen Namen. Akh-Horus, Bruder von Horus. Das war ein guter Name für Tanus. Hui und die anderen Gefangenen konnten nicht ahnen, wer Tanus in Wirklichkeit war. Sie wußten nur, er sah aus wie ein Gott, kämpfte wie ein Gott und rief inmitten des Schlachtengetümmels den Namen von Horus an. Darum dachten sie, er müsse der Bruder von Horus sein.

Akh-Horus! Ganz Ägypten sollte in den folgenden Monaten von diesem Namen widerhallen. Er wurde von Gipfel zu Gipfel gerufen. Er wanderte über die Karawanenstraßen. Er gelangte auf den Lippen der Schiffer den Flußlauf hinauf und hinunter, von Stadt zu Stadt und von Königreich zu Königreich. Und er wuchs ins Sagenhafte, denn die Berichte von Akh-Horus' Taten wurden von Wiederholung zu Wiederholung üppiger ausgeschmückt.

Akh-Horus war der gewaltige Krieger, welcher aus dem Nichts erschien, gesandt von seinem Bruder, dem Gott Horus, auf daß er den ewigen Kampf gegen das Böse fortführe, gegen Akh-Seth, den Herrn und Meister der Würger.

Akh-Horus! Jedesmal, wenn das Volk von Ägypten diesen Namen hörte, füllten sich die Herzen mit neuer Hoffnung.

Doch das lag noch in der Zukunft, als wir bei Tiamat im Garten saßen. Nur ich wußte, welchen Zorn Tanus gegen Basti hegte, wie begierig er darauf wartete, mit seinen Leuten in die Wüste Dschebel-Umm-Bahari zu ziehen und ihn aufzuspüren. Und das lag nicht nur daran, daß Basti der habgierigste und gnadenloseste unter den Kommandanten war. Tanus hatte mit diesem Räuber eine sehr persönliche Rechnung zu begleichen.

Von mir hatte er erfahren, daß Basti das Werkzeug gewesen war, dessen sich Akh-Seth bedient hatte, um Tanus' Vater Pianki, den edlen Herrn Harrab, zugrunde zu richten.

»Ich werde euch auf den Berg in der Dschebel-Umm-Bahari hinaufführen«, versprach Hui. »Ich werde euch Basti in die Hände spielen.«

Tanus schwieg, während er diese Verheißung auskostete. Wir saßen und lauschten der Nachtigall, die in Tiamats Garten schlug. Es war ein Laut so fern vom Bösen und all den schrecklichen Angelegenheiten, über welche wir sprachen. Nach einer Weile seufzte Tanus. Dann entließ er Hui.

»Du hast deine Sache gut gemacht, Junge«, sagte er. »Halte dein Versprechen, und du wirst mich dankbar finden.«

Hui warf sich zu Boden wie vor einem Gott, aber Tanus stieß gereizt mit dem Fuß nach ihm. »Laß den Unsinn. Geh jetzt.«

Die Erhebung zum Gott berührte Tanus peinlich. Er neigte nicht zu falscher Bescheidenheit, doch er war nüchtern und gab sich, was seinen Stand betraf, keinen Blütenträumen hin; er hatte nicht den Ehrgeiz, König und Gott zu werden, und sobald sich seine Umgebung liebedienerisch gegen ihn betrug, wurde er schroff.

Als Hui fort war, wandte sich Tanus wieder an mich. »Ich liege so manche Nacht schlaflos und denke über das nach, was du mir von meinem Vater erzählt hast. Meine Seele schreit nach Rache an dem Mann, der Armut und Schande über ihn gebracht und ihn in den Tod getrieben hat. Ich wünsche mir glühend, den gewundenen Weg zu verlassen, auf dem du Akh-Seth in die Falle locken willst. Viel lieber möchte ich ihn gleich ausfindig machen und ihm mit meinen eigenen Händen das verderbte Herz aus dem Leib reißen.«

»Wenn du das tust, wirst du alles verlieren«, erwiderte ich. »Das weißt du wohl. Wenn du aber nach meinem Plan verfährst, wirst du nicht nur deinen Ruf wiederherstellen, sondern auch den deines Vaters. Du wirst den Besitz zurückerlangen, der dir gestohlen wurde. Du wirst nicht nur

Rache nehmen können, sondern auch mit Lostris wiedervereint sein und erleben, wie sich das Gesicht erfüllt, das ich in den Labyrinthen von Amun-Re schaute. Vertrau mir, Tanus. Vertrau mir um deinetwillen und meiner Herrin zuliebe.«

»Wenn ich dir nicht vertraue, wem dann?« fragte Tanus und berührte meinen Arm. »Ich weiß, du hast recht, aber es hat mir immer an Geduld gefehlt. Für mich ist der schnelle und gerade Weg der leichteste.«

»Schlag dir Akh-Seth einstweilen aus dem Sinn. Denk immer nur an den nächsten Schritt des gewundenen Wegs, den wir zusammen gehen müssen. Denk an Basti den Grausamen. Basti hat die Karawanen deines Vaters, die aus dem Osten zurückkehrten, vernichtet. Fünf Jahre lang ist keine von ihnen in Karnak angelangt. Alle wurden sie unterwegs überfallen und ausgeplündert. Basti hat die Kupferminen deines Vaters in Sestra zerstört und die Bergwerksaufseher mitsamt ihren Sklaven ermordet. Seitdem sind die reichen Vorkommen ungenutzt. Basti hat die Ländereien deines Vaters am Nil verheert, die Knechte erschlagen und die Ernte verbrannt, bis auf seinen Feldern nur noch Unkraut wuchs und er sie für einen Bruchteil ihres Wertes verkaufen mußte.«

»All das mag wahr sein, aber Basti hat seine Befehle von Akh-Seth entgegengenommen.«

»Das wird niemand glauben. Auch Pharao nicht, solange er nicht hört, wie es Basti gesteht«, erklärte ich ungeduldig. »Warum bist du so halsstarrig? Wir haben das alles zu wiederholten Malen besprochen. Erst die Kommandanten, und dann der Kopf der Schlange: Akh-Seth.«

»Aus dir spricht die Klugheit, ich weiß. Aber es ist hart, das Warten zu ertragen. Mich dürstet nach Rache. Ich sehne mich danach, die Schmach der Aufwiegelung vom Schild meiner Ehre zu tilgen. Und ich sehne mich nach Lostris, du ahnst nicht, wie sehr!«

Tanus beugte sich zu mir herüber und faßte meine Schulter mit so festem Griff, daß ich zusammenzuckte. »Du hast hier genug getan, alter Freund. Ohne dich hätte ich nicht soviel zuwege gebracht. Wenn du nicht gekommen wärst, läge ich womöglich noch sinnlos betrunken in den Armen einer Hure. Ich bin dir mehr schuldig, als ich je zurückzahlen kann, aber ich muß dich jetzt fortschicken. Du wirst anderswo gebraucht. Du wirst nicht mit mir in die Dschebel-Umm-Bahari kommen. Ich schicke dich an den Platz zurück, an den du gehörst – an den auch ich gehöre, wo ich aber nicht sein kann –, an die Seite der edlen Frau Lostris. Ich beneide dich, alter Freund. Gern gäbe ich meine Hoffnung auf Unsterblichkeit auf, wenn ich nur zu ihr gehen könnte.«

Natürlich erhob ich die gebührenden Einwände. Ich schwor, daß ich nichts weiter begehrte als wenigstens noch einen Kampf gegen diese

Schurken; beteuerte, daß ich Tanus' Gefährte sei und zu Tode betrübt, wenn er mir nicht beim nächsten Feldzug einen Platz an seiner Seite vergönnen würde.

In Wahrheit jedoch hatte ich genug von Heldentaten und Leuten, die mich zu töten versuchten. Ich war kein Soldat. Die Mühsale des Wüstenkrieges waren mir ein Greuel. Ich hätte die Hitze, den Schweiß und die Fliegen keine weitere Woche ertragen.

Es verlangte mich, die lieblichen grünen Wasser des Nils zu schauen. Ich sehnte mich nach dem köstlichen Gefühl von reinem Leinen auf meiner frischgebadeten und geölten Haut, und ich vermißte meine Herrin. Unser stilles Leben in den bunten Gemächern auf der Insel Elephantine, unsere Musik und unsere langen, in Muße geführten Gespräche, meine Tiere und meine Schriftrollen – all dies übte einen unwiderstehlichen Sog auf mich aus.

Doch wenn ich Tanus' Befehl zu bereitwillig gehorcht hätte, dann hätte er vielleicht keine hohe Meinung von mir gehabt, und das wollte ich nicht.

Schließlich ließ ich mich von ihm überzeugen und begann, meinen Eifer geschickt verbergend, mit den Vorbereitungen für die Rückkehr nach Elephantine.

Tanus hatte Kratas nach Karnak abgesandt, Verstärkung für den Feldzug in die Wüste Dschebel-Umm-Bahari zu holen. Ich würde unter seinem Schutz an den großen Fluß reisen, doch es war nicht einfach, von Tanus Abschied zu nehmen. Ich hatte das Haus von Tiamat bereits verlassen, um mich Kratas anzuschließen, doch zweimal rief Tanus mich noch zurück, um mir Botschaften an meine Herrin mit auf den Weg zu geben.

»Sag ihr, daß ich zu jeder Stunde eines jeden Tages an sie denke.«

»Das hast du mir schon aufgetragen«, erwiderte ich.

»Sag ihr, daß ich im Traum stets ihr wunderschönes Gesicht vor mir habe.«

»Auch das sagtest du bereits.«

»Sag ihr, ich glaube an die Botschaft der Labyrinthe, glaube, daß wir in einigen wenigen Jahren wieder vereint sein werden...«

»Kratas wartet auf mich. Wie soll ich Lostris ausrichten, was du ihr zu sagen hast, wenn du mich hier festhältst?«

»Sag ihr, was ich auch tue, es ist für sie. Jeder Atemzug...« Tanus verstummte und umarmte mich. »Die Wahrheit ist, Taita, ich bezweifle, daß ich auch nur einen Tag länger ohne sie leben kann.«

»Die fünf Jahre werden vergehen wie dieser eine Tag. Wenn du ihr das nächstemal begegnest, ist deine Ehre gerettet, genießt du wieder hohes Ansehen in Ägypten. Lostris wird dich dafür nur um so mehr lieben.«

Endlich ließ Tanus mich los. »Sorge gut für sie, bis ich diese freudige Pflicht übernehmen kann. Und jetzt geh. Eile zu ihr.«

»Das habe ich schon seit einer Stunde vor«, erwiderte ich trocken und empfahl mich.

Mit Kratas an der Spitze unserer kleinen Abteilung brachten wir die Reise nach Karnak in knapp einer Woche hinter uns. In der Furcht, von Rasfer oder dem Herrn Intef entdeckt zu werden, blieb ich nicht länger in meiner geliebten Stadt, als bis ich eine Mitfahrgelegenheit auf einem Lastkahn gefunden hatte, der nach Süden wollte.

Wir hatten beständigen Nordwind und legten zwölf Tage, nachdem wir Theben verlassen hatten, am Kai von Ost-Elephantine an. Ich trug noch mein Priestergewand und meine Perücke, und so erkannte mich niemand, als ich an Land ging.

Gegen geringes Entgelt setzte mich ein Fährmann zur königlichen Insel über. Ich stieg bei der Treppe aus, die zu dem flußwärts gelegenen Tor unseres Gartens führte. Mein Herz schlug wie rasend, als ich die Stufen hinaufsprang. Viel zu lange war ich von meiner Herrin getrennt gewesen. Bei solchen Gelegenheiten wurde mir das Ausmaß meiner Neigung zu ihr erst ganz bewußt. Ich war sicher, daß Tanus' Liebe eine schwache Brise war, verglichen mit dem Chamsin meiner Gefühle.

Eine von Lostris' kuschitischen Dienerinnen trat mir am Tor entgegen und versuchte mir den Zutritt zu verwehren. »Meine Herrin ist unpäßlich, Priester. Es ist schon ein anderer Arzt bei ihr. Sie wird dich nicht empfangen.«

»O doch«, sagte ich und setzte die Perücke ab.

»Taita!« rief die Dienerin, fiel auf die Knie und machte das Zeichen gegen den bösen Blick. »Du bist doch tot! Das bist nicht du, das ist ein Geist!«

Ich schob sie beiseite und eilte zu den Gemächern meiner Herrin. An der Tür begegnete mir einer jener Osiris-Priester, die sich für Ärzte halten.

»Was hast du hier zu suchen?« herrschte ich ihn an, ergrimmt darüber, daß solch ein Quacksalber in Lostris' Nähe gekommen war. Ehe er antworten konnte, schrie ich: »Hinaus! Pack dich mitsamt deinen Amuletten und wirkungslosen Heiltränken, und laß dich nie wieder sehen!«

Es hatte den Anschein, als wollte er Widerreden führen, aber ich legte meine Hand zwischen seine Schulterblätter und versetzte ihm einen heftigen Stoß. Sprachlos taumelte er auf den Ausgang zu, während ich ans Bett meiner Herrin eilte.

Der Geruch von Krankheit erfüllte die Kammer, und bitterer Gram kam über mich, als ich Lostris erblickte. Sie schien geschrumpft, und ihre Haut war fahl wie die Asche eines erloschenen Lagerfeuers. Sie schlief oder war ohnmächtig, das wußte ich nicht zu sagen, doch unter ihren Augen lagen tiefdunkle Schatten. Die geschlossenen Lider sahen verkrustet aus, was mich mit höchster Besorgnis erfüllte.

Ich schlug die Decke zurück und fand sie nackt darunter. Entsetzt starrte ich ihren Körper an. Sie war bis zur Unkenntlichkeit abgemagert. Ihre Glieder waren so dünn wie Stöcke, und die Rippen und Beckenknochen standen unter der Haut hervor wie bei einem dürregeplagten Rind. Behutsam legte ich meine Hand in ihre Achselhöhle, um festzustellen, ob sie Fieber hatte, aber ihre Haut fühlte sich kühl an. Welche Krankheit mochte das sein? Ich kannte sie nicht.

Ohne von Lostris' Seite zu weichen, rief ich nach ihren Sklavinnen, doch keine hatte den Mut, Taitas Geist zu begegnen. Schließlich mußte ich in das Quartier der Mädchen stürmen und eine von ihnen unter dem Bett hervorziehen.

»Wie konnte es so weit kommen mit eurer Herrin? Was habt ihr mit ihr getan?« Ich trat der Dienerin ins Gesäß, um ihre Aufmerksamkeit auf meine Frage zu lenken, und sie bedeckte wimmernd ihr Gesicht, damit sie mich nicht anzuschauen brauchte.

»Sie mag nichts essen. Hat kaum einen Bissen zu sich genommen in all den Wochen, seit die Mumie von Tanus im Tal der Edlen zu Grab gelegt wurde. Sie hat sogar Pharaos Kind verloren. Verschone mich, werter Geist! Ich habe dir nichts getan.«

Ich starrte die Dienerin in höchster Verwirrung an, bis ich schließlich begriff, was geschehen war. Meine tröstende Nachricht war Lostris nicht überbracht worden. Ich vermutete, daß der Bote, welchen Kratas mit dem Brief an sie auf den Weg geschickt hatte, Elephantine nicht erreicht hatte. Wahrscheinlich war er den Würgern zum Opfer gefallen; ein weiterer Leichnam, der mit leerem Geldbeutel und einer klaffenden Wunde am Hals flußabwärts trieb. Ich konnte nur hoffen, daß mein Brief einem des Lesens und Schreibens unkundigen Räuber in die Hände gefallen und nicht zu Akh-Seth gelangt war.

Ich eilte zurück zu meiner Herrin und fiel vor ihr auf die Knie. »Meine Kleine«, flüsterte ich, ihre hohle Wange streichelnd, »ich bin es, Taita, dein Sklave.«

Sie regte sich matt und murmelte etwas, das ich jedoch nicht verstand. Ich merkte, uns blieb wenig Zeit – sie war sehr geschwächt. Tanus' vorgeblicher Tod lag über einen Monat zurück. Wenn die Sklavin die Wahrheit gesagt und Lostris tatsächlich in all der Zeit nichts gegessen hatte, war es ein Wunder, daß sie überhaupt noch lebte.

Ich sprang auf und rannte in meine Kammer. Trotz meines »Ablebens« war nichts verändert worden; mein Medizinkasten stand unberührt in der Nische, in welcher ich ihn hinterlassen hatte. Ich nahm ihn an mich und hastete wieder zu meiner Herrin. Meine Hände zitterten, als ich einen Skorpionginsterzweig an der Öllampe neben ihrem Bett entzündete und ihr das glühende Ende unter die Nase hielt. Es dauerte nicht lange, da holte sie Atem, nieste und wandte den Kopf ab, um den Rauch und seinen stechenden Geruch zu meiden.

»Herrin, ich bin es, Taita. Sprich mit mir.«

Sie schlug die Augen auf, und ich sah, wie die Freude, welche in ihnen aufleuchten wollte, sogleich wieder erlosch. Sie streckte mir die mageren Arme entgegen, und ich drückte sie an meine Brust.

»O Taita!« schluchzte sie. »Er ist tot. Tanus ist tot. Ich kann nicht ohne ihn sein.«

»Du irrst dich! Er lebt! Ich komme von ihm und bringe dir eine Liebesbotschaft.«

»Es ist grausam von dir, mich so zu verhöhnen. Ich weiß, daß er tot ist. Sein Grab wurde versiegelt...«

»Das war eine List, um seine Feinde zu täuschen!« rief ich. »Tanus lebt. Ich schwöre es dir. Er liebt dich. Er wartet auf dich.«

»Oh, daß ich dir nur glauben könnte! Aber ich kenne dich zu gut. Du wirst immer lügen, um mich zu schonen. Doch du schonst mich nicht, du quälst mich mit deinen falschen Schwüren. Ich hasse dich...« Sie versuchte, sich aus meinen Armen zu lösen.

»Ich schwöre es dir abermals. Tanus lebt.«

»Dann schwöre es mir bei der Ehre deiner Mutter. Schwöre es mir beim Zorn der Götter.«

»Ich schwöre es, und ich schwöre es überdies bei meiner Liebe zu dir, Herrin.«

»Kann es sein?« Ich sah, wie Hoffnung in Lostris keimte und ein wenig Farbe in ihre Wangen kam. »O Taita, kann es wirklich sein?«

»Wäre ich sonst so froh? Du weißt, ich liebe ihn fast so innig wie du. Könnte ich so lächeln, wenn Tanus tot wäre?«

Während sie mir in die Augen starrte, begann ich zu berichten, was geschehen war, seit ich sie verlassen hatte. Ich ließ lediglich aus, in welcher Verfassung und Gesellschaft ich Tanus in unserer alten Jagdhütte angetroffen hatte. Lostris schwieg, doch sie wandte den Blick nicht von mir, während sie begierig meinen Worten lauschte. Ihr blasses, fast durchscheinendes Gesicht schimmerte wie eine Perle, als ich ihr von unseren Abenteuern in Gallala erzählte, von Tanus' gottgleichem Kampf, von seinem Freudengesang inmitten des Schlachtengetümmels.

»Du siehst also, es ist wahr. Tanus lebt«, schloß ich, und nun sprach meine Herrin.

»Wenn er lebt, dann bring ihn zu mir. Ich werde nichts essen, bis ich ihn wiedersehe.«

»Ich werde, sobald ich kann, einen Boten schicken und ihn holen lassen«, sagte ich, langte in mein Kästchen und entnahm ihm einen Spiegel aus polierter Bronze.

Den hielt ich Lostris vor Augen und fragte leise: »Möchtest du, daß er dich so sieht?«

Sie starrte ihr hageres Spiegelbild an.

»Ich lasse noch heute nach ihm schicken, wenn du es befiehlst. Er kann binnen einer Woche hier sein.«

Ich sah, welche inneren Kämpfe meine Herrin bewegten. »Ich bin häßlich«, flüsterte sie. »Ich sehe aus wie eine alte Frau.«

»Deine Schönheit lebt, nur ist sie ein wenig verdeckt.«

»Ich kann es nicht zulassen, daß Tanus mich so sieht.« So hatte weibliche Eitelkeit die Oberhand über alle Empfindungen gewonnen.

»Dann mußt du etwas essen.«

»Du schwörst also«, sagte sie zögernd, »daß er noch lebt und daß du ihn zu mir bringen wirst, wenn ich wieder wohlauf bin? Leg deine Hand auf mein Herz und schwöre es mir.«

Ich spürte jede einzelne ihrer Rippen – und darunter ihr Herz, das wie ein gefangener Vogel flatterte. »Ich schwöre es«, sagte ich.

»Ich glaube dir, aber wisse: wenn du jetzt lügst, werde ich dir nie wieder glauben. Nun bring mir etwas zu essen!«

Ich eilte in die Küche und vermochte mich einer gewissen Selbstzufriedenheit nicht zu erwehren. Taita, der Schlaue, hatte wieder einmal seinen Willen bekommen.

Ich mischte Honig in eine Schale mit warmer Milch. Wir würden langsam anfangen müssen, denn Lostris hatte sich an den Rand des Hungertodes gebracht. Den Inhalt der ersten Schale konnte sie nicht bei sich behalten, doch mit der zweiten ging es besser. Wenn ich meine Rückkehr auch nur um einen Tag verzögert hätte, wäre es womöglich zu spät gewesen.

Von den schwatzhaften Dienerinnen verbreitet, machte die Nachricht von meiner wundersamen Wiederauferstehung in Windeseile die Runde.

Vor Einbruch der Dunkelheit ließ mich Pharao von Aton holen. Selbst mein alter Freund war steif und zurückhaltend, und als ich ihn berühren wollte, sprang er flink beiseite. Während er mich durch den Palast führte, wichen mir Adlige und Gemeine gleichermaßen aus, und fragende Gesichter beobachteten mich von jedem Fenster und jeder dunklen Ecke aus.

Pharao begrüßte mich mit einer sonderbaren Mischung aus Ehrfurcht und Beklommenheit, höchst ungewöhnlich für einen König und Gott.

»Wo warst du, Taita?« fragte er, aber es klang, als wollte er die Antwort gar nicht hören.

Ich warf mich ihm zu Füßen. »Da du selbst ein Gott bist, Pharao, fragst du mich dies sicher, um mich auf die Probe zu stellen. Du weißt, meine Lippen sind versiegelt. Es wäre ein Frevel, wenn ich von solchen Geheimnissen spräche, und sei es zu dir. Bitte übermittle den anderen Göttern, insbesondere Anubis, dem Herrn der Gräber, daß ich die Pflicht, die mir auferlegt wurde, erfüllt habe. Daß ich den Eid der Verschwiegenheit, der mir abverlangt wurde, gehalten habe. Sag ihnen, ich habe die Probe bestanden, die du mir stelltest.«

Des Königs Stirn umwölkte sich, und er wurde ein wenig unruhig. Ich sah, wie ihm Frage auf Frage in den Sinn kam und wie er sie eine nach der anderen verwarf. Ich hatte mir keine Blöße gegeben, die er hätte nutzen können.

Schließlich sagte er halbherzig: »Ja, Taita, du hast die Probe, auf die ich dich stellte, in der Tat bestanden. Willkommen. Man hat dich vermißt.« Doch ich merkte, daß er sich in seinem Argwohn bestätigt fühlte; er behandelte mich mit jener Achtung, die einem gebührt, welcher die letzten Rätsel gelöst hat.

Ich kroch näher an ihn heran und wisperte: »Großes Ägypten, kennst du den Grund dafür, daß ich zurückgeschickt wurde?«

Pharao blickte verwirrt drein, aber er nickte unsicher. Ich stand auf und schaute mißtrauisch in die Runde, als erwartete ich, von übernatürlichen Mächten beobachtet zu werden. »Die edle Frau Lostris«, fuhr ich fort. »Ihre Krankheit wurde bewirkt durch...« Ich tat, als könnte ich den Namen nicht aussprechen, machte jedoch die Gebärde mit den zwei Fingern, was das Zeichen des dunklen Gottes Seth war.

Pharaos Gesichtsausdruck wandelte sich von Verwirrung zur Furcht. Er schauderte, als ich weitersprach: »Ehe ich abberufen wurde, trug meine Herrin den Schatz des Hauses von Mamose bereits unter ihrem Herzen. Da griff der Dunkle ein und schlug sie mit Krankheit. Deshalb verlor sie den Sohn, den sie dir schenken wollte.«

Der König blickte verzweifelt drein. »Das also ist der Grund für die Fehlgeburt...«, begann er, verstummte jedoch sogleich wieder.

Behende spann ich den Faden weiter. »Fürchte dich nicht, göttlicher Pharao. Ich bin von Mächten zurückgesandt worden, die größer sind als die des Dunklen; ich soll die edle Frau Lostris retten, damit das Schicksal, das ich in den Labyrinthen von Amun-Re schaute, seinen Lauf nimmt. An die Stelle des verlorenen Sohnes wird ein anderer treten. Deine Dynastie wird Bestand haben.«

»Du wirst nicht von der Seite der edlen Frau Lostris weichen, bis sie wieder gesund ist.« Des Königs Stimme bebte, so bewegt war er. »Wenn du sie rettest und sie mir noch einen Sohn schenkt, kannst du von mir haben, was immer du begehrst. Wenn sie aber stirbt...« Er hielt inne, um darüber nachzusinnen, welche Drohung wohl jemanden schrecken mochte, der schon im Jenseits gewesen war, und ließ es schließlich dabei bewenden.

»Mit deiner Erlaubnis, Hoheit, werde ich jetzt zu ihr gehen.«

»Ja, sofort!« stimmte Pharao zu. »Geh nur! Geh!«

Meine Herrin genas so rasch, daß ich zu argwöhnen begann, ich hätte Mächte heraufbeschworen, die mein Verstand nicht zu fassen vermochte, und ich empfand abergläubische Ehrfurcht vor meiner eigenen Stärke.

Lostris' Fleisch wurde zusehends fester. Die jämmerlich leeren Hautsäcke schwollen wieder zu runden Brüsten, lieblich genug, um das steinerne Bild der Göttin Hapi, welches am Eingang zur Kammer meiner Herrin stand, vor Neid erglühen zu lassen. Frisches junges Blut durchpulste ihre Haut, bis sie wieder schimmerte, und ihr Lachen perlte wie die Springbrunnen in unserem Wassergarten.

Bald hielt sie keine Bettruhe mehr. Binnen dreier Wochen spielte sie Ball mit ihren Dienerinnen, bis ich, bange, sie möchte ihre wiederkehrende Kraft überschätzen, den Ball an mich nahm und sie in ihre Kammer zurückschickte. Sie gehorchte mir erst, als ich mich bereit erklärte, sie in die geheimen Formeln des Bao-Bretts einzuweihen, was es ihr ermöglichte, einen Sieg über Aton davonzutragen, der diesem Spiel geradezu verfallen war.

Aton kam fast jeden Abend, um sich in des Königs Namen nach dem Befinden meiner Herrin zu erkundigen. Er schien nach langem Zögern zu dem Schluß gelangt zu sein, daß ich kein böser Geist war, und so überstand unsere alte Freundschaft mein »Ableben«.

Allmorgendlich forderte Lostris mich auf, mein Versprechen zu wiederholen. Dann griff sie zu ihrem Spiegel und betrachtete sich ohne jede Eitelkeit, überprüfte ihre Züge, um zu entscheiden, ob sie so weit wiederhergestellt war, daß sie Tanus unter die Augen treten konnte.

»Meine Haare sehen immer noch wie Stroh aus«, klagte sie. »Mach mich wieder schön, Taita. Mach mich schön um Tanus' willen.«

»Erst schadest du dir, und dann rufst du Taita, damit er es wieder richtet«, brummte ich, aber Lostris warf mir lachend ihre Arme um den Hals.

»Dafür bist du doch da, du alter Schlingel. Damit du dich meiner annimmst.«

Auch abends, wenn ich einen Stärkungstrank für sie bereitete und ihr die dampfende Schale brachte, während sie sich zu Bett begab, mußte ich mein Versprechen wiederholen. »Schwöre mir, daß du Tanus rufst, sobald ich bereit bin, ihn zu empfangen.«

Ich versuchte, nicht an die Schwierigkeiten und Gefahren zu denken, in welche uns mein Versprechen bringen würde, und sagte: »Ja, ich schwöre es.« Lostris lehnte sich gegen ihre elfenbeinerne Kopfstütze und schlummerte lächelnd ein. Und ich beschloß, über die Erfüllung meines Versprechens nachzusinnen, sobald die Zeit dafür gekommen war.

Der König hatte durch Aton von Lostris' Genesung erfahren und kam in eigener Person, um sie zu besuchen. Er brachte ihr eine neue Kette aus Gold und Lapislazuli mit und saß bis zum Abend bei ihr. Als er sich verabschiedete, rief er mich, damit ich ihn auf dem Weg zu seinen Gemächern begleitete.

»Sie hat sich wahrhaft erstaunlich verändert. Es ist ein Wunder, Taita! Wann kann ich sie wieder in mein Bett holen? Sie erscheint mir gesund genug, meinen Sohn und Erben auszutragen.«

»Noch nicht, Großes Ägypten, noch nicht!« widersprach ich mit Nachdruck. »Die geringste Anstrengung könnte zu einem Rückfall führen.«

Pharao zweifelte nicht mehr an meinen Worten, denn nun sprach ich mit all der Gewichtigkeit eines einstmals Toten, wenngleich des Königs Ehrfurcht vor mir durch vertrauten Umgang ein wenig nachgelassen hatte.

Auch Lostris' Dienerinnen gewöhnten sich an meine Wiederauferstehung und konnten mir ins Gesicht blicken, ohne das bewußte Zeichen zu machen. Tatsächlich war meine Rückkehr aus der Unterwelt nicht mehr der bevorzugte Gegenstand des Klatsches im Palast. Es gab etwas Neues, das die Leute weitaus mehr beschäftigte.

Es war die Heraufkunft von Akh-Horus.

Als ich zum erstenmal hörte, wie der Name in den Fluren des Palastes geraunt wurde, wußte ich ihn nicht gleich einzuordnen. Tiamats Garten am Roten Meer war so fern von der kleinen Welt auf der Insel Elephantine; ich hatte den Namen, welchen Hui Tanus gegeben hatte, schlicht vergessen. Als ich jedoch die Berichte von den gewaltigen Taten vernahm, die diesem Halbgott zugeschrieben wurden, erkannte ich, von wem die Leute sprachen.

In fieberhafter Erregung eilte ich zum Harem und traf meine Herrin im Garten an, umlagert von einem Dutzend Besucherinnen – edlen Frauen und königlichen Gemahlinnen –, denn sie war so weit von ihrer Krankheit genesen, daß sie ihrer Rolle als Liebling des Hofes wieder gerecht werden konnte.

Ich war so außer mir, daß ich meinen niedrigen Stand vergaß und ziemlich grob mit den Damen verfuhr, um sie uns vom Halse zu schaffen. Beleidigt stolzierten sie aus dem Garten, und meine Herrin fuhr mich an: »Das ist doch sonst nicht deine Art. Was, um alles in der Welt, ist in dich gefahren, Taita?«

»Tanus!« Der Name wirkte wie ein Zauber; Lostris vergaß ihre Entrüstung und faßte meine Hände.

»Du hast Nachricht von Tanus! Erzähl! Und rasch, ich sterbe vor Ungeduld!«

»Nachricht von Tanus? Ja. Und welche Nachricht! Außergewöhnlich! Unglaublich!«

Lostris ließ meine Hände los, griff nach ihrem silbernen Fächer und bedrohte mich damit. »Ich verbitte mir diesen Unsinn«, sagte sie. »Erzähl, sonst werden die Beulen auf deinem Kopf zahlreicher sein als die Flöhe am Leib eines Nubiers.«

»Komm! Wir gehen an einen Ort, wo uns niemand belauschen kann.« Ich führte meine Herrin zu der kleinen Mole und half ihr in unser Boot. Auf dem Fluß waren wir sicher vor den gespitzten Ohren, derer man überall im Palast gewärtig sein mußte.

»Ein frischer, reiner Wind durchweht das Land«, begann ich. »Man nennt ihn Akh-Horus.«

»Der Bruder von Horus«, hauchte Lostris ehrfürchtig. »Nennt man Tanus jetzt so?«

»Niemand weiß, daß es sich um Tanus handelt. Die Leute meinen, es sei ein Gott.«

»Er *ist* ein Gott«, erwiderte Lostris. »Jedenfalls für mich.«

»Für die Leute auch. Denn wenn er kein Gott wäre, wie wüßte er dann, wo sich die Würger verbergen? Wie wäre ihm sonst bekannt, wo sie Karawanen überfallen wollen? Wie könnte er sie sonst gerade da überrumpeln, wo sie im Hinterhalt liegen?«

»Hat er all das vollbracht?« fragte Lostris erstaunt.

»Das und noch tausendmal mehr, wenn du den wilden Gerüchten glauben willst, von denen es nur so schwirrt im Palast. Es heißt, jeder Dieb und Räuber im Lande renne um sein Leben; die Würgerbanden würden eine nach der anderen zerschlagen. Es heißt, Akh-Horus habe Adlerflügel gespreitet, sei auf einen uneinnehmbaren Berg in der Dschebel-Umm-Bahari geflogen und wie durch ein Wunder inmitten der Bande von Basti dem Grausamen erschienen. Sodann habe er mit seinen eigenen Händen fünfhundert Räuber von den Felsen geworfen.«

»Erzähl mir mehr!« Lostris klatschte Beifall und brachte in ihrer Begeisterung unser Boot fast zum Kentern.

»Es heißt, er habe an jedem Kreuzweg und jeder Karawanenstraße gewaltige Denkmäler errichtet, die an seine Gegenwart gemahnen.«

»Denkmäler? Was für Denkmäler?«

»Schädelpyramiden. Die Köpfe der Räuber, die er, anderen zur Warnung, erschlagen hat.«

Meine Herrin schauderte in wonnigem Entsetzen. »Hat er so viele getötet?«

»Manche sagen fünftausend. Andere sagen fünfzigtausend. Wieder andere sagen hunderttausend, aber ich glaube, letztere übertreiben ein wenig.«

»Erzähl mir mehr! Mehr!«

»Es heißt, er habe schon mindestens sechs von den Kommandanten der Würger festgenommen...«

»...und enthauptet!« ergänzte Lostris in blutrünstigem Eifer.

»Nein, es heißt, er habe sie nicht enthauptet, sondern in Paviane verwandelt. Er soll sie zu seinem Vergnügen in einem Käfig halten.«

»Ist es möglich?« kicherte Lostris.

»Einem Gott ist alles möglich.«

»Er ist mein Gott. O Taita, wann kann ich ihn sehen?«

»Bald«, versprach ich. »Deine Schönheit strahlt mit jedem Tag heller. Bald wird sie ganz wiederhergestellt sein.«

»Bis dahin mußt du mir jede Geschichte von Akh-Horus erzählen, jedes Gerücht über ihn in Erfahrung bringen.«

Und so schickte Lostris mich Tag für Tag zum Hafen, damit ich die Schiffer, welche von Norden kamen, nach Neuigkeiten befragte.

»Es heißt neuerdings, niemand habe je das Gesicht von Akh-Horus geschaut, denn er trage einen Helm mit Visier. Es heißt auch, im Eifer des Gefechts lodere Akh-Horus' Haupt plötzlich zu einer Flamme auf, die seine Feinde blende«, berichtete ich meiner Herrin nach einem solchen Besuch am Kai.

»Ja, bei Sonnenlicht habe ich selbst gesehen, wie Tanus' Haar in Flammen zu stehen scheint«, bestätigte Lostris.

An einem anderen Morgen vermochte ich ihr mitzuteilen: »Es heißt, er könne seinen Leib vervielfachen wie im Spiegel und sei an verschiedenen

Orten zugleich. So habe man ihn an ein und demselben Tag in Quena und in Kom-Ombo gesehen. Zwischen diesen beiden Orten liegen hundert Meilen.«

»Ist das möglich?« fragte Lostris in ehrfurchtsvoller Scheu.

»Manche Leute verneinen es. Sie sagen, er könne diese großen Entfernungen überwinden, indem er nie schlafe. Sie sagen, nachts galoppiere er auf einem Löwen durch die Dunkelheit, und bei Tage fliege er auf einem riesigen weißen Adler am Himmel, um auf seine Feinde herabzustoßen, wenn sie es am wenigsten erwarten.«

»Das könnte wahr sein.« Lostris nickte ernst. »Ich glaube nicht an diese Spiegelbilder, aber Löwe und Adler – das kann ich mir vorstellen.«

»Ich glaube eher, daß jeder in Ägypten Akh-Horus sehen möchte und daß der Wunsch der Vater des Gedankens ist. Die Leute wittern ihn hinter jedem Strauch. Und was die Geschwindigkeit seiner Reisen betrifft – nun, ich bin mit den Blauen Krokodilen marschiert und kann mich dafür verbürgen, daß . . .« Spröde fiel Lostris mir ins Wort.

»Du hast ein kaltes Herz, Taita. Du würdest vermutlich auch bezweifeln, daß die Wolken das Vlies der Herde von Osiris sind und die Sonne das Angesicht von Re – nur weil du nicht hinauflangen und sie berühren kannst. Ich für meinen Teil glaube, Tanus ist zu alledem fähig.« Womit der Disput beendet war und ich ergeben den Kopf senkte.

Wir nahmen unsere alte Gewohnheit wieder auf, am Nachmittag durch die Straßen und über die Marktplätze zu schlendern. Wie vor ihrer Krankheit wurde meine Herrin vom Volk begrüßt und blieb stehen, um mit allen zu sprechen, gleichgültig, welchem Stande sie angehörten und welchen Beruf sie ausübten. Vom Priester bis zur Hure war niemand gegen ihre Schönheit und ihren natürlichen Zauber gefeit.

Stets vermochte sie die Rede auf Akh-Horus zu bringen, und die Leute waren so begierig wie sie, sich über diesen neuen Gott auszutauschen. Inzwischen war er in der allgemeinen Vorstellung vom Halbgott zum vollgültigen Mitglied des Götterhimmels aufgestiegen. Das Volk von Elephantine hatte bereits mit der Sammlung für einen Akh-Horus-Tempel begonnen, und auch meine Herrin gab eine äußerst großzügige Spende.

Am Ufer des Nils war ein Platz für den Tempel ausgewählt worden, dem von Horus genau gegenüber, und Pharao erklärte sich bereit, den Bau in eigener Person zu weihen. Der König hatte allen Grund, dankbar zu sein, denn ein neuer Geist der Zuversicht herrschte in Ägypten. Da die Karawanenstraßen wieder sicher waren, blühte der Handel zwischen dem Oberen Königreich und dem Rest der Welt.

Wo zuvor nur eine Karawane aus dem Osten eingetroffen war, zogen nun vier gefahrlos durch die Wüste, und ebenso viele machten sich auf die Rückreise. Tausende Packesel wurden benötigt, und die Bauern und Züchter trieben ihre Tiere in die Städte, stillvergnügt lächelnd in Erwartung der hohen Preise, welche sie erzielen würden.

Weil man wieder ohne Furcht auf den Äckern arbeiten konnte, wurden Feldfrüchte angepflanzt, wo jahrzehntelang nur Unkraut gewachsen war, und den verarmten Bauern ging es zusehends besser. Die Ochsen zogen vollbeladene Schlitten über die Straßen, und auf den Märkten waren frische Erzeugnisse in reicher Fülle zu haben.

Kaufleute und Grundbesitzer verwendeten einen Teil der Erträge aus ihren Geschäften für den Bau neuer Landhäuser, denn es galt nicht länger als lebensgefährlich, mit Weib und Kind außerhalb der Städte zu wohnen. Künstler und Handwerker, die auf vergeblicher Arbeitssuche durch Theben und Elephantine geirrt waren, bekamen plötzlich wieder Aufträge und kauften von ihrem Lohn nicht nur das Notwendigste, sondern auch Luxusgüter.

Der Verkehr auf dem Nil nahm so stark zu, daß weitere Schiffe nötig waren. In den Werften am großen Fluß wurden neue Fahrzeuge auf Kiel gelegt. Die Schiffer und Werftarbeiter trugen ihren frischerworbenen Reichtum in Schenken und Freudenhäuser; die Huren und Kurtisanen begehrten schöne Gewänder und Flitterzeug, und die Schneider und Goldschmiede machten gute Geschäfte.

Kurz, Ägypten erwachte zu neuem Leben, nachdem es all die Jahre schier abgestorben war durch die Verheerungen, welche Akh-Seth und die Würger angerichtet hatten. Auch die Staatseinkünfte vermehrten sich, und natürlich war Pharao dankbar.

Ebenso meine Herrin und ich. Auf meinen Vorschlag hin beteiligten wir uns mit erheblichen Beträgen an einer Karawane, die gen Osten aufbrach. Als sie ein halbes Jahr später zurückkehrte, stellten wir fest, daß unser Ertrag die Aufwendungen um das Fünfzigfache übertraf. Meine Herrin kaufte sich eine Perlenkette und fünf neue Sklavinnen. Ich selbst, umsichtig wie immer, erwarb vorzügliches Land am östlichen Ufer des Nils.

Dann kam der Tag, den ich gefürchtet hatte. Meine Herrin betrachtete ihr Spiegelbild aufmerksamer als sonst und erklärte, nun sei sie endlich bereit. Und um der Wahrheit die Ehre zu geben, ich mußte einräumen, daß sie schöner war denn je. Die letzten Spuren von Kindlichkeit und Unsicherheit waren aus ihren Zügen verschwunden. Sie war zur Frau gereift, beherrscht und gefaßt.

»Ich habe dir vertraut, Taita«, sagte sie. »Jetzt zeig mir, daß dies keine Dummheit von mir war. Hol Tanus.«

Als Tanus und ich in Safaga voneinander Abschied genommen hatten, hatten wir uns nicht darauf einigen können, wie wir Nachrichten austauschen sollten.

»Ich werde jeden Tag unterwegs sein, und wer weiß, wohin mich dieser Feldzug führt«, hatte Tanus erklärt. »Lostris soll sich nicht grämen, wenn sie nichts von mir hört. Sag ihr, ich werde eine Botschaft senden, wenn mein Werk vollbracht ist.«

So kam es, daß wir außer wilden Gerüchten nichts von Tanus gehört hatten.

Und wieder schien es, als griffen die Götter ein, um mich zu retten – diesmal vor dem Zorn meiner Herrin. Genau an jenem Tag machte ein neues Gerücht die Runde. Eine Karawane, die von Norden kam, hatte keine zwei Meilen vor der Stadtmauer eine kürzlich errichtete Schädelpyramide an der Straße gesehen. Die Köpfe seien so frisch gewesen, daß sie kaum stanken; auch hätten die Geier das Fleisch noch nicht abgepickt.

»Das kann nur eines bedeuten«, erklärten die Klatschmäuler. »Akh-Horus hält sich im Gau Assuan auf, vielleicht sogar in Sichtweite von Elephantine. Er ist gegen die Reste der Bande von Akheku, die sich in der Wüste verborgen hält, seit ihr Kommandant in Gallala seinen Kopf verlor, zu Feld gezogen. Akh-Horus hat die letzten Räuber erschlagen und ihre Schädel an der Straße aufgetürmt. Dank sei dem neuen Gott! Der Süden ist endlich frei von den Würgern!«

Das war in der Tat gute Kunde, die beste, welche ich seit Wochen vernommen hatte; in höchster Erregung eilte ich zu meiner Herrin, sie ihr zu bringen. Ich bahnte mir meinen Weg durch die Menge am Kai, um einen Fährmann zu finden, der mich zur königlichen Insel übersetzte.

Da zupfte jemand an meinem Ärmel. Gereizt schob ich die Hand fort. Trotz des neuen Wohlstands im Lande – oder vielleicht gerade deswegen – waren die Bettler dreister denn je. Dieser ließ sich nicht so leicht abschütteln, und ich hob ungehalten meinen Stab, um ihn zu verjagen.

»Du wirst doch einen alten Freund nicht schlagen! Ich habe dir etwas auszurichten. Von einem Gott!« jammerte der Bettler. Offenen Mundes starrte ich ihn an und ließ den Stab sinken.

»Hui!« Mein Herz schlug höher, als ich das verschmitzte Lächeln des einstmaligen Räubers sah. »Was tust du hier?« Ich wartete nicht darauf, daß er meine törichte Frage beantwortete, sondern fuhr hastig fort: »Folge mir in einigem Abstand.«

Ich geleitete ihn zu einem der Freudenhäuser am Hafen, welche Kammern an Paare beider Geschlechter gaben. Sie vermieteten die Räume jeweils für kurze Zeit und verlangten für einen solchen Dienst einen großen Kupferring. Ich bezahlte den Wucherpreis, und als wir endlich allein waren, packte ich Hui bei seinem zerlumpten Gewand.

»Was gibt es Neues von deinem Herrn?« fragte ich, und Hui kicherte empörend frech.

»Ich habe eine so trockene Kehle, daß ich kaum sprechen kann.« Mir blieb nichts anderes übrig, als den Pförtner zu rufen, damit er einen Krug Bieres brachte. Hui trank wie ein durstiger Esel. Dann stellte er den Krug ab und stieß zufrieden auf.

»Der Gott Akh-Horus sendet dir und noch jemandem, dessen Name nicht genannt werden darf, die besten Grüße. Ich soll dir sagen, daß das Werk vollbracht ist; sämtliche Vögel sind im Käfig. Er läßt dich daran erinnern, daß es nur noch wenige Monate bis zum nächsten Osiris-Fest sind und daß es an der Zeit ist, für das Festspiel einige neue Zeilen zu schreiben.«

»Wo ist er? Wie lange wirst du brauchen, um zu ihm zurückzukehren?« fragte ich eifrig.

»Ich kann bei ihm sein, ehe die Sonne hinter den westlichen Hügeln versinkt«, antwortete Hui, und ich lugte durchs Fenster nach dem Tagesgestirn, welches auf halber Höhe am Himmel stand. Tanus lag also dicht bei der Stadt, und ich frohlockte innerlich. Wie sehnte ich mich danach, seine rauhe Umarmung zu spüren und sein dröhnendes Gelächter zu hören!

Lächelnd vor Vorfreude schritt ich in der schmutzigen Kammer auf und ab, während ich mir über die Botschaft, die ich Hui für Tanus mitgeben würde, schlüssig zu werden versuchte.

Es war fast dunkel, als ich meinen Fuß auf unsere kleine Mole setzte und die Treppe hinaufeilte. Eine der Sklavinnen stand weinend am Tor und rieb sich die geschwollene Wange.

»Sie hat mich geschlagen!« wimmerte das Mädchen. Es war offensichtlich, daß ihr Stolz mehr gelitten hatte als ihre Wange.

»Du sollst nicht ›Sie‹ sagen, wenn du die edle Frau Lostris meinst, das ist ungehörig«, schalt ich. »Und was jammerst du? Sklaven sind dazu da, geschlagen zu werden.«

Gleichwohl war es ungewöhnlich, daß meine Herrin ihre Hand gegen jemanden aus ihrer Umgebung erhob. Sie mußte wahrhaft finsterer Laune sein, dachte ich und verlangsamte meinen Schritt. Ich traf eben bei Lostris' Gemächern ein, als wieder ein Mädchen weinend floh. Hinter ihr erschien meine Herrin in der Tür, das Gesicht gerötet vor Zorn. »Du hast aus meinen Haaren einen Heuhaufen gemacht.«

Dann wurde sie meiner ansichtig und herrschte mich sogleich mit solcher Heftigkeit an, daß ich wußte, der eigentliche Gegenstand ihres Unmuts war ich.

»Wo warst du?« fragte sie barsch. »Ich habe dich am Vormittag zum Hafen geschickt. Wie kannst du es wagen, mich so lange warten zu lassen?« Der Ausdruck in ihrem Gesicht, als sie auf mich zukam, war höchst beunruhigend.

»Er ist da!« sagte ich hastig. Dann senkte ich die Stimme, damit keine von den Dienerinnen mich verstehen konnte. »Tanus ist da«, flüsterte ich. »Übermorgen werde ich mein Versprechen einlösen.«

Lostris' Stimmung schlug ruckartig um; sie sprang vor und warf mir die Arme um den Hals. Dann ging sie, ihre beleidigten Mädchen zu trösten.

Als Teil seines jährlichen Tributs hatte der Vasallenkönig der Amoriter Pharao aus seinem Reich jenseits des Roten Meeres ein Paar Geparden gesandt. Pharao brannte darauf, mit diesen prächtigen Tieren Jagd auf die Gazellenherden zu machen, welche es in reicher Zahl in den Dünen am westlichen Ufer des großen Flußes gab. An den ganzen Hof, meine Herrin eingeschlossen, war die Aufforderung ergangen, an der Hatz teilzunehmen.

Wir setzten mit einer Flotte kleiner Schiffe über. Weiße Segel leuchteten, und bunte Wimpel flatterten. Man lachte, und die Musik von Laute und Sistrum begleitete die Überfahrt. In wenigen Tagen würde die Nilüberschwemmung beginnen, und dies trug im Verein mit dem Aufschwung im Lande erheblich dazu bei, die Festtagslaune des Hofes zu steigern.

Meine Herrin war fröhlicher als alle und rief ihren Freundinnen auf den anderen Booten muntere Grüße zu, während unser Nachen so geschwind durch die sommergrünen Wasser schoß, daß eine weiße Schaumgirlande unseren Bug zierte und eine schimmernde Kielspur hinter uns zurückblieb.

Ich schien der einzige zu sein, den Sorgen drückten. Der Wind war ein wenig rauh und wehte aus der falschen Richtung. Immer wieder blickte ich bange zum westlichen Himmel empor. Er war hell und wolkenlos, doch er hatte einen widernatürlichen messingfarbenen Schein.

Ich verscheuchte die bösen Ahnungen und versuchte, den unbeschwerten Geist des Ausflugs auf mich überspringen zu lassen. Doch es mißlang, denn mich beunruhigte nicht bloß das Wetter. Wenn nur ein Bruchteil meines Planes scheiterte, war mein Leben in Gefahr – und vielleicht auch das von Leuten, die von größerem Wert waren als ich.

All das muß sich in meiner Miene widergespiegelt haben, denn meine Herrin stieß mich mit zierlichem Fuß an und fragte: »Warum so düster, Taita? Wer dich ansieht, wird wissen, daß du etwas im Schilde führst. Lächeln, Taita! Ich befehle dir zu lächeln!«

Als wir am westlichen Ufer landeten, harrte eine Heerschar von Sklaven unser. Knechte hielten Reitesel aus den königlichen Stallungen bereit. Packesel waren mit Zelten und Teppichen und Körben voll Speisen, Wein und sonstigen Zutaten für einen Schmaus beladen. Sklaven hielten Sonnenbaldachine über die Damen oder bedienten die vornehmen Gäste. Zur Unterhaltung waren Narren, Gaukler und Musiker bestellt und für die Hatz an die hundert Treiber.

Der Gepardenkäfig wurde auf einen Schlitten geladen, den ein Gespann weißer Ochsen zog, und der Hof sammelte sich um das Gefährt und bewunderte die kostbaren Tiere. Sie kommen in Ägypten nicht vor, denn sie sind Geschöpfe des offenen Graslands, und am Nil gibt es kein solches. Es waren die ersten Geparden, welche ich sah, und meine Neugier war so groß, daß ich eine Weile all meine Sorgen vergaß und so dicht an den Käfig heranging, wie ich es vermochte, ohne jemanden anzurempeln oder einem jähzornigen edlen Herrn auf die Füße zu treten.

Schönere Katzen konnte ich mir nicht vorstellen. Sie waren von höherem und schlankerem Wuchs als unsere Leoparden und hatten lange, wohlgeformte Glieder. Die geschmeidigen Schweife schienen ihrer Stimmung Ausdruck zu geben. Ihr goldfarbenes Fell war mit Rosetten von tiefstem Schwarz übersät, und vom inneren Winkel eines jeden Auges lief eine dunkle Linie abwärts wie ein Rinnsal aus Tränen. Dies und ihre königliche Haltung verlieh ihnen etwas Traurig-Erhabenes, das ich bestrickend fand. Ich sehnte mich danach, ein solches Tier zu besitzen, und beschloß, meiner Herrin diesen Wunsch nahezubringen, als sei es ihr eigener. Pharao hatte ihr noch nie etwas abgeschlagen.

Zu früh kam das Staatsschiff, welches den König über den Fluß trug, am westlichen Ufer an, und wie der Rest des Hofes eilten wir, ihn zu begrüßen.

Pharao war in ein leichtes Jagdgewand gekleidet und wirkte gelöst, ja froh. Er blieb bei meiner Herrin stehen, und während sie ihm ihre Ehrerbietung zeigte, erkundigte er sich huldvoll nach ihrer Gesundheit. Ich fürchtete schon, er werde sie den ganzen Tag an seiner Seite behalten, was all meine Vorbereitungen vereitelt hätte. Doch die Geparden erregten seine Aufmerksamkeit, und er ging zu ihnen, ohne meiner Herrin zu befehlen, daß sie ihm folgen sollte.

Wir tauchten in der Menge unter und begaben uns zu der Stelle, an welcher ein Esel für Lostris bereitgehalten wurde. Während ich ihr beim

Aufsteigen half, sprach ich leise mit dem Reitknecht. Als er mir sagte, was ich hören wollte, ließ ich einen Silberring in seine Hand gleiten.

Ein Sklave führte den Esel, ein anderer hielt einen Sonnenschutz über meine Herrin, und so folgten wir dem König und dem Schlitten in die Wüste hinein. Da häufig Erfrischungspausen eingelegt wurden, brauchten wir den halben Vormittag, um das Tal der Gazellen zu erreichen. Unser Weg führte uns an dem uralten Friedhof von Tras vorbei, welcher aus der Zeit der ersten Pharaonen stammte. Ich betrachtete unauffällig die Eingänge zu den Gräbern, konnte aber keine Spur von menschlicher Gegenwart entdecken und war wider aller Vernunft enttäuscht. Während wir weiterzogen, schaute ich noch des öfteren zurück.

Auf einem Kamm der Berge, welche das Tal der Gazellen überragten, saßen die edlen Damen und Herren ab. Eilends wurden Zelte aufgeschlagen, damit sie es schattig hatten, auch wurden Becher mit Sorbet und Bier gereicht, um den Durst zu stillen.

Ich vergewisserte mich, daß meine Herrin und ich einen Platz hatten, von dem aus wir die Jagd gut zu beobachten vermochten, uns aber auch zurückziehen konnten, ohne allzu große Aufmerksamkeit zu erregen. Durch die wogende Luftspiegelung sah ich im Talgrund Gazellenherden. Ich zeigte sie meiner Herrin.

»Wovon nähren sie sich?« fragte Lostris. »Dort unten ist keine Spur von Grün. Sie müssen Steine fressen – denn die gibt es reichlich.«

»Da sind nicht nur Steine, sondern auch viele Pflanzen«, erklärte ich. Als meine Herrin ungläubig lachte, suchte ich den Boden ab und pflückte eine Handvoll dieser wundersamen Gewächse.

»Das *sind* Steine«, widersprach Lostris, bis sie selbst eine Pflanze in der Hand hielt und sie ohne Mühe zerdrücken konnte. Dicker Saft quoll, und sie staunte über die Findigkeit des Gottes, welcher diese Täuschung ersonnen hatte. »Davon leben die Gazellen? Es scheint nicht möglich.«

Dann unterbrachen wir unser Gespräch, denn die Hatz begann. Zwei königliche Jäger öffneten den Käfig, und die Geparden sprangen heraus. Ich rechnete damit, daß sie versuchen würden zu fliehen, doch sie waren zahm wie Tempelkatzen und rieben sich zärtlich an den Beinen der Jäger. Auch gaben sie ein seltsam zwitscherndes Geräusch von sich, das eher an Vögel als an Raubtiere denken ließ.

An der anderen Seite des Tales sah ich nun die Linie der Treiber. Sie bewegten sich langsam in unsere Richtung, und die Gazellen begannen vor ihnen herzulaufen.

Während sich der König und seine Jäger, die Geparden an der Leine, den Abhang hinunterbewegten, blieben wir beim Rest des Hofes auf dem Bergkamm sitzen. Die Höflinge schlossen bereits Wetten ab, und ich hätte die Hatz ebenso gern gesehen wie sie, doch meine Herrin hatte anderes im Sinn.

»Wann können wir aufbrechen?« flüsterte sie.

»Wenn die Jagd im Gange ist, werden alle nur noch darauf achten. Das ist unsere Gelegenheit.« Während ich sprach, legte sich plötzlich der Wind, welcher uns über den Fluß geweht und auf dem Weg hierher umfächelt hatte. Es war, als hätte ein Kupferschmied die Tür seines Schmelzofens geöffnet. Die Luft war mit einem Mal so heiß, daß man kaum zu atmen vermochte.

Wieder schaute ich zum westlichen Horizont. Der Himmel hatte ein schwefliges Gelb angenommen. Er verdichtete sich in einem Fleck, der sich nun ausbreitete. Das berunruhigte mich, doch ich schien der einzige zu sein, der diese seltsame Erscheinung bemerkte.

Der König und die Jäger waren jetzt am Fuße des Berges, aber noch so nahe, daß ich die großen Katzen beobachten konnte. Sie hatten die Gazellen erspäht, die ihnen zugetrieben wurden. Und dies verwandelte sie von zahmen Geschöpfen in die Raubtiere, welche sie in Wirklichkeit waren. Sie hoben die Köpfe, nahmen Witterung, stellten die Ohren auf und zogen an der Leine. Ihre Muskeln waren angespannt wie eine Bogensehne, ehe der Pfeil fliegt.

Lostris zupfte an meinem Gewand und flüsterte gebieterisch: »Laß uns gehen, Taita.« Widerwillig schritt ich auf eine Gruppe von Felsen zu, die unseren Rückzug decken würde. Da ich den Reitknecht bestochen hatte, verfügten wir über einen Esel, der zwischen den Felsen versteckt angepflockt war. Ich überprüfte, ob das Tier aufgepackt trug, was ich befohlen hatte: einen Wasserschlauch und einen Lederbeutel mit Wegzehrung. Alles war in Ordnung.

Gerne hätte ich einen letzten Blick auf die Jagd geworfen, doch meine Herrin drängte, und so hob ich sie in den Sattel und führte den Esel ins nächste Tal.

Erst nachdem wir einen weiteren Bergkamm hinter uns gelassen hatten und ich sicher war, daß wir nicht gesehen werden konnten, steuerte ich den Friedhof von Tras an. Bald brach mir der Schweiß aus, denn es war unerträglich heiß. Lange bevor wir die Gräber erreichten, sagte ich zu meiner Herrin: »Die Luft ist so trocken wie Zunder. Du solltest einen Schluck Wasser trinken.«

»Weiter! Weiter! Dafür wirst du später noch Zeit haben.«

»Ich habe nur an dich gedacht, Herrin«, erwiderte ich.

»Wir dürfen uns nicht verspäten. Jeder Augenblick, den du vergeudest, wird mir an der Zeit mit Tanus fehlen.« Sie hatte natürlich recht, die anderen würden uns bald genug vermissen.

Als wir uns den Felsen näherten, wurde Lostris so ungeduldig, daß sie den gemächlichen Schritt des Esels nicht länger ertrug. Sie sprang ab und rannte zur nächsten Anhöhe. »Dort! Dort werden wir uns treffen!« rief sie und deutete nach vorn.

Während sie am Horizont tanzte, brauste der Wind auf uns zu wie ein hungriger Wolf. Er heulte zwischen den Bergen, fegte durch Schluchten, faßte das Haar meiner Herrin und ließ es flattern wie eine Fahne, peitschte es ihr um den Kopf und verwirrte es. Er lüpfte ihr das Gewand hoch über die schlanken braunen Schenkel, und Lostris lachte und drehte sich im Kreis und spielte mit dem Wind, als wäre er ihr Liebster.

Ich schaute zurück und sah, wie der Sturm aus der Wüste kam. Er dräute am düsteren Himmel, schmutzigbraun und fürchterlich. Ich begann zu rennen und zog den Esel an seinem Strick hinter mir her. Der Wind stieß mich in den Rücken und warf mich fast um, doch ich vermochte meine Herrin zu fassen.

»Wir müssen uns sputen!« rief ich. »Wir müssen die Gräber erreichen, ehe der Sturm losbricht.«

Wolken schoben sich vor die Sonne und verdüsterten sie, bis sie ein trüber orangeroter Ball in einer verschwimmenden Welt aus dunklem Ocker war. Flugsand peitschte die ungeschützte Haut unserer Glieder und unser Genick. Ich wand mein Tuch, ihre Not zu lindern, um den Kopf meiner Herrin, nahm sie bei der Hand und führte sie weiter.

Sandvorhänge schlossen uns ein und verschleierten die Sicht, so daß ich fürchten mußte, wir gingen in die Irre. Da tat sich plötzlich eine Lücke vor uns auf, und der dunkle Eingang eines Grabes wurde sichtbar. Meine Herrin mit der Linken und den Esel mit der Rechten zerrend, taumelte ich in die schützende Höhle. Der Schacht war in den schieren Fels gehauen. Er führte uns tief in den Berg hinein und machte, ehe er in die Grabkammer mündete, einen scharfen Knick. Vor Jahrhunderten hatten Grabräuber den einbalsamierten Leichnam und all seine Schätze gestohlen. Zurückgeblieben waren nur verblaßte Wandmalereien – Bildnisse von Göttern und Ungeheuern, die gespenstisch wirkten im Dämmer.

Meine Herrin sank gegen den Fels, doch ihr erster Gedanke galt ihrem Liebsten. »Hier wird Tanus uns nicht finden!« rief sie verzweifelt. Ich sattelte unseren Esel ab und legte seine Last in eine Ecke der Grabkammer. Dann goß ich Wasser aus dem Schlauch in einen Becher und hieß Lostris trinken.

»Was wird aus den anderen, dem König und unseren Freunden?« fragte sie zwischen zwei Schlucken.

»Die Jäger werden sich ihrer annehmen«, antwortete ich. »Es sind tüchtige Leute, und sie kennen die Wüste.« Wenn auch nicht gut genug, um diesen Sturm vorausgesehen zu haben, dachte ich erbittert.

»Und Tanus?« fragte Lostris. »Was wird aus Tanus?«

»Tanus weiß, was zu tun ist. Du kannst sicher sein, daß er den Sturm rechtzeitig bemerkt hat.«

»Werden wir je zum Fluß zurückkommen? Wird man uns je hier finden?« Endlich dachte Lostris an ihre eigene Sicherheit.

»Hier sind wir geborgen. Wir haben genug Wasser für etliche Tage. Wenn der Sturm sich gelegt hat, werden wir ohne Mühe zum Fluß zurückfinden.« Nun war es fast völlig dunkel; ich griff nach der Lampe, welche der Sklave uns mitgegeben hatte, und blies auf den glimmenden Docht. Er flammte auf, und freundliches gelbes Licht erhellte das Grab.

Während ich noch, mit dem Rücken zum Eingang stehend, mit der Lampe beschäftigt war, schrie meine Herrin gellend auf. Eine solche Todesangst lag in ihrem Schrei, daß auch mich die Furcht ergriff und mein Blut zähflüssig rann wie Honig, wenngleich mein Herz raste. Ich wirbelte herum und griff nach meinem Dolch, doch als ich das Ungeheuer sah, welches den Eingang zur Grabkammer ausfüllte, erstarrte ich in der Bewegung. Ich wußte, daß ich mit der kleinen Waffe nichts vermochte gegen dieses Geschöpf. Im matten Licht der Lampe war es unscharf in seinen Umrissen. Ich sah, es hatte Menschengestalt, doch es war zu groß, um ein Mensch zu sein. Sein Kopf schimmerte von Reptilschuppen, und sein Schnabel war der eines Adlers oder einer gewaltigen Schildkröte. Seine Augen glichen tiefen Gruben, unversöhnlich stierten sie uns an. An seinen Schultern flatterten große Flügel. Ich nahm an, das Geschöpf werde sich aufschwingen und meine Herrin mit scharfen Klauen zerreißen. Auch sie schien das zu befürchten, denn sie schrie, hingeduckt vor die Füße des Ungeheuers, abermals auf.

Da erkannte ich plötzlich, daß das Geschöpf keine Flügel hatte. Es war ein langes wollenes Gewand, wie es die Beduinen tragen, was da im Wind flatterte. Während wir noch wie gelähmt waren, nahm das Geschöpf den vergoldeten Helm mit Visier ab, welcher wie der Kopf eines Adlers geformt war. Dann schüttelte es den Kopf, und üppige rotgoldene Locken wallten auf seine breiten Schultern herab.

»Vom Gipfel aus sah ich euch durch den Sturm kommen«, sagte es, und seine Stimme war mir lieb und vertraut.

Meine Herrin schrie wieder, doch diesmal vor Freude. »Tanus!«

Sie flog ihm entgegen, und er nahm sie in die Arme, als sei sie ein kleines Kind. Er hob sie hoch, setzte sie wieder ab und drückte sie an seine Brust. In seinen Armen geborgen, suchte sie seinen Mund mit dem ihren, und es schien, als ob sie einander verschlingen wollten vor Sehnsucht.

Ich stand vergessen im Schatten, und ich bringe es nicht über mich, die Gefühle zu schildern, welche auf mich einstürmten, während ich unfreiwillig Zeuge dieser Verzückung wurde. Ich glaube, Eifersucht ist die schmählichste unserer Regungen, und dennoch liebte ich Lostris ebenso, wie Tanus sie liebte, und meine Liebe war nicht die eines Vaters oder Bruders. Ich war Eunuch und vergaß es nicht, aber was ich für Lostris empfand, war die Liebe eines gesunden Mannes, hoffnungslos und deshalb so bitter. Ich konnte nicht bleiben und zusehen, und darum begann ich mich fortzustehlen wie ein geprügelter Hund, doch Tanus sah mich und endete jenen Kuß, der meine Seele zu zerstören drohte.

»Taita, laß mich nicht allein mit der Gemahlin des Königs«, sagte er. »Bleib bei uns, um mich vor dieser Versuchung zu bewahren. Unsere Ehre ist in Gefahr. Ich kann mir selbst nicht trauen. Du mußt bleiben und verhindern, daß ich Schande über Pharaos Frau bringe.«

»Nein, geh!« rief Lostris. »Laß uns allein. Ich will nichts von Schande und Ehre hören. Unsere Liebe ist uns zu lange verwehrt worden. Ich kann nicht darauf warten, daß sich die Weissagung der Labyrinthe erfüllt. Bitte laß uns allein, lieber Taita.«

Ich floh aus der Grabkammer, als sei mein Leben in Gefahr. Ich hätte in den Sturm hinauslaufen und mich so von meinem Leiden erlösen können, aber ich war zu feige. Ich stolperte in eine Ecke des Schachts und sank elend zu Boden. Ich zog mein Tuch über meinen Kopf, um nicht zu hören und zu sehen, doch der Wind, obwohl er zwischen den Bergen röhrte, vermochte die Geräusche aus der Grabkammer nicht zu übertönen.

Zwei Tage lang tobte der Sturm mit unverminderter Wildheit. Ich schlief einen Teil der Zeit, zwang mich, Vergessen zu suchen, doch wann immer ich erwachte, vernahm ich Lostris und Tanus, und die Laute ihrer Liebe quälten mich. Die Schreie, das Stöhnen und Flüstern – all dies zerriß mir das Herz. Das Schluchzen einer jungen Frau, welches nicht von Schmerzen herrührte, vernichtete mich schier. Und ihr Schrei der letzten Verzückung war mir eine größere Pein als der Schnitt des Kastrationsmessers.

Schließlich ließ der Wind nach und erstarb ächzend am Fuße der Berge. Das Licht wurde stärker, und ich erkannte, daß dies der dritte Tag meiner Einkerkerung in dem alten Grab war. Ich raffte mich auf und rief die jungen Liebenden, denn ich wagte es nicht, die Grabkammer zu betreten. Eine Weile erhielt ich keine Antwort, doch dann sprach meine Herrin mit rauher, verwirrter Stimme, die schaurig widerhallte in dem Schacht: »Taita, bis du es? Ich dachte, ich sei im Sturm gestorben und in die Gefilde des Paradieses getragen worden.«

Uns blieb wenig Zeit. Die königlichen Jäger würden uns bereits suchen. Ein Gutes zumindest hatte der Sturm: Er rechtfertigte unsere Abwesenheit; ich war sicher, daß es die Jagdgesellschaft in alle Richtungen zerstreut hatte. Nur durfte man uns nicht in der Gesellschaft von Tanus finden.

Andererseits hatten er und ich in den letzten Tagen kaum miteinander gesprochen, und es gab mancherlei zu bereden. Am Eingang des Grabes stehend, schmiedeten wir eilends unsere Pläne.

Meine Herrin stand neben Tanus und beobachtete ihn, wandte den Blick nicht von seinem Gesicht. Dann und wann streckte sie die Hand aus und berührte ihn, als wollte sie sich vergewissern, daß er wirklich da war. Wenn sie dies tat, unterbrach sich Tanus in dem, was er gerade sagte, und schenkte ihr seine ganze Aufmerksamkeit. Ich mußte ihn mehrfach an die Geschäfte gemahnen, welche wir noch nicht abgeschlossen hatten.

Mit ihnen zu Ende zu kommen, dauerte länger, als ich für klug hielt, doch schließlich umarmte ich Tanus zum Abschied und trieb den Esel ins Sonnenlicht hinaus. Noch immer erfüllte feiner gelber Staub die Luft. Meine Herrin verweilte noch in dem Grab, und ich wartete im Tal auf sie.

Zu guter Letzt tauchten die Liebenden aus der Höhle auf. Sie standen lange reglos da, schauten einander an, dann wandte Tanus sich ab und schritt davon. Meine Herrin sah ihm nach, bis er verschwunden war. Dann kam sie zu mir.

Ich half ihr beim Aufsteigen, und als ich den Sattelgurt zurechtzog, faßte sie meine Hand. »Ich danke dir«, sagte sie schlicht.

»Ich verdiene deine Dankbarkeit nicht«, widersprach ich.

»Ich bin der glücklichste Mensch auf Erden. Alles, was du mir von der Liebe erzählt hast, ist wahr. Bitte freu dich mit mir, auch wenn...« Sie sprach den Satz nicht zu Ende, und plötzlich erkannte ich, daß sie meine heimlichsten Gefühle erraten hatte. Noch in ihrem großen Glück grämte sie sich, weil sie mir Schmerzen bereitet hatte. Ich glaube, in diesem Augenblick liebte ich sie mehr denn je.

Ich wandte mich ab, nahm die Zügel des Esels und führte Lostris zum Nil zurück.

Ein königlicher Jäger erspähte uns von einem Berggipfel aus und rief uns mit schallender Stimme an.

»Wir haben euch auf Geheiß des Königs gesucht«, sagte er, als er uns erreicht hatte.

»Pharao ist gerettet?« fragte ich.

»Er sitzt wohlbehalten in seinem Palast auf der Insel Elephantine, und er hat befohlen, daß die edle Frau Lostris sofort zu ihm gebracht wird, wenn sie gefunden ist.«

Als wir den Fuß auf die Mole des Palastes setzten, stand Aton schon da, blies erleichtert die geschminkten Wangen auf und machte viel Wesens um meine Herrin. »Dreiundzwanzig Unglückliche sind im Sturm umgekommen«, berichtete er mit wonnigem Gruseln. »Alle waren sicher, daß auch ihr tot seid. Aber ich habe im Hapi-Tempel für eure sichere Rückkehr gebetet.« Aton wirkte sehr selbstgefällig, und es verdroß mich, daß er versuchte, das Verdienst an Lostris' Überleben für sich in Anspruch zu nehmen. Er ließ uns gerade so viel Zeit, daß wir uns waschen und unsere Haut mit Öl salben konnten. Dann führte er uns im Geschwindschritt zum König.

Es bewegte Pharao tief, meine Herrin wiederzusehen. Tränen traten ihm in die Augen, als sie vor ihm niederkniete.

»Ich dachte schon, ich hätte dich verloren«, sagte er und hätte sie gewiß umarmt, wenn das Protokoll es erlaubt hätte. »Statt dessen finde ich dich schöner und lebendiger denn je.« Was der Wahrheit entsprach, denn die Liebe hatte Lostris aufblühen lassen.

»Taita hat mich gerettet«, berichtete sie. »Er hat mich an einen sicheren Ort gebracht und mich in all den schrecklichen Tagen beschützt. Ohne ihn wäre ich zugrunde gegangen wie all die anderen armen Seelen.«

»Stimmt das, Taita?« fragte Pharao, und ich setzte meine demütigste Miene auf und murmelte: »Ich bin nur ein bescheidenes Werkzeug der Götter.«

Der König lächelte mich an. »Du hast uns so manchen Dienst erwiesen, bescheidenes Werkzeug. Doch dies ist der wertvollste. Tritt näher!« befahl er, und ich kniete vor ihm nieder.

Aton stand neben ihm, ein Kästchen aus Zedernholz in Händen. Er hob den Deckel und hielt das Kästchen dem König entgegen. Pharao entnahm ihm eine goldene Kette und hielt sie über meinem Kopf empor. Dann sprach er: »Ich verleihe dir das Ehrengold.« Er legte mir die Kette um, und ihr schweres Gewicht war mir eine Freude. Diese Auszeichnung stellte das höchste Zeichen königlicher Gunst dar, für gewöhnlich Feldherrn und Gesandten vorbehalten oder hohen Beamten wie dem Herrn Intef. Ich bezweifle, daß das Ehrengold je zuvor einem niedrigen Sklaven verliehen wurde.

Doch dies war nicht die einzige Gabe, denn auch meine Herrin wollte nicht zurückstehen. Am Abend, als ich ihr beim Bad aufwartete, entließ sie plötzlich ihre Dienerinnen und sagte, indem sie nackt vor mir stand: »Du darfst mir beim Ankleiden helfen, Taita.« Solche Vergünstigung gewährte sie, wenn sie besonders zufrieden mit mir war. Sie wußte, wie sehr ich es genoß, sie so vertraulich für mich zu haben.

»Ich hätte mir nie träumen lassen, daß ein dürftiges Gefäß wie mein Leib soviel Freude enthalten kann.« Lostris strich über ihre Flanken, als sie dies sagte und blickte an sich nieder. »Alles, was du mir versprochen hast, ist in Erfüllung gegangen. Pharao hat dir das Ehrengold verliehen, und so ist es angebracht, daß auch ich mich erkenntlich zeige.«

»Dir zu dienen ist die schönste Belohnung, die ich mir denken kann.«

»Hilf mir jetzt beim Ankleiden«, befahl Lostris und hob ihre Arme über den Kopf. Ich hielt das durchsichtige Nachtgewand über sie und ließ es dann über ihren Körper wallen. Es bedeckte sie, verbarg ihre Schönheit aber nicht, sondern glich eher dem Dunst, welcher am Morgen die Wasser des Nils ziert.

»Ich will ein Festmahl geben und habe bereits die königlichen Damen eingeladen.«

»Sehr wohl, Herrin. Ich kümmere mich darum.«

»Nein, nein Taita. Das Festmahl findet dir zu Ehren statt. Du wirst neben mir sitzen.«

Das war abenteuerlich wie ein Umsturzplan. »Dergleichen schickt sich nicht, Herrin. Damit verstößt du gegen die guten Sitten.«

»Ich bin Pharaos Gemahlin. Was gute Sitten sind, bestimme ich. Bei dem Festmahl werde ich dir vor aller Augen ein Geschenk machen.«

»Verrätst du mir, was es ist?« fragte ich ein wenig bange.

»Ja, ich verrate es dir.« Lostris lächelte. »Es ist ein Geheimnis.«

Obwohl ich der Ehrengast war, konnte ich die Vorbereitungen für das Festmahl nicht allein den Köchen und kichernden Sklavinnen überlassen. In aller Frühe ging ich zum Markt, um die feinsten und frischesten Erzeugnisse von den Feldern und aus dem Fluß zu kaufen.

Ich versprach Aton, daß er eingeladen werden würde, und so öffnete er mir des Königs Weinkeller und gestattete mir, eine Auswahl zu treffen. Ich nahm die besten Musiker und Tänzer der Stadt in Dienst und probte mit ihnen. Ich schickte Sklaven zu den Ufern des Nils, damit sie Hyazinthen, Lilien und Lotosblüten brachten, welche die Fülle der Blumen in unserem Garten vermehren sollten. Ich hieß Weber kleine Archen aus Binsenrohr flechten, stellte Lampen aus farbigem Glas hinein und ließ sie auf unseren Teichen schwimmen. Ich legte Lederkissen und Blumengirlanden für die Gäste bereit und verteilte Gefäße voll duftenden Öls, damit sie sich, wenn der Abend schwül war, erfrischen und die Stechmücken von sich fernhalten konnten.

Bei Einbruch der Dunkelheit trafen die königlichen Damen mit all ihrem Flitter ein. Einige hatten sich sogar den Kopf rasiert und Perücken aufgesetzt, gefertigt aus dem Haar, welches die Weiber der Armen verkaufen mußten, damit ihre Kinder zu essen hatten. Es war dies eine Mode, die ich verabscheute, und ich schwor mir, alles zu tun, was in meiner Macht stand, um zu verhindern, daß meine Herrin solcher Torheit erlag.

Als ich mich, weil meine Herrin darauf beharrte, neben sie setzte, statt meinen gewohnten Platz hinter ihr einzunehmen, sah ich, daß viele der Damen empört waren über mein ungebührliches Verhalten und hinter ihren Fächern miteinander tuschelten. Mir war ebenso unbehaglich wie ihnen, und um meine Verlegenheit zu verbergen, befahl ich den Sklavinnen, die Becher mit Wein zu füllen, hieß die Musiker spielen und die Tänzer tanzen.

Der Wein war köstlich, die Musik erregend, und die Tänzer stellten ihre Männlichkeit reichlich unter Beweis, denn ich hatte befohlen, daß sie auftraten, wie die Natur sie geschaffen hatte. Die Damen waren entzückt, und so vergaßen sie bald ihre Empörung und sprachen dem Wein zu. Ich hatte keinen Zweifel daran, daß mancher Tänzer den Harem nicht verlassen würde, ehe der Morgen graute.

So war die Stimmung denn heiter, als meine Herrin sich erhob und um die Aufmerksamkeit ihrer Gäste bat. Sie pries mich den Damen mit so gewaltigem Lob, daß selbst ich errötete. Sie berichtete von erheiternden und ergreifenden Begebenheiten aus all den Jahren, welche wir gemeinsam verbracht hatten. Der Wein schien die Damen gnädiger gestimmt zu haben. Sie lachten und klatschten Beifall. Einige weinten sogar – sei es, weil sie berauscht waren, sei es, weil das Gefühl sie überwältigte.

Schließlich befahl mir meine Herrin, vor ihr niederzuknien und als ich es tat, ging ein Raunen durch die Reihen der Gäste. Ich hatte mich für einen einfachen Schurz aus feinstem Leinen entschieden, und die Sklavinnen hatten mein Haar auf die Weise frisiert, welche mir am besten stand. Außer dem Ehrengold trug ich keinen Schmuck. Inmitten all der herausgeputzten Damen wirkte meine Schlichtheit wahrhaft erstaunlich.

Meine Herrin schien sehr zufrieden mit sich. Es war ihr gelungen, mich in Unkenntnis über das Wesen ihres Geschenks zu halten. Für gewöhnlich war sie nicht so geschickt, mich zu überlisten. Sie schaute auf mich nieder, sprach langsam und deutlich, kostete den Augenblick bis ins letzte aus.

»Taita der Sklave, mein Leben lang bist du mir Schutz und Schild gewesen. Du warst mein Ratgeber und mein Lehrer. Du hast mich im Lesen und Schreiben unterwiesen. Du hast mich über die Geheimnisse der Sterne und der Wissenschaften aufgeklärt. Du hast mich im Singen und

Tanzen unterrichtet. Du hast mir in vielen Dingen gezeigt, wie man Glück und Zufriedenheit findet. Dafür bin ich dir dankbar.

Am Tage des Sturms aber hast du mir einen Dienst erwiesen, den ich dir lohnen muß. Pharao hat dir das Ehrengold verliehen, und auch ich habe ein Geschenk für dich.«

Lostris zog eine Papyrusrolle unter ihrem Gewand hervor. »Als Sklave hast du vor mir gekniet. Nun magst du dich als freier Mann erheben.« Sie hielt die Rolle empor. »Dies ist deine Feilassungsurkunde, ausgefertigt von den Schreibern des Palastes.«

Ich hob den Kopf und starrte Lostris ungläubig an. Sie drückte mir die Rolle in die steifen Finger und lächelte liebevoll zu mir herab.

»Das hast du nicht erwartet, oder? Du bist so verblüfft, daß dir die Worte fehlen. Aber sag mir trotzdem etwas, Taita. Sag, wie froh du bist über dieses Geschenk.«

Jedes Wort, das sie sprach, verwundete mich gleich einem Giftpfeil. Die Zunge lag mir wie ein Stein im Mund, während ich über ein Leben ohne Lostris nachsann. Als freier Mann würde ich auf immer von ihrer Gesellschaft ausgeschlossen sein. Nie wieder würde ich ihr ein Mahl bereiten, nie wieder ihr beim Bade aufwarten. Nie wieder würde ich sie zudecken, wenn sie sich zum Schlummern niederlegte, nie wieder sie des Morgens wecken und an ihrer Seite sein, wenn sie die wunderschönen dunkelgrünen Augen aufschlug, um den neuen Tag zu begrüßen. Nie wieder würde ich mit ihr singen, ihren Becher halten, ihr beim Ankleiden zur Hand gehen und die Freude haben, sie in all ihrer Lieblichkeit zu betrachten.

Ich war zutiefst bekümmert und starrte sie hoffnungslos an wie einer, dessen Leben zu Ende geht.

»Sei glücklich, Taita«, befahl sie mir. »Sei glücklich in der Freiheit, die ich dir schenke.«

»Ich werde nie wieder glücklich sein«, entgegnete ich. »Denn du hast mich verstoßen.«

Lostris' Lächeln erlosch, und sie starrte mich verstört an. »Ich biete dir das kostbarste Geschenk, das ich dir geben kann.«

Ich schüttelte den Kopf. »Du erlegst mir die härteste aller Strafen auf.«

»Es ist keine Strafe, Taita. Ich habe es als Belohnung gemeint. Verstehst du das nicht?«

»Die einzige Belohnung, die ich ersehne, ist die, für den Rest meines Lebens an deiner Seite zu bleiben.« Ich spürte, daß mir die Tränen kamen und versuchte, sie zurückzuhalten. »Ich flehe dich an, Herrin, schick mich nicht fort. Wenn du freundliche Gefühle für mich hegst, dann laß mich bei dir bleiben.«

»Weine nicht!« gebot Lostris. »Sonst muß ich mit dir weinen.« Ich glaube tatsächlich, sie hatte bis zu diesem Augenblick die Folgen ihrer verfehlten Großzügigkeit nicht bedacht. Tränen quollen über meine Lider und rannen meine Wangen herab.

»Halt ein! Das wollte ich nicht!« Nun flossen auch Lostris' Tränen. »Ich wollte dich nur ehren, wie dich der König geehrt hat.«

Ich hielt die Papyrusrolle empor. »Bitte, laß mich diese aberwitzige Urkunde in Stücke reißen, und nimm mich wieder in deine Dienste. Vergönne mir, hinter dir zu stehen – an dem Platz, an den ich gehöre.«

»Halt ein, Taita! Du brichst mir das Herz.« Lostris schluchzte, doch ich war unnachgiebig.

»Das einzige Geschenk, das ich von dir begehre, ist das Recht, dir alle Tage meines Lebens dienen zu dürfen. Bitte, Herrin, erlaube mir, die Urkunde zu zerreißen.«

Lostris nickte und weinte, wie sie als kleines Kind geweint hatte, wenn sie gestürzt war und sich die Knie aufgeschürft hatte. Ich zerriß die Papyrusrolle einmal und noch einmal. Immer noch unzufrieden, hielt ich die Fetzen schließlich an die Flamme einer Lampe und ließ sie verkohlen.

»Versprich mir, daß du nie wieder versuchen wirst, mich zu verstoßen. Gelobe, daß du mir nicht noch einmal die Freiheit aufzwingen wirst.«

Lostris nickte unter Tränen, aber das genügte mir nicht. »Sag es«, drängte ich. »Sag es so laut, daß alle es hören können.«

»Ich verspreche, dich als Sklaven zu behalten, dich nie zu verkaufen und dich nicht freizulassen«, flüsterte Lostris heiser, und dann blitzte plötzlich der Schalk in ihren düster umflorten Augen auf. »Es sei denn, du ärgerst mich über die Maßen. Dann lasse ich sofort die Schreiber kommen.« Sie streckte ihre Hand aus, um mich auf die Beine zu ziehen. »Und jetzt steh auf, du törichter Mann, und versieh deine Pflichten. Mein Becher ist leer.«

Ich nahm meinen gewohnten Platz hinter Lostris ein und füllte ihren Becher. Die muntere Gesellschaft hielt das Ganze für einen Spaß und klatschte Beifall, pfiff und warf mit Blumen, um ihr Wohlwollen zu bekunden. Ich sah, die meisten waren erleichtert, daß wir uns nicht wirklich über Sitte und Anstand hinweggesetzt hatten und daß der Sklave ein Sklave blieb.

Meine Herrin führte den Becher zum Munde, doch ehe sie trank, lächelte sie mich an. Ich fühlte mich ihr so nahe wie selten.

Am Morgen nach dem Festmahl erwachten wir, um zu erfahren, daß der Fluß angeschwollen war – der Beginn der alljährlichen Überschwemmung stand bevor. Wir hatten keine Kunde davon, bis die Jubelrufe der Wachen im Hafen an unser Ohr drangen. Den Wein noch im Blut, stieg ich aus dem Bett und eilte zum Fluß hinunter. Beide Ufer waren bereits von Menschen gesäumt. Sie begrüßten die Flut mit Gebeten und Gesängen.

Das Niedrigwasser hatte die lichtgrüne Farbe von Grünspan gehabt. Es war vom Hochwasser fortgespült worden, und nun zeigte der Nil ein fast bedrohliches Grau. Über Nacht war er auf die halbe Höhe der Hafenmauern gestiegen, und bald würde er gegen die Dämme drücken. Dann würde er in die Bewässerungskanäle rauschen, welche seit Monaten trocken lagen. Von dort würde er die Felder überfluten, die Hütten der Bauern unter Wasser setzen und die Grenzsteine zwischen den Gemarkungen fortschwemmen.

Flußaufwärts hörte man das Tosen des Katarakts. Die Flut überwand die natürlichen Sperren aus Granit, welche ihr im Weg standen, und während sie durch die Schlünde abwärts stürzte, stieg Schaum in den strahlend blauen Himmel auf, eine silberne Säule, die man im ganzen Gau Assuan sah. Feiner Dunst wehte über die Insel hin und netzte unsere aufgehobenen Gesichter. Wir genossen das Naß, war es doch der einzige Regen, den wir kannten in unserem Tal.

Unterdessen konnten wir zusehen, wie die Gestade der Insel Stück für Stück von der Flut verschlungen wurden. Bald würde unsere Mole unter Wasser stehen, und die Wellen würden am Tor zu unserem Garten lecken. Wie weit der Fluß stieg, war eine Frage, die sich nur klären ließ, wenn man den Stand des Nilpegels prüfte. Davon hingen Wohlleben oder Hungersnot für das ganze Land und alle Menschen darin ab.

Ich eilte zurück, um meine Herrin zu suchen und mich auf die Zeremonie der Wasser vorzubereiten, bei welcher ich eine wichtige Rolle spielen würde. Wir kleideten uns in unsere schönsten Gewänder, und ich legte die goldene Kette von Pharao um meinen Hals. Dann schlossen wir uns mit den anderen dem Zug zum Hapi-Tempel an.

Der König und die großen Herren Ägyptens schritten uns voraus. Auf den Stufen des Tempels erwarteten uns die Priester, feist von ihrem üppigen Dasein. Ihre rasierten Köpfe glänzten von Öl, und ihre Augen glitzerten vor Habgier, denn Pharao würde an diesem Tag reiche Opfer darbringen. Vor dem König wurde das Standbild der Göttin einhergetragen, mit Blumen und feinem purpurroten Linnen geschmückt. Dann wurde es mit wohlriechenden Essenzen besprengt, während wir der Göttin Preis- und Danklieder sangen, weil sie uns die Flut gesandt hatte.

Unterdessen opferte der König Getreide, Fleisch und Wein, Silber und Gold. Dann rief er seine Weisen und gebot ihnen, den Nilpegel zu betreten und mit ihren Beobachtungen zu beginnen.

In der Zeit, da ich dem Herrn Intef gehört hatte, war ich zu einem jener Weisen ernannt worden. Ich hatte geholfen, den Pegel zu planen, welcher den Wasserstand maß, und ich hatte seine Erbauung beaufsichtigt. Auch hatte ich die Formel aufgestellt, mit deren Hilfe Höhe und Umfang einer jeden Flut bestimmt werden konnten.

Ich folgte dem Hohenpriester in den Eingang zum Nilpegel, eine dunkle Öffnung an der hinteren Mauer des Heiligtums. Mit Pech getränkte Binsen erhellten unseren Weg, und wir stiegen in den Schacht hinab. Die steinernen Stufen waren schlüpfrig, und das dunkle Wasser stand bereits auf halber Höhe der Treppe.

Wir versammelten uns auf der letzten freigelegten Stufe und betrachteten im Fackelschein die Kerben, welche meine Steinmetze in die Wände gehauen hatten. Einer jeden waren Meßwerte zugeordnet.

Gemeinsam unternahmen wir die erste Ablesung. In den folgenden fünf Tagen würden wir abwechselnd die steigende Flut beobachten und die Meßwerte schriftlich festhalten. Anhand von Proben würden wir schätzen, wieviel Schlamm herangetragen wurde, und aus all diesen Gegebenheiten würden wir unsere endgültigen Schlüsse ziehen.

Als die fünf Tage der Beobachtung vorbei waren, machten wir uns an die Berechnungen, welche noch einmal drei Tage dauerten. Schließlich konnten wir dem König unsere Ergebnisse mitteilen. An diesem Tag kehrte Pharao mit Glanz und Pomp in den Tempel zurück, begleitet von seinen hohen Herrn und der halben Bevölkerung von Elephantine, um sich die Schätzungen vortragen zu lassen.

Als der Hohepriester sie mit lauter Stimme vorlas, begann der König zu lächeln. Wir hatten eine Überschwemmung vorauszusagen, die kaum etwas zu wünschen übrigließ. Die Flut würde nicht so niedrig sein, daß die Felder in der Sonne dörrten und unberührt blieben vom schwarzen Schlamm, der so wichtig war für ihre Fruchtbarkeit. Aber sie würde auch nicht so hoch sein, daß sie die Dämme fortspülte und die Dörfer und Städte an den Ufern des großen Flusses unter Wasser setzte. Dieses Jahr würde reiche Ernten und fette Herden bringen.

Pharao lächelte, nicht sosehr um seiner Untertanen willen als vielmehr der Gelder wegen, welche seine Steuereinnehmer eintreiben würden. Die Steuern wurden nach durch die Überschwemmung entstehenden Werten berechnet, und er wußte, daß die Bestände in den Lagerräumen seines Begräbnistempels in diesem Jahr durch neue Schätze vermehrt werden würden. Zum Abschluß der Zeremonie der Wasser verkündete Pharao den Zeitpunkt der alle zwei Jahre stattfindenden Pilgerfahrt nach Theben, zum Osiris-Fest. Mir schien es kaum möglich, daß schon zwei Jahre vergangen waren, seit meine Herrin beim letzten Festspiel die Isis dargestellt hatte.

Ich fand in dieser Nacht wenig Schlaf, denn meine Herrin war zu erregt, um sich zur Ruhe zu legen. Sie saß bei mir, bis der Morgen graute, lachte und sang und wiederholte die Geschichten von Tanus, welche zu hören sie nie müde wurde.

In acht Tagen würde die königliche Flotte mit der steigenden Flut des Nils gen Norden fahren. Tanus würde uns in Theben erwarten. Meine Herrin war trunken vor Glück.

Die Flotte, welche sich im Hafen von Elephantine versammelt hatte, war so groß, daß sie die Wasseroberfläche von Ufer zu Ufer zu bedecken schien. Meine Herrin bemerkte scherzhaft, man könne trockenen Fußes den Nil queren, indem man über diese Brücke aus Schiffskörpern spaziere.

Wir befanden uns bereits auf dem uns zugewiesenen Fahrzeug, und von dort aus jubelten wir dem König zu, als er die Marmorstufen des Palastes zu dem großen Staatsschiff hinunterschritt. Kaum war er an Bord, bliesen hundert Trompeten das Signal zum Setzen der Segel, und von den Ruderern angetrieben, schwenkten wir in die Strömung ein. Die Reise begann.

Zweimal gingen Pharao und sein ganzes Gefolge an Land, um die Denkmäler zu besichtigen, welche Akh-Horus an den Karawanenstraßen errichtet hatte. Die Bauern hatten diese schauerlichen Pyramiden als Reliquien des neuen Gottes bewahrt, jeden Schädel poliert, bis er schimmerte wie Elfenbein, und die Pyramiden mit Lehm gefestigt, damit sie auf Jahre hinaus standen. Dann hatten sie Tempel darüber errichtet und Priester für die heiligen Stätten geholt.

An beiden Schreinen hinterließ meine Herrin einen Goldring als Opfergabe, welche von den Hütern freudig angenommen wurde. Es fruchtete nichts, daß ich gegen solche Verschwendung Einspruch erhob. Meiner Herrin fehlte nur zu oft die Achtung vor dem Reichtum, den ich so gewissenhaft für sie mehrte. Ohne mich hätte sie wahrscheinlich alles an habgierige Priester und unersättliche Arme gegeben.

Am zehnten Abend unserer Reise lagerten wir auf einem sanften Hügel oberhalb einer Flußbiegung. Zur Unterhaltung sollte einer der berühmtesten Geschichtenerzähler Ägyptens beitragen, und für gewöhnlich stellte meine Herrin eine gute Geschichte über alle anderen Genüsse. Beide hatten wir uns auf dieses Ereignis gefreut, und so war ich verwundert und bitter enttäuscht, als Lostris plötzlich erklärte, sie sei unpäßlich und zu müde, um dem Geschichtenerzähler zu lauschen. Zwar drängte sie mich zu gehen, doch ich konnte sie nicht allein lassen, wenn sie sich nicht wohl fühlte. Ich bereitete ihr eine Arznei und schlief auf dem Boden, am Fußende ihres Bettes, damit ich in der Nähe war, wenn sie mich brauchte.

Und am Morgen, als ich sie zu wecken versuchte, beschlich mich ernste Sorge. Für gewöhnlich sprang sie mit erwartungsvollem Lächeln aus dem Bett, doch an diesem Morgen zog sie sich nur die Decke über den Kopf und murmelte: »Laß mich noch ein wenig schlafen. Ich fühle mich lahm wie eine alte Frau.«

»Der König hat einen zeitigen Aufbruch verfügt. Wir müssen an Bord sein, ehe die Sonne aufgeht. Ich bringe dir einen heißen Trank, der dich aufmuntern wird.« Eilends goß ich kochendes Wasser in eine Schale mit Kräutern, die ich mit eigenen Händen zur günstigsten Zeit des letzten Mondes gepflückt hatte.

»Ich möchte nur meine Ruhe«, nörgelte Lostris, aber ich ließ nicht von ihr ab. Sanft rüttelte ich sie wach und gab ihr den Trank. Sie verzog das Gesicht. »Ich glaube, du willst mich vergiften!« klagte sie, und dann übergab sie sich plötzlich.

Sie schien ebenso entsetzt wie ich.

»Was ist mit mir, Taita?« wisperte sie. »Dergleichen ist mir noch nie geschehen.«

Und da ging mir auf, was es zu bedeuten hatte.

»Der Sturm!« rief ich. »Der Friedhof von Tras! Tanus!«

Lostris starrte mich einen Augenblick verständnislos an, dann erhellte ihr Lächeln den Dämmer des Zeltes gleich einer Lampe. »Ich bekomme ein Kind!« schrie sie.

»Bitte nicht so laut, Herrin«, flehte ich.

»Ein Kind von Tanus! Ich trage einen Sohn von Tanus unter dem Herzen!« Und tatsächlich konnte es des Königs Kind nicht sein, denn ich hatte Pharao von Lostris ferngehalten, seit sie sich fast zu Tode gehungert hatte.

»O Taita!« hauchte sie, als sie ihr Nachtgewand lüpfte und ehrfürchtig ihren flachen, festen Bauch betrachtete. »Stell dir vor, in mir wächst ein kleiner Racker heran, so einer wie Tanus! Wußte ich's doch, daß solche Freuden, wie ich sie in dem Grab von Tras erfahren habe, den Göttern nicht verborgen bleiben konnten. Sie haben mir ein Andenken geschenkt, das mein Leben lang Bestand haben wird...«

»Du eilst den Ereignissen weit voraus«, warnte ich. »Vielleicht ist es nur eine Kolik. Ich muß eine Untersuchung vornehmen, ehe wir sicher sein können.«

»Ich brauche keine Untersuchung. Ich weiß es.«

»Trotzdem werden wir nicht auf die Untersuchung verzichten«, erwiderte ich kühl und ging, um den Nachttopf zu holen. Lostris ließ ein wenig Wasser, welches ich zur Hälfte mit Wasser aus dem Nil mischte. Dann füllte ich zwei Schalen mit schwarzer Erde und pflanzte in jede fünf Weizenkörner. In die eine goß ich ein wenig reines Nilwasser, in die andere jene Mischung aus Wasser und Harn. Die mit Lostris' Morgenurin gewässerten Körner hatten kleine grüne Keime getrieben, die anderen nicht.

»Ich hab's dir gleich gesagt!« zwitscherte meine Herrin selbstgefällig, noch ehe ich meine Diagnose stellen konnte. »Oh, den Göttern sei Dank. Etwas Schöneres ist mir in meinem ganzen Leben noch nicht begegnet!«

»Ich werde sofort mit Aton sprechen. Heute nacht wirst du das Lager des Königs teilen«, sagte ich mit strenger Miene, und Lostris starrte mich verwundert an.

»Selbst Pharao, der fast alles glaubt, was ich ihm sage, wird nicht davon zu überzeugen sein, daß du vom Blütensamen geschwängert wurdest, den der Chamsin herangetragen hat. Wir brauchen einen Pflegevater für unseren kleinen Wechselbalg.« Schon betrachtete ich das Kind als unser gemeinsames. Und obwohl ich es mit losen Reden zu verbergen suchte, war ich ebenso entzückt darüber, daß Lostris gesegneten Leibes war, wie sie selbst.

»Untersteh dich, ihn noch einmal Wechselbalg zu nennen!« brauste sie auf. »Er ist ein Prinz!«

»Aber nur, wenn wir einen königlichen Erzeuger für ihn finden. Bereite dich vor. Ich werde jetzt zu Pharao gehen.«

In der letzten Nacht hatte ich einen Traum, Großes Ägypten«, sagte ich zum König. »Er war so erstaunlich, daß ich die Labyrinthe von Amun-Re zu Hilfe nahm, um mir Bestätigung zu holen.« Pharao beugte sich eifrig vor.

»Diesmal ist es unmißverständlich, Hoheit. Die Göttin Isis erschien mir und versprach, den unseligen Einfluß ihres Bruders Seth auszugleichen, der dich deines ersten Sohns beraubt hat, indem er die edle Frau Lostris an der Auszehrung erkranken ließ. Hol meine Herrin am ersten Tag des Osiris-Festes in dein Bett, und es wird dir wieder ein Sohn geschenkt werden. Das verheißt dir die Göttin.«

»Heute ist der Vorabend des Festes.« Der König schien hocherfreut. »Tatsächlich, Taita, wäre ich in all den vergangenen Monaten durchaus bereit gewesen, diese angenehme Pflicht zu erfüllen, wenn du es mir nur erlaubt hättest. Aber du hast mir noch nicht gesagt, was du in den Labyrinthen von Amun-Re schautest.«

»Es war das gleiche Gesicht wie zuvor, nur noch lebensvoller. Der nämliche endlose Wald an den Ufern des großen Flusses, und jeder Baum trug eine Krone im Wipfel. Deine Dynastie auf lange Zeiten, stark und ungebeugt.«

Pharao seufzte zufrieden. »Schick mir das Kind.«

Als ich in unser Zelt zurückkam, erwartete meine Herrin mich schon. Sie hatte sich vorbereitet, trug es mit Fassung und Humor.

»Ich werde die Augen schließen und mir vorstellen, ich sei mit Tanus im Grab von Tras«, vertraute sie mir an. Dann kicherte sie frech. »Allerdings – sich den König als Tanus vorzustellen, ist gerade so, als stellte man sich einen Mäuserich als stolzen Löwen vor.«

Nachdem Pharao zur Nacht gegessen hatte, kam Aton, um Lostris zu holen. Sie ging mit ruhiger Miene und festem Schritt, wohl von ihrem kleinen Prinzen und seinem wahren Vater träumend.

Geliebtes Theben, herrliches Theben – wie jauchzten wir, als wir es vor uns erscheinen sahen mit seinen Tempeln und schimmernden Mauern!

Doch als unser Boot am Kai unterhalb vom Palast des Großwesirs anlegte, verließ uns die Freude, und wir verstummten. Wie ein kleines erschrockenes Mädchen faßte Lostris meine Hand; wir hatten ihren Vater erblickt.

Der Herr Intef stand neben seinen Söhnen an der Spitze der großen Schar von Edlen und hohen Herren, welche am Kai wartete, um den König zu begrüßen.

»Jetzt mußt du wachsam sein«, flüsterte Lostris mir zu. »Sie werden versuchen, dich aus dem Weg zu räumen. Denk an die Schlange.«

Dicht hinter dem Großwesir stand Rasfer. Offensichtlich war er während unserer Abwesenheit befördert worden. Er trug den Kopfschmuck eines Befehlshabers von Zehntausend und führte die entsprechende goldene Peitsche mit sich. An seinem Gesicht hatte sich nichts gebessert, immer noch hing eine Hälfte gräßlich herab, und aus dem Mundwinkel tropfte Speichel. In diesem Augenblick erkannte er mich und grinste mich mit der anderen Hälfte seines Gesichtes an. Auch hob er zu spöttischem Gruß seine Peitsche empor.

»Ich verspreche dir, Herrin, solange Rasfer und ich gleichzeitig in Theben sind, werde ich meinen Dolch immer griffbereit haben und nichts essen als Früchte, die ich mit meinen eigenen Händen geschält habe«, murmelte ich, während ich Rasfers Gruß mit munterem Winken erwiderte.

»Du darfst keine Geschenke von Fremden annehmen«, sagte meine Herrin, »und nachts wirst du am Fußende meines Bettes schlafen. Dort kann ich dir Schutz bieten. Tagsüber bleibst du an meiner Seite und gehst nicht allein in der Stadt umher.«

»Ich werde das gewiß nicht lästig finden«, versicherte ich, und ich hielt mein Versprechen. Wann immer es möglich war, blieb ich in Lostris' Nähe, denn ich war sicher, daß der Herr Intef seine Verbindung zum Thron nicht aufs Spiel setzen würde, indem er seine Tochter in Gefahr brachte.

Natürlich waren wir oft in Gesellschaft des Großwesirs, denn es oblag ihm, den König durch das gesamte Zeremoniell des Festes zu geleiten. Die ganze Zeit über spielte der Herr Intef den liebevollen Vater und behandelte Lostris mit all der Achtung und Rücksicht, die einer königlichen Gemahlin gebührt. Jeden Morgen sandte er ihr Geschenke: Gold, Edelsteine und wunderbare kleine Skulpturen von Skarabäen und Gottheiten, geschnitzt aus Elfenbein und kostbaren Hölzern. Entgegen dem Befehl meiner Herrin gab ich sie nicht zurück. Ich wollte den Feind nicht warnen, und außerdem waren es wertvolle Gaben. Ich verkaufte sie unter der Hand und legte den Erlös in Getreide an, das in den Speichern vertrauenswürdiger Thebener Kaufleute für uns gelagert wurde.

Angesichts der zu erwartenden Ernte war der Getreidepreis niedrig wie seit zehn Jahren nicht mehr. Es gab nur eine Richtung, in welche er sich entwickeln konnte: aufwärts, wenngleich unser Gewinn uns möglicherweise erst später zugute kam. Das erfüllte mich mit heimlicher Freude, wann immer ich den Herrn Intef dabei ertappte, wie er mich mit seinen gelben Leopardenaugen musterte. Sein Blick ließ keinen Zweifel daran, daß er sich in seinen Gefühlen gegen mich nicht gemäßigt hatte. Ich erinnerte mich an seine Geduld und Hartnäckigkeit im Umgang mit Feinden, dachte an die vergiftete Milch und die Schlange, und trotz meiner Vorsichtsmaßnahmen war mir bange.

Unterdessen nahm das Fest seinen Lauf. Allerdings waren es diesmal nicht Tanus' Blaue Krokodile, welche die Nilpferde in der Lagune von Hapi jagten, und eine andere Truppe von Darstellern führte das Festspiel im Osiris-Tempel auf. Pharaos Erlaß gemäß wurde meine Fassung gegeben, und so waren die Worte nicht minder machtvoll und bewegend als beim letzten Mal. Die neue Isis aber war längst nicht so schön wie meine Herrin, und Horus war weniger edel und eindrucksvoll als Tanus. Seth dagegen wirkte im Vergleich zu der Art, wie Rasfer ihn dargestellt hatte, gewinnend und liebenswert.

Am Tag nach dem Festspiel überquerte Pharao den großen Fluß, um seinen Tempel zu besichtigen, und behielt mich den ganzen Tag in seiner Nähe, um sich zu wiederholten Malen mit mir zu beraten. Natürlich trug ich meine goldene Kette. Nichts davon entging dem Herrn Intef, und ich sah, wie er nachsann über die Gunst, welche der König mir erwies. Ich hoffte auch, dies werde mithelfen, mich vor der Rache des Großwesirs zu bewahren.

Als ich Theben verlassen hatte, war ein anderer Baumeister mit den Arbeiten am Tempel betraut worden. Vielleicht war es ungerecht von Pharao zu erwarten, daß der Unselige in der Lage sein würde, die hohe Norm, welche ich gesetzt hatte, einzuhalten und das Werk mit derselben Geschwindigkeit voranzutreiben.

»Bei Horus' gnadenreicher Mutter, ich wollte, du trügest hier noch die Verantwortung, Taita«, murrte Pharao. »Wenn sie sich von dir trennen könnte, würde ich dich deiner Herrin abkaufen und dich in der Totenstadt wohnen lassen, damit du die Arbeiten überwachst. Die Kosten scheinen sich verdoppelt zu haben, seit dieser Geistesschwache deine Aufgabe übernommen hat.«

»Der junge Mann ist einfältig«, pflichtete ich ihm bei. »Die Maurer und Steinmetze hauen ihn übers Ohr, und er merkt nichts davon.«

»Sie hauen *mich* übers Ohr«, erwiderte der König mißmutig. »Ich möchte, daß du mit ihm die Voranschläge durchgehst und ihm zeigst, an welchen Stellen wir geplündert werden.«

Solche Wertschätzung schmeichelte mir natürlich, und es war nichts Gehässiges daran, daß ich Pharao auf die Verirrungen hinwies, welche der neue Baumeister sich hatte zuschulden kommen lassen, als er den Giebel meiner Tempelfassade umgestaltete. Auch die schludrige Arbeit der Schurken von der Steinmetzgilde mußte ich bemängeln. Der Giebel war in jenem entarteten syrischen Stil gehalten, der im Unteren Königreich groß in Mode war, weil der niedriggeborene rote Thronräuber mit seinem gewöhnlichen Geschmack nichts auf die alten Überlieferungen der ägyptischen Kunst gab.

Was die handwerkliche Meisterschaft betraf, so zeigte ich Pharao, daß man ein Stück Papyrus zwischen die Fugen der Steinblöcke schieben konnte, aus denen die Seitenmauer des Tempels bestand. Der König ordnete den Abbruch des Giebels und der Mauer an und verurteilte die Steinmetzgilde zu einer Buße von fünfhundert Deben Gold.

Den Rest dieses Tages und den ganzen folgenden verbrachte Pharao damit, erneut die Schätze in den Lagerräumen des Tempels zu besichtigen. Noch nie in der ganzen Weltgeschichte war soviel Reichtum an einem Ort angehäuft worden. Selbst ich, der ich schöne Dinge liebe, hatte bald genug von der Überfülle, und meine Augen schmerzten vom Gleißen des Goldes.

Der König bestand darauf, daß Lostris stets an seiner Seite blieb, und die Folge seiner Vernarrtheit war, daß sie völlig erschöpft nach Theben zurückkehrte. Ich fürchtete um das Kind, mit welchem sie schwanger ging. Es war noch zu früh, Pharao zu sagen, daß sie gesegneten Leibes war und er mehr Rücksicht gegen sie üben sollte. Erst seit einigen Tagen teilte sie sein Lager wieder, und solch zeitige Feststellung einer Schwangerschaft hätte, selbst wenn sie von mir gekommen wäre, seinen Argwohn erregt. Für ihn war Lostris schlicht eine gesunde und kräftige junge Frau, und dementsprechend behandelte er sie.

Das Fest endete wie seit Jahrhunderten damit, daß sich das Volk im Osiris-Tempel versammelte, um der Thronrede zu lauschen.

Auf dem steinernen Podest vor dem Heiligtum thronte Pharao, so daß alle ihn deutlich sehen konnten. Er trug die Doppelkrone und hielt Krummstab und Wedel in seinen Händen.

Es gab eine Veränderung am Erscheinungsbild des Heiligtums, denn ich hatte dem König einen Vorschlag unterbreitet, welchen er huldvoll angenommen hatte: An drei Wänden des inneren Tempels war ein hölzernes Gerüst errichtet worden, welches sich in Stufen bis zur halben Höhe der Mauern erhob und Tausenden bedeutenden Persönlichkeiten von Theben Sitzplätze bot, von denen aus sie einen unverstellten Blick auf die Vorgänge hatten. Zudem war das Gerüst auf meine Anregung hin mit bunten Tüchern und Palmzweigen geschmückt worden, um seine Häßlichkeit zu verbergen. Dergleichen war zum erstenmal in unserem Lande errichtet worden. Später setzten sich diese Gerüste allgemein durch und wurden bei den meisten öffentlichen Veranstaltungen aufgestellt. Bis zum heutigen Tage sind sie als Taita-Tribünen bekannt.

Es hatte viel Zank und Streit um Plätze auf den Tribünen gegeben, doch als ihr Planer hatte ich meiner Herrin und mir die allerbesten zu sichern vermocht. Wir saßen genau gegenüber vom Thron, in Kopfhöhe des Königs, und hatten freie Sicht auf den gesamten Innenhof des Tempels. Für Lostris lag ein weiches Kissen da; auch standen ein Korb mit Obst und Gebäck und Krüge mit Getränken bereit, damit wir uns während der endlosen Zeremonie bei Kräften halten konnten.

Ringsum hatten sich die Vornehmsten Ägyptens versammelt, edle Herren und Damen, nach der feinsten Mode gewandet. Generale und Admirale, Gildemeister und reiche Kaufleute, Priester und Gesandte aus den Vasallenstaaten des Reiches – sie alle waren da.

In sämtlichen Höfen des Tempels drängte sich das gemeine Volk, und wer keinen Platz mehr fand, begab sich auf die Stätte der heiligen Widder oder in die Gärten jenseits der Tempelmauern. Zwar hatte ich fast mein ganzes Leben in Theben verbracht, doch solch eine Menge hatte ich noch nie geschaut. Die Menschen zu zählen war unmöglich, aber ich schätzte, daß an die zweihunderttausend zusammengeströmt waren.

Um den Thron hatte sich die kleine Gruppe der höchsten Würdenträger geschart. Ihre Köpfe befanden sich etwa auf der Höhe von Pharaos Füßen. Natürlich war der Hohepriester von Osiris unter ihnen. Im letzten Jahr hatte sein Vorgänger das Zeitliche gesegnet und sich auf seine Reise durch die Unterwelt und zu den westlichen Gefilden des Paradieses begeben. Der neue Hohepriester war ein jüngerer und beständigerer Mann, mit dem der Herr Intef nicht so leichtes Spiel hatte. Dieser neue Hohepriester hatte sogar bei gewissen Vorkehrungen, welche ich für diese Feier getroffen hatte, als ich den Bau der Taita-Tribünen beaufsichtigte, mit mir zusammengearbeitet.

Doch die eindrucksvollste Gestalt in der Gruppe, Pharao fast überstrahlend, war der Herr Intef. Hochgewachsen, würdevoll und gutaussehend, zog er alle Blicke auf sich. Mit dem Ehrengold auf Brust und Schultern glich er einer Gestalt aus den Göttermythen. Dicht hinter ihm dräute Rasfer in seiner unsagbaren Abscheulichkeit.

Der Herr Intef eröffnete die Feier auf die altüberlieferte Weise, indem er in den freien Raum von dem Thron trat und den König im Namen der Zwillingsstadt Theben begrüßte. Während er sprach, schaute ich zu meiner Herrin hinüber, und obwohl ich ihren Abscheu teilte, war ich entsetzt zu sehen, wie unverhohlen sich Zorn und Haß gegen den eigenen Vater in ihrem Gesicht malten.

Der Großwesir sprach lange, berichtete von seinen Leistungen und den treuen Diensten, die er Pharao in den vergangenen Jahren erwiesen hatte. Die Menge murrte vor Langeweile und Unbehagen. Von so vielen Leibern stieg eine große Wärme auf, und die Glut der Sonne, welche auf die vollbesetzten Höfe niederbrannte, wurde von den Tempelmauern widergestrahlt. Ich sah, wie etlichen Frauen die Sinne schwanden.

Als der Herr Intef schließlich geendet hatte, nahm der Hohepriester seine Stelle ein. Während die Sonne im Zenit stand, legte er dem König Rechenschaft über die geistlichen Angelegenheiten der Stadt ab. Ein Seufzer der Erleichterung ging durch die Menge, als der Hohepriester seine Rede mit einem Segen für Pharao beschloß und sich nach einer tiefen Verbeugung an seinen Platz hinter dem Großwesir zurückzog. Zum erstenmal an diesem Morgen verstummte die Menge. Langeweile und Unbehagen waren vergessen.

Pharao erhob sich. Ich staunte über die Kraft des alten Mannes, denn er hatte all die Zeit über reglos wie ein Standbild ausgeharrt. Er breitete die Arme aus, und in diesem Augenblick wurde das altüberlieferte Zeremoniell durch ein Ereignis gestört, das alle Versammelten – Priester, Adlige und Gemeine – gleichermaßen bestürzte. Ich war einer der wenigen, die nicht überrascht waren von dem, was folgte, hatte ich doch mein Gutteil dazu beigetragen.

Die großen polierten Kupfertüren zum Allerheiligsten öffneten sich, und es schien, als sei die Bewegung nicht von Menschenhand hervorgerufen.

Ein beklommenes Wispern ging durch die dichtgedrängten Reihen. Dann schrie eine Frau auf, und die Menge wurde von abergläubischem Entsetzen gepackt. Einige warfen sich in den Staub, andere hoben furchtsam ihre Hände über den Kopf, wieder andere bedeckten ihr Gesicht, damit sie nicht mit Blindheit geschlagen wurden, weil sie Dinge betrachteten, die nicht für die Augen von Sterblichen bestimmt waren.

Ein Gott kam durch die Tür des Allerheiligsten geschritten, ein hochgewachsener und furchterregender Gott in langem, wallendem Gewand. Seinen Helm bekrönte ein Busch von Reiherfedern, und seine Züge waren sonderbar, halb Adler, halb Mensch, mit gekrümmtem Schnabel und dunklen Augenschlitzen.

»Akh-Horus!« rief eine Frau und brach ohnmächtig zusammen.

»Akh-Horus!« Der Ruf wurde aufgenommen. »Es ist der Gott!« Reihe für Reihe fielen die Menschen ehrfürchtig auf die Knie. Die auf den obersten Rängen der Tribüne taten es ihnen nach, und selbst die Gruppe der hohen Herren um den Thron sank auf die Knie. Im ganzen Tempel blieben nur zwei Menschen stehen: Pharao verharrte auf den Stufen seines Thrones, und der Großwesir reckte sich dünkelhaft auf.

Akh-Horus trat vor den König hin und blickte durch die Schlitze in seiner Bronzemaske zu ihm empor. Selbst jetzt zuckte Pharao nicht mit der Wimper.

»Wer bist du?« fragte er gebieterisch. »Bist du ein Geist oder ein Mensch? Warum störst du unsere Feier?« Des Königs Stimme war kräftig und klar. Es lag kein Beben darin, und meine Bewunderung für ihn nahm zu. Der alte Mann mochte ein schwacher Herrscher sein, aber er hatte Mut.

Akh-Horus antwortete mit einer Stimme, die Regimenter im Schlachtenlärm befehligt hatte und widerhallte zwischen den steinernen Säulen. »Großer Pharao, ich bin kein Geist. Ich bin dein Mann. Ich erscheine vor dir in Erfüllung meiner Pflicht. Ich erscheine vor dir, um Rechenschaft über den Auftrag abzulegen, den du mir vor zwei Jahren erteilt hast.«

Er hob den Helm von seinem Kopf, und rotgoldene Locken fielen auf seine Schultern herab. Die Menge erkannte ihn sofort. Ein Ruf stieg auf und ließ den Tempel in seinen Grundfesten erbeben.

»Tanus! Tanus!«

Mir schien, daß meine Herrin von allen am lautesten schrie.

»Tanus! Akh-Horus!« Die beiden Namen vermischten sich und brandeten wie sturmgepeitschte Gischt gegen die Mauern des Tempels.

»Er ist aus seinem Grab auferstanden! Er ist ein Gott geworden unter uns!«

Der Tumult ließ nicht nach, bis Tanus blankzog und sein Schwert emporhielt – ein unmißverständliches Gebot zu schweigen. Die Menge gehorchte, und als es still war, ergriff Tanus erneut das Wort.

»Großes Ägypten, gestattest du mir zu sprechen?«

Ich glaube, der König konnte sich nicht mehr darauf verlassen, daß er der Rede mächtig war, denn nach einer matten Gebärde mit Krummstab und Wedel schienen die Beine unter ihm nachzugeben, und er sank auf seinen Thron zurück.

Mit schallender Stimme begann Tanus zu sprechen: »Vor zwei Jahren hast du mir den Auftrag erteilt, die Schlangennester der Räuber und Mörder, die das Dasein des Staates bedrohten, zu vernichten. Du hast mir das Falkensiegel anvertraut.«

Tanus zog die blaue Statuette unter seinem Gewand hervor und legte sie auf die unterste Stufe des Thrones. Dann trat er zurück und sprach weiter.

»Um den Befehl des Königs ausführen zu können, gab ich vor, tot zu sein, und ließ die Mumie eines Fremden in mein Grab legen.«

»Bak-her!« schrie eine vereinzelte Stimme. Wieder wurde der Ruf aufgenommen, und wieder gebot Tanus Ruhe.

»Ich bin mit tausend tapferen Männern von den Blauen Krokodilen in die Wüste gezogen und habe die Würger in ihren Schlupfwinkeln aufgespürt. Wir haben sie zu Hunderten erschlagen und ihre Köpfe an den Karawanenstraßen aufgetürmt.«

»Bak-her!« schrien die Leute. »Es ist wahr. All das hat Akh-Horus getan.« Tanus brachte sie erneut zum Schweigen.

»Ich habe die Macht der Kommandanten gebrochen. Ich habe ihre Gefolgsleute ohne Gnade getötet. In ganz Ägypten gibt es nur noch einen, der sich Würger nennt.«

Jetzt endlich waren die Menschen still und hingen wie gebannt an Tanus' Lippen. Selbst Pharao konnte seine Ungeduld nicht bezähmen. »Sprich, edler Herr Tanus, den die Leute nun als Akh-Horus kennen. Bezeichne mir diesen Mann. Nenne seinen Namen, auf daß er den Zorn des Königs erfährt.«

»Er verbirgt sich hinter dem Namen Akh-Seth!« rief Tanus. »Seine ruchlosen Taten stehen denen seines Bruders, des dunklen Gottes nicht nach.«

»Nenne mir seinen wahren Namen!« befahl Pharao, sich erregt von neuem erhebend. »Nenne mir diesen letzten der Würger!«

Tanus zögerte, schaute langsam in die Runde. Als sich unsere Blicke begegneten, nickte ich fast unmerklich, so daß nur er es wahrnahm. Nun sah er zur offenen Tür des Allerheiligsten.

Die Aufmerksamkeit der Menschen war in einem solchen Maße auf Tanus gerichtet, daß sie zunächst nicht auf die Bewaffneten achteten, welche schnell und leise aus dem Allerheiligsten kamen. Wenngleich sie ihre Rüstung und Helme trugen, erkannte ich die meisten. Es waren Astes und Remrem und fünfzig weitere Krieger von den Blauen Krokodilen. Rasch stellten sie sich rings um den Thron auf, und ohne Aufsehen zu erregen, traten Astes und Remrem hinter den Herrn Intef. Als das geschehen war, sprach Tanus weiter.

»Ich werde dir Akh-Seth zeigen, göttlicher Pharao. Schamlos steht er im Schatten deines Thrones.« Tanus deutete mit dem Schwert auf ihn. »Da ist er, der Verräter, und das Ehrengold schmückt seinen Hals. Da ist er, Pharaos einziger Gefährte, der dein Reich in einen Tummelplatz von Räubern und Mördern verwandelt hat. Dies ist Akh-Seth, der Großwesir des Oberen Königreichs.«

Ein furchtbares Schweigen senkte sich über den Tempel. Es mußte hier Tausende geben, die unter dem Herrn Intef gelitten hatten und jeden Grund hatten, ihn zu hassen, doch niemand erhob in Jubel oder Triumph seine Stimme gegen ihn. Sie alle wußten, wie grausam sein Zorn und wie gewiß seine Rache war. Ich roch den Gestank ihrer Furcht; er war schwer wie Weihrauch. Sie alle wußten, daß nicht einmal Tanus' Ruhm und Heldentaten genügten, um der unbewiesenen Anklage gegen eine Persönlichkeit wie den Herrn Intef Gewicht zu verleihen. Es wäre eine lebensgefährliche Torheit gewesen, in diesem Augenblick Freude oder offene Zustimmung zu bekunden.

Der Großwesir lachte in die Stille hinein. Mit wegwerfender Gebärde kehrte er Tanus den Rücken und richtete das Wort an den König. »Der arme Knabe hat den Verstand verloren. Kein Wort von dem, was er sagt, ist wahr. Im Grunde müßte ich ergrimmt sein, doch ich bin nur betrübt, weil ein berühmter Krieger so tief gesunken ist.« Der Herr Intef streckte dem König seine Hände entgegen. »Mein Leben lang habe ich Pharao und meinem Volk treu gedient. Meine Ehre ist unangreifbar; ich sehe keine Notwendigkeit, mich gegen diese Tollheiten zu verteidigen. Ohne Furcht setze ich mein Vertrauen in die Weisheit und Gerechtigkeit des göttlichen

Königs. Statt meiner Zunge lasse ich meine Taten und meine Liebe zu Pharao sprechen.«

Ich sah die Unentschlossenheit in des Königs geschminktem Gesicht. Seine Lippen bebten, und er runzelte die Stirn. Einen Augenblick später tat er den Mund auf, um zu reden, doch ehe er ein schicksalhaftes Urteil sprechen konnte, hob Tanus noch einmal sein Schwert und deutete über den Thron hinweg zum Allerheiligsten.

Durch dessen Tür kam ein weiterer Zug von Männern, ein Zug so ungewöhnlich, daß Pharao ihn, immer noch offenen Mundes, fasziniert anstierte. Kratas führte den Zug an, das Visier hochgeklappt und sein Schwert in der Rechten. Die ihm folgten, trugen nur Schurze, sie waren barhäuptig und ohne Sandalen. Ihre Hände waren auf den Rücken gefesselt, und sie schlurften ihres Weges wie Sklaven auf dem Markt.

Ich beobachtete den Herrn Intef und sah, wie ihn das blanke Entsetzen packte und zurückzucken ließ, als hätte er einen Schlag ins Gesicht erhalten. Er kannte die Gefangenen, und offensichtlich hatte er sie seit langem für tot gehalten. Nun warf er einen verstohlenen Blick auf eine kleine Seitentür in der Tempelwand, fast verborgen hinter Leinenbehängen. Sie wäre sein einziger Fluchtweg aus dem überfüllten inneren Hof gewesen, aber Remrem trat einen Schritt näher an ihn heran und versperrte ihm den Zugang. Der Großwesir schaute wieder zum Thron und reckte trotzig das Kinn.

Die sechs Gefangenen reihten sich vor dem Thron auf. Dann fielen sie, einem leisen Befehl von Kratas gehorchend, auf die Knie und neigten die Köpfe.

»Wer sind diese Kreaturen?« fragte der König, und Tanus trat zu dem ersten Mann, faßte seine gebundenen Hände und zog ihn auf die Beine. Die Haut des Gefangenen war mit Pockennarben übersät, und sein blindes Auge spiegelte gleich einer silbernen Münze das Sonnenlicht wider.

»Der göttliche Pharao möchte wissen, wer du bist«, sagte Tanus ruhig. »Beantworte seine Frage.«

»Großes Ägypten, ich bin Sched«, sagte der Gefangene. »Ich war Kommandant der Würger, ehe Akh-Horus meine Bande in Gallala aufrieb.«

»Sag dem König, wer dein oberster Herr war«, forderte Tanus.

»Akh-Seth war mein oberster Herr«, antwortete Sched. »Ich habe ihm Treue geschworen bei meinem Blut, und ich habe ihm Tribut gezahlt, ein Viertel von meiner Beute. Dafür hat mich Akh-Seth vor dem Arm des Gesetzes bewahrt und mir Auskunft über meine Opfer gegeben.«

»Zeig dem König den Mann, den du Akh-Seth nennst«, befahl Tanus, und Sched tat einige Schritte, bis er vor dem Herrn Intef stand. Dann bespie er das herrliche Kleid des Großwesirs. »Das ist Akh-Seth!« rief er. »Mögen sich die Würmer an seinen Eingeweiden gütlich tun!«

Kratas zerrte Sched beiseite, und Tanus zog den nächsten Gefangenen auf die Beine. »Sag dem König, wer du bist«, ordnete er an.

»Ich bin Akheku; ich war Kommandant der Würger, aber all meine Männer sind getötet worden.«

»Wer war dein oberster Herr? Wem hast du Tribut gezahlt?«

»Der edle Herr Intef war mein oberster Herr. Ihm habe ich Tribut gezahlt.«

Der Großwesir zeigte keine Regung, als diese Anklagen gegen ihn erhoben wurden. Auch verteidigte er sich nicht, als ein Kommandant nach dem anderen vor ihn geschleift wurde und jeder dasselbe erklärte:

»Der edle Herr Intef war mein oberster Herr. Der edle Herr Intef ist Akh-Seth.«

Das Schweigen der Menschen im Tempel war ebenso drückend wie die Hitze. Entsetzt oder in stillem Haß oder verwirrt und ungläubig verfolgten sie das Geschehen. Keiner wagte es, die Stimme gegen den Großwesir zu erheben, solange Pharao nicht gesprochen hatte.

Schließlich wurde der letzte Kommandant dem Herrn Intef gegenübergestellt. Er war schlank und hochgewachsen, hatte harte Muskeln und sonnenverbrannte Haut. In seinen Adern floß offenkundig Beduinenblut; seine Augen waren schwarz und seine Nase war gebogen. Er hatte einen vollen, lockigen Bart und einen hochmütigen Gesichtsausdruck.

»Mein Name ist Basti.« Er sprach klarer als die anderen. »Man nennt mich Basti den Grausamen – freilich weiß ich nicht, warum.« Er grinste boshaft. »Ich war Kommandant der Würger, bis Akh-Horus meine Bande vernichtet hat. Der edle Herr Intef war mein oberster Herr.«

Basti wurde nicht fortgezerrt wie die anderen. Statt dessen richtete Tanus noch einmal das Wort an ihn. »Sag dem König, ob du Pianki, den edlen Herrn Harrab, kanntest.«

»Ich kannte ihn gut. Ich hatte viel mit ihm zu tun.«

»Was hattest du mit ihm zu tun?« fragte Tanus drohend.

»Ich habe seinen Karawanen aufgelauert. Ich habe die Ernte auf seinen Feldern verbrannt. Ich habe seine Minen in Sestra überfallen. Ich habe Feuer an seine Landhäuser gelegt. Ich habe meine Leute in die Städte geschickt, damit sie üble Nachrede über ihn führten. Ich habe anderen geholfen, ihn zugrunde zu richten, so daß er schließlich aus seinem eigenen Becher Gift trank.«

Ich sah die Hand, in der Pharao den Krummstab hielt, zittern; auch zuckten seine Augenlider auf eine Weise, welche ich schon des öfteren bemerkt hatte, wenn er innerlich aufgewühlt war.

»Wer hat dir all das befohlen?«

»Der edle Herr Intef, und er hat mich dafür mit einem Takh Gold belohnt.«

»Was wollte der edle Herr Intef damit erreichen, daß er solches Ungemach über den edlen Herrn Harrab brachte?«

Grinsend zuckte Basti die Achseln. »Der edle Herr Intef ist Großwesir, der edle Herr Harrab ist tot. Mir scheint, Intef hat erreicht, was er wollte.«

»Du weißt, daß ich dir für dieses Geständnis keine Milde zugesichert habe? Du weißt, daß dich der Tod erwartet?«

Basti lachte. »Vor dem Tod habe ich mich noch nie gefürchtet. Er ist das Mehl des Brots, das ich backe. Ich habe es unzählig vielen verabreicht, warum also sollte ich mich fürchten, selbst davon zu essen?« Während ich Bastis prahlerischen Worten lauschte, fragte ich mich, ob er ein Narr war oder ein tapferer Mann. Wie auch immer, ich konnte keinerlei Gefühl für ihn aufbringen. Ich erinnerte mich an Pianki, den edlen Herrn Harrab, der ein Mann wie sein Sohn gewesen war. Ihm galten mein Mitgefühl und meine Bewunderung.

Ich sah den gnadenlosen Ausdruck in Tanus' Augen und wußte, daß er ähnlich empfand wie ich. Er packte das Heft seines Schwertes fester, bis seine Knöchel weiß hervortraten.

»Führt ihn ab!« knurrte er. »Er soll auf Pharaos Urteil warten.« Nur mit Mühe faßte er sich. Dann wandte er sich um und blickte dem König ins Gesicht.

»Ich habe getan, was du mir geboten hast, göttlicher Mamose. Nun harre ich deiner weiteren Befehle.«

Die Stille im Tempel hielt an. Ich hörte meine Herrin schwer atmen, und dann faßte sie meine Hand und drückte sie mit solcher Kraft, daß mir die Knochen zu brechen drohten.

Schließlich ergriff Pharao das Wort, doch ich vernahm mit Bestürzung den Zweifel in seiner Stimme.

»Edler Herr Intef, du hast die Anklagen gehört, die gegen dich erhoben wurden. Was sagst du dazu?«

»Göttlicher Pharao, sind dies wirklich Anklagen? Ich sehe darin nichts als die Hirngespinste eines jungen Mannes, dem Neid den Geist verwirrt hat. Er ist der Sohn eines überführten Verbrechers. Was ihn bewegt, ist klar. Er hat sich eingeredet, der Verräter Pianki hätte an meiner Stelle Großwesir werden können. Und nun macht er mich für den Niedergang seines Vaters verantwortlich.«

Ich sah, daß der König schwankte. Er hatte dem Herrn Intef sein Leben lang vertraut, und es fiel ihm schwer, so plötzlich davon abzulassen. Er wollte an die Unschuld seines Großwesirs glauben.

»Und die Anklagen der Kommandanten?« fragte Pharao schließlich. »Was hast du darauf zu erwidern?«

»Nach ihrem eigenen Zeugnis sind diese Männer gemeine Verbrecher – Räuber, Mörder, Schänder von Frauen und Kindern. Sollen wir bei ihnen die Wahrheit suchen? Suchen wir denn Ehre und Gewissen bei den Tieren des Feldes?« Der Großwesir wies auf die Kommandanten. »Betrachten wir sie genau, göttliche Hoheit. Sind dies nicht Leute, die alles sagen würden, um ihre Haut zu retten? Nimmst du das Wort auch nur eines von ihnen gegen einen Mann, der dir sein Leben lang treu gedient hat, für bare Münze?«

Ich sah das unwillkürliche Nicken, mit welchem der König den Gedankengängen dieses Mannes folgte, den er als Freund betrachtet, dem er sein Vertrauen geschenkt und den er mit Ehrungen überhäuft hatte.

»Was du sagst, ist wahr. Du hast mir immer treu gedient. Diese Schurken dagegen kennen weder Wahrheit noch Ehre. Es ist möglich, daß man sie genötigt hat.« Ja, Pharao schwankte, und der Herr Intef spürte seinen Vorteil.

»Bisher sind nur Worte gegen mich vorgebracht worden. Wo bleibt der Beweis, der solch tödliche Anklagen untermauert? Gibt es einen Menschen in Ägypten, der einen echten Beweis gegen mich hat und nicht nur Worte? Wenn es ihn gibt, so möge er seine Stimme erheben. Dann werde ich etwas auf die Anklage erwidern. Gibt es ihn aber nicht, dann habe ich nichts weiter zu sagen.«

Die Worte des Großwesirs verstörten Pharao zutiefst. Er blickte in die Runde, als suchte er hier den Beweis, welchen der Herr Intef forderte. Dann schien er zu einer Entscheidung zu gelangen.

»Edler Herr Tanus, welchen Beweis hast du außer dem Wort von Mördern?«

»Das Tier hat seine Spuren gut verwischt«, räumte Tanus ein, »und es hat sich im tiefsten Dickicht verborgen, wo es kaum zu finden ist. Ich selbst habe keinen weiteren Beweis gegen den edlen Herrn Intef, aber es mag hier jemand anderen geben, der ihn hat. Ich bitte dich, Großes Ägypten, frage deine Untertanen, ob nicht einer unter ihnen etwas vorbringen kann, das uns weiterhilft.«

»Pharao, das ist Aufwiegelung! So werden meine Feinde ermutigt, aus dem Schatten zu treten und mich anzugreifen!« rief der Großwesir empört, doch Pharao brachte ihn barsch zum Schweigen. »Wenn sie falsches Zeugnis gegen dich ablegen, tun sie es auf eigene Gefahr«, sagte er, und dann richtete er das Wort an die Versammlung.

»Mein Volk! Einwohner von Theben! Ihr habt die Anklagen gehört, die gegen meinen Großwesir erhoben wurden. Gibt es jemanden unter euch, der den Beweis hat, welcher dem edlen Herrn Tanus fehlt? Wenn dem so ist, gebiete ich ihm zu sprechen.«

Ich war aufgestanden, ehe ich merkte, was ich tat, und nun klang mir meine Stimme so laut in den Ohren, daß ich selbst erschrak.

»Ich bin Taita, der einstmals Sklave des edlen Herrn Intef war!« rief ich, und Pharao schaute stirnrunzelnd zu mir herüber. »Ich habe etwas vorzubringen, Hoheit.«

»Wir kennen dich, Taita. Tritt näher.«

Als ich meinen Platz verließ, blickte ich den Herrn Intef an und geriet ins Stolpern. Es war, als wäre ich gegen eine Mauer gelaufen, so greifbar war sein Haß.

»Göttliches Ägypten, dies ist ein Sklave.« Die Stimme des Großwesirs war schneidend. »Das Wort eines Sklaven gegen das eines edlen Herrn und hohen Staatsbeamten – welche Possenspiele sind das?«

Ich war es immer noch so gewohnt, mich diesem Mann zu beugen, daß ich in meiner Entschlossenheit wankend wurde. Doch dann spürte ich Tanus' Hand auf meinem Arm. Es war nur eine kurze Berührung, aber sie flößte mir Mut ein. Der Herr Intef freilich hatte es gesehen, und verständigte sogleich den König.

»Sieh, wie dieser Sklave im Bann meines Anklägers steht! Hier haben wir wieder nur einen von den abgerichteten Affen des edlen Herrn Tanus! Die Frechheit dieses Sklaven ist maßlos. Das Gesetz sieht Strafen vor . . .«

Pharao verbot dem Großwesir mit herrischer Gebärde das Wort. »Das Gesetz auszulegen obliegt mir. Und es sieht nicht nur Strafen für den Gemeinen, sondern auch für den Hochgeborenen vor. Du wärest gut beraten, edler Herr Intef, wenn du dich daran erinnern wolltest.«

Der Großwesir verbeugte sich stumm, aber sein Gesicht wirkte plötzlich eingefallen und verzerrt. Er erkannte, daß seine Lage mißlich war.

Nun schaute der König auf mich nieder. »Ungewöhnliche Umstände rechtfertigen ungewöhnliche Mittel. Doch sei gewarnt, Taita: Sollten sich deine Worte als unwahr erweisen, so erwartet dich der Tod durch Erwürgen.«

Diese Androhung und der mörderische Blick des Herrn Intef machten mich stottern. »Als ich Sklave des Großwesirs war, pflegte er mich als Boten zu den Kommandanten zu schicken. Ich kenne all diese Männer.« Ich deutete auf die Gefangenen, welche, von Kratas bewacht, in der Nähe des Thrones standen. »Ich habe ihnen die Befehle des edlen Herrn Intef überbracht.«

»Lügen! Hohle Worte!« rief der Großwesir, doch schon lag Verzweiflung in seiner Stimme. »Wo bleibt der Beweis?«

»Schweig still!« polterte der König mit plötzlichem Ingrimm. »Wir werden das Zeugnis von Taita dem Sklaven zu Ende hören.« Er sah mir in die Augen, und ich holte tief Atem, um fortzufahren.

»So habe ich auch Basti dem Grausamen den Befehl des edlen Herrn Intef überbracht, der da lautete, Pianki, den edlen Herrn Harrab, zum armen Mann zu machen. Zu jener Zeit war ich Intefs Vertrauter. Ich wußte, daß er den Posten des Großwesirs für sich begehrte, und was er befahl, geschah. Der edle Herr Harrab wurde zugrunde gerichtet, er ging der Gunst und Liebe Pharaos verlustig, und war so verzweifelt, daß er am Ende den Giftbecher leerte. Ich, Taita, beschwöre dies.«

»So ist es.« Basti der Grausame hob seine gebundenen Hände empor. »Was Taita sagt, ist die Wahrheit.«

»Bak-her!« riefen die anderen Kommandanten. »Ja, Taita spricht die Wahrheit.«

»Aber auch das sind nur Worte«, erwiderte der König grüblerisch. »Der edle Herr Intef hat Beweise gefordert. Und auch ich, dein König, fordere Beweise.«

»Mein halbes Leben war ich der Schreiber und Schatzmeister des Großwesirs«, sagte ich. »Ich habe sein Vermögen verwaltet, habe seine Einnahmen und Ausgaben auf meine Schriftrollen eingetragen. Und ich war es auch, der all diesen Reichtum beiseite geschafft hat.«

»Kannst du mir die Schriftrollen zeigen, Taita?« Pharaos Gesicht leuchtete wie der Vollmond, hatte ich doch verborgene Schätze erwähnt.

»Nein, Hoheit. Die Schriftrollen sind stets im Besitz des edlen Herrn Intef geblieben.«

Pharao bemühte sich nicht, seinen Ärger zu verbergen, doch ich ließ mich nicht beirren: »Es steht nicht in meiner Macht, dir die Schriftrollen zu zeigen, aber vielleicht kann ich dich zu den Schätzen führen, die der Großwesir dir und deinen Untertanen gestohlen hat. Ich selbst habe ihm eine geheime Schatzkammer gebaut und darin den ganzen Reichtum versteckt, der Pharaos Steuereinnehmern entgangen ist.«

Der König beugte sich eifrig vor. Aller Augen waren auf mich gerichtet, und die hohen Herren drängten sich vor, um meine Worte besser verstehen zu können, doch ich achtete nur auf den Großwesir, wobei ich ihn nicht einmal unmittelbar anzublicken brauchte. Die polierten Kupfertüren des Allerheiligsten glichen hohen Spiegeln, welche sein Bild vergrößerten. Mir entging keine Feinheit seines Gesichtsausdrucks, nicht die geringste Bewegung.

Ich hatte alles aufs Spiel gesetzt in der Annahme, daß seine Schätze nach wie vor an den Orten lagen, an welchen ich sie verborgen hatte. In den vergangenen zwei Jahren hätte er sie jederzeit woanders hinbringen können, doch solche Mengen Goldes zu bewegen wäre viel Arbeit gewesen. Auch hätte er andere ins Vertrauen ziehen müssen, und dergleichen fiel ihm schwer, denn er war von Natur aus argwöhnisch. Dazu kam, daß er bis vor kurzem geglaubt hatte, ich sei tot und hätte mein Geheimnis mit in die Unterwelt genommen.

So rechnete ich mit guten Aussichten und wagte mein Leben. Mein Herz begann zu rasen, und Hochgefühle durchfluteten mich. Schmerz und Furcht im Gesicht des Großwesirs zeigten mir, daß der Pfeil, den ich auf ihn abgeschossen hatte, ins Ziel gegangen war. Ich hatte gewonnen, der Schatz befand sich noch dort, wo ich ihn versteckt hatte. Ich konnte Pharao zu der Beute führen, welche der Herr Intef im Laufe seines Lebens angesammelt hatte.

Aber noch war er nicht besiegt. Wie unbesonnen von mir zu glauben, er könnte sich so leicht geschlagen geben! Er machte eine Gebärde, die mich vor ein Rätsel stellte, und dann geschah es.

In der Gewißheit meines Triumphs hatte ich Rasfer vergessen. Die Gebärde des Großwesirs hatte ihm gegolten, eine nahezu unmerkliche Bewegung der Rechten, doch Rasfer ging darauf ein wie ein Jagdhund auf den Befehl seines Herrn. Er stürzte sich mit solcher Wildheit auf mich, daß wir alle völlig überrascht waren. Bis zu mir waren es nur zehn Schritt, und er zog sofort blank.

Zwei von Kratas' Männern standen zwischen uns, aber sie hatten Rasfer den Rücken zugekehrt, und er stieß sie zu Boden, so daß der eine Tanus vor die Füße fiel und ihm den Weg versperrte, als er mir zu Hilfe eilen wollte. Schutzlos stand ich da, als Rasfer mit beiden Händen sein Schwert hob, um mir den Schädel zu spalten. Abwehrend riß ich die Arme empor, doch meine Beine waren wie gelähmt vor Entsetzen, und ich konnte mich weder rühren noch mich fortducken vor der Klinge.

Ich sah nicht, wie Tanus sein Schwert warf; ich hatte nur Augen für Rasfers Gesicht. Doch plötzlich war die Waffe in der Luft. Das Entsetzen hatte meine Sinne derart verändert, daß mir die Zeit so zähflüssig zu werden schien, als sei sie Öl, das aus einem Gefäß tropft. Ich beobachtete, wie Tanus' Schwert um seine Achse zu wirbeln begann, bei jeder Bewegung aufflammte gleich einem Sommerblitz, doch es hatte noch keine ganze Drehung vollendet, als es traf, und es war das Heft, nicht die Spitze, was Rasfer gegen den Kopf schlug. Es tötete ihn nicht, aber es knickte seinen Hals um, so daß er die Augen wie blind nach oben rollte.

Rasfer brachte den Hieb, den er gegen mich führte, nicht zu Ende. Seine Knie gaben nach, und er fiel mir vor die Füße. Das Schwert flog ihm aus den Händen, stieg hoch in die Luft und sauste dann nieder. Es bohrte sich in die Seite von Pharaos Thron und blieb zitternd stecken. Der König starrte es ungläubig an. Die rasiermesserscharfe Klinge hatte seinen Arm gestreift und die Haut geritzt. Vor unser aller Augen traten rubinrote Tropfen aus der oberflächlichen Wunde und netzten Pharaos weißen Schurz.

Tanus brach das entsetzte Schweigen. »Großes Ägypten, du hast gesehen, wer diesem Vieh das Zeichen zum Angriff gab. Du weißt, wer schuld daran ist, daß du in Gefahr gerietest.« Er sprang über den zu Boden gestürzten Soldaten, packte den Arm des Herrn Intef und drehte ihn auf den Rücken, bis der Großwesir auf die Knie fiel und aufschrie vor Schmerz.

»Ich wollte es nicht glauben.« Pharao blickte mit betrübter Miene auf seinen Großwesir nieder. »Ich habe dir mein Leben lang vertraut, und du hast mich betrogen.«

»Großes Ägypten, hör mich an!« flehte der Herr Intef, doch der König wandte sein Gesicht von ihm ab.

»Ich habe dich lange genug angehört.« Pharao nickte Tanus zu. »Deine Männer sollen ihn gut bewachen, aber begegnet ihm mit Höflichkeit, denn seine Schuld ist noch nicht vollständig bewiesen.«

Schließlich richtete der König das Wort an die Menge. »Dies sind seltsame und beispiellose Ereignisse. Ich werde die Beweise bedenken, die Taita der Sklave mir vorlegen will. Das Volk von Theben versammelt sich morgen mittag wieder am selben Ort, um mein Urteil zu hören. Ich habe gesprochen.«

Wir betraten den Audienzsaal im Palast des Großwesirs durch den Haupteingang. Pharao blieb an der Schwelle stehen und ließ seinen Blick durch den Raum schweifen. Am hinteren Ende stand der Thron des Großwesirs. Aus einem Alabasterblock gefertigt, war er kaum weniger eindrucksvoll als des Königs Thron in Elephantine. Die hohen Wände des Saales waren mit Lehm beworfen, und auf diesem Untergrund prangten einige der herrlichsten Malereien, die ich je vollendet hatte. Sie verwandelten den großen Raum in einen üppigen Garten der Freuden. Ich hatte sie geschaffen, als ich Sklave des Herrn Intef war, und sie entzückten mich immer noch.

Ich habe keine Zweifel daran, daß allein diese Werke, ohne Berücksichtigung dessen, was ich sonst vollbracht habe, meinen Anspruch auf den Titel des bedeutendsten Künstlers von Ägypten gerechtfertigt hätten. Es war ein Jammer, daß gerade ich sie nun zerstören mußte.

Ich führte Pharao zum hinteren Ende des Saales. Ausnahmsweise vernachlässigten wir das Protokoll, und Pharao war eifrig wie ein Kind. Er ging so dicht hinter mir, daß er mir fast gegen die Fersen trat. Sein Gefolge schloß sich ihm nicht minder eifrig an.

Ich geleitete sie alle zur Thronwand, und wir blieben vor der großen Malerei stehen, auf welcher der Sonnengott, Amun-Re, bei seiner täglichen Reise über den Himmel abgebildet war. Trotz seiner Erregung blickte der König ehrfürchtig zu dem Werk auf.

Hinter uns hatte sich der Saal zur Hälfte mit Pharaos Gefolge gefüllt – Höflinge, Krieger und hohe Herren, gar nicht zu reden von den königlichen Frauen und Konkubinen, die lieber all ihre Schminke hingegeben hätten, als einen solch spannenden Augenblick zu versäumen, wie ich ihn versprochen hatte. Natürlich stand meine Herrin in den vorderen Reihen. Tanus kam nur einen Schritt hinter dem König. Er und seine Blauen Krokodile hatten die Pflichten einer Leibwache übernommen.

Nun wandte sich Pharao zu Tanus um. »Deine Männer sollen den edlen Herrn Intef bringen!«

Mit eisiger Höflichkeit führte Kratas den Herrn Intef vor die Thronwand, doch er stellte sich zwischen den Gefangenen und den König und hielt sich mit gezücktem Schwert bereit.

»Jetzt ist es an dir, Taita«, sagte der König, und ich ging zur fernsten Ecke der Wand, tat zehn Schritt und bezeichnete die Strecke mit einem Stück Kreide.

»Hinter dieser Mauer befinden sich die Gemächer des Großwesirs«, erklärte ich Pharao. »Bei der letzten Erneuerung des Palastes wurden gewisse Veränderungen vorgenommen. Der edle Herr Intef hat seinen Reichtum gern in seiner Nähe.«

Der König war nicht eben gefesselt von meinem Vortrag über die Architektur des Palastes. »Komm zur Sache, Taita. Ich brenne darauf zu sehen, was hier verborgen ist.«

»Zu mir, Steinmetze!« rief ich, und eine kleine Gruppe von diesen stämmigen Halunken trampelte durch den Saal und legte die ledernen Werkzeugbeutel am Fuße der Thronwand ab. Ich hatte sie von Pharaos Grab jenseits des Flusses hierher befohlen.

Ich lieh mir vom Vorarbeiter einen hölzernen Winkel und deutete damit ein Rechteck an der Wand an. Dann trat ich zurück und sagte zum Meister: »Gebt acht! Beschädigt die Malereien so wenig wie möglich. Es sind bedeutende Kunstwerke.«

Mit Hammer und Meißel setzten die Steinmetze der Mauer zu, meiner Meinung kaum achtend. Farbe und Putz flogen, während große Stücke der Wand niedergerissen wurden und mit dumpfem Laut auf den Marmorboden polterten. Der Staub war den Damen lästig, und so bedeckten sie Mund und Nase mit Tüchern.

Allmählich tauchten unter dem Putz die ersten Steinblöcke auf. Dann trat der König mit einem Aufschrei näher und betrachtete, was zum

Vorschein kam. In die ebenmäßige Fläche der Blöcke war ein Rechteck andersfarbigen Steins eingelassen, das sich fast genau mit den Linien deckte, welche ich auf den Verputz gezeichnet hatte.

»Eine Geheimtür!« rief Pharao. »Öffnet sie!«

Die Steinmetze machten sich mit Feuereifer ans Werk, und als sie den Schlußstein entfernt hatten, ließen sich auch die anderen Blöcke leicht lösen. Eine dunkle Öffnung wurde sichtbar, und Pharao, der die Aufsicht über die Arbeit übernommen hatte, forderte erregt, daß Fackeln angezündet wurden.

»Hinter dieser Wand befindet sich eine geheime Kammer«, erklärte ich. »Ich habe sie auf Geheiß des edlen Herrn Intef bauen lassen.«

Als die Fackeln gebracht wurden, nahm Tanus eine und leuchtete Pharao den Weg durch die Tür. Der König ging hindurch, und ich betrat die Kammer nach ihm und nach Tanus.

Es war lange her, daß ich mich hier aufgehalten hatte, und so blickte ich kaum weniger neugierig um mich als die anderen. In all der Zeit hatte sich nichts verändert. Die Truhen aus Zedern- und Akazienholz standen noch ebenso aufrecht, wie ich sie hinterlassen hatte. Ich zeigte dem König die Behältnisse, welchen er seine Aufmerksamkeit zuerst widmen sollte, und er gebot: »Laß sie in den Audienzsaal tragen.«

»Dafür brauchen wir starke Männer«, bemerkte ich trocken. »Die Truhen sind recht schwer.«

Es bedurfte dreier der kräftigsten Soldaten von den Blauen Krokodilen, um eine jede vom Boden zu heben. Die Männer schleppten eine Truhe nach der anderen durch die Öffnung in der Mauer.

»Die habe ich noch nie gesehen«, verwahrte sich der Herr Intef, als die erste vor seinen Thron gestellt wurde. »Ich wußte nichts von dieser geheimen Kammer. Sie muß von meinem Vorgänger gebaut worden sein, und er muß befohlen haben, die Truhen dort zu verwahren.«

»Hoheit, beachte das Siegel an diesem Deckel.« Ich deutete darauf, und der König betrachtete das Tontäfelchen.

»Wessen Siegel ist das?« fragte er.

»Siehst du den Ring an der Linken des Großwesirs, Hoheit?« murmelte ich. »Darf ich vorschlagen, daß du ihn mit dem Siegel an der Truhe vergleichst?«

»Edler Herr Intef, wenn du die Güte hättest, mir diesen Ring zu geben...«, sagte Pharao mit übertriebener Höflichkeit, als der Großwesir unwillkürlich seine Linke hinter dem Rücken verbarg.

»Großes Ägypten, ich trage diesen Ring seit zwanzig Jahren. Er ist in mein Fleisch eingewachsen.«

»Edler Herr Tanus«, sagte der König. »Nimm dein Schwert, schlag dem edlen Herrn Intef den Finger mit dem Ring ab und bring ihn mir.« Tanus lächelte grausam und zog blank.

»Vielleicht irre ich mich«, lenkte der Großwesir eilfertig ein. »Ich will sehen, ob ich ihn nicht doch abnehmen kann.« Der Ring glitt leicht genug von seinem Finger, und Tanus reichte ihn dem König.

Pharao beugte sich über die Truhe, um den Ring mit dem Siegel zu vergleichen. Als er sich aufrichtete, war sein Gesicht düster vor Zorn.

»Sie stimmen genau überein. Diese Tontafel ist mit deinem Ring gesiegelt worden, edler Herr Intef.« Der Großwesir erwiderte nichts. Mit verschränkten Armen und steinerner Miene stand er da.

»Das Siegel erbrechen! Die Truhe öffnen!« befahl Pharao, und Tanus schnitt die Tontafel ab und stemmte den Deckel mit seinem Schwert auf.

Der König stieß einen Schrei aus, als der Inhalt der Truhe sichtbar wurde. »Bei allen Göttern!« Seine Höflinge drängten sich vor, um gleichfalls in die Truhe zu blicken.

»Gold!« Pharao füllte seine beiden Hände mit schimmernden Ringen und ließ sie, einer Kaskade gleich, wieder in die Truhe fallen. Einen behielt er zurück und hielt ihn ans Auge, um das Münzzeichen zu betrachten. »Zwei Deben Feingold. Wieviel wird in dieser Truhe sein, und wie viele Truhen befinden sich noch in der geheimen Kammer?« Auch wenn er keine Antwort erwartete, ich gab sie ihm gleichwohl.

»Diese Truhe enthält...« Ich las das Verzeichnis auf dem Deckel, welches ich vor etlichen Jahren geschrieben hatte. »Sie enthält ein Takh und dreihungert Deben Feingold. Und was die Zahl der Truhen betrifft – nun, wenn mich mein Gedächtnis nicht trügt, so müßten dreiundfünfzig Gold- und dreiundzwanzig Silbertruhen in dieser Kammer stehen. Wie viele Truhen mit Edelsteinen wir hier versteckt haben, ist mir allerdings entfallen.«

»Gibt es denn niemanden, dem ich trauen kann?« rief Pharao. »Intef, ich habe dich wie meinen eigenen Bruder behandelt. Du hast nur Freundlichkeit vor mir erfahren, und so vergiltst du es mir.«

Um Mitternacht kamen der Schatzmeister und der oberste Verwalter der königlichen Steuer in die Gemächer des Königs, dem ich gerade den Verband an seinem verletzten Arm wechselte. Sie brachten ihm das Kerbholz mit dem neuesten Stand seiner Reichtümer, und Pharao las ihn mit Staunen. Wieder einmal hatte er mit widerstreitenden Gefühlen zu kämpfen – seinem Zorn einerseits und seiner Begeisterung über diesen unerwarteten Gewinn andererseits.

»Dieser Schurke war reicher als sein König. Seine Strafe kann gar nicht hart genug sein für all die Missetaten, die er verübt hat. Er hat mich und meine Steuereinnehmer betrogen und geplündert.«

»Genauso wie er den edlen Herrn Harrab und Zehntausende deiner Untertanen ermordet und ausgeraubt hat«, sagte ich, während ich den Verband an seinem Arm befestigte. Vielleicht war das ein wenig unverschämt von mir. Aber er stand inzwischen so tief in meiner Schuld, daß ich es ruhig wagen konnte.

»Ja, auch das«, stimmte er mir bereitwillig zu; meine Ironie hatte er nicht verstanden. »Seine Schuld ist tief wie das Meer und hoch wie der Himmel. Ich werde auf eine passende Strafe sinnen müssen. Erdrosseln wäre bei weitem zu milde für den edlen Herrn Intef.«

»Hoheit, als dein Arzt muß ich darauf bestehen, daß du dich jetzt ausruhst. Es war ein anstrengender Tag, selbst bei deiner Stärke und Ausdauer.«

»Wo ist Intef? Ich habe keine Ruhe, solange ich nicht weiß, daß er gut bewacht wird.«

»Er ist in seinem Quartier, Hoheit. Ein Hauptmann und eine Abordnung der Blauen Krokodile kümmern sich um ihn.« Ich zögerte einen Augenblick. »Auch Rasfer steht unter Bewachung«, fügte ich schließlich hinzu.

»Rasfer, ist das dieser gräßliche Unhold, der dich im Tempel von Osiris töten wollte? Hat er denn den Schlag überlebt, den ihm der edle Herr Tanus versetzt hat?«

»Es geht ihm gut, wenn vielleicht auch nicht gerade glänzend, Pharao«, versicherte ich. »Wußtest du eigentlich, Hoheit, daß es Rasfer war, der mir damals mit dem Kastriermesser zugesetzt hat?« Ich sah Mitleid in den Augen des Königs glänzen, als mir diese Worte entfuhren.

»Ich werde mich seiner annehmen, wie ich mich seines Herrn annehmen werde«, versprach Pharao. »Er wird die gleiche Strafe erhalten wie der edle Herr Intef. Wird dich das zufriedenstellen, Taita?«

»Hoheit, du bist gerecht und allwissend.« Ich verließ ihn und machte mich auf die Suche nach meiner Herrin.

Sie erwartete mich bereits, und obwohl es weit nach Mitternacht war und meine Kräfte nachließen, gönnte sie mir keinen Schlaf. Sie war viel zu aufgewühlt und bestand darauf, daß ich den Rest der Nacht neben ihrem Bett saß und mit ihr über Tanus und andere, weniger wichtige Dinge plauderte.

Trotz des Mangels an Schlaf war ich hellwach und hatte einen klaren Kopf, als ich am nächsten Morgen im Tempel von Osiris meinen Platz einnahm.

Auch wenn es unmöglich schien – es hatten sich noch mehr Leute versammelt als am Tag davor. Denn in ganz Theben gab es keine Menschenseele, die nicht vom Sturz des Großwesirs gehört hatte und begierig war, seiner Demütigung beizuwohnen. Selbst diejenigen seiner Untergebenen, die es unter seiner betrügerischen Verwaltung zu großem Wohlstand gebracht hatten, wandten sich jetzt von ihm ab wie ein Rudel Hyänen, das sein Leittier verspeist, wenn es krank und verwundet ist.

Die Kommandanten der Würger wurden in ihren Lumpen und Fesseln vor den Thron geführt, während der Herr Intef, in feines Leinen und Silbersandalen gekleidet, den Tempel betrat. Seine Haare waren frisch gelockt, sein Gesicht geschminkt, und um seinen Hals lag das Ehrengold.

Die Kommandanten knieten vor dem König nieder, der Herr Intef aber weigerte sich selbst dann noch, das Knie zu beugen, als eine der Wachen ihm mit dem Schwert anstieß. Schließlich machte der König dem Wachmann ein Zeichen, damit er aufhörte.

»Laß ihn stehen!« befahl der König. »Er wird noch lange genug in seinem Grab liegen.« Dann erhob sich Pharao und stand in seiner ganzen Größe und seinem Zorn vor uns. In diesem Augenblick schien er ein wahrer König, wie es der erste seiner Dynastie gewesen war, ein mächtiger und kraftvoller Mann. Und ich, der ich ihn und seine Schwächen so gut kannte, spürte Ehrfurcht, als ich ihn so sah.

»Edler Herr Intef, du bist des Verrats und des Mordes angeklagt, des Raubes und der Meuterei und hundert anderer Vergehen, die keiner geringeren Bestrafung bedürfen. Ich habe die Zeugenaussagen von fünfzig meiner Untertanen gehört, die Worte von edlen Herren, freien Männern und Sklaven. Ich habe die Schätze in deiner geheimen Kammer gesehen, den gestohlenen Reichtum, den du vor den königlichen Steuereinnehmern versteckt gehalten hast. Ich habe dein persönliches Siegel auf den Schatztruhen gesehen. In all diesen Dingen ist deine Schuld viele tausend Male bewiesen. Ich, Mamose, der achte dieses Namens, Pharao und Herrscher über Ägypten, erkläre dich hiermit aller Verbrechen für schuldig, die dir zur Last gelegt werden. Was du getan hast, verdient keine königliche Milde und keine Gnade.«

»Lang lebe Pharao!« rief Tanus, und das Volk von Theben nahm seinen Ruf auf und wiederholte ihn zehnmal. »Möge er ewig leben!«

Als es wieder still war, ergriff Pharao erneut das Wort. »Edler Herr Intef, du trägst das Ehrengold. Der Anblick dieser ehrenvollen Auszeichnung auf der Brust eines Verräters beleidigt mich.« Er sah hinüber zu Tanus. »Hauptmann, nimm dem Gefangenen das Gold ab.«

Tanus nahm die Ketten vom Hals des edlen Herrn Intef und brachte sie dem König. Pharao hielt das Gold mit beiden Händen fest, aber als Tanus wieder zurücktreten wollte, bedeutete er ihm zu bleiben.

»Der Name des edlen Herrn Harrab war vom Makel des Verrats befleckt. Dein Vater wurde als Verräter in den Tod gehetzt. Du hast die Unschuld deines Vaters bewiesen. Nun widerrufe ich alle Urteile, die über Pianki, den edlen Herrn Harrab, verhängt wurden; ich gebe ihm seine sämtlichen Titel und seine Ehre zurück, die ihm zu Lebzeiten genommen wurden. All seine Auszeichnungen und Titel gehen nunmehr auf dich, der du sein Sohn bist, über.«

»Bak-her!« schrie die Menge. »Ewig lebe Pharao! Heil, Tanus, edler Herr Harrab!«

»Doch zusätzlich zu den Titeln, die durch Erbschaft auf dich übergehen, zeichne ich dich mit neuen Ehren aus. Du bist meinem Befehl gefolgt. Du hast die Würger vernichtet und ihren obersten Herrn der Gerechtigkeit übergeben. In Anerkennung dieses Dienstes für die Krone überreiche ich dir das Heldengold. Knie nieder, edler Herr Harrab, und empfange die Gunst des Königs.«

»Bak-her!« riefen alle, als Pharao die klirrenden Goldketten, die bis vor kurzem dem edlen Herrn Intef gehört hatten, um Tanus' Hals legte. An einer der Ketten funkelte nun auch der Sternenanhänger, Auszeichnung für außergewöhnliche kriegerische Leistungen. »Heil, edler Herr Harrab!«

Dann wandte sich Pharao wieder den Gefangenen zu. »Edler Herr Intef, du verlierst deinen Titel als Mitglied des Theben-Kreises. Dein Name und Rang werden von allen öffentlichen Bauwerken entfernt, auch von dem Grabmal, das du im Tal der Adligen für dich vorbereitet hast. Deine Ländereien und dein gesamter Besitz, einschließlich deiner widerrechtlich erworbenen Reichtümer, fallen an die Krone. Jene Ländereien aber, die einst Pianki, dem edlen Herr Harrab, gehörten und die durch Unterschlagung in deinen Besitz gelangt sind, werden an seinen Erben, meinen treuen Tanus, den edlen Herrn Harrab, zurückgegeben werden.«

»Bak-her!« Pharao ist weise! Ewig lebe Pharao!« jubelten die Menschen, und neben mit schluchzte meine Herrin ohne jede Scham; aber das tat schließlich die Hälfte aller königlicher Frauen. Nur wenige von ihnen konnten jener heldenhaften Gestalt widerstehen, deren goldenes Haar den Ketten auf der Brust ihren Glanz zu nehmen schien.

Aber dann tat der König etwas völlig Überraschendes. Er sah direkt zu mir, zu dem Platz neben meiner Herrin. »Auch ein anderer hat der Krone treue Dienste geleistet, der, welcher uns zu den gestohlenen Schätzen geführt hat. Laßt den Sklaven Taita vortreten.«

Ich ging hinunter und stelle mich vor dem Thron auf, und der König sagte mit weicher Stimme zu mir: »Der Verräter Intef und sein Gefolgsmann Rasfer haben dir unsägliches Leid zugefügt. Sie haben dich gezwungen, ruchlose Taten und Verbrechen gegen den Staat zu begehen, indem du mit Banditen und Räubern zusammenarbeiten mußtest, um die Schätze deines Herrn vor den königlichen Steuereinnehmern zu verbergen. Aber diese Verbrechen waren nicht Frucht deiner Gedanken. Als Sklave mußtest du dem Willen deines Herrn gehorchen. Daher spreche ich dich von jeder Schuld und Verantwortung frei. Du hast dich keines Verbrechens schuldig gemacht, und so belohne ich dich für die treuen Dienste, die du der Krone erwiesen hast, mit zwei Takh reinen Goldes aus dem konfiszierten Vermögen des Verräters Intef.«

Ein Raunen ging durch die Versammlung, und mir selbst stockte der Atem, denn es war ein überwältigendes Geschenk. Ein Vermögen, das sich mit jedem anderen messen konnte, außer natürlich mit dem der reichen Herren im Land. Aber es war groß genug, um weite Landstriche von dem fruchtbaren Boden entlang des Flusses zu erwerben und prächtige Bauten auf diesem Land zu errichten, um dreihundert kräftige Sklaven zu kaufen, die das Land bestellten; genug, um eine ganze Flotte Handelsschiffe auszurüsten und sie bis ans Ende der Welt zu schicken, damit sie dort noch größere Schätze mitbrachten. Diese Summe war gewaltig – aber der König war noch nicht am Ende seiner Rede.

»Als Sklave steht es dir natürlich nicht zu, dieses Geschenk selbst anzunehmen, darum wird es deiner Herrin gemacht, der edlen Frau Lostris, Pharaos junger Frau.« Das Vermögen sollte also in der Familie bleiben; wäre nicht meine Phantasie mit mir durchgegangen, ich hätte es gleich geahnt.

Ich, der ich für einen flüchtigen Augenblick einer der reichsten Männer Ägyptens gewesen war, verneigte mich vor dem König und ging an meinen Platz neben meiner Herrin zurück. Sie drückte meine Hand, um mich zu trösten, aber in Wirklichkeit war ich gar nicht unglücklich. Unsere Schicksale waren so eng miteinander verknüpft, daß ich ein Teil von ihr war, und nun wußte ich wenigstens, daß es uns niemals wieder an Wohlstand mangeln würde. Ich machte bereits Pläne, wie ich den neuen Reichtum meiner Herrin für sie anlegen und mehren würde.

Schließlich war der König bereit, das Urteil über die Gefangenen zu sprechen. Unverwandt starrte er Intef an.

»Deine Verbrechen sind ohnegleichen. Keine Strafe, die je ermessen wurde, kann hoch genug sein, um dir gerecht zu werden. Das Urteil, welches ich über dich spreche, lautet: Am Tag nach dem Fest von Osiris wirst du im Morgengrauen, gefesselt und nackt, durch die Straßen von Theben geführt werden. Bei lebendigem Leib sollen deine Füße am Haupttor der Stadt angenagelt werden, so daß du mit dem Kopf nach unten hängst. Dort wirst du so lange hängen, bis die Krähen deine Knochen abgepickt haben. Danach werden deine Knochen heruntergeholt, zu Staub gemahlen und in den Nil gestreut.«

Selbst Intef wurde blaß und schwankte auf den Beinen, als er diesen Urteilsspruch hörte. Wenn ihr irdischer Körper verstreut wurde, konnte er nicht einbalsamiert und erhalten werden; so waren die Gefangenen dazu verdammt, auf immer vergessen zu werden. Die Gärten des Paradieses würden ihnen verschlossen bleiben.

Als meine Herrin mich von ihrem festen Entschluß in Kenntnis setzte, der Hinrichtung beizuwohnen und zuzusehen, wie ihr Vater mit dem Kopf nach unten an das Stadttor genagelt wurde, glaubte ich, daß ihr nicht wirklich bewußt sei, welch entsetzlichem Schauspiel sie beiwohnen würde. Daher war ich genauso fest entschlossen, sie davon fernzuhalten. Noch nie hatte sie auch nur die leisesten grausamen Neigungen gezeigt. Ich glaube, ihr Entschluß wurde allein von der Tatsache geleitet, daß die meisten anderen königlichen Frauen ebenfalls hingingen, weil sie sich von dem Spektakel Zerstreuung versprachen, und weil es Tanus war, der die Hinrichtung vornehmen würde. Sie würde niemals eine Gelegenheit verstreichen lassen, ihn zu sehen, wenn auch nur aus der Ferne.

Am Ende konnte ich sie nur überzeugen, indem ich an ihr Kostbarstes rührte. »Edle Frau Lostris, ein derart grausamer Anblick würde bestimmt deinem ungeborenen Sohn schaden. Du willst doch sicher nicht, daß sein junger, noch ungeformter Geist daran erstickt?«

»Das ist unmöglich«, sagte sie, und zum erstenmal zögerte sie. »Mein Sohn wird es nicht erfahren.«

»Er wird es durch deine Augen sehen, und die Schreie seines sterbenden Großvaters werden durch die Wände deines Bauches dringen und in seine winzigen Ohren gelangen.« Die Worte verfehlten ihre Wirkung nicht.

Lostris sann lange darüber nach, dann seufzte sie. »Also gut, aber ich erwarte, daß du mir alles genau beschreibst. Du darfst auch nicht das geringste auslassen. Vor allem werde ich wissen wollen, wie die anderen Frauen des Königs gekleidet waren.« Dann lächelte sie mich schelmisch an, um mir zu zeigen, daß sie sich von meinen Überredungskünsten nicht völlig überlisten ließ. »Du kannst es mir ja zuflüstern, damit dich das Kind, das in meinem Bauch schläft, nicht hören kann.«

Als ich den Harem am Tag der Hinrichtung im Morgengrauen verließ, waren die Gärten des Palastes noch in Dunkelheit gehüllt. Ich eilte durch die Wassergärten, und in der schwarzen Oberfläche der Teiche spiegelten sich die Sterne. Als ich mich dem Flügel des Palastes näherte, in dem der edle Herr Intef in seinen Gemächern bewacht wurde, sah ich hinter den Fenstern Fackeln und Lampen aufblitzen und vernahm aufgeregtes Geschrei, Befehle und Flüche.

Ich wußte sofort, daß etwas Furchtbares geschehen war, und begann zu laufen. An der Tür zu den Privatgemächern des edlen Herrn Intef hätte mich der wachehaltende Krieger fast mit dem Speer aufgespießt, aber im allerletzten Augenblick, gerade als er mich durchbohren wollte, erkannte er mich, senkte die Waffe und ließ mich vorbei. Mitten im Vorzimmer stand Tanus. Er brüllte wie ein schwarzmähniger Löwe in der Falle und schlug mit den geballten Fäusten auf jeden ein, der in seine Nähe kam. Er hatte schon immer ein ungestümes Temperament gehabt, aber in solch einer unvorstellbaren Wut hatte ich ihn noch nie gesehen. Er war wie von Sinnen und schien völlig den Verstand verloren zu haben. Seine Männer, die heldenhaften Blauen Krokodile, wichen erschrocken vor ihm zurück, und der gesamte Palastflügel war in heller Aufruhr.

Ich ging auf Tanus zu, duckte mich unter seinen wilden Faustschlägen und schrie ihm ins Gesicht: »Tanus! Ich bin's! Nimm dich zusammen! Im Namen aller Götter, hast du den Verstand verloren?«

Fast hätte er mich verprügelt. Aber dann sah ich, wie er gegen seine Gefühle ankämpfte und sie schließlich zu beherrschen vermochte.

»Sieh zu, was du für sie tun kannst.« Er deutete auf die Körper, die überall im Vorzimmer herumlagen, als hätte eine Schlacht gewütet.

Erschrocken stellte ich fest, daß einer von ihnen Khetkhet war, ein Hauptmann des Regiments und ein Mann, den ich achtete. Zusammengerollt lag er in der Ecke und hielt sich den Bauch; sein Gesicht war so von Schmerz verzerrt, daß ich es kaum ertragen konnte. Ich berührte seine Wange, aber die Haut war kalt und tot.

Ich schüttelte den Kopf. »Ich kann nichts mehr für ihn tun.« Ich schob mit dem Daumen die Augenlider nach oben und starrte in seine leeren Augen, dann beugte ich mich hinunter und roch an seinem Mund. Der faulige Geruch von Pilzen, der mir daraus entgegenströmte, kam mir auf schreckliche Weise bekannt vor.

»Gift.« Ich stand auf. »Den anderen wird es nicht besser ergangen sein.« Es waren fünf, die zusammengekrümmt auf den Fliesen lagen.

»Aber wie?« fragte Tanus mit erzwungener Ruhe. Ich hob eine der Schalen auf, die auf dem niedrigen Tisch standen, an dem die Männer offenbar gegessen hatten. Wieder schlug mir der faulige Geruch entgegen.

»Frag die Köche«, schlug ich vor. Dann schleuderte ich die Schale in plötzlichem Zorn gegen die Wand. Die zusammengekrümmten Körper der Männer erinnerten mich an meine geliebten Tiere, die den gleichen grausigen Tod gestorben waren, und Khetkhet war mein Freund gewesen.

Ich holte tief Luft, dann fragte ich: »Ich nehme an, dein Gefangener ist geflohen?« Wortlos führte Tanus mich in das Schlafgemach des Großwesirs. Und da sah ich plötzlich, daß die bemalte Holztäfelung am anderen Ende des Raumes entfernt worden war, dahinter klaffte eine Öffnung.

»Wußtest du, daß es hier einen Geheimgang gibt?« fragte Tanus mit eisiger Stimme, und ich schüttelte den Kopf.

»Ich glaubte, alle seine Geheimnisse zu kennen, aber ich habe mich getäuscht.« Meine Stimme klang hoffnungslos. Ich glaube, in meinem Herzen hatte ich die ganze Zeit gewußt, daß es uns nie gelingen würde, Intef seiner gerechten Strafe zuzuführen. Er war ein Liebling der dunklen Götter und genoß ihren Schutz.

»Ist Rasfer mit ihm geflohen?« fragte ich, und Tanus verneinte.

»Ich habe ihn zu den Kommandanten ins Zeughaus eingesperrt. Aber Intefs Söhne, Menset und Sobek, sind verschwunden. Ganz bestimmt waren sie es, die den Mord an meinen Männern und die Flucht ihres Vaters in Werk gesetzt haben.« Tanus hatte sich wieder völlig in der Gewalt, auch wenn sein Zorn noch nicht verflogen war. »Du kennst doch Intef so gut, Taita. Was wird er tun? Wohin wird er gehen? Wie kann ich ihn fangen?«

»Eines ist sicher, er wird für diesen Tag Pläne geschmiedet haben. Ich weiß, daß er bei den Kaufleuten und Rechtsanwälten im Unteren Königreich Schätze gehortet hat. Er hat sogar mit dem falschen Pharao Geschäfte gemacht. Ich glaube, er hat ihm und seinen Generälen gegen Gold Heeresgeheimnisse verraten. Man würde ihn im Norden sicher mit Freuden willkommen heißen.«

»Ich habe bereits fünf schnelle Galeeren gen Norden geschickt, mit dem Befehl, alle Schiffe, die sie überholen, zu durchsuchen«, sagte Tanus.

»Er hat Freunde auf der anderen Seite des Roten Meeres«, fuhr ich fort. »Und er hat seine Schätze zu den Kaufleuten in Gaza, an den Ufern des nördlichen Meeres, geschickt, damit sie dort für ihn aufgehoben werden. Er hat mit den Beduinen Handel getrieben. Viele von ihnen werden von ihm bezahlt. Sie würden ihm helfen, die Wüste zu durchqueren.«

»Bei Horus, er ist wie eine Ratte, die Dutzende von Fluchtwegen aus ihrem Loch weiß«, fluchte Tanus. »Wie soll ich die alle versperren?«

»Das kannst du nicht«, erwiderte ich. »Und Pharao wartet darauf, den Hinrichtungen beizuwohnen. Du wirst es ihm sagen müssen.«

»Der König wird zornig sein, und das aus gutem Grund. Ich habe meine Pflichten vernachlässigt, als ich Intef entkommen ließ.«

Doch Tanus irrte sich. Pharao nahm die Nachricht von Intefs Flucht mit bemerkenswertem Gleichmut auf. Ich kann es mir nicht genau erklären, aber vielleicht hatte ihn der große Reichtum, der ihm so unerwartet in den Schoß gefallen war, milde gestimmt. Vielleicht hegte er sogar, ganz im verborgenen, ein gewisses Wohlwollen für seinen einstigen Großwesir. Und nicht zuletzt war Pharao ein freundlicher Mann und möglicherweise erleichtert, nicht mit ansehen zu müssen, wie man den edlen Herrn Intef an das Stadttor nagelte.

Es ist wahr, daß er flüchtig Verärgerung zeigte und davon sprach, daß die Gerechtigkeit betrogen worden sei, aber dann vertiefte er sich wieder in die Liste der Schätze. Selbst als Tanus die ganze Verantwortung für die Flucht des Gefangenen auf sich nahm, machte Pharao eine abwehrende Geste.

»Der Hauptmann der Wache trägt die Schuld, und er ist durch die Giftschale, welche Intef ihm gereicht hat, genug bestraft. Du hast Galeeren und Truppen zur Verfolgung des Flüchtenden auf den Weg gebracht. Du hast alles getan, was von dir erwartet werden kann, edler Herr Harrab. Jetzt mußt du nur noch das Urteil, welches ich gesprochen habe, an den anderen Verbrechern vollstrecken.«

»Ist Pharao bereit, den Hinrichtungen beizuwohnen?« fragte Tanus. Pharao aber sann schnell auf eine Ausrede. »Ich habe alle Hände voll zu tun, Tanus. Erledige das ohne mich. Erstatte mir Bericht, wenn die Urteile vollstreckt sind.«

Die allgemeine Schaulust war so groß, daß die Stadtväter vor den Haupttoren, am Ort der Hinrichtungen, eine Taita-Tribüne errichtet hatten. Für einen Platz darauf erhoben sie einen Silberring. Es herrschte kein Mangel an Kunden, und die Tribüne war voll besetzt. Die große Menge derer, die keinen Platz bekommen hatten, reichte bis weit auf die Felder hinter den Mauern. Viele von ihnen hatten Bier und Wein mitgebracht, um zu feiern und den Kommandanten zuzuprosten. Es gab unter ihnen nur wenige, die unter den Raubzügen der Würger nicht zu leiden gehabt hatten, und viele Frauen hatten ihre Ehemänner, Brüder oder Söhne an sie verloren. Splitternackt und aneinandergebunden, wie Pharao es befohlen hatte, wurden die verurteilten Männer durch die Straßen von Karnak geführt. Dichtgedrängt standen die Menschen und bewarfen sie mit Kot und Schmutz, als sie vorbeikamen, schrien Beleidigungen und schüttelten die Fäuste. Vorneweg tanzten Kinder und sangen Verse, die extra für dieses Ereignis gemacht waren.

Dem Wunsch meiner Herrin gehorchend, hatte ich einen Platz auf der Tribüne eingenommen, um mir anzusehen, wie das Urteil vollstreckt wurde. Die Kleider und Juwelen der Frauen um mich herum zu betrachten, hatte ich allerdings keine Muße, denn schon wurden die Gefangenen durch die offenen Tore geführt. Ich hatte nur Augen für Rasfer und bemühte mich, meinen Haß auf ihn aufs neue zu entfachen. Ich zwang mich dazu, mir jede grausame Tat ins Gedächtnis zu rufen, die er je an mir verübt hatte. Aber da stand er nun mit seinem weißen Bauch, der ihm fast bis zu den Knien herunterhing, Exkremente im Haar und das Gesicht ebenso mit Schmutz verschmiert wie der abscheuliche Körper. Es fiel schwer, ihn so zu hassen, wie er es verdiente.

Er sah mich auf der Tribüne sitzen und grinste mich an. Aufgrund der Lähmung wurde es nur ein halbes Grinsen, eine widerwärtige Grimasse. Dann rief er: »Vielen Dank, daß du gekommen bist, mir eine gute Reise zu wünschen, Eunuch. Vielleicht treffen wir uns dereinst in den Paradiesgärten wieder, wo mir hoffentlich das Vergnügen vergönnt sein wird, dir deine Eier noch mal abzuschneiden.«

Diese Verhöhnung hätte es mir eigentlich leichter machen sollen, ihn zu hassen, aber es wollte mir nicht gelingen, auch wenn ich zurückrief: »Du wirst nicht viel weiter kommen als bis zum Schlamm am Grund des Flusses, alter Freund!« Er wurde als erster auf das Holztor gehoben. Drei Männer waren nötig, um ihn auf die Brustwehr oben auf der Mauer zu hieven; sie zogen ihn am Seil hoch, während vier andere von unten schoben. So hielten sie ihn fest, bis ein Soldat des Regiments, ein Schlagholz mit einer Spitze aus Stein in der Faust, auf einer Leiter nach oben geklettert war.

Als der erste dicke Kupfernagel durch das Fleisch und die Knochen seiner großen schwieligen Füße geschlagen war, verging Rasfer das Scherzen. Er brüllte und fluchte und bäumte sich auf unter dem Griff der Männer, die ihn hielten. Die Menge aber klatschte Beifall, lachte und feuerte den schwitzenden Soldaten an.

Erst als alle Nägel eingeschlagen waren und der Mann mit dem Hammer wieder von der Leiter geklettert war, um sein Werk von unten zu bewundern, wurden die Nachteile dieser neuen Form der Bestrafung deutlich. Rasfer heulte und brüllte, schwenkte seinen massigen Körper wie wild hin und her, während das Blut langsam an seinen Beinen herunterrann. Sein Bauch hing verkehrt herum, so daß seine dicken, behaarten Geschlechtsteile von unten dagegenklatschten. Während er sich zuckend drehte und wendete, bohrten sich die Nägel immer tiefer in das Gewebe zwischen seinen Zehen, bis es am Ende riß. Rasfer fiel auf den Boden und zappelte wie ein Fisch auf dem Trockenen. Den Zuschauern gefiel dieses Schauspiel, sie brüllten und tobten vor Begeisterung angesichts seiner ungelenken Bewegungen.

Von den Zuschauern angefeuert, hievten die Henker Rasfer erneut auf das Tor, und der Soldat kletterte hinterher, um neue Nägel einzuschlagen. Damit Rasfer fester am Tor hing und um ihm das Strampeln zu erschweren, befahl Tanus, auch seine Hände am Tor festzunageln.

Diesmal klappte es besser. Den Kopf nach unten, hing Rasfer reglos am Tor. Er hatte aufgehört zu brüllen, denn die Eingeweide in seinem Bauch hingen wie in einem Sack nach unten und drückten ihm die Luft ab.

Einer nach dem anderen wurden die Verurteilten auf das Tor gehoben und daran festgenagelt, und die Menge jubelte und johlte. Nur Basti der Grausame gab keinen Laut von sich und bot ihnen kein großartiges Schauspiel.

Während der Tag voranschritt, brannte die Sonne immer heißer auf die Gekreuzigten herab. Mittags waren sie bereits vollkommen geschwächt vor Schmerzen und Durst und von dem Blutverlust; stumm wie Kadaver am Haken eines Fleischhauers hingen sie da. Die Zuschauer begannen sich zu zerstreuen. Manche der Hingerichteten brauchten länger als andere. Basti atmete noch den ganzen Tag. Erst als die Sonne unterging, holte er noch einmal tief Luft und wurde dann schlaff.

Rasfer war der zäheste von allen. Sein Gesicht hatte sich mit dunklem Blut gefüllt, und die Zunge hing ihm wie eine dicke Scheibe purpurroter Leber aus dem Mund. Ab und an gab er ein tiefes Stöhnen von sich. Jedesmal, wenn das geschah, empfand ich Mitleid, wie ich es für jede gequälte Kreatur empfunden hätte.

Ich war der letzte, der noch auf der Tribüne saß. Tanus, der sich keine Mühe gegeben hatte, seinen Widerwillen gegen die brutale Pflicht, die der königliche Befehl ihm auferlegt hatte, zu verbergen, blieb bis zum Sonnenuntergang auf seinem Posten. Dann übertrug er einem Hauptmann seines Regiments die Totenwache und kehrte in die Stadt zurück.

Jetzt waren nur noch die zehn Wachen beim Tor, ich selbst auf der Tribüne und einige Bettler, die wie Lumpenbündel an der Mauer lagen. Die Fackeln zu beiden Seiten des Tores flackerten im Nachtwind und warfen ein geisterhaftes Licht über die düstere Szene.

Rasfer stöhnte wieder, und ich konnte es nicht länger ertragen. Ich holte einen Bierkrug aus meinem Korb und kletterte hinunter, um mit dem Hauptmann zu reden; wir kannten uns aus der Wüste. Doch er lachte nur und schüttelte den Kopf, als er meine Bitte vernahm. »Du bist ein weichherziger Narr, Taita. Der Bastard ist schon so gut wie hinüber, um den brauchst du dir keine Sorgen mehr zu machen«, sagte er. »Aber wenn du willst, werde ich ein Weilchen in die andere Richtung sehen. Beeil dich.«

Ich ging zum Tor, und Rasfers Kopf war auf gleicher Höhe mit meinem. Ich rief leise seinen Namen, bis seine Lider flatterten. Ich war nicht sicher, ob er mich verstand, aber ich flüsterte: »Ich habe hier ein wenig Bier für dich, um deine Zunge zu befeuchten.«

Er gab einen leisen röchelnden Ton von sich. Seine Augen sahen mich an. Falls er noch etwas fühlte, mußte ihm der Durst Höllenqualen bereiten. Ich ließ ein paar Tropfen aus dem Krug auf seine Zunge fallen, achtete sorgfältig darauf, daß sie ihm nicht in die Nase flossen. Er machte den schwachen, aber erfolglosen Versuch zu schlucken. Auch wenn er noch besser bei Kräften gewesen wäre, wäre es ihm nicht gelungen; die Flüssigkeit rann ihm aus den Mundwinkeln und über die Wangen in das schmutzverklebte Haar.

Er schloß die Augen, und auf diesen Augenblick hatte ich gewartet. Ich zog meinen Dolch aus den Falten meines Schals. Vorsichtig setzte ich die Spitze hinter Rasfers Ohr an und stieß ihn dann mit einer schnellen Bewegung bis zum Schaft hinein. In einer letzten zuckenden Bewegung krümmte sich Rasfers Rücken, und dann entspannte sich sein Körper im Tod. Ich zog die Klinge wieder heraus. Es war nur sehr wenig Blut dran. Schnell verbarg ich den Dolch wieder in meinem Schal, wandte mich ab und ging fort.

»Mögen dich paradiesische Träume durch die Nacht begleiten, Taita«, rief mir der Wachhauptmann nach, aber ich hatte meine Stimme verloren und konnte nicht antworten. Ich hätte es nie für möglich gehalten, daß ich um Rasfer weinen könnte, aber vielleicht tat ich das auch gar nicht. Vielleicht weinte ich nur um meiner selbst willen.

Auf Pharaos Befehl wurde die Rückkehr des Hofs nach Elephantine um zunächst einen Monat aufgeschoben. Der König mußte seine neuen Schätze anlegen und war bei bester Laune. In der ganzen Zeit, seit ich ihn kannte, war er nie so glücklich und zufrieden gewesen. Ich war froh für ihn. Zu jener Zeit verpürte ich wahre und innige Zuneigung zu dem alten Mann. An manchen Abenden saß ich mit ihm und seinen Schreibern bis spät in die Nacht über den Aufstellungen der königlichen Besitztümer.

Bei anderen Gelegenheiten wurde ich von Pharao zu Beratungen über die Veränderungen am königlichen Grabmal gerufen, die er sich jetzt unbesorgt leisten konnte. Ich rechnete aus, daß mindestens die Hälfte der neu entdeckten Schätze Pharao in sein Grab begleiten würden. Er pickte sich die schönsten Juwelen aus Intefs gehorteten Schätzen und schickte fast fünfzehn Takh ungemünzten Goldes an die Goldschmiede in seinem Tempel, damit sie zu Grabbeigaben gemacht wurden.

Trotzdem fand er noch Zeit, Tanus zu rufen, um sich von ihm in Fragen des Heeres und der Kriegsführung beraten zu lassen. Ich war bei einigen dieser Zusammenkünfte zugegen. Die Bedrohung durch den falschen Pharao im Unteren Königreich war in unseren Köpfen stets gegenwärtig. So große Stücke hielt der König auf Tanus, daß es diesem gelang, Pharao zu überreden, einen kleinen Teil von Intefs Erspartem für den Bau von fünf neuen Flottengeschwadern aus Kriegsgaleeren auszugeben und sämtliche Wachregimenter mit neuen Waffen und Sandalen auszustatten – allerdings konnte er den König nicht dazu bewegen, seine Zahlungsrückstände bei der Armee zu begleichen. Bei vielen Regimentern stand noch die gesamte Besoldung für das letzte halbe Jahr aus.

Wenn Tanus zur Audienz beim König gerufen wurde, fand meine Herrin fast immer einen Vorwand, auch dort zu sein. Auch wenn sie sich dann im Hintergrund hielt, so tauschte sie doch mit Tanus glühende Blicke aus. Glücklicherweise schien außer mir niemand diese Blitze der Leidenschaft zu bemerken.

Wann immer meine Herrin erfuhr, daß ich mich mit Tanus unter vier Augen treffen würde, mußte ich ihm lange und innige Botschaften von ihr überbringen. Und wenn ich zurückkehrte, brachte ich ihr Botschaften von ihm, die den ihren an Länge und Feuer in nichts nachstanden.

Meine edle Frau Lostris wurde nicht müde, mich zu bedrängen, damit ich ein Versteck ausfindig machte, wo sie sich mit Tanus treffen und noch einmal mit ihm allein sein konnte. Ich muß gestehen, daß ich – hatte ich doch Grund genug, um meine eigene Haut und um die Sicherheit meiner Herrin und unseres ungeborenen Kindes besorgt zu sein – nicht gerade meinen ganzen Erfindungsreichtum für die Erfüllung dieser Forderung einsetzte. Und als ich Tanus schließlich doch die Einladung meiner Herrin zu einem weiteren Treffen näherbrachte, seufzte er und lehnte unter Verleugnung seiner Liebe ab.

»Dieses Zwischenspiel in den Grabmälern von Taras war der helle Wahnsinn, Taita. Ich habe niemals vorgehabt, die Ehre der edlen Frau Lostris anzutasten, und ohne den Chamsin wäre es auch nie geschehen. Wir können es nicht noch einmal wagen. Sag ihr, daß ich sie mehr liebe als mein Leben. Sag ihr, daß unsere Zeit kommen wird, denn die Labyrinthe von Amun-Re haben es uns versprochen. Sag ihr, daß ich mein ganzes Leben auf sie warten werde.«

Als meine Herrin diese Liebesbotschaft erhielt, stampfte sie mit dem Fuß auf, nannte ihre große Liebe einen Dickkopf, der nichts für sie übrig habe, brach einen Becher und zwei Schalen aus gefärbtem Glas entzwei, schleuderte einen juwelenbesetzten Spiegel, ein Geschenk des Königs, in den Fluß und warf sich schließlich auf ihr Bett, wo sie bis zum abendlichen Mahl liegenblieb und weinte.

Neben seinen militärischen Pflichten als Befehlshaber, zu denen auch die Aufsicht über den Bau der neuen Galeerenflotte gehörte, war Tanus in jenen Tagen viel mit der Neuordnung der Ländereien beschäftigt, welche seinem Vater gehört hatten und die er nun endlich sein eigen nennen konnte.

Wegen all dieser Dinge holte er sich fast täglich Rat bei mir. Es war nicht weiter verwunderlich, daß diese Länderein von den Würgern niemals ausgeplündert worden waren, solange sie Intef gehört hatten. So waren sie im besten Zustand, und Tanus war über Nacht zu einem der wohlhabendsten Männer im ganzen Oberen Königreich geworden. Obwohl ich mir die größte Mühe gab, ihn davon abzubringen, verbrauchte er den größten Teil seines Vermögens dafür, seinen Männern den ausstehenden Sold zu zahlen und seine geliebten Blauen Krokodile neu auszurüsten.

Und weil ihm diese ruchlosen Ausgaben noch immer nicht genug erschienen, befahl er seinen Offizieren Kratas, Remrem und Astes, alle verkrüppelten und erblindeten Veteranen der Flußkriege, die in den Straßen von Theben ihr Dasein als Bettler fristeten, zusammenzutrommeln. Dieses Gesindel brachte Tanus in einem der großen Landhäuser unter, welche zu seiner Erbschaft gehörten, und obwohl die Leute mit Spülwasser und Küchenabfällen noch immer zu gut bedient gewesen wären, päppelte er sie mit Fleisch, Brot und Bier hoch. In den Straßen jubelten die Soldaten Tanus zu, in den Schenken tranken sie auf seine Gesundheit.

Als ich meiner Herrin von Tanus' wahnsinniger Verschwendungssucht berichtete, entflammte sie in solcher Begeisterung, daß sie sofort mehrere hundert Deben von dem Gold ausgab, das ich für sie verdient hatte, um ein Dutzend Gebäude zu erwerben und sie als Hospitäler oder Armenquartiere einrichten zu lassen.

Überflüssig zu erwähnen, daß es der arme Sklave Taita war, der tagaus, tagein dafür zu sorgen hatte, daß diese neueste Torheit seiner Herrin in die Tat umgesetzt wurde, auch wenn sie den Stätten ihrer Wohltätigkeit jeden Tag einen Besuch abstattete. Auf diese Weise wurde es jedem Faulenzer und Trunkenbold in den Zwillingsstädten ermöglicht, sich eine kostenlose Mahlzeit und ein bequemes Bett von uns zu erschleichen. Und wenn ihnen das noch nicht genug war, konnten sie sich ihre Schüssel Suppe von meiner Herrin höchstselbst vorsetzen und ihre eiternden Wunden und Gedärme von einem der berühmtesten Ärzte Ägyptens behandeln lassen.

Es gelang mir, einige beschäftigungslose junge Schreiber und ernüchterte Priester aufzutreiben, die die Menschen mehr liebten als Götter und Gold. Meine Herrin nahm sie in ihre Dienste. In Begleitung dieser kleinen Gruppe ging ich des Nachts in den Hinterhöfen und Elendsquartieren der

Stadt auf die Jagd. Nacht für Nacht sammelten wir herumstreunende Kinder ein. Sie waren schmutzige kleine Wilde, und nur die wenigsten von ihnen kamen freiwillig mit uns. Wir mußten ihnen nachlaufen und sie wie wilde Katzen einfangen. Und bei dem Versuch, ihre schmutzverkrusteten kleinen Körper zu baden und ihnen die von Läusen und Nissen völlig verfilzten Haare von den Köpfen zu schaben, zog ich mir zahllose kräftige Bisse und böse Kratzer zu.

Wir brachten sie in einem der von meiner Herrin eingerichteten Heime unter. Hier machten sich die Priester an die mühsame Aufgabe, sie zu zähmen, während die Schreiber mit dem langen Weg ihrer Bildung begannen. Die meisten unserer Gefangenen jedoch machten sich schon nach wenigen Tagen wieder aus dem Staub und kehrten in die Gosse zurück, wo sie hingehörten. Einige wenige immerhin blieben. Ihre allmähliche Verwandlung von Tieren zu menschlichen Wesen entzückte meine Herrin, und auch mir bereitete dieser unwahrscheinliche Vorgang mehr Vergnügen, als ich je für möglich gehalten hätte.

All meine Einwände gegen die Art und Weise, wie meine Herrin unser Vermögen vergeudete, verhallten ungehört, und ich legte ein feierliches Gelübde ab, daß es ganz sicher die alleinige Schuld dieser beiden jungen Narren – die ich unter meine Fittiche genommen hatte und die mich damit belohnten, daß sie auf keinen meiner Ratschläge hörten – sein würde, wenn ich vor der Zeit einbalsamiert und in mein Grab gelegt wurde.

Es versteht sich wohl von selbst, daß die Witwen und Krüppel nicht mir, sondern meiner Herrin dankten und sie mit armseligen kleinen Geschenken bedachten.

»Dies ist meine Stadt«, erklärte Lostris. »Ich liebe sie, und ich liebe alle Menschen, die darin wohnen. Ach, Taita, ich fürchte mich vor der Rückkehr nach Elephantine. Ich hasse es, aus meinem wunderbaren Theben wegzugehen.«

»Haßt du es, weil du die Stadt verlassen mußt?« fragte ich. »Oder haßt du es, weil du einen gewissen ungehobelten Soldaten verlassen mußt, der in dieser Stadt lebt?« Sie gab mit einen kleinen Klaps.

»Dir scheint aber auch gar nichts heilig zu sein, nicht einmal die reine und wahre Liebe. Trotz all deiner Schriftrollen und deiner wunderbaren Sprache bist du im Herzen ein Barbar.«

Wie im Flug verging die Zeit, und eines Morgens stellte ich anhand meines Kalenders fest, daß über zwei Monate vergangen waren, seit meine edle Frau Lostris ihre ehelichen Pflichten auf Pharaos Lager wieder aufgenommen hatte. Obwohl es für ihren Zustand noch immer keine sichtbaren

Anzeichen gab, wurde es Zeit, den König von seinem großen Glück in Kenntnis zu setzen.

Als ich meiner Herrin sagte, was ich vorhatte, richtete sie ihre ganze Aufmerksamkeit nur auf eines: Ich mußte ihr versprechen, daß ich, bevor ich mit dem König sprach, Tanus mitteilte, wer der wahre Vater des Kindes war, welches sie trug. Ich machte mich auf den Weg, um mein Versprechen noch am selben Nachmittag einzulösen. Ich fand Tanus auf der Schiffswerft am Westufer des Flusses, wo er soeben die Schiffsbauer anbrüllte und ihnen androhte, sie in den Fluß und den Krokodilen zum Fraß vorzuwerfen. Als er mich sah, verflog sein Zorn, und er nahm mich mit auf die Galeere, die sie an diesem Morgen zu Wasser gebracht hatten. Stolz zeigte er mir die neue Pumpe, die das Wasser aus dem Kielraum entfernen würde, sollte das Schiff in einer Schlacht beschädigt werden. Er schien völlig vergessen zu haben, daß ich es war, der die Pläne zu dieser Pumpe gezeichnet hatte, so daß ich ihn taktvoll daran erinnern mußte.

»Demnächst verlangst du noch, für deine Ideen bezahlt zu werden, du alter Schurke. Ich wette, du bist geizig wie ein syrischer Kaufmann.« Er gab mir einen Klaps und führte mich zum anderen Ende des Decks, wo uns niemand hören konnte. Dann fragte er mit leiser Stimme:

»Wie geht es deiner Herrin? Gestern nacht habe ich wieder von ihr geträumt. Sag mir, geht es ihr gut? Wie geht es ihren kleinen Waisen? Was für ein liebevolles Herz sie hat, welche Schönheit! Ganz Theben verehrt sie. Wo immer ich hinkomme, höre ich ihren Namen, der sich scharf wie ein Speer in meine Brust bohrt.«

»Bald werden es zwei sein, die du lieben kannst«, sagte ich, und er starrte mich offenen Mundes an, wie jemand, der plötzlich all seiner Sinne beraubt ist. »Es war nicht nur der Chamsin, der an jenem Abend in den Grabstätten von Taras über euch hereingebrochen ist.«

Er schloß mich so fest in die Arme, daß mir schier die Luft wegblieb. »Was soll dieses Rätsel? Drück dich deutlich aus, sonst werfe ich dich in den Fluß. Was sagst du da, du alter Gauner? Treib keine Scherze mit mir!«

»Die edle Frau Lostris trägt ein Kind von dir. Sie schickt mich, es dir zu sagen, damit du der erste bist, der es erfährt, noch vor dem König«, berichtete ich atemlos. »Und jetzt laß mich los, bevor ich Schaden davontrage.« Er ließ mich so plötzlich fahren, daß ich tatsächlich fast über Bord gefallen wäre.

»Mein Kind! Mein Sohn!« rief er. Mich erstaunte, welche Einigkeit zwischen den beiden herrschte, was das Geschlecht des armen kleinen Wesens betraf. »Welch ein Wunder! Das ist ein Geschenk von Horus.« Für Tanus stand in diesem Augenblick fest, daß es auf der ganzen Welt noch nie einen Mann gegeben hatte, der Vater geworden war.

»Mein Sohn!« Er schüttelte verwundert den Kopf und lächelte wie ein Schwachkopf. »Meine Frau und mein Sohn! Ich muß sofort zu ihnen gehen.« Er war schon im Begriff fortzueilen, und ich mußte meine sämtlichen Überredungskünste aufbieten, um ihn daran zu hindern. Schließlich ging ich mit ihm in die nächste Schenke am Fluß, um auf das Kind zu trinken. Zum Glück weilten bereits einige von den Blauen Krokodilen dort. Ich bestellte und bezahlte für sie einen Krug des besten Weines, den die Schenke zu bieten hatte. Es waren auch Männer aus anderen Regimentern dort, und alles deutete darauf hin, daß es zu einer Schlägerei kam, denn Tanus war in ausgelassener Stimmung, und bei den Blauen Krokodilen bedurfte es keiner großen Ermunterung, damit sie sich in den Kampf stürzten.

Ich begab mich geradewegs von der Schenke zum Palast, und Pharao zeigte sich erfreut, mich zu sehen. »Ich wollte gerade nach dir schicken, Taita. Ich bin zu dem Schluß gekommen, daß wir mit den Eingangstoren zu meinem Tempel zu sparsam umgegangen sind. Ich möchte etwas Großartigeres ...«

»Pharao!« rief ich. »Großes und göttliches Ägypten! Ich bringe wunderbare Nachrichten. Die Göttin Isis hat das Versprechen, das sie dir gegeben hat, gehalten. Dein Herrscherhaus wird ewig bestehen. Die Weissagung der Labyrinthe von Amun-Re wird sich erfüllen. Der rote Mond meiner Herrin ist unter den Hufen des mächtigen Bullen Ägyptens vergangen! Die edle Frau Lostris trägt deinen Sohn!«

Auf einmal waren alle Gedanken an Begräbnisse und Tempelbauten aus Pharaos Geist verschwunden, und genauso wie Tanus wollte er auf der Stelle zu ihr eilen. Angeführt vom König, liefen wir durch die Gänge des Palastes, ein ganzer Strom von Edelmännern und Höflingen, turbulent wie der Nil bei Hochwasser. Meine Herrin erwartete uns im Garten des Harems. Mit der natürlichen Klugheit einer Frau hatte sie alles so geschickt vorbereitet, daß ihre Schönheit in vollem Glanz erstrahlte. Sie saß auf einer niedrigen Bank zwischen Blumenbeeten, den breiten Strom im Rücken. Einen Augenblick glaubte ich, der König würde sich vor ihr auf die Knie werfen, aber selbst die Aussicht auf Unsterblichkeit konnte ihn nicht dazu bewegen, sich so weit gehen zu lassen und seine Würde aufs Spiel zu setzen.

Statt dessen bestürmte er sie mit Glückwünschen, schmeichelnden Worten und besorgten Fragen nach ihrer Gesundheit. Und die ganze Zeit über starrte er fasziniert auf ihren Bauch, aus dem das Wunder nach angemessener Frist zutage treten würde. Schließlich fragte er sie: »Mein liebes Kind, gibt es irgend etwas, das dir zu deinem Glück fehlt? Gibt es etwas, das ich tun kann, um dir diese schwierige Zeit ein wenig angenehmer zu machen?«

Und wieder einmal mußte ich meine Herrin zutiefst bewundern. Sie hätte bestimmt einen großen General oder einen tüchtigen Kaufmann abgegeben, denn ihr Gespür für den geeigneten Zeitpunkt war unfehlbar. »Hoheit, Theben ist die Stadt meiner Geburt. Nirgendwo sonst in Ägypten könnte ich glücklicher sein. Ich bitte dich, erlaube mir in deiner Großzügigkeit und deinem Verständnis, deinen Sohn hier in Theben zu gebären. Bitte, schick mich nicht zurück nach Elephantine.«

Ich hielt die Luft an, denn der Standort des Hofes war eine Staatsangelegenheit von höchster Bedeutung. Von einer Stadt in die andere umzuziehen war eine Entscheidung, die das Leben Tausender Menschen beeinflußte; man traf sie nicht aus einer zufälligen Laune heraus – geschweige denn der Laune eines Kindes folgend, das noch nicht einmal sechzehn Jahre zählte.

Verblüfft kratzte Pharao seinen falschen Bart. »Du möchtest in Theben sein? Gut denn, so wird der ganze Hof nach Theben umziehen!« Er wandte sich zu mir. »Taita, entwirf mir einen neuen Palast.« Dann sah er wieder zu meiner Herrin. »Sollen wir ihn drüben am Westufer bauen, meine Liebe?« Er wies hinüber zur anderen Seite des Flusses.

»Am Westufer ist es angenehm kühl und sehr hübsch«, stimmte meine Herrin zu. »Ich werde dort über die Maßen glücklich sein.«

»Am Westufer, Taita. Spare an nichts bei deinem Entwurf. Es muß ein Palast für Pharaos Sohn werden. Sein Name wird Memnon sein, Herrscher der anbrechenden Zeit. Wir werden den neuen Bau Palast von Memnon nennen.«

So mühelos brachte es meine Herrin zustande, mir einen ganzen Berg Arbeit aufzuladen und den König an die Forderungen, die im Namen des Kindes in ihrem Leib noch zahlreich folgen sollten, zu gewöhnen. Von diesem Augenblick an konnte ihr Pharao nie mehr auch nur das Geringste abschlagen, ob es sich nun um Titel oder Auszeichnungen für all jene handelte, die ihr lieb und teuer waren, um Almosen für jene, die sie unter ihren Schutz gestellt hatte, oder um seltene exotische Speisen, die selbst aus den entferntesten Winkeln des Reiches für sie herbeigeschafft wurden.

Einmal war sie zugegen, als Tanus dem König über die Schlachtordnung der ägyptischen Flotte Bericht erstattete. Meine Herrin verhielt sich still, bis Tanus geendet hatte und wieder gegangen war, dann sagte sie mit völlig ruhiger Stimme: »Wie ich höre, ist der edle Herr Tanus der beste General, den wir haben. Glaubst du nicht, daß es klug wäre, göttlicher Gemahl, ihn mit dem Großlöwen von Ägypten auszuzeichnen und die Truppen im Norden seinem Befehl zu unterstellen?« Wieder verschlug mir ihre Kühnheit die Sprache, aber Pharao nickte nachdenklich.

»Dieser Gedanke ist mir auch schon durch den Kopf gegangen, meine Liebe, wenngleich der edle Herr Tanus eigentlich noch zu jung ist für dieses hohe Amt.«

Am darauffolgenden Tag wurde Tanus zur königlichen Audienz bestellt, aus der er als Großlöwe von Ägyten und Befehlshaber des nördlichen Flügels der Armee zurückkehrte. Der alte General, den er ablöste, wurde mit einer beträchtlichen Menge Goldes abgefunden. Von nun an befehligte Tanus dreihundert Galeeren und fast dreißigtausend Mann; er war auf den Listen der Armee an die vierte Stelle gerückt, nur Nembet und zwei andere Greise standen ihrem Rang nach noch über ihm.

»Der edle Herr Tanus ist ein stolzer Mann«, erklärte mir meine Herrin, gerade so, als sei mir diese Tatsache völlig unbekannt. »Wenn du ihm je verraten solltest, daß ich bei seiner Beförderung die Hand im Spiel hatte, werde ich dich an den erstbesten syrischen Händler verkaufen, der mir über den Weg läuft«, verkündete sie mit drohender Stimme.

Und ihr Bauch, der früher so weich und wohlgeformt gewesen war, rundete sich mehr und mehr. Neben allen meinen anderen Pflichten hatte ich nun noch ein tägliches Bulletin über den Fortschritt der Dinge herauszugeben – nicht nur an den Palast, sondern auch an das Hauptquartier der Armee im Norden.

Ich begann mit dem Bau des Palastes von Memnon fünf Wochen, nachdem Pharao mich damit beauftragt hatte, denn so lange hatte ich gebraucht, um die Pläne auszuarbeiten. Beide, meine Herrin und der König, stimmten darin überein, daß meine Pläne ihre Erwartungen noch übertrafen und daß es das bei weitem schönste Bauwerk im ganzen Land werden würde.

Am selben Tag, an dem mit den Bauarbeiten begonnen wurde, legte ein Blockadebrecher, dem es gelungen war, sich an der Flotte des roten Thronräubers im Norden vorbeizustehlen, mit einer Fracht Zedernholz aus Byblos in Theben an. Der Kapitän war ein alter Freund von mir und überbrachte mir aufregende Neuigkeiten.

Als erstes berichtete er mir, daß der Herr Intef in der Stadt Gaza gesehen worden sei. Es hieß, er sei mit einer großen Leibwache nach Osten unterwegs. Folglich mußte es ihm gelungen sein, die Wüste Sinai zu durchqueren, oder er hatte ein Schiff gefunden, welches ihn durch die Nilmündung und dann an der Küste des großen Meeres entlang ostwärts gebracht hatte.

Der Kapitän hatte noch andere Nachrichten, welche mir zu jenem Zeitpunkt ohne Bedeutung schienen, später jedoch das Schicksal Ägyptens und unser aller Schicksal, die wir am Ufer des großen Flusses lebten, bestimmen sollten. Wie es schien, war aus einem unbekannten Land östlich von Syrien ein neuer und kriegerischer Stamm gekommen, der alles, was sich ihm in den Weg stellte, niedermachte. Niemand wußte Näheres über dieses kriegerische Volk, außer daß es eine Form der Kriegsführung entwickelt hatte, wie man sie bis dahin nicht kannte. Sie waren fähig, in kürzestes Zeit gewaltige Entfernungen zu überwinden, und sie ließen sich von keiner Armee aufhalten.

Wilde Gerüchte über neue Feinde, die unser Ägypten bestürmten, gab es stets. Ich hatte schon an die fünfzig gehört, die ähnlich klangen, und ich muß sagen, daß ich auch auf diesen Bericht nicht viel mehr gab als auf all die anderen zuvor. Dennoch erwähnte ich es Tanus gegenüber, als ich ihm das nächste Mal begegnete.

»Niemand kann diesen geheimnisvollen Feind aufhalten?« Tanus lächelte. »Ich würde ihn gern gegen meine Männer antreten sehen, dann könnte ich ihm zeigen, was es wirklich bedeutet, unschlagbar zu sein. Wie, sagtest du, heißen sie, diese großen Krieger, die so schnell sind wie der Wind?«

»Es heißt, sie nennen sich Hirtenkönige«, erwiderte ich, »Hyksos.« Dieser Name wäre mir bestimmt nicht so glatt über die Lippen gegangen, hätte ich damals schon geahnt, welche Bedeutung er für unsere Welt gewinnen würde.

»Die Hirten, wie? Nun, sie werden feststellen müssen, daß meine Burschen keine Herde sind, die leicht zu hüten ist.« Damit schob er den Gedanken an jenen Feind einfach beiseite und wollte nur noch die Neuigkeiten über den Herrn Intef hören. »Wenn wir genau wüßten, wo er sich aufhält, würde ich ein paar Männer losschicken, um ihn einzufangen und zurückzubringen, damit er seiner gerechten Strafe zugeführt werden kann. Wo immer ich auf dem Besitz meiner Familie auch den Fuß hinsetze, überall spüre ich den Geist meines Vaters neben mir. Ich weiß, daß er nicht ruhen wird, bis ich ihn gerächt habe.«

»Wenn das so einfach wäre«, sagte ich und schüttelte den Kopf. »Intef ist gerissen wie ein Wüstenfuchs. Ich glaube nicht, daß wir ihn in Ägypten jemals wieder zu Gesicht bekommen werden.« Den dunklen Göttern muß es eine heimliche Freude gewesen sein, mich das sagen zu hören.

Während die Schwangerschaft meiner Herrin ihren Fortgang nahm, bestand ich darauf, daß sie mehr der Ruhe pflegte, als sie es bisher getan hatte. Ich untersagte ihr, die Hospitäler oder das Waisenhaus zu besuchen, aus Angst, daß sie sich und ihr ungeborenes Kind an dem Gift und den Krankheiten der Armen anstecken könnte. Während der heißen Stunden des Tages nötigte ich sie, in dem Pavillon, den ich für den Großwesir im Wassergarten errichtet hatte, zu ruhen. Als sie sich über die Langeweile dieser erzwungenen Untätigkeit beklagte, schickte Pharao seine Musiker in den Garten, damit sie für sie spielten, und ich mußte gar meine Arbeit am Palast von Memnon unterbrechen, um ihr Gesellschaft zu leisten, um ihr Geschichten zu erzählen und um mit ihr über Tanus' neueste Heldentaten zu sprechen.

Ich achtete streng auf ihre Diät und erlaubte ihr weder Wein noch Bier. Ich ließ von den Palastgärtnern täglich frisches Obst und Gemüse bringen und schnitt jedes Stückchen Fett von dem Fleisch, das sie aß, denn ich wußte, daß das Kind in ihrem Leib davon träge würde. Ich bereitete jede ihrer Mahlzeiten selbst zu, und am Abend mischte ich ihr, wenn ich sie in ihr Schlafgemach geleitete, einen besonderen Trunk aus Kräutern und Säften.

Als der Tag ihrer Niederkunft nahte, lag ich nachts wach und machte mir Sorgen. Ich hatte dem König einen Prinzen versprochen, aber er würde nicht damit rechnen, daß sein leiblicher Erbe schon so bald eintraf. Selbst ein Gott kann die Tage ab dem ersten des Festes von Osiris zählen. Ich war machtlos, wenn das Kind eine Prinzessin wurde, aber ich konnte Pharao wenigstens auf ihr vorzeitiges Eintreffen vorbereiten.

Pharao war inzwischen von solcher Wißbegier, was die Vorgänge um Schwangerschaft und Geburt betraf, daß es seiner Besessenheit von Tempeln und Grabmälern in nichts nachstand. Nahezu täglich mußte ich ihm versichern, daß die schmalen Hüften der edlen Frau Lostris einer normalen Geburt nicht hinderlich waren und daß ihr zartes Alter nicht etwa schadete, sondern das erfolgreiche Gelingen unseres Vorhabens geradezu begünstigte.

Ich ergriff die Gelegenheit, ihn über die wissenswerte und dennoch wenig bekannte Tatsache in Kenntnis zu setzen, daß viele große Athleten, Krieger und weise Männer der Geschichte das Licht der Welt vorzeitig erblickt hatten.

»Ich glaube, Hoheit, daß es eher wie bei einem Faulpelz ist, der am liebsten im Bett liegenbleibt und auf diese Weise seine ganze Kraft verschwendet, während alle großen Männer ohne Ausnahme Frühaufsteher sind. Ich habe bemerkt, daß du, göttlicher Pharao, immer schon vor Sonnenaufgang auf den Beinen bist. Es würde mich nicht überraschen zu erfahren, daß du ebenfalls eine Frühgeburt warst.« Ich wußte zwar, daß dies nicht zutraf, aber natürlich konnte er mir nicht widersprechen. »Es wäre ein höchst vorteilhafter Umstand, wenn dein Prinz seinem Erzeuger nacheifern und vorzeitig dem Leib seiner Mutter entschlüpfen würde.«

Ich hoffte, es nicht übertrieben zu haben, aber wie es schien, hatte ich den König mit meiner Beredsamkeit überzeugt.

Am Ende jedoch erwies sich das Kind als ausgesprochen entgegenkommend, indem es seine Ankunft um ganze zwei Wochen hinausschob, und ich unterließ es tunlichst, die Sache zu beschleunigen. Der tatsächliche Zeitpunkt lag so, daß keinerlei Gerüchte aufkommen konnten, während Pharao mit einer Frühgeburt gesegnet war, die ihm so wünschenswert erschien.

Es überraschte mich überhaupt nicht, daß die Wehen meiner Herrin zu höchst unpassender Stunde einsetzten. Das Wasser brach während der dritten Nachtwache aus. Es war nie ihre Angewohnheit gewesen, mir die Dinge allzu leicht zu machen. Wenigstens hatte ich so einen plausiblen Grund, die Sache selbst in die Hand zu nehmen, ohne die Dienste einer Hebamme in Anspruch nehmen zu müssen, denn zu diesen häßlichen alten Weibern mit dem schwarzen verkrusteten Blut unter ihren langen, eingerissenen Fingernägeln hatte ich nur wenig Vertrauen.

Nachdem sie einmal begonnen hatte, brachte die edle Frau Lostris alles auf die übliche schnelle und sichere Art zu Ende. Ich hatte kaum Zeit, ganz zu mir zu kommen, meine Hände in heißem Wasser zu reinigen und meine Instrumente in der Flamme der Lampe zu segnen, da begann sie auch schon zu stöhnen und sagte: »Ich glaube, es ist besser, du schaust noch einmal nach, Taita. Es fühlt sich an, als regte sich etwas.« Obwohl ich wußte, daß es noch lange nicht an der Zeit war, tat ich ihr den Gefallen. Aber dann genügte ein Blick, und ich rief nach den Sklavinnen.

»Rasch, beeilt euch, ihr faulen Dirnen! Holt die königlichen Frauen!«

»Welche denn?« Das erste Mädchen, das meine Rufe gehört hatte, kam halbnackt und noch ganz schläfrig in die Kammer gestolpert.

»Alle, alle zusammen.« Ein Prinz konnte die Doppelkrone nur erben, wenn er unter Zeugen geboren wurde und in aller Form bestätigt war, daß man ihn nicht ausgetauscht hatte.

Die königlichen Frauen begannen eben einzutreffen, da zeigte sich das Kind zum erstenmal. Meine Herrin wurde am ganzen Körper von einem mächtigen Krampf erfaßt, und dann kam die Schädeldecke des Kindes zum Vorschein. Ich hatte schon befürchtet, daß sie von einem Büschel rotgoldener Locken bedeckt sein würde, aber was ich zu sehen bekam, war ein dickes dunkles Fell wie das eines Flußotters. Erst sehr viel später änderte sich die Farbe, und die schwarzen Locken glänzten rötlich wie polierte Granatäpfel, aber auch nur, wenn die Sonne sie beschien.

»Pressen!« forderte ich meine Herrin auf. »Du mußt kräftig pressen!« Und sie tat es. Ihre jungen Beckenknochen dehnten sich und öffneten dem Kind den Weg nach draußen. Das Kind schoß heraus wie ein Stein aus der

Wurfschleuder, so daß mir der kleine glitschige Körper fast aus den Händen gerutscht wäre.

Bevor ich es richtig festhalten konnte, hatte sich meine Herrin schon auf die Ellbogen gestützt. Das Haar klebte ihr schweißnaß am Kopf, und ihr Gesicht war vor Angst verzerrt. »Ist es ein Junge? Sag es mir! Sag es mir!«

Die königlichen Frauen, die sich um das Bett versammelt hatten, waren Zeuge, wie das Kind seine allererste Handlung vollzog, nachdem es in unsere Welt gekommen war. Aus einem Glied, das so lang war wie mein kleiner Finger, spritzte Prinz Memnon, der erste dieses Namens, einen Strahl fast bis hinauf zur Decke. Ich stand direkt im Weg dieses warmen Stroms, und er durchnäßte mich bis auf die Haut.

»Ist es ein Junge?« rief meine Herrin erneut, und ein Dutzend Stimmen antwortete ihr im Chor.

»Ein Junge! Heil, Memnon, königlicher Prinz von Ägypten!«

Ich war stumm vor Freude und Erleichterung, als er zornig und wütend seinen ersten Schrei ausstieß.

Er fuchtelte mit den Armen und strampelte so heftig, daß ich ihn beinahe wieder losgelassen hätte. Als ich meine Freudentränen getrocknet hatte, erblickte ich endlich den kräftigen schlanken Körper und den kleinen stolzen Kopf mit dem dichten dunklen Haar.

Ich habe längst vergessen, wie viele Kinder ich auf die Welt gebracht habe, aber auf das, was ich nun erlebte, war ich nicht vorbereitet. Ich fühlte so viel Liebe und Ergebenheit, wie ich es nie für möglich gehalten hätte. Ich wußte, daß in diesem Augenblick etwas begonnen hatte, das ein Leben lang aushalten und mit jedem Tag stärker werden würde. Ich wußte, daß mein Leben wieder eine neue Wendung genommen hatte und daß nichts mehr so sein würde, wie es gewesen war.

Als ich die Schnur zerschnitt und das Kind badete, war ich von fast religiöser Ehrfurcht erfüllt; es war ein Gefühl, wie ich es noch nie in einer der heiligen Stätten der vielfältigen Götter Ägyptens erlebt hatte. Ich labte meine Augen und meine Seele an diesem vollkommenen kleinen Körper und an dem roten Gesichtchen, in das die Zeichen von Stärke und dickköpfigem Mut ebenso deutlich eingegraben waren wie in die Gesichtszüge seines wahren Vaters.

Ich legte den Jungen seiner Mutter in den Arm, und als er ihre geschwollene Brustwarze gefunden und sich wie ein Leopard an der Kehle einer Gazelle daran festgesaugt hatte, blickte meine Herrin zu mir auf. Ich brachte keinen Ton heraus, aber für das, was zwischen uns vorging, gab es keine Worte. Wir wußten es beide. Es war so wunderbar, daß keiner von uns es zu fassen vermochte. Ich überließ sie der Freude an ihrem Sohn und begab mich zum König, um ihm zu berichten. Ich hatte keine Eile, denn ich wußte, daß die Neuigkeit längst zu ihm vorgedrungen war. Die königlichen Frauen waren nicht gerade verschwiegen. Ich nahm sogar an, daß er sich bereits auf dem Weg in den Harem befand.

Von einem traumgleichen Gefühl der Unwirklichkeit erfüllt, schlenderte ich durch den Wassergarten. Es dämmerte schon, und der Sonnengott Amun-Re schob den Rand seiner feurigen Scheibe über die östlichen Hügel. Ich sprach flüsternd ein Dankesgebet. Während ich erhobenen Blicks dastand, flogen Palasttauben über den Garten. Sie zogen einen Kreis, und als sie zurückkamen, fielen Sonnenstrahlen auf ihre Flügel, so daß sie wie Juwelen am Himmel funkelten.

Dann sah ich hoch über dem kreisenden Schwarm einen dunklen Fleck, und selbst aus dieser Entfernung wußte ich ihn sofort zu deuten. Es war ein wilder Falke, der aus der Wüste gekommen war. Er faltete seine spitzen Flügel nach hinten zusammen und setzte zum Sturzflug an. Er hatte sich den Leitvogel im Taubenschwarm ausgesucht, und sein Sturzflug endete tödlich genau und unerbittlich. Als er auf die Taube traf, wirbelten Federn auf wie eine Wolke aus blassem Rauch, und der Vogel war noch in der Luft tot. Ein Falke hält immer an seiner Beute fest und läßt sich mit ihr, sie mit den Krallen umklammernd, zu Boden sinken.

Diesmal war es anders. Der Falke tötete die Taube, öffnete dann jedoch die Krallen und ließ sie los. Der tote Körper des Vogels fiel frei durch die Luft, und der Falke kreiste mit einem gellenden Schrei über meinem Kopf. Dreimal vollzog er einen Kreis, und dreimal stieß er diesen durchdringenden, kriegerischen Schrei aus. Drei ist eine der mächtigsten Zauberzahlen; mir war klar, daß es sich um kein natürliches Ereignis handelte. Der Falke war ein Bote, vielleicht sogar der Gott Horus in veränderter Gestalt.

Die Taube fiel vor meinen Füßen zu Boden, ihr warmes Blut tropfte auf meine Sandalen. Ich wußte, daß es ein Zeichen Gottes war. Ein Zeichen für seinen Schutz und für seine Schirmherrschaft über den kleinen Prinzen. Ich wußte auch, daß es eine Aufforderung an mich war. Der Gott gab den Prinzen in meine Obhut.

Ich hob die Taube auf und streckte die Arme gegen den Himmel. »Freudig akzeptiere ich das Vertrauen, das du in mich gesetzt hast, o Horus. Ich werde es bis ans Ende meiner Tage nicht enttäuschen.«

Noch einmal stieß der Falke einen letzten wilden Schrei aus, dann segelte er mit einem schnellen kurzen Flügelschlag davon, flog hinaus über den breiten Fluß und verschwand in der Wildnis, kehrte zurück zu den westlichen Gärten des Paradieses, wo die Götter leben.

Ich zupfte eine einzelne Feder aus dem Flügel der Taube. Später legte ich sie im Bett des Prinzen unter die Matratze, damit sie ihm Glück brachte.

Pharaos Freude und Stolz waren grenzenlos. Seinem Erben zu Ehren rief er zu einem Fest auf. Eine ganze Nacht lang sangen und tanzten die Menschen von Oberägypten auf den Straßen, labten sich an dem Fleisch und dem Wein, die Pharao ihnen gegeben hatte, und segneten Prinz Memnon mit jedem Schluck, der durch ihre Kehle rann. Der Umstand, daß er der Sohn der edlen Frau Lostris war, die sie alle liebten und verehrten, ließ die Freude über seine Geburt ins Unermeßliche wachsen.

Meine Herrin war so jung und kräftig, daß sie schon nach wenigen Tagen wieder von ihrem Lager aufstehen und mit dem Kind an ihrer Brust vor dem ägyptischen Hof erscheinen konnte. Auf dem niedrigeren Thron, unter dem des Königs, gab sie das lieblichste Bild junger Mutterschaft ab. Als sie ihr Gewand öffnete und ihre von der Milch geschwollene Brust heraushob, um sie vor dem versammelten Hofstaat ihrem Kind zum Trinken zu geben, klatschten alle und jubelten so laut, daß das Kind erschrak, die Warze ausspuckte und die hohen Herrn und Frauen mit hochrotem zornigem Gesicht anbrüllte. Und der ganze Staat schloß den Knaben im selben Augenblick ins Herz.

»Er ist ein Löwe«, hieß es. »In seinem Herzen fließt das Blut von Königen und Kriegern.«

Nachdem sich der Prinz etwas beruhigt hatte und friedlich saugte, erhob sich Pharao, um zu uns, seinen Untertanen, zu sprechen.

»Ich erkenne dieses Kind als mein eigenes und als die Fortsetzung der direkten Linie meines Blutes und meiner Erbfolge an. Er ist mein erstgeborener Sohn und wird nach mir Pharao sein. Euch edlen Herrn und Frauen, meinem ganzen Volk, vertraue ich Prinz Memnon an.«

Die Jubelrufe wollten kein Ende nehmen, denn niemand wagte es, als erster aufzuhören.

Ich befand mich mit anderen Dienern und Sklaven auf einer der oberen Galerien, von wo aus man die Halle überblickte. Wenn ich den Kopf reckte, konnte ich die hochgewachsene Gestalt des edlen Herrn Tanus sehen. Er stand in der dritten Reihe unter dem Thron, neben Nembet und den anderen Befehlshabern der Armee. Obwohl er mit ihnen jubelte, konnte ich in seinem offenen Gesicht lesen, was er zu verbergen suchte. Sein Sohn wurde von einem anderen für sich in Anspruch genommen, und er konnte nichts tun, um es zu verhindern. Selbst ich, der ich ihn so gut kannte und verstand, konnte nur ahnen, welche Qualen er litt.

Schließlich ordnete der König Ruhe an und fuhr fort: »Ich vertraue euch auch die Mutter des Prinzen an, die edle Frau Lostris. Jeder soll wissen, daß sie meinem Thron jetzt am nächsten ist. Von heute an ist sie in den Rang der ersten Gemahlin und der ersten Frau von Pharao erhoben. Von nun an wird sie den Namen Königin Lostris tragen und in der Rangfolge gleich hinter dem König und seinem Prinzen stehen. Sie wird die Regentschaft innehaben, bis der Prinz volljährig ist, und wird, falls ich dazu nicht fähig bin, an meiner Stelle Oberhaupt des Volkes sein.«

Ich glaube nicht, daß es im ganzen Oberen Königreich auch nur eine einzige Seele gab, die meine Herrin nicht geliebt hätte – abgesehen vielleicht von einigen königlichen Frauen, die es nicht vermocht hatten, dem König einen männlichen Erben zu schenken, und sich nun von ihr überrundet fühlten. Alle anderen bekundeten ihre Liebe durch den tosenden Beifall, mit dem sie Pharaos Erklärung aufnahmen.

Zum Zeichen, daß die Zeremonie der Namensgebung für Pharaos Erben beendet sei, verließ die königliche Familie den Saal. Im Haupthof des Palastes bestieg Pharao den Staatsschlitten und ließ sich, Königin Lostris an seiner Seite und den Prinzen in ihren Armen, von einem Gespann weißer Ochsen durch die Straße von Rams zum Tempel Osiris ziehen, um dem Gott ein Opfer darzubringen. Zu beiden Seiten der heiligen Straße standen viele hundert Bürger von Theben. Mit lauter Stimme jubelten sie dem König und der Königin und ihrem neugeborenen Prinzen zu, um ihnen ihre Verehrung und ihre Liebe zu bekunden.

Als ich an jenem Abend mit ihr und dem Kind allein war, flüsterte sie mir zu: »Ach, Taita, hast du Tanus in der Menge gesehen? Welch ein Tag der widersprüchlichen Gefühle, der Freude und des Kummers das war! Ich hätte weinen mögen um meine Liebe. Er war so groß und kühn, und er mußte mit ansehen und hören, wie ihm sein Sohn weggenommen wurde. Am liebsten wäre ich mitten in dem Gewühl aufgesprungen und hätte gerufen: ›Dies ist der Sohn von Tanus, dem edlen Herrn Harrab, und ich liebe sie beide.‹«

»Ich bin für uns alle sehr froh, Hoheit, daß es dir ausnahmsweise einmal gelungen ist, deine vorlaute Zunge im Zaum zu halten.«

Sie kicherte. »Es hört sich wirklich sonderbar an, wenn du mich so nennst. Hoheit – ich komme mir vor wie eine Betrügerin.« Sie legte den Prinzen von der einen Brust an die andere, und durch die Bewegung stieß er an beiden Enden seines winzigen Körpers eine Luftblase aus, die an Volumen und Resonanz wahrhaft königlich war.

»Es ist offensichtlich, daß er in einem Windsturm gezeugt wurde«, bemerkte ich, und sie kicherte wieder, stieß jedoch gleich darauf einen besorgten Seufzer aus.

»Mein lieber Tanus wird niemals diese lauschigen Augenblicke mit uns teilen können. Ist dir eigentlich klar, daß er Memnon bis jetzt noch nicht einmal im Arm gehalten hat und daß er es möglicherweise niemals tun kann? Ich glaube, ich muß schon wieder weinen.«

»Nimm dich zusammen, Herrin. Wenn du weinst, könnte deine Milch sauer werden.« Eine Warnung, die nicht der Wahrheit entsprach, die aber die von mir erhoffte Wirkung erzielte. Lostris schluckte ihre Tränen tapfer herunter.

»Gibt es denn keine Möglichkeit, Tanus an unserer Freude teilhaben zu lassen?«

Ich sann eine Weile darüber nach, und dann machte ich ihr einen Vorschlag, welchen sie mit einem freudigen Aufschrei begrüßte.

Am nächsten Tag, als Pharao seinen Sohn besuchen kam, setzte die Königin meinen Vorschlag sogleich in die Tat um. »Lieber und göttlicher Gemahl, hast du schon bedacht, wen Prinz Memnon zum Vormund haben soll?«

Pharao lachte nachsichtig. »Er ist noch so klein. Sollte er nicht erst einmal gehen und sprechen lernen, bevor er sich in anderen Dingen übt?«

»Ich meine, man sollte seine Lehrer schon jetzt ernennen, damit sie Gelegenheit haben, ihn kennenzulernen, und er sie.«

»So sei es denn.« Der König lächelte und setzte das Kind auf seine Knie. »Wen schlägst du vor?«

»Für seine Wissensbildung benötigen wir einen unserer großen und weisen Gelehrten. Jemanden, der alle Wissenschaften und Geheimnisse kennt.«

Der König zwinkerte schelmisch. »Ich kenne niemanden, auf den diese Beschreibung zutreffen würde«, sagte er und lächelte mir zu. Das Kind hatte Pharaos Stimmung vollkommen verändert. Seit Memnons Geburt war er gelöst und heiter, und einen Augenblick erwartete ich, daß er auch mir zuzwinkern würde. Doch dazu ließ er sich bei aller Freude nicht hinreißen.

Unbeirrt fuhr die Königin fort. »Weiterhin benötigen wir einen Soldaten, der sich mit den Kriegskünsten und dem Gebrauch von Wagen auskennt, damit er ihn zum Krieger ausbilden kann. Ich glaube, er sollte jung und aus gutem Hause sein. Vertrauenswürdig und der Krone treu ergeben.«

»Wen schlägst du für diese Stellung vor, meine Liebe? Es gibt unter meinen Soldaten nur sehr wenige, die all diese Werte in sich vereinen.« Ich glaube nicht, daß in Pharaos Frage eine List verborgen war, doch meine Herrin war nicht dumm. Sie neigte anmutig den Kopf und erwiderte: »Der König ist weise. Er weiß, welcher seiner Generäle am besten für diese Rolle geeignet ist.«

Gleich bei der nächsten Versammlung des Hofes benannte der König die künftigen Lehrmeister des Prinzen. Der Sklave und Arzt Taita sollte für Memnons Ausbildung und Erziehung verantwortlich sein. Das überraschte kaum jemanden, aber als der König weitersprach, ging ein Raunen durch den Saal: »Für seine Ausbildung an den Waffen und die Unterweisung in der Kunst der Kriegsführung wird der Großlöwe von Ägypten, der edle Herr Harrab, verantwortlich sein.« Folglich gehörte es von nun an zu den Pflichten des edlen Herrn Harrab, wenn er nicht an einem Feldzug teilnahm, den Prinzen am Anfang einer jeden Woche aufzusuchen.

Während meine Herrin darauf wartete, daß ihre Gemächer in dem neuen Palast, den ich jenseits des Flusses errichtete, fertiggestellt wurden, war sie aus dem Harem in einen Flügel des Palastes gezogen, der dem Großwesir gehört hatte und von dem aus man auf die Wassergärten sah, welche ich einst für ihren Vater angelegt hatte. Das war ihrem neuen Stand als erste königliche Frau und Gemahlin angemessen. Die wöchentliche Audienz, die Prinz Memnon für seine künftigen Lehrer gab und bei der auch Königin Lostris zugegen war, fand im Pavillon statt. Häufig nahmen auch eine Reihe Beamte oder Höflinge daran teil, und gelegentlich traf auch Pharao mit seinem gesamten Gefolge ein, so daß wir erheblichen Zwängen unterworfen waren.

Aber hin und wieder waren wir vier auch unter uns. Als sich dies zum erstenmal ergab, legte Königin Lostris den Prinz in die Arme seines Vaters, und ich war Zeuge der ungebändigten Freude, mit der Tanus in das Gesicht seines Sohnes sah. Memnon nutzte die Gelegenheit, die Uniform seines Vaters zu zerreißen, aber auch das konnte Tanus nicht dazu bewegen, ihn loszulassen.

Von jenem Tag an hoben wir uns jedes besondere Ereignis im Leben des Kindes für Tanus' Besuche bei uns auf. Tanus war es, der ihn zum erstenmal mit einem Löffel Brei fütterte, und der Prinz war über diesen ungewohnten Vorgang derart verblüfft, daß er das Gesicht verzog und den beleidigenden Brei ausspuckte. Dann brüllte er lauthals nach der Milch seiner Mutter. Königin Lostris nahm ihn auf den Schoß und gab ihm, unter den faszinierten Blicken von Tanus, die Brust. Plötzlich streckte Tanus den Arm aus und zog die Brustwarze aus dem kleinen Mund. Diesen Scherz fanden weder der Prinz noch ich sonderlich gelungen. Memnon verlieh seinem Zorn lautstarken Ausdruck, während ich vor Schreck erstarrte. Entsetzt malte ich mir aus, was geschehen mochte, wenn Pharao plötzlich erschien und den Großlöwen von Ägypten antraf, wie er Hand an die königliche Brust legte.

Als ich völlig zu recht Einspruch erhob, wies meine Herrin mich zurecht: »Sei kein prüder alter Mann, Taita. Wir gönnen uns doch nur einen kleinen unschuldigen Spaß.«

»Spaß, ja. Aber ob er so unschuldig ist, wie du tust, sei dahingestellt«, murmelte ich, denn ich hatte die Gesichter der beiden gesehen, wie sie bei dieser Berührung geglüht hatten. Ihre Leidenschaft lag wie ein Gewitter in der Luft. Ich wußte, daß sie nicht mehr lange würden an sich halten können und daß selbst Tanus' starkes Gefühl für Pflicht und Ehre am Ende dieser großen Liebe weichen mußte.

Am selben Abend besuchte ich den Tempel von Horus und brachte ein großzügiges Opfer dar. Dann betete ich und flehte den Gott an: »Möge die Weissagung der Labyrinthe bald in Erfüllung gehen, denn sie können gegen ihre Liebe nichts tun. Sie wird Tod und Schande über uns alle bringen.«

Manchmal scheint es für die Menschen angebracht, nicht ins Schicksal eingreifen zu wollen. Unsere Gebete können auf eine Weise beantwortet werden, die wir weder erwarten noch begrüßen.

Ich war der Leibarzt des Prinzen, aber in Wahrheit hatte er kaum ärztliche Fürsorge nötig. Er besaß die gleiche unerschöpfliche Gesundheit und frühreife Stärke wie sein Vater. Sein Appetit und seine Verdauung waren beispielhaft. Alles, was man ihm in den kleinen Mund schob, wurde mit löwenhafter Wildheit heruntergeschlungen und kam unfehlbar in der gewünschten Form und Festigkeit wieder zutage.

Er schlief ohne Unterbrechung, und wenn er erwachte, verlangte er schreiend seine Mahlzeit. Wenn ich ihm einen Finger hinhielt, beobachtete er ihn aus seinen großen dunklen Augen, verfolgte, wie er sich hin und her bewegte, und sobald er in seine Reichweite kam, packte er ihn und versuchte sich daran hochzuziehen. Das gelang ihm früher als jedem anderen Kind, das ich gekannt hatte. Er richtete sich auf und kroch herum, in einem Alter, da andere Kinder gerade halbwegs sitzen konnten. Er tat seine ersten schwankenden Schritte zu einem Zeitpunkt, da andere Kinder gerade erst mit dem Krabbeln begannen.

An jenem bemerkenswerten Tag war Tanus zurückgekommen. Er hatte in den vergangenen zwei Monaten einen Feldzug geführt, denn die Streitkräfte des roten Thronräubers hatten Asjut eingenommen. Diese Stadt war ein Angelpunkt, um den sich unsere gesamte nördliche Verteidigung drehte, und Pharao hatte Tanus mit seiner Flotte den Fluß hinuntergeschickt, um die Stadt zurückzuerobern.

Erst viel später erfuhr ich von Kratas, wie schrecklich die Schlacht gewesen war, aber am Ende hatte Tanus die Mauern eingerissen und an der Spitze seiner geliebten Blauen Krokodile die Stadt gestürmt. Unter blutigen Verlusten vertrieben sie den falschen Pharao aus der Stadt und bis weit hinter seine eigenen Grenzen zurück.

Der Dank des Königreiches war Tanus sicher. Pharao legte ihm eine weitere Kette um den Hals, das Heldengold, und zahlte an alle Truppen, die ihm geholfen hatten, diesen Sieg zu erringen, den anstehenden Sold.

Tanus kam gleich vom König zum Pavillon im Wassergarten, wo wir ihn erwarteten. Während ich am Tor Wache hielt, umarmten Tanus und meine Herrin einander mit dem Feuer, das hell gelodert hatte, während sie getrennt waren. Schließlich mußte ich sie auseinanderbringen, denn diese Umarmung konnte nur in eine Richtung führen.

»Edler Herr Tanus«, rief ich scharf, »Prinz Memnon wird ungeduldig!« Zögernd ließen sie voneinander ab, und Tanus ging zu dem Knaben, der nackt auf einer Decke aus Schakalhäuten lag, die ich im Schatten für ihn ausgebreitet hatte. Tanus ließ sich vor ihm auf die Knie nieder.

»Sei gegrüßt, Königliche Hoheit. Ich bringe dir die Nachricht vom Triumph unserer Waffen...« scherzte Tanus liebevoll, und Memnon krähte glücklich, als er seinen Vater erkannte. Doch dann fiel sein Blick auf die funkelnde Goldkette. Mit einem einzigen kräftigen Satz sprang er auf und ging taumelnd vier Schritte vorwärts, um die Kette zu packen und sich mit beiden Händen daran festzuhalten.

Wir klatschten ihm Beifall zu dieser Tat, und Memnon, der sich weiter an der Kette festhielt, strahlte uns an und genoß unsere Bewunderung.

»Bei den Flügeln von Horus, er ist genauso gierig nach dem gelben Metall wie du, Taita«, sagte Tanus lachend.

»Es ist nicht das Gold, das ihn anzieht, sondern sein Erwerb«, erklärte meine Herrin. »Eines Tages wird auch er das Heldengold auf seiner Brust tragen.«

»Daran darfst du nie zweifeln!« Tanus schwenkte den Jungen durch die Luft, und Memnon kreischte vor Vergnügen und strampelte mit den Beinen, um Tanus anzuzeigen, daß das wilde Spiel nie enden solle.

So schienen die Fortschritte, die das Kind machte, für Tanus und mich den Wechsel der Jahreszeiten zu markieren, genauso sicher wie das Steigen und Fallen des Flusses. Und das Leben meiner Herrin kreiste allein um diese kurzen Spannen, die sie mit dem Kind und dem Mann allein war. Die Zeiten zwischen Tanus' Besuchen wurden meiner Herrin unerträglich lang, und das Zusammensein verging ihr wie im Fluge.

In jenem Sommer zeitigte die Überschwemmung so günstige Auswirkungen, wie wir sie bei der Zeremonie der Wasser in Elephantine vorausgesagt hatten. Als die Flut zurückging, glitzerten die Felder unter ihrer neuen Decke aus schwarzem Schlamm. Und diese ward bald von grünen Getreidestengeln und Früchten bedeckt. Als der Prinz seine ersten Schritte in aufrechter Haltung tat, waren die Kornspeicher von Ägypten bis an den Rand gefüllt, und selbst die Vorratskammern der Ärmsten quollen über. Am Westufer des Flusses nahm der Palast von Memnon allmählich Formen an, und der Krieg im Norden nahm einen günstigen Verlauf. Die Götter waren uns wohlgesonnen und lächelten auf Pharao und sein ganzes Reich herab.

Nicht zufriedenstellend war jedoch, daß die beiden Liebenden, auch wenn sie sich nahe genug waren, um einander zu berühren, durch eine Kluft voneinander getrennt waren, die breiter war als das Tal, in welchem wir lebten. Beide schalten mich, unabhängig voneinander, zu zahlreichen Gelegenheiten wegen der Weissagung der Labyrinthe von Amun-Re, als hätte es in meiner Macht gestanden, die Erfüllung meiner Geschichte herbeizuführen. Es half nichts, wenn ich sie darauf hinwies, daß ich nur der Spiegel war, der die Zukunft zeigte, und nicht ein Spieler, der die Steine auf dem Bao-Brett des Schicksals zurechtrückte.

Das alte Jahr verging, und der Fluß schwoll wieder an und vollzog so den ewigen Kreislauf. Es war die vierte der Fluten, welche ich in den Labyrinthen geschaut hatte. Und wie meine beiden Schützlinge erwartete auch ich, daß meine Vision in Erfüllung ging, bevor die Jahreszeit um war. Als das nicht geschah, grollten meine Herrin und Tanus mir ernstlich.

»Wann werde ich endlich frei sein, um zu Tanus gehen zu können?« fragte Königin Lostris und seufzte. »Du mußt etwas unternehmen, Taita.«

»Das solltest du nicht mir, sondern den Göttern sagen. Ich kann zu ihnen beten, mehr kann ich nicht tun.«

Es verging noch ein weiteres Jahr, und nichts geschah, und selbst Tanus wurde bitter. »Ich habe so viel Vertrauen in dich gesetzt, daß ich mein künftiges Glück allein auf dein Wort aufgebaut habe. Ich schwöre dir, Taita, wenn du nicht bald etwas unternimmst...« Er verstummte und starrte mich an. Die Drohung war um so größer, als sie nicht ausgesprochen wurde.

Und es verging noch ein Jahr, und ich begann selbst, den Glauben an meine Geschichte zu verlieren.

Prinz Memnon war fast fünf Jahre alt und seine Mutter einundzwanzig, als ein Kundschafter aus dem Norden uns die Nachricht überbrachte.

»Das Delta ist gefallen. Der rote Thronräuber ist tot. Das Untere

Königreich steht in Flammen. Die Städte Memphis und Avaris sind zerstört, die Tempel bis auf die Grundmauern verbrannt und die Bilder der Götter eingerissen«, berichtete er, noch atemlos, dem König. Pharao erwiderte: »Das ist unmöglich. Ich würde diese Nachricht gern glauben, aber ich kann es nicht. Wie konnte das ohne unser Wissen geschehen? Der Thronräuber besaß große Macht, seit mehr als fünfzehn Jahren ist es uns nicht gelungen, ihn zu bezwingen. Wie soll das nun an einem einzigen Tag gelungen sein, und wer soll es getan haben?«

Der Botschafter zitterte vor Angst und Erschöpfung, denn er hatte eine beschwerliche Reise hinter sich. Zudem war ihm bekannt, wie man in Theben mit den Überbringern verheerender Nachrichten zu verfahren pflegte. »Der rote Thronräuber wurde vernichtet, noch ehe er sein Schwert ziehen konnte. Seine Streitmacht war zerschlagen, noch ehe zum Kampf geblasen wurde.«

»Wie konnte das geschehen?«

»Göttliches Ägypten, das weiß ich nicht. Es heißt, aus dem Osten sei ein neuer und schrecklicher Feind gekommen; er sei schnell wie der Wind, und kein Volk könne seinem Zorn entkommen. Obwohl wir ihn nie zu Gesicht bekommen haben, befindet sich unsere Armee auf dem Rückzug von den Grenzen im Norden. Nicht einmal die Mutigsten wollen bleiben, um ihm entgegenzutreten.«

»Wer ist dieser Feind?« fragte Pharao, und zum erstenmal hörten wir Angst in seiner Stimme.

»Man nennt ihn den Hirtenkönig. Hyksos.«

Tanus und ich hatten uns einst über diesen Namen lustig gemacht. Wir sollten es nie wieder tun.

Pharao berief seinen Kriegsrat zu einer geheimen Beratung ein. Später erfuhr ich von Kratas, über was verhandelt worden war. Tanus hätte den Eid der Verschwiegenheit, den er abgelegt hatte, niemals gebrochen, nicht einmal mir oder meiner Herrin gegenüber. Aber es gelang mir trotzdem, alles zu erfahren, denn Kratas, dieser liebenswerte, polternde Einfaltspinsel war meinen Listen nicht gewachsen.

Tanus hatte Kratas in den Rang eines Führers von Zehntausend erhoben und das Regiment der Blauen Krokodile seinem Befehl unterstellt. Das Band zwischen ihnen war noch immer so fest und beständig wie eine Grabsäule aus Granit. So durfte Kratas als Regimentskommandant im Kriegsrat sitzen, und wenn er auch wegen seines niedrigen Rangs nicht das Wort ergreifen durfte, so gab er doch alles, was gesprochen wurde, getreulich an mich und meine Herrin weiter.

Der Rat war in zwei Lager zerfallen – hier die Alten mit Nembet an ihrer Spitze und dort das frische Blut, dessen Anführer Tanus war. Unglücklicherweise waren die alten Männer von größerem Einfluß und zwangen allen anderen ihre veralteten Ansichten auf.

Tanus wollte den größten Teil unserer Streitkräfte von der Grenze abziehen und entlang des Flusses Verteidigungsstellungen errichten. Gleichzeitig hatte er vor, Spähtrupps auszusenden, die den geheimnisvollen Feind auskundschaften sollten. Wir hatten in allen Städten des Nordens Spione, doch aus unerfindlichen Gründen waren bislang keinerlei Berichte von ihnen zu uns gelangt. Und Tanus wollte soviel wie möglich über den Feind in Erfahrung bringen, bevor er seine Streitkräfte in die Schlacht schickte.

Nembet und seine Anhänger lehnten jeden Vorschlag ab, den Tanus machte. Der alte Admiral hatte Tanus die Demütigung, die er ihm zugefügt hatte, als er einst das Staatsschiff vor der Zerstörung rettete, nie verziehen.

»Dadurch werden wir keine Elle unseres heiligen Bodens zurückgewinnen. Dieser Vorschlag zeugt von Feigheit. Wir werden uns dem Feind dort stellen, wo wir ihn antreffen, und ihn vernichten. Wir werden nicht erst mit ihm tanzen und liebäugeln wie eine Schar Bauerngänse.«

»Edler Herr!« rief Tanus, den es empörte, als feige hingestellt zu werden. »Nur ein Narr, und zwar ein alter Narr, würde eine Entscheidung treffen, bevor er die Tatsachen kennt. Wir besitzen nicht die geringste Kenntnis, nach der wir unser Vorgehen ausrichten können . . .«

Es war vergeblich, die höheren Dienstränge setzten sich am Ende durch. Tanus wurde sofort in den Norden geschickt, um den Rückzug der Armee aufzuhalten und sie neu zu ordnen. Er sollte die Grenze halten und an den Grenzsteinen Stellung beziehen. Man verbot ihm sogar den Rückzug wenigstens bis zur Hügelkette von Asjut, einer natürlichen Verteidigungslinie mit einer zweiten, den Stadtmauern, dahinter. Die Flotte und die Truppen der nördlichen Armee mit dreihundert Kriegsschiffen wurden seinem unmittelbaren Befehl unterstellt.

Inzwischen sollte Nembet die restliche Armee heranführen, selbst die Regimenter von der südlichen Grenze zum Land Kusch. Sobald Nembet diese Streitkräfte nach Norden zu Tanus geführt hatte, würde eine unschlagbare Armee, bestehend aus sechzigtausend Mann und vierhundert Galeeren, vor Asjut liegen. Bis dahin hatte Tanus die Grenze um jeden Preis zu verteidigen.

Nembet schloß mit einem ausdrücklichen Befehl. »Der edle Herr Harrab wird ersucht, seine gesamten Streitkräfte an der Grenze zu belassen. Überfälle oder Erkundungszüge in den Norden sind ihm untersagt.«

»Edler Herr Nembet, diese Befehle machen mich blind und machtlos. Sie berauben mich jeder Möglichkeit, die Schlacht besonnen und wirkungsvoll zu führen«, wandte Tanus vergeblich ein. Nembet schnaubte zufrieden, weil er sich gegen den jungen Mann durchgesetzt und eine Möglichkeit gefunden hatte, sich zu rächen. Von derart kleinlichen menschlichen Regungen hängt das Schicksal ganzer Völker ab.

Pharao selbst bekundete die Absicht, seinen regelmäßigen Platz an der Spitze seiner Armee einzunehmen. Seit tausend Jahren schon war der Pharao auf dem Schlachtfeld dabeigewesen, wann immer die entscheidenden Schlachten der Geschichte ausgetragen wurden. Obwohl ich den Mut des Königs bewundern mußte, wünschte ich, daß er sich nicht gerade diesen Augenblick ausgesucht hätte, um ihn unter Beweis zu stellen. Pharao Mamose war kein großer Krieger, und seine Anwesenheit würde unsere Aussichten auf einen Sieg bestimmt nicht verbessern. Vielleicht war es gut für die Haltung der Krieger, wenn sie ihn in seinem Wagen erblickten, aber dafür würden er und sein Troß dem edlen Herrn Tanus eher hinderlich als förderlich sein.

Der König würde nicht allein an die vorderste Front im Norden reisen. Der gesamte Hof würde ihn begleiten, einschließlich seiner Hauptfrau und seines Sohns. Die Königin aber mußte ihr Gefolge mit sich führen und Prinz Memnon seine Lehrer, und so würde auch ich in den Norden, nach Asjut und an die vordersten Linien der Schlacht gehen.

Je weiter wir nach Norden gelangten, desto zahlreicher und erschreckender waren die Meldungen und Gerüchte, die von der Front über unsere Ruhe und Gelassenheit hereinbrachen. Während der Reise kam Tanus mehrfach zu uns an Bord, vorgeblich um mit mir zu sprechen. Aber er verbrachte auch immer eine ganze Weile mit dem Prinzen und seiner Mutter. Ich habe nie viel davon gehalten, der Armee Frauen in die Schlacht folgen zu lassen. Sie sind im Frieden wie im Krieg eine wunderbare Ablenkung – selbst einem Krieger von Tanus' Kaliber konnte es geschehen, daß er darüber sein eigentliches Ziel aus den Augen verlor.

Bald schon trafen wir auf erste Anzeichen der sich zurückziehenden Armee, verstreute Gruppen von Fahnenflüchtigen, die Dörfer ausplünderten, während sie sich entlang des Flußufers in Richtung Süden bewegten. Ohne auch nur einen einzigen Augenblick zu zögern, ließ Tanus mehrere Hundert von ihnen köpfen, ihre Köpfe auf Speere spießen und als warnendes Beispiel entlang des Ufers aufpflanzen. Die restlichen las er auf und stellte unter zuverlässigen Offizieren neue Truppen aus ihnen zusammen. Von da an floh keiner mehr.

Unsere Flotte kam zu der mit einer Schutzmauer umgebenen Stadt Asjut, die direkt am Fluß liegt. Entgegen von Befehlen von Nembet ließ Tanus eine kleine Truppe von fünftausend Mann unter dem Befehl von Remrem zurück. Dann zogen wir weiter nach Norden, um unsere Stellungen an der Grenze zu beziehen und auf das Eintreffen des sagenumwobenen Hirtenkönigs zu warten.

Die Flotte lag in Schlachtformation quer über dem Fluß, aber auf den Schiffen war nur eine kleine Restmannschaft zurückgeblieben. Die meisten Männer waren mit den Fußtruppen von Bord gegangen und am Ostufer des Flusses ausgeschwärmt.

Ich überredete Pharao, meiner Herrin und dem Prinzen zu erlauben, daß sie an Bord des großen und bequemen Staatsschiffs blieben, auf dem sie gekommen waren. Draußen auf dem Wasser war es kühler, und sie würden schneller fliehen können, falls unsere Armee in Kämpfe verwikkelt wurde.

Der König ging mit den Soldaten an Land und errichtete sein Lager auf der Anhöhe über den überschwemmten Feldern, nahe dem verlassenen Dorf Abnub.

Die Wasser des Nils hatten schon einige Wochen vor unserem Eintreffen in Abnub begonnen abzulaufen, und obwohl die Bewässerungskanäle noch immer bis an den Rand gefüllt und die Felder mit schwarzem Schlamm überzogen waren, hatte sich der Fluß schon wieder zwischen seine festen Ufer zurückgezogen. Im Rahmen der Einschränkungen, die Nembet ihm auferlegt hatte, traf Tanus alle nur möglichen Vorbereitungen, um der Bedrohung zu begegnen. Die Regimenter bezogen ihre Stellung und schlugen die Lager auf. Die Flotte stand unter dem Befehl von Astes; Tanus selbst hatte die Mitte unter sich, deren linke Flanke auf dem Nil vor Anker lag, während Kratas den rechten Flügel befehligte. Gelb und drohend reichte die Wüste nach Osten bis zum Horizont. Keine Armee konnte in dieser glühenden, dürren und öden Wildnis leben. Sie war unsere unbezwingbare rechte Flanke.

Alles, was wir von den Hyksos wußten, war, daß sie auf dem Landwege waren und keine eigene Flotte besaßen. Tanus erwartete sie an Land, um mit den Fußtruppen gegen sie anzutreten. Er wußte, daß er die Hyksos daran hindern konnte, den Fluß zu überqueren, und so mußte es ihm gelingen, sie auf einem Schlachtfeld seiner eigenen Wahl zu stellen. Abnub war dafür nicht der beste Ort, aber diese Entscheidung hatte Nembet ihm abgenommen.

Unter Tanus' Befehl standen dreißigtausend der besten Krieger Ägyptens. Noch nie hatte ich eine so große Streitmacht gesehen. Und ich bezweifelte, daß jemals zuvor eine Armee von solcher Größe im Niltal versammelt war. Und bald würde Nembet mit weiteren dreißigtausend eintreffen.

Ich konnte mir einfach keinen Feind vorstellen, der mächtig genug gewesen wäre, uns zu besiegen. Es waren zwölftausend Bogenschützen mit blankpolierten Lederhelmen und gepolsterten Brustschildern aus Leder, an denen jeder Pfeil abprallen würde, wenn er nicht aus kürzester Entfernung abgeschossen wurde. Es waren achttausend Speerwerfer, mit langen Schilden aus Nilpferdhäuten, hart und fest wie Bronze. Und zehntausend Schwertträger mit Kappen aus Leopardenhaut waren zusätzlich mit Schleudern bewaffnet, deren Steine auf fünfzig Schritt Entfernung einen Schädel zertrümmerten.

Dennoch war ich besorgt, weil wir noch immer so wenig über die Hyksos und ihre Streitmacht wußten. Ich machte Tanus darauf aufmerksam, daß ihm der Kriegsrat verboten hatte, Spähtrupps an Land auszusenden, daß aber nichts von Schiffen gesagt worden war, die diese Aufgabe übernahmen.

»Du hättest Rechtsgelehrter werden sollen«, sagte Tanus lachend, »du verdrehst die Wörter, wie es dir gerade paßt.« Aber er befahl Hui, mit einem einzelnen Geschwader schneller Galeeren nach Norden bis Minich zu fahren – oder wenigstens so weit, bis er auf den Feind traf. Es war derselbe Hui, den wir in Gallala gefangengenommen hatten und der zu Bastis Würgern gehört hatte. Tanus hatte ihn unter seine Obhut genommen, und inzwischen befehligte er ein ganzes Geschwader Galeeren.

Hui hatte strengen Befehl, jeder unmittelbaren Berührung mit dem Feind auszuweichen und innerhalb von vier Tagen zurückzukommen und Bericht zu erstatten. Pflichtgemäß kehrte er am vierten Tag zurück. Er hatte Minich erreicht, ohne ein anderes Schiff entdeckt zu haben und ohne auf irgendwelchen Widerstand gestoßen zu sein. Die Dörfer entlang des Flusses waren alle verlassen, und auch Minich war ausgeplündert und stand in Flammen.

Allerdings hatte Hui einige Flüchtlinge aus der Armee des falschen Pharao gefangengenommen. Es waren die ersten Augenzeugen der Invasion der Hyksos, die wir vernehmen konnten, aber keiner von ihnen hatte je selbst gegen den Hirtenkönig gekämpft. Sie waren alle vor ihm geflohen, und ihre Berichte waren so hergeholt und unvollständig, daß sie völlig unglaubwürdig klangen.

Wie sollten wir an das Vorhandensein einer Armee glauben, die schnell wie der Wind auf Schiffen durch die Wüste kam? Nach dem, was wir von unseren Gefangenen wußten, waren die Staubwolken, die über dieser seltsamen Flotte hingen, so groß, daß sie alles einhüllten und bei der Armee, die sie erwartete, Angst und Schrecken auslösten.

»Das sind keine Menschen«, berichteten die Gefangenen, »es sind böse Geister aus der Unterwelt, die auf Teufelswinden aus der Wüste geritten kommen.«

Nachdem Tanus die Gefangenen ausgiebig befragt und festgestellt hatte, daß auch glühende Kohlen auf ihren Köpfen nichts an ihren Erzählungen änderten, ließ er sie alle hinrichten. Er wollte um keinen Preis, daß diese wilden Geschichten die Runde machten und in unserer Armee, die eben erst neuen Mut gefaßt hatte, Unruhe stifteten.

Am zehnten Tag nach unserem Eintreffen in Abnub erreichte uns die Nachricht, daß Nembet mit seinen Truppen auf dem Weg zu uns war und innerhalb der nächsten zwei Wochen in Asjut sein würde. Es war wunderbar zu sehen, wie diese Nachricht auf unsere Männer wirkte. Mit einem Schlag verwandelten sie sich von Spatzen in Adler. Tanus ließ zur Feier des Tages besonders viel Bier und Fleisch austeilen, und die Kochfeuer in der Ebene von Abnub funkelten wie tausend Sterne am Himmel. Der köstliche Duft von gebratenem Lammfleisch erfüllte die Nacht, und das Geräusch der lachenden und singenden Stimmen verstummte erst mit der letzten Wache.

Ich hatte meine Herrin mit ihrem Sohn auf dem Schiff zurückgelassen und war Tanus' Aufforderung gefolgt und an Land gekommen. Er wollte, daß ich an seinem Kriegsrat teilnahm. »Du bist ein unerschöpflicher Brunnen voll Ideen und Weisheiten, alter Schurke. Vielleicht kannst du uns sagen, wie wir eine Flotte versenken sollen, die übers trockene Land gefahren kommt?«

Unsere Beratungen dauerten bis weit nach Mitternacht, und ich konnte diesmal nur sehr wenig von Wert beitragen. Es war schon zu spät, um noch aufs Schiff zurückzukehren, und so überließ Tanus mir eine Schlafmatte in der Ecke seines Zeltes. Wie gewöhnlich erwachte ich vorm Morgengrauen, aber Tanus lag nicht in seinem Bett, und im Lager war schon Bewegung. Ich schämte mich meiner Trägheit und lief schnell hinaus, um zu beobachten, wie die Morgendämmerung über der Wüste heraufzog.

Ich kletterte auf die Anhöhe hinter dem Lager. Von dort aus sah ich zuerst hinüber zum Fluß. Der blaue Rauch der Kochfeuer hatte sich am Boden ausgebreitet und mit den Schwaden des Flußnebels vermischt. Die Lichter an Bord der Schiffe spiegelten sich im dunklen Wasser. Es war noch zu dunkel, als daß ich das Schiff, auf dem meine Herrin war, hätte erkennen können.

Dann wandte ich mich nach Osten und sah das Licht wie den matten

Glanz von Austernschalen über der Wüste erscheinen. Es wurde zusehends heller, und die Wüste war sanft und lieblich; die kleinen Hügel und Dünen waren in bläulich-violette und purpurne Schatten getaucht. In der klaren Luft erschien der Horizont so nah, daß ich meinte, ihn mit der ausgestreckten Hand berühren zu können.

Dann erblickte ich die Wolke am Horizont. Sie war nicht größer als meine Daumenspitze, und mein Blick wanderte darüber hinweg und dann wieder zu ihr zurück. Ich mußte eine ganze Weile genau hinsehen, bevor mir klar wurde, daß sie sich bewegte.

»Wie merkwürdig«, murmelte ich. »Vielleicht das Aufziehen eines Chamsins.« Aber es war nicht die richtige Jahreszeit dafür; auch hatte die Luft sich nicht mit den bösen Kräften aufgeladen, welche für gewöhnlich die heißen Wüstenwinde ankündigten. Der Morgen war kühl und heilsam.

Noch während ich darüber nachgrübelte, breitete sich die Wolke in der Ferne immer weiter aus. Die untere Seite der Wolke befand sich am Boden, nicht darüber, und doch war sie zu schnell und zu groß, um irdischer Herkunft zu sein. Ein Vogelschwarm konnte sich vielleicht so schnell fortbewegen, ein Heuschreckenschwarm in dieser Größe in den Himmel steigen, doch dies war etwas anderes.

Die Wolke war von ockergelber Farbe, zuerst konnte ich gar nicht glauben, daß es Staub sein sollte. Ich hatte schon miterlebt, wie die Spießböcke mit ihren krummen Hörnern bei ihren jährlichen Wanderungen zu Hunderten durch die Dünen galoppierten, aber nie hatten sie eine solche Staubwolke erzeugt. Es hätte Rauch von einem Feuer sein können, aber dort draußen in der Wüste gab es nichts zu verbrennen. Es mußte Staub sein, wenngleich ich es noch immer nicht glauben mochte. Langsam wurde die Wolke größer und kam immer näher, während ich ihr voller Staunen entgegenblickte.

Plötzlich sah ich am Boden der sich auftürmenden Wolke ein Licht aufblitzen. Und augenblicklich hatte ich wieder die Vision aus den Labyrinthen von Amun-Re vor Augen. Ich wußte, daß die Lichtblitze das Funkeln von Waffen und polierten Bronzeklingen war. Ich sprang auf und schrie, allein auf der Hügelspitze stehend, eine Warnung in den Wind, die niemand hörte.

Dann schallten von unten im Lager die Kriegshörner zu mir herauf. Die Posten auf der Anhöhe hatten die Staubwolke gleichfalls gesehen und Alarm geschlagen. Das Geräusch der Hörner war Teil dessen, was ich geschaut hatte. Ihre eindringliche Warnung schrillte in meinen Ohren und drohte meinen Kopf zu sprengen, sie brachte mein Blut in Wallung und breitete sich mit Eiseskälte in meinem Herzen aus. Ich wußte, daß an diesem schicksalsreichen Tag eine Dynastie zu Ende gehen würde und daß die Heuschrecken aus dem Osten unser jetziges Ägypten mit Haut und Haaren verschlingen würden. Furcht erfüllte mich und Entsetzen, als ich meiner Herrin und des Kindes gedachte, die ein Teil dieser Dynastie waren.

Im Lager unten brach Tumult aus, als die Männer zu den Waffen eilten. Ihre Rüstung glitzerte, und die Spitzen ihrer Speere funkelten, wenn sie sie hoch über dem Kopf schwangen. Wie Bienen aus einem umgestürzten Bienenstock schwärmten sie in wilden Scharen in alle Richtungen aus. Das Gebrüll der Offiziere und ihre Befehle gingen im Geschmetter der Kriegshörner fast unter.

Ich sah, wie man Pharao aus seinem Zelt in die Mitte eines Kreises bewaffneter Männer trug. Eilig wurde er den Hügel hinaufgetragen, wo man seinen Thron zwischen die Felsen stellte, damit er von dort die Ebene und den weiten Flußbogen überblicken konnte. Sie hoben ihn auf den Thron, gaben ihm Krummstab und Wedel in die Hand und setzten ihm die große Doppelkrone aufs Haupt. Wie eine Marmorstatue saß Pharao mit aschgrauem Gesicht auf seinem Thron, während unter ihm seine Regimenter ihre Stellung bezogen. Tanus hatte sie gut vorbereitet, und aus dem anfänglichen erschrockenen Durcheinander war schnell Ordnung geschaffen.

Ich eilte die Anhöhe hinunter, um in der Nähe des Königs zu sein, und als ich am Fuße des Throns anlangte, hatten sich Tanus' Trupps bereits aufgestellt. Die Armee lag in der Ebene wie eine große geringelte Schlange, die nur darauf wartete, dieser brodelnden gelben Staubwolke Einhalt zu gebieten.

Tanus hatte seine Streitmacht in der bewährten überlieferten Formation aufgestellt. In den ersten Reihen standen die stämmigen Speerwerfer. Ihre Schilde waren aneinander befestigt und die Speere mit der Spitze nach oben in den Boden gerammt. Die Bronzespitzen der Speere glitzerten im ersten Sonnenlicht, und die Männer wirkten ruhig und ernst. Hinter ihnen standen die Bogenschützen, die Bogen gespannt. Hinter jedem Mann stand ein Junge mit dem Köcher und ganzen Bündeln von Pfeilen. Im Getümmel der Schlacht würden sie die Pfeile des Feindes auflesen und damit ihre eigenen Vorräte wieder auffüllen. Die Schwertträger standen noch weiter hinten bereit, Truppen, die schnell nach vorn kommen konnten, um einen Durchbruch des Feindes zu verhindern oder um schwache Stellen in seiner Stellung auszunutzen.

Die Bewegungen in einer Schlacht waren wie die auf einem Bao-Brett. Es gab bewährte Eröffnungszüge mit festgelegten Verteidigungspositionen, die über die Jahrhunderte hinweg erdacht und verbessert worden waren.

Als ich Tanus' Aufstellung betrachtete, konnte ich keinen Fehler daran finden, und mein Vertrauen stieg. Welcher Feind konnte gegen diese mächtigen, erprobten und abgehärteten Krieger und ihren jungen brillanten General ankommen, der noch nie eine Schlacht verloren hatte?

Dann spähte ich noch einmal über unsere Reihen hinaus zu jener geheimnisvollen gelben Wolke, die unaufhaltsam heranrollte, und meine Zuversicht begann sogleich zu schwinden. Das war eine Erscheinung, die über die Erfahrung eines jeden Generals unserer langen und stolzen Geschichte hinausging. Waren das sterbliche Menschen, denen wir gegenüberstanden, oder waren es, wie es gerüchteweise hieß, Teufel?

Die wirbelnde Wolke war bereits so nahe, daß ich zwischen den grauen und trüben Staubschleiern dunkle Umrisse auszumachen vermochte. Meine Haut kräuselte sich in einer Art religiösem Entsetzen, als ich jene schiffsähnlichen Formen erkannte, vor denen uns unsere Gefangenen gewarnt hatten. Aber sie waren kleiner und schneller als jedes Schiff, das je zu Wasser gebracht worden war, schneller als jedes andere Wesen, das sich je über die Oberfläche der Erde bewegt hatte.

Es war schwierig, sie mit dem Auge zu verfolgen, denn sie waren flink wie Motten im Licht einer Laterne. Sie kreisten und wogten und verschwanden in den Wolken, so daß man, wenn sie wieder auftauchten, unmöglich sagen konnte, ob es genau dieselbe oder eine andere war. Man konnte unmöglich ihre Zahl ermessen oder auch nur ahnen, was hinter den ersten Reihen auf ihren Vormarsch folgte, denn die Staubwolke, aus der sie gekommen waren, erstreckte sich bis zum Horizont.

Obwohl unsere eigenen Krieger fest und unbeweglich im Sonnenlicht standen, konnte ich das Staunen und Zittern spüren, das sie alle ergriffen hatte. Die Gespräche unter Tanus' Offizieren waren versiegt, jetzt standen alle nur noch in ehrfürchtigem Schweigen und beobachteten den Feind, der direkt vor uns in Stellung ging.

Dann bemerkte ich, daß die Staubwolke nicht näher auf uns zukam. Sie hing am Himmel und begann sich allmählich zu legen und zu lichten, so daß ich undeutlich die Gefährte der Vorposten erkennen konnte. Aber ich war inzwischen so verwirrt und bestürzt, daß ich nicht zu sagen vermocht hätte, ob es tausend oder mehr waren. Später sollten wir erfahren, daß der Hirtenkönig alle seine Angriffe auf diese Weise eröffnete. Damals wußte ich es noch nicht, aber während dieser Atempause ordneten sie sich neu, stillten ihren Durst und sammelten sich für den endgültigen Angriff.

Langsam lösten sich die Wolken aus Staub auf, und vor unseren Augen enthüllten sich die Fahrzeuge der Hyksos, eine Reihe nach der anderen. Sie waren noch immer zu weit entfernt, als daß man Einzelheiten erkannt hätte; gleichwohl fiel mir sofort auf, daß die weiter hinten stehenden

Fahrzeuge viel größer waren als die, die die Armee anführten. Ich hatte den Eindruck, daß sie mit Leinentüchern oder Leder überdacht waren. Und ich sah, daß einige Männer Gegenstände abluden, die wie große Wasserkrüge aussahen und die sie dann nach vorne trugen. Ich fragte mich, wozu Menschen so große Mengen Wassers brauchen könnten. Alles, was diese Fremden taten, war rätselhaft und ergab keinerlei Sinn für mich.

Das Warten zog sich hin, bis jeder Muskel und jeder Nerv in meinem Körper vor Anstrengung schmerzte. Dann entstand plötzlich Bewegung.

Aus den ersten Reihen der Hyksos lösten sich ein paar der seltsamen Fahrzeuge und bewegten sich auf uns zu. Ein Gemurmel ging durch unsere Reihen, als wir sahen, wie schnell sie waren. Nach der kurzen Ruhepause schien sich ihre Geschwindigkeit verdoppelt zu haben. Die Reihe schloß sich, und dann ging wieder ein Aufschrei durch unsere Armee, denn jedes der Fahrzeuge wurde von einem Paar außerordentlich merkwürdiger Tiere gezogen.

Sie waren so groß wie wilde Ochsen und hatten entlang des gebogenen Nackens genauso eine steife hochstehende Mähne. Aber sie hatten keine Hörner wie die Spießböcke, ihre Köpfe waren eleganter geformt. Sie hatten große Augen und blähten die Nüstern. Ihre Beine waren lang und behuft. Und sie schritten mit einer absonderlichen Geziertheit dahin, wobei sie den Wüstenboden kaum zu berühren schienen.

Selbst heute, nach so vielen Jahren, ist noch das erregende Gefühl in mir lebendig, welches mich beim ersten Anblick eines Pferdes überkam. Neben diesen wunderbaren Tieren verblaßte selbst die Schönheit der Geparden. Doch zugleich fürchteten wir uns vor ihnen, und ich hörte, wie ein Offizier in meiner Nähe rief: »Diese Bestien fressen gewiß Menschenfleisch! Was für abscheuliche Geschöpfe sind das bloß?«

Ein entsetztes Raunen ging durch unsere Reihen, während wir darauf warteten, daß diese Ungeheuer über uns herfielen und uns wie wildgewordene Löwen verschlangen. Aber das vorderste Fahrzeug schwenkte zur Seite und raste vor unserer ersten Reihe an uns entlang. Es bewegte sich auf drehenden Scheiben, die ich voller Verwunderung anstarrte. Im ersten Augenblick war ich über das, was ich sah, so verblüfft, daß sich mein Kopf schlicht weigerte, alles aufzunehmen. Mein erster Blick auf einen Streitwagen war für mich beinahe so bewegend wie der auf die Pferde, die ihn zogen. Zwischen den beiden galoppierenden Tieren befand sich eine lange Stange, die Deichsel, wie ich später erfuhr, die an der Achse befestigt war. Das hohe Trittbrett war mit Blattgold geschmückt, und die Seitenwände waren so niedrig, daß der Bogenschütze seine Pfeile in beide Richtungen abschießen konnte.

All diese Dinge nahm ich mit einem flüchtigen Blick in mir auf, aber dann war meine ganze Aufmerksamkeit auf die sich drehenden Scheiben gerichtet, auf denen der Streitwagen so glatt und schnell über den holprigen Boden fuhr. Seit tausend Jahren hatten wir Ägypter alle anderen Völker der Welt mit unserem Wissen, unseren Künsten und Bauwerken und unseren Göttern weit übertroffen. Aber trotz aller Lehren und Weisheiten hatten wir nie etwas Derartiges erdacht. Unsere Schlitten wühlten sich auf Holzkufen durch den Sand, die Kraft der Ochsen, die sie zogen, war zu großen Teilen vergeudet; und große Gesteinsblöcke beförderten wir über Holzrollen voran, ohne jedoch jemals den nächsten folgerichtigen Gedankenschritt getan zu haben.

Ich starrte gefesselt auf das erste Rad, das mir in meinem Leben begegnete, und als wäre ein Blitz durch meinen Kopf gefahren, wurde mir plötzlich seine Einfachheit bewußt. Ich verstand sofort, wie es arbeitete, und war regelrecht wütend auf mich, weil ich es nicht selbst entdeckt hatte.

Im selben Augenblick wurde mir klar, daß uns diese wunderbare Erfindung genauso besiegen würde, wie sie den roten Thronräuber im unteren Königreich besiegt haben mußte.

Als der goldene Streitwagen vor uns Aufstellung nahm, riß ich mich von diesen wunderbaren drehenden Rädern und den schrecklichen wilden Kreaturen, von welchen sie gezogen wurden, los und betrachtete die beiden Männer, die auf dem Wagen standen. Der eine beugte sich weit über das Spritzbrett und schien die beiden galoppierenden Tiere mit langen verknoteten Lederleinen zu lenken, welche an ihren Köpfen befestigt waren. Der andere Mann, der hinter ihm stand, war größer als er und ein König. Seine gebieterische Haltung ließ keinen Zweifel offen.

Ich erkannte auf den ersten Blick, daß er ein Asiate war, er hatte bernsteinfarbene Haut und eine gebogene Adlernase. Sein dichter schwarzer Bart war quer über dem Brustschild abgeschnitten, gelockt und dicht mit farbigen Bändern verflochten. Seine Rüstung war eine glitzernde Haut aus bronzenen Fischschuppen, und seine Krone war groß und viereckig; das Gold war mit Bildnissen eines fremden Gottes geprägt und mit kostbaren Steinen besetzt. Seine Waffen hingen an der Seitenverkleidung des Streitwagens, dicht bei seinen Händen. Das breite Schwert in einer Scheide aus Leder und Gold hatte einen Griff aus Elfenbein und Silber. Daneben hingen zwei dicke Köcher mit Pfeilen, deren Schäfte bunt befiedert waren. Später erfuhr ich, daß die Hyksos prächtige Farben liebten ... Der Bogen des Königs, der neben ihm in einem Ständer steckte, hatte eine ungewöhnliche Form, wie ich sie noch nie gesehen hatte. Er war nicht einfach gebogen wie unsere ägyptischen Bogen, sondern an seinen beiden Enden zusätzlich nach hinten gekrümmt. Während der Wagen vor unserer Schlachtlinie vorbeijagte, beugte sich der König weit hinaus und stieß einen Speer in den Boden. An seiner Spitze flatterte ein roter Wimpel, und die Männer um mich her murrten vor Bestürzung. »Was tut er da? Was soll der Speer, ist er ein religiöses Zeichen oder eine Herausforderung?«

Ich starrte auf das flatternde Fähnchen, aber meine Sinne waren von all den neuen Dingen verwirrt, und ich wußte nicht, was ich davon halten sollte. Der Streitwagen raste weiter, immer gerade außerhalb der Reichweite eines Bogenschusses, und der gekrönte Asiatenkönig stieß einen weiteren Speer in den Boden. Dann drehte er sich mit seinem Wagen einmal im Kreis und kam zurück. Er hatte Pharao erblickt und hielt unterhalb des Throns an. Die Pferde waren in Schweiß gebadet, an ihren Flanken klebte Schaum, wie Seide sah es aus. Sie rollten wild die Augen und blähten die Nüstern, so daß die rosafarbene Schleimhaut sichtbar wurde. Ihre Köpfe an den langen gebogenen Hälsen nickten, und ihre Mähnen wehten wie die lockigen Haare einer schönen Frau im Sonnenlicht.

Der Hyksos grüßte Pharao Mamose, Sohn von Re, göttlicher Herrscher der beiden Königreiche, möge er ewig leben, mit Verachtung, mit einem flüchtigen und spöttischen Winken der gepanzerten Hand, und lachte. Es war eine klare Herausforderung, die in fließendem Ägyptisch nicht deutlicher hätte vorgebracht werden können. Sein höhnisches Gelächter drang bis zu uns, und in den Reihen des Heeres kam zorniges Gemurmel auf, das wie entferntes Donnergrollen in der Luft lag.

Eine kurze Bewegung unter mir zog meine Aufmerksamkeit auf sich, und als ich hinsah, machte Tanus gerade einen Schritt nach vorn und riß den großen Bogen Lanata hoch. Er schoß einen Pfeil ab, der in hohem Bogen in den milchig-blauen Himmel aufstieg. Der Hyksos war für jeden Pfeilbogen unerreichbar, aber nicht für Lanata. Der Pfeil erreichte den Zenit und fiel wie ein Falke steil nach unten, auf die Brust des asiatischen Königs zu. Die Menschenmenge, die es sah, staunte über die Weite, die Kraft und die Treffsicherheit dieses Schusses. Dreihundert Schritt weit flog der Pfeil, und der Hyksos riß im allerletzten Augenblick seinen Bronzeschild hoch. Es war alles so schnell gegangen, daß wir alle starr waren vor Staunen.

Dann griff der Hyksos-König nach seinem eigenen, seltsam geformten Bogen. Mit einer einzigen Bewegung legte er einen Pfeil ein, spannte und ließ ihn fliegen. Er stieg höher hinauf als Tanus' Pfeil, sanft wie die Flügel einer Gans flog er auf mich zu. Ich blieb wie angewurzelt stehen, und er hätte mich durchbohren können, ohne daß ich auch nur den Versuch gemacht hätte, ihm auszuweichen. Aber er schoß um Armeslänge an meinem Kopf vorbei und bohrte sich unten in Pharaos Thron. Wie eine

Beleidigung blieb er zitternd im Zedernholz stecken, und wieder lachte der Hyksos-König. Dann wendete er mit seinem Wagen und raste quer über die Ebene zu seinem Heer zurück.

Da wußte ich, daß wir dem Untergang geweiht waren. Wie konnten wir uns gegen diese rasend schnellen Wagen und die von hinten gekrümmten Bogen wehren, die so spielend unseren besten Bogenschützen übertrafen? Und ich stand mit meinen düsteren Ahnungen nicht allein. Als die Wagenschwadronen draußen in der Ebene ihre letzten schicksalshaften Vorbereitungen trafen und schließlich in Wellen auf uns zurasten, stieg aus dem Heer der Ägypter ein verzweifeltes Stöhnen auf. Nun verstand ich, warum die Streitkräfte des roten Thronräubers kampflos aufgerieben worden waren, und warum der Thronräuber selbst noch mit dem Schwert in der Scheide gestorben war.

In vollem Lauf verschmolzen die fliegenden Wagen zu Reihen von jeweils vier und jagten direkt auf uns zu. Erst da wurde mein Kopf klar, und ich rannte den Hügel hinunter. Keuchend langte ich bei Tanus an und schrie: »Die Speere mit den Wimpeln! Sie markieren die Schwachstellen in unserer Linie! Genau dort werden sie durchzubrechen versuchen!«

Irgendwoher kannten die Hyksos unsere Schlachtordnung und auch die Lücken darin. Ihr König hatte seine Fähnchen genau zwischen unseren Truppen in den Boden gepflanzt. Schon da dachte ich an einen Spion oder Verräter, aber in der Eile des Augenblicks verwarf ich diesen Gedanken und vergaß ihn schließlich ganz.

Tanus nahm meine Warnung sofort auf, schrie Befehle, und sogleich eilten unsere Vorposten, die Speere mit den Fähnchen aus dem Boden zu ziehen. Aber noch bevor unsere Posten die Fähnchen erreicht hatten, war die Speerspitze der fliegenden Wagen schon über ihnen. Einige Männer wurden von den holpernden, schlingernden Wagen aus mit Pfeilen niedergeschossen. Das Ziel der feindlichen Wagen war ungewiß.

Die Überlebenden rannten zurück, bemüht, sich in die trügerische Sicherheit unserer Linien zu retten. Aber die Wagen rollten einfach über sie hinweg. Die Lenker hatten die Wagen scheinbar mühelos in der Gewalt. Sie fuhren ihre Opfer nicht geradewegs um, sondern zogen in einem kleinen Bogen in weniger als einer Elle Entfernung an ihnen vorbei. Erst da bemerkte ich die Messer. Sie bogen sich von der rotierenden Radnabe nach außen wie die Fangzähne eines unförmigen Krokodils.

Ich sah, wie einer unserer Männer von den herumwirbelnden Klingen erfaßt wurde. In einem einzigen Augenblick schien er sich in eine helle Wolke aus Blut aufzulösen. Die Teile seines verstümmelten Körpers landeten auf dem felsigen Boden, während der Wagen, ohne im mindesten behindert zu sein, weiterraste.

Nun fuhr die geschlossene Wagenreihe krachend in unsere Mauer aus Schilden und Speeren und mitten durch sie hindurch, als wäre sie nichts als zarter Flußnebel. In einem einzigen Augenblick war unsere Formation, die dem Ansturm der besten syrischen und kuschitischen Krieger standgehalten hatte, durchbrochen und zerschlagen.

Die Pferde zertrampelten mit ihren Hufen unsere stärksten und schwersten Männer. Die kreisenden Dolche an den Rädern hackten durch ihre Rüstung und hieben ihnen Köpfe und Gliedmaßen ab, als wären es zarte Weinranken. Und von den hohen Wagen hagelten Pfeile und Wurfspeere auf unsere Krieger herab. Die Wagen durchbrachen alle unsere Reihen, wendeten in einem großen Kreis und rasten dann mit voller Wucht von hinten auf unsere Männer los.

Als unsere Truppen kehrtmachten, um sich diesem Angriff zu stellen, flog aus der freien Ebene eine weitere geschlossene Wagenfront auf sie zu. Der erste Angriff hatte unsere Armee in zwei Hälften geteilt, Tanus von Kratas auf dem rechten Flügel getrennt. Und jeder weitere Ansturm versprengte unsere Reihen noch mehr. Nun waren wir kein einheitliches Ganzes mehr, sondern kleine Truppen von fünfzig oder hundert Mann, die mit dem Mut der Verzweiflung Rücken an Rücken kämpften.

In der Ebene, auf Flügeln aus wirbelndem Staub, jagten die Hyksos in einer endlosen Reihe heran. Hinter den leichten zweirädrigen Streitwagen folgten die schweren Kampfwagen mit vier Rädern, auf welchen immer zehn Mann standen. Diese Wagen waren an den Seiten mit Schaffellen bespannt. Unsere Pfeile blieben wirkungslos in der dicken weichen Wolle stecken, und unsere Schwerter reichten nicht bis hinauf zu den Männern. Diese aber stießen ihre Schwertspitzen von oben in uns hinein und zersplitterten unsere kämpfenden Männer in weitere Häufchen entsetzter Überlebender.

Mir war der Augenblick, da das Zusammentreffen zu einem reinen Gemetzel wurde, deutlich bewußt. Die letzten aus Kratas' Division an unserer rechten Flanke hatten ihre Pfeile verschossen. Die Hyksos erkannten die Hauptleute an ihren Federhelmen und schossen fast jeden von ihnen nieder. Die Männer hatten jetzt weder Waffen noch einen Anführer. Sie warfen ihre Waffen weg und rannten zum Fluß. Aber einem Hyksos-Wagen zu entkommen war nahezu unmöglich.

Die aufgelösten Truppen mischten sich kopflos unter Tanus' Abteilung unterhalb der kleinen Anhöhe, doch die entsetzten Männer behinderten nur den geringen Widerstand, den Tanus noch zu leisten vermochte. Das nackte Entsetzen griff um sich, so daß unsere Linie in der Mitte auseinanderbrach und alle zu fliehen versuchten. Aber die tödlichen Wagen umzingelten sie wie Wölfe eine Herde Schafe.

Inmitten des Tumults der Niederlage hielten allein die Blauen Krokodile noch Ordnung und blieben bei Tanus und der Fahne ihres Regiments. Sie waren eine kleine Insel im großen Strom geschlagener Männer, und selbst die Streitwagen konnten ihnen nichts anhaben. Mit dem Instinkt eines großen Schlachtherren hatte Tanus sie um sich geschart und zu einer Stelle zwischen den Felsen geführt, wohin die Hyksos ihnen nicht zu folgen vermochten. Die Blauen Krokodile bildeten rund um den Thron von Pharao eine starke Mauer.

Weil ich an der Seite des Königs geblieben war, befand ich mich nun inmitten dieses heldenhaften Rings. Ich hatte Mühe, mich auf den Beinen zu halten, denn rings um mich her kämpften die Männer, schwankten, wurden von den Wellen der Schlacht nach vorn und wieder zurückgespült wie Seetang, der sich im Wechsel von Ebbe und Flut an einem Felsen festklammert.

Ich sah, wie Kratas versuchte, sich von seinem aufgelösten rechten Flügel zu uns durchzukämpfen. Sein federgeschmückter Helm zog die Pfeile der Hyksos auf sich; wie Heuschrecken umschwirrten sie seinen Kopf, aber er schaffte es bis zu uns, und wir nahmen ihn in unserer Mitte auf. Als er mich erblickte, lachte er vor Freude. »Bei Seths dampfendem Kot, Taita, das macht doch mehr Spaß, als Paläste für kleine Prinzen zu bauen, oder?«

Er hatte noch nie in dem Ruf gestanden, sonderlich schlagfertig zu sein; auch war ich viel zu sehr damit beschäftigt, mich auf den Beinen zu halten, als daß ich ihm hätte antworten können.

Er begegnete Tanus dicht beim Thron. Kratas lachte und rief begeistert: »Um nichts in der Welt hätte ich das versäumen mögen! Ich will unbedingt einen von diesen Hyksos-Schlitten haben.« Einer der größten Techniker Ägyptens war Kratas auch nicht gerade. Er hielt die Streitwagen noch immer für eine Art Schlitten. Zu mehr reichte seine Vorstellungskraft nicht aus.

Tanus klopfte zur Begrüßung mit der flachen Klinge seines Schwerts gegen seinen Helm, und obwohl er mit leichter Stimme sprach, war sein Gesichtsausdruck grimmig. Er war ein General, welcher soeben eine Schlacht, eine Armee und ein Reich verloren hatte.

»Für heute ist unsere Arbeit getan«, sagte er zu Kratas. »Jetzt wollen wir doch mal sehen, ob diese Hyksos-Ungeheuer genauso gut zu schwimmen vermögen, wie sie laufen können. Zurück zum Fluß!« Schulter an Schulter kamen die beiden zum Thron, wo ich stand.

Ich konnte über ihre Köpfe hinwegsehen, über den Rand unseres kleinen Verteidigungsringes. Hinaus auf die Ebene, wo unsere versprengte Armee von den Streitwagen in Richtung Fluß getrieben wurde.

Ich sah den goldenen Wagen des Hyksos-Königs aus der Formation ausscheren und auf uns zujagen, wobei er unsere Männer unter fliegenden Hufen begrub und mit den glitzernden Radmessern zerfetzte. Kurz vor der Barriere aus Felsblöcken, welche uns beschützten, blieb der Wagen plötzlich stehen. Der Krieger bewegte sich leichtfüßig über die Planken, legte seinen nach hinten gekrümmten Bogen an und zielte genau auf mich; wenigstens schien es mir so. Noch während ich mich duckte, begriff ich, daß der Pfeil nicht mir gegolten hatte. Er flog surrend über meinen Kopf hinweg, und ich richtete mich schnell auf, um ihm nachzusehen. Er traf Pharao oben in die Brust und bohrte sich mit seiner halben Länge in des Königs Fleisch.

Pharao stieß einen heiseren Schrei aus und schwankte auf seinem hohen Thron hin und her. Es war kein Blut zu sehen, denn der Schaft hielt die Wunde verschlossen. Pharao kippte zur Seite und stürzte auf mich zu. Ich breitete die Arme aus, um ihn aufzufangen. Unter seinem Gewicht fiel ich auf die Knie, so daß ich nicht sah, wie der Hyksos-König auf seinem Wagen davonrollte, aber ich hörte sein höhnisches Lachen.

Tanus beugte sich über mich, während ich den König hielt. »Ist er schlimm getroffen?« fragte er.

Der Eintrittswinkel des Pfeils und die Tiefe der Wunde konnte nur das eine bedeuten, aber ich schluckte die Worte hinunter, bevor sie gesprochen waren. Ich wußte, daß unsere Männer der Mut verlassen würde, wenn das große Ägypten getötet war. Deshalb sagte ich: »Er ist schwer verwundet. Aber wenn wir ihn schnell auf sein Schiff zurückbringen, erholt er sich vielleicht wieder.«

»Bringt mir einen Schild!« brüllte Tanus, und als er gebracht war, hoben wir Pharao vorsichtig hoch und legten ihn darauf. Es war noch immer kein Blut zu sehen, doch ich wußte, daß sich seine Brust wie ein Weinkrug füllte. Hastig tastete ich nach der Pfeilspitze, aber sie war nicht aus seinem Rücken ausgetreten. Sie lag tief im Rippenkorb begraben. Ich brach den aus der Brust ragenden Schaft ab und bedeckte den König mit seinem Leinenschal.

»Taita«, flüsterte er. »Werde ich meinen Sohn wiedersehen?«

»Ja, mächtiges Ägypten, das schwöre ich dir.«

»Und meine Dynastie wird weiterbestehen?«

»So, wie die Labyrinthe von Amun-Re es mir gezeigt haben.«

»Zehn starke Männer hierher!« befahl Tanus. Sie versammelten sich um die behelfsmäßige Sänfte und hoben den König hoch.

»Bildet die Schildkröte! Nehmt mich in eure Mitte, Blaue Krokodile!« Die Blauen Krokodile hakten ihre Schilder aneinander fest und bildeten eine geschlossene Wand um den König.

Tanus lief zur Fahne der Blauen Krokodile, welche noch immer in unserer Mitte wehte, und riß sie von ihrer Stange. Er wickelte sich sich um die Hüfte und verknotete die Enden vor seinem Bauch.

»Wenn die Hyksos diese Fahne haben wollen, dann sollen sie kommen und sie sich holen!« schrie er, und seine Männer beklatschten diese unsinnige Geste.

»Jetzt alle zusammen! Zurück zu den Schiffen! Paarweise!«

Im selben Augenblick, da wir den Schutz der Felsen verließen, jagten die Streitwagen auf uns zu.

»Laßt die Männer!« Tanus hatte den Schlüssel gefunden.

»Tötet ihre Bestien!« Als sich der erste Streitwagen näherte, spannte Tanus seinen Lanata. Seine Bogenschützen taten es ihm gleich und schossen alle, seinem Beispiel folgend.

Die Hälfte unserer Pfeile flog vorbei, denn wir liefen über holprigen Boden, und die Bogenschützen waren erschöpft. Andere trafen das Gestell des ersten Wagens, und die Schäfte prallten ab oder bohrten sich ins Holz. Wieder andere prallten von den Bronzeplatten ab, die die Brust der Pferde bedeckten.

Nur ein Pfeil flog genau und richtig. Von dem großen Bogen Lanata flog er singend, den Wind in den Federn, und traf das entferntere Pferd des Gespanns in die Stirn. Die Kreatur stürzte wie ein Fels zu Boden, verwikkelte sich in den Zugriemen und riß ihren Gefährten in einer Wolke aus Staub und um sich schlagenden Hufen zu Boden. Die Wagenlenker wurden durch die Luft geschleudert, als der Wagen sich überschlug, und die anderen Fahrzeuge wichen seitlich aus, um einen Zusammenprall zu vermeiden. Ein Jubelschrei stieg aus unseren Reihen auf, und unsere Schritte wurden schneller. Das war an diesem schrecklichen Tag unser erster Erfolg, und er stärkte und ermutigte unsere kleine Truppe Blauer Krokodile.

»Mir nach, Blaue Krokodile!« schrie Tanus, und dann fing er unglaublicherweise zu singen an. Sofort stimmten seine Männer ein, und gemeinsam sangen sie den Eröffnungschor der Schlachthymne ihres Regiments. Ihre Stimmen waren heiser und rauh vor Durst und Anstrengung, aber es war eine Melodie, die ihnen das Herz höher schlagen ließ und ihr Blut in Wallung brachte. Ich warf den Kopf zurück und sang mit ihnen, und meine Stimme erhob sich rein und klar über die ihren.

»Horus segne dich, mein Vögelchen!« rief Tanus mir zu und lachte, und dann liefen wir eilends zum Fluß. Zum erstenmal an diesem Tag umkreisten uns die Streitwagen mit Vorsicht. Aber dann fuhren drei ihrer Wagen vor unsere Schildkröte und rasten von vorne auf uns los.

»Schießt auf die Köpfe der Tiere!« schrie Tanus und zeigte es seinen

Männern mit einem Pfeil, der ein weiteres Pferd zu Boden riß. Der Wagen überschlug sich und zerbrach auf dem felsigen Boden in Stücke, und dann drehten endlich die anderen Fahrzeuge aus der Gruppe ab und fuhren davon.

Als wir an dem zerschmetterten Wagen vorbeikamen, liefen ein paar von unseren Männern zu den Pferden, welche schrille Schreie ausstießen, um sie zu erstechen. Schon jetzt haßten und fürchteten sie diese Tiere mit einer fast abergläubischen Angst, die sich in ihrer rachsüchtigen Grausamkeit Bahn brach. Sie töteten auch die Wagenlenker, aber nicht mit einer solchen Erbitterung.

Nachdem zwei ihrer Wagen zerstört waren, schienen die Hyksos zu zögern, unsere kleine Gruppe noch einmal anzugreifen, und wir näherten uns schnell dem sumpfigen Land der mit Schlamm bedeckten Felder und überfluteten Abflußgräben. Ich glaube, daß mir zu diesem Zeitpunkt als einzigem klar war, daß uns der Feind auf Rädern nicht in die Sümpfe würde folgen können.

Obwohl ich neben der Bahre des Königs ging, konnte ich durch die Lücken in unseren Reihen die erlöschenden Kämpfe um uns verfolgen.

Wir waren die einzige noch lebende Truppe, die einen Zusammenhalt hatte. Die meisten unserer Krieger hatten ihre Waffen weggeworfen. Wenn einer der Streitwagen auf sie zufuhr, ließen sie sich auf die Knie fallen und erhoben, um Gnade flehend, beide Hände. Doch die Hyksos kannten keine Gnade.

In meinem ganzen Leben hatte ich noch nie ein solches Abschlachten miterlebt. Und noch nie hatte ich in den vielen Berichten über frühere Schlachten etwas Ähnliches gelesen. Die Hyksos metzelten unsere Leute zu Tausenden und Zehntausenden nieder. Das Tal von Abnub glich einem Kornfeld, auf dem Schnitter mit ihren Sicheln ihre Arbeit getan hatten.

Tausend Jahre lang waren unsere Heere unbesiegbar gewesen, und unsere Schwerter hatten überall in der Welt triumphiert. Hier, auf dem Schlachtfeld von Abnub, war ein Zeitalter zu Ende gegangen. Inmitten dieses Blutbads sangen die Blauen Krokodile ihr Lied, und ich sang mit ihnen, obgleich mir Tränen der Scham in den Augen brannten.

Der erste Bewässerungsgraben lag direkt vor uns, als erneut eine Wagenformation direkt auf unsere Flanke einschwenkte und, immer drei nebeneinander, auf uns zuraste. Unsere Pfeile regneten überall auf sie herab, aber sie rückten immer näher, die Pferde keuchten schwer durch ihre offenen roten Mäuler, angetrieben von den schreienden Fahrern. Donnernd rasten die Wagen in unsere Gruppe und zerbrachen die ineinander verhakten Schilde der Schildkröte.

Zwei Männer, die Pharaos Bahre trugen, wurden von den Radmessern in Stücke gehackt, und der verwundete König fiel zu Boden. Ich kniete neben ihm nieder und bedeckte ihn mit meinem eigenen Körper, um ihn vor den Speeren der Hyksos zu schützen, doch die Wagen hielten sich gar nicht bei uns auf. Sie ließen sich nie in einen Kampf verwickeln oder einkreisen, sondern rasten weiter, noch ehe unsere Männer sie mit dem Schwert erreichen konnten.

Tanus packte mich am Arm und riß mich hoch. »Wer soll uns eine Heldenode dichten, wenn du tot bist?« schimpfte er mich aus, dann rief er seine Männer. Sie hoben die Bahre des Königs hoch und liefen mit ihr bis in den nächsten Graben.

Ich hörte das Quietschen der Wagenräder, aber ich sah mich nicht um. Ich bin von Natur aus ein starker Läufer, doch nun ließ ich die Träger mit der Bahre hinter mir zurück, als wären ihre Füße am Boden festgekettet. Ich wollte über den Graben springen, aber er war zu breit, so daß ich knietief im schwarzen Schlamm landete. Der Wagen, der mir folgte, geriet auf den Uferrand des Grabens, und eines seiner Räder brach. Er kippte in den Graben und wäre um ein Haar auf mich niedergestürzt. Gerade noch rechtzeitig konnte ich mich zur Seite werfen.

Die Blauen Krododile erstachen und zerhackten die Pferde und Männer, solange sie hilflos im Schlamm lagen; ich dagegen nutzte die Gelegenheit, um zum Wagen zurückzuwaten.

Das oben liegende Rad drehte sich immer weiter. Ich legte meine Hand darauf und sah es mir genau an, während es sich zwischen meinen Fingern drehte. Ich stand dort nur so lange, wie ich brauchte, um dreimal tief Luft zu holen, aber am Ende dieser Zeit wußte ich über die Konstruktion des Rades genausoviel wie alle Hyksos, und hatte auch schon eine erste dunkle Ahnung, wie ich es würde verbessern können.

»Bei Seths melodischen Fürzen, Taita, du wirst uns noch alle umbringen, wenn du jetzt zu träumen anfängst!« schrie Kratas.

Ich riß mich zusammen und nahm aus dem Halter an der Wagenseite einen der nach hinten gekrümmten Bogen und aus dem Köcher einen Pfeil. Ich wollte sie in Ruhe betrachten. Dann watete ich, gerade als die Wagen erneut herandonnerten, durch das Wasser davon.

Die Männer, welche den König trugen, waren hundert Schritte vor mir, ich war der letzte in unserer kleinen Truppe. Hinter mir brüllten die Wagenführer enttäuscht auf, weil sie uns nicht folgen konnten, und ihre Pfeile prasselten allenthalben herunter. Einer traf mich an der Schulter, aber die Spitze drang nicht bis ins Fleisch, so daß der Schaft von mir abprallte. Er hinterließ eine rote Schramme, die ich erst viel später bemerkte.

Als wir das Nilufer erreichten, wimmelte es dort von Überlebenden der

Schlacht, fast alle waren ohne Waffen und die wenigsten unverletzt. Sie alle hatten nur einen Wunsch: so schnell wie möglich auf die Schiffe zurückzukehren, die sie von Theben den Fluß heruntergebracht hatten.

Tanus entdeckte mich und rief mich zu sich, als sich die Träger mit der Bahre näherten. »Ich gebe Pharao in deine Hände, Taita. Bring ihn an Bord des Staatsschiffes und unternimm alles, um sein Leben zu retten.«

»Und wann wirst du an Bord kommen?« fragte ich.

»Mein Platz ist hier, bei meinen Männern. Ich muß sehen, daß ich so viele rette, wie ich nur kann.«

Ich eilte zum König und kniete neben der Bahre nieder. Er lebte. Ich untersuchte ihn kurz und stellte fest, daß er fast ohne Bewußtsein war. Seine Haut war klamm und kalt wie die eines Reptils, und er atmete nur noch ganz schwach. An dem Schaft des Pfeils hatte sich nur ein dünnes Blutgerinnsel gebildet, aber als ich mein Ohr an seine Brust legte, hörte ich bei jedem Atemzug, wie Blut in seine Lungen strömte, und aus seinem Mund schlängelte sich ein dünnes rotes Rinnsal über sein Kinn. Ich wußte, daß ich mich beeilen mußte, wenn ich ihn retten wollte. Ich rief nach einem Boot, um ihn aufs Schiff zu bringen.

Die Träger hoben ihn in das Boot, und ich saß bei ihm, als wir zu dem großen Staatsschiff hinausruderten, das in der Hauptströmung des Flusses vor Anker lag.

Das Gefolge des Königs drängte sich an der Reling, als wir näher kamen, die königlichen Frauen, die Höflinge und Priester. Ich erblickte meine Herrin in ihrer Mitte. Ihr Gesicht war ängstlich und blaß, und sie hielt die Hand ihres Sohnes umklammert.

Als die Menschen auf dem Schiff den König auf seiner Bahre liegen sahen, das viele Blut in seinem Gesicht, stießen sie entsetzte Schreie aus und stimmten Klagelieder an. Die Frauen schluchzten und weinten, und die Männer heulten verzweifelt wie Hunde.

Von allen Frauen stand meine Herrin am dichtesten am Schiffsrand, als der König auf seiner Bahre hochgehoben und aufs Deck gelegt wurde. Als seine Hauptfrau stand es ihr zu, ihn zuerst zu sehen. Die anderen machten ihr Platz, als sie zu ihm ging, sich über ihn beugte und den Schmutz und das Blut von seinem eingefallenen Gesicht wischte. Er erkannte sie, denn ich hörte, wie er ihren Namen hauchte und nach seinem Sohn fragte. Meine Herrin rief den Prinzen, und der König lächelte und versuchte die Hand zu heben, um den Jungen zu berühren, doch ihm fehlte die Kraft.

Ich befahl der Mannschaft, Pharao in sein Quartier zu bringen, und meine Herrin eilte zu mir und bedrängte mich: »Wie geht es Tanus?

Ist er in Sicherheit? Ach, Taita, sag mir nicht, daß er von diesem schrecklichen Feind getötet wurde!«

»Er ist in Sicherheit. Ihm kann niemand etwas anhaben. Ich habe dir doch von den Bildern berichtet, die ich in den Labyrinthen geschaut habe. All dies war darin zu sehen. Aber jetzt muß ich zum König, und ich werde deine Hilfe brauchen. Memnon soll bei den Kindermädchen bleiben, und du kommst mit mir.«

Ich hatte noch immer von dem Schlamm eine schwarze Kruste auf der Haut, genauso wie Pharao. Ich bat Königin Lostris und zwei der anderen königlichen Frauen, ihn zu entkleiden und zu baden und ihn dann auf frische weiße Leintücher zu betten, während ich noch einmal an Deck ging, um in Kübeln mit Flußwasser zu baden, die die Matrosen seitlich des Schiffs hochzogen. Ich achte stets darauf, daß alles sauber ist, wenn ich operiere, denn ich weiß aus Erfahrung, daß Schmutz dem Patienten schadet und den krankhaften Zustand begünstigt.

Während ich noch beschäftigt war, behielt ich das Ostufer im Auge, wo sich unser geschlagenes Heer hinter den schützenden Gräben in das sumpfige Gelände zurückgezogen hatte. Dieser bemitleidenswerte Haufen war einst eine stolze und mächtige Streitmacht gewesen, und ich war von Scham und Furcht erfüllt. Dann erblickte ich Tanus, der zwischen ihnen herumging, und wo immer er hinkam, erhoben sich die Männer aus dem Schmutz und ordneten sich zu neuen Trupps. Gelegentlich vernahm ich sogar das Geräusch abgehackter Hochrufe, die der Wind bis zu mir herübertrug.

Hätte der Feind in diesem Augenblick seine Horden geschickt, das Gemetzel und die Niederlage wären endgültig gewesen.

Die schreckliche Staubwolke hing noch immer über der Ebene von Abnub, also mußten die Streitwagen dort draußen noch bei der Arbeit sein. So konnte Tanus, wenn der Feind keine Fußtruppen einsetzte, vielleicht ein kleines Häuflein über diesen schrecklichen Tag hinaus retten. An das, was in den vergangenen Stunden geschehen war, würde ich mich noch lange erinnern, und es würde uns in den kommenden Jahren noch von Nutzen sein. Die Streitwagen konnten eine Schlacht gewinnen, aber nur Fußtruppen konnten diesen Sieg auch ausbauen.

Die Schlacht dort draußen am Flußufer war nun ganz allein Tanus' Sache, während ich in der Kabine des Staatsschiffs eine andere Schlacht gegen den Tod zu führen hatte.

Es ist noch nicht alles verloren«, flüsterte ich meiner Herrin zu, als ich an die Seite des Königs zurückkehrte. »Tanus sammelt seine Truppen, und wenn es einen lebenden Menschen gibt, der Ägypten vor den Hyksos retten kann, dann ist er es.« Dann wandte ich mich wieder dem König zu, und für einen Augenblick war alles andere um mich her vergessen.

Wie sooft, wenn meine ganze Aufmerksamkeit auf eine Sache gerichtet ist, sprach ich meine Gedanken laut aus, während ich die Wunde untersuchte. Nach der Wasseruhr war noch keine Stunde vergangen, seit der schicksalhafte Pfeil in Pharaos Brust eingedrungen war, aber das Fleisch rings um den angebrochenen Schaft war schon geschwollen und gerötet.

»Wir müssen den Pfeil entfernen. Wenn die Spitze in seiner Brust steckenbleibt, ist er morgen früh tot.« Ich hatte nicht geglaubt, daß mich der König noch hörte, doch nun öffnete er die Augen und sah mich an.

»Habe ich eine Möglichkeit, zu überleben?« fragte er.

»Es gibt immer eine Möglichkeit«, sagte ich ausweichend. Der König hatte mich verstanden.

»Sei bedankt, Taita. Ich weiß, daß du um mich kämpfen wirst, und ich spreche dich schon jetzt von jeder Schuld frei, falls deine Mühen ohne Erfolg bleiben sollten.« Das war großzügig von ihm, denn viele Ärzte vor mir waren mit dem Würgerstrick bestraft worden, weil ihnen ein König unter den Händen weggestorben war.

»Die Spitze des Pfeils sitzt sehr tief. Du wirst große Schmerzen haben, aber ich gebe dir das Pulver vom Roten Mohn, das wird sie lindern.«

»Wo ist meine Hauptfrau, Königin Lostris?« fragte er. Sogleich antwortete meine Herrin: »Ich bin hier, Herr.«

»Ich habe noch etwas zu sagen. Hol meine Minister und Schreiber her, damit mein Wort bezeugt und aufgezeichnet werden kann.« Sie versammelten sich alle in der stickigen kleinen Kabine und stellten sich schweigend um den König auf.

Dann streckte Pharao die Hand nach meiner Herrin aus. »Nimm meine Hand und höre meine Worte«, befahl er, und sie kniete neben seinem Lager nieder und tat, was ihr befohlen war, während der König mit flüsternder Stimme atemlos weitersprach.

»Wenn ich sterben sollte, wird Königin Lostris als Regentin für meinen Sohn eingesetzt. Ich habe in der Zeit, seit ich sie kenne, erfahren, daß sie große Stärke und einen gesunden Menschenverstand besitzt. Wäre das nicht der Fall, hätte ich sie nicht mit dieser Aufgabe betraut.«

»Ich danke dir für dein Vertrauen, großes Ägypten«, murmelte Königin Lostris, und jetzt sprach Pharao nur zu ihr, wenngleich alle in der Kabine ihn hören konnten.

»Umgib dich mit weisen und aufrichtigen Männern. Bring meinem Sohn die königlichen Werte nahe, über die wir gesprochen haben. Du kennst meine Ansichten zu all diesen Dingen.«

»Ja, Hoheit.«

»Wenn er alt genug ist, Krummstab und Wedel zu übernehmen, versuche nicht, ihn davon abzuhalten. Er ist mein Erbfolger und meine Dynastie.«

»Ich werde tun, was du befiehlst, denn er ist nicht nur der Sohn seines Vaters, sondern auch mein Sohn.«

»Während deiner Regentschaft herrsche weise und sorge dich um mein Volk. Es wird viele geben, die versuchen werden, dir die Wahrzeichen der königlichen Macht zu entreißen – nicht nur dieser neue und grausame Feind, die Hyksos, sondern auch andere, die deinem Thron viel näher stehen. Du mußt sie alle abwehren. Du mußt die Doppelkrone für meinen Sohn bewahren.«

»Ich werde tun, was du sagst, heiliger Pharao.«

Der König verstummte für eine Weile, und ich glaubte schon, er habe die Schwelle zum Unbewußten überschritten, da griff er plötzlich erneut nach der Hand meiner Herrin.

»Ich habe noch einen letzten Auftrag für dich. Mein Grabmal und mein Tempel sind noch nicht vollendet. Jetzt sind sie bedroht, wie mein ganzes Reich bedroht ist nach der schrecklichen Niederlage, die wir erlitten haben. Wenn meine Generäle sie nicht aufhalten können, werden die Hyksos weiterziehen bis nach Theben.«

»Laß uns zu den Göttern beten, daß es nicht geschieht«, murmelte meine Herrin.

»Ich ermahne dich mit aller Strenge, dafür zu sorgen, daß ich einbalsamiert und mit all meinen Schätzen unter strikter Einhaltung der Protokolle des Totenbuchs begraben werde.«

Meine Herrin schwieg. Ich glaube, ihr war selbst in diesem Augenblick bewußt, wie beschwerlich dieser Auftrag auszuführen sein würde.

Er umklammerte ihre Hand fester, bis seine Knöchel weiß waren und sie zusammenzuckte. »Schwöre es mir bei deinem Leben und deiner Hoffnung auf Unsterblichkeit. Schwöre es vor meinen Staatsdienern und meinem gesamten königlichen Gefolge. Schwöre es mir im Namen von Hapi, deiner Schutzgöttin, und im Namen der heiligen Dreieinigkeit Osiris und Isis und Horus.«

Königin Lostris sah mich mit mitleiderregendem Ausdruck in den Augen an. Ich wußte, daß sie ihr Wort in jedem Fall und um jeden Preis einlösen würde, wenn sie das Versprechen erst einmal gegeben hatte. Darin glich sie ihrem Geliebten. Sie und Tanus waren an dieselben ehernen Regeln gebunden. Und ich wußte auch, daß jeder in ihrer Umgebung den gleichen Preis würde zahlen müssen. Ein vor dem König geleisteter Schwur konnte sich eines Tages für uns alle als schwere Bürde erweisen, auch für Prinz Memnon und den Sklaven Taita. Aber sie hatte keine Wahl, sie konnte dem König auf seinem Totenbett diesen Wunsch nicht abschlagen. Ich nickte ihr fast unmerklich zu. Später würde ich die Feinheiten dieses Schwurs untersuchen und ihn wie ein Rechtsgelehrter einer etwas vernünftigeren Deutung unterziehen. »Ich schwöre bei Hapi und allen Göttern«, sagte Königin Lostris leise, aber deutlich, und in den darauffolgenden Jahren sollte ich noch viele hundert Male Gelegenheit bekommen, mir zu wünschen, sie hätte es nicht getan.

Der König stieß einen Seufzer der Erleichterung aus und ließ ihre Hand los. »Dann bin ich für dich bereit, Taita. Und für das Schicksal, welches die Götter mir zugedacht haben. Laß mich vorher nur noch einmal meinen Sohn küssen.«

Während man ihm unseren schönen jungen Prinzen brachte, verscheuchte ich die Höflinge ohne großes Zeremoniell aus der Kabine. Dann mischte ich für Pharao einen Schlaftrunk, so stark, wie ich es wagen konnte, denn ich wußte, daß die Schmerzen meine ganze Mühe zunichte machen und den König rasch wie der Schnitt eines Messers umbringen konnten.

Als er den Becher geleert hatte, wartete ich, bis sich seine Pupillen verkleinert hatten und ihm die Augen zufielen. Dann schickte ich den Prinzen mit seinem Kindermädchen hinaus.

Als ich Theben verließ, hatte ich damit gerechnet, Pfeilwunden behandeln zu müssen, und so hatte ich meine Löffel mitgebracht. Dieses Instrument hatte ich selbst erdacht, obgleich in Ghaza und Memphis zwei Quacksalber behauptet hatten, es sei ihre Erfindung. Ich segnete die Löffel und meine Skalpelle über der offenen Flamme der Lampe und wusch mir die Hände in heißem Wein.

»Ich glaube nicht, daß es klug ist, deinen Löffel zu verwenden, wenn die Pfeilspitze so tief und so dicht am Herzen steckt«, sagte meine Herrin, während sie meinen Vorbereitungen zusah. Manchmal spricht sie, als hätte sie ihren Lehrmeister überflügelt.

»Wenn ich den Pfeil nicht entferne, bedeutet das seinen sicheren Tod. Dann werde ich ihn genauso getötet haben, als hätte ich ihm den Kopf von den Schultern gehackt. Es ist die einzige Möglichkeit, ihn zu retten.«

Einen Augenblick sahen wir einander in die Augen, und es war ein wortloses Verstehen. Dies war die Vision der Labyrinthe von Amun-Re. Wollten wir auf die günstigen Folgen für uns selbst verzichten?

»Er ist mein Gemahl. Er ist Pharao.« Meine Herrin ergriff meine Hand, um ihren Worten mehr Nachdruck zu verleihen. »Rette ihn, Taita. Rette ihn, wenn du kannst.«

»Du weißt, daß ich mich bemühen werde«, erwiderte ich.

»Brauchst du meine Hilfe?« Sie hatte mir schon oft geholfen. Ich nickte und beugte mich über den König.

Es gab drei Möglichkeiten, wie ich versuchen konnte, den Pfeil zu entfernen. Die erste wäre gewesen, ihn herauszuziehen. Ich hatte von einem Chirurgen in Damaskus gehört, der den biegsamen Zweig eines Baumes umknickte und am Pfeil befestigte. Ließ er den Zweig dann los, schnellte er zurück und schlug den Pfeil aus dem Fleisch. Eine derart brutale Behandlungsweise habe ich noch nie angewandt, weil ich davon überzeugt bin, daß sie kaum jemand überleben würde.

Die zweite Möglichkeit hätte darin bestanden, den Pfeil durch den Körper zu stoßen, bis die Spitze an der anderen Seite wieder austrat. Doch dies wäre nicht minder grausam gewesen. Ich war entschlossen, den Taita-Löffel zu gebrauchen.

Zuerst untersuchte ich den Hyksos-Pfeil, den ich zusammen mit dem Bogen von dem umgekippten Wagen mitgebracht hatte. Ich war überrascht, festzustellen, daß die Pfeilspitze nicht aus Bronze gefertigt war, sondern aus bearbeitetem Flintgestein. Natürlich ist Flint billiger, aber ich hatte noch nie von einem General gehört, der sparsam war, wenn es darum ging, ein Königreich zu besiegen. Dieser Pfeilkopf aus Flint zeigte deutlich, wie begrenzt die Mittel der Hyksos waren, und auch, warum sie in Ägypten eingefallen waren. Kriege werden geführt, um Ländereien oder andere Reichtümer zu erbeuten, und wie es schien, besaßen die Hyksos von beidem nicht eben viel.

Inzwischen hatte der Schlaftrunk seine Zauberkraft entfaltet; bewußtlos lag Pharao auf seinen wolkenweißen Leinentüchern. Der abgebrochene Pfeil ragte so weit, wie mein Zeigefinger lang ist, aus der Haut heraus. Ich legte noch einmal das Ohr an Pharaos Brust und lauschte seinen leisen gurgelnden Atemzügen. Froh, daß er noch am Leben war, fettete ich die Löffel mit Hammelfett ein, um sie besser in die Wunde schieben zu können. Ich legte die Löffel bereit und nahm eines meiner schärfsten Skalpelle.

Ich nickte den vier starken Wachmännern zu, die Königin Lostris ausgewählt hatte, und sie hielten Pharao an Handgelenken und Knöcheln fest, drückten ihn fest auf sein Lager. Meine Herrin setzte sich neben den Kopf des Königs und schob die Holzröhre aus meinem Medizinkästchen zwischen seine Lippen, bis tief hinunter in die Kehle, damit seine Luftröhre offen blieb. Auch würde ihn das Holz daran hindern, sich in die

Zunge zu beißen oder seine Zähne so fest zusammenzupressen, daß sie brachen, wenn ihn die Schmerzen überwältigten.

»Zuerst muß ich die Wunde um den Schaft herum vergrößern, damit ich an die Pfeilspitze komme«, murmelte ich und stieß die Spitze des Skalpells entlang des Schafts nach unten. Pharaos Körper versteifte sich, aber die Männer hielten ihn mit eiserner Hand fest.

Ich beeilte mich, denn ich weiß aus Erfahrung, daß bei einer solchen Operation die Geschwindigkeit eine wesentliche Rolle spielt. Ich legte an jeder Seite des Schafts einen Schnitt.

Dann ließ ich das Messer fallen und schob die eingefetteten Löffel immer tiefer in die Wunde, bis nur noch die langen Griffe herausragten.

Pharao warf sich jetzt wie wild hin und her und versuchte sich dem festen Griff der Männer zu entziehen. Er schwitzte aus jeder Pore seiner Haut, und durch die Röhre in seinem Mund gellten seine Schreie. Ich hatte gelernt, nicht auf die verzweifelten Schmerzensschreie meiner Patienten zu achten, und schob die Löffel immer tiefer in die vergrößerte Wunde, bis sie die Pfeilspitze berührten. Jetzt kam der schwierigste Teil der Operation. Mit Hilfe der Griffe spreizte ich die Löffel und versuchte sie über die Pfeilspitze zu schieben. Dann fühlte ich, wie sie sich von selbst umeinander schlossen. Ich konnte nur hoffen, daß ich den rauhen Flintstein völlig erfaßt hatte und daß auch die Widerhaken bedeckt waren.

Dann zog ich vorsichtig an den Griffen der Löffel und dem Schaft des Pfeils. Wenn die Widerhaken noch frei lagen, würden sie sich sofort in Pharaos Fleisch bohren, und alles wäre umsonst. Als ich aber spürte, wie sich alles loszulösen begann, hätte ich vor Erleichterung laut schreien können.

Pharaos Schmerzensschreie waren schrecklich mit anzuhören. Die Wirkung des Mohntrunks hatte längst nachgelassen, und Pharaos Pein war unsäglich.

Ich war in Schweiß gebadet, er lief mir in die Augen und machte mich halb blind, aber ich zog so lange, bis ich plötzlich den blutverschmierten Pfeil in der Hand hielt und quer durch die Kabine nach hinten geschleudert wurde. Ich sah, wie das dunkle Blut aus der Wunde sickerte, und taumelnd eilte ich zurück, um es zu stillen.

Ich strich kostbare Myrrhe und kristallklaren Honig in die Wunde und verband sie dann fest mit sauberen Leintüchern. Währenddessen rief ich mir die Zauberformeln für das Verbinden von Wunden ins Gedächtnis.

Ich verbinde dich, o Kreatur von Seth.
Ich verstopfe die Öffnung.

Weiche vor mir, rote Flut.
Weiche von mir, rote Blume des Todes.
Ich verbanne dich, o roter Hund von Seth.

Als Pharao endlich verbunden war, schien er viel ruhiger zu werden, so daß ich ihn schlafend in der Obhut seiner Frauen lassen und wieder an Deck gehen konnte. Ich brauchte etwas frische Luft, denn die Operation hatte mich genauso angestrengt wie Pharao.

Inzwischen war es Abend geworden; die Sonne ließ sich müde auf den kahlen Hügeln im Westen nieder und warf ihre letzten rötlich glühenden Strahlen über das Schlachtfeld. Es hatte keinen Angriff von den Fußtruppen der Hyksos gegeben, und Tanus war noch immer damit beschäftigt, die traurigen Reste seines besiegten Heeres vom Flußufer auf die Galeeren zu bringen, die im Fluß vertäut waren.

Ich betrachtete die Schiffsladung verwundeter und erschöpfter Männer und war von tiefem Mitleid erfüllt, für sie und für unser ganzes Volk. Das würde für immer der schrecklichste Tag in unserer Geschichte sein. Dann sah ich, daß die Staubwolke der Hyksos-Streitwagen bereits nach Süden weiterzog, in Richtung Theben. Der Sonnenuntergang färbte die rosaroten Wolken blutrot. Ich nahm es als ein Zeichen, und mein Mitleid verwandelte sich in Angst.

Es war dunkel, als Tanus an Bord des Staatsschiffs kam. Sein Gesicht war blaß vor Müdigkeit und mit Staub überzogen. Seine Kleider waren steif von getrocknetem Blut und Schmutz, und um seine Augen lagen dunkle Schatten. Er fragte als erstes nach dem Pharao.

»Ich habe den Pfeil entfernt«, sagte ich. »Aber die Wunde ist tief und dicht am Herz. Er ist sehr schwach, doch wenn er die nächsten drei Tage überlebt, werde ich ihn retten können.«

»Und wie geht es deiner Herrin und ihrem Sohn?« Das fragte er immer, wenn wir uns trafen.

»Königin Lostris ist müde, denn sie hat mir bei der Operation geholfen. Sie ist jetzt beim König. Der Prinz ist munter wie immer und schläft bei seinen Kindermädchen.«

Ich sah, wie Tanus schwankte, und wußte, daß er fast am Ende seiner Kräfte war. »Du mußt dich ausruhen . . .«, begann ich, aber er schüttelte meine Hand ab.

»Bringt Lampen her«, befahl er. »Und du, Taita, hol deine Schreibpinsel und Tintentöpfe und Schriftrollen. Ich muß Nembet eine Warnung schikken, sonst geht er den Hyksos genauso in die Falle wie ich.«

Und so saß ich mit Tanus die halbe Nacht auf dem offenen Deck und schrieb die eilige Botschaft an Nembet, wie Tanus sie sagte:

Ich grüße Dich, edler Herr Nembet. Großlöwe von Ägypten. Befehlshaber der Re-Division in Pharaos Streitkräften. Mögest Du ewig leben!
Wisse, daß wir dem Hyksos-Feind in der Ebene von Abnub gegenüberstanden. Die Hyksos sind stark und wild und ein schrecklicher Feind, und sie besitzen seltsame, schnelle Fahrzeuge, denen wir nicht standhalten können.
Wisse auch, daß wir besiegt wurden und unsere Armee vernichtet ist. Wir können uns den Hyksos nicht länger stellen.
Wisse weiter, daß Pharao schwer verwundet ist und in Lebensgefahr schwebt.
Wir raten Dir dringend ab, Dich den Hyksos auf dem freien Feld zu stellen, denn ihre Fahrzeuge sind schnell wie der Wind. Sucht Schutz hinter Steinmauern oder wartet an Bord Eurer Schiffe, um dem Feind auszuweichen.
Die Hyksos besitzen keine Schiffe, und nur mit unseren Galeeren können wir uns vielleicht gegen sie behaupten.
Wir raten Dir dringend, auf unser Eintreffen zu warten, bevor Du Deine Truppen in den Kampf führst.
Ich rufe Horus und alle Götter auf, Dich zu schützen.
Das sagt Dir Tanus, der edle Herr Harrab, Befehlshaber der Ptah-Division in Pharaos Streitkräften.

Von dieser Botschaft fertigte ich vier Abschriften an, und dann rief Tanus vier seiner Männer, die sie dem edlen Herrn Nembet, Großlöwe von Ägypten, überbringen sollten. Er schickte zwei schnelle Galeeren den Fluß hinauf, jede mit einer Abschrift der Botschaft an Bord. Und seine besten Läufer sollten sich am Westufer, das der Hyksos-Armee gegenüberlag, auf die Suche nach Nembet machen.

»Bestimmt wird eine deiner Schriftrollen zu Nembet gelangen. Vor morgen früh kannst du nichts weiter tun«, versicherte ich ihm. »Du mußt jetzt schlafen, denn wenn du dich aufreibst, wird ganz Ägypten mit dir untergehen.«

Aber auch da wollte er nicht in seine Kabine gehen, sondern rollte sich an Deck wie ein Hund zusammen, damit er sofort zur Stelle war, falls neue Unbilden über uns hereinbrachen. Ich aber ging hinunter in die Kabine, um bei meinem König zu sein und um meiner Herrin Trost zu spenden.

Noch vor dem ersten Morgengrauen war ich wieder an Deck. Als ich dort ankam, hörte ich, wie Tanus den Befehl erteilte, unsere Flotte zu verbrennen. Es stand mir nicht zu, seine Entscheidung in Frage zu stellen, aber er sah, daß ich ihn mit offenem Mund anstarrte, und als die Männer gegangen waren, sagte er mit rauher Stimme: »Ich habe soeben die Aufstellung meiner Regimentskommandeure erhalten. Von den dreißigtausend Mann, die gestern in der Ebene von Abnub standen, um die Wagen der Hyksos aufzuhalten, sind nur siebentausend übriggeblieben. Davon sind fünftausend verwundet, und viele werden noch sterben. Unter denen, die unversehrt sind, befinden sich nur sehr wenige Seeleute. Ich habe nur noch Männer für die Hälfte unserer Flotte. Die restlichen Schiffe muß ich aufgeben, aber sie dürfen den Hyksos nicht in die Hände fallen.«

Sie verwendeten Schilfbündel, um die Feuer anzuzünden, und als sie einmal entflammt waren, brannten sie hell. Es war ein trauriger und schrecklicher Anblick. Tanus stand allein im Bug des Staatsschiffes, jede Linie seines Gesichts von Kummer und Verzweiflung gezeichnet.

Meine Herrin konnte vor dem versammelten Hof nicht zu ihm gehen, wo sie hingehört hätte, aber sie ergriff verstohlen meine Hand, und gemeinsam trauerten wir um Tanus und ganz Ägypten, während diese erhabenen Schiffe wie Fackeln vor unseren Augen niederbrannten.

Schließlich erteilte Tanus an seine hundert verbliebenen Galeeren den Befehl, die Anker zu lichten, und unsere kleine Flotte, mit verwundeten und sterbenden Männern beladen, brach auf in den Süden.

Hinter uns stieg der Rauch vom Scheiterhaufen unserer Flotte hoch hinauf in den Morgenhimmel, während sich vor uns die gelbe Staubwolke immer größer und breiter am Ostufer des Nils dahinzog und die Hyksos-Truppen immer tiefer in das Königreich vordrangen, dem hilflosen Theben und all seinen Schätzen entgegen.

Es war, als hätten die Götter unserem Ägypten den Rücken gekehrt und uns völlig verlassen, denn der Wind, der während dieser Zeit des Jahres sonst immer so kräftig von Norden her wehte, hatte sich fast völlig gelegt und blies dann wieder mit neuer Kraft aus dem Süden. So waren wir gezwungen, nicht nur mit dem Strom, sondern auch mit dem Wind zu kämpfen, und kamen mit den erschöpften Mannschaften, die an den Rudern saßen, nur langsam und mühsam voran. Mit der Hyksos-Armee konnten wir nicht Schritt halten, so daß sie sich unerbittlich immer weiter von uns entfernte und uns vorauseilte.

Ich mußte meinen Pflichten als Arzt des Königs nachkommen. Und auf den Schiffen starben reihenweise Männer, die ich hätte retten können. Jedesmal, wenn ich an Deck ging, um frische Luft zu atmen, sah ich, wie von den anderen Galeeren Leichen in den Fluß geworfen wurden. Unter der Wasseroberfläche brodelte es von Krokodilen; diese schrecklichen Reptilien folgten unserer Flotte wie Geier.

Pharao erholte sich zusehends, und am zweiten Tag konnte ich ihm schon eine kleine Schale warmer Brühe einflößen. Am Abend verlangte er den Prinzen zu sehen, und so wurde Memnon zu ihm gebracht.

Memnon hatte ein Alter erreicht, in welchem er rastlos war wie die Grashüpfer und lärmend wie ein Schwarm Spatzen. Pharao war immer gut zu ihm gewesen, und Memnon fühlte sich wohl bei ihm. Er war ein gutaussehender Junge mit wohlgeformten, kräftigen Gliedmaßen und der Haut seiner Mutter. Seine großen Augen waren dunkelgrün. Sein Haar lockte sich wie das Fell eines neugeborenen schwarzen Lammes, doch im Sonnenlicht flammte Tanus' roter Haarschopf darin auf.

Pharaos Freude an Memnon war in diesem Augenblick ergreifender als sonst. Das Kind und das Versprechen, das er meiner Herrin abgerungen hatte, waren seine Hoffnung auf Unsterblichkeit. Entgegen meinem Wunsch behielt er das Kind bis nach Sonnenuntergang bei sich. Ich wußte, daß Memnons grenzenlose Lebhaftigkeit sein Betteln um Aufmerksamkeit den König ermüdeten, aber ich konnte nichts dagegen tun.

Meine Herrin und ich blieben am Bett des Königs, doch als Memnon von seinem Kindermädchen weggebracht wurde, fiel er sogleich in einen totenähnlichen Schlaf. Selbst ohne seine weiße Schminke war er so bleich wie die Leintücher, auf welchen er lag.

Der nächste Tag war der dritte seit seiner Verwundung und daher der gefährlichste. Wenn er diesen Tag überlebte, wußte ich, daß ich ihn retten konnte. Doch als ich im Morgengrauen erwachte, lag der Geruch von Moschus über der ganzen Kabine, der Geruch nach Zersetzung. Ich berührte Pharaos Haut und verbrannte mir die Finger daran wie an einem heißen Kessel. Ich rief meine Herrin, und sie trat hinter dem Vorhang zum Alkoven hervor, wo sie geschlafen hatte.

»Was ist, Taita?« Doch sie kam nicht näher, denn sie konnte die Antwort von meinem Gesicht ablesen. Sie stand neben mir, als ich den Verband von der Wunde nahm. Das Verbinden ist eine hohe Kunst; ich hatte die Leinenverbände fest und sicher zusammengenäht. Nun riß ich den Faden durch, und nahm den Verband ab.

»Gnädige Hapi, bete für ihn!« Königin Lostris mußte würgen, als ihr der strenge Geruch in die Nase stieg.

»Der Brand!« flüsterte ich. Dieser böse Körpersaft, der am dritten Tag auftrat und sich wie das Winterfeuer in den trockenen Papyrusfeldern im Körper verbreitete, war das Schreckensgespenst aller Ärzte.

»Was können wir tun?« fragte sie, aber ich schüttelte nur den Kopf.

»Er wird noch vor Einbruch der Nacht tot sein«, sagte ich, und wir warteten neben seinem Bett auf das Unvermeidliche. Als sich auf dem Schiff die Nachricht verbreitete, daß Pharao im Sterben lag, füllte sich die Kabine mit Priestern, königlichen Frauen und Höflingen.

Tanus kam als letzter und blieb, seinen Helm unter dem Arm, in einer Haltung voll Respekt und Trauer, hinter der Menge stehen. Sein Blick war nicht auf das Totenlager gerichtet, sondern auf Königin Lostris. Sie hielt das Gesicht von ihm abgewandt, aber ich wußte, daß sie sich mit jeder Faser ihres Körpers seiner Anwesenheit bewußt war.

Sie hatte ihren Kopf mit einem bestickten Leinenschal bedeckt, aber oberhalb des Rockbunds war sie nackt. Seit der Prinz nicht mehr gestillt wurde, hatten ihre Brüste die schwere Last der Milch verloren. Sie war jetzt wieder schlank wie eine Jungfrau, und von der Geburt des Kindes waren keine Spuren auf ihrer Haut zurückgeblieben.

Ich hatte nasse Tücher auf Pharaos glühenden Körper gelegt, um das Fieber zu senken, doch von der Hitze verdampfte die Feuchtigkeit sofort, so daß ich sie nach kürzester Zeit wechseln mußte. Pharao warf sich unruhig hin und her und schrie in seinen Fieberträumen. Es schien, als würde er von allen Schrecken und Ungeheuern der anderen Welt, die schon auf ihn warteten, heimgesucht.

Manchmal sprach er Worte aus dem *Totenbuch*. Von Kindheit an hatten ihn die Priester gelehrt, das Buch im Gedächtnis zu behalten, denn es war der Schlüssel und die Landkarte durch die Schatten zu den fernen Gärten des Paradieses:

> Der Kristallpfad hat einundzwanzig Windungen.
> Der Weg ist schmal wie die Bronzeklinge.
> Die Göttin, die den zweiten Pylon bewacht,
> ist hinterhältig und falsch.
> Herrin der Flammen, Hure des Universums,
> mit dem Maul einer Löwin,
> deine Scheide verschluckt die Männer,
> an deinen milchigen Eutern sind sie verloren.

Pharaos Stimme und seine Bewegungen wurden immer schwächer, und als die Sonne gerade den Zenit überschritten hatte, gab er ein letztes zitterndes Stöhnen von sich, dann war er still. Ich beugte mich über ihn und tastete nach dem Klopfen des Lebens in seiner Kehle, doch es hatte aufgehört, und die Haut kühlte ab, noch während ich sie berührte.

»Pharao ist tot«, sagte ich leise und schloß die Lider über seinen leeren Augen. »Möge er ewig leben!«

Aus der versammelten Menge ertönte Klagegeschrei, und meine Herrin führte die königlichen Frauen bei ihren wilden Gesängen an. Dieses Geräusch fuhr mir in die Glieder und ließ sie erstarren, und über meine Haut schien unsichtbares Getier zu krabbeln, so daß ich aus der Kabine floh, so schnell ich konnte. Tanus folgte mir an Deck und ergriff meinen Arm.

»Du hast alles getan, was in deiner Macht stand, um ihn zu retten?« fragte er mit heiserer Stimme.

Ich wußte genau, daß seine unfreundliche Behandlung nur Ausdruck seiner eigenen Gefühle von Schuld und Angst war, deshalb antwortete ich ganz ruhig: »Der Hyksos-Pfeil hat ihn getötet. Ich habe alles getan, was in meiner Macht stand, um ihn zu retten. Die Labyrinthe von Amun-Re haben es so bestimmt, und keinen von uns trifft eine Schuld.«

Er stieß einen Seufzer aus und legte seinen muskulösen Arm um meine Schultern. »Ich habe es nicht vorausgesehen. Ich habe nur an meine Liebe zur Königin und zu meinem Sohn gedacht. Ich müßte mich darüber freuen, daß sie frei ist, aber ich kann es nicht. Zuviel ist verloren und zerstört. Wir sind alle nur Körnchen zwischen den Mahlsteinen der Labyrinthe.«

»Wenn das Elend von heute vorbei ist, wird für uns alle eine Zeit des Glücks beginnen«, versicherte ich ihm, auch wenn es für diese Behauptung keinerlei Grund gab. »Aber auf meiner Herrin lastet eine heilige Pflicht, und durch sie auf dir und auch auf mir.« Und ich erinnerte ihn an den Schwur, welchen Königin Lostris vor dem König geleistet hatte: daß sie seinen irdischen Körper erhalten und ihm ein angemessenes Begräbnis geben würde, damit sein *Ka* in die Felder des Paradieses eingehen konnte.

»Sag mir, wie ich dabei helfen kann«, erwiderte Tanus nur, »aber vergiß nicht, daß die Hyksos vor uns auf dem Weg durch das Obere Königreich sind, ich kann mich nicht dafür verbürgen, daß Pharaos Grabmal nicht zerstört wird.«

»Wenn es geschieht, müssen wir ein anderes Grab finden. Als erstes müssen wir aber dafür sorgen, daß sein Körper erhalten bleibt. Bei dieser Hitze wird er zerfallen und von Maden durchsetzt sein, noch bevor die Sonne untergeht. Ich habe keine Übung in der Kunst des Einbalsamierens, aber ich weiß, wie wir unser Versprechen dennoch halten können.«

Tanus schickte seine Männer in den Laderaum des Schiffs, und sie holten einen großen Tonkrug mit eingelegten Oliven herauf. Dann wurde der Krug auf meine Anweisung hin geleert und mit kochendem Wasser gefüllt. Während das Wasser noch heiß war, schüttete Tanus drei Säcke des feinsten Seesalzes hinein. Dann füllte er vier kleinere Weinkrüge mit dem gleichen Gemisch und stellte sie aufs Deck, damit sie abkühlten.

Inzwischen erledigte ich alles Nötige in der Kabine. Meine Herrin hatte mir helfen wollen. Sie meinte, es gehöre zu ihren Pflichten gegenüber ihrem toten Gemahl, doch ich schickte sie fort, damit sie sich um den Prinzen kümmern konnte.

Ich schlitzte Pharaos Leichnam an der linken Seite von den Rippen bis zu den Hüftknochen auf. Durch diese Öffnung entfernte ich die Innereien aus Brust und Bauch. Natürlich ließ ich das Herz an seinem Platz, denn es ist der Hort des Lebens und des Geistes. Auch die Nieren ließ ich, wo sie waren, denn sie sind die Behälter des Wassers und verkörpern den heiligen Nil. Ich füllte die Höhle mit Salz und nähte sie mit Katzendärmen zu. Dann trennte ich die Eingeweide voneinander, Leber, Lunge, Magen und Darm, und wusch den Magen mit Salzwasser aus.

Als das getan war, nutzte ich die Gelegenheit, mir die Lunge des Königs genauer zu betrachten. Die rechte Lunge war gesund und hatte eine hellrote Farbe, während die linke von dem Pfeil durchbohrt und wie eine durchlöcherte Blase in sich zusammengesunken war. Ich wunderte mich, daß der alte Mann mit so einer Verletzung noch so lange hatte leben können. Ich fühlte mich, als würde ich freigesprochen. Kein Arzt hätte ihm mehr helfen können, und ich hatte bei meiner Behandlung weder einen Fehler gemacht noch etwas versäumt.

Schließlich befahl ich den Matrosen, die abgekühlten Krüge mit dem Salzwasser hereinzubringen. Tanus half mir, Pharaos Körper in das Olivengefäß zu legen. Ich vergewisserte mich, daß er von der Salzlösung völlig bedeckt war. Seine Eingeweide legten wir in die kleineren Krüge. Wir versiegelten sie mit Pech und Wachs und ließen sie an einem Seil hinunter in die befestigte sichere Kabine unter Deck, wo auch die Schätze des Königs lagerten. Ich glaube, es hätte Pharao gefallen, dort unten zu ruhen – zwischen all dem Gold und den Silberbarren.

Ich hatte mein Möglichstes getan. In Theben würde ich den Leichnam des Königs den Balsamierern übergeben, falls die Hyksos nicht schon vor uns dort waren und falls es die Stadt und ihre Einwohner überhaupt noch gab, wenn wir dort ankamen.

Als wir an die Stadtmauern von Asjut kamen, zeigte sich, daß die Hyksos nur eine kleine Truppe zurückgelassen hatten, um die Stadt zu halten, und mit dem Hauptteil ihres Heeres weiter nach Süden gezogen waren. Obwohl die Hyksos-Belagerer nicht einmal hundert Streitwagen hatten, waren sie viel zu stark, als daß wir sie mit unserer geschwächten Armee hätten angreifen können.

Tanus' wichtigstes Ziel war es, Remrem und seine fünftausend Mann zu retten, welche sich innerhalb der Stadtmauern aufhielten, und dann weiter den Fluß hinaufzufahren, um sich mit dem edlen Herrn Nembet und seinen dreißigtausend Mann zu vereinigen.

Schon Jahre zuvor hatte ich Tanus geholfen, eine Reihe von Zeichen zu erdenken, welche mit zwei bunten Fahnen quer durch ein Tal, von einer Hügelspitze zur anderen oder von der Stadtmauer in die Ebene und über den Fluß, Botschaften zu übermitteln vermochten. Mit Hilfe dieser Zeichen konnte Tanus nun Remrem vom Fluß her auffordern, sich in der folgenden Nacht bereitzuhalten. Dann, im Schutz der Dunkelheit, rasten zwanzig Galeeren in die Bucht unter den Stadtmauern. Im selben Augenblick öffnete Remrem die Seitentore und kämpfte sich an der Spitze des Regiments durch die Posten der Hyksos. Und noch bevor der Feind seine Pferde angespannt hatte, waren Remrem und seine Männer an Bord unserer Schiffe und in Sicherheit.

Gleich darauf gab Tanus dem Rest der Flotte das Zeichen, die Anker zu lichten. Er gab Asjut auf und überließ die Stadt ihrem Schicksal, während wir weiter stromaufwärts ruderten. Wann immer wir vom Heck des Schiffes zurückblickten, sahen wir die Flammen der brennenden Stadt im Norden den Horizont erhellen.

»Mögen die bedauernswerten Menschen mir verzeihen«, flüsterte Tanus. »Ich hatte keine andere Wahl, ich mußte sie opfern. Meine Pflicht ruft mich nach Süden, nach Theben.«

Remrem berichtete, unsere Galeeren seien tags zuvor an Asjut vorbeigekommen, die Botschaft, welche ich für Tanus geschrieben hatte, mußte also in die Hände des edlen Herrn Nembet gelangt sein.

Remrem wußte uns auch einiges über die Hyksos zu sagen. Er hatte zwei ägyptische Fahnenflüchtige und Verräter gefangengenommen, die zum Feind übergelaufen und nach Asjut gekommen waren, um die Verteidiger auszuspionieren. Unter den Folterungen hatten sie wie Schakale geheult, und bevor sie starben, hatten sie Remrem vieles über die Hyksos berichtet, das für uns von großem Wert war.

Der König von Hyksos, dem wir auf so folgenschwere Weise in der Ebene von Abnub gegenübergestanden hatten, hieß Salitis. Sein Stamm war von semitischem Blut und ursprünglich ein Volk von Nomaden und Hirten, welche in den Bergen von Zagros in der Nähe des Vansees gelebt hatten. Ich fragte mich, wie ein Hirtenvolk ein so außergewöhnliches Fahrzeug wie einen Streitwagen mit Rädern hatte erfinden können und woher sie diese wunderbaren Tiere hatten, die wir Ägypter nun als Pferde bezeichneten und vor denen wir uns fürchteten, als wären sie Kreaturen der Unterwelt.

Auf anderen Gebieten schienen die Hyksos allerdings ein rückständiges Volk zu sein. Sie konnten weder lesen noch schreiben, und sie wurden von einem strengen Tyrannen regiert, ihrem einzigen König und Herrscher, dem bärtigen Salitits. Wir Ägypter haßten ihn und fürchteten ihn mehr als die wilden Bestien, die seinen Streitwagen zogen.

Der oberste Gott der Hyksos hieß Suatekh, Gott der Stürme. Man benötigte keine großen religiösen Unterweisungen, um in ihm unseren gefürchteten Seth wiederzuerkennen. Die Wahl ihres Gottes paßte zu ihnen, und ihr Benehmen tat diesem Gott alle Ehre. Kein ehrbares Volk hätte ein fremdes Land niedergebrannt und ausgeplündert, wie sie es taten.

Es ist wahr, was ich schon oft beobachtet habe, daß sich ein Volk Götter wählt, die seinem Wesen entsprechen. Die Philister beten Baal an und werfen lebende Kinder in den Feuerofen, welcher sein Schlund ist. Die schwarzen Kuschiten-Stämme beten in grauenerregenden Zeremonien Ungeheuer und Wesen aus der Unterwelt an. Wir Ägypter beten gerechte und anständige Götter an, die den Menschen wohlwollen und keine menschlichen Opfer beanspruchen. Und die Hyksos beteten Sutekh an.

Es hieß, Remrems Gefangene seien nicht die einzigen ägyptischen Verräter, welche mit dem feindlichen Heer zogen. Einer von Remrems Gefangenen hatte von einem hohen ägyptischen Herrn aus dem Oberen Königreich berichtet, welcher König Salitis beriet. Als ich es hörte, fiel mir sogleich wieder ein, wie sehr ich mich darüber gewundert hatte, daß die Hyksos in der Ebene von Abnub so gut über unsere Schlachtordnung Bescheid gewußt hatten.

Nun mußten wir damit rechnen, daß der Feind unsere sämtlichen Schwächen ebenso kannte wie all unsere Pläne und die Verteidigung unserer Städte. Vor allem aber wußte er von den großen Schätzen, die Pharao in seinem Grabtempel zusammengetragen hatte.

»Vielleicht erklärt das die Eile, mit welcher König Salitis nach Theben zieht«, sagte ich zu Tanus. »Wir müssen damit rechnen, daß sie bei der erstbesten Gelegenheit versuchen werden, den Nil zu überqueren.« Und Tanus stieß einen erbitterten Fluch aus.

»Wenn Horus mir freundlich gesonnen ist, wird er mir diesen ägyptischen Verräter in die Hände spielen.« Er ballte die Faust und stieß sie in die andere Hand. »Wir müssen Salitis aufhalten. Unsere Schiffe sind der einzige Vorteil, den wir ihm gegenüber haben, ich muß ihn nutzen.«

Er ging an Deck auf und ab und sah hinauf in den Himmel. »Wann wird sich dieser faule Wind endlich nach Norden drehen? Mit jeder Stunde sind die Wagen des Feindes uns weiter voraus. Wo bleibt Nembets Flotte? Wir müssen unsere Streitkräfte vereinen und die Flußlinie halten.«

An jenem Nachmittag versammelte sich der Staatsrat von Oberägypten auf dem Achterdeck des Staatsschiffs. Der Hohepriester von Osiris verkörperte die geistige Macht, der edle Herr Merkeset, der Kanzler, die weltliche Macht des Staates, und Tanus, der edle Herr Harrab, die militärische Macht.

Die drei edlen Herren hoben Königin Lostris auf Ägyptens Thron und setzten ihr ihren Sohn auf den Schoß. Während die Männer und Frauen an Bord ihre Stimmen erhoben, die Königin zu begrüßen, segelten die anderen Schiffe der Flotte an uns vorbei, und selbst die verwundeten Soldaten schleppten sich an die Reling, um der neuen Regentin und dem jungen Erben des großen Throns von Ägypten zuzujubeln.

Der Hohepriester von Osiris streifte meiner Herrin den falschen Königsbart über das Kinn, was ihrer Schönheit jedoch keinen Abbruch tat. Der edle Herr Merkeset band ihr den Löwenschwanz um die Taille und setzte ihr die rot-weiße Krone auf die Stirn. Schließlich stieg Tanus auf den Thron, um Krummstab und goldenen Wedel in ihre Hände zu legen. Sofort entdeckte Memnon die funkelnden Spielsachen und streckte beide Arme danach aus.

»Ein wahrer König! Er weiß, daß ihm der Krummstab gebührt.« Tanus klatschte stolz in die Hände, und der Hof jubelte erneut. Ich bin sicher, es war das erste Mal, daß einer von uns gelacht hat seit jenem schrecklichen Tag auf dem Feld von Abnub. Mir schien, als habe das Lachen eine reinigende Wirkung, als würde es einen neuen Anfang für uns alle bedeuten. Bis zu diesem Augenblick waren wir von der Niederlage und dem Verlust Pharaos überwältigt gewesen. Aber nun, da die großen Herren Ägyptens einer nach dem anderen vortraten, um vor dem Thron niederzuknien, auf welchem diese liebliche junge Frau und ihr königliches Kind saßen, erwachte in uns allen ein frischer Geist. Wir erholten uns von der Verzweiflung, und unser Kampfeswille wurde wiederbelebt.

Als letzter kniete Tanus vor dem Thron nieder und legte den Treueschwur ab. Königin Lostris sah auf ihn hinunter, und ein jeder konnte ihre Bewunderung für ihn von ihrem lieblichen Gesicht ablesen. Er erhellte sich wie ein Sonnenaufgang, und ihre grünen Augen leuchteten.

Am selben Abend, nach Sonnenuntergang schickte mich meine Herrin mit einer Nachricht für den Befehlshaber ihrer Streitkräfte auf die Brücke des Staatsschiffs. Sie ließ ihn zu einem Kriegsrat in die große Kabine rufen. Diesmal wagte Tanus nicht, es ihr zu verweigern, denn er hatte eben erst einen Eid des Gehorsams geschworen.

Dieser ungewöhnliche Kriegsrat, dessen einziger Zeuge ich war, hatte kaum begonnen, als mich die neue Regentin von Ägypten gebieterisch der

Kabine verwies und damit beauftragte, die Tür zu bewachen. Das letzte, was ich von den beiden sah, als ich den schweren Vorhang zuzog, war, daß sie sich in die Arme fielen. So groß war ihr Verlangen und solange war es ihnen verwehrt gewesen, daß sie wie Erzfeinde in einer tödlichen Schlacht und nicht wie ein Liebespaar aufeinander losgingen.

Die Geräusche des Glücks, die diese Vereinigung mit sich brachte, hielten fast die ganze Nacht an, und ich war froh, daß wir nicht vor Anker lagen, sondern eilig flußaufwärts fuhren, um dort Admiral Nembet zu treffen. Das Schlagen und Ziehen der Ruder, das Dröhnen der Trommel, die den Schlag vorgab, und die Gesänge der Ruderer auf ihren Bänken übertönten den Lärm in der königlichen Kabine.

Als Tanus beim Wechsel der Nachtwache aufs Achterdeck kam, standen ihm das Lächeln und die Zufriedenheit eines Generals im Gesicht, der soeben eine ruhmreiche Schlacht gewonnen hat. Meine Herrin kam kurz nach ihm an Deck; sie war zu neuer überirdischer Schönheit erblüht, die selbst mich sprachlos machte. Für den Rest des Tages war sie liebenswert und freundlich zu allen, die sie umgaben, und fand zahlreiche Gelegenheiten, den Befehlshaber ihrer Armee um Rat zu fragen. So konnten Prinz Memnon und ich den größten Teil des Tages zusammen verbringen, was uns beiden außerordentlich gut gefiel.

Mit der zweifelhaften Hilfe des Prinzen hatte ich begonnen, Holzmodelle zu schnitzen. Eines davon war ein Streitwagen mit Pferden, ein anderes war ein Rad auf einer Achse. Memnon stellte sich auf die Zehenspitzen, um zuzusehen, wie sich das Rad auf der kleinen Nabe drehte, ohne zu stocken.

»Eine Scheibe ist zu schwer, findest du nicht auch, Mem? Sieh mal, wie schnell es seine Antriebskraft verliert und sich verlangsamt.«

»Gib her!« forderte er und packte die sich drehende Scheibe. Sie flog aus seinen unbeholfenen Fingern aufs Deck und zerbrach in vier annähernd gleichgroße Teile.

»Du bist ein wahrer Hyksos-Rüpel«, sagte ich streng, doch er schien es für ein großes Kompliment zu halten. Dann kniete ich mich hin, um die Bruchstücke meines armen Modells aufzulesen.

Die zerbrochenen Teile lagen im Kreis, und bevor meine Hände sie berührten, hatte ich eine seltsame Vorstellung. Vor meinem geistigen Auge wurden die festen Holzteile zu Hohlräumen, in denen an einigen Stellen fester Stoff gespannt zu sein schien.

»Süßer Atem von Horus! Du hast es getan, Mem.« Ich nahm ihn in die Arme. »Ein Reifen, der von der Nabe aus durch Strebebänder gehalten wird. Welche Wunder wirst du erst vollbringen, wenn du dereinst Pharao bist!«

So erfand der königliche Prinz Memnon, der erste dieses Namens, Herrscher der Dämmerung, mit geringfügiger Hilfe seines Freundes das Speichenrad. Und ich hätte mir nicht träumen lassen, daß wir eines Tages gemeinsam darauf Ruhm und Ehren entgegenfahren würden.

Noch vor Mittag trafen wir auf den ersten ägyptischen Toten. Er trieb mit aufgeblähtem Bauch den Fluß hinunter, und sein Gesicht starrte leer in den Himmel. Auf seiner Brust hockte eine schwarze Krähe. Sie pickte ihm die Augen aus und warf den Kopf zurück, um sie, eins nach dem anderen, zu verschlucken.

Schweigend standen wir an der Reling und sahen zu, wie der Tote vorübertrieb.

»Er trägt den Schurz der Löwenwache«, sagte Tanus mit ruhiger Stimme. »Die Löwen sind der Speerkopf von Nembets Truppen. Ich bete zu Horus, daß ihm keine anderen den Fluß hinunter folgen.«

Doch sie kamen. Erst zehn, dann hundert. Immer mehr und mehr, bis der Fluß von einem Ufer zum anderen von dahintreibenden Leichnamen bedeckt war.

Schließlich entdeckten wir einen, der noch lebte. Es war ein Hauptmann der Löwengarde, die Nembets Befehl unterstellt war. Er klammerte sich an eine Matte aus Papyrusstengeln, und wir fischten ihn aus dem Wasser. Ich nahm mich seiner Wunden an. Eine Steinkeule hatte seine Schulterknochen zertrümmert, und er würde den Arm nie wieder gebrauchen können.

Als er sich etwas erholt hatte und wieder sprechen konnte, hockte sich Tanus neben sein Lager.

»Was ist mit dem edlen Herrn Nembet?«

»Der edle Herr Nembet wurde getötet, und seine sämtlichen Männer mit ihm«, sagte der Hauptmann mit heiserer Stimme.

»Hat Nembet nicht meine Botschaft erhalten, in welcher ich ihn vor den Hyksos warnte?«

»Er erhielt sie am Vorabend der Schlacht, und er lachte, als er sie las.«

»Lachte?« fragte Tanus. »Wieso lachte er?«

»Er sagte, nun sei das Püppchen zerschlagen – verzeih mir, edler Herr Tanus, aber so sagte er – und versuche seine Dummheit und Feigheit mit falschen Botschaften zu vertuschen. Er sagte, er würde die Schlacht in altbewährter Weise führen.«

»Dieser überhebliche alte Narr«, schimpfte Tanus. »Aber berichte, wie es ausgegangen ist.«

»Der edle Herr Nembet marschierte am Ostufer auf, mit dem Rücken zum Fluß. Der Feind kam wie ein Sturm über uns und drängte uns ins Wasser.«

»Wie viele Männer sind entkommen?« fragte Tanus leise.

»Ich glaube, ich habe von denen, welche mit dem edlen Herrn Nembet an Land gegangen sind, als einziger überlebt. Wenigstens habe ich keinen anderen gesehen. Das Gemetzel am Flußufer war so furchtbar, daß es meine Kräfte übersteigen würde, dir davon zu berichten.«

»Unsere berühmtesten Regimenter geschwächt«, klagte Tanus. »Wir sind ohne Verteidigung, haben nur noch unsere Schiffe. Was ist mit Nembets Flotte geschehen? Ankerte sie in der Mitte des Flusses?«

»Der edle Herr Nembet ging mit dem größten Teil der Flotte vor Anker, ließ aber hinter uns fünfzig Galeeren am Ufer festmachen.«

»Warum sollte er das getan haben?« fragte Tanus aufgebracht. »Die Sicherheit der Schiffe ist unser oberstes Gebot im Kampf.«

»Ich kenne die Gedanken des edlen Herrn Nembet nicht, aber vielleicht wollte er sie bei der Hand haben, um unsere Truppen schnell wieder einschiffen zu können, falls sich deine Warnung bewahrheiten würde.«

»Und was ist aus unserer Flotte geworden? Nembet hat unsere Armee verloren, aber hat er wenigstens die Schiffe gerettet?« Tanus' Stimme war heiser vor Zorn und Verzweiflung.

»Die meisten der Schiffe, welche in der Mitte des Flusses lagen, wurden von den verkleinerten Mannschaften fortgebracht und verbrannt. Ich habe die Flammen und den Rauch selbst noch gesehen. Einige andere haben die Ankerleinen durchgeschnitten und sind in Richtung Süden, nach Theben, geflohen. Ich habe geschrien, als sie vorbeikamen, aber die Mannschaften haben mich vor lauter Angst und Schrecken nicht gehört.«

»Und die fünfzig Schiffe, die am Ufer lagen...« Tanus brach ab und holte tief Luft. »Was wurde aus dem Geschwader, das am Ufer lag?«

»Es ist den Hyksos in die Hände gefallen.« Der Hauptmann zitterte, als er die Antwort gab, denn er fürchtete Tanus' Zorn. »Ich habe mich umgedreht, als ich auf dem Strom trieb, und da habe ich gesehen, wie der Feind an Bord der Galeeren gestürmt ist.«

Tanus stand auf und ging zum Bug. Er starrte den Fluß hinauf, wo die Leichen und die geschwärzten und verkohlten Planken von Nembets Flotte noch immer auf dem ruhigen grünen Strom trieben. Ich ging zu ihm, um seinen Zorn zu dämmen, wenn er ausbrach.

»Also hat der stolze alte Narr sein Leben geopfert und dazu das Leben seiner Männer, nur um mir zu trotzen. Man müßte seiner Torheit eine Pyramide bauen, denn so etwas hat Ägypten noch nicht gesehen.«

»Aber das ist noch nicht seine ganze Torheit«, murmelte ich, und Tanus nickte grimmig.

»Nein, das ist noch nicht seine ganze Torheit. Er hat den Hyksos ein Mittel an die Hand gegeben, den Fluß zu überqueren. Süße Milch aus Isis' Brust, wenn sie erst über den Nil sind, sind wir wirklich verloren.«

Vielleicht hat die Göttin ihren Namen rufen hören, denn im selben Augenblick spürte ich, wie der Wind, der seit so langer Zeit in unsere Gesichter wehte, sich drehte. Auch Tanus spürte es. Er fuhr herum und brüllte den Offizieren auf dem Achterdeck Befehle zu.

»Der Wind hat sich gedreht. Gebt der Flotte das Zeichen. Setzt die Segel. Löst die Männer am Ruder jede Stunde nach der Wasseruhr ab. Trommler, beschleunige den Schlag, damit wir schneller werden. Mit voller Kraft nach Süden.«

Der Wind blies kräftig aus dem Norden. Unsere Segel wurden voll und steif wie die Bäuche schwangerer Frauen. Die Trommeln gaben den Ruderern das Schlagtempo vor; wir kämpften gegen die Strömung des Flusses und rasten mit unserer Flotte nach Süden.

»Dank an die Göttin für diesen Wind!« rief Tanus. »Göttliche Isis, bring uns rechtzeitig hin, um sie noch auf dem Wasser zu ereilen.«

Das Staatsschiff war langsam und ungelenk. Es blieb immer weiter hinter der Flotte zurück, doch es schien, als habe sich unser Geschick noch einmal gewendet, denn Tanus' geliebte Galeere, die *Atem von Horus*, blieb ganz in unserer Nähe.

Sie hatte einen neuen Kapitän und war noch immer ein außergewöhnlich starkes und wendiges Schiff, eigens für schnelle Manöver und den Angriff gebaut. An ihrem Bug ragte der spitze bronzene Rammsporn hervor. Tanus ließ sie längsseits neben das Staatsschiff kommen, brachte die Flagge seiner Blauen Krokodile hinüber und übernahm selbst wieder das Kommando.

Mein Platz war bei meiner Herrin und dem Prinzen. Ich weiß nicht, wie es geschah, daß ich mich plötzlich an Bord der *Atem von Horus* wiederfand und neben Tanus auf dem Achterdeck stand. Ich erinnere mich nur noch, daß ich meine ungestüme Tat bitter bereute, als das Staatsschiff allmählich hinter uns zurückblieb. Ich wollte Tanus schon bitten, mich zurückzubringen, doch ein Blick in sein Gesicht überzeugte mich davon, daß ich mich den Hyksos zu stellen hatte.

Tanus erteilte seine Befehle vom Deck der *Atem von Horus* aus. Mit Hilfe der Fahnen und durch Zurufe wurden sie von einem Schiff zum anderen weitergegeben. Ohne die Fahrt zu verlangsamen, ordnete Tanus die Flotte neu. Er versammelte die Galeeren um sich und drängte dann eilig nach vorn, um die Führung der Flotte zu übernehmen.

Die Verwundeten und die Männer, welche nicht mehr kampffähig waren, wurden auf die langsameren Schiffe gebracht, die zurückfielen und auf der Höhe des Staatsschiffes blieben. Die schnelleren Galeeren wurden für den Kampf klargemacht. Auf ihnen waren vorwiegend Männer von Remrems Truppen, welche aus dem belagerten Asjut befreit worden waren. Sie warteten fieberhaft auf eine Gelegenheit, die Niederlage von Abnub zu rächen. Als Tanus an der Mastspitze der *Atem von Horus* die Fahne der Blauen Krokodile aufzog, stießen die Männer Freudenschreie aus. Wie schnell es ihm gelungen war, ihnen nach der blutigen Niederlage wieder Mut zu machen!

Schließlich entdeckten wir vor uns wieder den Staub der Streitwagen am Himmel; er vermischte sich mit dem Rauch von den Kochfeuern im Hyksos-Lager.

»Es ist so, wie ich erhofft hatte!« rief Tanus. »Sie haben ihren Vormarsch auf Theben unterbrochen, nachdem ihnen Nembet die Mittel geliefert hat, den Fluß zu überqueren. Doch sie sind keine Seeleute, und sie werden Schwierigkeiten haben, all ihre Männer und Wagen an Bord zu bringen. Wenn uns Horus freundlich gesonnen ist, werden wir rechtzeitig dort sein, um ihnen Beine zu machen.«

In weit auseinandergezogener Schlachtordnung fuhren wir um die letzte breite Biegung des Flusses und hatten die Hyksos unmittelbar vor uns. Durch eine jener glücklichen Launen des Krieges trafen wir genau in dem Augenblick ein, da sie sich anschickten, den Nil zu überqueren.

Vor uns lagen die fünfzig gekaperten Galeeren, auf welchen sie ungeschickt zu manövrieren versuchten. Die Segel waren durcheinandergeraten, und jeder Ruderer hielt seinen eigenen Schlag. Die Schiffe schwankten und fuhren jedes in seinem eigenen Takt.

Wir sahen, daß die meisten Hyksos ihre komplette Bronzeausrüstung trugen. Offenbar war ihnen nicht klar, wie schwierig es ist, sich mit einem solchen Gewicht über Wasser zu halten und zu schwimmen. Erschrocken starrten sie uns entgegen, als wir über sie herfielen. Jetzt endlich waren die Rollen vertauscht. Wir waren in unserem Element, und sie flatterten wie ein zerfetztes Segel im Wind.

Mir blieben ein paar Augenblicke, den Feind zu betrachten, während wir uns näherten. Der größte Teil der Hyksos-Armee befand sich noch am Ostufer. Sie waren so zahlreich, daß ihr Lager sich bis zu den Hügeln in der Wüste zu erstrecken schien.

König Salitis schickte nur eine kleine Truppe über den Fluß. Mit ziemlicher Sicherheit hatten sie den Befehl, am Westufer weiterzuziehen, um den Grabtempel von Pharao Mamose einzunehmen, bevor wir Gelegenheit hatten, die Schätze zu retten.

Wir flogen auf die Hyksos-Schiffe zu, und ich schrie Tanus durch die Trommelschläge und die blutrünstigen Schreie unserer aufgepeitschten Männer zu: »Sie haben die Pferde schon auf die andere Seite gebracht! Schau, dort drüben!«

Nur von wenigen bewaffneten Wachen beschützt, war am Westufer eine gewaltige Herde jener schrecklichen Tiere versammelt. Ich schätzte, daß es mehrere hundert waren, und selbst aus dieser Entfernung konnten wir ihre langen wehenden Mähnen und Schweife erkennen, welche in dem kräftigen Nordwind flatterten. Für uns waren sie ein beunruhigender Anblick. Einige der Männer um mich herum begannen zu zittern und Verwünschungen auszustoßen. Einer murmelte dumpf: »Die Hyksos geben diesen Ungeheuern Menschenfleisch zu fressen wie zahmen Löwen oder Schakalen. Das ist der ganze Grund für das Gemetzel. Sie brauchen Nahrung für sie. Wer weiß schon, wie viele von unseren Männern bereits in ihren Bäuchen sind.«

Ich vermochte ihm nicht zu widersprechen, denn auch ich hatte ein sonderbares Gefühl im Magen; und vielleicht sagte er die Wahrheit. Doch dann wandte ich mich von jenen schönen, aber blutrünstigen Bestien ab und richtete meine Aufmerksamkeit wieder auf die Galeeren im Fluß.

»Sie bringen die Wagen und Männer hinüber«, sagte ich zu Tanus. Die Decks von Nembets eroberten Schiffen drohten schier zusammenzubrechen unter all ihren Wagen, ihrem Gerät und ihren Männern. Als die Hyksos ihre mißliche Lage erkannten, versuchten einige von ihnen, zum Ostufer zurückzukehren. Doch sie stießen mit den Schiffen, welche ihnen folgten, zusammen und verkeilten sich ineinander und trieben hilflos auf dem Strom.

Tanus stieß ein wildes Lachen aus, als er ihre Verwirrung sah, und schrie in den Wind: »Zeichen! Beschleunigt den Schlag zum Angriff. Zündet die Feuerpfeile an!«

Die Hyksos hatten bestimmt noch nie einen Angriff mit Feuerpfeilen erlebt, und bei dem Gedanken an das, was nun kommen würde, brachen Tanus und ich in lautes Gelächter aus. Doch plötzlich erstarrte ich. »Tanus!« Ich packte seinen Arm. »Sieh hin! Sieh die Galeere unmittelbar vor uns! Auf dem Achterdeck. Da ist der Verräter.«

Im ersten Augenblick erkannte Tanus die hochgewachsene, stattliche Gestalt an der Reling der Galeere nicht, denn sie trug eine Fischschuppenrüstung und den großen Kriegshelm der Hyksos. Dann stieß er einen gewaltigen Zornesschrei aus. »Intef! Warum haben wir nicht an ihn gedacht?«

»Jetzt sehe ich vollkommen klar. Er war es, der Salitis nach Ägypten gebracht hat. Er ist nach Osten gegangen und hat die Hyksos mit Berichten über Ägyptens Schätze mit voller Absicht in Versuchung geführt.« Mein Haß loderte nicht minder hoch als der von Tanus.

Tanus riß den Bogen Lanata hoch und löste einen Pfeil aus dem Köcher, doch die Entfernung war zu groß, und die Spitze prallte an der Rüstung des edlen Herrn Intef ab. Ich sah, wie er erschrocken herumfuhr und zu uns herüberstarrte. Dann erkannte er uns, Tanus und mich, und einen Augenblick lang glaubte ich, Angst in seinen Augen aufflackern zu sehen. Dann duckte er sich und verschwand hinter der Reling der Galeere.

Wir führten unser Geschwader an und rasten in den wilden Haufen führerlos dahintreibender Schiffe. Mit einem lauten knirschenden Geräusch stieß unser bronzener Rammsporn mittschiffs in Intefs Galeere; der Aufprall war so heftig, daß ich zu Boden gerissen wurde. Als ich wieder auf die Beine kam, hatten die Ruderer das Schiff bereits zum Stillstand gebracht, und unter lautem Krachen der zersplitternden Hölzer machten wir uns von dem angeschlagenen Schiff wieder los. Währenddessen ließen unsere Bogenschützen Feuerpfeile auf das feindliche Schiff regnen. Die Pfeilspitzen waren in schwefelgetränkte Papyrusstengel gewickelt, die wie Kometen brannten und eine Spur aus Funken und Rauch hinter sich herzogen. Der Nordwind schürte die Flammen, welche rasend schnell an den Masten emporzüngelten.

Durch das große Loch, welches wir in den Rumpf gerissen hatten, drang Wasser ins Schiff, so daß es bald krängte. Die Segel brannten lichterloh. Selbst auf diese Entfernung versengte die Hitze meine Wimpern. Das schwere Hauptsegel, das in hellen Flammen stand, fiel aufs Deck und begrub die Mannschaft ebenso unter sich wie die dicht zusammengedrängten Wagenführer; ihre Schreie schrillten uns in den Ohren. Ich mußte an das Schlachtfeld von Abnub denken und verspürte nicht das geringste Mitleid, als sie wie lodernde Fackeln ins Wasser sprangen und vom Gewicht ihrer Rüstung in die Tiefe gezogen wurden.

Die Galeeren der Hyksos brannten auf der ganzen Linie und versanken eine nach der anderen. Wir griffen sie erneut an, rammten ihre Schiffskörper und deckten sie mit Sturzbächen aus brennenden Pfeilen zu.

Ich sah noch einmal hinüber zur ersten Galeere, bemühte mich, Intef zu erspähen. Er hatte Helm und Rüstung abgelegt und trug nur einen Lendenschurz aus Leinen. Geschickt kletterte er über die Reling der sinkenden Galeere, und als ihn die Flammen schon fast erreicht hatten, streckte er die Arme über den Kopf und sprang ins Wasser.

Er war ein Sohn des Nils und in den Gewässern zu Hause. Fünfzig Schritt von der Stelle, an der er untergetaucht war, entfernt kam er wieder an die Oberfläche; seine langen nassen Haare waren glatt nach hinten gestrichen, so daß er wie ein schwimmender Otter aussah.

»Da ist er!« schrie ich Tanus zu. »Pack den Verbrecher!«

Sofort gab Tanus den Befehl, die *Atem von Horus* zu wenden, aber so sehr sich der Rudergänger am Steuer auch mühte, es gelang nicht, unser Schiff war zu langsam. Wie ein Fisch glitt Intef durchs Wasser davon, schwamm zum Ostufer und in den Schutz seiner Hyksos-Verbündeten.

»Hart Steuerbord!« befahl Tanus, und seine Ruderer warfen das Schiff herum. Wir nahmen die Verfolgung auf. Inzwischen war Intef schon dicht am Ufer, wo fünftausend Bogenschützen der Hyksos bereitstanden, ihm Deckung zu geben.

»Bei Seth!« rief Tanus trotzig. »Wir schnappen uns Intef unter ihren Augen.«

Als wir in Schußweite des Ufers gelangten, ließen die Hyksos eine Wolke aus Pfeilen auf uns los, die den Himmel verdunkelte. Einige unserer Männer wurden getroffen und fielen zuckend und blutend von den Ruderbänken. Doch wir waren inzwischen dicht bei Intef; er wandte sich nach uns um, und ich sah das Entsetzen in seinem Gesicht, als ihm klar wurde, daß er unserem spitzen Bug nicht würde ausweichen können. Ungeachtet der Pfeile lief ich zum Bug und schrie zu ihm hinunter: »Ich habe dich vom ersten Tag an gehaßt. Ich habe jede deiner widerwärtigen Berührungen gehaßt. Ich will sehen, wie du stirbst. Du bist böse! Böse!«

Er hörte mich, ich sah es an seinen Augen. Und dann griffen seine dunklen Götter doch wieder ein. Eine sinkende Hyksos-Galeere trieb, Feuer und Rauch spuckend, auf uns zu. Tanus war gezwungen, das Steuerruder herumzuwerfen, und wir mußten rückwärts fahren. Für kurze Zeit verschwand Intef aus meinem Blickfeld, doch als die brennende Galeere vorübergezogen war, sah ich ihn wieder. Drei stämmige Wagenführer der Hyksos zogen ihn aus dem Wasser und das steile Ufer hinauf.

Zitternd vor Wut und Enttäuschung stand ich am Bug unserer Galeere. Noch immer prasselten die Pfeile auf unsere Männer nieder, und Tanus bedeutete den Ruderern, sie sollten schnell zurückfahren, damit wir helfen konnten, die restlichen Hyksos-Schiffe zu zerstören.

Bald waren auch die letzten gekentert; Wasser strömte in sie hinein und löschte die Flammen in einer zischenden Rauchwolke. Unsere Bogenschützen lehnten sich über die Reling und schossen auf die wenigen noch lebenden Hyksos im Wasser. Nicht lange, und sie waren alle ertrunken.

Tanus wandte seine Aufmerksamkeit dem Westufer zu, wo die kleine Gruppe von Feinden die Pferdeherde bewachte. Als unsere Galeeren auf das Ufer zurasten, verstreuten sich die Hyksos und suchten das Weite, doch unsere Männer sprangen mit gezücktem Schwert ans Ufer und liefen hinter ihnen her. Wie eine Meute Hunde, welche Schakale hetzt, kreisten unsere Männer sie ein. Sie stachen sie nieder und hackten auf sie ein, so daß die grünen Felder schon bald mit Hunderten blutiger Leichen übersät waren.

Ich war gleich hinter der ersten Welle unserer Truppen an Land gesprungen. Ich wälzte schwere Gedanken. Es hatte keinen Sinn, Wagen zu bauen, wenn ich keine Möglichkeit hatte, die Speichenräder zu ziehen, welche ich im Geiste vor mir sah.

Ich brauchte ungeheuren Mut, um mich den schrecklichen Kreaturen zu nähern, welche die Hyksos-Hirten dicht am Wasser zurückgelassen hatten. Es waren mehrere hundert, und sie waren von dem Geschrei und vom Klirren der Waffen sichtlich verschreckt. Ich war sicher, daß sie jeden Augenblick auf mich losgehen würden wie verwundete Löwen. Ich malte mir aus, wie sie gierig mein noch warmes, zuckendes Fleisch verschlangen, und mir sank der Mut. In hundert Schritten Entfernung blieb ich wie angewurzelt stehen und starrte in gebanntem Entsetzen auf diese wilden mörderischen Ungeheuer, bereit, beim ersten Anzeichen eines Angriffs kehrtzumachen und mich auf der Galeere in Sicherheit zu bringen.

Die meisten dieser Tiere waren grau, mit feinen Schattierungen in Rot und Kastanienbraun. Eins oder zwei aber waren schwarz wie Seth. Sie hatten die Größe eines aufrechtstehenden Mannes und eine breite, gewölbte Brust. Ihr langer Hals war anmutig gebogen. Ihre Mähne ähnelte den Locken einer schönen Frau, und ihre Flanken glänzten im Sonnenlicht.

Eines der Pferde, welche am dichtesten bei mir standen, warf den Kopf nach hinten und zog die Oberlippe nach oben, und ich wich sofort zurück, als ich die großen eckigen weißen Zähne erblickte. Es schlug mit den Hinterläufen aus und gab einen so schrecklichen wiehernden Ton von sich, daß ich augenblicklich den Rückzug antrat.

Doch dann hörte ich einen unserer Männer einen heiseren Schrei ausstoßen, der mich innehalten ließ. »Tötet die Hyksos-Bestien!«

»Tötet die Bestien!« Der Schrei pflanzte sich in unseren Reihen fort.

»Nein!« schrie ich, und die Angst um meine eigene Sicherheit war vergessen. »Nein! Rettet die Pferde. Wir brauchen sie.«

Aber meine Stimme ging unter im wütenden Kriegsgeschrei unserer Truppen, die mit erhobenen Schilden und Schwertern, auf die Pferde losstürzten. Einige Männer blieben stehen, um Pfeile in ihre Bogen zu stecken und sie in die Herde zu schießen.

»Aufhören! Aufhören!« flehte ich, doch die Pfeile streckten mehrere Dutzend der Tiere nieder, und die Schwerter und Beile verstümmelten und töteten ein weiteres Dutzend, bevor die Herde vor dem Angriff zurückwich. Dreihundert Pferde galoppierten in einem Rudel quer über die staubige Ebene in die Wüste.

Ich beschattete meine Augen, um ihnen nachzusehen, und mir war, als ginge ein Stück meines Herzens mit ihnen. Dann eilte ich zurück, um jene Tiere, die von Pfeilen getroffen in den Papyrusfeldern lagen, zu beschützen und zu versorgen. Doch die Soldaten waren vor mir dort. Ihr Haß war so groß, daß sie sich um die niedergestreckten Kadaver versammelten und mit ihren Schwestern wild auf das wehrlose Fleisch einschlugen.

Etwas abseits erhob sich ein einzelnes Büschel Papyrusschilf. Dahinter, versteckt von den wütenden Soldaten, stand der schwarze Hengst; er war von einem Pfeil getroffen worden. Es war eine schwere Wunde, und er taumelte.

Seine Augen waren riesengroß, sanfte Augen, schöne Augen, die mein Herz vor Mitleid überströmen ließen. Er gab einen leisen, flatternden Ton von sich und humpelte langsam auf mich zu. Ich streckte die Hand aus und berührte sein Maul; es fühlte sich an wie warme arabische Seide. In einer Geste des Vertrauens und Bittens, die beinahe menschlich schien, drückte er seine Stirn an meine Brust. Ich wußte, daß er mich um Hilfe bat.

Einer inneren Stimme gehorchend, schlang ich meine Arme um seinen Hals und hielt ihn fest. In diesem Augenblick wünschte ich mir nichts mehr in meinem Leben, als ihn zu retten, doch von seinen Nüstern tropfte warmes Blut auf meine Brust. Ich wußte, daß er durch die Lunge getroffen war und starb. Jede Hilfe, die ich ihm geben konnte, kam zu spät.

»Mein armer Liebling. Was haben diese dummen, unwissenden Bastarde dir angetan?« flüsterte ich. Inmitten meiner Verzweiflung spürte ich, daß in meinem Leben eine weitere Veränderung stattgefunden hatte und daß ich es dieser sterbenden Kreatur verdankte. Ich ahnte, daß in den Jahren, welche vor mir lagen, überall da, wo ich meine Fußabdrücke in der afrikanischen Erde hinterlassen würde, auch die Abdrücke von Pferdehufen zurückbleiben würden. Ich hatte eine neue große Liebe gefunden.

Der Hengst gab noch einmal jenen flatternden Ton von sich, und ich spürte seinen warmen Atem auf der Hand. Dann knickten seine Beine unter ihm weg, und er fiel schwer auf die Seite. Ich kniete mich neben ihn, hob seinen edlen Kopf in meinen Schoß und blieb bei ihm, bis er tot war. Erst dann kehrte ich zur *Atem von Horus* zurück.

»Verdammt, Taita! Wo warst du denn?« schimpfte Tanus, als ich an Bord kam. »Wir befinden uns mitten in einer Schlacht. Nur weil du dich einem deiner berühmten Tagträume hingibst, kann nicht die ganze Armee auf dich warten.« Aber soviel er auch polterte – er hatte mich nicht im Stich gelassen.

Tanus schnitt mir sogleich das Wort ab, als ich ihn bat, mich gehen zu lassen und mir Männer zur Begleitung zu geben, damit ich den durchgegangenen Pferden in die Wüste folgen konnte.

»Ich will mit diesen widerlichen Kreaturen nichts zu tun haben!« schrie er mich an. »Ich bedaure nur, daß meine Männer sie haben entkommen lassen, statt sie alle abzuschlachten. Wir können nur hoffen, daß die Löwen und Schakale dieses Versäumnis nachholen.« Da wurde mir klar, daß er sie genauso haßte, wie es die meisten Dummköpfe in seinen Truppen taten.

»Warst du etwa nicht in der Ebene von Abnub?« Gewöhnlich lasse ich mich nicht in laute Streitereien verwickeln, doch seine Unnachgiebigkeit erfüllte mich mit Zorn. »Oder war das etwa irgendein anderer stumpfsinniger Trottel, der da neben mir stand? Hast du nicht die Zukunft gesehen, die auf Hufen und Rädern in die Schlacht gezogen ist und aus deinen Männern Futter für die Schakale gemacht hat? Begreifst du denn nicht, daß ihr, du und unser Ägypten, wie wir es kennen, ohne Pferd und Wagen am Ende seid?«

Diese Auseinandersetzung unter Freunden fand auf dem Achterdeck der *Atem von Horus* statt. Tanus' Offiziere waren stumm und starr vor Schreck, als sie einen Sklaven den Großlöwen von Ägypten und Befehlshaber ihrer Armee einen Trottel nennen hörten. Doch ich vermochte mich nicht zu zügeln.

»Die Götter haben dir dieses wunderbare Geschenk gemacht. Haben dreihundert Pferde in deine Hände gelegt! Ich werde dir die Wagen bauen, und dann kannst auch du fahren. Bist du denn wirklich mit Blindheit geschlagen?«

»Ich habe meine Schiffe!« brüllte Tanus mich an. »Ich brauche diese scheußlichen menschenfressenden Bestien nicht. Sie sind für jeden anständigen Mann und alle wohlwollenden Götter ein Greuel. Sie sind Kreaturen von Seth und Sutekh, und ich will sie nicht haben.«

Zu spät begriff ich, daß ich Tanus in eine Lage gebracht hatte, aus der es für ihn keinen Rückzug gab. Er war ein kluger Mann, solange sein Stolz nicht seinen Verstand lähmte. Ich mäßigte meinen Ton und fuhr mit honigsüßer Stimme fort.

»Tanus, bitte, hör mir zu. Ich habe den Kopf von einem dieser Tiere in den Händen gehalten. Sie sind stark, aber merkwürdig sanft. In ihren Augen leuchtet die Klugheit eines treuen Hundes. Sie fressen kein Fleisch.«

»Wie willst du das schon nach einer kurzen Berührung wissen?« fuhr er mich an.

»Die Zähne«, erwiderte ich. »Sie haben keine Fangzähne oder Klauen wie ein fleischfressendes Tier.«

Ich sah, wie er schließlich unsicher wurde, und versuchte meinen Vorteil zu nutzen. »Und wenn das noch immer nicht genug ist, dann sieh dir das Futter an, das die Hyksos über den Fluß gebracht haben. Würden sie wohl solche Mengen Heu brauchen, um ein Rudel fleischfressender Löwen zu füttern?«

»Fleisch oder Heu, das ist mir egal, ich will mich nicht länger streiten. Du hast meine Entscheidung gehört. Wir werden diese verfluchten Pferde in der Wildnis umkommen lassen. Das habe ich beschlossen, und zwar ein für alle Mal.« Er stapfte über das Deck davon, aber ich murmelte bei angehaltenem Atem: »Ein für alle Mal, ja? Wir werden sehen.«

Es war nur sehr selten vorgekommen, daß meine Herrin mir einen Wunsch abgeschlagen hatte; nun saß sie auf dem Thron von Ägypten. Sobald das Staatsschiff am Abend wieder unter den Schutz der Kriegsgaleeren gestellt worden war, suchte ich Königin Lostris auf.

Ohne Wissen ihres Befehlshabers und Geliebten zeigte ich ihr das kleine Modell eines Wagens mit den geschnitzten Pferden davor. Sie war entzückt. Und dann beschrieb ich ihr den Tod des schwarzen Hengstes in so herzzerreißenden Einzelheiten, daß wir beide in Tränen ausbrachen. Und sie kann meinen Tränen genausowenig widerstehen, wie ich den ihren.

»Du mußt diese wunderbaren Tiere aus der Wüste retten. Sowie du sie hast, befehle ich dir, für meine Armeen eine Schwadron Wagen zu bauen«, schluchzte sie.

Wenn Tanus vor mir mit ihr gesprochen hätte, wäre dieser Befehl vermutlich nie über ihre Lippen gekommen und die Geschichte unserer Welt hätte einen anderen Lauf genommen. Tanus zürnte mir fürchterlich, und unsere Freundschaft schien bedroht wie in all den Jahren nicht.

Es war ein Glück, daß Königin Lostris mich sogleich an Land geschickt hatte; so bekam ich die Wucht seines Zorns nicht zu spüren. Ich hatte nur wenige Stunden Zeit, ein paar Helfer um mich zu scharen, und ihr Anführer war der unwahrscheinlichste von allen.

Ich hatte nie viel für Hui, den Würger, übriggehabt. Er hatte eine jener Galeeren befehligt, welche Tanus in Abnub versenkt hatte. Nun war er ein Kapitän ohne Schiff und kam sofort zu mir, als sich das Gerücht von meiner Mission in der Flotte ausbreitete.

»Was weißt du schon von Pferden?« fragte er herausfordernd.

»Anscheinend nicht soviel wie du?« entgegnete ich in vorsichtig fragendem Ton.

»Ich war einst Pferdeknecht«, prahlte er, wie er es nur zu oft tat.

»Und was ist das?«

»Einer, der die Pferde versorgt«, erwiderte er, und ich starrte ihn verblüfft an.

»Wo hast du vor jenem blutigen Tag in Abnub ein Pferd gesehen?«

»Als Kind wurde ich, nachdem meine Eltern getötet worden waren, von einem Barbarenstamm verschleppt, der im Osten durch die Ebenen streifte, eine ganze Jahresreise weit hinter dem Euphrat. Die mich gefangen hatten, waren ein Volk mit Pferden, und ich habe jeden Tag mit diesen Tieren verbracht. Die Milch von den Stuten war meine Nahrung, und in der Nacht habe ich unter den Bäuchen der Pferde geschlafen, um Schutz zu finden. Und als ich aus der Sklaverei fliehen konnte, tat ich es auf dem Rücken meines Lieblingshengstes. Er hat mich schnell und weit von dort weggetragen. Aber er ist gestorben, lange bevor wir den Euphrat erreichten.«

Und so hatte ich Hui bei mir, als eine Galeere unsere kleine Gruppe widerstrebender Pferdefänger am Westufer absetzte. Sechzehn Männer, mehr hatte ich nicht zusammengebracht, und die meisten von ihnen gehörten zum Bodensatz der Armee. Tanus hatte dafür gesorgt, daß keiner seiner besten Männer mit mir ging. Er konnte sich dem Befehl der Königin von Ägypten nicht widersetzen, doch er hatte mir Steine in den Weg gelegt, wo es nur ging.

Von Hui und mir abgesehen, erschraken die Männer schon beim bloßen Gedanken an die wilden Bestien, denen wir folgen sollten. Als ich am Morgen nach unserem ersten Nachtlager erwachte, mußte ich feststellen, daß diese tapferen Krieger allesamt verschwunden waren. Ich habe keinen einzigen von ihnen jemals wiedergesehen.

»Wir werden umkehren müssen.« Ich war verzweifelt. »Allein können wir nichts ausrichten. Der edle Herr Tanus wird zufrieden sein. Er hat gewußt, daß es so kommen würde.«

»Du bist nicht allein«, entgegnete Hui lebhaft. »Du hast doch mich.« Es war das erste Mal, daß sich meine Gefühle für den jungen Prahlhans zu erwärmen begannen. So schnürten wir unser Bündel und machten uns allein auf den Weg.

Als Hyksos kamen, hatten die Bauern ihre Höfe verlassen und waren in den Schutz der Stadtmauern geflüchtet. Die Felder waren nicht bestellt und das Korn halb hoch gewachsen. Am Vormittag des zweiten Tages fanden wir die Herde. Die Tiere hatten sich verteilt und grasten friedlich auf einem der Felder. Trotz allem, was ich mit dem verletzten Hengst erlebt hatte, beschlich mich Angst, als wir diesen geheimnisvollen Kreaturen gegenüberstanden.

»Es wird kein leichtes sein, einige von ihnen einzufangen«, sagte ich zögernd zu Hui. Zu diesem Zeitpunkt wäre ich noch nicht einmal auf den Gedanken gekommen, alle dreihundert Pferde einfangen zu wollen. Ich wäre schon mit zwanzig zufrieden gewesen und von fünfzig begeistert. Ich stellte mir vor, daß wir gezwungen sein würden, hinter jedem einzelnen herzulaufen und es mit den Stricken, welche wir eigens dazu mitgebracht hatten, festzubinden.

»Wie ich gehört habe, stehst du in dem Ruf, ein sehr kluger Sklave zu sein«, sagte Hui, der stolz und entzückt war, von dieser Sache mehr zu verstehen als ich. »Offenbar ist dieser Ruf unbegründet.«

Er zeigte mir, wie man aus den Stricken ein Halfter drehte und flocht. Wir machten ein ganzes Dutzend davon, bevor er sich zufrieden gab. Dann bewaffnete sich jeder von uns mit einem Halfter und einem Ledersack voll zermahlenen Korns, und wir machten uns auf den Weg zu der grasenden Herde. Ich folgte Huis Beispiel und ging nie direkt auf die Pferde zu, und so näherten wir uns ihnen, indem wir gemächlichen Schritts schräg an ihnen vorbeigingen.

»Jetzt ganz langsam«, warnte mich Hui, wenn sie ihre Köpfe hochwarfen und uns mit jenem merkwürdigen, fast kindlichen Blick anstarrten, der mir so vertraut werden sollte.

»Setz dich hin.« Wir hockten uns zwischen dem hohen Korn auf den Boden und blieben reglos sitzen, bis die Tiere weiterfraßen.

Und als wir auf allen vieren weiterkrochen, sagte Hui: »Sie mögen die Laute einer sanften Stimme. Als Kind habe ich meinen Pferden immer etwas vorgesungen, um sie zu beruhigen. Paß auf.« Er begann in einer fremden Sprache – wahrscheinlich war es die Sprache des barbarischen Volkes, welches ihn als Kind gefangengenommen hatte – ein Lied zu singen.

Seine Stimme war so klangvoll wie das Kreischen von Krähen, welche sich um den verwesenden Kadaver eines toten Hundes streiten. Die Pferde, die am nächsten bei uns standen, starrten uns neugierig an. Ich legte meine Hand auf Huis Arm, damit er aufhörte. Ich war mir sicher, daß die Pferde seine musikalischen Bemühungen genauso erbärmlich fanden wie ich.

»Laß mich es versuchen«, flüsterte ich. Und dann sang ich das Schlaflied, welches ich für meinen Prinzen gedichtet hatte. Eine Stute, die ganz in unserer Nähe stand, kam ein paar Schritte auf mich zu, und als sie stehenblieb, stießen ihre Lippen wieder jenes leise Flattern aus, das ich bereits kannte. Ihre Neugier war geweckt, und ich sang zart und verführerisch weiter. Sie hatte ein Fohlen bei sich, eine hübsche kleine kastanienbraune Kreatur.

Mit meinem besonderen Gefühl und Verständnis für Vögel und Tiere erfaßte ich sogleich, worauf es bei der Zucht dieser neuen Tiere ankam.

Ich lernte schnell, wie man mit ihnen umzugehen hatte, und brauchte mich nicht mehr allein auf Hui zu verlassen.

Ohne mit dem Singen aufzuhören, nahm ich eine Handvoll gemahlenen Korns und hielt es der Stute hin. Und ich sah sofort, daß sie mein Angebot verstand. Sie schnaubte geräuschvoll durch die breiten Nüstern und kam noch ein paar Schritte näher. Bis auf den heutigen Tag erinnere ich mich der Erregung, die mich packte, als sie den letzten Schritt auf mich zukam und ihr Maul in meine Hand steckte, um das weiße Mehl zu kosten. Sie machte keinerlei Anstalten, mir auszuweichen, als ich den anderen Arm um ihren Nacken legte und meine Wange sanft an ihrem Kopf rieb, um den fremden warmen Geruch einzuatmen.

»Das Halfter«, mahnte Hui leise, und ich zog es ihr über den Kopf, wie er es mir gezeigt hatte.

»Sie gehört dir«, sagte Hui.

»Und ich gehöre ihr«, erwiderte ich, ohne zu denken, doch es war die Wahrheit. Wir hatten einander erobert.

Der Rest der Herde hatte alles mit angesehen. Sobald ich der Stute das Halfter angelegt hatte, wurden die anderen Pferde wieder ruhig und ließen vertrauensvoll zu, daß Hui und ich frei zwischen ihnen herumgingen. Sie kamen, um uns aus der Hand zu fressen, und erlaubten uns, ihre Hufe hochzuheben und ihnen den Hals und die breiten Schultern zu streicheln.

Hui hatte sich ebenfalls eine Stute ausgesucht und ihr das Halfter übergestreift, während er mir unaufhörlich Anweisungen gab und mir seine Kenntnisse und Erfahrungen im Umgang mit Pferden vorführte. Ich aber war in einer so freudigen Stimmung, daß seine Prahlereien mich nicht anfochten.

»Sehr gut«, sagte er schließlich, »und jetzt werden wir aufsitzen.« Und unter meinen staunenden Blicken legte er beide Hände auf den Rücken der Stute, zog sich an ihr empor, streckte ein Bein über ihren Rücken und saß schließlich breitbeinig auf ihr. Ungläubig starrte ich zu ihm hinauf, wartete, daß die Stute ihn abwarf oder zumindest mit ihren großen weißen Zähnen sein nacktes Bein packte. Doch nichts dergleichen geschah.

»Hüa, meine Kleine!« rief Hui und stieß mit den Fersen gegen ihre Rippen. Sogleich tat die Stute folgsam ein paar Schritte nach vorn, und als er sie noch einmal antrieb, begann sie zu traben und schließlich zu galoppieren. Mühelos lenkte Hui sie, wohin immer er wollte, doch wie er das vollbrachte, war mir unbegreiflich. Pferd und Reiter bewegten sich in eleganten Figuren und Kreisen über das Feld und kehrten in einem weiträumigen Bogen zu mir zurück.

Mein erster Versuch, auf das Pferd zu steigen, blieb ohne Erfolg, doch die Stute zeigte keinen Unmut. Hui lachte aus vollem Hals. »Sie muß dich noch so manches lehren. Du solltest das arme Tier ›Geduld‹ nennen.« Ich konnte daran nichts Komisches finden, doch der Name blieb meiner Stute erhalten.

»Zieh dich höher hinauf, bevor du dein Bein über den Rücken schwingst, und setz dich gerade hin!« setzte Hui seine Unterweisung fort, und Geduld half mir auf liebe und nachsichtige Art.

Ich war selbst überrascht, daß ich von diesen Kreaturen in menschlichen Begriffen dachte, aber als wir später nach Süden, in Richtung Theben, ritten, entdeckte ich, daß sie tatsächlich dumm oder klug, mißtrauisch oder gutgläubig, mürrisch oder schelmisch, zutraulich oder zurückhaltend, tapfer oder scheu, unruhig oder gleichgültig, von unendlicher Geduld oder rücksichtslos, voller Überraschungen oder berechenbar sein können – kurz, daß sie dem Menschen ihrem Wesen nach so nahe sind wie keine andere Kreatur auf vier Beinen. Je mehr ich über sie lernte, desto mehr wollte ich über sie wissen. Je länger ich mit ihnen zusammen war, desto lieber gewann ich sie.

Ich ritt auf Geduld, das Fohlen an unserer Seite, voran. Die Herde trottete bereitwillig hinter uns her, alle dreihundertundsechzehn Pferde. Hui hielt sich am Ende, um die Nachzügler aufzulesen. Mit jeder Meile, die wir zurücklegten, wuchs mein Vertrauen, und ich fühlte mich auf dem Rücken von Geduld immer sicherer. Ich fühlte mich unsagbar wohl auf dem stämmigen Rücken und konnte mich nur wundern, daß so wenige Männer bereit waren, diese Erfahrung mit mir zu teilen.

Vielleicht war es nicht nur der Schrecken, der ihnen in der Ebene von Abnub so sehr in die Glieder gefahren war; vielleicht lag es auch daran, daß sie in allem, den Worten und der Haltung von Tanus, dem edlen Herrn Harrab, am meisten vertrauten. Was auch immer der Grund war, ich fand keinen einzigen Ägypter, der sich auf den Rücken eines Pferdes gesetzt hätte, bis auf Hui – und sehr viel später Prinz Memnon. Aber sie lernten, die Pferde zu züchten und für sie zu sorgen. Unter meiner Anleitung wurden sie geschickte und schnelle Wagenlenker. Auch später, als die von mir erdachten Wagen auf den leichten Speichenrädern Ägyptens Ruhm mehrten, hat Tanus sich nie dazu hinreißen lassen, auf einen Pferderücken zu steigen. Und ich habe ihn nie freundliche Worte über diese gefügigen und mutigen Tiere, welche ihn in die Schlacht zogen, äußern hören.

Doch das alles lag noch in ferner Zukunft, als ich mit meiner Herde am Westufer den Fluß hinauf in Richtung Theben zog und schließlich, zur Freude meiner Herrin und vom Befehlshaber der ägyptischen Armee mürrisch begrüßt, bei den anderen eintraf.

»Achte darauf, daß mir diese Bestien nicht unter die Augen kommen«, sagte Tanus zu mir. Er hatte es mir noch immer nicht verziehen, daß ich hinter seinem Rücken zu meiner Herrin gegangen war.

Um der Gerechtigkeit willen muß gesagt werden, daß es für seine üble Laune mehr als eine Entschuldigung gab. Die Sicherheit des Staates und unseres Volkes war in großer Gefahr. Es hatte in unserer ganzen Geschichte noch nie eine Zeit gegeben, in welcher wir derart von Barbaren bedroht waren.

Asjut war schon verloren und das ganze Ostufer des Flusses bis Dendera auch. Unbeeindruckt von der Niederlage zu Wasser, welche Tanus ihm beigebracht hatte, war König Salitis mit seinen Streitwagen weitergezogen und hatte die Mauern Thebens in einem Kreis umzingelt.

Diese Mauern hätten einer Belagerung zehn Jahre lang standhalten müssen – die unheilvolle Anwesenheit des edlen Herrn Intef im Lager des Feindes allerdings nicht eingerechnet. Es wurde ruchbar, daß er, als er noch Großwesir des oberen Königreichs war, heimlich den Bau eines geheimen Gangs unter den Stadtmauern befohlen hatte. Selbst ich, der ich die meisten seiner Geheimnisse kannte, hätte ihm dergleichen nicht zugetraut. Intef hatte alle Arbeiter, die an diesem Gang gebaut hatten, töten lassen, so daß er allein davon wußte. Der Palast war von geheimen Gängen durchzogen wie ein Kaninchenbau.

Intef hatte König Salitis davon berichtet, und dieser schickte eine kleine Gruppe seiner besten Männer durch den geheimen Gang. Und als sie innerhalb der Mauern waren, stürmten sie die völlig unvorbereiteten ägyptischen Wachen am Haupttor, schlachteten sie ab und rissen die Tore auf. Der größte Teil der Hyksos-Horden strömte in die Stadt, und schon wenige Tage nach Beginn der Belagerung war Theben verloren und die Hälfte seiner Einwohner niedergemetzelt.

Vom Westufer aus, wo Tanus im halbvollendeten Palast von Memnon sein Hauptquartier aufgeschlagen hatte, sahen wir die verbrannten Dächer der Stadt auf der anderen Seite des Flusses. Jeden Tag beobachteten wir die Staubwolken ihrer Streitwagen, wie sie am gegenüberliegenden Ufer auf und ab rasten, und das Aufblitzen ihrer Speerspitzen, während sie sich auf die Schlacht vorbereiteten, von der wir alle wußten, daß sie kommen würde.

Mit seiner traurig verminderten Flotte war es Tanus bis jetzt gelungen, die Flußlinie zu halten, und während meiner Abwesenheit hatte er einen weiteren Versuch der Hyksos, den Nil zu überqueren, abgewehrt. Doch unsere Verteidigung war dünn gesät, denn wir mußten eine große Biegung des Flusses bewachen. Die Hyksos konnten an jedem beliebigen Punkt versuchen, den Fluß zu überqueren. Von unseren Spionen am Ostufer erfuhren wir, daß sie jedes Schiff, das sie hatten bekommen können, gekapert und unter ihren Befehl gestellt hatten. Sie hatten viele unserer Schiffsbauer gefangengenommen und zwangen sie in den Werften von Theben an die Arbeit. Natürlich konnten wir sicher sein, daß ihnen Intef in all diesen Dingen mit Rat und Tat zur Seite stehen würde, denn er war zweifellos genauso begierig darauf, Pharaos Schätze zu bekommen, wie der Barbar Salitis.

Die Mannschaften unserer Galeeren hielten Tag und Nacht Wache, und Tanus schlief so gut wie nie. Weder meine Herrin noch ich sahen ihn häufig, und wenn wir ihn sahen, war er erschöpft und gereizt.

Nacht für Nacht sahen wir am Westufer viele hundert Flüchtlinge eintreffen, beiderlei Geschlechts und jeden Alters. Sie überquerten den Nil in Schiffen und kleinen Booten; einige der Stärkeren legten die weite Strecke sogar schwimmend zurück. Alle versuchten verzweifelt, der grausamen Herrschaft der Hyksos zu entfliehen. Sie brachten uns Schreckensgeschichten von Raub und Plünderungen, aber auch in allen Einzelheiten Nachrichten über die Bewegungen der Hyksos.

Natürlich hießen wir diese Leute willkommen, sie gehörten zu uns, aber es waren ihrer so viele, daß unsere Vorräte bald erschöpft waren. Unsere wichtigsten Kornspeicher hatten sich alle in Theben befunden, und der größte Teil unserer Rinder- und Schafherden war dem Feind in die Hände gefallen. Königin Lostris übertrug mir die Aufgabe, unsere sämtlichen Vorräte an Korn und alle Herden am Westufer zusammenzutragen. Ich stellte Listen und Pläne für die Einteilung unserer Vorräte auf. Glücklicherweise trugen die Dattelpalmen reichlich Früchte, und der Vorrat an Fischen aus dem Fluß war unerschöpflich. Die Hyksos würden uns niemals aushungern können.

Meine Herrin hatte mich gleichfalls zum Gebieter über die königlichen Pferde ernannt. Es gab um diesen Titel keinen ernsthaften Wettstreit, zumal weder Bezahlung noch Privilegien irgendwelcher Art damit verbunden waren. Ich ernannte Hui zu meinem Stellvertreter, und mit Hilfe von Bestechungen und wilden Drohungen brachte er es fertig, hundert Pferdeknechte zu gewinnen, welche ihm bei der Pflege unserer kleinen Herde halfen. Später sollten wir sie zu unseren ersten Streitwagenfahrern ausbilden.

Mit Freuden suchte ich unsere behelfsmäßigen Ställe in der Totenstadt täglich auf. Die Stute Geduld kam mir stets entgegen, um mich zu begrüßen. Oft konnte ich Prinz Memnon heimlich auf meinen Schultern in die Ställe mitnehmen, und sobald er die Pferde sah, kreischte er vor Freude.

Ich setzte ihn auf meinen Schoß, wenn ich mit Geduld am Flußufer entlanggaloppierte, und er krähte vor Vergnügen und wiegte sich auf seinem kleinen Hintern hin und her, ahmte mich nach, wenn ich Geduld zu einer schnelleren Gangart anspornte. Ich achtete natürlich aufs sorgfältigste darauf, daß wir bei diesen Ritten niemals Tanus' Weg kreuzten.

Ich verbrachte außerdem viel Zeit in der Waffenschmiede im Grabtempel von Pharao, wo ich mit Hilfe einiger der besten Handwerker der Welt meinen ersten Streitwagen baute. Darüber hinaus erfand ich eine Vorrichtung, die unsere vorderste Verteidigungslinie gegen die Hyksos-Wagen werden sollte, einfache lange Holzstangen, die an beiden Enden zugespitzt und deren Spitzen mit Feuer gehärtet waren. Jeder Mann in unserer Fußtruppe würde zehn davon in einem Bündel auf dem Rücken tragen. Wenn eine Schwadron Wagen näherkam, sollten die Stangen schräg in die Erde gerammt werden, und zwar so, daß sich ihre Spitzen in Brusthöhe der Pferde befanden. Hinter dieser Barriere aus gefährlichen Speeren würden unsere Männer Stellung beziehen und ihre Pfeile abschießen.

Als ich Tanus diese Erfindung vorführte, legte er zum erstenmal seit unserem Streit den Arm um meine Schulter und sagte: »Wenigstens bist du bei mir noch nicht vergreist.« Und da wußte ich, daß er begonnen hatte, mir zu verzeihen.

Allerdings ging ich des Bodens, den ich hier gutgemacht hatte, bei der Geschichte mit den Taita-Streitwagen nahezu vollständig wieder verlustig.

Endlich hatten wir den ersten Streitwagen vollendet. Das Spritzbrett und die Seitenwände waren aus gespaltenem Bambusrohr wie zu Körben geflochten. Die Deichsel war aus Akazienholz. Die Naben waren aus handgegossener Bronze gemacht und mit Hammelfett eingeschmiert, und um die Speichenräder verliefen Bronzereifen, die sie zusammenhielten. Der Wagen war so leicht, daß zwei Wagenlenker ihn hochzuheben und über zerfurchten Boden zu tragen vermochten, über welchen ihn die Pferde nicht ziehen konnten. Selbst ich erkannte, daß ich ein Meisterstück geschaffen hatte, und die Arbeiter nannten ihn sofort Taita-Wagen. Ich legte keinen Widerspruch ein.

Hui und ich spannten zwei unserer besten Pferde an, Geduld und Draufgänger, und fuhren mit dem Taita-Wagen zu seinem ersten Rennen. Wir brauchten einige Zeit, bis wir mit dem Geschirr richtig umgehen konnten, doch wir lernten schnell, und die Pferde waren dazu geboren und zeigten uns, wie wir uns zu verhalten hatten. Am Ende flogen wir nur so über den Boden dahin und zogen im vollen Galopp enge Kreise.

Freudig erregt und stolz auf unsere Leistung kehrten wir in die Ställe zurück, überzeugt, daß unser Wagen schneller und beweglicher war als jeder, mit dem die Hyksos kommen konnten. Zehn volle Tage lang erprobten wir diese Schöpfung, nahmen Veränderungen vor, arbeiteten bei

Lampenlicht in der Waffenkammer bis in die späten Nachtwachen. Erst dann war ich zufrieden und beschloß, ihn Tanus vorzuführen.

In mürrischer Stimmung erschien Tanus im Stall; er lehnte es ab, hinter mir auf den Wagen zu steigen.

»Ich traue dieser verrückten Erfindung von dir genauso wenig, wie ich diesen verfluchten Bestien traue, die sie ziehen«, brummte er, aber ich gab nicht nach, und schließlich stieg er zögernd auf das Trittbrett und auf den Wagen, und wir fuhren los.

Zuerst ließ ich die Pferde nur leicht traben, bis ich merkte, daß er sich entspannt hatte. Trotz seiner ablehnenden Haltung begann ich die erhebende Fahrt zu genießen. Dann trieb ich die Pferde zu einem leichten Galopp an. »Merkst du, wie schnell wir sind? Du bist über dem Feind, bevor er überhaupt weiß, daß du da bist!« rief ich.

Jetzt lachte Tanus zum erstenmal, und ich faßte Mut. »Mit deinen Schiffen beherrschst du den Fluß. Mit diesem Wagen beherrschst du das Land. Und mit beiden zusammen regierst du die Welt. Nichts kann dich aufhalten.« Ich achtete streng darauf, daß ich seine Schiffe nicht herabsetzte oder ungünstige Vergleiche anstellte.

»Schneller kannst du nicht fahren?« rief er über den Wind und die schlagenden Hufe hinweg. »Bei günstigem Wind ist die *Atem von Horus* aber bei weitem schneller!« Es war eine Lüge und eine Herausforderung.

»Halt dich fest, und atme tief durch!« rief ich ihm zu. »Ich trage dich hinauf, wo die Adler fliegen!« Und dann ließ ich Geduld und Draufgänger wirklich fliegen.

Noch nie war ein Mensch schneller vorangekommen. Der Wind trieb uns die Tränen in die Augen, daß sie brannten.

»Süßer Atem von Isis!« schrie Tanus erregt. »Das ist...« Ich habe nie erfahren, was er glaubte, daß es sei. Tanus hat seinen Satz nie beendet, denn in diesem Augenblick streifte eines unserer Räder einen Felsblock und der Radkranz zersprang.

Der Wagen stürzte um und überschlug sich, und wir wurden in hohem Bogen hinausgeschleudert. Ich prallte so hart auf den Boden auf, daß ich hätte aufschreien müssen vor Schmerz, doch ich war so besorgt um Tanus und fürchtete, daß dieses dumme Mißgeschick all meine Träume und Pläne zunichte machen würde, daß ich meinen Körper gar nicht spürte.

Ich stand auf und sah Tanus zwanzig Schritt von mir entfernt auf seinen blutigen Knien herumkriechen. Er war über und über mit Staub bedeckt, und im Gesicht hatte er Schürfwunden. Er gab sich alle Mühe, Würde zu bewahren, als er sich mühsam aufrichtete und zum Wagen humpelte, der völlig zertrümmert war.

Eine lange Zeit stand er da und starrte schweigend auf die Trümmer meiner Schöpfung, und dann brüllte er plötzlich wie ein verwundeter Stier und trat gegen den traurigen Rest des Wagens, der noch einmal umkippte, als wäre er ein Kinderspielzeug. Dann wandte er sich ab und humpelte, ohne mich auch nur eines Blickes zu würdigen, davon. Ich bekam ihn eine ganze Woche lang nicht zu Gesicht, und als wir einander das nächste Mal sahen, erwähnten wir den Streitwagen mit keinem Wort.

Ich glaube, damit hätte das ganze Unterfangen ein schnelles Ende gefunden, wäre nicht meine Herrin in ihrem Stolz noch dickköpfiger gewesen als ihr Geliebter. Sie hatte mir den Befehl erteilt und würde sich durch nichts davon abbringen lassen. Innerhalb von drei Tagen bauten Hui und ich einen neuen Wagen und noch einen dazu.

Als die Balsamierer im Grabtempel das heilige Werk der siebzig Tage dauernden königlichen Mumifizierung vollendet hatten, stand unser erstes Geschwader feuriger Streitwagen mit geübten Lenkern zum Kampf bereit.

Seit wir in den Palast von Memnon zurückgekehrt waren, war meine Herrin mit den Staatsgeschäften, die ihr durch die Regentschaft auferlegt waren, beschäftigt.

Nun trug die Ausbildung, die ich ihr im Palast von Elephantine hatte angedeihen lassen, Früchte. Ich hatte sie gelehrt, unbeirrt ihren Weg durch das Labyrinth von Einfluß und Macht zu gehen. Sie war gerade einundzwanzig Jahre alt, aber sie war eine Königin und regierte wie eine Königin.

Nur gelegentlich stand sie vor Fragen, zu deren Lösung sie den Rat vertrauter und erfahrener Menschen brauchte. Dann schickte sie nach mir.

Obwohl unsere Tage mit Arbeit ausgefüllt waren, nahmen auch unsere Nächte kein Ende. Beratung reihte sich an Beratung, kaum war das eine Unheil abgewendet, drohte schon das nächste über unseren Häuptern. Mit jedem Tag wuchs die Bedrohung durch die Hyksos und wurde Tanus' Stand entlang der Flußlinie schwächer.

Uns alle erfaßte ein Gefühl des Untergangs und der Verzweiflung. Nur selten zeigte sich ein Lächeln auf den Gesichtern der Männer, laut heraus lachte schon lange keiner mehr. Selbst das Spiel der Kinder schien gedämpft und bedrückt. Wir brauchten nur über den Fluß zu sehen, um den Feind vor Augen zu haben, der sich sammelte und mit jedem Tag stärker wurde.

Nach siebzig Tagen war die Mumifizierung Pharaos vollendet. Meine anfänglichen Anstrengungen, den Körper des Königs zu erhalten, waren sehr erfolgreich gewesen, und der Großmeister von der Zunft der Balsamierer hatte mich vor meiner Herrin dafür gelobt.

Nachdem der König in seinem Großtempel auf die dicke Dioritplatte gelegt worden war, hatte der Großmeister den Löffel in seine Nasenlöcher gesteckt und den klumpigen Inhalt seines Schädels herausgeschält. Dann wurde der König in ein Bad aus Natronsalz gelegt, so daß nur noch sein Kopf aus der Flüssigkeit ragte. Als er dreißig Tage später wieder herausgenommen wurde, hatte sich das gesamte Fettgewebe zersetzt und die äußere Haut abgelöst.

Danach legten sie ihn wieder auf die gesprenkelte Steinplatte und trockneten ihn ab. Seine Innereien fanden ihren endgültigen Platz in jenen milchig weißen Alabasterkanopen, welche versiegelt wurden.

In den verbleibenden vierzig Tagen konnte der Körper des Königs gründlich austrocknen. Die Türen waren so angeordnet, daß die warmen und trockenen Winde in den Raum und über die Leichenplatte hinweg wehen konnten. Am Ende der Frist war Pharaos Körper trocken wie ein Stück Feuerholz.

Die Nägel, welche man ihm herausgezogen hatte, bevor er in das Natronbad getaucht wurde, wurden mit feinen Fäden aus Golddraht wieder an Fingern und Zehen befestigt. Dann wurde die erste Lage reiner weißer Leinenbinden um seinen Körper gewickelt, so daß nur der Kopf und der Hals herausragten. Dieses Einbinden war kompliziert und mußte mit größter Sorgfalt geschehen, die Leinenbinden liefen in ausgeklügelten Mustern über- und untereinander her. Unter dem Verband lagen Amulette aus Gold und kostbaren Steinen. Und das Leinen wurde in Firnis und Harz getaucht, damit es nach dem Trocknen steinhart war.

Nun war es an der Zeit für die Zeremonie des Mundöffnens, die unserer Überlieferung nach von den nächsten Verwandten des toten Pharaos vollzogen werden muß. Memnon war noch zu klein, und so wurde an seiner Stelle die Regentin gerufen.

Meine Herrin und ich gingen im trüben Schein der Dämmerung zusammen zum Tempel und wurden Zeuge, wie das Leinentuch, das den König bedeckte, heruntergezogen wurde. Pharaos Kopf war auf wunderbare Weise erhalten geblieben. Seine Augen waren geschlossen, und sein Gesichtsausdruck war ernst. Die Balsamierer hatten sein Gesicht mit Farbe bemalt und leicht gerötet, so daß er im Tode besser aussah als im Leben.

Während der Hohepriester von Amun-Re und der Großmeister der Balsamierergilde die Instrumente für die Zeremonie vorbereiteten, sangen wir die Beschwörungsformel gegen das zweite Sterben:

Er ist die Spiegelung und nicht der Spiegel.
Er ist die Musik und nicht die Leier.
Er ist der Stein und nicht der Meißel,
Er wird ewig leben.
Er wird nicht ein zweites Mal sterben.

Dann reichte der Hohepriester meiner Herrin den goldenen Löffel, nahm sie bei der Hand und führte sie zur Steinplatte.

Königin Lostris neigte sich über Pharao und legte den Löffel des Lebens auf seine angemalten Lippen.

Ich öffne deine Lippen, auf daß du noch einmal sprechen mögest.
Ich öffne deine Nasenlöcher, auf daß du atmen kannst.

Sie sprach es und berührte mit dem Löffel seine Augenlider.

Ich öffne deine Augen, auf daß du noch einmal die Herrlichkeit dieser Welt erblicken mögest, und die Unterwelt der Götter, wo du von diesem Tage an wohnen wirst.

Sie berührte mit dem Löffel seine eingebundene Brust.

Ich beschleunige dein Herz, auf daß du ewig leben mögest.
Du wirst nicht ein zweites Mal sterben.
Du wirst ewig leben.

Dann sahen wir zu, wie die Balsamierer Pharaos Kopf mit Leinenstreifen umwickelten und mit Harz bemalten. Sie drückten die vom Harz nassen Binden sanft in die Form seines Gesichts und legten schließlich die erste der vier Grabmasken darauf. Es war die, welche aus purem Gold gemacht war und die wir einst gemeinsam mit Pharao besichtigt hatten.

Dann wurde die Mumie in den inneren goldenen Sarg gelegt, der verschlossen und in den zweiten goldenen Sarg gestellt wurde. Im Deckel des zweiten war eine andere Totenmaske eingelassen. Die Hälfte der Schätze, welche der Herr Intef gehortet hatte, war für die Vollendung dieses Werkes verwendet worden.

Insgesamt waren es sieben Särge, einschließlich des massiven Steinsarkophags, der auf jenem goldenen Katafalk stand, mit dem Pharao zu seiner Grabstätte in den kahlen Hügeln gebracht werden sollte. Doch meine Herrin verweigerte ihre Zustimmung.

»Ich habe einen heiligen Eid geleistet. Ich kann meinen königlichen

Gemahl nicht in ein Grab legen, das von den Hyksos-Barbaren ausgeplündert werden kann. Pharao wird so lange hierbleiben, bis ich mein Versprechen einlösen kann. Ich werde eine sichere Grabstätte finden, in welcher er bis in alle Ewigkeit bleiben kann. Ich habe mein Wort gegeben, daß niemand seine Ruhe stören wird.«

Wie weise die Entscheidung von Königin Lostris war, mit dem Begräbnis zu warten, zeigte sich drei Nächte später. Die Hyksos unternahmen den entschlossenen Versuch, den Fluß zu überqueren, und Tanus hatte größte Mühe, sie aufzuhalten. Sie versuchten es an einem unbewachten Teil des Flusses, zwei Meilen nördlich von Esna. Sie ließen eine große Herde Pferde durch den Fluß schwimmen und folgten mit einem Geschwader kleiner Boote, die sie von Theben über Land hierhergebracht hatten, um ihre Absichten vor uns geheimzuhalten.

Tatsächlich gelang es ihnen, am Westufer einen Brückenkopf zu bilden, bevor Tanus mit seiner Galeere an diesen Punkt eilen konnte, aber er traf ein, bevor sie ihre Wagen ausladen und die Pferde anspannen konnten. Tanus zerstörte ihre Boote mitsamt den Wagen, und so waren fast dreitausend Hyksos auf unserer Seite des Flusses gestrandet. Ihre Pferde verstreuten sich und galoppierten in die Nacht hinaus, als Tanus' Truppen zum Angriff schritten.

Ohne ihre Wagen hatten die Hyksos unseren Truppen nichts voraus, doch sie konnten nicht fliehen, und so kämpften sie mit grimmiger Entschlossenheit.

Es muß eine Eingebung der Götter gewesen sein, daß Hui und ich unsere kleine Schwadron mit fünfzig Wagen und ihren unerfahrenen Lenkern zu Übungszwecken nach Esna gebracht hatten. In Wahrheit waren wir die zwanzig Meilen von Theben nur hierhergekommen, um uns der Mißbilligung und Einmischung von Tanus zu entziehen.

Wir hatten unser Lager in Esna im heiligen Hain aus Tamarindenbäumen neben dem Horus-Tempel aufgeschlagen. Erschöpft war ich nach einem langen Tag zurückgekehrt. Hui hatte einen Krug äußerst schmackhaften Weins geöffnet, und ich hatte dem Getränk ein wenig ungestüm zugesprochen. Ich war in einen totenähnlichen Schlaf gefallen, als Hui in mein Zelt gestolpert kam und mich wachrüttelte.

»Flußabwärts brennen Feuer an den Ufern«, sagte er, »und wenn sich der Wind dreht, kann man Jubelgeschrei hören, und vorhin war mir, als hörte ich viele Stimmen, die die Schlachthymne der Blauen Krokodile singen. Ich bin sicher, da unten tobt eine Schlacht.«

Ich war genauso unsicher auf den Beinen wie er und genauso verwegen von dem vielen Wein. Ich rief ihm zu, er solle alle im Lager aufwecken und die Pferde anspannen lassen. Es war fast Morgen, als wir die Pferde endlich eingefangen und vor die Wagen gespannt hatten. In der eisigen Luft des Flußnebels und im trüben Schein des Morgengrauens trotteten wir, immer zwei Wagen nebeneinander, auf der Straße nach Norden. Ich führte die Kolonne an, während Hui die Nachhut übernommen hatte. Unsere fünfzig Wagen waren durch die Übungen des vergangenen Tages auf dreißig zusammengeschmolzen, denn es war mir noch immer nicht gelungen, meine Speichenräder zu vervollkommnen.

Der Wind auf meiner nackten Brust ließ mich frösteln und wirkte meinem weinseligen Mut entgegen. Ich begann schon zu hoffen, daß Hui sich geirrt hatte, als plötzlich weit vorn die unmißverständlichen Schreie und Jubelrufe ertönten, dazu das Klirren und Klappern von Bronze auf Bronze, das nur eines bedeuten konnte. Wer die Geräusche einer Schlacht einmal vernommen hat, vergißt sie nie wieder. Der ausgefahrene Weg der Bauern, welchem wir neben dem Flußufer folgten, machte eine Biegung nach links. Und dann lag das Feld offen vor uns.

Die Sonne stand genau über dem Horizont und verwandelte die Oberfläche des Wassers in ein schimmerndes Tuch aus geschlagenem Kupfer, das schmerzhaft in die Augen stach. Tanus' Schiffe lagen am Ufer, dicht aneinandergedrängt, damit die Bogenschützen an Deck versuchen konnten, den Hyksos den Rückzug über den Fluß zu verwehren.

Das gestrandete Hyksos-Regiment hatte in der Mitte eines Feldes mit kniehohem grünen Korn Stellung bezogen. Sie hatten einen Kreis gebildet und standen, die Gesichter nach außen, Schulter an Schulter, die Schilde ineinander verhakt und die Speere nach vorn gerichtet.

Ich fröstelte, und ich war noch halb benebelt vom Wein, als ich meine Stimme den Befehl erteilen hörte, Pfeilspitzenformation einzunehmen. Es war die Aufstellung, die wir tags zuvor geübt hatten, und die Wagen hinter mir scherten mit großer Geschicklichkeit nach beiden Seiten aus. Ich nahm das Geräusch der Hufe auf dem weichen Boden und das Kreischen der Wagenrüstung überdeutlich wahr, das Knarren der Räder, die sich auf metallüberzogenen Naben drehten, und das Rasseln, als meine Wagenführer ihre Pfeile aus den Köchern zogen. Ich sah nach links und nach rechts, warf einen Blick auf unsere kleine Truppe und holte tief Luft.

»Schwadron, vorwärts!« schrie ich, und meine Stimme war schrill vor Angst. »Im Galopp, vorwärts!«

Unter mir sprang und ruckte der Wagen über den holprigen Boden, und vor mir, über den auf und ab springenden Hinterteilen meiner Pferde, sah ich die Wand aus Hyksos-Schildern, glitzernd und undurchdringlich im frühen Morgenlicht.

Rings um mich her heulten und jubelten die Männer, um ihr Entsetzen zu verbergen, und ich heulte mit ihnen, wie ein Wüstenhund den Vollmond anheult. Die Pferde schnaubten und wieherten, und wir jagten durch die zurückweichenden Linien der ägyptischen Fußtruppe, die von einem erfolglosen Angriff auf den Kreis der Hyksos zurückkehrte. Mit offenen Mündern starrten die Männer uns an.

»Kommt mit!« brüllte ich und lachte. »Wir zeigen euch den Weg!« Sie machten kehrt und folgten uns im vollen Lauf zurück zum Feind. Hinter mir hörte ich die Trompeter zum Angriff blasen, und die durchdringenden Schlachthörner schienen unsere Pferde anzuspornen. Zu meiner Rechten sah ich in einiger Entfernung Tanus' Schlachtfahne flattern, und ich erkannte seinen Helm mit dem Federbusch.

»Was sagst du nun zu meinen verfluchten Bestien?« schrie ich ihm zu, als wir an ihm vorüberflogen.

Die Feinde waren nun so dicht vor uns, daß ich sah, wie sie uns über den Rand ihrer Schilder hinweg entgegenstarrten. Ihre Pfeile flogen mir zischend um die Ohren, und ich konnte deutlich die Ungeheuer und Dämonen sehen, die in ihre Metallhelme eingeritzt waren, konnte die Schweißperlen sehen, die in ihren geflochtenen und mit Bändern geschmückten Bärten glitzerten, konnte ihr Kriegsgeschrei hören – dann waren wir über ihnen.

Meine Pferde sprangen in den Wall aus Schildern, welcher unter der Heftigkeit unseres Angriffs auseinanderbrach. Hinter mir auf dem Wagen übte mein Speerwerfer sein tödliches Handwerk aus. Ich hatte ihn ausgesucht, weil er der beste unter meinen Soldaten war, und er rechtfertigte meinen Entschluß.

Ein Wagen nach dem anderen fuhr in die Bresche, welche wir geschlagen hatten, und wir hielten uns kaum auf, während wir durch die feindlichen Reihen rasten und an der anderen Seite des Hyksos-Kreises wieder ausbrachen. Dann kehrten wir um und fuhren, jeweils zu dritt, wieder in sie hinein.

Tanus nutzte die Gelegenheit und schickte seine Fußtruppe in die Lücke, die wir geöffnet hatten. Die Aufstellung der Hyksos brach auseinander und teilte sich in einzelne Gruppen kämpfender Männer auf. Aber auch diese zerfielen, und die Hyksos gerieten in Panik und rannten zum Fluß. Und sobald sie in Reichweite der Bogenschützen an Deck unserer Galeeren gerieten, schickten ihnen diese dichte Wolken von Pfeilen entgegen.

Vor mir sah ich eine Gruppe Hyksos-Krieger, die noch immer Rücken an Rücken kämpften und unsere Männer abwehrten. Ich wendete den Wagen und fuhr im vollen Galopp auf sie zu. Doch bevor ich sie erreichte, brach mein rechtes Rad entzwei, der Wagen kippte um, und ich flog durch die Luft und stürzte zu Boden, daß es mir schier die Eingeweide zerriß. Ich schlug mit dem Kopf auf, und vor meinen Augen flimmerten Sterne und Sternschnuppen aus gleißendem Licht. Dann breitete sich Dunkelheit aus.

Ich erwachte unter dem Sonnensegel an Deck von Tanus' Flaggschiff. Ich war auf ein Lager aus Schaffellen gebettet, und Tanus beugte sich über mich. Sobald er merkte, daß ich zu mir gekommen war, verschwand der besorgte Ausdruck aus seinem Gesicht.

»Du verrückter alter Narr.« Er zwang sich zu einem Lächeln. »Im Namen von Horus, worüber hast du denn so gelacht?«

Ich versuchte mich aufzurichten, doch mein Kopf schmerzte entsetzlich. Ein Stöhnen entfuhr mir, und dann fiel mir alles wieder ein. Ich umklammerte seinen Arm.

»Tanus, die feindlichen Pferde, die letzte Nacht durch den Fluß geschwommen sind – ich muß sie haben.«

»Zerbrich dir darüber nicht deinen zerschlagenen Kopf. Ich habe Hui längst geschickt, sie zu holen«, versicherte er mir. »Wenn ich fünfhundert Stück dieser deiner verrückten Erfindung für meine neue Wagendivision bekommen soll, werde ich tausend dieser verfluchten Tiere brauchen. Allerdings scheint es, als seien diese wundersamen Räder gefährlicher als ein ganzes Hyksos-Regiment. Ich werde nicht wieder mit dir fahren, ehe du sie nicht verändert hast.«

In meinem elenden Zustand erfaßte ich es zunächst nicht, doch dann wurde mir klar, daß es tatsächlich geschehen war: Tanus hatte seinen Stolz bezwungen. Mein verwaistes Wagengeschwader würde am Ende doch in die Armee aufgenommen werden, und er würde mir genügend Männer und Gold geben, um fünfhundert weitere Wagen zu bauen. Er würde sogar wieder mit mir fahren, wenn ich nur die Räder in Ordnung brachte.

Meine größte Freude war jedoch, daß er mir endlich verziehen hatte und wir wieder Freunde waren.

Der Erfolg, den ich mit meinen Wagen in Esna errungen hatte, und das Gefühl von neuer Zuversicht, welches uns alle erfüllte, währten nur kurze Zeit. Insgeheim hatte ich längst erwartet und gefürchtet, was als nächstes geschah.

Wir wußten, daß Salitis, als er über das Untere Königreich hinweggefegt war, den größten Teil der Flotte des roten Thronräubers erbeutet hatte. Diese Schiffe hatten sie im Delta an den Kais von Memphis und Tanis zurückgelassen.

Als unsere Spione von der Ostseite des Flusses, gegenüber von Asjut, berichteten, daß die feindliche Flotte aus dem Delta auf dem Weg zu uns war, eilte Tanus mit seinen Schiffen nach Norden, um sich ihnen zu stellen. Seine Flotte war der von Salitis und Intef weit überlegen, und dennoch währte die Schlacht länger als eine Woche, bis Tanus die feindlichen Galeeren zerstört oder ins Delta zurückgetrieben hatte.

Doch im Rücken der Kämpfenden war es Salitis gelungen, zwei nahezu vollständige Regimenter mit Pferden und Wagen einzuschiffen und auf unsere Seite des Flusses zu bringen, unerreichbar für unsere Galeeren.

Diese Regimenter umfaßten an die dreihundert schnelle Streitwagen, es war Salitis' beste Truppe, er selbst führte sie. Nun gab es nichts mehr, was ihn hätte aufhalten können. Unsere Galeeren konnten nichts anderes tun, als mit der Staubwolke, die er aufwirbelte, Schritt zu halten, während er zum Grabtempel von Mamose mit all seinen Schätzen eilte.

Königin Lostris rief ihren Kriegsrat zusammen, als uns die Nachricht im Palast von Memnon erreichte. Ihre erste Frage richtete sich an Tanus.

»Kannst du den Barbaren, nun, da er den Fluß überquert hat, noch aufhalten?«

»Vielleicht kann ich es ihm erschweren«, gab er offen Auskunft. »Wir können ihm hinter Felsblöcken auflauern oder die Barrieren aus spitzen Pfählen errichten, mit denen Taita uns ausgerüstet hat. Aber Salitis braucht sich keiner Schlacht zu stellen. Seine Wagen sind so schnell, daß er um unsere Stellungen herumfahren kann, wie er es in Asjut getan hat. Nein, ich kann ihn nicht aufhalten.«

Nun sah Königin Lostris zu mir. »Und was ist mit deinen Wagen, Taita? Kannst du sie den Hyksos nicht entgegenschicken?«

»Hoheit, ich habe vierzig Wagen, mit denen ich gegen Salitis antreten kann. Er aber hat dreihundert. Meine Wagen sind schneller als seine, aber unsere Männer sind weniger geübt als die Hyksos. Zudem ist es mir noch nicht gelungen, die Räder zu verbessern. Salitis würde uns mit Leichtigkeit überwältigen und vernichten. Und wir können es nicht wagen, die Pferde aufs Spiel zu setzen. Sie sind unsere einzige Hoffnung, den Kampf eines Tages zu gewinnen.«

Während wir noch redeten, traf ein weiterer Botschafter ein, diesmal aus dem Süden. Er war mit dem Wind auf dem Strom zu uns geflohen, so daß seine Nachrichten nur einen Tag alt waren. Tanus ließ ihn holen, und er fiel vor Königin Lostris auf die Knie.

»Sprich, Kamerad«, forderte Tanus ihn auf. »Was hast du uns zu sagen?«

Der Botschafter stotterte aus Angst um sein Leben: »Heilige Hoheit, während unsere Flotte aus Asjut kämpfte, haben die Barbaren den Fluß bei Esna überquert. Sie sind mit den Pferden hinübergeschwommen, wie sie es schon einmal getan haben, doch diesmal hatten wir keine Galeeren dort, die ihre Boote zurückschicken konnten. Zwei Regimenter der Hyksos sind über den Fluß gekommen. Sie haben ihre Pferde angespannt und kommen in einer Wolke aus Staub, so schnell, wie eine Schwalbe fliegt. In drei Tagen werden sie hier sein.«

Keiner von uns sagte etwas, bis Tanus den Mann wegschickte und befahl, man solle ihm zu essen geben und für ihn sorgen. Der Botschafter, der den Tod erwartet hatte, küßte Königin Lostris' Sandalen.

Als wir allein waren, sagte Tanus tonlos: »Salitis hat vier Regimenter über den Fluß gebracht. Sechshundert Wagen. Das ist das Ende.«

»Nein!« Die Stimme meiner Herrin bebte. »Die Götter können sich nicht von Ägypten abwenden. Unser Volk darf nicht untergehen. Wir haben der Welt noch soviel zu geben.«

»Natürlich kann ich weiterkämpfen«, sagte Tanus. »Doch es wird nichts ändern. Wir können gegen ihre Wagen nicht siegen.«

Meine Herrin wandte sich wieder zu mir. »Taita, ich habe dich noch nicht darum gebeten, weil ich weiß, wieviel Kraft es dich kostet, doch ehe ich meine Entscheidung treffe, muß ich es tun. Ich muß dich bitten, die Labyrinthe von Amun-Re für mich zu befragen. Ich muß wissen, was die Götter von uns verlangen.«

Ich neigte den Kopf und flüsterte: »Ich werde meinen Kasten holen.«

Ich wählte das innerste Heiligtum des Schreins für Horus im erst zur Hälfte fertiggestellten Palast von Memnon als Ort für die Zukunftsschau. Der Schrein war dem Gott noch nicht geweiht, und sein Bildnis war noch nicht aufgestellt, doch ich war überzeugt, daß Horus dem Raum seinen wohlwollenden Einfluß bereits angedeihen ließ.

Meine Herrin saß, Tanus an ihrer Seite, vor mir und sah gebannt zu, wie ich den Zaubertrank einnahm, um die Augen meiner Seele zu öffnen, meines *Ka*, jenes kleinen vogelähnlichen Wesens, welches im Herzen eines jeden von uns lebt und unser höheres Selbst ist.

Ich breitete die Labyrinthe aus Elfenbein vor ihnen aus und bat Königin Lostris und Tanus, sie behutsam zu berühren, ihnen ihre Seele und die Seele des Volkes, unseres Ägyptens, welches sie verkörperten, einzugeben. Während ich zusah, wie sie die Stapel von münzenähnlichen Elfenbeinscheiben wieder und wieder teilten, spürte ich, wie der Kräutertrunk zu wirken begann und sich der Schlag meines Herzens verlangsamte.

Ich nahm die letzten beiden Labyrinthe und hielt sie an meine Brust. Sie begannen sich an meiner Haut zu erwärmen, wurden heiß, und ich verspürte den Wunsch, vor der Dunkelheit, die mich erfaßte, zurückzuweichen. Doch ich gab ihr nach und ließ mich von ihr davontragen.

Ich vernahm die Stimme meiner Herrin wie aus weiter Ferne. »Was wird aus der Doppelkrone? Wie können wir uns dem Barbaren widersetzen?«

Vor meinen Augen nahmen die Bilder Gestalt an, und ich wurde in eine Zeit versetzt, die noch kommen würde, und schaute Ereignisse, die noch nicht eingetreten waren.

Durch die Öffnung im Dach strömte die Morgensonne und fiel auf den Altar von Horus, als ich schließlich von der weiten Reise durch die Labyrinthe zurückkehrte. Ich fühlte mich elend und zitterte vor Erschöpfung, und die Erinnerung an die seltsamen Erscheinungen, die sich mir gezeigt hatten, machte mich schwindeln.

Meine Herrin und Tanus waren während der langen Nacht bei mir geblieben. Ihre ängstlichen Gesichter waren das erste, was ich bei meiner Rückkehr sah, doch sie waren verzerrt und schwankten, und so hielt ich sie für einen Teil der Vision.

»Taita, bist du wohlauf? Sprich mit uns. Sag uns, was du gesehen hast.« Meine Herrin war besorgt. Es bedrückte sie, daß sie mir diese Anstrengung zugemutet hatte.

»Da war eine Schlange.« Meine Stimme hallte mir noch immer seltsam in den Ohren. »Eine große grüne Schlange, die durch die Wüste kroch.«

Ich sah ihre erstaunten Gesichter, doch über die Bedeutung meiner Geschichte hatte ich selbst noch nicht nachgedacht, so daß ich ihnen keine Erklärung zu geben vermochte.

»Ich habe Durst«, flüsterte ich. »Meine Kehle ist trocken, und meine Zunge ist wie ein Stein, der mit Moos überzogen ist.«

Tanus nahm einen Krug mit Wein und goß mir eine Schale voll ein, und ich trank gierig.

»Erzähl uns von der Schlange«, forderte meine Herrin mich auf, als ich die Schale abgesetzt hatte.

»Ihr geschmeidiger Körper hatte kein Ende, und sie schimmerte grün im Sonnenlicht. Sie kroch durch ein fremdes Land, in dem große nackte Menschen und seltsame, wunderbare Tiere lebten.«

»Hast du den Kopf oder den Schwanz der Schlange gesehen?« fragte meine Herrin, und ich schüttelte den Kopf.

»Wo warst du? Wo hast du gestanden?« fragte sie beharrlich weiter. Ich hatte vergessen, wie sehr sie meine Gesichte genoß, und welchen Spaß sie daran hatte, sie zu deuten.

»Ich ritt auf dem Rücken der Schlange«, erwiderte ich. »Aber ich war nicht allein.«

»Wer war bei dir?«

»Du warst an meiner Seite, Herrin, und Memnon war bei dir. Und an meiner anderen Seite war Tanus, und die Schlange hat uns alle getragen.«

»Der Nil! Die Schlange war der Fluß!« rief sie triumphierend. »Du hast gesehen, wie wir eine Reise auf dem Fluß machen.«

»In welche Richtung?« fragte Tanus. Er war ebenso fasziniert wie sie. »In welche Richtung ist er geflossen?«

Ich strengte mich an, mir jede Einzelheit ins Gedächtnis zu rufen. »Ich sah die Sonne zu meiner Linken aufgehen.«

»Süden!« rief er.

»Nach Afrika«, sagte meine Herrin.

»Schließlich sah ich die Köpfe der Schlange vor uns. Der Körper der Schlange war gegabelt, und an jedem Ast saß ein Kopf.«

»Hat der Nil zwei Äste?« überlegte meine Herrin laut. »Oder verbirgt sich ein tieferer Sinn hinter diesem Bild?«

»Laß uns hören, was Taita noch zu erzählen hat.« Tanus unterbrach ihre Überlegungen. »Fahre fort, alter Freund.«

»Dann sah ich die Göttin«, sagte ich. »Sie saß auf einem hohen Berg. Und die Köpfe der Schlange beteten sie an.«

Meine Herrin konnte sich nicht zurückhalten. »Welche von den Göttinnen hast du gesehen? Sag mir schnell, welche es war.«

»Sie hatte den bärtigen Kopf eines Mannes, aber die Brüste und die Schamspalte einer Frau. Aus ihrer Scheide strömten zwei große Flüsse in die offenen Münder der doppelköpfigen Schlange.«

»Das ist die Göttin Hapi, der Flußgott«, flüsterte Königin Lostris. »Sie erzeugt den Fluß in sich selbst und schüttet ihn aus, damit er durch die Welt fließt.«

»Was hast du noch geschaut?« fragte Tanus.

»Die Göttin lächelte uns an, und ihr Gesicht strahlte vor Liebe und Güte. Sie sprach mit einer Stimme, die den Klang des Windes und des Meeres hatte. Das Geräusch von Donner auf fernen Bergspitzen.«

»Was hat sie gesagt?« fragte Lostris von Ehrfurcht ergriffen.

»Sie sagte: ›Laßt mein Kind zu mir kommen. Ich werde sie stark machen, mein Volk wird nicht im Angesicht des Barbaren zugrunde gehen.‹« Ich wiederholte die Worte, die noch immer wie ein Trommelwirbel in meinem Kopf dröhnten.

»Ich bin das Kind der Flußgöttin«, sagte meine Herrin. »Ich stehe unter ihrem Schutz. Jetzt ruft sie mich zu sich, und ich muß zu dem Ort gehen, an dem sie wohnt. Ans Ende des Nils.«

»Diese Reise haben Taita und ich vor langer Zeit schon einmal erwogen«, sagte Tanus nachdenklich. »Und nun befiehlt die Göttin sie uns. Wir dürfen es ihr nicht verweigern.«

»Ja, wir müssen gehen, doch wir werden zurückkehren«, gelobte meine Herrin. »Dies ist mein Land, unser Ägypten. Dies ist meine Stadt, unser wundervolles Theben mit den hundert Toren. Ich kann sie nicht für immer verlassen. Ich werde nach Theben zurückkehren. Das schwöre ich, und ich rufe die Göttin Hapi an, meinen Schwur zu bezeugen. Wir werden zurückkehren!«

Die Entscheidung, in den Süden zu fliehen, bis hinauf über die Wasserfälle in das wilde und unerforschte Land dahinter, hatten Tanus und ich schon einmal getroffen. Damals hatten wir dem Zorn Pharaos entgehen wollen, jetzt flohen wir vor einem weitaus gnadenloseren Feind. Der Wille der Götter, uns auf diese Reise zu schicken, schien unumstößlich.

Uns blieb nur wenig Zeit, Vorbereitungen für eine derart schicksalhafte Reise zu treffen. Die Hyksos näherten sich uns aus zwei Richtungen, und unsere Beobachter berichteten, daß wir ihre Truppen spätestens nach Ablauf dreier Tage vom Dach des Palastes von Memnon aus sehen würden.

Tanus übergab den Befehl über die Hälfte seiner verfügbaren Streitkräfte an Kratas und schickte ihn los, um König Salitis aufzuhalten, der aus dem Norden kam und die Totenstadt wahrscheinlich als erster erreichen würde. Kratas hatte den Auftrag, Salitis so lange wie möglich aufzuhalten; doch wenn er die Hyksos nicht länger abwehren konnte, sollte er seine Truppen auf die Galeeren bringen.

Tanus selbst führte die andere Hälfte unserer Armee nach Süden, um dort ebenfalls eine Verzögerungsschlacht gegen die Hyksos zu führen, die von Esna aus auf uns zukamen.

Währenddessen sollte meine Herrin unser Volk und all unsere Besitztümer an Bord der übrigen Schiffe unserer Flotte bringen. Meine Herrin betraute den edlen Herrn Merkeset mit dieser Aufgabe und befahl mir, ihm zur Seite zu stehen. Der edle Herr Merkeset war ein Greis, erst kurz zuvor hatte er eine Frau zu sich genommen, die kaum sechzehn Jahre alt war. So war er für niemanden von großem Nutzen, und die gesamte Planung und Vorbereitung unserer Flucht lastete allein auf meinen Schultern.

Zuallererst nahm ich mich meiner Pferde an. Selbst zu diesem frühen Zeitpunkt war mir klar, daß sie der Schlüssel zum Überleben unseres ägyptischen Volkes waren. Mit den Tieren, die wir in Esna eingefangen hatten, besaßen wir bereits mehrere tausend. Ich teilte die Herde in vier Teile auf, damit sie auf ihrem Weg leichter Futter fanden. Außerdem würden die kleineren Herden weniger Staub aufwirbeln und den Spähern der Hyksos leichter aus dem Weg gehen können.

Ich schickte Hui und meine Wagenlenker und Pferdeknechte mit diesen Herden nach Süden, in Richtung Elephantine, mit dem Befehl, das Flußufer zu meiden.

Nachdem die Pferde auf den Weg gebracht waren, konnte ich meine Aufmerksamkeit den Menschen zuwenden. Ich wußte, daß uns nur eine begrenzte Anzahl Schiffe zur Verfügung stand, und am Ende rechnete ich aus, daß wir an Bord der fliehenden Flotte nicht mehr als zwölftausend Menschen aufnehmen konnten. Dies teilte ich meiner Herrin mit.

»Wir müssen bei der Auswahl derer, die wir zurücklassen, hart sein«, sagte ich, doch sie mochte nicht auf mich hören.

»Es ist mein Volk. Eher würde ich meinen Palast aufgeben, als sie den Hyksos zu überlassen.«

»Aber, Hoheit, was ist mit den Alten und Schwachen? Mit den Kranken und den kleinen Kindern?«

»Jeder wird wählen können, ob er mit uns kommen will. Ich werde keinen Graubart oder Bettler, kein Kind und keine Aussätzigen zurücklassen. Sie sind mein Volk, und wenn sie nicht gehen können, dann werden Prinz Memnon und ich bei ihnen bleiben.« Natürlich erwähnte sie den Prinzen nur, um sich ganz sicher zu sein, daß sie mich erweichen konnte.

Die Schiffe würden unter dem großen Gewicht der Menschen bis zum Schandeck unter Wasser liegen, aber ich hatte keine Wahl. Ich verschaffte mir ein gewisses Maß an Befriedigung, indem ich zuerst die nützlichen und schöpferischen Menschen an Bord brachte. Ich wählte Männer aus jedem Handwerk und jedem Beruf, Steinmetze und Weber, Kupferschmiede und Töpfer, Gerber und Segelmacher, Schreiber und Künstler, Schiffsbauer und Zimmerleute, jeder von ihnen der beste auf seinem Gebiet. Diese brachte ich sicher an Bord der wartenden Transportschiffe. Besonderes Vergnügen bereitete es mir, die unbequemsten Plätze in den am meisten verwahrlosten Schiffen den Priestern und Rechtsgelehrten zuzuteilen, diesen blutsaugenden Fliegen auf dem gesunden Körper des Staates.

Als sie alle an Bord waren, erlaubte ich dem Pöbel, zur Werft unterhalb des Tempels zu kommen.

Infolge der Unnachgiebigkeit meiner Herrin mußte ich sorgsam darauf achten, welche Ladung wir an Bord nahmen. Für wertlosen Plunder würde kein Platz sein. Ich stellte die Waffen und Werkzeuge und Rohstoffe zusammen, welche wir benötigen würden, um in den fremden

Ländern ein neues Leben aufbauen zu können. Ich war bemüht, den Rest der Fracht auf jede erdenkliche Art in Gewicht und Umfang zu verkleinern. So verstaute ich statt Korn und Früchten die Samen jeder wünschenswerten Pflanze in Tonkrügen, die mit Wachs und Pech versiegelt wurden.

Jeder Deben Gewicht, den wir in unsere Schiffsbäuche luden, bedeutete, daß etwas anderes zurückgelassen werden mußte. Unsere Reise konnte zehn Jahre oder ein ganzes Leben dauern. Es würde ein beschwerlicher Weg sein. Wir wußten, daß die großen Wasserfälle vor uns lagen. Wir wagten nicht, uns mit irgend etwas zu belasten, das nicht notwendig war, aber da war auch noch das Versprechen, welches meine Herrin Pharao gegeben hatte. Es war kaum genug Platz für die Lebenden – wieviel Platz konnten wir dem Toten zugestehen?

»Ich habe dem König mein Versprechen gegeben, als er im Sterben lag«, sagte meine Herrin unbeirrt. »Ich kann ihn nicht hierlassen.«

»Hoheit, ich werde für den Körper des Königs ein sicheres Versteck finden, ein unmarkiertes Grab in den Hügeln, wo niemand ihn finden wird. Wenn wir nach Theben zurückkehren, werden wir ihn ausgraben und ihm das königliche Begräbnis geben, das du ihm versprochen hast.«

»Wenn ich meinen Schwur breche, werden uns die Götter verlassen, und unsere Reise wird verdammt sein. Der Körper des Königs muß mit uns kommen.«

Ein Blick in ihr Gesicht zeigte mir, daß jeder weitere Einspruch sinnlos war. Wir öffneten den schweren Granitsarkophag und hoben die sechs inneren Särge heraus. Schon sie waren so sperrig, daß eine ganze Galeere nötig gewesen wäre, um sie zu bergen.

Ich traf eine Entscheidung, ohne Königin Lostris' Rat einzuholen. Ich ließ die Arbeiter nur die beiden innersten der goldenen Särge herausheben. Sie waren zum Schutz mit dicken Leinentüchern bedeckt. Diese beiden Särge verstauten wir im Rumpf der *Atem von Horus.*

Der riesige Schatz von Pharao, all das Gold und Silber und die kostbaren Steine, wurde in Zedernholzkisten verpackt. Ich befahl den Goldschmieden, das Gold von den zurückgelassenen Särgen und dem Holzrahmen des Katafalks zu schälen und zu Barren einzuschmelzen. Insgeheim war ich entzückt, die Zerstörung dieser geschmacklosen Monstrosität bewirken zu können. Die Schatztruhen und die Barren aus Gold wurden zum Anlegeplatz gebracht und auf die wartenden Schiffe verladen. Ich teilte sie so auf, daß jedes Schiff wenigstens eine Truhe oder einen Stapel Goldbarren mit sich führte. So verringerte ich die Gefahr, daß der gesamte Schatz bei einem einzigen Unglücksfall verlorenging.

Das alles geschah in größter Eile, und noch bevor das letzte Schiff beladen war, riefen die Posten vom Dach des Palastes, daß die Staubwolke der Hyksos-Wagen in Sicht sei. Innerhalb der nächsten Stunde zogen sich unsere erschöpften und schlachtmüden Truppen, welche unter Tanus und Kratas ein langes und grimmiges Nachhutgefecht geführt hatten, in die Totenstadt zurück und gingen auf die wartenden Galeeren.

Ich eilte Tanus entgegen, der an der Spitze eines Wachtrupps aus der Schlacht kam. Es war ihm und seinen Männern durch Mut und Opferbereitschaft gelungen, ein paar zusätzliche Tage für uns herauszuschlagen, doch nun konnten sie nichts mehr ausrichten, und der Feind trieb sie vor sich her.

Als ich winkte und seinen Namen rief, rief Tanus über die Köpfe der Menge hinweg: »Königin Lostris und der Prinz? Sind sie schon an Bord der *Atem von Horus?*«

Ich kämpfte mir einen Weg durch die Menge. »Meine Herrin will hierbleiben, bis alle an Bord der Schiffe sind. Sie hat mir befohlen, dich zu ihr zu bringen, sobald du zurück bist. Sie erwartet dich in ihren Gemächern.«

Er sah mich erschrocken an. »Der Feind drängt mit Macht nach vorn. Königin Lostris und der Prinz sind wertvoller als dieser ganze Mob. Warum hast du sie nicht gezwungen zu gehen?«

Ich lachte. »Sie ist keine Frau, die sich zu etwas zwingen läßt. Das solltest du genauso gut wissen wie ich. Sie wird keinen aus ihrem Volk den Hyksos überlassen.«

»Zum Seth mit dem Stolz dieser Frau! Sie wird uns noch alle umbringen.« Doch seine harten Worte wurden durch den Ausdruck von Stolz und Bewunderung in seinem staubigen Gesicht Lügen gestraft. Dann lächelte er mich an und sagte: »Nun, wenn sie nicht von allein kommt, werden wir zu ihr gehen und sie holen müssen.«

Wir bahnten uns einen Weg durch die langen Reihen von Menschen, die ihre Habe, in Bündel geschnürt, auf dem Rücken trugen und sich mit ihren Kindern um den Anlegeplatz drängten. Tanus deutete über die Schlachtfelder auf die Staubwolken, welche sich aus beiden Richtungen näherten.

»Sie kommen schneller, als ich es für möglich gehalten hätte. Sie haben nicht einmal angehalten, um ihre Tiere zu tränken. Wenn wir uns mit dem Einschiffen nicht beeilen, werden sie hier sein, ehe auch nur die Hälfte unserer Leute an Bord ist«, sagte er grimmig.

Der Anlegeplatz war so klein, daß nicht mehr als zwei Schiffe dort ankern konnten. Die Menge der Flüchtigen verstopfte den Zugang und die Eingangstore. Sie weinten und schimpften, und mitten in dieses Durcheinander schrie jemand von hinten: »Die Hyksos sind da! Lauft! Rettet euch! Die Hyksos sind da!«

In der Menschenmenge breitete sich wildes Entsetzen aus, und sie drängte kopflos nach vorn. Frauen wurden gegen die Steintore gedrückt und Kinder unter den Füßen zertrampelt. Jede Ordnung brach zusammen, brave und würdevolle Bürger und gehorsame Soldaten wurden zu einem verzweifelten Mob, der um sein nacktes Überleben kämpfte.

Die Hallen und Gänge des Palastes waren verlassen, nur ein paar Plünderer streiften durch die Räume. Doch sie machten sich schnell aus dem Staub, als sie Tanus sahen. Er bot einen schrecklichen Anblick, hager und staubig und von der Schlacht gezeichnet, einen Stoppelbart an Kinn und Wangen. Er stürmte in die Gemächer der Königin, die Türen standen weit offen. Ich folgte ihm.

Meine Herrin saß unter den verzweigten Weinranken auf der Terrasse und hielt Prinz Memnon auf dem Schoß. Sie zeigte ihm die Flotte auf dem Nil, und die beiden schienen das Schauspiel zu genießen.

»Sieh nur die hübschen Schiffe.«

Als Königin Lostris uns erblickte, stand sie lächelnd auf, und Memnon rutschte von ihrem Schoß, um Tanus entgegenzulaufen.

Tanus hob ihn hoch und setzte ihn auf seine Schultern, dann legte er seinen freien Arm um meine Herrin.

»Wo sind deine Sklaven? Wo sind Aton und der edle Herr Merkeset?« fragte er.

»Ich habe sie zu den Schiffen geschickt.«

»Taita sagt, du hättest dich geweigert, selbst zu den Schiffen zu gehen. Er ist sehr böse mit dir, und das zu recht.«

»Verzeih mir, lieber Taita.« Ihr Lächeln konnte mein Leben erhellen oder mir das Herz brechen.

»Du solltest dich lieber bei König Salitis entschuldigen«, erwiderte ich steif. »Er wird bald hier sein.« Ich ergriff ihren Arm. »Aber nun, da dieser ungehobelte Soldat endlich da ist, können wir wohl endlich zu den Schiffen gehen?«

Wir verließen die Terrasse und eilten durch die Gänge des Palastes. Keine Menschenseele war mehr zu sehen.

Wir liefen quer durch die Gärten zu der Steintreppe, die zum Anlegeplatz führte. Auch dort war alles menschenleer. Hinter der Festungsmauer sah ich die Masten der Schiffe, die sich langsam durch den Kanal zum offenen Fluß bewegten.

Ich hatte ein hohles Gefühl im Magen, als mir klar wurde, daß nur noch wir an Land waren und daß wir noch eine halbe Meile vor uns hatten, ehe wir den leeren Anlegeplatz erreichen würden. Wir blieben stehen und sahen der letzten Galeere nach.

»Ich habe dem Kapitän gesagt, daß er warten soll«, rief ich voller

Verzweiflung, »doch nun sind die Hyksos schon so nahe, daß jeder nur an seine eigene Sicherheit denkt!«

»Was sollen wir jetzt tun?« flüsterte meine Herrin, und selbst Memnons fröhliche Schreie verstummten.

»Wenn wir bis zum Fluß kommen, wird uns Remrem oder Kratas sehen und ein Boot schicken, um uns zu holen«, sagte ich, und Tanus pflichtete mir bei.

»Hier entlang! Mir nach!« rief er. »Taita, kümmere dich um deine Herrin.«

Ich nahm ihren Arm, um sie zu stützen, doch sie war stark und wendig wie ein Hirtenjunge und lief leichtfüßig an meiner Seite. Dann hörte ich plötzlich die Pferde und das Quietschen der Wagenräder. Die Geräusche waren unmißverständlich und schrecklich nahe.

Unsere eigenen Pferde hatten die Stadt schon drei Tage zuvor verlassen. Unsere Wagen waren zerlegt und in den Schiffsbäuchen der Flotte verstaut. Die Wagen, die ich jetzt hörte, waren noch nicht zu sehen, aber wir wußten, wem sie gehörten.

»Die Hyksos!« sagte ich leise, und wir blieben eng aneinandergedrängt stehen. »Wahrscheinlich einer ihrer Spähtrupps.«

»Es hört sich nach nur zwei oder drei Wagen an«, sagte mir Tanus, »aber das genügt. Wir sind abgeschnitten.«

»Mir scheint, wir sind ein wenig zu spät aufgebrochen«, sagte meine Herrin. Ich wußte, daß sie nicht so ruhig war, wie sie vorgab. Vertrauensvoll sah sie Tanus und mich an. »Was schlagt ihr vor?«

Ihre Unverfrorenheit verblüffte mich. Allein ihre Dickköpfigkeit war schuld an unserer mißlichen Lage. Hätte sie meinem Drängen nachgegeben, wären wir längst auf der *Atem von Horus* und in Sicherheit gewesen.

Tanus bedeutete uns, still zu sein, und wir lauschten den Geräuschen der feindlichen Wagen, die auf dem Weg am Fuß der Mauer entlangfuhren. Je näher sie kamen, desto deutlicher war zu hören, daß es sich nur um eine kleine Vorhut handelte.

Plötzlich verstummten die Geräusche der Räder, und wir hörten die Pferde schnauben und auf den Boden stampfen, dann männliche Stimmen, die in einer harten und kehligen Sprache redeten. Sie waren direkt unter uns, und Tanus machte uns noch einmal ein drängendes Zeichen, still zu sein. Prinz Memnon war nicht daran gewöhnt, sich einzuschränken oder Ruhe zu geben, wenn es ihm nicht gefiel. Er hatte die Geräusche gehört und wiedererkannt.

»Pferde!« rief er mit seiner glockenhellen Stimme. »Ich will die Pferde sehen.«

Darauf folgte ein Aufschrei. Hyksos-Stimmen schrien Befehle, Waffen rasselten in ihren Scheiden. Dann polterten schwere Schritte auf der Steintreppe, und eine Gruppe Feinde kam uns entgegen.

Es waren fünf, und sie rückten mit gezogenen Schwertern auf uns zu, große Männer mit Rüstungen wie Fischschuppen und bunten Bändern in den Bärten. Einer von ihnen war größer als die anderen. Zuerst erkannte ich ihn nicht, denn er hatte sich einen Bart wachsen lassen und ihn wie die Hyksos mit Bändern geschmückt, und das Visier seines Helms verbarg sein Gesicht. Doch dann schrie er mit jener Stimme, die ich nie vergessen würde: »Also, du bist das, kleiner Harrab! Ich habe den alten Hund getötet, und jetzt werde ich sein Hündchen töten!«

Ich hätte es ahnen müssen, daß Intef als erster kommen und wie eine hungrige Hyäne nach Pharaos Schätzen schnüffeln würde. Er mußte den Truppen der Hyksos vorausgeeilt sein, um als erster in den Grabtempel zu gelangen. Aber bei aller Prahlerei stürzte er sich nicht sofort auf Tanus, sondern winkte die Wagenlenker der Hyksos heran, damit sie für ihn die Arbeit erledigten.

Tanus hob Prinz Memnon von seinen Schultern und warf ihn mir zu wie eine Puppe.

»Lauft!« befahl er. »Ich versuche ein bißchen Zeit zu gewinnen.« Er stürzte sich auf die Hyksos, während sie noch auf der Treppe waren und keinen Platz hatten, ihre Schwerter zu ziehen. Den ersten tötete er fein säuberlich mit einem Stoß durch die Kehle.

»Steht nicht herum und starrt!« schrie er uns über die Schulter zu. »Lauft!«

Ich stand nicht da und starrte, aber mit dem Kind, das sich an meiner Brust festklammerte, würde ich es nie bis zum Flußufer schaffen.

Ich trat an die Mauer und warf einen Blick hinunter. Direkt unter mir standen zwei Hyksos-Wagen, die Pferde schnaubten und tänzelten unruhig in den Zugriemen. Nur ein Mann war unten geblieben, um sie zu halten, während seine Gefährten die Treppe heraufstürmten. Er stand vor den beiden Gespannen, und seine Aufmerksamkeit war auf seine Schutzbefohlenen gerichtet. Er bemerkte mich nicht.

Ich umklammerte Memnon, schwang die Beine über die Mauer und stieß mich ab. Der Prinz stieß vor Schreck einen Schrei aus. Es war viermal so hoch, wie ein ausgewachsener Mann groß ist. Ich hätte mir beim Fallen leicht ein Bein brechen können, wäre ich nicht genau auf dem Kopf des ahnungslosen Hyksos gelandet. Der Aufprall brach ihm den Hals, ich hörte deutlich, wie seine Wirbelsäule zerbarst, und er sackte unter uns zusammen und fing unseren Sturz auf.

Memnon, der bei der rauhen Behandlung vor Wut aufheulte, noch immer im Arm, kroch ich auf die Knie und erhob mich. Aber das war noch nicht das Ende. Ich ließ Memnon auf den Fahrerstand des nächsten Wagens fallen und sah hinauf zu meiner Herrin. Sie beugte sich über die Mauer.

»Spring!« rief ich. »Ich fang dich auf!« Sie zögerte keinen Augenblick, sondern schwang sich schneller über die Mauer, als ich darauf vorbereitet war, sie aufzufangen. Sie fiel direkt auf mich, ihre kurzen Röcke flogen nach oben und gaben den Blick auf ihre langen schlanken Schenkel frei. Der Aufprall schlug mir die Luft aus den Lungen, und gemeinsam gingen wir zu Boden.

Schwer atmend stand ich wieder auf und stellte sie auf die Beine. Ich stieß sie über das Trittbrett in den Wagen und rief: »Kümmere dich um Memnon!« Sie konnte ihn gerade noch festhalten, als er dabei war, vom Wagen zu krabbeln. Er weinte noch immer vor Angst und Zorn. Ich mußte über sie hinwegklettern, um an die Zügel zu gelangen und die Pferde in meine Gewalt zu bringen.

»Halt dich fest!« Die beiden Pferde zogen den Wagen direkt unter die Mauer. Ein Rad holperte über den Körper des Mannes, den ich bei meinem Sprung getötet hatte.

»Tanus!« rief ich. »Hierher!«

Hoch über uns sprang er auf die Mauer, noch immer mit den Hyksos kämpfend.

»Spring, Tanus, spring!« schrie ich, und er trat über den Rand der Mauer und ließ sich fallen. Breitbeinig landete er auf dem Rücken eines der Pferde. Das Schwert glitt ihm bei dem Aufprall aus der Hand und fiel klirrend auf den harten Boden. Tanus schlang beide Arme um den Hals des Tieres.

»Hü!« rief ich den Pferden zu und schlug mit dem Ende der Zügel gegen ihre Hinterteile. Sie galoppierten los, und ich lenkte sie über den Weg ins freie Feld, welches zum Flußufer führte. In der Mitte des Flusses erblickte ich die Segel unserer Flotte.

Intef und seine Männer waren die Treppe hinuntergelaufen. Nun kletterten sie auf den zurückgebliebenen Wagen, und ich verfluchte mich, weil ich ihn nicht zerstört hatte. Es hätte nur einen Augenblick gedauert, die Zügel durchzuschneiden und die Pferde wegzujagen, aber ich hatte in meiner Aufregung nur daran gedacht, meine Herrin und den Prinzen von dort wegzubringen.

Jetzt kam Intef hinter uns her. Sein Wagen war noch keine hundert Schritt vorangekommen, als mir klar war, daß er schneller war als wir. Tanus' Gewicht behinderte eines unserer Pferde beim Laufen; er war ein schwerer Mann und klammerte sich noch immer mit beiden Armen am Hals des Pferdes fest. Er schien starr vor Schreck. Ich glaube, es war das erste Mal, daß ich ihn wirklich angsterfüllt gesehen habe. Ich habe gesehen, wie er mit ruhiger Hand mit dem Bogen einen angreifenden Löwen erlegte, aber das Pferd jagte ihm Angst und Schrecken ein.

Ich bemühte mich, nicht an den Wagen hinter uns zu denken, sah nach vorn und richtete meine Aufmerksamkeit darauf, uns sicher über die Felder und durch das Labyrinth der Bewässerungskanäle zum Ufer des Nils zu bringen. Im Vergleich zu meinem Taita-Wagen war der Wagen der Hyksos schwer und mühsam zu lenken. Die massiven Holzräder mit den glitzernden, kreisenden Messern an den Rändern schlugen sich tief in den lehmigen Boden der gepflügten Äcker, und die Bronzeverzierungen auf dem Trittbrett und an den Seitenrahmen wogen schwer. Die Pferde mußten schon weit gelaufen sein, bevor ich die Zügel in die Hand nahm. Sie waren mit weißen Schweißflocken bedeckt.

Wir hatten noch nicht die Hälfte der Strecke bis zum Ufer zurückgelegt, als ich die Schreie der Hyksos und das Schlagen der Hufe immer näher kommen hörte. Ich warf einen Blick zurück und mußte feststellen, daß sie keine drei Längen hinter uns waren. Der Wagenlenker schlug mit einer Peitsche aus geknoteten Lederriemen auf die Pferde ein und brüllte in seiner rauhen, häßlichen Sprache auf sie ein. Neben ihm lehnte sich Intef über das Spritzbrett. Sein mit Bändern geschmückter Bart wehte an beiden Seiten seines Kiefers, und seine hübschen Gesichtszüge leuchteten vor Jagdbegeisterung.

Er schrie mir etwas zu, und seine Stimme übertönte die Geräusche der beiden schwer arbeitenden Pferdegespanne. »Taita, mein Geliebter, liebst du mich noch? Du sollst es mir noch einmal beweisen, bevor du stirbst.« Und er lachte schallend. »Du sollst vor mir niederknien und mit vollem Mund sterben.« Meine Haut kräuselte sich, so entsetzt war ich von dem schrecklichen Bild, welches ich bei seinen Worten vor mir sah.

»Und du, meine liebliche Tochter, ich werde dich den Soldaten der Hyksos zum Spielen geben, damit sie ihren Spaß an dir haben. Sie werden dir Künste beibringen, die Harrab dir bestimmt nicht gezeigt hat. Ich brauche dich nicht mehr, denn nun habe ich deinen Balg.« Königin Lostris drückte Memnon fester an ihre Brust, und ihr Gesicht wurde blaß und starr.

Ich verstand Intefs Plan sofort. Einem Kind vom königlichen Blut Ägyptens, wenn auch Statthalter der Hyksos, würde unser Volk die Treue halten. Prinz Memnon war die Puppe, mit der König Salitis und der Herr Intef die beiden Königreiche zu regieren beabsichtigten. Ich trieb meine Pferde aufs äußerste an, doch sie erlahmten immer mehr, und Intef kam so schnell näher, daß er nicht einmal mehr schreien mußte, um gehört zu werden.

»Edler Herr Harrab, welch ein großes Vergnügen, auf das ich schon lange gewartet habe. Ich frage mich, was wir mit dir tun sollen? Zuerst werden wir beide zusehen, wie sich die Soldaten mit meiner Tochter vergnügen...« Ich versuchte, meine Ohren vor diesem Schmutz zu verschließen, doch seine Stimme war heimtückisch und ließ sich nicht aussperren.

Ich starrte noch immer geradeaus, achtete auf den rauhen und gefährlichen Boden, aber aus den Augenwinkeln sah ich die Köpfe des Pferdegespanns vor dem Wagen der Hyksos mit unserem Wagen gleichziehen. Ihre Mähnen flogen im Wind, und ihre Augen funkelten wild, als sie uns in rasendem Galopp einholten.

Der stämmige Bogenschütze der Hyksos, der hinter Intef auf dem Trittbrett stand, legte einen Pfeil in seinen kurzen gekrümmten Bogen. Die Entfernung war so gering, daß er selbst von diesem schwankenden, holpernden Wagen aus einen von uns treffen mußte.

Tanus konnte nicht kämpfen, denn er hatte sein Schwert verloren. Er umklammerte den Hals des Pferdes, welches auf der dem Hyksos-Wagen abgekehrten Seite lief. Ich selbst hatte nur meinen kleinen Dolch, und Königin Lostris hockte auf den Knien und bemühte sich, den Prinzen mit ihrem eigenen Körper zu schützen.

Erst da bemerkte ich den Fehler, den der Lenker des Hyksos-Wagens gemacht hatte. Er hatte sein Gespann in die Lücke zwischen uns und dem tiefen Bewässerungsgraben gelenkt und sich damit der Möglichkeit zu manövrieren beraubt.

Der Schütze hob seinen Bogen und zielte auf mich. Ich sah ihm über die gezackte Spitze des Pfeilkopfes hinweg in die Augen. Seine Brauen waren schwarz und dicht und buschig, seine Augen dunkel und unerbittlich wie die einer Eidechse. Die Pferde der Hyksos liefen auf gleicher Höhe mit meiner Radnabe. Ich nahm die Zügel und lenkte unseren Wagen auf ihre Seite. Die blitzenden Bronzemesser, die aus meinen Wagenrädern ragten, zischten leise, als sie sich auf die Beine der Pferde zubewegten.

Der Lenker des Hyksos-Wagens schrie entsetzt auf, als er seinen Fehler erkannte. Seine Pferde waren zwischen dem Graben und den grausamen Messern gefangen. Die Klingen waren weniger als eine Handbreit von den Fersen des großen grauen Hengstes entfernt, welcher auf der uns zugewandten Seite lief.

In diesem Augenblick löste der Schütze seinen Pfeil, aber das plötzliche Ausscheren unseres Wagens hatte auch ihn geschlagen. Der Pfeil schien ganz langsam auf meinen Kopf zuzufliegen, doch das bildete ich mir in meinem Schreck nur ein. Tatsächlich flog er wie ein Sonnenstrahl über meine Schulter, die Flintkante streifte mein Ohr, und aus der eingeritzten Haut tropfte Blut auf meine Brust.

Der Lenker des Hyksos-Wagens war meinem plötzlich seitlich ausscherenden Wagen ausgewichen, und nun rollte das Rad auf der anderen Seite über den Rand des Bewässerungsgrabens, der unter den bronzebeschlagenen Reifen abbröckelte, so daß der Wagen ins Schleudern kam und unsicher auf der Kante schwankte.

Ich zog die Zügel straff und lenkte die Pferde weiter hinüber, genau in den anderen Wagen hinein. Meine Wagenmesser hackten in die Beine des Pferdes, und das arme Tier schrie vor Schmerzen auf. Ich sah Fetzen von Fleisch und Haaren über das Seitenbrett meines Wagens fliegen und wappnete mich gegen den jammervollen Schrei der Kreatur, während ich wieder direkt darauf zusteuerte. Diesmal ging das Pferd um sich schlagend zu Boden und zog seinen Gefährten mit sich. Dann stürzte der Wagen der Hyksos über den Grabenrand. Ich sah, wie die beiden Männer herausgeschleudert wurden. Der Lenker fiel unmittelbar vor die sich noch drehenden schweren Räder seines umgestürzten Wagens.

Inzwischen jagten wir selbst bedrohlich nahe am Rande des Grabens entlang, doch es gelang mir schnell, die Pferde zu bändigen.

»Brr!« Ich ließ sie langsamer laufen und wandte mich noch einmal um. Über dem Graben hing eine schwere Staubwolke. Ich ließ meine Pferde langsam traben. Das Flußufer war noch zweihundert Schritt entfernt, und nichts stellte sich uns auf unserer Fahrt in die Sicherheit in den Weg.

Ich warf einen letzten langen Blick zurück. Der Bogenschütze der Hyksos lag zusammengekrümmt am Boden, wo er gelandet war. Intef lag etwas weiter vom Grabenrand entfernt. Ich glaube wahrhaftig, ich hätte ihn dort liegengelassen, wenn er sich nicht geregt hätte, doch in diesem Augenblick richtete er sich auf und hievte sich mühsam auf die Beine.

Plötzlich kehrte mein ganzer Haß zurück, mit einer solchen Macht und Klarheit, daß ich nichts anderes mehr denken konnte. Es war, als wäre hinter meinen Augen eine Ader geplatzt, denn plötzlich verdunkelte sich mein Blick, und alles schien mit einer roten Schicht aus Blut bedeckt. Ein wilder Schrei brach aus meiner Kehle hervor, und ich wendete den Wagen in engem Kreis.

Intef stand mitten auf dem Weg. Er hatte seinen Helm und seine Waffen verloren und schien noch benommen; wenigstens schwankte er auf den Beinen. Ich gab den Pferden die Peitsche, daß sie wieder zu galoppieren begannen, und die schweren Räden rumpelten. Ich lenkte den Wagen geradewegs auf ihn zu. Sein Bart war zerzaust, die Bänder darin mit Staub überzogen. Intefs Augen blickten trüb, aber als ich die Pferde direkt auf ihn zulenkte, wurden sie plötzlich klar.

»Nein!« schrie er und begann rückwärts zu taumeln, während er die Hände ausstreckte, als wollte er den schweren Wagen und die galoppierenden Pferde abwehren. Ich schoß auf ihn los, doch im allerletzten Augenblick beschützten ihn seine dunklen Götter ein letztes Mal. Als ich schon fast über ihm war, sprang er zur Seite. Ich hatte ihn taumeln sehen und geglaubt, er wäre schwach und hilflos. Statt dessen war er flink und behende wie ein Schakal, den eine Hundemeute jagt. Der Wagen aber war schwer und unbeweglich, und ich konnte ihn nicht schnell genug herumreißen, um Intefs Sprung zu folgen.

Ich verfehlte ihn und raste an ihm vorbei. Ich zerrte an den Zügeln, doch die Pferde trugen mich noch hundert Schritte weiter, ehe ich das schwere Fahrzeug erneut wenden konnte. Nun lief Intef schon auf den Schutz des Grabens zu. Wenn er ihn erreichte, würde er in Sicherheit sein – das war mir klar. Ich fluchte bitterlich, als ich hinter ihm herjagte.

Dann endlich ließen ihn seine Götter fallen. Er hatte den Graben schon fast erreicht, doch er sah über die Schulter zu mir und achtete nicht darauf, wohin er seinen Fuß setzte. Er lief gegen einen Lehmklumpen, so hart wie Felsgestein, und sein Knöchel knickte weg. Er stürzte zu Boden, rollte sich aber herum und war schnell wieder auf den Beinen. Er versuchte weiterzulaufen, doch die Schmerzen in seiner gebrochenen Ferse behinderten ihn sichtlich. Er humpelte einen oder zwei Schritte weiter und versuchte dann auf einem Bein zum Graben zu hüpfen.

»Endlich gehörst du mir!« schrie ich, und er drehte sich um und sah mir, auf einem Bein schwankend, entgegen, als ich den Wagen erneut auf ihn zulenkte. Sein Gesicht war blaß, doch seine Leopardenaugen blitzten mich mit all der Bitterkeit und dem Haß seiner grausamen Seele an.

»Er ist mein Vater!« rief plötzlich meine Herrin neben mir, während sie das Gesicht des Prinzen an ihre Brust drückte, damit er nichts sah. »Laß ihn, Taita. Er ist von meinem Blut.«

Ich hatte ihr in meinem ganzen Leben noch nie den Gehorsam verweigert, es war das erste Mal. Ich machte keine Anstalten, die Pferde anzuhalten, sondern starrte Intef in die Augen, endlich einmal ohne Angst.

Am Ende hätte er mich fast wieder überlistet. Er warf sich auf die Seite, so daß er sich vor dem Wagen und den Rädern in Sicherheit brachte, nur den Radmessern konnte er nicht ganz ausweichen. Eine der kreisenden Klingen verfing sich in den Fischschuppengliedern seines Harnischs. Die Messerspitzen durchbohrten seine Rüstung und hakten sich in seinem Bauch fest. Das Messer drehte sich und wickelte seine Gedärme auf, so daß ihm sämtliche Eingeweide aus dem Bauch gezerrt wurden – gerade so wie bei den großen blauen Flußbarschen, die von den Fischweibern auf dem Markt ausgeweidet werden.

Er wurde von den glitschigen Strängen seiner eigenen Gedärme hinter uns her geschleift, fiel aber immer weiter zurück.

Seine Schreie waren Laute, die ich, solange ich lebe, nie wieder hören möchte. Ihr Echo sucht mich bis auf den heutigen Tag in meinen schweren Träumen heim, so daß er mir schließlich doch noch eine letzte Grausamkeit angetan hat. Ich habe ihn nie vergessen können, obgleich ich mir nie etwas sehnlicher wünschte.

Als die grausige Nabelschnur, welche ihn mit unserem Wagen verband, endlich riß, blieb er mitten auf dem Feld liegen. Die Schreie verstummten, und er lag da, ohne sich zu rühren.

Ich brachte die Pferde zum Stehen, und Tanus rutschte an dem Rücken des Pferdes herunter und kam nach hinten zu uns. Er hob meine Herrin und den Prinz vom Wagen und drückte sie fest an seine Brust. Meine Herrin weinte.

»Oh, es war schrecklich! Was er auch getan hat, er war mein Vater.«

»Jetzt ist alles gut«, sprach Tanus tröstend auf sie ein. »Es ist vorbei.«

Prinz Memnon lugte, wie alle Kinder fasziniert vom Grauenerregenden, über die Schulter seiner Mutter zu der am Boden ausgebreiteten Gestalt seines Großvaters. Plötzlich flötete er mit seiner hellen Stimme: »Er war ein böser Mann.«

»Ja«, pflichtete ich ihm leise bei, »er war ein sehr böser Mann.«

»Ist der böse Mann jetzt tot?«

»Ja, Mem, er ist tot. Von nun an können wir alle nachts wieder ruhig schlafen.«

Ich mußte die Pferde kräftig antreiben, um unsere Flotte einzuholen, aber schließlich kamen wir auf gleiche Höhe mit Kratas' Galeere, und er erkannte uns in unserem ungewöhnlichen Fahrzeug. Selbst aus der Ferne war ihm seine Verblüffung anzusehen. Später sagte er mir, er sei fest davon überzeugt gewesen, daß wir uns an Bord eines der Führungsschiffe in Sicherheit befänden.

Ich spannte die Pferde aus, und dann wateten wir ins Wasser zu dem kleinen Boot, das Kratas geschickt hatte, uns zu holen.

Die Hyksos ließen uns nicht so einfach fahren. Tag für Tag verfolgten ihre Wagen unsere Flotte am Nilufer, während wir nach Süden flohen.

Wann immer wir über das Heck der *Atem von Horus* zurückblickten, folgte uns die Staubwolke der feindlichen Truppe. Oft war der Staub mit den dunkleren Rauchwolken vermischt, die aus den Städten und Dörfern am Flußufer aufstiegen, welche von den Hyksos geplündert und angezündet wurden. Und wann immer wir an ägyptischen Städten vorbeikamen, schlossen sich uns Gruppen kleiner Schiffe an, so daß unsere Flotte mit jedem Tag größer wurde.

Es gab Zeiten, in denen der Wind nicht günstig stand, so daß uns die feindlichen Wagenreihen überholten. Dann sahen wir zu beiden Seiten des Flusses ihre Truppen und hörten ihre harschen, aber sinnlosen Jubelrufe und die Herausforderungen, die sie uns über das Wasser zuschrien. Die ewige Mutter Nil gewährte uns ihren Schutz, wie sie es seit Jahrhunderten getan hatte, und die Hyksos konnten uns nichts anhaben. Dann drehte der Wind wieder, und wir fuhren ihnen davon.

»Ihre Pferde werden diese Jagd nicht mehr lange durchhalten«, sagte ich am Morgen des zwölften Tages zu Tanus.

»Sei nicht so überheblich. Salitis will den Schatz von Pharao Mamose und den legitimen Erben der Doppelkrone«, erwiderte Tanus. »Gold und Macht üben einen wundersamen Einfluß aus und bestärken die Menschen in ihren Entschlüssen. Wir haben die Barbaren noch lange nicht zum letztenmal gesehen.«

Am nächsten Morgen hatte der Wind gedreht, und die Wagen kamen wieder näher und überholten die führenden Schiffe unserer Flotte, als wir uns gerade den Toren von Hapi näherten, der ersten der Granitwände, die den Fluß unterhalb von Elephantine begrenzen. Dazwischen verengt sich der Nil von einem Ufer zum anderen auf weniger als vierhundert Schritt, und zu beiden Seiten erheben sich die schwarzen Granitklippen steil in den Himmel. Gegen die Strömung des Flusses schaukelten wir durch die Tore von Hapi, mit verringerter Geschwindigkeit, so daß Tanus befahl, die Männer auf den Ruderbänken auszuwechseln.

»Ich glaube, sie werden dort auf uns warten«, sagte er grimmig, und gleich darauf deutete er nach vorn. »Da sind sie.«

Allen voran fuhr die *Atem von Horus* durch die Tore, und wir mußten die Köpfe weit nach hinten biegen, um an den Klippen hinaufsehen zu können. Die Bogenschützen der Hyksos, die hoch oben auf den Felskanten standen, sahen aus diesem Winkel viel kleiner aus.

»Da oben können sie ihre Pfeile von einem Ufer zum anderen schießen«, murmelte Tanus. »Wir werden fast den ganzen Tag in ihrer Reichweite sein. Es wird für uns alle hart, vor allem aber für die Frauen und Kinder.«

Es kam schlimmer, als Tanus erwartet hatte. Der erste Pfeil, der aus den Klippen über uns abgeschossen wurde, zog vor der blauen Wölbung des Himmels eine Rauchspur hinter sich her, während er sich nach unten senkte und dicht vor unserem Bug ins Wasser fiel.

»Feuerpfeile«, sagte Tanus und nickte. »Du hattest mal wieder recht, Taita. Die Barbaren lernen schnell.«

»Es ist nicht schwer, einem Affen etwas beizubringen.« Ich haßte die Hyksos wie jeder Mann unserer Flotte.

»Jetzt werden wir sehen, ob dein Gebläse genauso Wasser in ein Schiff hineinpumpen kann, wie es das Wasser herauspumpt«, sagte Tanus.

Ich hatte diesen Angriff erwartet und deshalb in den vergangenen Tagen auf den Galeeren, auf welchen Tanus meine Wasserpumpen angebracht hatte, einige Veränderungen vorgenommen. Nun befahl Tanus die Segel einzuholen, dann pumpten wir Wasser auf die Decks und weichten das Segeltuch darin ein. Auf den Decks wurden Ledereimer bereitgestellt, und dann fuhr das Schiff, begleitet von einer der Galeeren, in den von Granitfelsen gesäumten Bauch des Nils und in den Regen der feindlichen Feuerpfeile.

Wir brauchten zwei volle Tage, um die Flotte durch diesen Abschnitt zu bekommen, denn die hohen Klippen hielten den Wind ab. Es war heiß und still in der engen Spalte, und die Schiffe mußten auf der ganzen Strecke gegen den Strom gerudert werden. Die Pfeile fielen in hübschen funkelnden Kaskaden auf uns herab und bohrten sich in die Masten und Decks, wo sie steckenblieben. Sie sprühten Funken, die mit den Eimerketten oder den Lederschläuchen von den Pumpen auf den Begleitgaleeren gelöscht werden mußten. Wir hatten keine Möglichkeit, uns für diese Angriffe zu rächen, denn die Bogenschützen standen für uns unerreichbar hoch oben auf den Klippen. Als Remrem mit einer Truppe hinaufkletterte, um die Feinde von ihrem Hochsitz zu vertreiben, schossen sie von oben auf seine Männer hinunter, so daß er sich mit schweren Verlusten in die Boote zurückziehen mußte.

Die Schiffe, die durchkamen, waren mit schwarzen Rußflecken bedeckt. Viele andere hatten nicht soviel Glück. Die Flammen an Bord hatten die Eimer und Pumpen besiegt. In den meisten Fällen gelang es uns, die Menschen von den Schiffen zu holen, bevor die Flammen über ihnen zusammenschlugen, doch für manche kamen wir zu spät. Die Schreie der Frauen und Kinder, die in den Flammen eingeschlossen waren, ließ mir das Blut in den Adern erstarren. Nie in meinem Leben werde ich die Bilder dieses schrecklichen Tages vergessen.

Wir verloren mehr als fünfzig Schiffe bei den Toren von Hapi und hißten Trauerfahnen. Doch zumindest schienen sich die Hyksos mitsamt ihren Pferden auf dieser langen Jagd nach Süden verausgabt zu haben. Der Horizont im Norden war nicht länger von Staubwolken getrübt, und wir hatten eine Atempause, während derer wir unsere Toten beklagen und unsere Schiffe wiederherstellen konnten.

Allerdings glaubte keiner von uns daran, daß sich die Hyksos geschlagen gaben.

Prinz Memnon und ich verbrachten die meiste Zeit gemeinsam an Deck der Galeere unter dem Sonnensegel. Dort lauschte er aufmerksam meinen Geschichten oder sah mir zu, wie ich das erste Modell eines neuen Bogens für unsere Truppen entwarf, angeregt vom nach hinten gekrümmten Bogen der Hyksos. Längst beherrschte Memnon die Kunst, unaufhörlich Fragen zu stellen und so meine Aufmerksamkeit auf sich zu lenken.

»Was machst du da, Tata?«

»Ich mache einen neuen Bogen.«

»Aber warum denn?«

»Also gut, ich werde es dir sagen. Unseren alten Bogen mangelt es nicht nur an Kraft und Schwung, sie sind auch zu lang, um auf den Wagen gebraucht zu werden.« Er lauschte mir andächtig. Von Anfang an hatte ich mich bemüht, niemals in der Kindersprache mit ihm zu sprechen, ich habe immer wie mit einem Gleichrangigen mit ihm gesprochen. Und wenn er etwas nicht verstand, so freute er sich zumindest am Ton meiner Stimme.

»Ich bin inzwischen voll und ganz davon überzeugt, daß unsere Zukunft bei den Pferden und Wagen liegt, und ich bin mir sicher, daß deine Königliche Hoheit mir zustimmen wird.« Ich sah ihn an. »Du magst Pferde doch auch, nicht wahr, Mem?«

Das verstand er. »Ich liebe die Pferde, am meisten Geduld und Draufgänger«, sagte er und nickte eifrig.

Ich hatte bereits drei Schriftrollen gefüllt mit meinen Überlegungen, wie diese Mittel der Kriegsführung am besten einzusetzen seien. Nur zu gern hätte ich ausführlich mit Tanus darüber gesprochen, doch der Großlöwe von Ägypten redete nach wie vor nur widerwillig und voller Aberglauben über Pferde und alles, was damit zu tun hatte.

»Bau die verfluchten Dinger, wenn du unbedingt mußt, aber hör auf, davon zu reden«, pflegte er mir zu sagen.

Der Prinz war ein viel dankbarerer Zuhörer, und während ich arbeitete, führten wir lange Gespräche, die allerdings erst viel später Früchte tragen würden. Als Gefährten zog Memnon stets Tanus vor, aber ich stand in seiner Zuneigung nicht weit zurück, und wir verbrachten viele glückliche Stunden miteinander.

Er war von Anfang an ein ungewöhnlich reifes und kluges Kind und vervollkommnete seine Gaben unter meinem Einfluß schneller als jeder andere, den ich je unterrichtet hatte. Selbst meine Herrin hatte in diesem Alter nicht so schnell gelernt.

Ich hatte Memnon einen Spielzeugbogen von derselben Bauweise gemacht, die ich gerade erforschte, und er beherrschte ihn nahezu augenblicklich. Bald schoß er seine winzigen Pfeile über das ganze Deck – zur großen Aufregung der Sklavinnen und Kindermädchen, die er sich für gewöhnlich als Ziele aussuchte. Keine von ihnen wagte es, sich zu bücken, wenn der Prinz mit seinem Bogen bewaffnet war, denn bei einer Entfernung unter zwanzig Schritt verfehlte er nur selten ein einladendes weibliches Gesäß.

Nach dem Bogen waren der kleine Wagen und das Pferd, welche ich für ihn geschnitzt hatte, sein Lieblingsspielzeug. Ich hatte sogar den Wagenlenker als winzige Figur geschnitzt und Zügel angebracht, damit er das Gespann lenken konnte. Der Prinz nannte das kleine Männchen Mem, und die Pferde nannten wir Geduld und Draufgänger. Unermüdlich kroch er auf dem Deck herum, schob den Wagen vor sich her, ahmte die Geräusche von Pferden nach und schrie »Hü-hott!« und »Brrr!«

Für einen so kleinen Jungen nahm er seine Umgebung überraschend aufmerksam wahr; diesen blitzenden dunklen Augen entging kaum etwas von dem, was ringsum geschah. Und so verwunderte es mich nicht, daß er als erster auf der *Atem von Horus* weit vor uns am rechten Flußufer die Gestalt entdeckte.

»Pferde!« kreischte er, und einen Augenblick später: »Schaut nur! Schaut! Es ist Hui!«

Ich eilte zu ihm an den Bug, und mein Herz begann höher zu schlagen, als ich erkannte, daß er recht hatte. Es war Hui auf Draufgänger, der uns am Flußufer im vollen Galopp entgegengeritten kam.

»Hui hat die Pferde nach Elephantine gebracht. Ich vergebe ihm all seine Sünden und Dummheiten. Hui hat meine Pferde gerettet.«

»Ich bin sehr stolz auf Hui«, sagte der Prinz ernst und ahmte dabei meine Worte und den Ton meiner Stimme so treffend nach, daß meine Herrin und alle anderen um uns her in lautes Gelächter ausbrachen.

Als wir Elephantine erreicht hatten, war uns leichter ums Herz. Seit vielen Tagen schon hatten wir keine Anzeichen dafür entdeckt, daß wir verfolgt wurden, so daß sich sowohl in der Flotte als auch in der Stadt frischer Mut auszubreiten begann. Die Männer redeten schon davon, die Flucht in den Süden aufzugeben und hier, unterhalb der Katarakte, zu bleiben, um eine neue Armee aufzustellen, die den Eindringling aufhalten sollte.

Ich ließ nicht zu, daß sich meine Herrin von diesem Geist des Vertrauens verführen ließ, der in so flachem Boden wurzelte. Ich überzeugte sie davon, daß ich in den Labyrinthen den wahren Weg geschaut hatte und daß unsere Bestimmung auch jetzt noch im Süden lag. Währenddessen trieb ich meine Vorbereitungen für die Reise im vollen Umfang voran. Ich glaube, daß mich zu diesem Zeitpunkt das Abenteuer an sich betörte, mehr noch als die Notwendigkeit, vor den Hyksos zu fliehen.

Ich wollte sehen, was hinter den Katarakten lag, und in den Nächten saß ich, nachdem ich den ganzen Tag in der Werft gearbeitet hatte, bis in die späten Wachen im Palast und las in den alten Schriftrollen die Berichte von Männern, welche diesen ersten Schritt ins Unbekannte getan hatten.

Sie schrieben, daß der Fluß kein Ende nähme, daß er bis ans Ende der Welt reichte. Sie schrieben, daß nach dem ersten Wasserfall ein weiterer, viel gewaltigerer käme, einer, den kein Mensch und kein Schiff jemals überwinden könnte. Sie sagten, daß die Reise vom ersten bis zum nächsten Katarakt ein ganzes Jahr dauerte und daß der Fluß auch da noch weiterflösse.

Ich wollte es sehen. Mehr als alles andere in meinem Leben wollte ich sehen, wo dieser große Fluß, der unser Leben war, begann.

Wenn ich im Lampenlicht über den Schriftrollen einschlief, schaute ich in meinen Träumen wieder und wieder das Bild der uns willkommen heißenden Göttin. Obgleich ich nur wenig geschlafen hatte, erwachte ich des Morgens frisch und erregt und eilte zurück zum Anlegeplatz, um die Vorbereitungen für die Reise voranzutreiben.

Mein Glück war, daß die meisten Seile für unsere Schiffe im Segelhafen von Elephantine geflochten wurden. Manche von ihnen waren schlank wie mein Finger, andere so dick wie mein Schenkel. Ich füllte mit ihnen jeden noch verfügbaren Winkel in den Lagerräumen der Schiffe: Ich wußte nur zu gut, wie dringend wir sie benötigen würden, wenn wir zu den Katarakten gelangten.

Es überraschte mich nicht, daß sich hier in Elephantine erwies, wer aus unserer Mitte halbherzig und schwach war. Die Unbilden der Flucht aus Theben bis hierher hatten viele unserer Leute so weit gebracht, daß sie es vorzogen, auf das Mitgefühl und die Gnade der Hyksos zu bauen, statt die Reise zu den glühendheißen Wüsten im Süden fortzusetzen, wo noch viel wildere Menschen und Tiere unser harrten.

Als Tanus erfuhr, daß so viele tausend nur darauf warteten, die Flotte zu verlassen, brüllte er: »Verdammte Verräter und Abtrünnige! Ich wüßte, was man mit ihnen tun sollte.« Und er äußerte die Absicht, seine Truppen gegen diese Leute aufzubieten und sie an Bord der Schiffe zurückzubringen.

Zunächst hatte er die Unterstützung meiner Herrin. Sie war, wie immer, allein auf das Wohlergehen ihrer Untertanen bedacht und darauf, ihr Versprechen zu halten, daß sie keinen von ihnen dem Schrecken der Hyksos überlassen würde.

Ich verbrachte die halbe Nacht damit, auf die beiden einzureden, bevor ich sie davon überzeugen konnte, daß es besser war, niemanden gegen seinen Willen bei uns zu behalten. Am Ende erließ Königin Lostris ein Dekret, welches jedem erlaubte, in Elephantine zu bleiben, wenn er es wollte, allerdings fügte sie den Worten einen Hauch ihrer selbst hinzu. Das Dekret wurde in jeder Straße der Stadt und auch auf den Anlegeplätzen, an denen unsere Schiffe lagen, verlesen.

Ich, Königin Lostris, Regentin von Ägypten, Mutter von Prinz Memnon, dem Erben der Doppelkrone, gebe dem Volk dieses Landes mein heiliges Versprechen.

Ich schwöre vor den Göttern und rufe sie an, meinen Schwur zu bezeugen. Ich schwöre, daß ich mit dem Prinzen nach Elephantine zurückkehren werde, sobald er volljährig ist, um ihn hier auf Ägyptens Thron zu heben und die Doppelkrone auf seine Stirn zu setzen, auf daß er den Unterdrücker vertreibe und sein Leben lang mit Gerechtigkeit und Gnade über euch herrschen möge.

Das sage ich, Königin Lostris, Regentin von Ägypten.

Dieser Beschluß erhöhte die Liebe und Treue, die das einfache Volk für meine Herrin und den Prinzen empfand, um das Hundertfache. Ich bezweifle, daß es in unserer ganzen Geschichte je einen Herrscher gegeben hat, der so hoch geschätzt war wie sie.

Als die Listen derer aufgestellt waren, die uns über die Katarakte fahren würden, war ich nicht überrascht zu sehen, daß all jene darunter waren, deren Verbundenheit uns am teuersten war. Diejenigen aber, die in Elephantine bleiben wollten, gehörten zu denen, die sich am wohlsten fühlten, wenn sie die Verlierer waren, einschließlich des überwiegenden Teils der Priesterschaft.

Allerdings sollte die Zeit uns lehren, daß auch jene, die wir in Elephantine zurückließen, von großem Nutzen für uns waren. Während der langen Jahre des Auszugs aus Ägypten schickten sie uns regelmäßig Nachrichten über den Zustand des Landes. Und was noch wichtiger war, sie hielten die Flamme im Herzen der Menschen wach, die Erinnerung an Prinz Memnon und das Versprechen der Königin Lostris, zu ihnen zurückzukehren.

Nach und nach breitete sich während der langen, bitteren Jahre der Hyksos-Tyrannei in beiden Königreichen die Legende von der Rückkehr des Prinzen aus. Am Ende glaubte das ganze Volk Ägyptens, vom ersten Katarakt bis zu den sieben Mündungen des Nils im großen Delta, daß er zurückkommen würde, und sie beteten für diesen Tag.

Hui wartete mit meinen Pferden auf den Feldern des Westufers dicht beim Fluß auf mich. Der Prinz und ich besuchten sie jeden Tag, und obwohl er immer schwerer wurde, ritt Memnon auf meinen Schultern, um einen besseren Überblick über die Herde zu haben.

Inzwischen kannte Memnon alle seine Lieblinge mit Namen, und Geduld und Draufgänger kamen, um Getreideplätzchen aus seiner Hand zu fressen, wenn er sie rief. Als er das erste Mal auf ihrem Rücken ritt, ohne von mir festgehalten zu werden, ging Geduld so sanft mit ihm um wie mit ihrem eigenen Fohlen, und der Prinz schrie vor Aufregung, als er mit ihr allein über die Felder trabte.

Hui hatte auf dem Marsch hierher viel über Herden gelernt, und mit seinem Wissen und seiner Erfahrung konnten wir genaue Pläne für den nächsten Teil unserer Reise machen. Auch erklärte ich Hui, welche Rolle ich den Pferden bei den Katarakten zugedacht hatte, und brachte ihm wie auch den Wagenlenkern und Pferdeknechten bei, Geschirre zu flechten.

Bei der ersten günstigen Gelegenheit machten Tanus und ich uns auf den Weg zum Katarakt, um ihn genau auszukundschaften. Das Wasser stand so niedrig, daß alle Inseln offen dalagen. Und die Kanäle zwischen ihnen waren so flach, daß wir an manchen Stellen sogar hindurchwaten konnten, während uns das Wasser nicht einmal bis zum Kopf reichte.

Die Katarakte erstreckten sich über viele Meilen, ein Gewirr aus glitzendern, vom Wasser glattgespülten Granitblöcken und Strömen, die sich in vielen Windungen zwischen ihnen einen Weg suchten. Selbst ich war angesichts der Aufgabe, die vor uns lag, erschrocken.

Wir machten uns auf den Rückweg nach Elephantine, doch noch bevor wir die Stadt erreicht hatten, war ich zu dem Schluß gelangt, daß wir nur weiterkommen konnten, wenn wir die Schiffe aufgaben und unseren Weg zu Land fortsetzten. Welche Mühen damit verbunden sein würden, konnte man sich kaum vorstellen. Aber ich rechnete damit, daß es uns gelingen würde, an den Flußufern oberhalb der Katarakte die Flotte neu zu bauen.

Wir begaben uns sogleich zur Königin, um ihr Bericht zu erstatten. Sie hörte sich alles, was wir zu sagen hatten, aufmerksam an und schüttelte dann den Kopf.

»Ich kann nicht glauben, daß uns die Göttin schon jetzt aufgegeben hat.« Und sie führte uns und ihren ganzen Hof zum Tempel von Hapi, der an der Südspitze der Insel stand.

Sie brachte der Göttin ein großzügiges Opfer dar, und wir beteten die ganze Nacht zu Hapi, sie möge uns führen.

Sobald die Strahlen der aufgehenden Sonne durch die Türen des Heiligtums fielen und den Altar erhellten, schickte mich meine Herrin in den Schacht des Pegels, um den Wasserstand zu messen. Ich hatte noch nicht die unterste Stufe erreicht, als ich schon bis zu den Fersen im Wasser stand.

Hapi hatte unsere Gebete erhört. Obwohl es noch nicht an der Zeit war, begann das Nilwasser zu steigen.

Am selben Tag, da das Wasser zu steigen begann, kam eine unserer schnellen Kundschaftergaleeren, die Tanus zurückgelassen hatte, damit sie die Bewegungen der Hyksos-Truppen beobachteten, auf den Flügeln des Nordwindes den Fluß heraufgeeilt. Die Hyksos hatten sich wieder aufgemacht. Sie würden nach Ablauf einer Woche in Elephantine sein.

Der edle Herr Tanus brach unverzüglich mit seinen Hauptstreitkräften auf, um die Verteidigung der Katarakte vorzubereiten, und ließ den edlen Herrn Merkeset und mich mit dem Auftrag zurück, unser Volk einzuschiffen. Es gelang mir, den edlen Herrn Merkeset wenigstens so lange vom Bauch seiner jungen Frau wegzulocken, daß er die Befehle, die ich so sorgfältig für ihn vorbereitet hatte, unterschrieb. Diesmal gelang es uns, das Durcheinander, das in Theben geherrscht hatte, zu vermeiden, und die Flotte bereitete sich darauf vor, wohlgeordnet bis ans untere Ende der Katarakte zu segeln.

Fünfzigtausend Ägypter säumten die Ufer des Flusses; sie weinten, sangen Preislieder an Hapi und schwenkten Palmwedel zum Abschied. Königin Lostris stand, den kleinen Prinzen an ihrer Seite, am Bug der *Atem von Horus*, und beide winkten sie der Menschenmenge am Ufer zu, während das Schiff sie langsam den Fluß hinauftrug. Im Alter von einundzwanzig Jahren stand meine Herrin in der Blüte ihrer Schönheit. Wer sie ansah, den erfaßte eine fast heilige Ehrfurcht. Und ihre Schönheit spiegelte sich in dem Gesicht des Kindes an ihrer Seite, welches Ägyptens Krummstab und Wedel in seinen kleinen entschlossenen Fäusten hielt.

»Wir werden wiederkommen!« rief meine Herrin ihnen zu, und der Prinz rief es ihr nach: »Wir werden wiederkommen! Wartet auf uns. Wir werden wiederkommen.«

Die Legende, die unser zerstörtes und unterdrücktes Land in seinen dunkelsten Zeiten aufrechterhalten würde, wurde an jenem Tag an den Ufern des Mutterflusses geboren.

Als wir am nächsten Mittag das untere Ende der Katarakte erreichten, hatte sich die von felsigen Inseln übersäte Schlucht in eine glatte grüne Stromschnelle dahineilenden Wassers verwandelt. An manchen Stellen sprudelte und gurgelte und schäumte es, aber es hatte noch nicht seine ganze schreckliche Kraft entfaltet.

Dieser Augenblick im Lebenskreislauf des Flusses war für unser Unternehmen am günstigsten. Das Wasser war hoch genug für Schiffe, aber die Flut war noch nicht so wild und reißend, daß sie unsere Schiffe zurückwarf und sie an den Granitfelsen des Katarakts zu Treibholz zertrümmert wurden.

Tanus kümmerte sich um die Schiffe, während Hui und ich für den Teil unserer Gruppe verantwortlich waren, der am Ufer blieb. Wir machten uns an die Vorbereitungen für die Überquerung des ersten Katarakts. Die schweren Leinenseile wurden am Ufer ausgelegt und unsere Pferde in Zehnergruppen angeschirrt. Wir fanden aber bald heraus, daß wir jeweils zehn Gespanne – einhundert Pferde also – gleichzeitig weiterbefördern konnten.

Außer den Pferden hatten wir fast zweitausend Männer an den Seilen. Die Pferde und die Männer wurden jede Stunde ausgewechselt, so daß wir stets frische Gespanne hatten. An jeder gefährlichen Biegung des Flusses und in der Nähe einiger Inseln stellten wir weitere Gruppen am Ufer auf. Sie waren mit langen Stangen ausgerüstet, um die Schiffsleiber von den Felsen wegzustoßen, während diese durch die Schlucht gezogen wurden.

Unsere Männer waren an den Flußufern geboren und kannten ihre Boote und die Launen des Nils besser als ihre eigenen Frauen. Wir verabredeten verschiedene Hornsignale, mit deren Hilfe sich die Schiffsmannschaften mit denen am Ufer verständigen konnten.

An Bord der Schiffe waren die Seeleute ebenfalls mit Stangen ausgerüstet, um sich vorwärtszustaken und den Bug freizuhalten. Sie sangen die alten Flußlieder, während sie arbeiteten, und die *Atem von Horus* war die erste, die den Versuch wagte.

Das grüne Wasser türmte sich vor dem Bug hoch auf, aber sein Aufprall war nicht stark genug, um die Entschlossenheit und Kraft von zweitausend Männern und einhundert straff ziehenden Pferden zu überwinden. Wir zogen die *Atem von Horus* über die erste Schwelle und jubelten, als wir oben in den tiefen grünen See glitten.

Doch wir hatten immer noch sechs Meilen vor uns. Wir wechselten die Männer und die Pferde aus und zogen den Bug der Galeere in das nächste aufgewühlte, sprudelnde Wasser, aus dem die Felsen wie die Köpfe riesiger Flußpferde herausragten und nur darauf warteten, unsere zerbrechlichen Hölzer mit Granitklauen aufzureißen. Aber die Seile hielten, und die Männer und die Pferde trotteten in wechselnden Schichten weiter flußaufwärts.

Meine Herrin ging neben den schwitzenden Männern am Ufer entlang. Sie sah selbst in diesem sengenden Sonnenlicht frisch und kühl aus wie eine Blume, und ihr fröhliches Lachen gab den Männern neue Kraft. Sie sang mit ihnen die Arbeitslieder, und auch ich stimmte bald in den Chor ein.

Prinz Memnon ritt ganz vorn bei den Leitpferden auf dem Rücken von Draufgänger. Hui hatte hinter den Vorderbeinen ein Seil um die Brust des Pferdes geschlungen, damit Memon sich daran festhalten konnte, denn seine Beine waren noch recht kurz, sie standen zu beiden Seiten von Draufgängers breitem Rücken in einem nicht gerade würdigen Winkel weg. Stolz winkte der Prinz seinem Vater zu.

Als wir schließlich in das tiefe, glatte Wasser oberhalb der Stromschnellen gelangten, gingen die Arbeitslieder der Bootsleute in eine Hymne zum Lobe Hapis über.

Als meine Herrin wieder an Bord der Galeere war, rief sie den Steinmetzmeister zu sich. Sie befahl ihm, aus den Granitfelsen, die den Paß säumten, einen Obelisken zu hauen. Während wir damit beschäftigt waren, die restliche Flotte durch die Schlucht zu bringen, machten sich die Steinmetze mit Feuer und Meißel daran, aus dem gesprenkelten Muttergestein eine hohe schlanke Säule herauszuheben. Sowie sie gereinigt war, meißelten sie die Wörter hinein, welche meine Herrin ihnen sagte; und sie verwendeten dazu pharaonische Hieroglyphen, in denen ihr Name und der des Prinzen zu sehen waren.

Mit jedem Wasserfall, den wir überwanden, und mit jedem Schritt, den wir dem Fluß abrangen, wuchsen unsere Erfahrungen.

Um die *Atem von Horus* über die Stromschnellen nach oben zu bringen, hatten wir einen ganzen Tag gebraucht. In der darauffolgenden Woche schafften wir die Überquerung in der halben Zeit, und außerdem hatten wir immer fünf oder sechs Schiffe gleichzeitig in der Schlucht. Es mutete an wie eine königliche Prozession, eine Galeere hinter der anderen, Schiffsschnabel an Heck. Und zu jeder Zeit waren zehntausend Männer und fast tausend Pferde an den Zugseilen.

Mehr als einhundert Schiffe waren in der stillen, tiefgrünen See des Nils am Ufer vertäut, als die Hyksos noch einmal über uns herfielen.

König Salitis war durch die Plünderung von Elephantine aufgehalten worden und hatte zu spät bemerkt, daß wir den größten Teil der Pharao-

Schätze in den Schiffsbäuchen unserer Galeeren den Fluß hinauf mit uns führten. Alles, was er über den Fluß wußte, und alles, was ihm seine Spione und Intef hatten sagen können, hatte ihn davon überzeugt, daß die Katarakte eine Schranke waren, die sich mit Schiffen nicht überwinden ließ. Er hatte viel Zeit in Elephantine vergeudet, bevor er die Verfolgung wieder aufnahm.

Er hatte die Stadt und den Palast auf der Insel durchstöbert; er hatte Verräter bezahlt und Gefangene gefoltert, um zu erfahren, was aus den Schätzen und dem Prinzen geworden war. Die Bürger von Elephantine hatten ihrem Prinzen die Treue gehalten. Sie hatten sich den Hyksos nicht ergeben, damit wir die Möglichkeit hatten, die Überquerung der Katarakte zu vollenden.

Schließlich waren ein paar arme Seelen doch unter der Folter des Tyrannen zusammengebrochen. König Salitis spannte seine Pferde noch einmal an und stürmte hinter uns her zur Schlucht des Katarakts.

Aber Tanus hatte sich gut auf ihn vorbereitet. Unter seinem Befehl hatten Kratas, Remrem und Astes sorgfältige Vorkehrungen getroffen. Jeder einzelne Mann, der beim Ziehen der Schiffe durch die Schlucht abkömmlich war, wurde zurückgeschickt, um bei der Verteidigung zu helfen.

Das Terrain war unser größter Verbündeter. Die Schlucht war steil und felsig, der Weg entlang des Ufers schmal und der Boden zerklüftet und von zahlreichen Felsblöcken versperrt. An jeder Windung des Flusses ragten steile Klippen und von Höhlen durchzogene Felswände in den Himmel, eine natürliche Festung, die wir nutzen konnten.

An den Rändern der Schlucht waren die Wagen nicht manövrierfähig. Aber sie konnten den Fluß nicht verlassen und um die Schlucht herum durch die Wüste fahren. Dort draußen in der sandigen Ödnis gab es weder Wasser noch Futter für ihre Pferde, und der Boden war weich und heimtückisch. Ihre schweren Wagen würden im Sand versinken und in der unwegsamen Wüste verlorengehen, bevor sie wieder an den Fluß gelangten. Sie hatten keine andere Wahl, sie mußten einzeln an dem schmalen Flußufer entlangfahren, um uns anzugreifen.

Andererseits hatte Kratas reichlich Zeit gehabt, die natürliche Verteidigung noch zu verbessern, indem er hohe Steinwälle errichtete. Über diesen Hindernissen postierte er seine Bogenschützen in den Klippen und baute künstliche Felshänge, von denen aus man den Weg überblickte.

Als die Vorhut der Hyksos die Schlucht heraufkam, wurde sie mit einem Regen aus Pfeilen empfangen. Und als sie von ihren Wagen stiegen, um die Steinwälle wegzuräumen, gab Kratas seinen Befehl, und seine Männer schlugen die Keile unter den künstlichen Berghängen heraus.

Der folgende Erdrutsch erfaßte die Hyksos und riß Männer wie Pferde und Wagen über das Ufer in die grünen Wellen des Nils. Ich stand mit Kratas auf der Spitze der Klippe und sah zu, wie ihre Köpfe hin und her geworfen wurden, als die Strömung sie mit sich fortriß in die Tiefe. Ich hörte ihre verzweifelten Schreie von den Klippen widerhallen.

König Salitis war hartnäckig. Er schickte immer neue Truppen nach vorn, um den Weg freizumachen, und andere, die auf die Klippen klettern und unsere Truppen aus den höhergelegenen Stellungen verjagen sollten. Die Verluste an Menschen und Pferden, die die Hyksos hinnehmen mußten, waren schrecklich, während wir nahezu ungeschoren davonkamen. Wenn sie sich in ihren schweren Bronzerüstungen die Klippen hinaufarbeiteten, ließen wir unsere Pfeile auf sie niederregnen. Und kurz bevor sie unsere Stellungen erreicht hatten, gab Kratas unseren Männern den Befehl, sich zum nächsten vorbereiteten wichtigen Stützpunkt zurückzuziehen.

Bei dieser einseitigen Auseinandersetzung konnte es nur einen Ausgang geben. Bevor sich König Salitis' Männer auch nur zur Hälfte die Schlucht hinaufgearbeitet hatten, mußten sie die Verfolgung aufgeben. Tanus und meine Herrin waren mit uns auf der Spitze des steilen Felsens, als die Hyksos ihren Rückzug durch die Schlucht antraten. Überall auf dem Weg ließen sie die Trümmer ihrer Wagen, ihre Ausrüstung und die restlichen Beweise ihrer Niederlage zurück.

»Blast die Trompeten!« befahl Tanus, und dann hallte die Schlucht von der höhnischen Fanfare wider, welche er den zurückweichenden Hyksos-Truppen hinterherschickte. Der letzte in diesem armseligen Haufen war der vergoldete und geschmückte Wagen des Königs. Selbst von unserem Hochsitz auf dem Felsen aus konnten wir die große Gestalt von Salitis erkennen, seinen Bronzehelm und den schwarzen Bart, der ihm über die Schulter wehte. Er hob seinen Bogen mit der rechten Hand in die Höhe und schüttelte ihn drohend in unsere Richtung. Sein Gesicht war wutverzerrt.

Wir blickten ihm nach, bis er verschwand. Dann schickte Tanus unsere Kundschafter hinterher, damit sie ihnen bis Elephantine folgten. Er wollte sicher sein, daß es keine List, kein vorgetäuschter Rückzug war. Aber in meinem Herzen fühlte ich, daß uns Salitis nicht noch einmal folgen würde. Hapi hatte ihr Versprechen eingelöst und uns beschützt.

Die Steinmetze hatten die Arbeit an der Säule aus Granitgestein, die dreimal so hoch war wie ein Mann, beendet. Ich hatte die Form auf den Mutterfelsen gezeichnet, bevor die Steinmetze mit dem Herausschneiden begonnen hatten. Daher waren die Linien des Denkmals so vornehm und schön, daß es viel größer wirkte, als es auf dem Gipfel des steilen Felsufers oberhalb der letzten aufgewühlten Strecke des Katarakts errichtet worden war. Hoch ragte es über dem Schauplatz unseres Triumphes in den Himmel.

Unser gesamtes Volk hatte sich unter dem Stein versammelt, als Königin Lostris ihn der Göttin des Flusses weihte. Laut verlas sie die Inschrift:

> Ich, Königin Lostris, Regentin von Ägypten und Witwe von Pharao Mamose, dem achten dieses Namens, Mutter des Kronprinzen Memnon, der die beiden Königreiche nach mir regieren wird, habe die Errichtung dieses Denkmals verfügt.
>
> Dies ist das Zeichen und der feierliche Vertrag des Versprechens, welches ich dem Volk von Ägypten gegeben habe – daß ich aus der Wildnis, in die ich von den Barbaren vertrieben wurde, zurückkehren werde.
>
> Dieser Stein wurde im ersten Jahr meiner Herrschaft errichtet, dem neunhundertsten Jahr nach dem Bau der großen Pyramide von Pharao Cheops. Möge dieser Stein so unverrückbar an diesem Ort stehen wie die Pyramide, bis ich mein Versprechen eingelöst habe und zurückgekehrt bin.

Dann legte sie vor den Augen des ganzen Volkes Tanus und Kratas und Remrem und Astes, den Helden, welche die Überquerung des Katarakts möglich gemacht hatten, das Heldengold auf die Schultern.

Und ganz zum Schluß rief sie mich zu sich, und als ich zu ihren Füßen niederkniete, sagte sie so leise, daß nur ich es hören konnte: »Wie könnte ich dich vergessen, mein lieber und treuer Taita? Ohne deine Hilfe wären wir nie so weit gekommen.« Sie berührte leicht meine Wange. »Und ich weiß doch, wie sehr du dieses hübsche Spielzeug liebst.« Und sie legte mir das schwere Ehrengold um den Hals. Später wog ich es, und es war dreißig Deben schwer, fünf Deben schwerer als die Kette, die Pharao mir verliehen hatte.

Auf dem Rückweg entlang der Schlucht, als ich neben meiner Herrin ging, um den Sonnenschutz aus Straußenfedern über ihren Kopf zu halten, lächelte sie mich zu wiederholten Malen an. Und jedes Lächeln bedeutete mir mehr als die schwere Kette auf meinen Schultern.

Am nächsten Morgen gingen wir an Bord der *Atem von Horus* und lenkten unseren Bug in den Süden. Die lange Reise hatte begonnen.

Wir stellten fest, daß der Fluß sein Gebaren und seinen Charakter geändert hatte. Er war nicht mehr so breit und friedlich, wie er es unser ganzes Leben lang gewesen war, angenehm und fürsorglich. Dies hier war ein unnachgiebigeres wilderes Wesen, von Zärtlichkeit und Zuneigung war wenig zu spüren. Er war schmaler und tiefer. Das Land zu beiden Seiten war steiler und zerfurchter, und die bedrohlichen Klippen blickten mit buschigen Augenbrauen und gerunzelter Stirn finster auf uns herunter.

An manchen Stellen wurde das Ufer so schmal, daß die Pferde und die Kühe und Schafe in einer Reihe hintereinander über den rauhen Pfad gehen mußten, welchen die wilden Ziegen zwischen den Felsklippen und dem Wasser ausgetreten hatten. An anderer Stelle verschwand der Pfad sogar vollständig, und das steile felsige Ufer und die Klippen stießen bis in die Nilfluten vor. Dann gab es für unsere Herden kein Weiterkommen, und Hui mußte sie in den Fluß treiben und durch das grüne Wasser an das gegenüberliegende Ufer schwimmen lassen, wo die Klippen zurückwichen und ihnen genügend Raum ließen.

Die Wochen vergingen, aber wir sahen kaum Anzeichen für das Vorhandensein von Menschen. Einmal fanden unsere Kundschafter den von Würmern zerfressenen Rumpf eines ausgehöhlten Kanus, das an einem Sandufer gestrandet war, und im Tiefland eine verlassene Ansammlung von Hütten. Die durchhängenden Dächer waren mit Riedgras bedeckt, die Wände teilweise weggebröckelt. Es fanden sich Reste von Gestellen zum Räuchern von Fischen und kahle Feuerstellen, doch das war auch schon alles. Keine Scherbe von Tongeschirr und keine Perle, die uns hätten verraten können, wer diese Menschen waren, die hier gelebt hatten.

Wir hofften sehnlichst auf ein Zusammentreffen mit den Stämmen von Kusch, denn wir benötigten dringend Sklaven. Unser gesamtes Leben war auf die Haltung von Sklaven gegründet, und wir hatten nur wenige aus Ägypten mitnehmen können. Tanus schickte seine Kundschafter weit voraus, so daß wir rechtzeitig gewarnt sein würden, wenn wir auf menschliche Behausungen trafen, und unsere Sklavenfänger sich darauf einrichten konnten. Ich fand nichts Falsches daran, daß ich, der ich selbst ein Sklave war, so viel Zeit und Gedanken für das Schmieden von Plänen aufbrachte, deren Ziel es war, Sklaven einzufangen.

Jeder Reichtum läßt sich in vier nützlichen Warengütern rechnen, Land und Gold und Sklaven und Elfenbein, und wir glaubten, daß das vor uns liegende Land von allem reichlich besaß. Wenn wir stark genug werden wollten, um zurückzukehren und die Hyksos aus unserem Ägpyten zu vertreiben, so mußten wir uns den Reichtum jenes unerforschten Landes erschließen.

Königin Lostris sandte ihre Goldsucher in die Hügel entlang des Flusses, während wir langsam weiterfuhren. Sie kletterten durch die Schluchten und an den trockenen Steilufern hinauf, kratzten und gruben an jeder dafür geeigneten Stelle, schlugen die vorstehenden Riffe aus Quarz und Schiefer ab und zermahlten sie zu Puder, welchen sie in einer flachen Lehmschale wuschen – in der Hoffnung, das kostbare glitzernde Metall auf dem Boden der Schale zu finden.

Die königlichen Jäger begleiteten sie, um nach Wild zu suchen, damit die vielen Menschen in unserem Zug zu essen bekamen. Auch suchten sie nach Spuren jener großen grauen wilden Tiere, deren riesige Köpfe Zähne aus dem kostbaren Elfenbein trugen. Ich fragte überall in der Flotte nach einem Mann, der einen Elefanten schon einmal lebendig – oder auch tot – gesehen hatte. Obwohl ihre Zähne in der ganzen Welt verbreitet waren, fand ich niemanden, der mir bei meinen Nachforschungen helfen konnte. Ich verspürte bei dem Gedanken an meine erste Begegnung mit diesem Fabeltier eine seltsame und unerklärliche Erregung.

Es gab eine ganze Reihe anderer Tiere in diesem wilden Land, manche waren uns vertraut, aber die meisten erschienen uns fremd und vollkommen unbekannt.

Wo immer am Flußufer Riedgras wuchs, fanden wir Herden von Flußpferden, die wie runde Granitblöcke im seichten Wasser lagen. Nach langen und tiefgründigen theologischen Gesprächen war noch immer ungewiß, ob diese wilden Bestien oberhalb des Katarakts der Göttin gehörten, oder ob sie wie diejenigen unterhalb des Katarakts königliches Wildbret waren, welches der Krone gehörte. Die Priester von Hapi vertraten die eine Meinung und wir anderen, die wir eine Vorliebe für das fette und zarte Fleisch dieser Tiere hatten, die entgegengesetzte.

Es war ein wunderbarer Zufall, daß die Göttin Hapi genau zu jenem Zeitpunkt beschloß, mir in einem meiner berühmten Träume zu erscheinen. Ich sah sie gütig lächelnd aus dem grünen Wasser auftauchen und ein winziges Flußpferd, nicht größer als ein Rebhuhn, in die Hand meiner Herrin legen. Kaum war ich erwacht, eilte ich zur Königin, um ihr die Botschaft dieses erregenden Traumes zu überbringen. Zu jener Zeit nahm meine Herrin meine Träume und Vorahnungen längst als Willensbekundungen der Götter an, und folglich taten es auch alle anderen.

Noch am selben Abend labten wir uns am köstlichen Fleisch einer

Seekuh. Mein guter Ruf und meine Berühmtheit, die ohnedies schon in der ganzen Flotte verbreitet waren, wurden durch diesen Traum noch erheblich gesteigert. Nur die Priester von Hapi mochten sich der Warmherzigkeit, welche mir allenthalben entgegengebracht wurde, nicht anschließen.

Im Fluß wimmelte es von Fischen. Unterhalb des Katarakts hatte unser Volk tausend Jahre und mehr im Fluß gefischt. Doch die Gewässer hier oben waren von Menschenhand und Fangnetzen unberührt. Wir zogen glänzende blaue Flußbarsche aus dem Wasser, schwerer als der dickste Mann in unserer Gesellschaft, und riesige Katzenfische mit feinen Barthaaren, so lang wie mein Arm, die viel zu stark und schwer waren, als daß man sie mit Netzen hätte fangen können. Mit einem einzigen Schlag ihres großen Schwanzes zerfetzten sie die Leinenfäden, als wären sie zarte Spinnennetze. Unsere Männer machten in flachen Gewässern mit dem Speer Jagd auf sie. Ein einziger dieser Riesen konnte mit seinem saftigen gelben Fleisch, von dem das Fett in die Kochfeuer tropfte, fünfzig Mann sättigen.

In den Klippen über dem Fluß hingen die Nester von Adlern und Geiern. Von unten sahen sie aus wie Ballen von Treibholz, und der Kot, den die riesigen Vögel fallen ließen, hatte auf die Felsen darunter glänzende weiße Streifen gezeichnet. Die Vögel schwebten auf ihren breiten Flügeln über uns, sie zogen Kreise und schwangen sich auf der erhitzten Luft, welche aus den dunklen Felsen der Schlucht aufstieg, bis hoch hinauf in den Himmel.

Von den Felsspitzen aus beobachteten uns Herden wilder Ziegen in königlicher und herablassender Haltung, während wir unten vorbeizogen. Tanus machte sich auf, um sie in ihren luftigen Höhen zu jagen, aber es dauerte viele Wochen, bis es ihm gelang, eines dieser Tiere zu erbeuten. Sie hatten Augen so scharf wie die der Geier und waren behende wie die blauhäuptige Felseneidechse, die mühelos eine senkrechte Granitwand erklimmt.

Einer der alten Ziegenböcke war so groß, daß er einem Mann bis an die Schultern reichte. Von seinem Kinn und seiner Kehle floß der Bart so lang hinunter, daß er über den Felsen fegte, auf welchem das Tier stand. Seine Hörner wuchsen wie aus einer mächtigen verzierten Zinne und waren um sich selbst nach innen gerollt. Schließlich streckte ihn Tanus mit einem Pfeilschuß quer über eine Schlucht nieder. Der Bock stürzte, sich in der Luft überschlagend, tief in die Schlucht, bis er auf den Felsen aufschlug.

Weil ich, was alles Wilde in der Natur betraf, eine leidenschaftliche Neugier hegte, kam Tanus mit dem Kopf und den Hörnern zu mir, nachdem er das Tier gehäutet und ausgenommen hatte. Er mußte sich gewaltig anstrengen, um diese ungeheure Last über die mörderischen Steilfelsen ins Tal zu bringen. Ich reinigte und bleichte den Schädel und stellte ihn als Galionsfigur auf den Bug unserer Galeere. Immer weiter drangen wir ins Ungewisse vor.

Die Monate vergingen, und unter den Kielen unserer Schiffe wurde der Fluß immer flacher; die Flut ging zurück.

Des Nachts saßen Memnon und ich so lange, wie seine Mutter es erlaubte, an Deck und betrachteten die Sterne, welche das Firmament des Himmels in ein milchiges Licht tauchten. Ich brachte ihm den Namen und das Wesen eines jeden dieser feurigen Lichtpunkte bei und erklärte ihm, wie sie das Schicksal der Menschen, welche unter ihnen geboren waren, beeinflußten. Beim Betrachten der Himmelskörper sah ich, daß uns der Fluß nicht mehr genau nach Süden führte; wir waren nach Westen geschwenkt. Diese Beobachtungen entfachten unter den Gelehrten und weisen Männern in unserem Zug eine weitere hitzige Auseinandersetzung.

»Der Fluß trägt uns geradewegs in die westlichen Gefilde des Paradieses«, mutmaßten die Priester von Osiris und Amun-Re. »Es ist eine List von Seth. Er will uns verwirren«, entgegneten die Priester von Hapi, welche bis dahin einen unangemessen starken Einfluß auf unsere Räte ausgeübt hatten. Königin Lostris war ein Kind ihrer Göttin, und die meisten hatten hingenommen, daß Hapi die Schutzgöttin unserer Reise war. So erzürnten sich die Priester, als sie sahen, daß ihre Macht durch dieses launische Herumwandern des Flusses geschwächt wurde. »Bald wird der Fluß wieder nach Süden führen«, verkündeten sie. Es erschreckt mich stets, wenn ich sehe, wie leichtfertig Männer die Wünsche der Götter umdeuten, nur damit sie mit ihren eigenen übereinstimmen.

Doch bevor der Streit beigelegt werden konnte, erreichten wir den zweiten Katarakt.

Wir waren jetzt so weit gekommen, wie überhaupt jemals ein Mensch gekommen war; kein einziger war weiter vorgedrungen. Als wir den Katarakt genauer betrachteten, war nur allzu klar, warum. Diese Stromschnellen waren länger und schrecklicher als alle, die wir bereits überwunden hatten.

Über eine weite Strecke wurde der Strom des Nils von mehreren festen Inseln und einigen hundert kleineren zerteilt. Das Wasser hatte jetzt einen niedrigen Stand, und an den meisten Stellen lag das Flußbett offen vor uns: ein Labyrinth aus Kanälen und Wasserläufen, von Felsen durchsetzt, erstreckte sich meilenweit vor unseren Augen. Beim Anblick seiner Größe und Bösartigkeit waren wir starr vor Staunen.

»Woher sollen wir wissen, daß dahinter nicht noch ein Katarakt kommt und dann noch einer – um den Fluß zu bewachen?« fragten sich diejenigen unter uns, die sich leicht entmutigen ließen. »Wir werden unsere Kräfte verbrauchen und am Ende zwischen den Stromschnellen eingesperrt sein. Wir sollten umkehren, bevor es zu spät ist«, pflichteten ihnen die meisten bei.

»Wir werden weiterfahren«, entschied meine Herrin. »Die umkehren wollen, sollen es tun. Aber es wird keine Schiffe für sie geben und auch keine Pferde, um sie zu ziehen. Sie werden auf sich selbst gestellt sein, und bestimmt werden die Hyksos ihnen einen herzlichen Empfang bereiten.«

Niemand wollte ihr großzügiges Angebot annehmen. Statt dessen gingen sie auf den fruchtbaren Inseln an Land, welche den Lauf des Flusses hemmten.

Die Gischt der Wasserfälle während der Flut und das Wasser, das bei Ebbe aus dem Boden sickerte, hatten diese Inseln in grüne Wälder verwandelt, die in einem erstaunlichen Gegensatz zu den trockenen und schrecklichen öden Wüsten zu beiden Seiten des Flusses standen. Aus Samenkörnern, die das Wasser vom Ende der Welt hierhergetragen hatte, waren große Bäume entstanden, wie wir sie noch nie gesehen hatten, und sie wuchsen auf dem Schlamm, den Mutter Nil auf dem Granitboden der Inseln angehäuft hatte.

Wir konnten den Versuch, die Stromschnellen zu überqueren, nicht wagen, bevor der Nil das nächste Hochwasser brachte. Doch das würde noch viele Monate dauern.

Unsere Bauern gingen an Land und rodeten Felder, um die Samenkörner, die wir mitgebracht hatten, in den Boden zu bringen. Innerhalb weniger Tage begann der Samen zu keimen, und unter der heißen Sonne wuchsen die Pflanzen in nie dagewesener Schnelligkeit. Nach wenigen Monaten stand das Dhurra-Getreide bereits so hoch, daß wir es ernten konnten, und wir labten uns an den süßen Früchten und dem Gemüse, die wir so vermißt hatten, seit wir Ägypten verlassen mußten. Das Murren unter unserem Volk verstummte.

Tatsächlich waren diese Inseln so schön und der Boden so fruchtbar, daß manche von unseren Leuten schon davon zu reden begannen, sich für immer hier anzusiedeln. Eine Abordnung der Priester von Amun-Re kam zur Königin und bat um ihre Erlaubnis, auf einer der Inseln einen Tempel für ihren Gott errichten zu dürfen. Meine Herrin erwiderte: »Wir sind nur auf der Durchreise hier. Am Ende werden wir nach Ägypten zurückkehren. Das habe ich geschworen und meinem Volk versprochen.

Wir werden hier keine Tempel oder andere feste Bauten errichten. Bis wir nach Ägypten zurückkehren, werden wir wie die Beduinen in Zelten und Hütten leben.«

Mir stand nun das Holz von den Bäumen zur Verfügung, welche wir auf den Inseln gefällt hatten. Ich konnte damit Versuche anstellen und seine verschiedenen Eigenschaften erkunden.

Da gab es Akazien, deren Holz biegsam und stark war. Daraus ließen sich die besten Speichen für meine Wagenräder machen, besser als aus jedem anderen Stoff, welchen ich bis dahin erprobt hatte. Ich schickte meine Zimmerleute und Weber los, alle Wagen, die wir mitgebracht hatten, zusammenzutragen und aus dem Holz und dem Bambus, das auf den Inseln wuchs, neue zu bauen.

Am linken Ufer unterhalb des Katarakts war das Land mehrere Meilen breit und ganz eben. Dort übten schon bald unsere Wagenlenker mit Pferd und Wagen. Beim schnellen Fahren brachen die Speichen der Räder noch immer auseinander, aber nicht mehr so häufig wie früher. Auch konnte ich Tanus überreden, wieder auf einen Wagen zu steigen, doch er wollte mit keinem anderen fahren als mit mir.

In jener Zeit gelang es mir auch, den ersten nach hinten gekrümmten Bogen zu bauen, an dem ich, seit wir Elephantine verlassen hatten, herumgebastelt hatte. Er war aus dem gleichen Material gemacht wie Lanata, aus Holz und Elfenbein und Horn. Wenn er nicht gespannt war, bogen sich die oberen und unteren Arme nach hinten, weg vom Bogenschützen. Nur wenn sie gespannt war, nahm die Waffe die bekannte Bogenform an, doch die Spannung in Holz und Seil, die dabei erzeugt wurde, war durch die größere Länge des Bogens um ein Vielfaches erhöht.

Auf mein Drängen hin willigte Tanus schließlich ein, den Bogen auf eine Reihe von Zielen abzuschießen, die ich am Ostufer aufgestellt hatte. Nachdem er an die zwanzig Pfeile abgeschossen hatte, sagte er zwar nicht viel, doch ich sah, daß er von der Reichweite und Genauigkeit, mit der er traf, beeindruckt war. Ich kannte meinen Tanus nur zu gut. Er war durch und durch altmodisch und den alten Gebräuchen verhaftet. Lanata war seine große Liebe, die Frau und der Bogen. Ich wußte, daß es für ihn schmerzhaft sein würde, eine neue Liebe anzunehmen, deshalb drängte ich ihn nicht, sogleich ein Urteil abzugeben, sondern ließ ihm so viel Zeit, wie er brauchte.

Dann kehrten unsere Kundschafter zurück und berichteten von einer großen Bewegung der Spießböcke durch die Wüste. Wir hatten schon mehrere kleine Herden dieser prächtigen Tiere gesichtet, seit wir den ersten Katarakt überwunden hatten. Gewöhnlich grasten sie am Flußufer, aber sie flüchteten in die Wüste, sobald unsere Schiffe näher kamen. Solche großen Wanderungen wie die, von der unsere Kundschafter berichteten, kamen nur selten vor. Ich hatte so etwas nur einmal miterlebt. Mit dem plötzlichen Auftreten eines Gewittersturms in den Wüstenfestungen, wie er sich in zwanzig Jahren nur einmal ereignete, konnte das Sprießen von grünem Gras die weit verstreuten Herden der Spießböcke über Hunderte von Meilen anlocken.

Während sie sich auf die neuen Weidegründe zubewegten, vereinigten sich die Herden zu einer riesigen Bewegung quer durch die Wüste. Genau das geschah jetzt, und es bot uns die Gelegenheit, etwas Abwechslung in unseren Speisezettel zu bringen, aber auch eine Möglichkeit, unsere Wagen in einem Ernstfall zu erproben.

Zum erstenmal bekundete Tanus Aufmerksamkeit für meinen Wagen, denn wir wollten das Wild damit verfolgen. Als er auf das Trittbrett stieg, sah ich, daß er den neuen gekrümmten Bogen an den Ständer gehängt hatte und nicht seinen treuen alten Lanata. Ich erwähnte es mit keinem Wort, sondern setzte die Pferde in Bewegung und fuhr zu jener Stelle in den Hügeln, wo sich uns ein Weg durch das schmale Niltal eröffnete und wir Zugang zur offenen Wüste fanden.

Wir fuhren mit fünfzig Wagen los, gefolgt von einem Dutzend schwerer Frachtwagen mit soliden Rädern, auf denen wir genügend Pferdefutter und Wasser für fünf Tage mit uns führten. Wir fuhren in Zweierreihen mit jeweils drei Längen Abstand. Das taten wir meistens, und es hatte sich schon auf der ganzen Reise bewährt.

Als wir über den Hügelkamm fuhren und die Wüste sich vor uns auftat, trat hinter dem letzten Felsblock eine kleine Gestalt hervor.

»Brrr!« rief ich den Pferden zu, und dann fragte ich: »Was tust du hier draußen, so weit weg von den Schiffen?«

Ich hatte den Prinzen seit dem vergangenen Abend nicht mehr gesehen und geglaubt, er wäre bei seinen Kindermädchen gut aufgehoben. Ihn aber nun hier draußen, am Rand der Wüste, anzutreffen erschreckte mich sehr, und meine Stimme klang entsprechend schrill. Er war noch nicht einmal sechs Jahre alt, aber er trug seinen Spielzeugbogen über der Schulter und einen entschlossenen Ausdruck im Gesicht.

»Ich komme mit auf die Jagd«, erklärte Memnon.

»Nein, das tust du nicht«, widersprach ich. »Ich werde dich sofort zu deiner Mutter zurückschicken. Sie wird schon wissen, was man mit einem kleinen Jungen tut, der sich heimlich aus dem Lager schleicht, ohne seinen Lehrern zu sagen, wo er hingeht.«

»Ich bin der Kronprinz von Ägypten«, erklärte Memnon, aber trotz dieser gewichtigen Erklärung bebten seine Lippen. »Niemand darf es wagen, mir etwas zu verbieten. Es ist mein Recht und meine heilige Pflicht, mein Volk in Zeiten der Not anzuführen.«

Wir bewegten uns nun auf gefährlichem Boden. Der Prinz kannte seine Rechte und seine Verantwortung. Ich hatte sie ihm selbst erklärt. Allerdings hatte ich nicht erwartet, daß er sie schon so bald wahrnehmen würde. Er hatte diese Angelegenheit zu einer Frage des königlichen Protokolls gemacht, so daß es schwierig, wenn nicht unmöglich war, mit ihm darüber zu streiten. Verzweifelt suchte ich nach einem Ausweg.

»Warum hast du mich nicht vorher gefragt?« Ich wollte nur Zeit gewinnen.

»Weil du dann zu meiner Mutter gegangen wärst«, erklärte er mit schlichter Offenheit, »und sie dann zu dir gehalten hätte, wie sie es immer tut.«

»Ich kann noch immer zur Königin gehen«, drohte ich, aber er sah ins Tal zurück, wo die Schiffe klein wie Spielzeuge im Wasser lagen, und strahlte übers ganze Gesicht. Wir wußten beide, daß ich nicht die gesamte Truppe auffordern konnte, noch einmal den weiten Weg zurückzufahren.

»Bitte, laß mich mitkommen, Tata«, versuchte er es noch einmal, nun in einem anderen Ton. Es war mir unmöglich, ihm nicht nachzugeben, wenn er seinen Liebreiz ins Spiel brachte. Doch hatte ich eine Eingebung. »Der edle Herr Harrab ist der Befehlshaber dieser Expedition. Du mußt ihn fragen.«

Zwischen den beiden bestand eine seltsame Verbindung. Nur drei Personen – die Eltern und ich – wußten, wer Memnons wahrer Vater war. Der Prinz selbst hielt Tanus für seinen Lehrer und für den Befehlshaber seiner Armeen. Obwohl er Tanus liebte, hatte er einige Scheu vor ihm. Tanus war nicht der Mann, mit dem sich ein kleiner Junge, nicht einmal ein Prinz, anlegen würde.

Die beiden sahen einander an. Ich sah, wie Memnon seinen Überfall plante, während Tanus vor Anstrengung zu zittern begann, so sehr mußte er gegen das Lachen ankämpfen, welches in seiner Kehle aufsteigen wollte.

»Edler Herr Harrab«, Memnon hatte sich für die formelle Annäherung entschieden, »ich möchte mitkommen. Ich glaube, daß es eine nützliche Lehre für mich ist, denn schließlich werde ich eines Tages die Armee führen.« Ich hatte ihn gelehrt, folgerichtig zu denken. Er war ein Schüler, auf den man stolz sein konnte.

»Prinz Memnon, erteilst du mir einen Befehl?« Es gelang Tanus, seine Belustigung mit einem düsteren Stirnrunzeln zu vertuschen, und ich sah, wie sich die Augen des Prinzen mit Tränen füllten.

Er schüttelte traurig den Kopf. »Nein, mein Herr.« Jetzt war er wieder ein kleiner Junge. »Aber ich würde sehr gern mit euch auf die Jagd kommen, bitte.«

»Die Königin wird mich erwürgen«, sagte Tanus. »Los, spring hier vor mir herauf, du kleiner Schurke.«

Der Prinz liebte es, wenn ihn Tanus einen Schurken nannte. Gewöhnlich behielt er sich diese Bezeichnung für die Männer seines alten Regiments der Blauen Krokodile vor, und es gab Memnon das Gefühl, einer von ihnen zu sein. Er stieß einen Freudenschrei aus und wäre fast über seine eigenen Füße gestolpert, so eilig hatte er es, der Aufforderung zu folgen. Tanus streckte die Hand aus und packte ihn am Arm. Er zog ihn auf den Wagen und stellte ihn an den sicheren Platz zwischen uns.

»Hü-hott!« rief Memnon Geduld und Draufgänger zu, und wir fuhren los, aber nicht bevor ich einen Mann zurück zur Flotte geschickt hatte – mit einer Botschaft für die Königin, daß der Prinz in Sicherheit war. Keine Löwin konnte so wild sein wie meine Herrin, wenn sie sich um ihr Junges Sorgen machte.

Schließlich trafen wir auf einen Streifen aufgewühlten Sandes, der viele hundert Ellen breit war. Die Hufe der Spießböcke sind großflächig und gespreizt, damit sie in dem weichen Wüstensand nicht einsinken. Sie hinterlassen eine deutliche Spur in Form einer Speerspitze, wie sie die Hyksos haben. Viele Tausende der riesigen Antilopen waren hier entlanggelaufen.

»Wann?« fragte Tanus, und ich stieg ab, um die Spuren zu untersuchen. Ich nahm Memnon mit, denn ich ließ nie eine Gelegenheit verstreichen, ihn in etwas zu unterweisen. Ich zeigte ihm, wie der Nachtwind die Fährte abgetragen hatte und wie kleine Insekten und Eidechsen ihre Spuren auf der Spur der Herde hinterlassen hatten.

»Sie sind gestern abend bei Sonnenuntergang hier vorbeigekommen«, teilte ich meine Vermutung mit und ließ sie mir vom Prinzen bestätigen. »Aber sie kommen nur langsam voran. Wenn wir Glück haben, können wir sie einholen, bevor es Mittag ist.«

Wir warteten auf die Vorratswagen und gaben den Pferden zu trinken, dann fuhren wir weiter, folgten der breiten ausgetretenen Straße durch die Dünen.

Bald fanden wir die Kadaver der schwächeren Tiere, die vor Erschöpfung zusammengebrochen waren. Es waren die jüngsten und die ältesten, und nun kreischten und stritten sich die Krähen und Geier um ihre Überreste, während die kleinen roten Schakale in einigem Abstand um sie herumschlichen und auf ihren Anteil warteten.

Wir folgten der breiten Straße immer weiter, und endlich sahen wir im

Süden den dünnen Staubfilter am Horizont. Als wir eine zerklüftete Hügelkette hinaufgefahren waren, sahen wir die Herde unter uns. Wir hatten das Gebiet erreicht, in dem vor Wochen der Gewittersturm ausgebrochen war. So weit unser Auge reichte, hatte sich die öde Wüste in einen Blumengarten verwandelt.

Die Landschaft vor uns war in Schattierungen weicher grüner Farbtöne getaucht, die Umrisse der Hügel hoben sich in dunklerem Grün ab. Sie bildeten den Hintergrund für einen wunderbaren Regenbogen, der die Erde in allen Farben erstrahlen ließ. Blumen wuchsen auf Erdwällen und Verwehungen. Die verschiedenen Blüten schienen die Gesellschaft gleichgearteter zu suchen, genauso wie die Antilopenherden und die Vogelschwärme.

So lieblich jetzt alles auch schien, wußte ich doch, daß es nicht von Dauer sein würde. Nur einen Monat vielleicht, dann würde die Wüste wieder triumphieren. Die Blumen würden an ihrem Stengel verwelken, und das Gras würde sich in Staub verwandeln und von den glühenden Winden davongetragen werden. Nichts von all dieser Pracht würde zurückbleiben außer den Samen, winzig wie Sandkörner, die mit unendlicher Geduld die Jahre des Wartens überdauern würden.

»Eine solche Schönheit sollte man mit dem Menschen teilen, den man liebt.« Tanus hielt vor Bewunderung die Luft an. »Was gäbe ich darum, wenn die Königin bei mir wäre!«

Ein Aufschrei von Kratas, der in einem der Wagen hinter uns fuhr, riß uns aus unseren Träumen. »Bei Seths stinkendem Atem, das müssen über zehntausend sein da unten.«

Die Herde Spießböcke hatte sich vor der grünen Wand der fernen Hügel ausgebreitet. Ein paar alte Bullen hielten sich abseits der Herde, aber die anderen bildeten Gruppen von zehn oder hundert oder noch mehr. Es schien, als hätten sich alle Spießböcke Afrikas hier versammelt.

Als wir am Horizont auftauchten, hoben die Tiere, die uns am nächsten waren, den Kopf und betrachteten uns mit milder Neugier. Mir kam der Gedanke, daß sie wahrscheinlich noch nie einen Menschen erblickt hatten und in unserer Gegenwart keine Gefahr sahen.

Der Spießbock ist eine prächtige Kreatur, so groß wie ein Pferd, mit einem ebenso vollen, wehenden dunklen Schweif, der über den Boden fegt. Sein Gesicht ist von feinen spiralförmigen Mustern und Strichen gezeichnet, schwarz auf einem blassen sandfarbenen Untergrund gemalt. Über den Hals fällt eine dunkle steife Mähne, was die Ähnlichkeit mit einem Pferd noch verstärkt, aber seine Hörner sind einzigartig. Sie sind dünn, nicht gebogen und spitz wie der Dolch in meinem Gürtel. Fast so lang, wie das Tier groß ist, eine ungeheuer gefährliche Waffe. Während alle anderen Antilopenarten sanft und gutartig sind und lieber flüchten als anzugreifen, verteidigt sich der Spießbock selbst noch beim Angriff eines Löwen.

Ich erzählte Memnon von ihrem Mut und ihrer Ausdauer und erklärte ihm, wie sie es ihr ganzes Leben lang aushielten, ohne Wasser aus einem See oder einem Fluß zu trinken. »Sie nehmen sich das Wasser vom Tau und von den Wurzeln und Knollen der Wüste, die sie mit ihren Hufen aus dem Boden graben.«

Er hörte aufmerksam zu, denn er hatte von seinem Vater die Liebe für die Jagd geerbt, und ich hatte ihn gelehrt, alle wilden Dinge zu achten.

»Der wahre Jäger versteht und achtet die Vögel und die Tiere, die er jagt«, erklärte ich ihm, und er nickte ernst.

»Ich will ein wahrer Jäger und Soldat sein, genauso wie der edle Herr Tanus.«

»Ein Mensch bekommt diese Gaben nicht in die Wiege gelegt. Er muß sie erlernen, genauso wie du lernen mußt, ein großer und gerechter Herrscher zu sein.«

Ich verspürte tiefes Bedauern, als Tanus mich rief. Die Pferde waren getränkt, und als ich mich umdrehte, sah ich, daß die Wagenlenker bereits wieder aufstiegen. Ich hätte den Rest des Tages lieber mit meinem Prinzen verbracht, mir mit ihm gemeinsam das königliche Schauspiel in der Ebene unter uns angesehen. Zögernd kehrte ich um und ergriff die Zügel, um unseren Wagen wieder an die Spitze der Kolonne zu fahren.

Auf den Trittbrettern der anderen Wagen standen die Schützen mit gespannten Bogen, alle waren sie vom Jagdfieber ergriffen.

»He, edler Herr Tanus!« rief Kratas. »Eine Wette gefällig? Wie viele, glaubst du?«

Bevor Tanus antworten konnte, murmelte ich: »Nimm für mich auch eine an. Der alte Prahlhans hat noch nie aus dem fahrenden Wagen geschossen.«

»Nur saubere Schüsse!« rief Tanus zu ihm zurück. »Ein Tier, das vom Pfeil eines anderen getroffen ist, zählt nicht.« Und so brachte jeder Bogenschütze am Schaft seines Pfeils ein Zeichen an. Tanus wählte das *Wadjet*, das verwundete Auge von Horus. »Einen Golddeben für jeden Spießbock mit deinem Pfeil.«

»Zwei«, schlug ich vor. »Einen für mich.« Ich bin kein Spieler, aber dies war kein Spiel. Tanus hatte seinen neuen gekrümmten Bogen, und ich war der beste Wagenlenker der ganzen Truppe.

Wir waren noch immer Anfänger, aber ich hatte genau beobachtet, wie die Hyksos mit den Wagen umgingen. Jede Bewegung, die ihre Truppen an jenem schrecklichen Tag auf dem Schlachtfeld von Abnub durchgeführt hatten, hatte sich tief in mein Gedächtnis eingegraben. Für mich war diese Jagd vor allem eine Übung. Wir mußten lernen, uns vorteilhaft zu formieren und die Wagen bei voller Fahrt auch im Schlachtgetümmel zu beherrschen.

Als wir ins Tal kamen, gab ich das erste Zeichen, und die Wagenreihe teilte sich in drei Züge. Ruhig und ohne Stocken öffneten wir uns wie die Blütenblätter einer Lilie. Die Flanken bogen sich nach außen wie die Hörner eines Bullen, um die Jagdbeute zu umrunden, während meine Reihe in der Mitte Seite an Seite in Stellung ging, jeweils drei Wagenlängen Abstand zwischen den Rädern. Wir waren die Brust des Bullen. Die Hörner würden den Feind zurückhalten, während wir näher heranrückten und ihn in einer wilden Umarmung erdrückten.

Die Gazellen warfen die Köpfe hoch und starrten uns mit den ersten Anzeichen des Erschreckens an. Sie liefen davon, sammelten ihre Gefährten auf, kleine Herden schlossen sich zu größeren zusammen, wie ein großer Felsblock, der den Hang hinunterrollt, alles mit sich fortreißt. Bald war die gesamte Ebene in Bewegung. Sie galoppierten mit seltsam schaukelnden Bewegungen, und wie ein blasser Nebel stieg der Staub auf und legte sich über ihre schwankenden Rücken. Ihre langen dunklen Schwänze fuhren von einer Seite auf die andere.

Ich bewegte mich mit meiner Truppe im Schrittempo voran, denn ich wollte die Pferde nicht schon jetzt mit einer langen wilden Jagd ermüden. Schließlich schloß sich unser Ring um die Herde. Die Spießböcke wurden langsamer, als sie merkten, daß ihr Fluchtweg abgeschnitten war. Sie liefen verwirrt durcheinander, drehten sich im Kreis.

Nach und nach kreisten wir sie ein, und unsere Pferde waren noch frisch und bereit zu laufen. Sie spürten die Erregung und warfen die Köpfe nach hinten, zerrten an den Zügeln, schnaubten und verdrehten die Augen, bis das Weiße zu sehen war.

Ich griff hinter mich, faßte Prinz Memnon am Arm, zog ihn nach vorn und lehnte ihn gegen das Spritzbrett. Ich drückte ihn mit meinem Körper fest dagegen,und er hielt sich an der Verkleidung fest. So hatte Tanus beide Hände frei, um seinen Bogen abzuschießen, und der Prinz war in Sicherheit.

»Laß mich die Zügel halten, Tata. Ich werde fahren«, bat Memnon. Ich hatte ihn schon einmal fahren lassen, daher meinte er es völlig ernst, obwohl er kaum groß genug war, um über das Spritzbrett hinaussehen zu können. Ich unterdrückte ein Lachen.

»Das nächste Mal, Mem. Diesmal mußt du noch zusehen. Paß gut auf und merk dir alles.«

Als wir weniger als hundert Schritt von der Herde entfernt waren, konnten die armen Tiere den Druck nicht länger ertragen. Angeführt von einer narbigen alten Kuh, kamen an die hundert von ihnen im Pulk direkt auf uns zu. Auf mein Zeichen hin verkürzten wir unsere Linie und fuhren, Rad an Rad, eine geschlossene Wand aus Pferden und Menschen, und die Trompeter bliesen zum Angriff. Ich gab meinen Pferden die Peitsche, so daß sie im wilden Galopp nach vorn schossen, direkt auf die heranstürmenden Tiere zu.

Tanus schoß seine Pfeile über meine rechte Schulter ab. Ich konnte jeden einzelnen fliegen sehen. Es war das erst Mal, daß er sie aus einem fahrenden Wagen abschoß, und die ersten drei Pfeile flogen weit am Ziel vorbei. Doch Tanus war ein Meisterschütze, und er zielte schnell. Der nächste Pfeil traf die alte Kuh, welche den Haufen noch immer anführte, mitten in die Brust. Er muß ihr Herz gespalten haben, denn sie ging sofort zu Boden, stieß mit der Nase in den Sand und überschlug sich. Die nachfolgenden Tiere wichen aus und boten Tanus gute Ziele, denn sie kehrten ihm ihre Breitseite zu. Es war faszinierend, seinen beiden nächsten Pfeilen zuzusehen, die den davonjagenden Spießböcken folgten, sie aber nicht erreichten. Die Berechnung der sich vorwärtsbewegenden Ziele wurde durch die Bewegung des Wagens zusätzlich erschwert. Ich bemühte mich, Tanus den Schuß zu erleichtern, indem ich den Wagen mit dem Lauf der Beute wendete. Trotzdem war ich nicht überrascht, als zwei weitere seiner Pfeile ihr Ziel verfehlten.

Dann, Meister des Bogens, der er war, zielte er noch einmal, und der Pfeil bohrte sich federtief bis in die Brust des nächsten Spießbockes. Und er tötete drei weitere mit nur drei Pfeilen, während sich um uns her die wilde Jagd in das übliche Schlachtgetümmel auflöste und alles in Staub gehüllt war. Ich fuhr gerade dicht an einige Spießböcke heran und überholte sie, als die fliehenden Hufe ein Stück scharfes Flintgestein, so groß wie das letzte Glied meines Daumens, aufwirbelten. Noch bevor Memnon sich ducken konnte, traf es ihn an der Stirn, und als er zu mir aufsah, tropfte Blut aus dem flachen Schnitt über seinem Auge.

»Du bist verletzt, Mem!« rief ich und hieß die Pferde sofort langsamer traben.

»Es ist nichts«, sagte er und wischte sich das Blut mit einer Ecke seines Schals ab. »Nicht anhalten, Tata! Bleib an ihnen dran. Kratas wird gewinnen, wenn du es nicht tust.«

Und so fuhr ich weiter in die Staubwolke hinein, und neben mir sang Tanus' Bogen sein schreckliches Lied, und der Prinz schrie und heulte vor Aufregung wie ein kleines Hündchen, das zum erstenmal ein Kaninchen jagt.

Selbst das beste und gutwilligste Pferdegespann kann nur eine begrenzte Zeit galoppieren. Als ich schließlich Geduld und Draufgänger wieder im Schritt gehen ließ, hatte sich der Staub mit ihrem Schweiß zu Schlamm vermischt und bedeckte in einer dicken Kruste ihre Flanken. Sie ließen vor Erschöpfung die Köpfe hängen.

Langsam verzogen sich die Staubwolken und lösten sich auf. Das Feld bot einen schrecklichen Anblick.

Unsere Truppe war über die ganze Ebene verstreut. Ich zählte fünf Wagen, deren Räder bei der Jagd zerbrochen waren; die umgestürzten Fahrzeuge sahen aus wie das kaputte Spielzeug eines launischen Riesen. Die verletzten Männer lagen neben ihren zerschlagenen Wagen im Sand, ihre Kameraden knieten bei ihnen und versorgten ihre Wunden.

Auch die Wagen, die ohne Schaden davongekommen waren, hatten angehalten. Die Pferde waren vollkommen erschöpft, ihre Flanken hoben und senkten sich, während sie nach Luft rangen, und von ihren Mäulern tropfte Schaum.

Das Wild war über das ganze Feld verstreut. Viele der großen Tiere waren tot, ihre Kadaver lagen ausgestreckt auf der Seite, andere waren verstümmelt. Manche standen mit hängenden Köpfen herum, andere humpelten schwerfällig durch die Dünen.

Das war das traurige Ende einer Jagd; die Erregung war abgeflaut, und nun wurde das verwundete Wild mit Pfeilen von seinen Qualen erlöst.

Ganz in der Nähe sah ich einen alten Bullen auf seinen gelähmten Hinterläufen sitzen, die Vorderläufe steif vor sich ausgestreckt. Der Pfeil, der ihn getroffen hatte, stand in einem so steilen Winkel aus seinem Rücken, daß die Spitze seine Wirbelsäule verletzt haben mußte. Ich nahm den zweiten Bogen aus dem Halter an der Seitenverkleidung des Wagens und sprang auf den Boden. Als ich auf den verletzten Bullen zuging, wandte er den Kopf nach mir um und beobachtete mich. Dann unternahm er einen letzten mutigen Versuch, zog seine gelähmten Hinterläufe hoch und kam auf mich zu, die langen schwarzen Hörner auf mich gerichtet. Doch seine Augen schwammen in Tränen, er litt Todesqualen. Ich mußte ihm zwei Pfeile tief in die Brust schießen, ehe er einen letzten Seufzer ausstieß und auf die Seite rollte. Ein letztes Zucken lief durch seinen Körper, dann war er tot.

Als ich wieder in den Wagen kletterte, warf ich einen Blick auf das Gesicht des Prinzen. In seinen Augen standen Tränen, und sein blutverschmiertes Gesicht war voller Mitleid für das Tier. Er wandte sich ab, damit ich seine Tränen nicht sah, aber mich erfüllten sie mit Stolz. Wer für das Tier, welches er jagt, kein Mitgefühl hat, ist kein wahrer Jäger.

Ich nahm Prinz Memnons Lockenkopf in beide Hände und drehte sein

Gesicht zu mir. Vorsichtig säuberte ich die Wunde an seiner Stirn und verband sie mit einem Leinenstreifen.

In jener Nacht schlugen wir unser Lager in dem Blumenfeld auf; der süße Duft erfüllte die Dunkelheit und senkte sich mild über den Geruch des frisch vergossenen Bluts.

Der Mond war nicht zu sehen, doch der Himmel stand voller Sterne. Sie tauchten die Hügel in silbriges Licht. Wir saßen bis spät in die Nacht an den Lagerfeuern und labten uns an der Leber und den Herzen der Spießböcke, die wir über der heißen Kohle rösteten. Anfangs saß der Prinz zwischen Tanus und mir neben dem Feuer, aber die Offiziere und Männer wetteiferten darum, seine Aufmerksamkeit zu gewinnen; sie alle hatten ihn ins Herz geschlossen. Nun luden sie ihn in ihren Kreis ein, und er wanderte von einer Gruppe zur nächsten. Sie gaben sich Mühe mit ihrer Sprache und ihren Späßen, damit sie seine Ohren nicht verletzten, und der Prinz fühlte sich wohl in ihrer Gesellschaft.

Sie machten viel Aufhebens von seinem bandagierten Kopf. »Jetzt bist du ein richtiger Soldat«, erklärten sie, »wie einer von uns.« Und sie zeigten ihm ihre eigenen Wunden.

»Es war richtig, daß du ihm erlaubt hast mitzukommen«, sagte ich zu Tanus, während wir ihn stolz beobachteten. »Das ist die beste Übung, die ein junger Soldat haben kann.«

»Die Männer lieben ihn schon jetzt«, stimmte Tanus mir zu. »Es gibt zwei Dinge, die ein General braucht: erstens Glück und zweitens die Zuneigung seiner Truppe.«

»Memnon muß die Erlaubnis bekommen, uns bei all unseren Erkundungszügen zu begleiten – wenn sie nicht zu gefährlich sind«, verkündete ich, und Tanus lachte.

»Ich überlasse es dir, seine Mutter davon zu überzeugen. Zu manchen Dingen kann ich sie einfach nicht bewegen.«

Auf der anderen Seite des Lagerfeuers brachte Kratas Memnon soeben die bereinigte Fassung des Marschliedes seines Regiments bei. Der Prinz hatte eine helle, klare Stimme, und die Männer klatschten den Rhythmus und sangen den Refrain mit ihm. Sie erhoben entrüstet Einspruch, als ich Memnon schließlich zu dem Lager bringen wollte, welches ich unter dem Wagen für ihn hergerichtet hatte, und sogar Tanus unterstützte sie.

»Laß den Jungen noch ein bißchen länger bei uns bleiben«, befahl er, und es war weit nach Mitternacht, als ich den Prinz schließlich in sein Schaffell wickeln konnte.

»Tata, werde ich je so gut schießen können wie der edle Herr Tanus?« fragte er verschlafen.

»Du wirst einmal einer der größten Generäle Ägyptens sein, und eines

Tages werde ich einen Bericht über deine Siege in einen Obelisken ritzen, damit die ganze Welt davon erfährt.«

Er dachte eine Weile darüber nach, und dann seufzte er. »Wann wirst du mir einen richtigen Bogen machen, statt dieses Kinderspielzeugs?«

»Sobald du ihn spannen kannst«, versprach ich.

»Danke, Tata. Das wünsche ich mir.« Und er schlief so plötzlich ein, wie ich die Flamme der Lampe ausblies.

Wir kehrten im Triumph zur Flotte zurück. Die Wagen waren schwer mit dem gepökelten und an der Sonne getrockneten Fleisch der Spießbockherde beladen. Ich hatte erwartet, von meiner Herrin schwere Vorwürfe zu hören, weil ich den Prinzen entführt hatte. Ich hatte mich schon auf meine Verteidigung vorbereitet und war fest entschlossen, die Schuld voll und ganz auf die breiten Schultern des edlen Herrn Harrab zu laden. Doch ihre Zurechtweisung fiel milder aus, als ich erwartet hatte. Zu Memnon sagte sie, er sei ein böses Kind, weil er ihr so große Sorgen bereitet habe, dann nahm sie ihn in die Arme und drückte ihn, bis er fast erstickt wäre. Als sie sich zu mir umdrehte, setzte ich augenblicklich zu einer langen Erklärung an, welche Rolle Tanus bei dieser Sache gespielt habe und wie wertvoll die Erfahrung für den Prinz sei, doch sie schien die ganze Angelegenheit schon als erledigt zu betrachten.

»Wann warst du eigentlich das letzte Mal mit mir fischen?« fragte sie. »Hol deine Fischspeere, Tata. Wir werden uns ein Boot nehmen, nur wir beide, und auf den Fluß hinausfahren, wie wir es früher getan haben.«

Ich wußte, daß wir nicht viel Gelegenheit zum Fischen haben würden. Sie wollte mit mir allein sein – auf dem Wasser, wo uns niemand hören konnte. Was es auch war, das ihr Sorgen bereitete, es mußte etwas Ernstes sein.

Ich paddelte auf dem niedrigen grünen Wasser langsam flußabwärts, bis uns die Biegung des Flusses und der hohe steile Felsen vor den Blicken der Flotte verbargen. Aber alle Versuche, ein Gespräch in Gang zu bringen, scheiterten, und so legte ich das Paddel aus der Hand und griff nach meiner Laute. Ich spielte und sang die Melodien, welche Lostris am liebsten hatte, und wartete darauf, daß sie zu reden begann.

Endlich sah sie mich an, und in ihren Augen leuchtete eine seltsame Mischung aus Freude und Sorge.

»Taita, ich glaube, ich bekomme wieder ein Kind.«

Ich wüßte keinen Grund, warum ich mich über diese Eröffnung hätte wundern sollten. Schließlich war sie, seit wir Elephantine verlassen hatten, jede Nacht mit dem Befehlshaber ihrer Armee zusammen gewesen, während ich an der Tür zu ihrer Kabine Wache gehalten hatte. Trotzdem war ich so erschrocken, daß meine Hand auf den Saiten der Laute erstarrte und mir das Lied in der Kehle steckenblieb. Es dauerte eine Weile, bis ich meine Stimme wiedergefunden hatte.

»Herrin, hast du denn nicht den Aufguß aus Kräutern genommen, den ich für dich zubereitet habe?« fragte ich.

»Manchmal habe ich ihn genommen, aber manchmal habe ich es auch vergessen.« Sie lächelte schüchtern. »Der edle Herr Tanus kann sehr ungeduldig sein. Außerdem gefällt es mir nicht, mit Töpfen und Krügen zu hantieren, wenn es Besseres und Dringlicheres zu tun gibt.«

»Zum Beispiel Kinder zu zeugen, die keinen königlichen Vater haben, der sie anerkennt.«

»Es ist ziemlich ernst, nicht wahr, Taita?«

Ich schlug einen Akkord auf der Laute, während ich mir eine Antwort zurechtlegte. »Ziemlich ernst? Ich glaube, das ist nicht das richtige Wort. Wenn du einen Bastard auf die Welt bringst oder dir einen Mann nimmst, wirst du gezwungen sein, die Regentschaft abzugeben. Das ist der Brauch, und so will es das Gesetz. Der edle Herr Merkeset stünde als nächster in der Reihe der Regentschaftsfolge, aber es würde bestimmt ein versteckter Krieg zwischen den Adligen entbrennen, weil jeder seinen Anspruch geltend machen würde. Ohne deinen Schutz als Regentin wäre der Prinz in großer Gefahr. Es würde ein mörderischer Zwist ausbrechen...« Ich verstummte und zitterte bei dem Gedanken.

»Tanus könnte an meiner Stelle Regent werden, dann könnte ich ihn heiraten«, erklärte sie heiter.

»Glaube nicht, daß ich nicht auch schon daran gedacht hätte«, entgegnete ich düster. »Das wäre eine Lösung für alle Schwierigkeiten. Doch wir müssen auch an Tanus denken.«

»Wenn ich ihn bitte, wird er es bestimmt tun, da bin ich mir sicher«, sie lächelte erleichtert, »und dann werde ich seine Frau. Dann brauchen wir uns endlich nicht mehr zu verstecken.«

»Ich wünschte, es wäre so einfach. Aber Tanus wird niemals zustimmen. Er kann nicht...«

»Was soll dieser Unsinn?« Funken des Zorns glitzerten in ihren Augen, und ich sprach schnell weiter.

»Damals, in jener Nacht in Theben, als Pharao Männer losschickte, um Tanus wegen Aufwiegelung gefangenzunehmen, haben wir versucht, Tanus dazu zu bewegen, daß er seinen Anspruch auf die Krone anmeldete. Kratas und seine Offiziere haben geschworen, ihn zu unterstützen, im Namen der ganzen Armee. Sie wollten zum Palast marschieren und Tanus auf den Thron setzen.«

»Und was hat Tanus abgehalten? Er wäre ein guter König gewesen, und es hätte uns allen viele Herzensqualen erspart.«

»Tanus hat das Angebot zurückgewiesen. Er hat erklärt, daß er kein Verräter sei und daß er niemals den Thron Ägyptens besteigen würde.«

»Das ist lange her. Vieles hat sich geändert!« rief sie erzürnt.

»Nein, nichts hat sich geändert. An jenem Tag hat Tanus einen Eid geleistet, Horus war sein Zeuge. Er hat geschworen, die Krone niemals anzurühren.«

»Aber das hat keine Gültigkeit mehr. Er kann diesen Eid aufheben.«

»Würdest du einen Eid aufheben, den du im Angesicht von Horus geleistet hast?« fragte ich, und sie wich meinem Blick aus und ließ den Kopf hängen.

»Würdest du das?« fragte ich noch einmal.

»Nein«, flüsterte sie, »das könnte ich nicht.«

»Dieselbe Verpflichtung bindet Tanus. Du kannst nicht von ihm verlangen, daß er etwas tut, das du selbst nicht wagen würdest«, erklärte ich leise. »Natürlich können wir es ihm vortragen, doch wir wissen beide, was er uns antworten würde.«

»Aber du mußt doch etwas tun können.« Und sie sah mich mit jenem blinden Vertrauen an, das mich zornig machte. Immer wenn sie sich in große Gefahr gebracht hatte, kam sie einfach zu mir und sagte: »Aber du mußt doch etwas tun können.«

»Es gäbe eine Möglichkeit, der du aber genausowenig zustimmen wirst, wie Tanus sich bereit finden würde, die Krone zu tragen.«

»Wenn dir wirklich etwas an mir liegt, wirst du es mir nicht einmal vorschlagen.« Sie hatte mich sofort verstanden und wich vor mir zurück, als hätte ich sie geschlagen. »Lieber würde ich sterben, als dieses Wunder der Liebe zu töten. Tanus hat es in meinen Leib gepflanzt, das Kind ist er und ich und unsere Liebe. Ich könnte es niemals töten.«

»Dann, Hoheit, weiß ich keinen Rat.«

Sie lächelte mich mit einem derart blinden Vertrauen an, daß es mir den Atem verschlug. »Du wirst dir schon etwas einfallen lassen, mein lieber Taita. Das hast du doch immer getan.«

Und so hatte ich einen Traum.

Ich erzählte meinen Traum vor der vollen Versammlung des Staatsrats, welche die Regentin Ägyptens einberufen hatte.

Königin Lostris und Prinz Memnon saßen hoch oben auf dem Achterdeck der *Atem von Horus* auf ihrem Thron. Die Galeere war am Westufer des Nils vertäut. Die Ratsmitglieder saßen zu ihren Füßen im Sand.

Der edle Herr Merkeset und die Adligen verkörperten den weltlichen Arm des Staates, die hohen Priester von Amun-Re, Osiris und Hapi den heiligen. Der edle Herr Harrab und fünfzig seiner höchsten Offiziere verkörperten die Armee.

Ich stand auf dem offenen Deck unterhalb des Throns. Um vor dieser auserlesenen Versammlung angemessen aufzutreten, hatte ich größere Sorgfalt als je zuvor auf meine Erscheinung verwendet. Meine Schminke war geschickt aufgetragen, mein Haar mit duftenden Ölen eingerieben und auf eine Art gelegt, die viele Nachahmer fand. Um den Hals trug ich die beiden Ketten des Ehrengoldes, und meine Brust und meine Arme waren vom Lenken des Wagens stahlhart. Ich muß außerordentlich schön gewesen sein, denn sie starrten mich mit offenem Mund an, und in den Augen der Männer, deren Neigungen in diese Richtung gingen, sah ich Lust aufflammen.

»Majestäten«, ich machte ein tiefe Verbeugung vor dem Paar auf dem Thron, und Prinz Memnon setzte ein freches Lächeln auf. Sein Kopf war noch bandagiert, obgleich es nicht mehr nötig gewesen war. Er war so stolz auf seine Kriegswunde, daß ich ihm den Verband gelassen hatte. Ich sah ihn an und runzelte die Stirn, und er machte wieder ein Gesicht, das dem gegebenen Anlaß besser entsprach.

»Majestäten, letzte Nacht hatte ich einen merkwürdigen und wunderbaren Traum, und ich halte es für meine Pflicht, ihn euch mitzuteilen. Ich bitte um eure Erlaubnis, sprechen zu dürfen.«

Voller Anmut erwiderte Königin Lostris: »Jeder der Anwesenden weiß von der heiligen Gabe, die du in dir birgst. Der Prinz und ich wissen, daß du in die Zukunft sehen und den Willen und die Wünsche der Götter durch Träume und Gesichte erahnen kannst. Ich befehle dir, von diesen geheimnisvollen Dingen zu sprechen.«

Ich verbeugte mich noch einmal und wandte mich der Versammlung zu.

»Letzte Nacht schlief ich an der Tür zur königlichen Kabine, wie es meine Pflicht ist. Königin Lostris lag allein auf ihrem Bett, und der Prinz schlief in seinem Alkoven dahinter.«

Selbst der edle Herr Merkeset beugte sich weit nach vorn und hielt die Hand hinter sein gutes Ohr, denn das andere war stocktaub. Sie alle liebten eine gute Geschichte und eine lebendige Weissagung.

»In der dritten Nachtwache wurde ich von einem seltsamen Licht geweckt, das das ganze Schiff erhellte. Ich spürte einen kalten Wind an meinen Wangen, obgleich alle Türen und Luken geschlossen waren.«

Meine Zuhörer rückten eifrig näher. Ich hatte den richtigen Ton getroffen.

»Dann hörte ich dumpfe Schritte durch den Schiffsrumpf hallen, langsame, würdevolle Schritte, wie kein Sterblicher sie macht.« Ich legte eine dramatische Pause ein. »Diese unheimlichen Geräusche kamen aus dem Kielraum der Galeere.« Wieder machte ich eine Pause, damit sie Zeit hatten, alles in sich aufzunehmen.

»Ja, meine ehrenwerten Herren, sie kamen aus dem Laderaum, in welchem der goldene Sarg von Pharao Mamose, dem achten dieses Namens, steht und darauf wartet, begraben zu werden.«

Einige meiner Zuhörer zitterten vor ehrfürchtigem Staunen, während andere das Zeichen gegen das Böse schlugen.

»Die Schritte kamen immer näher zu dem Platz, an dem ich lag. Der himmlische Glanz des Lichts wurde immer stärker, und ich begann am ganzen Körper zu zittern, als vor mir eine Gestalt erschien. Es war die Gestalt eines Mannes, aber sie war nicht menschlich, denn sie glühte wie der Vollmond, und ihr Gesicht war eine heilige Wiederauferstehung des Gesichts von Pharao, so wie ich ihn kannte, und doch anders, vom schrecklichen Heiligenschein seiner Göttlichkeit umgeben.«

Alle waren hingerissen. Niemand rührte sich. Ich suchte in ihren Gesichtern nach einem Zeichen von Ungläubigkeit, doch ich fand es nirgends.

Dann brach plötzlich eine Kinderstimme das Schweigen. Und der Prinz rief mit heller klarer Stimme: »*Bak-her!* Das war mein Vater. *Bak-her!* Das war Pharao!«

Sie stimmten in den Ruf ein: »*Bak-her!* Es war Pharao. Möge er ewig leben!«

Ich wartete, bis wieder Stille eintrat, und als es soweit war, wartete ich noch länger, bis sie es schier nicht mehr aushielten vor Spannung.

»Pharao kam direkt auf mich zu, ich aber war vollkommen starr. Er ging an mir vorbei und betrat das Schlafgemach Ihrer lieblichen Hoheit, Königin Lostris. Und obwohl ich mich nicht von der Stelle zu rühren vermochte und keinen einzigen Ton hervorbrachte, habe ich alles, was dann passierte, ganz genau gesehen. Während die Königin schlief, beugte sich der heilige Pharao in seiner ganzen Pracht und Herrlichkeit über sie und nahm sich seine ehelichen Freuden. Und ihre Körper vereinten sich als Mann und Frau.«

Auf ihren Gesichtern war noch immer nicht das geringste Zeichen von Ungläubigkeit zu sehen. Ich wartete, bis meine Worte ihre volle Wirkung entfaltet hatten, und sprach dann weiter. »Pharao erhob sich vom Busen der schlafenden Königin, sah mich an und sprach folgende Worte zu mir.«

Ich besitze das Talent, anderer Leute Stimmen zum Verwechseln ähnlich nachzuahmen, so daß diejenigen, die es hören, den zu hören glauben, den ich nachahme. Nun redete ich mit der Stimme von Pharao Mamose.

»Ich habe der Königin meine Göttlichkeit eingeflößt. Sie ist eins mit mir und den Göttern. Ich habe ihr meinen heiligen Samen eingepflanzt. Sie, die neben mir keinen anderen Mann gekannt hat, wird ein Kind meines königlichen Blutes tragen. Das wird für alle Männer ein Zeichen sein, daß sie meinen Schutz genießt und daß ich stets über sie wache.«

Ich verneigte mich noch einmal vor dem königlichen Paar auf dem Thron. »Dann ging der König durch das Schiff zurück und begab sich wieder in seinen goldenen Sarg, wo er jetzt ruht. Das war alles, was ich gesehen habe.«

»Ewig lebe Pharao!« rief der edle Herr Tanus, wie ich es ihm geraten hatte, und die anderen nahmen den Ruf auf. »Heil, Königin Lostris! Möge sie ewig leben! Heil dem göttlichen Kind, welches sie in sich trägt! Mögen ihre Kinder ewig leben!«

In jener Nacht, als ich mich gerade zurückziehen wollte, rief mich meine Herrin zu sich und flüsterte mir zu: »Dein Traum war so lebendig, und du hast ihn so schön erzählt, daß ich bestimmt nicht schlafen werde, wenn Pharao nicht wieder zu mir kommt. Bewache meine Tür.«

»Ich wage zu behaupten, daß es vielleicht jemanden gibt, der so kühn und aufdringlich ist, deinen königlichen Schlaf zu stören, aber ich bezweifle sehr, daß es Pharao Mamose sein wird. Wenn also solch ein Schurke kommt, um aus deinem freundlichen und liebenwerten Wesen Vorteile zu ziehen, wie soll ich mich dann verhalten?«

»Schlafe tief, lieber Taita, stopf dir die Ohren zu.« Im Schein der Lampe glühten ihre Wangen.

Wieder behielt ich recht mit meiner Voraussage künftiger Ereignisse. In jener Nacht kam ein heimlicher Besucher zu meiner Herrin in die Kabine, doch es war nicht der Geist von Pharao. Ich tat, was Königin Lostris mir befohlen hatte. Ich stopfte mir die Ohren zu.

Der Nil schwoll wieder an und erinnerte uns daran, daß ein weiteres Jahr vergangen war. Wir hatten das Korn geerntet, das wir auf den Inseln ausgesät hatten, und wir trieben unsere Herden zusammen. Wir zerlegten die Wagen und verstauten sie auf den offenen Decks der Galeeren. Wir rollten die Zelte auf und verstauten sie in den Laderäumen. Am Ende, als alles für unsere Abfahrt bereit war, legten wir an den Ufern die Leinen aus und spannten jeden gesunden Mann und jedes Pferd an.

Wir benötigten fast einen Monat aufreibender, schwerer Arbeit, um diesen furchterregenden Katarakt zu überwinden. Wir verloren sechzehn Männer durch Ertrinken, und fünf Galeeren wurden von den scharfen schwarzen Felsspitzen aufgerissen und vollständig zertrümmert. Aber am

Ende setzten wir auf dem glatten Strom des Flusses über den Katarakten die Segel.

Während die Wochen zu Monaten wurden, zog der Nil unter unseren Kielen einen langen und majestätischen Bogen. Seit wir Elephantine verlassen hatten, hatte ich den Lauf des Flusses aufgezeichnet. Mit Hilfe der Sonne und der Sterne hatte ich die Richtung bestimmt, aber es war schwierig, die Entfernungen zu messen, welche wir zurücklegten. Anfangs hatte ich einem Sklaven befohlen, am Ufer entlangzugehen und seine Schritte zu zählen, doch ich wußte, daß dies höchst ungenau war und meine sämtlichen Berechnungen zunichte machen konnte.

Die Lösung fiel mir eines Morgens während einer Übung mit dem Wagen ein. Ich sah zu, wie das Rad zu meiner Rechten sich drehte, und da wurde mir klar, daß es bei jeder Drehung ein genaues Maß des Bodens gab, den wir zurückgelegt hatten. Von da an folgte uns am Flußufer stets ein Wagen. An einem der Räder war eine Fahne befestigt, und auf dem Trittbrett saß ein zuverlässiger Mann und machte jedesmal, wenn sich das Rad einmal um sich selbst gedreht hatte, ein Zeichen auf einer Papyrusrolle.

Jeden Abend rechnete ich die Richtung und die Entfernung aus, die wir tagsüber zurückgelegt hatten, und zeichnete sie auf meiner Karte ein. Langsam wurden mir Verlauf und Form des Flusses klar. Ich sah, daß wir in einem weiten Bogen nach Westen gefahren waren, daß der Fluß nun aber wieder nach Süden verlief, so, wie es die Priester von Hapi vorausgesagt hatten.

Ich zeigte meine Ergebnisse Tanus und der Königin. An vielen Abenden saßen wir bis spät in die Nacht in der königlichen Kabine, erörterten den Lauf des Flusses und auf welche Weise er unseren Plan, nach Ägypten zurückzukehren, beeinflussen würde. Es schien, als würde jede Meile, die wir hinter uns brachten, meine Herrin in dem Schwur, welchen sie vor ihrem Volk abgelegt hatte, bestärken.

Wenn wir unter uns waren, riet sie mir: »Führe deine Karten genau, Taita. Ich vertraue darauf, daß du für uns den besten Weg zurück in die Heimat findest.«

Und so zog unsere Karawane weiter den Fluß hinauf, und die Wüste zu beiden Seiten des Ufers veränderte mit jeder Meile ihr Gesicht. Doch am Ende blieb sie immer gleich.

Wir auf dem Fluß waren zu einer eng verknüpften Gemeinschaft zusammengewachsen. Wir waren eine wandernde Stadt ohne Mauern. Leben sproß und verging. Unsere Zahl wurde größer, denn die meisten von denen, die von Elephantine mit uns gekommen waren, standen in der vollen Blüte ihres Lebens, und die Frauen waren fruchtbar. Am Flußufer heirateten junge Paare und zerbrachen den Krug mit Nilwasser zwischen sich. Kinder wurden geboren, und wir sahen sie aufwachsen.

Einige der älteren Menschen starben, und es gab auch Unglück und Gefahren, die von den Jüngeren ihren Tribut forderten. Wir balsamierten sie ein, hoben in den wilden Hügeln Gräber für sie aus, überließen sie ihrem Schlaf und fuhren weiter. Wir hielten alle Feste ein und beteten zu unseren Göttern. Wir feierten und fasteten in der richtigen Jahreszeit und tanzten und sangen und pflegten die Wissenschaften. Ich gab den älteren Kindern an Deck der Galeere Unterricht, und Memnon war unter all meinen Schülern die höchste Belohnung für mich.

Bevor das Jahr um war und während der Lauf des Flusses noch immer nach Süden führte, kamen wir zum dritten Katarakt. Wieder gingen wir an Land, rodeten die Felder und pflanzten unser Korn, solange wir darauf warteten, daß der Nil wieder anstieg und uns half, das Hindernis zu überwinden.

Hier, am dritten großen Katarakt, wurde mein Leben von einer anderen großen Freude erfüllt.

In einem Leinenzelt am Ufer des Flusses stand ich meiner Herrin bei ihren Wehen bei und brachte Prinzessin Tehuti auf die Welt, die anerkannte Tochter des längst verstorbenen Pharao Mamose.

In meinen Augen war Tehuti so schön, daß es einem Wunder glich. Sooft ich konnte, saß ich an ihrer Wiege und betrachtete voller Staunen und Bewunderung ihre winzigen Hände und Füße. Wenn sie hungrig war und auf die Brust ihrer Mutter wartete, steckte ich ihr manchmal meinen kleinen Finger in den Mund, um das schöne Gefühl zu genießen, wenn sie mit ihren nackten Kiefern darauf herumkaute.

Schließlich begann das Wasser im Fluß wieder zu steigen, und wir konnten uns daran machen, den dritten Katarakt zu überqueren. Dann segelten wir weiter, und fast unmerklich floß der Strom wieder in einem großen Bogen nach Osten.

Bevor das Jahr vorüber war, ergab sich für mich die Notwendigkeit, erneut einen heiligen Traum zu haben, denn meine Herrin war wieder einmal jungfräulich geschwängert worden. Es ließ sich nur auf übernatürliche Weise erklären. Zum zweitenmal hatte ihr der Geist des toten Pharao einen nächtlichen Besuch abgestattet.

Meine Herrin war riesig von dem Kind, als wir den vierten Katarakt erreichten. Diese Stromschnellen mit dem aufgewühlten Wasser, die Felsen, die spitz und scharf waren wie die Zähne von Krokodilen, waren schrecklicher als alle, die wir zuvor überwunden hatten, und unter den

Menschen auf unseren Schiffen breitete sich große Verzweiflung aus. Wenn sie glaubten, daß sie niemand hörte, beklagten sie sich untereinander: »Wir sind von diesen unmenschlichen Felsschranken umgeben. Die Götter haben sie über den Fluß gelegt, weil sie uns daran hindern wollen, weiterzufahren.«

Ich las es von ihren Lippen, wenn sie am Flußufer zusammensaßen. Sie wußten nicht, daß ich, ohne ihre Worte zu hören, verstand, was sie sagten.

»Wir werden hinter diesen schrecklichen Stromschnellen gefangen sein und niemals wieder auf dem Fluß zurückfahren können. Wir sollten umkehren, bevor es zu spät ist.«

Bei den Beratungen des Staatsrates las ich dieselben Worte von den Lippen einiger großer edler Herren von Ägypten ab, die weiter hinten in der Versammlung saßen und leise miteinander sprachen. »Wenn wir weiterfahren, werden wir noch alle in dieser Wüste sterben, dann werden unsere Seelen bis in alle Ewigkeit in ihr herumwandern, ohne Ruhe zu finden.«

Die jungen Adligen waren überheblich und eigensinnig zugleich. Sie nährten ihre Unzufriedenheit und schürten den Aufruhr. Aber als ich sah, wie der edle Herr Aqer zu seinen Gefolgsmännern sagte: »Wir sind in den Händen dieser Frau, dieser kleinen Hure eines toten Königs, während wir einen starken Mann benötigen, der uns führt; es muß eine Möglichkeit geben, uns ihrer zu entledigen«, da wußte ich, daß wir schnell und entschlossen handeln mußten.

Zuerst fand ich mit Hilfe meines alten Freundes Aton die Namen aller Unzufriedenen und möglichen Verräter heraus. Es überraschte mich nicht, daß am Kopf dieser Liste derselbe edle Herr Aqer stand, ältester Sohn des edlen Herrn Merkeset. Aqer war ein zorniger junger Mann mit aufgeblasenen Vorstellungen, was seine eigene Wichtigkeit betraf. Ich hegte den Verdacht, daß er die Frechheit besaß, sich selbst schon auf dem Thron der beiden Königreiche, die Doppelkrone auf dem Kopf, zu sehen.

Als ich Tanus und meiner Herrin erklärte, was meiner Meinung nach getan werden müsse, beriefen sie am Flußufer einen feierlichen Staatsrat ein.

Königin Lostris eröffnete die Beratungen. »Ich weiß genau, wie sehr ihr euch nach eurem Land sehnt und wie müde ihr seid von dieser langen Reise. Ich teile jeden Traum von Theben mit euch.«

Ich merkte, wie Aqer mit seinen Vertrauten vielsagende Blicke tauschte, und sah meinen Verdacht bestätigt.

»Aber, Volk von Ägypten, nichts ist so schlimm, wie es scheint. Hapi hat über unsere Reise gewacht, wie sie es versprochen hat. Wir sind nicht weit von Theben, sondern näher als sich irgend jemand auch nur vorstellen kann. Wenn wir in unsere geliebte Stadt zurückkehren, brauchen wir nicht in unsere eigenen müden Fußstapfen zu treten. Wir werden die Gefahren und die Mühen der schrecklichen Katarakte, welche den Lauf des Flusses versperren, nicht noch einmal ertragen müssen.«

Ein Raunen ging durch die Reihen, Zweifel und Ungläubigkeit machten sich breit. Aqer lachte, aber nicht so laut, daß er die Grenzen der Ehrfurcht überschritten hätte. Dennoch entdeckte ihn meine Herrin. »Wie ich sehe, edler Herr Aqer, stellst du mein Wort in Frage?«

»Keineswegs, Hoheit. Nie würde ich mich erdreisten, das zu tun.« Aqer machte hastig einen Rückzieher. Er war noch nicht stark genug, war sich seiner Mithelfer noch nicht sicher genug, um einen offenen Streit heraufzubeschwören. Ich hatte ihn ertappt, noch ehe er darauf vorbereitet war.

»Mein Sklave Taita hat den Flußlauf aufgezeichnet, welchem wir in den letzten Jahren gefolgt sind«, fuhr Königin Lostris fort. »Ihr habt alle den Wagen mit der Fahne am Rand gesehen. Damit hat Taita den Boden gemessen, und er hat auch die Himmelskörper beobachtet, um die Richtung unserer Reise herauszufinden. Ich fordere ihn also auf, vor den Rat zu treten und uns seine Berechnungen darzulegen.«

Prinz Memnon hatte mir geholfen, Abschriften meiner Karte auf zwanzig weitere Schriftrollen zu übertragen. Mit neun Jahren war der Prinz bereits ein guter Schreiber. Ich verteilte die Rollen an die älteren edlen Herren, damit sie meinem Vortrag besser folgen konnten. Ich lenkte ihre Aufmerksamkeit auf den fast kreisförmigen Kurs, dem wir gefolgt waren, seit wir Elephantine verlassen hatten.

Ihr Erstaunen war groß. Nur die Priester hatten bereits geahnt, was geschehen war, auch sie beobachteten die Sterne. Doch das Ausmaß der Krümmung, die der Fluß vollzogen hatte, verblüffte selbst sie. Das verwunderte mich nicht, denn die Abschriften der Karte, die ich ihnen zeigte, wichen von der Wahrheit ab. Ich hatte mir Aqer und seinen Anhängern zuliebe gewisse Freiheiten herausgenommen, so daß die Entfernung quer durch die Bucht kürzer erschien, als es aufgrund meiner Berechnungen tatsächlich der Fall war.

»Edle Herren, wie ihr an diesen Karten sehen könnt, sind wir seit der Überwindung des zweiten Katarakts fast tausend Meilen gereist, und doch befinden wir uns jetzt nicht viel weiter als fünfhundert Meilen von dem Punkt entfernt, an dem wir aufgebrochen sind.«

Kratas erhob sich, um eine Frage zu stellen, die ich ihm vor Beginn der Versammlung in den Mund gelegt hatte. »Heißt das, daß es möglich wäre, diese Abkürzung quer durch die Wüste zu nehmen und den zweiten Katarakt in der gleichen Zeit zu erreichen, die man braucht, um von

Theben zum Roten Meer und wieder zurückzukommen? Ich habe diese Strecke schon mehrere Male zurückgelegt.«

Ich drehte mich zu ihm um. »Und ich habe dich bei dieser Reise begleitet. Zehn Tage in jeder Richtung haben wir gebraucht, und da hatten wir noch keine Pferde. Die Überquerung dieses schmalen Wüstenstreifens dürfte kaum beschwerlicher sein. Das bedeutet, daß wir von hier aus innerhalb weniger Monate nach Elephantine reisen könnten, und dabei müßten wir nur den ersten Katarakt bei Assuan noch einmal überqueren.«

Es erhob sich ein erstauntes Stimmengewirr. Die Karten wurden von einer Hand zur nächsten weitergereicht und eifrig betrachtet. Die Stimmung in der Versammlung schlug um. Unter denen, die mir glaubten, brach stürmische Begeisterung aus. Die unerwartete Nähe zur Heimat gab ihnen neuen Mut.

Nur Aqer und seine Freunde waren völlig fassungslos. Er hatte die beste Karte des Spiels, welches er spielte, verloren. Wie ich gehofft hatte, erhob er sich wütend, um mir die nächste Frage zu stellen.

»Wie genau sind diese Aufzeichnungen des Sklaven?« Seine Stimme klang angriffslustig. »Es ist die einfachste Sache der Welt, ein paar Striche auf einer Schriftrolle zu ziehen, aber wenn sie in Meilen aus Sand und Felsen verwandelt werden, ist das etwas völlig anderes. Wie will uns dieser Sklave beweisen, daß seine wilden Behauptungen richtig sind?«

»Mein edler Herr Aqer hat die Angelegenheit im Kern getroffen«, mischte sich meine Herrin freundlich ein, »und dadurch hat er sein kluges Verständnis für die Frage bewiesen, der wir uns gegenüberstehen. Ich habe vor, eine Abordnung der besten Leute loszuschicken, damit sie diesen Teil der Wüste durchqueren und unseren Rückweg in den Norden öffnen, die Straße, die uns heimführt, zurück in unser schönes Theben.«

Als er die Falle erkannte, die die Königin ihm gestellt hatte, setzte er sich eilig wieder auf seinen Platz und bemühte sich, gelangweilt zu erscheinen. Doch meine Herrin fuhr unbarmherzig fort: »Ich war noch unentschlossen, wer sich wohl am besten dafür eignen würde, diese Abordnung zu leiten, aber nun hat sich der edle Herr Aqer durch sein kluges Verständnis für die Dinge selbst angeboten, diese für uns alle lebenswichtige Aufgabe zu übernehmen. Oder täusche ich mich etwa, mein edler Herr?« fragte sie mit süßer Stimme und fuhr fort, ehe er ablehnen konnte.

»Wir sind dir dankbar, edler Herr Aqer. Du wirst so viele Männer und soviel Ausrüstung mit auf den Weg bekommen, wie du willst. Ich befehle dir, noch vor dem nächsten Vollmond aufzubrechen. Der Mond wird es dir leichter machen, in der Nacht zu reisen; so kannst du die Hitze des Tages meiden. Ich werde dir Männer mitschicken, die es verstehen, sich an den Sternen zu orientieren. Du könntest bis zum zweiten Katarakt vordringen und zurück sein, bevor der Monat zu Ende geht. Und wenn du erfolgreich bist, werde ich dir das Ehrengold auf die Schulter legen.«

Der edle Herr Aqer starrte sie offenen Mundes an. Stocksteif vor Schreck saß er noch immer auf seinem Schemel, als seine Gefährten sich längst zerstreut hatten. Ich rechnete damit, daß er auf eine Entschuldigung sinnen würde, um sich dieser Aufgabe zu entledigen, doch am Ende versetzte er mich in Erstaunen, indem er zu mir kam, um meinen Rat und meine Hilfe bei der Zusammenstellung der Kundschaftertruppe zu erbitten.

Ich wählte einige unserer besten Männer und Pferde für ihn aus und gab ihm fünf unserer kräftigsten Wagen, die mit Wasserschläuchen beladen werden konnten. Das würde dreißig Tage reichen, wenn sie sparsam damit umgingen. Als der Vollmond kam, hatte Aqer Mut gefaßt, und mich plagten Gewissensbisse, weil ich die Entfernung und die Gefahren der Reise geringer dargestellt hatte, als sie sein würden.

Als sie aufbrachen, begleitete ich sie ein kurzes Stück in die Wüste, um ihnen den richtigen Weg zu zeigen; aber dann blieb ich allein zurück und sah ihnen nach, als sie in der öden Landschaft mit dem silbrigen Mondlicht verschmolzen – unterwegs zu dem Sternenbild, welches wir die Laute nennen und das den nördlichen Horizont markiert.

In der darauffolgenden Woche mußte ich täglich an Aqer denken, und ich konnte nur hoffen, daß die Karte, die ich ihm gegeben hatte, nicht so ungenau war, wie ich befürchtete. Aber wenigstens war mit ihm die unmittelbare Bedrohung eines Aufstands in den Norden gezogen.

Während wir ihre Rückkehr erwarteten, säten wir unser Getreide auf den gerodeten Inseln und Uferbänken aus. Doch das Land war hier steiler als weiter unten am Fluß. Es war schwieriger, Wasser hinaufzubringen, um unser Getreide feucht zu halten, und ich konnte schon jetzt voraussehen, daß die Menge und die Güte der Ernte darunter leiden würden.

Natürlich hatten wir Schadufs errichtet, um das Wasser aus dem Fluß zu schöpfen. Sie wurden von einem Sklaven in Gang gehalten, der den Tontopf am Ende des Hebebaums ins Wasser schwenkte, ihn anschließend hochhob und in den Bewässerungsgraben am Ufer entleerte. Das war eine mühsame Arbeit. Wenn das Ufer hoch lag wie hier, war es zudem eine außerordentliche verschwenderische Art, Wasser zu schöpfen.

Jeden Abend fuhren Memnon und ich mit unserem Wagen am Flußufer entlang, und ich machte mir Sorgen wegen der geringen Ernte, die wir dort wachsen sahen. Wir mußten viele tausend Münder füttern, und das Getreidemehl war noch immer unsere wichtigste Nahrung. Ich sah eine Hungersnot auf uns zukommen, wenn es uns nicht gelingen sollte, mehr Wasser auf die Felder zu bringen.

Ich weiß nicht, wieso ich in diesem Zusammenhang an das Rad denken mußte; vielleicht, weil die Wissenschaft des Rades inzwischen zu einer meiner Leidenschaften geworden war. Meine Träume handelten fast ausschließlich von sich drehenden und berstenden Rädern, Rädern mit Bronzemessern am Rand, Rädern mit Fahnen, um die Entfernung zu messen.

Ich hatte von einem der Priester von Hapi gehört, daß man manche Holzarten härter und widerstandsfähiger machen konnte, indem man sie lange Zeit in Wasser legte und aufweichte, und so unternahm ich einen Versuch in dieser Richtung. Als wir zu diesem Zweck eines der Wagenräder in den Fluß legten, begann der Strom, der an seinem Rand entlangfloß, das Rad auf seiner Nabe zu drehen. Ich sah es mir an, aber als das Rad tiefer im Wasser versank, hörte die Bewegung auf, und ich dachte nicht mehr daran.

Einige Tage später kenterte eines der kleinen Boote, die zwischen den Inseln hin und her fuhren, und die beiden Männer darin wurden vom reißenden Strom mitgerissen und ertranken. Memnon und ich beobachteten diese Tragödie vom Ufer aus, und wir waren beide betrübt. Ich ergriff die Gelegenheit, den Prinzen noch einmal vor der Gefahr und der Kraft des Flusses zu warnen.

»Er ist so stark, daß er sogar das Rad eines Wagens drehen kann.«

»Das glaube ich nicht, Tata. Das sagst du nur, um mir angst zu machen. Du weißt, wie gern ich im Fluß schwimme.«

So führte ich es ihm vor, und wir waren beide sehr beeindruckt, als sich das Rad, scheinbar aus eigener Kraft, in dem fließenden Wasser, in das wir es getaucht hatten, drehte.

»Es würde noch schneller gehen, Tata, wenn es rund um den Radkranz Paddel hätte«, erklärte Memnon schließlich, und ich starrte ihn verblüfft an. Er war zu diesem Zeitpunkt kaum mehr als zehn Jahre alt, und doch sah er alle Dinge mit frischen und forschenden Augen an.

Als es wieder Vollmond wurde, hatten wir ein Rad gebaut, welches vom Fluß angetrieben wurde und das Wasser in einer Reihe kleiner gebrannter Tonkrüge hochhob und in einen mit Tonziegeln ausgelegten Kanal schüttete, der auf dem hohen Nilufer verlief. Meine Herrin kam sogar an Land, um diese wunderbare Erfindung zu bewundern. Sie war entzückt davon.

»Du tust so kluge Dinge mit dem Wasser, Taita«, sagte sie. »Erinnerst du dich noch an den Wasserschemel, den du in Elephantine für mich gebaut hast?«

»Ich könnte dir wieder einen bauen, wenn du uns nur erlauben würdest, in einem ordentlichen Haus zu leben.«

Tanus war von dem Wasserrad genauso beeindruckt wie sie, obgleich er sich natürlich nichts anmerken ließ. Statt dessen grinste er mich an.

»Sehr klug, und wann wird es zerbrechen wie deine berühmten Wagenräder?« fragte er, und Kratas und all die anderen soldatischen Dummköpfe fanden das schrecklich komisch. Von da an pflegten sie, wenn ein Wagenrad zerbrach, zu sagen, es sei »Tata gegangen«, nach dem Spitznamen, den mir der Prinz gegeben hatte.

Unsere Kornfelder wuchsen auf dem lemigen Boden der hohen Uferbänke dicht und grün, und die goldenen Ähren bogen sich im hellen Sonnenlicht. Doch das war nicht die einzige Ernte, die am vierten Katarakt eingebracht wurde. Königin Lostris schenkte einer weiteren königlichen Prinzessin das Leben. Falls das überhaupt möglich war, war dieses Kind noch vollkommener als seine ältere Schwester.

Es war höchst merkwürdig, daß Prinzessin Bakhatha mit einer Kappe aus goldroten Locken auf die Welt kam. Ihr heiliger und geisterhafter Vater Pharao Mamose hatte dunkle Züge getragen, und das Haar ihrer Mutter war dunkel wie die Flügel des schwarzen Adlers. Niemand wußte sich diese Farbgebung zu erklären, aber alle stimmten darin überein, daß sie außerordentlich hübsch war.

Prinzessin Bakhatha war zwei Monate alt, als der Nil wieder mehr Wasser zu führen begann und wir unsere Vorbereitungen für die Überquerung des vierten Kataraktes trafen.

Wir hatten mit der Überquerung noch nicht begonnen, als sich im Lager ungeheure Erregung verbreitete. Ich hörte die Schreie und Jubelrufe vom anderen Ufer des Flusses aus, wo Prinz Memnon und ich die Pferde begutachteten und uns vergewisserten, daß alles für den Aufstieg zum Katarakt bereit war.

Wir eilten zu den Booten zurück und setzten zum Ostufer über, wo wir das Lager in Aufruhr vorfanden. Wir drängten uns durch die Menge, die Palmzweige schwenkte und Lieder des Willkommens und der Ehre sang. Inmitten des Aufruhrs entdeckten wir eine kleine Karawane angeschlagener Wagen und abgemagerter Pferde, dazu eine Gruppe ausgezehrter Männer, schwarzgebrannt und von der Wüste gemäßigt.

»Seth soll dich und deine Karte verdammen, Taita!« schrie mir der edle Herr Aqer vom ersten Wagen aus zu. »Ich weiß nicht, wer von euch beiden schlimmer lügt. Es war fast doppelt so weit, wie du angekündigt hattest.«

»Habt ihr wirklich die Nordseite der Flußwindung erreicht?« rief ich zurück und versuchte mich durch die Menge zu drängen.

»Hin und zurück!« rief er, zufrieden mit seiner Leistung. »Wir haben am zweiten Katarakt unser Lager aufgeschlagen und uns von frischen Fischen aus dem Nil ernährt. Die Straße zurück nach Theben ist frei.«

Meine Herrin ordnete ein Fest an, um die Reisenden willkommen zu heißen, und der edle Herr Aqer war der Mann des Tages. Auf dem Höhepunkt der Feier legte Köngin Lostris das Ehrengold um seinen Hals und erhob ihn in den Rang eines Führers von Zehntausend. Ich spürte einen Kloß in der Kehle, als ich den Burschen herausgeputzt und sich brüsten sah. Als wäre das noch immer nicht genug, teilte sie ihm das Kommando der vierten Wagendivision zu und überreichte ihm eine Garantie über einhundert Feddan besten Bodens am Flußufer – für die Zeit nach unserer Rückkehr nach Theben.

Mir schien das übertrieben, vor allem das Geschenk eines so großen Stücks Land, welches aus den eigenen Besitztümern meiner Herrin stammen mußte. Schließlich war Aqer im Begriff gewesen, eine Meuterei anzuzetteln, und auch wenn er Löbliches geleistet hatte, so war doch schließlich ich es gewesen, der diese Erkundungsfahrt vorgeschlagen und geplant hatte. Unter diesen Umständen hatte ich das Gefühl, daß eine weitere Goldkette für den armen Sklaven Taita wohl angebracht gewesen wäre.

Trotzdem mußte ich der List und der staatsmännischen Klugheit meiner Herrin meinen Beifall zollen. Sie hatte den edlen Herrn Aqer, der einer ihrer gefährlichsten Feinde gewesen war, in einen glühenden und treuen Anhänger verwandelt, was sich in den kommenden Jahren noch viele Male bezahlt machen sollte. Sie verstand es, mit allen Männern gut umzugehen, und ihre Führungskraft wurde mit jedem Tag größer.

Die Zähmung von Aqer und die Entdeckung der Wegstrecke quer durch die Wüste wendeten drohende Unruhen ab, so daß wir guten Muts und erleichterten Herzens den vierten Katarakt überqueren und weiterziehen konnten.

Wir waren noch keinen Monat unterwegs, als wir erkannten, daß die Göttin ihr Versprechen gehalten hatte. Tag für Tag wurde deutlicher, daß wir das Schlimmste überstanden hatten. Die Wüste lag endlich hinter uns, und der breite glatte Strom des Flusses führte wieder nach Süden und trug uns in ein Land, wie es noch keiner von uns je gesehen hatte. Hier erlebten die meisten von uns zum erstenmal das Wunder des Regens. Auch wenn ich dieses Naturwunder natürlich vom Unteren Königreich her kannte, die anderen hatten noch nie Wasser aus dem Himmel fallen sehen. Der Regen strömte in unsere erhobenen Gesichter, während Donner durch den Himmel rollte und wir vom weißen Feuer der Blitze geblendet waren.

Diese ausgiebigen und regelmäßigen Regengüsse brachten eine neue und aufregende Landschaft hervor, die uns in höchstes Erstaunen versetzte. An beiden Ufern des Nils erstreckten sich, so weit wir vom Deck der führenden Galeere aus sehen konnten, eine weite grasbewachsene Ebene. Diese herrliche Ebene, in der wir unsere Pferde weiden lassen konnten, setzte der Reichweite unserer Wagen keine Grenzen. Wir konnten herumfahren, soviel wir wollten, ohne von Dünen oder felsigen Hügeln aufgehalten zu werden.

Doch das war keineswegs der einzige Segen, mit dem die Göttin uns beschenkt hatte. Es gab auch Bäume. In dem schmalen Tal, wo wir lagerten, hatte es früher vielleicht sogar Wälder gegeben, wer hätte das zu sagen vermocht. Holz war für uns Ägypter etwas Seltenes und sehr wertvoll. Jedes einzelne Stück mußte auf Schiffen oder auf dem Rücken von Lasttieren aus weit entfernten fremden Ländern herangeschafft werden.

Jetzt sahen wir, wo wir auch hinblickten, große Bäume. Sie wuchsen nicht in so dichten Wäldern wie auf den Inseln bei den Katarakten, sondern in großen Hainen mit hoch aufragenden, majestätischen Stämmen, zwischen denen sich breite Grasflächen erstreckten. In diesen Ebenen gab es genügend Holz, um alle Flotten aller Völker auf allen Meeren der Welt neu zu bauen. Mehr noch, es war genug, um damit alle Städte der Welt neu zu erbauen und um jedes Gemach in ihnen mit Möbeln auszustatten. Und selbst danach würde noch Jahrhunderte Feuerholz vorrätig sein. Wir Ägypter, die wir unser Essen das ganze Leben lang auf Ziegelsteinen gekocht hatten, die aus dem Dung unserer Tiere gemacht waren, starrten voller Staunen auf das Land um uns herum.

Aber das Holz war nicht der einzige Schatz, den wir in diesem sagenumwobenen Land Kusch, welches wir endlich erreicht hatten, fanden.

Ich entdeckte sie zuerst in der Ferne und glaubte, es wären Bauwerke aus grauem Granitgestein. Sie standen auf den gelben Grasebenen und im Schatten der ausladenden Akazienzweige. Aber als wir erstaunt genauer hinsahen, merkten wir, daß sich diese großen Felsblöcke bewegten.

»Elefanten!« Ich hatte noch nie einen Elefanten gesehen, aber etwas anderes konnte es nicht sein. Der Schrei pflanzte sich an Deck und im ganzen Schiff fort.

»Elefanten! Elefanten!« Das waren Reichtümer, von denen Pharao Mamose mit all seinen Grabschätzen nicht einmal geträumt hatte. Wo wir auch hinsahen, Elefanten, eine ganze Herde.

»Das müssen Tausende sein.« Tanus blickte in die Runde, und in seinen Augen blitzte das Jagdfieber auf. »Sieh sie dir an, Taita. Es sind unzählige.«

In den Ebenen lebten die verschiedensten Tiere, nicht nur Elefanten. Da waren Antilopen und Gazellen, von denen wir einige schon kannten, aber auch viele, die wir noch nie gesehen und von denen wir noch nie gehört hatten. Von nun an würden wir sie alle gut kennen und für die vielen verschiedenen Arten Namen finden.

Spießböcke vermischten sich mit Herden aus roten Hirschantilopen, deren Hörner gekrümmt waren wie der Bogen, den ich für Tanus gemacht hatte. Da waren getüpfelte Giraffen mit Hälsen, die bis hinauf zu den obersten Zweigen der Akazienbäume reichten. Die Nashörner waren groß wie ein Mann, aus ihren Mäulern wuchsen Hörner, so scharf wie ein Speer. Am Flußufer wälzten sich Büffel im Schlamm, riesige schwerfällige wilde Bestien, schwarz wie Seths Bart und genauso häßlich. Wir sollten die Bösartigkeit, die hinter diesem schwermütigen starren Blick lauerte, schon bald kennenleren.

»Holt die Wagen aus den Laderäumen!« brüllte Tanus ungeduldig. »Spannt die Pferde an. Die Jagd hat begonnen!«

Wenn ich gewußt hätte, in welche Gefahr wir uns begaben, hätte ich nie zugelassen, daß Memnon hinter mir auf das Trittbrett stieg. Für uns, die wir unwissend waren, sahen die Elefanten wie fügsame fromme Tiere aus, langsam, linkisch und dumm. Wir hielten sie für eine leichte Beute.

»Laß mich fahren, Tata«, forderte der Prinz. »Du weißt, daß ich genauso gut fahre wie du.« Obwohl er eine natürliche Begabung besaß, mit Pferden umzugehen, sensible Hände und ein gutes Gespür für das Gespann, und obwohl er fast jeden Tag mit ihnen übte, war diese Prahlerei unangebracht. Mit Sicherheit war er kein so guter Wagenlenker wie ich, kein Mann in der ganzen Armee hätte das von sich behaupten können, und schon gar nicht solch ein kleiner Racker von elf Jahren.

»Du kannst mir zusehen und lernen«, sagte ich streng, und als Memnon sich hilfesuchend zu Tanus umdrehte, wurde dessen Unterstützung endlich einmal mir zuteil.

»Taita hat recht. Das hier hat noch keiner von uns je getan. Sei still, Junge, und halte die Augen offen.«

Vor uns war eine kleine Herde dieser fremdartigen grauen Tiere; sie fraßen die Samenhülsen, welche aus den obersten Zweigen der Bäume gefallen waren. Ihre Ohren waren riesengroß und breiteten sich wie ein Fächer aus, als die Tiere die Köpfe wandten, um uns entgegenzusehen. Sie reckten ihre langen Rüssel in die Höhe, wahrscheinlich, weil sie unseren Geruch aufnahmen. Ich fragte mich, ob sie den Geruch von Menschen oder Pferden kannten.

Es waren Kälber bei ihnen, und die Mütter trieben sie in der Mitte der Herde zusammen und bewachten sie. Ich war von dieser mütterlichen Sorge gerührt, und mir kam zum erstenmal der Gedanke, daß diese Tiere vielleicht doch nicht so langsam und dumm waren, wie es den Anschein hatte. »Das sind alles weibliche Tiere!« rief ich Tanus über die Schulter zu. »Sie haben die Jungen bei sich, und sie haben nur wenig Elfenbein.«

»Du hast recht.« Tanus deutete über meine Schulter. »Aber sieh mal, die beiden da drüben, das müssen Bullen sein. Sieh nur, wie groß sie sind, wie riesig. Und wie ihre Stoßzähne glänzen.«

Ich gab den Wagen hinter uns ein Zeichen, und wir fuhren in einem Bogen an der weidenden Herde von Kühen und Kälbern vorbei. Dann durchquerten wir den Akazienhain in Richtung der beiden großen Bullen.

Die beiden Tiere bemerkten uns, sie drehten die Köpfe und sahen uns entgegen. Erst da erkannte ich ihre wahre Größe.

»Sieh dir bloß mal das Elfenbein an!« rief Tanus. Er dachte an nichts anderes als die Jagdtrophäe, doch die Pferde waren unruhig. Sie hatten den Geruch dieser fremden Jagdbeute aufgenommen und warfen die Köpfe zurück und rissen an den Zügeln.

»Der rechts, das ist der größere«, kreischte Memnon. »Ihn sollten wir zuerst nehmen.« Der Junge war genauso vom Jagdfieber erfaßt wie sein Vater.

»Du hast den königlichen Befehl vernommen«, sagte Tanus und lachte. »Wir nehmen uns den rechten vor. Den anderen kann Kratas haben. Der muß ihm genügen.«

Und so hob ich den Arm und gab mit der Hand den Befehl zum Teilen der Wagenreihe. Kratas bog mit fünfundzwanzig Wagen nach links, während wir geradewegs auf das große graue Tier zuhielten. Es stellte sich uns mit seinen gelben Hauern, die so dick waren wie die Säulen des Tempels von Horus.

»Sein Kopf ist groß und gibt ein gutes Ziel ab!« rief Tanus, als er einen Pfeil in den Bogen legte. »Ich töte ihn mit einem einzigen Schuß, bevor er fliehen kann. Fahr dicht an seiner langen, lächerlichen Nase vorbei.«

Hinter uns hatten sich die Wagen zu einer breiten Reihe formiert. Unser Plan war es, bis an den Bullen heranzufahren, uns dann zu teilen und im Vorbeifahren unsere Pfeile von beiden Seiten auf ihn abzuschießen. Wir waren jetzt dicht bei ihm, doch er rührte sich nicht von der Stelle. Er würde eine leichte Beute sein, und ich spürte Tanus' Enttäuschung bei der Aussicht auf einen so unsportlichen Kampf.

»Na los, du alter Narr!« schrie er voller Verachtung. »Steh nicht herum. Verteidige dich!«

Es war, als hätte der Bulle ihn gehört und die Herausforderung angenommen. Er warf seinen Rüssel in die Luft und gab einen trompetenartigen Ton von sich, der uns einen gewaltigen Schreck einjagte. Die Pferde scheuten so heftig, daß ich mit voller Wucht gegen das Spritzbrett geschleudert wurde und mir die Rippen quetschte.

Dann stieß der Bulle einen zweiten, ebenso schrillen Schrei aus und setzte sich in Bewegung.

»Bei Horus, sieh dir das an!« brüllte Tanus verblüfft, denn das Tier lief nicht vor uns davon, sondern geradewegs auf uns zu. Er war schneller als jedes Pferd und flink wie ein wütender Leopard, auf den eine Meute Hunde angesetzt ist. Mit jedem seiner langen Schritte wühlte er gewaltige Staubwolken auf und war über uns, noch ehe ich die Pferde wieder unter Kontrolle hatte.

Er ragte direkt über uns auf, griff mit seinem Rüssel nach uns, um uns vom Wagen zu zerren, und ich konnte einfach nicht glauben, wie riesig er war. Kochende Wut stand in seinen Augen. Das waren nicht die Augen eines Tieres, das waren die Augen eines klugen und wachsamen menschlichen Wesens. Es war kein faules Trampeltier, das war ein mutiger und schrecklicher Gegner, den wir in unserer Überheblichkeit und Dummheit herausgefordert hatten.

Tanus schoß einen einzigen Pfeil ab. Er traf den Bullen mitten in die Stirn, und ich erwartete, daß er zusammenbrach, als die Bronzespitze sein Gehirn durchbohrte. Damals wußten wir noch nicht, daß das Gehirn des Elefanten nicht an der Stelle sitzt, wo man es vermutet, sondern viel weiter hinten in dem riesigen Schädel, und daß es von einer Masse schwammiger Knochen umgeben ist, die es schützen und die kein Pfeil durchdringen kann.

Der Bulle schwankte nicht, zuckte nicht einmal zusammen. Er streckte nur den Rüssel aus und packte damit den Pfeil am Schaft, wie ein Mann es mit der Hand tun würde. Er zog den Schaft aus seinem Fleisch und warf ihn weg. Dann kam er hinter uns hergestürmt und streckte den blutverschmierten Rüssel nach uns aus.

Hui, der den zweiten Wagen in unserer Reihe fuhr, rettete uns, denn wir waren gegen die Wut des Bullen völlig hilflos. Hui kam von der Seite heran, er peitschte seine Pferde und schrie wie wild. Sein Bogenschütze schoß einen Pfeil eine Handbreit unter das Auge des Bullen, wodurch er seine Aufmerksamkeit von uns ablenkte.

Der Elefant drehte sich auf der Stelle um und stürmte hinter Hui her, aber der fuhr im vollen Galopp und entwischte ihm. Der nächste Wagen in der Reihe hatte nicht so viel Glück. Der Wagenlenker war weniger geschickt als Hui und wendete zu langsam. Der Elefantenbulle streckte seinen Rüssel hoch in die Luft und ließ ihn dann wie ein Henkersbeil niedersausen.

Er traf das Pferd, das auf seiner Seite lief, quer über den Rücken, direkt hinter dem Widerrist, und hieb ihm die Wirbelsäule so glatt durch, daß die Wirbel knackten und barsten wie eine spröde Tonscherbe. Das getroffene

Pferd stürzte zu Boden und zog seinen Gefährten mit sich. Der Wagen kippte um, und die Männer wurden herausgeschleudert. Der Elefant stellte einen seiner Vorderfüße auf den Körper des am Boden liegenden Wagenlenkers, riß ihm mit dem Rüssel den Kopf ab und warf ihn wie einen Ball in die Luft.

Ich brachte meine Pferde am Rand des Akazienhains zum Stehen, und wir starrten entsetzt auf das Blutbad, welches der Bulle unter unserer aufgeriebenen Truppe angerichtet hatte. Überall auf dem Feld lagen zerbrochene Wagenteile verstreut, denn Kratas war es nicht viel besser ergangen als uns.

Die beiden Elefantenbullen waren gespickt von Pfeilen, an ihren Körpern strömte das Blut herunter und hinterließ feuchte Streifen auf ihren staubigen grauen Flanken. Doch die vielen Wunden hatten sie nicht geschwächt, sondern schienen ihre Wut nur noch zu steigern. Sie tobten durch den Hain, schleuderten die umgestürzten Wagen durch die Luft, stampften mit ihren schweren Füßen auf den Kadavern der Pferde herum, warfen die Körper schreiender Männer hoch in die Luft und zertrampelten sie, wenn sie wieder auf den Boden fielen.

Kratas kam auf unsere Höhe und schrie herüber: »Bei den juckenden Pusteln in Seths Hintern, das ist ja eine Mordsarbeit! Wir haben bei unserem ersten Angriff acht Wagen verloren.«

»Ein härterer Gegner, als du erwartet hattest, was, Hauptmann Kratas?« rief Prinz Memnon. Er hätte besser daran getan, seine Meinung für sich zu behalten, denn bis zu diesem Augenblick hatten wir den Jungen völlig vergessen gehabt. Nun aber drehten Tanus und ich uns gleichzeitig nach ihm um.

»Was dich betrifft, mein Junge, so hattest du genügend Spaß für heute«, sagte ich mit fester Stimme.

»Du wirst sofort zur Flotte zurückkehren, und zwar auf dem schnellsten Weg«, bestätigte Tanus meine Worte, und im selben Augenblick fuhr ein leerer Wagen an uns vorbei. Ich weiß nicht, was mit der Mannschaft geschehen war, wahrscheinlich waren sie vom Trittbrett gestürzt oder von einer der wütenden Bestien herausgeholt worden.

»Fangt die Pferde ein!« befahl Tanus, und als man den leeren Wagen zu uns brachte, sagte er zu Memnon: »Raus mit dir. Nimm den Wagen und fahr damit zurück ans Ufer. Warte dort auf uns.«

»Mein edler Herr Tanus«, Prinz Memnon richtete sich zu seiner vollen Größe auf, wonach er seinem Vater fast bis zur Schulter reichte, »ich erhebe Einspruch...«

»Komm mir nicht mit deinen königlichen Allüren, junger Mann. Geh und beschwer dich bei deiner Mutter, wenn du unbedingt willst.« Er hob den Prinzen mit nur einer Hand hoch und warf ihn auf den leeren Fahrerstand des anderen Wagens.

»Edler Herr Tanus, ich habe das Recht...« Memnon unternahm einen letzten verzweifelten Versuch, Tanus umzustimmen.

»Und ich habe das Recht, die Scheide meines Schwertes um deinen königlichen Hintern zu wickeln, falls du noch hier sein solltest, wenn ich mich das nächste Mal umdrehe«, sagte Tanus und kehrte ihm den Rücken zu. Damit war der Fall für uns erledigt.

»Elfenbein sammeln ist offenbar nicht ganz so einfach wie Pilze suchen«, bemerkte ich. »Wir werden uns das nächste Mal etwas Besseres ausdenken müssen.«

»Man kriegt diese Biester nicht tot, wenn man sie in den Kopf schießt«, brummte Tanus. »Wir werden noch mal hinfahren und ihm einen Pfeil zwischen die Rippen jagen. Wenn sie schon kein Gehirn in ihrem Schädel haben, müssen sie doch wenigstens Herz und Lungen haben.«

Ich ergriff die Zügel und zog die Köpfe der Pferde hoch, doch ich spürte, daß Geduld und Draufgänger bei der Aussicht, auf das Feld zurückzufahren, genauso unruhig wurden wie ich.

»Ich werde direkt von vorn auf ihn losfahren«, sagte ich zu Tanus, »und dann drehe ich ab, damit du ihm einen Schuß in die Breitseite, zwischen die Rippen, verpassen kannst.«

Der Bulle sah uns kommen und gab erneut diese schrecklichen Trompetenstöße von sich, die mir das Blut in den Adern gerinnen ließen. Die Pferde legten die Ohren an den Kopf und scheuten, aber ich hielt die Zügel straff und trieb sie weiter voran. Der Elefantenbulle nahm Anlauf, um sich auf uns zu stürzen. In seiner Wut und seinen Qualen bot er einen schrecklichen Anblick.

Aus einer Entfernung von weniger als zwanzig Schritt schoß Tanus in schneller Folge drei Pfeile in seine Brust. Alle trafen direkt hinter der Schulter, suchten sich eine Lücke zwischen den Rippen und gruben sich der vollen Länge nach in die graue Haut.

Wieder schrie der Bulle auf, diesmal in Todesqualen. Er streckte den Rüssel nach uns aus, aber wir rasten daran vorbei. Ich drehte mich um und sah ihn in einer Staubwolke stehen, und als er wieder schrie, schoß Blut aus dem Ende seines Rüssels wie Dampf aus einem Kessel.

»Die Lunge!« schrie ich. »Gute Arbeit, Tanus. Du hast ihn durch die Lunge getroffen.«

»Jetzt wissen wir, wie wir sie kriegen!« rief Tanus. »Fahr uns zurück. Ich jage ihm noch einen durch das Herz.«

Ich wendete, und die Pferde waren noch immer stark und bereit.

»Lauft, meine Schönen!« schrie ich ihnen zu. »Noch einmal. Hü!«

Obwohl tödlich getroffen, war der Bulle noch längst nicht tot. Ich würde gleich erfahren, wie sehr diese prächtigen Bestien am Leben hingen, denn wieder nahm er einen Anlauf, um sich noch einmal mit einem Mut und einer Pracht auf uns zu stürzen, daß ich von Ehrfurcht erfüllt war. Selbst in der Hitze des Gefechts und obwohl ich um meine eigene Sicherheit bangte, schämte ich mich für die Qualen, die wir ihm bereiteten.

Vielleicht war das der Grund, warum ich die Pferde so dicht an ihn heranlenkte. Aus Achtung vor ihm wollte ich seinem Mut mit meinem eigenen begegnen. Im letzten Augenblick erst lenkte ich die Pferde aus der Angriffslinie.

Da brach das Rad auf der dem Bullen abgewandten Seite unseres Wagens, und ich vollführte einen schwindelerregenden Flug durch die Luft; aber ich wurde nicht das erste Mal abgeworfen und hatte gelernt, wie eine Katze auf den Boden zu fallen. Die Erde war weich und das Gras so dick wie eine Matratze. Ich kam unverletzt und bei vollem Bewußtsein wieder auf die Beine, sah jedoch auf den ersten Blick, daß es Tanus weniger gut ergangen war. Er lag ausgestreckt am Boden und rührte sich nicht.

Nun griff der Elefantenbulle die Pferde an. Draufgänger stand am nächsten bei ihm, und mit einem einzigen Schlag des Rüssels brach das Ungetüm ihm den Rücken.

In diesem Augenblick, da der Bulle abgelenkt war, hätte ich weglaufen sollen, aber Geduld war noch immer unverletzt; ich konnte sie nicht einfach zurücklassen. Der Elefantenbulle stand halb von mir abgewandt, seine Ohren waren wie Schiffssegel ausgebreitet, so daß er mich nicht sehen konnte. Ich riß Tanus' Schwert aus der Scheide und lief an Gedulds Seite.

Obwohl der riesige Bulle sie an dem Ledergeschirr, das sie mit Draufgänger verband, hinter sich herschleppte und obwohl ihr das Blut des anderen Pferdes über Hals und Schulter lief, war sie noch unverletzt. Natürlich war sie vor Entsetzen außer sich, schrie und schlug wild mit ihren schwarzen Läufen um sich.

Ich zerhackte das Geschirr aus ungegerbtem Leder; drei kräftige Schläge mit Tanus' scharfer Klinge, und Geduld war frei. Ich streckte die Hände nach ihrer Mähne aus, um mich auf ihren Rücken zu ziehen, aber sie war so von Entsetzen gepackt, daß sie zurückschreckte, bevor ich einen festen Halt hatte. Ihre Schulter fuhr krachend in mich hinein, und ich wurde seitlich auf den Boden geschleudert.

Mühsam rappelte ich mich auf und sah Geduld durch den Wald davongaloppieren: Sie lief leicht und frei, und ich wußte, daß sie nicht verletzt war. Als nächstes sah ich mich nach Tanus um. Er lag zehn Schritt vom Wagen entfernt mit dem Gesicht zur Erde, und ich glaubte schon, er wäre tot. Aber im selben Augenblick hob er den Kopf und sah mit einem erstaunten und benommenen Ausdruck zu mir. Ich wußte, daß jede plötzliche Bewegung den Elefantenbullen erneut herausfordern konnte, und so bedeutete ich Tanus, er solle still liegen bleiben. Und ich selbst wagte auch nicht, mich zu rühren, denn das wütende Tier stand noch immer direkt über mir.

Schließlich setzte er sich in Bewegung und zog den zertrümmerten Wagen mit sich fort.

Ich vergewisserte mich, daß er nicht zu uns zurückblickte, dann richtete ich mich auf und lief in geduckter Haltung zu Tanus. »Auf! Steh auf!« flüsterte ich mit heiserer Stimme und versuchte, ihn auf die Füße zu ziehen, doch er war schwer und noch immer halb bewußtlos.

Ich zog Tanus' Arm um meinen Hals und legte meine Schulter in seine Armbeuge. Unter Aufbietung sämtlicher Kräfte gelang es mir schließlich, ihn auf die Füße zu ziehen, und er stützte sich schwankend gegen mich. Ich taumelte unter seinem Gewicht. »Reiß dich zusammen«, flüsterte ich eindringlich. »Der Bulle wird uns jeden Augenblick sehen.«

Ich versuchte Tanus mitzuziehen, aber schon nach dem ersten Schritt stöhnte er und fiel gegen mich. »Mein Bein«, stöhnte er. »Ich kann nicht. Mein Knie. Ich habe mir das verdammte Knie verrenkt.«

Da wurde mir unsere mißliche Lage erst vollends bewußt. Ich überließ mich noch einmal meiner alten Sünde, der Feigheit, meine Beine sackten unter mir weg.

»Mach, daß du wegkommst, du alter Narr«, flüsterte mir Tanus mit heiserer Stimme ins Ohr. »Laß mich. Lauf um dein Leben!«

Der Elefant hob den Kopf und schüttelte ihn. Laut klatschten die großen Lederohren gegen seine Schultern.

»Lauf, um der Liebe von Horus willen, lauf, du Narr!« drängte Tanus und versuchte mich wegzustoßen, aber eine merkwürdige Dickköpfigkeit ließ nicht zu, daß ich ihn verließ, und so hielt ich ihn an der Schulter fest. Ängstlich, wie ich war, konnte ich ihn nicht verlassen.

Der Elefantenbulle hatte Tanus' Stimme gehört, und er schwang seinen gewaltigen Kopf mit den Riesenohren, die wie das Hauptsegel einer Kampfgaleere ausgebreitet waren, herum und starrte uns an. Wir waren keine fünfzig Schritt von ihm entfernt.

Damals wußte ich noch nicht, daß ein Elefant sehr schwache Augen hat. Er verläßt sich fast völlig auf sein Gehör und seinen Geruchssinn. Nur Bewegungen ziehen ihn an, und wenn wir ruhig dagestanden hätten, hätte er uns nicht bemerkt.

»Er hat uns gesehen!« rief ich und zerrte Tanus mit mir fort, zwang ihn, auf seinem unversehrten Bein zu hüpfen. Der Elefantenbulle brüllte auf, und diesen Laut werde ich in meinem ganzen Leben nicht vergessen. Er war unerträglich laut und so furchterregend, daß wir beide taumelten und beinahe gestürzt wären.

Und dann raste der Bulle auf uns zu.

Er nahte mit langen, weit ausholenden Schritten, und die Ohren flatterten ihm um den Kopf. Aus der großen verwitterten Stirn ragten die Pfeile, und über sein Gesicht strömte das Blut wie eine Flut von Tränen. Jedesmal, wenn er aufbrüllte, schoß eine Wolke Blut aus seinem Rüssel. Riesig wie eine Felsklippe und schwarz wie der Tod preschte er im vollen Lauf auf uns zu. Ich sah jede Falte und jede Kerbe in der zerknitterten Haut rund um seine Augen. Aus diesen Augen starrte uns ein solcher Haß entgegen, daß mir fast das Herz stillstand. Meine Füße wurden schwer wie Blei, und ich konnte mich nicht von der Stelle rühren.

Die Zeit schien stillzustehen, und alles erschien mir unwirklich. Ich beobachtete den Tod, der langsam und unabwendbar über uns kam, und konnte nichts tun, um ihm zu entgehen.

»Tata!« Die Stimme eines Kindes bohrte sich in meinen Kopf, und ich wußte sofort, daß es ein Trugbild meines Schreckens war. »Tata, ich komme!«

Ungläubig wandte ich den Kopf. Über das freie Feld jagte im vollen Galopp ein Wagen auf uns zu. Die Pferde streckten sich im Lauf. Ihre Ohren waren an den Kopf gepreßt, die Nüstern rot und naß und weit geöffnet. Ich sah keinen Lenker an den Zügeln.

»Haltet euch bereit, Tata!« Jetzt erst sah ich den hübschen kleinen Kopf, der das Spritzbrett kaum überragte. Zwei kleine Fäuste umklammerten die Zügel, die Knöchel waren weiß vor Anstrengung.

»Mem«, schrie ich, »fahr zurück! Kehr um!«

Der Wind blies seine Haare zu einer Wolke hinter dem Kopf, und im Sonnenlicht funkelten die dicken dunklen Locken wie Rubin. Er schoß auf uns zu, ohne die Fahrt zu verlangsamen.

»Ich werde diesem kleinen Lümmel den Hintern versohlen«, brummte Tanus, während er auf einem Bein hin und her schwankte. Die Gefahr, in der wir schwebten, hatten wir beide vollständig vergessen.

»Hü!« schrie Memnon und kam immer näher. Er wendete den Wagen in einer so scharfen Kurve, daß dieser beinahe kippte, schob ihn für einen Augenblick schützend zwischen uns und den angreifenden Elefantenbullen, und brachte ihn schließlich zum Stehen. Es war herrlich gemacht.

Ich schob meine Schulter unter Tanus' Achsel und hievte ihn auf das Trittbrett. Im nächsten Augenblick schwang ich mich selbst hinauf. Schon gab Memnon den Pferden die Zügel, und wir ruckten so scharf an, daß ich beinahe nach hinten vom Wagen geschleudert worden wäre, doch ich konnte mich an der Seitenwand festklammern und das Gleichgewicht wiedergewinnen.

»Fahr, Mem«, schrie ich, »fahr, so schnell du kannst!«

»Hü-hü!« schrie Memnon. »Hoa-ho!« Und die erschrockenen Pferde zogen den Wagen in voller Fahrt davon, gefolgt von den wütenden Trompetenstößen des angreifenden Elefantenbullen.

Wir wurden ihn nicht los, aber er schaffte es auch nicht, uns zu überholen. Wir rasten in der gleichen Geschwindigkeit über die Lichtung; unser Wagenlenker brauchte nur einen einzigen Fehler zu machen, uns in ein Loch fahren oder die Wagenräder am Stamm eines umgefallenen Baumes zu zerbrechen, und der Elefantenbulle wäre noch im selben Augenblick über uns gewesen. Doch der Prinz lenkte die Zügel wie ein Alter, fand seinen Weg durch den Akazienhain mit ruhiger Hand und geübtem Auge. Und dann war plötzlich alles vorbei.

Einer der Pfeile in der Brust des Bullen hatte sich noch tiefer in seinen Körper gebohrt und ihm das Herz aufgeschlitzt. Er riß sein Maul auf, und aus seiner Kehle schoß ein heller Blutstrom. Er starb mitten im Lauf. Die Beine sackten unter ihm weg, und er fiel krachend zu Boden. Schließlich kippte er auf die Seite, und einer seiner langen gebogenen Stoßzähne ragte wie in einer letzten trotzigen königlichen Geste in die Luft.

Memnon ließ die Pferde anhalten, und Tanus und ich stolperten vom Wagen und starrten auf diesen gewaltigen Tierleib. Tanus hielt sich an der Wagenseite fest, um sein verletztes Bein zu entlasten. Langsam drehte er sich um und sah den Jungen an, welcher nicht wußte, daß er sein Vater war.

»Beim Horus, ich habe in meinem Leben schon eine Reihe mutiger Männer gesehen, aber keinen, der besser war als du, mein Junge«, sagte er nur. Dann hob er Memnon hoch, nahm ihn in die Arme und drückte ihn fest an seine Brust.

Viel mehr habe ich nicht gesehen, denn diese lästigen Tränen, die mir immer gleich kommen, verwischten mir den Blick. Auch wenn ich wußte, daß ich nur ein gerührter alter Narr war, ich konnte sie nicht zurückhalten. Zu lange hatte ich darauf gewartet, daß der Vater seinen Sohn in die Arme schloß.

Erst als ich schwache Beifallsrufe aus der Ferne hörte, gelang es mir, meine dummen Gefühle zu beherrschen. Was keiner von uns bemerkt hatte: Die Jagd hatte unmittelbar vor den Augen der Flotte stattgefunden. Die *Atem von Horus* lag dicht am Flußufer, und auf dem Achterdeck konnte ich die schlanke Gestalt der Königin erkennen. Selbst aus dieser Entfernung sah ich, daß ihr Gesicht blaß und angespannt war.

Das Heldengold ist die Auszeichnung des Kriegers, es steht in einem höheren Rang und genießt größeres Ansehen als das Ehrengold. Nur Helden tragen es.

Wir versammelten uns an Deck der Galeere, all jene, die der Königin am nächsten standen, sowie die Befehlshaber aller Divisionen ihrer Armee. Am Masten lehnten die Stoßzähne der Elefanten, wie eine Kriegsbeute ausgestellt, und die Offiziere trugen ihre Regimentsuniformen. Hinter dem Thron salutierten die Fahnenträger, und die Trompeter schmetterten die Fanfare, als sich der Prinz vor die Königin kniete.

»Meine geliebten Untertanen!« sagte die Königin mit klarer Stimme. »Edle Offiziere meines Rats, Generäle und Offiziere meiner Armee, ich vertraue euch Memnon, den Kronprinz, an. Er hat in meinen, euer aller Augen Anerkennung gefunden.« Sie lächelte hinunter auf den elfjährigen Jungen, der wie ein siegreicher General behandelt wurde.

»Für seinen mutigen Einsatz auf dem Schlachtfeld befehle ich, ihn in das Regiment der Blauen Krokodile aufzunehmen, im Rang eines Unteroffiziers zweiter Klasse, und ich verleihe ihm das Heldengold, auf daß er es mit Stolz und Würde tragen möge.«

Die Kette war von den königlichen Goldschmieden so angefertigt, daß sie um den Hals eines Jungen in Memnons Alter paßte, und ich hatte mit meinen eigenen Händen den kleinen goldenen Elefanten geformt, der an der Kette hing. Er war in jeder Hinsicht vollkommen, ein kleines Meisterwerk mit Granatsplittern als Augen und Hauern aus echtem Elfenbein. Er sah schön aus, als er auf der weichen, makellosen Haut des Prinzen lag.

Schon wieder wollten mir die Tränen kommen, als die Männer meinem schönen Prinz zujubelten, doch diesmal gelang es mir, wenn auch mit einiger Mühe, sie zurückzuhalten. Ich war nicht der einzige, der sich in Gefühlen suhlte wie ein Warzenschwein in einem Schlammloch; selbst Kratas und Remrem und Astes, die hartgesottenen Krieger, grinsten wie Schwachköpfe, und ich könnte schwören, daß ich mehr als ein Paar nasser Augen in den Reihen ihrer Männer entdeckte. Wie seine Eltern hatte sich der Junge ihre Zuneigung und Treue gesichert. Am Ende der Zeremonie kamen die Offiziere der Blauen Krokodile nach vorn, um den Prinzen zu grüßen und ihn feierlich als neuen Waffenkameraden zu umarmen.

Als wir an jenem Abend bei Sonnenuntergang zusammen am Nilufer entlangfuhren, brachte Memnon die Pferde plötzlich zum Stehen und drehte sich zu mir um. »Ich wurde zu meinem Regiment gerufen. Jetzt bin ich endlich ein Soldat, und du mußt mir einen eigenen Bogen machen.«

»Ich werde dir den besten Bogen machen, den je ein Bogenschütze gespannt hat«, versprach ich.

Er sah mich eine Weile an, dann stieß er einen tiefen Seufzer aus. »Danke, Tata. Ich glaube, heute ist der glücklichste Tag meines Lebens.« Und die Ernsthaftigkeit, mit der er es sagte, ließ seine elf Jahre wie ein graues Greisenalter aussehen.

Am nächsten Tag fand ich den Prinzen allein am Ufer, an einer Stelle, wo man ihn von den Schiffen aus nicht sehen konnte. Er hatte mich nicht bemerkt, und so konnte ich ihn eine Weile in Ruhe beobachten.

Er war splitternackt. Obwohl ich ihn vor den Strömungen und den Krokodilen gewarnt hatte, war offensichtlich, daß er im Fluß geschwommen war; aus seinem Haar tropfte Wasser über seine Schultern. Ich wunderte mich über sein Benehmen; er hatte zwei große runde Steine vom Strand aufgehoben und hielt nun einen in jeder Hand. In einem seltsamen Ritual hob und senkte er abwechselnd beide Hände.

»Tata, du spionierst mir nach«, sagte er plötzlich, ohne den Kopf zu wenden. »Wünschst du was von mir?«

»Ich will wissen, was du mit den Steinen machst. Betest du womöglich einen Kuschiten-Gott an?«

»Ich stärke meine Arme, damit ich meinen neuen Bogen spannen kann. Ich will, daß er das volle Gewicht hat. Du wirst mich nicht noch mal mit einem Spielzeug foppen, Tata, hast du gehört?«

Es gab noch einen weiteren Katarakt, den fünften und letzten auf unserer Reise, wie sich später herausstellen sollte. Allerdings war er kein so großes Hindernis für unser Weiterkommen, wie es die anderen vier gewesen waren. Durch die Veränderungen der umliegenden Landschaft waren wir nun nicht mehr auf den Lauf des Flusses angewiesen.

Während wir darauf warteten, daß der Nil wieder anstieg, pflanzten wir wie üblich unser Getreide an, aber wir konnten auch mit unseren Wagen weit hinaus in die Savanne fahren. Meine Herrin schickte Abordnungen in den Süden, die Elefantenherden zu verfolgen und Elfenbein zurückzubringen.

Die großen Herden dieser prächtigen grauen Bestien, die uns so vertrauensvoll begrüßt hatten, als wir nach Kusch gekommen waren, waren vor uns geflohen und hatten sich zerstreut. Wo immer wir ihnen begegnet waren, hatten wir rücksichtslos Jagd auf sie gemacht, und diese klugen Kreaturen hatten nur zu schnell gelernt.

Viele unserer Jäger kamen nach wochenlanger Suche zurück, ohne einen einzigen Stoßzahn erbeutet zu haben. Doch sie hatten etwas gefunden, das für uns noch weitaus wertvoller war als Elfenbein. Sie hatten Menschen gefunden.

Ich hatte das Lager schon seit Monaten nicht mehr verlassen, denn ich war mit den Versuchen an meinen Wagenrädern beschäftigt. Damals fand ich endlich Abhilfe für etwas, das mich von Anfang an gequält hatte und das für Tanus und seine Männer ein Anlaß zur Belustigung gewesen war – das gelegentliche Versagen meiner Erfindung.

Ich verfügte nun über eine fast unbegrenzte Auswahl verschiedener Holzarten, mit denen ich arbeiten konnte, dazu gab es das Horn des Spießbocks und das des Nashorns.

Ich fand heraus, daß das rote Holz der Giraffenakazie, wenn man es in Wasser einweichte, so hart wurde, daß es die Klinge der schärfsten Bronzeaxt verbog. Ich verwendete dieses Holz zusammen mit Lagen aus Horn und befestigte sie mit Bronzedraht aneinander, ähnlich, wie ich es bei dem Bogen Lanata getan hatte. Und am Ende kam dabei ein Rad heraus, das, aufs äußerste belastet, über jeden Boden fahren konnte, ohne zu brechen.

In dieser Zeit kehrte eine Kundschaftertruppe, angeführt vom edlen Herrn Aqer, mit der Nachricht zurück, daß es weiter im Süden menschliche Ansiedlungen gab.

Jahrhundertelang hatte Kusch Sklaven hervorgebracht. Ihre eigenen Leute hatten sie gefangen, wahrscheinlich bei Stammeskämpfen, und zusammen mit anderen Handelsgütern – Elfenbein, Pfauenfedern, Rhinozeroshörnern und Goldstaub – zu den Außenposten unseres Königreichs gebracht. Die dreisten schwarzen Dienerinnen von Königin Lostris waren Eingeborene dieses Landes und von den Sklavenmärkten in Elephantine zu ihr gelangt.

Ich kann mir bis heute nicht erklären, warum wir nicht schon früher auf Menschen gestoßen waren. Vielleicht waren sie vor Kriegen und Sklavenräubern geflohen, wie die Elefantenherden vor uns, und hatten sich wie sie zerstreut. Vielleicht waren sie verhungert oder von einer Plage ausgelöscht.

Tanus gab sofort den Befehl, eine große Abordnung auf den Weg zu schicken, er selbst wollte sie anführen. Abgesehen von den Kriegsgefangenen, hatten wir Ägypter unsere Sklaven immer von Händlern anderer Völker gekauft, und es war, soweit ich wußte, seit Jahrhunderten das erste Mal, daß wir gezwungen waren, selbst Sklaven einzufangen.

Tanus bestand noch immer darauf, nur mit mir als Wagenlenker zu fahren; selbst die erfolglosen Versuche von Kratas und Remrem, meine neuen Räder zu Bruch zu fahren, hatten ihn nicht von deren Haltbarkeit überzeugt. Also führten wir die Wagenreihe an. Den zweiten Wagen aber lenkte der jüngste Offizier aus dem Regiment der Blauen Krokodile, Kronprinz Memnon.

Die ersten Dörfer, die wir am Flußufer fanden, lagen drei Tagereisen oberhalb des Katarakts. Es waren Ansammlungen kümmerlicher Unterkünfte aus Schilf, die man kaum als Hütten bezeichnen konnte. Tanus schickte Kundschafter voraus, um das Gelände zu erkunden, und in der Dämmerung kreisten wir sie mit einem einzigen schnellen Angriff ein.

Die Menschen, die aus diesen ärmlichen Behausungen gestolpert kamen, waren viel zu benommen und erschrocken, um Widerstand zu leisten oder auch nur den Versuch einer Flucht zu wagen. Sie klammerten sich aneinander und starrten auf den Kreis aus Wagen und Schilden, von dem sie umstellt waren.

»Ein guter Fang!« Tanus war entzückt. Die Männer waren groß und dünn, hatten lange, schlanke Glieder. Sie überragten die meisten Männer in unseren Reihen, sogar Tanus sah neben ihnen klein aus.

»Wirklich ausgezeichnet«, bekräftigte er. »Sieh dir diese Schönheit an.« Er hatte sich einen jungen Mann herausgegriffen, der außerordentlich gut aussah. »Der würde auf dem Sklavenmarkt in Elephantine jederzeit zehn Goldringe einbringen.«

Die Frauen waren kräftig und gesund. Ihre Rücken waren gerade, ihre Zähne weiß und gleichmäßig. Eine erwachsene Frau trug ein Kind auf ihrer Hüfte und führte ein zweites an der Hand.

Doch es war das primitivste Volk, welches mir je begegnet war. Weder die Männer noch die Frauen hatten auch nur das geringste Kleidungsstück an, nur die jüngeren Mädchen trugen eine Perlenkette aus Schalen von Pfaueneiern um die Hüfte. Ich sah sofort, daß die Frauen auf grausame Art und Weise beschnitten waren; später fand ich heraus, daß man für diese furchtbare Operation entweder ein Flintmesser oder einen Bambussplitter verwendete. Bei den jungen Mädchen war diese Verstümmelung noch nicht vorgenommen, und ich war fest entschlossen, diesen Brauch in Zukunft per Gesetz verbieten zu lassen. Ich war mir sicher, daß ich in dieser Angelegenheit die volle Unterstützung meiner Herrin genießen würde.

Ihre Haut war so dunkel, daß ihre nackten Körper im ersten Schein der Sonne purpurrot glänzten wie überreifer schwarzer Wein. Manche hatten sich mit einer Paste aus Asche und weißem Ton bestrichen und mit den Fingerspitzen grobe Muster gemalt. Ihre Haare hatten sie mit einer Mixtur aus Ochsenblut und Ton zu einem großen glänzenden Helm auf dem Kopf aufgetürmt, was ihre ohnehin eindrucksvolle Größe noch betonte.

Und noch etwas fiel mir schnell auf: Es waren keine alten Leute bei ihnen. Später erfuhr ich, daß es bei ihnen Brauch war, älteren Menschen mit Kriegskeulen die Beine zu brechen und am Flußufer den Krokodilen als Opfer darzubringen. Nach ihrem Glauben waren die Krokodile Reinkarnationen ihrer toten Vorfahren, und das Opfer, welches ihnen zum Fraß vorgeworfen wurde, war Teil dieses Kreislaufs.

Gegenstände aus Metallen besaßen sie nicht; ihre Waffen waren Holzschläger und spitze Stöcke. Die Kunst des Töpferns war ihnen entgangen, als Gefäße dienten ihnen ausgehöhlte, wilde Kürbisse. Getreide pflanzten sie nicht an, sie ernährten sich von den Fischen, die sie in Korbfallen fingen, und von den Herden kümmerlicher langhorniger Schafe, die ihr kostbarster Besitz waren. Sie ließen sie aus einer Ader am Hals ausbluten und verrührten das Blut mit Milch, die vom Euter warm war; sie tranken diesen dicken Schleim mit großem Appetit.

Als ich sie in den darauffolgenden Monaten beobachtete, stellte ich fest, daß sie weder lesen noch schreiben konnten. Ihr einziges Musikinstrument war eine Trommel aus einem ausgehöhlten Baumstumpf, und ihre Lieder klangen wie das Grunzen und Kreischen wilder Tiere. Ihre Tänze waren schamlose Nachahmungen des Geschlechtsakts, bei denen sich Reihen nackter Männer und Frauen einander näherten, mit den Füßen stampften und die Hüften nach vorn stießen, bis sie einander berührten. Und dann wurde die Nachahmung echt, und sie ergingen sich in höchst unzüchtigen Ausschweifungen.

Als Prinz Memnon mich fragte, wieso wir das Recht hätten, diese Leute einzufangen und wie eine Herde Vieh in unseren Besitz zu nehmen, antwortete ich ihm: »Es sind Wilde, und wir sind ein gebildetes Volk. Genauso wie ein Vater gegenüber seinem Sohn eine Verpflichtung hat, haben wir die Pflicht, sie aus ihrem tierhaften Zustand zu befreien und ihnen die wahren Götter zu zeigen. Und dafür bezahlen sie uns mit ihrer Arbeit.« Memnon war ein kleiner Junge, und nachdem ich es ihm einmal erklärt hatte, hat er es nie wieder in Frage gestellt.

Auf meinen Rat hin hatte meine Herrin zweien ihrer schwarzen Dienerinnen erlaubt, uns zu begleiten. Mein Verhältnis zu diesen frechen Gören war nicht ungetrübt, aber jetzt waren sie von unschätzbarem Wert für uns. Sie hatten noch Erinnerungen aus der Zeit vor ihrer Gefangenschaft, besaßen sogar noch bruchstückhafte Sprachkenntnisse der in Kusch angesiedelten Stämme. Gerade genug, daß wir beginnen konnten, unsere Gefangenen zu zähmen. Ich bin Musiker, und meine Ohren sind empfänglich für die Laute der menschlichen Stimme; außerdem habe ich eine natürliche Sprachbegabung. Nach nur wenigen Wochen beherrschte ich die Sprache der Schilluk, wie dieses Volk genannt wurde, fließend.

Ihre Sprache war genauso primitiv, wie es ihre Bräuche und ihre Art zu leben waren. Ihr gesamter Wortschatz umfaßte nicht mehr als hundert Wörter, die ich auf meinen Schriftrollen aufzeichnete und den Sklavenherren und Armeeausbildern beibrachte, welche Tanus für die eben gefangenen Sklaven ernannt hatte. Denn mit ihnen hatte Tanus die Fußtruppen gefunden, die seine Wagendivisionen ergänzten.

Unser erster Angriff hatte uns keinen Hinweis auf die wahrhaft kriegerische Natur der Schilluk gegeben, und so waren wir, als wir über die nächsten versprengten Dörfer hinwegfegten, nicht vorbereitet auf das, was uns dort erwartete. Die Schilluk waren wachsam geworden.

Sie hatten ihre Viehherden weggetrieben und ihre Frauen und Kinder versteckt. Nackt und nur mit Holzkeulen bewaffnet, gingen sie mit unglaublichem Mut und großer Tapferkeit in Horden auf unsere Wagen und die gekrümmten Bogen und Schwerter los.

»Bei der stinkenden Fäulnis in Seths Ohr«, fluchte Kratas begeistert, nachdem wir einen weiteren Angriff zurückgeschlagen hatten, »jeder einzelne dieser schwarzen Wilden ist ein geborener Soldat.«

»Mit Bronze bewaffnet und ausgebildet, werden sich diese Kerle mit jedem anderen Fußsoldaten der Welt messen können«, pflichtete ihm Tanus bei. »Laßt die Bogen in den Gestellen. Ich will möglichst viele von ihnen lebendig haben.«

Am Ende jagte Tanus sie mit den Wagen so lange, bis sie völlig erschöpft waren, und erst, als sie auf die Knie fielen, ihre Widerstandskraft gebrochen und ihr rückhaltsloser Mut verausgabt waren, ließen sie sich von den Sklavenfängern fesseln.

Tanus wählte die besten unter ihnen für seine Fußregimenter aus und machte sich genauso bereitwillig wie ich daran, ihre Sprache zu lernen. Die Schilluk sahen ihn schon bald als einen Gott an, der die Stelle ihrer Krokodile einnahm, und Tanus liebte sie bald genauso sehr, wie ich meine Pferde liebte. Am Ende brauchten wir die Schilluk gar nicht mehr wie Tiere einzufangen. Diese prächtigen hochgewachsenen Speerwerfer kamen freiwillig aus ihren Verstecken in den Schilffeldern und Dickichten hervor, um Tanus aufzusuchen und ihn zu bitten, in seinen Regimentern dienen zu dürfen.

Tanus gab ihnen lange Speere mit Bronzespitzen und Schilde, die aus Elefantenhaut gemacht waren, und er kleidete sie in Uniformen, Lendenschurze aus Wildkatzenschwänzen und Kopfschmuck aus Straußenfedern. Seine Unteroffiziere bildeten sie in allen Arten des Kampfes aus, und wir gewöhnten uns schnell daran, die Möglichkeiten der Fußtruppen mit denen der Wagen zu verbinden.

Nicht alle Schilluk kamen in die Armee. Die restlichen erwiesen sich als unermüdliche Ruderer auf den Bänken der Galeeren und als hingebungsvolle Hirten und Pferdeknechte, denn die Sorge um ihre Herden war ihnen angeboren.

Wir erfuhren schon bald, daß die Stämme, die weiter im Süden lebten, die Dinka und die Mandari, ihre Erzfeinde waren. Diese anderen Stämme waren noch primitiver als sie, und sie besaßen auch nicht den Kampfgeist unserer Schilluk. Nichts gefiel Tanus' neuen Schilluk-Regimentern besser, als mit ihren ägyptischen Offizieren und den Wagen gegen ihre alten Feinde im Süden anzutreten. Zu Tausenden umzingelten sie die Dinka und die Mandari, die wir fingen und für die schweren Arbeiten einsetzten. Keiner von ihnen kam freiwillig mit uns, wie unsere Schilluk es getan hatten.

Nachdem wir die Flotte durch den fünften Katarakt gebracht hatten, lag Kusch vor uns. Mit unseren Schilluks als Führer segelte die Flotte weiter den Fluß hinauf, während unsere Wagendivisionen von beiden Ufern weit ins Land hineinfuhren und mit Elfenbein und Sklaven zurückkehrten.

Bald erreichten wir ein breites Flußbett, das sich vom Osten her mit dem Hauptstrom des Nils vereinigte. Noch war es nur ein trübes Rinnsal, aber wie uns die Schilluk versicherten, würde sich dieser Fluß, den wir Atbara nannten, wenn seine Zeit gekommen war, in einen reißenden Strom verwandeln und mit seinem Wasser zur Flut des Nils beitragen. Königin Lostris schickte Goldsucher mit Schilluk-Führern auf den Weg, damit sie dem Fluß Atbara so weit wie möglich folgten. Die Flotte aber segelte weiter nach Süden und machte auf ihrem Weg Jagd auf Tiere und Sklaven.

Es bereitete mir Sorgen, und ich suchte es zu verhindern, daß der Wagen von Prinz Memnon in diesen Tagen sooft an der Spitze einer dieser fliegenden Truppen zu finden war. Natürlich wurde er von geübten Leuten beschützt. Wenigstens dafür konnte ich sorgen, doch im afrikanischen Busch lauerten unzählige Gefahren, und er war noch ein Kind.

Ich war der Meinung, daß er mehr Zeit mit mir verbringen und auf dem Deck der *Atem von Horus* seine Schriftrollen lesen sollte, anstatt mit Leuten wie Kratas und Remrem durch die Gegend zu ziehen. Diese beiden Rauhbeine scherten sich um die Sicherheit des Prinzen genauso wenig wie um ihre eigene. Sie stachelten ihn mit Wetten, Herausforderungen und übertriebenen Lobhudeleien an. Er wurde ein Draufgänger wie sie, und wenn sie von ihren Beutezügen zurückkamen, bereitete es ihm das größte Vergnügen, mich mit Berichten über seine tollen Streiche in Angst und Schrecken zu versetzen.

Als ich mich bei Tanus darüber beschwerte, lachte der nur. »Wenn er eines Tages die Doppelkrone tragen soll, muß er lernen, den Gefahren ins Gesicht zu sehen und die Männer anzuführen.« Meine Herrin stimmte Tanus, was die Ausbildung von Memnon betraf, völlig bei. Ich mußte mich also damit zufriedengeben, aus der Zeit, die ich mit meinem Prinzen noch allein verbringen konnte, das Beste zu machen.

Immerhin hatte ich noch meine beiden Prinzessinnen. Sie waren ein wunderbarer Trost für mich. Tehuti und Bakhatha wurden mit jedem Tag entzückender, so daß ich nicht nur dem Namen nach ihr Sklave war. Wegen der besonderen äußeren Umstände stand ich ihnen näher, als ihr wirklicher Vater es sein konnte. Das erste Wort, das Bakhatha über die Lippen brachte, war »Tata«, und Tehuti weigerte sich einzuschlafen, ohne daß ich ihr eine Geschichte erzählt hatte. Sie murrte, wenn ich gezwungen war, die Flotte wegen anderer Geschäfte zu verlassen. Ich glaube, es war die glücklichste Zeit meines Lebens. Ich hatte das Gefühl, von meiner Familie umgeben zu sein und von allen geliebt zu werden.

Und das Glück unseres Volkes war fast so strahlend wie mein eigenes. Bald darauf kehrte einer unserer Goldsucher vom Lauf des Atbara-Flußes zurück. Er kniete vor Königin Lostris nieder und legte ihr ein kleines Ledersäckchen vor die Füße. Auf ihre Bitte öffnete er den Beutel und schüttete den Inhalt, einen Strom funkelnder Kiesel, aus. Manche waren klein wie Sandkörner, andere so groß wie das letzte Glied meines Daumens. Und alle strahlten in dem Glanz, der unverwechselbar ist.

Die Goldschmiede wurden zusammengerufen, und sie hantierten mit ihren Schmelzöfen und Tiegeln aus Ton, bis sie schließlich erklärten, diese Goldkörner seien besonders wertvoll und außerordentlich rein. Tanus und ich machten uns sofort auf den Weg. Wir fuhren den Atbara hinauf bis zu der Stelle, wo das Gold entdeckt worden war.

Wir setzten Tausende Mandari- und Dinka-Sklaven ein, um mit Körben Kieselsteine aus dem Flußbett zu schöpfen und zu den Nebenkanälen zu tragen, welche die Steinmetze in die Granithänge der Hügel über dem Fluß gehauen hatten.

Für meine Herrin malte ich Bilder von den langen Reihen nackter schwarzer Sklaven, deren nasse Haut im Sonnenlicht glänzte, wenn sie sich, jeder mit einem schweren Korb auf dem Kopf, den Hügel hinaufquälten. Als wir zur Flotte zurückkehrten, brachten wir fünfhundert Deben frisch eingeschmolzene Goldringe mit.

Wir gelangten an einen weiteren, den sechsten Katarakt. Und wir überwanden ihn schneller und leichter als jeden anderen, denn unsere Wagen und Transportwagen konnten um die Stromschnellen herumfahren. So gelangten wir schließlich zu der geheimnisvollen Verbindung zweier mächtiger Flüsse, welche zusammen den Nil bildeten, der uns so vertraut und lieb war.

»Das ist der Ort, den Taita in den Labyrinthen von Amun-Re gesehen hat. Hier läßt Hapi ihre Gewässer ineinanderfließen und sich vermischen. Es ist der heilige Sitz der Göttin«, erklärte Königin Lostris. »Unsere Reise ist beendet. An diesem Ort wird uns die Göttin für unsere Rückkehr nach Ägypten stärken. Ich nenne ihn Qebui, den Ort des Nordwindes, denn dieser Wind hat uns hierhergeweht.«

»Es ist ein günstiger Ort. Die Göttin hat uns ihre Gunst bereits erwiesen, indem sie uns Sklaven und Gold gegeben hat«, stimmten die großen edlen Herrn des Staatsrats zu. »Wir sollten nicht weiterfahren.«

»Jetzt müssen wir nur noch einen Platz für das Grab meines Gemahls Pharao Mamose finden«, erklärte Königin Lostris. »Wenn das Grabmal gebaut und Pharao sicher darin verwahrt sein wird, habe ich mein Gelübde erfüllt, dann wird die Zeit gekommen sein, im Triumph nach Ägypten zurückzukehren. Erst wenn das geschehen ist, können wir uns gegen den Hyksos-Tyrannen erheben und ihn von unserer Muttererde vertreiben.«

Ich glaube, ich gehörte zu den ganz wenigen in unserer Gesellschaft, die angesichts dieser Entscheidung nicht gerade glücklich und erleichtert waren. Die meisten waren von Heimweh geplagt und müde von den langen Wanderjahren. Mich hingegen hatte eine Krankheit befallen, die noch viel schlimmer war – die Abenteuerlust. Ich wollte sehen, was hinter der nächsten Flußwindung und hinter dem nächsten Hügelkamm lag. Ich wollte immer weiter gehen, bis ans Ende der Welt. Daher war ich begeistert, als mich meine Herrin dazu auserkor, einen Platz für die königliche Grabstätte zu suchen. Prinz Memnon sollte mich mit seiner Wagentruppe auf der Erkundungsfahrt begleiten. Somit würde ich nicht nur meine Lust auf Abenteuer stillen, sondern auch das ungetrübte Vergnügen genießen können, endlich wieder mit meinem Prinzen zusammenzusein.

Mit seinen vierzehn Jahren erhielt Prinz Memnon das Kommando über unsere Gruppe und nahm seine Verantwortung außerordentlich ernst. Als die Wagen bereitgestellt waren, untersuchte Memnon jedes Pferd und jedes Fahrzeug selbst. Für jeden Wagen wurden zwei zusätzliche Pferdegespanne mitgenommen, damit wir sie regelmäßig auswechseln und die Pferde sich ausruhen konnten.

Dann berieten wir beide ausführlich, welche Route wir einschlagen sollten. Der Platz, den wir suchten, sollte zwischen Felsklüften in einer unbewohnten Gegend liegen, die von Grabräubern nicht leicht zu erreichen war. Es mußte eine steile Klippe sein, in die das Grabmal mit allen zusätzlichen Gängen geschlagen werden konnte.

Seit wir in Kusch waren, hatte kein Gebiet, durch das wir gekommen waren, diese Erfordernisse erfüllt. Wir führten uns noch einmal alles vor Augen, was wir über das Land, das hinter uns lag, wußten, und versuchten uns vorzustellen, was vor uns lag. Der Ort, an dem wir uns derzeit befanden, die Vereinigung der beiden Flüsse, war der schönste, den wir auf der langen Reise gesehen hatten.

Es schien, als hätten sich hier alle Vögel der Welt versammelt, vom kleinen hübschen Königsfischer bis zu den stattlichen blauen Kranichen, von Entenschwärmen, die in ihrer Vielzahl die Sonne verdunkelten, bis zu Regenpfeifern und Kibitzen, die am Ufer dahineilten und nur anhielten, um mit klagender Stimme »Ki-wit? Kiwit?« zu rufen. In den silbrig schimmernden Akazienhainen und draußen in der offenen Ebene weideten unzählige Antilopenherden. Es schien, als sei dieser Sitz der Göttin mit allen Stufen des Lebens gesegnet. Das Wasser unterhalb der Vereinigung der Flüsse brodelte von Fischschwärmen, während darüber die weißköpfigen Fischadler vor dem strahlend blauen afrikanischen Himmel ihre langsamen Kreise zogen und wilde schrille Schreie ausstießen.

Jeder der Zwillingsflüsse hatte seine Eigenart, wie sich zwei Kinder, die aus ein und demselben Mutterleib stammen, in jeder Einzelheit ihres Körpers und Geistes voneinander unterscheiden können. Der Arm zu unserer Rechten war langsam und gelb, größer an Umfang als der andere, aber sanfter. Der östliche Arm war eine trübe graublaue, eine aufgebrachte, hochfahrende Flut, die ihren Zwilling wegschubste, wenn sie einander begegneten, und sich weigerte, sich mit seinem Wasser zu vermischen; die den anderen gegen das Ufer drückte und noch viele Meilen flußabwärts ihren widerborstigen Charakter aufrechterhielt, bis sie schließlich mürrisch nachgab und sich von dem sanften gelben Strom aufnehmen ließ.

»Welchem der Flüsse sollen wir folgen, Taita?« fragte Memnon, und ich schickte nach den Schilluk-Führern.

»Der gelbe Fluß kommt aus einem großen und verpesteten Sumpf, der kein Ende nimmt. Dort kann kein Mensch eindringen. Es ist ein Ort der Krokodile und Nashörner und stechenden Insekten. Es ist ein Ort des Fiebers, an dem man sich verlaufen und für immer herumirren kann«, sagte uns ein Schilluk.

»Und der andere Fluß?« fragten wir.

»Der dunkle Fluß kommt aus dem Himmel über Steinklippen, die bis in die Wolken reichen. Keinem Menschen kann es gelingen, über die schrecklichen Felsschluchten bis nach oben zu steigen.«

»Wir werden der linken dunklen Gabelung folgen«, beschloß der Prinz. »An jenem Felsenort werden wir einen Ruheplatz für meinen Vater finden.«

Und so zogen wir nach Osten, bis wir am Horizont die Berge aufragen sahen. Vor uns lag ein blauer Wall, groß und fürchterlich schwer zu überwinden, schlimmer als alles, was wir je gesehen oder für möglich gehalten hatten. Neben diesen hohen Bergen nahmen sich die Hügel, die wir aus dem Niltal kannten, wie die Kratzer kleiner Vögel am Sandufer des Flusses aus. Voller Staunen sahen wir zu ihnen auf, während wir uns ihnen näherten, und mit jedem Tag reichten sie höher hinauf in den Himmel und ließen die Welt darunter immer zwergenhafter erscheinen.

»Kein Mensch kann dort hinauf«, sagte Memnon staunend. »Das muß der Sitz der Götter sein.«

Wir beobachteten Blitze, die über die Berge zuckten, und in den sich auftürmenden Wolkenbänken, welche die Spitzen umhüllten, flackerten und aufleuchteten. Wir lauschten dem Donner, der wie ein jagender Löwe in den Schluchten und öden Tälern grollte, und wurden von ehrfürchtiger Angst ergriffen.

Wir kamen nur bis zum Fuß dieser schrecklichen Bergkette, dann versperrten uns die Klippen und Pässe den Weg, und wir mußten unsere Wagen zurückschieben. Am Fuß dieser Berge fanden wir ein verborgenes Tal mit senkrecht aufragenden Felswänden. Zwanzig Tage lang durchstreiften der Prinz und ich diesen wilden Ort, bis wir schließlich vor einer schwarzen Klippenwand standen und Memnon mit ruhiger Stimme sagte: »Hier wird der irdische Körper meines Vaters bis in alle Ewigkeit ruhen.« Mit einem verträumten und geheimnisvollen Gesichtsausdruck blickte er an der kahlen Felswand empor. »Es kommt mir vor, als hörte ich ihn sprechen. Hier wird er glücklich sein.«

Und so erkundete ich diesen Ort und markierte die Klippe, trieb Bronzedübel in die Spalten am Felsen, legte die Richtung und den Winkel des Eingangs für die Steinmetze fest, die bald kommen würden, um mit der Arbeit zu beginnen. Nachdem das getan war, gingen wir fort aus dem Labyrinth verworrener Täler und Pässe und kehrten flußabwärts zum Zusammenschluß der Flüsse zurück, wo unsere Flotte lag.

Wir hatten unser Lager in den großen Ebenen, nur wenige Tagereisen von Qebui entfernt, aufgeschlagen, als ich mitten in der Nacht von unheimlichen grunzenden Schreien und dem Geräusch einer großen Herde Tiere geweckt wurde, die überall um uns herum aus der Dunkelheit zu kommen schienen.

Memnon befahl den Bläsern, die Armee zu den Waffen zu rufen, und wir blieben im Kreis der Wagen stehen und warteten. Wir warfen Holz auf die Wachfeuer und starrten hinaus in die Nacht. Im flackernden Schein der Flammen sahen wir am Boden etwas Dunkles an uns vorbeiströmen wie die Flut des Nils. Die unheimlichen heiseren Schreie und schnaubenden Geräusche waren ohrenbetäubend, und der Druck der Tiere in der Herde war so groß, daß sie gegen den äußeren Wagenring stießen und einige unserer Fahrzeuge umkippten. Es war unmöglich, bei diesem Lärm zu schlafen, und so blieben wir für den Rest der Nacht auf und hielten Wache. Während der ganzen Zeit ließ der vorbeiziehende Strom lebender Kreaturen niemals nach.

Als die Morgendämmerung den Schauplatz erhellte, bot sich uns ein höchst ungewöhnliches Schauspiel dar. In jeder Richtung waren die Ebenen, so weit das Auge reichte, mit einem Teppich sich fortbewegender Tiere bedeckt. Sie liefen alle in dieselbe Richtung, liefen mit einer merkwürdigen Entschlossenheit, mit hängenden Köpfen, eingehüllt in den Staub, den sie selbst aufwirbelten, unaufhörlich diese unheimlichen, klagenden Schreie ausstoßend. Immer wieder breitete sich in einem Teil dieser endlosen Herde ohne ersichtlichen Grund Angst aus, so daß die Tiere mit den Beinen um sich stießen. Sie galoppierten wild durcheinander und schnaubten und jagten einander in endlosen Kreisen wie Strudel an der Oberfläche eines ruhig dahinfließenden Stroms. Dann beruhigten sie sich wieder und trotteten weiter, folgten den riesigen Schwärmen vor ihnen in die dunstverhangene Ferne.

Wir sahen ihnen verblüfft nach. Jedes Tier in diesem Gewühl war von der gleichen Art; sie hatten alle eine dunkle rötliche Farbe, zottige Mähnen und Hörner, die wie ein Halbmond geformt waren. Ihre Köpfe waren unförmig, sie hatten häßliche Knollennasen, und ihre Körper verengten sich von den hohen Schultern bis zu den dürren Flanken erheblich.

Als wir schließlich die Wagen angespannt hatten und losfuhren, glitten wir wie eine Galeerenflotte durch dieses lebendige Meer aus Tieren. Sie machten uns Platz, strömten aber immer noch so dicht an uns vorbei, daß wir nur den Arm auszustrecken brauchten, um sie anfassen zu können. Sie hatten nicht die leiseste Angst, sondern starrten uns mit stumpfen Augen gleichgültig an.

Als es Zeit für unsere Mittagsrast wurde, spannte Memnon seinen Bogen und tötete fünf dieser Antilopen mit fünf Pfeilen. Wir häuteten die Kadaver und nahmen sie aus, während ihre Artgenossen in Armeslänge an uns vorbeiströmten. Trotz des seltsamen Aussehens der Tiere schmeckte ihr Fleisch, nachdem wir es im Feuer geröstet hatten, genauso gut wie jedes andere Wild, das ich gekostet hatte.

»Auch das ist ein Geschenk der Götter«, erklärte Memnon. »Sobald wir wieder bei der Armee sind, werden wir einige Jäger aussenden, diesen Herden zu folgen. Wir werden genügend Fleisch räuchern können, um unsere ganze Armee und die Sklaven satt zu kriegen, bis diese Tiere im nächsten Jahr wiederkommen.«

Von unseren Schilluk-Führern erfuhren wir, daß diese unglaubliche Wanderung jedes Jahr stattfand, wenn die Herden von einem Weideland zum mehrere hundert Meilen entfernten nächsten zogen. Die Schilluk nannten diese wilden Bestien wegen ihrer merkwürdigen Schreie Gnus.

Niemand von uns konnte die schrecklichen Ereignisse voraussehen, die durch das Erscheinen der Gnus eintreten würden. Ich hätte von der Art, wie sie die Köpfe hochwarfen und ohne ersichtlichen Grund schnaubten, gewarnt sein sollen, oder wenigstens von dem Schleim, der aus den Nüstern einiger dieser Bestien tropfte. Doch ich achtete nicht darauf und sah sie als sanfte und harmlose Kreaturen an, die ein großer Gewinn für uns waren.

Sobald wir die Zwillingsflüsse erreicht hatten, berichteten wir Königin Lostris von der Wanderung der Gnus, und sie stimmte dem Vorschlag von Prinz Memnon zu. Sie übergab ihm den Befehl über eine Truppe mit zweihundert Wagen, Frachtwagen und mehreren tausend Schilluks. Kratas und Remrem sollten ihn unterstützen. Die Königin ordnete an, so viele Gnus zu schlachten, wie erlegt und als Rationen für die Truppen geräuchert werden konnten.

Ich fuhr diesmal nicht mit, denn ich hatte für das Handwerk eines Fleischhauers nicht sonderlich viel übrig. Aber schon bald sahen wir den Rauch der Feuer aufsteigen, an denen das Fleisch geröstet wurde, und es waren nicht viele Tage vergangen, da kehrten die Wagen auch schon mit ihrer Fracht zurück, bis zum Rand beladen mit geschwärzten Streifen getrockneten Fleischs.

Genau zwanzig Tage nach unserem ersten Zusammentreffen mit den Gnu-Herden saß sich unter einem schattigen Baum am Ufer des Nils und spielte mit meinem lieben Freund Aton Bao. Als kleine besondere Gunst für mich selbst und aus Achtung vor Aton hatte ich einen der kostbaren Krüge mit dem guten Wein aus drei Palmen geöffnet. Wir spielten und zankten uns, wie es unter alten Freunden üblich ist, und ließen uns den köstlichen Tropfen schmecken.

Wir konnten nicht ahnen, daß wir uns einem Unglück näherten, das uns alle überwältigen würde. Ganz im Gegenteil, ich hatte allen Grund, mit mir zufrieden zu sein. Am Tag zuvor hatte ich die Zeichnungen und Pläne für den Bau von Pharaos Grabmal fertiggestellt, dem ich einige Besonderheiten hinzugefügt hatte, um Grabräuber von Plünderungen abzuhalten. Königin Lostris hatte diese Pläne gutgeheißen und einen der Meistersteinmetze zum Aufseher ernannt. Sie gab mir freie Hand, so viele Sklaven und Hilfsmittel heranzuziehen, wie ich benötigte. Meine Herrin war entschlossen, nicht zu sparen, wenn sie das Versprechen, welches sie ihrem toten Gemahl gegeben hatte, erfüllte.

Ich hatte soeben das dritte Mal gegen Aton gewonnen und schenkte von dem wahrlich ausgezeichneten Wein nach, als ich Hufschlagen hörte. Und als ich aufblickte, sah ich einen Reiter in vollem Galopp aus der Richtung der Wagenreihen kommen. Bald erkannte ich Hui. Es gab nur wenige, die breitbeinig ritten, und ganz bestimmt keinen, der so schnell war. Doch dann sah ich seinen Gesichtsausdruck und war zu Tode erschrocken.

»Taita!« schrie er mir entgegen. »Die Pferde! Süße Isis, sei uns gnädig! Die Pferde!«

Er zügelte sein Pferd, und ich schwang mich hinter ihn und hielt mich an ihm fest. »Verlier keine Zeit!« schrie ich ihm ins Ohr. »Reite, Junge, reite!«

Ich ging als erstes zu Geduld, obwohl die halbe Herde am Boden lag, aber sie war meine große Liebe. Sie lag auf der Seite, und ihre Brust hob und senkte sich schwer. Sie war schon alt, ihre Barthaare ergraut. Ich hatte sie seit dem Tag, an dem Draufgänger von dem Elefantenbullen getötet worden war, nicht mehr angespannt. Und auch wenn sie keinen Wagen mehr zog, war sie die beste Zuchtstute in unserer ganzen Herde. Sie hatte erst kurz zuvor wieder ein wunderschönes kleines Füllen geworfen, das jetzt dicht neben ihr stand und sie ängstlich beobachtete.

Ich kniete mich neben sie. »Was ist denn, mein mutiger Liebling?« fragte ich zärtlich, und sie erkannte meine Stimme und öffnete die Augen.

Die Lider waren mit Schleim verklebt. Ich war erschrocken über ihren Zustand. Ihr Hals war fast auf die doppelte Stärke angeschwollen. Aus Maul und Nüstern quoll ein übelriechender Strom gelben Eiters. Sie war vom Fieber ausgebrannt, und ich spürte die Hitze, die sie ausstrahlte, wie von einem Lagerfeuer.

Als ich über ihren Hals strich, versuchte sie aufzustehen, aber sie war zu schwach. Sie fiel wieder zu Boden, und ihr Atem fuhr gurgelnd und zischend durch ihre Kehle. In ihren Nüstern blubberte der Eiter, ich konnte regelrecht hören, wie sie darin ertrank. Ihre Kehle schloß sich immer dichter zusammen, so daß sie um jeden Atemzug ringen mußte.

Sie sah mich mit einem fast menschlichen Ausdruck des Vertrauens und Bittens an. Ich fühlte mich entsetzlich hilflos. Ich nahm den schneeweißen Leinenschal von meinen Schultern und wischte ihr damit den Eiter von den Nüstern. Doch so schnell ich ihn auch abwischte, es quollen immer neue Ströme dieses stinkenden Breis hervor.

»Taita!« rief Hui. »Alle unsere Tiere sind von dieser Pest befallen.«

Dankbar für diese Ablenkung, verließ ich Geduld und sah mir den Rest der Herde an. Die Hälfte der Pferde lag bereits am Boden, und die noch aufrecht standen, begannen schon zu taumeln, oder es begann der dicke gelbe Eiter aus ihren Mäulern zu tropfen.

»Was sollen wir bloß tun?« fragten mich Hui und alle anderen Wagenlenker. Auf mir lastete ihr ganzes Vertrauen. Sie erwarteten, daß ich allein dieses schreckliche Unglück abwendete, aber ich wußte, daß ich es nicht vermochte. Ich kannte kein Heilmittel.

Benommen kehrte ich zu Geduld zurück und wischte den stinkenden Ausfluß von ihren Nüstern. Ich sah, daß es mit ihr bergab ging. Jeder Atemzug war ein schrecklicher Kampf. Ich war wie gelähmt vor Kummer.

Dann kniete sich jemand neben mich, einer der Pferdeknechte der Schilluk, ein williger und guter Bursche, mit dem ich mich angefreundet hatte und der mich als seinen Meister ansah. »Es ist die Krankheit der Gnus«, sagte er in seiner einfachen Sprache zu mir. »Viele werden sterben.«

Ich starrte ihn an, während das, was er gerade gesagt hatte, in meinem verwirrten Kopf Sinn ergab. Ich erinnerte mich an die schnaubenden, sabbernden Herden schieferfarbener Tiere, die in ihrer großen Zahl die Ebenen verdunkelt hatten und die wir für ein Geschenk der gütigen Götter gehalten hatten.

»Diese Krankheit befällt unsere Herden immer, wenn die Gnus kommen. Die es überleben, sind in Sicherheit. Sie werden nie wieder krank.«

»Was können wir tun, um sie zu retten, Habani?« fragte ich, doch er schüttelte den Kopf.

»Nichts. Dagegen kann man nichts tun.«

Ich hielt Gedulds Kopf in den Armen, als sie starb. Und als ich durch meine Tränen sah, daß auch Gedulds Fohlen zu Boden gegangen war, stöhnte ich auf.

In diesem Augenblick verwandelte sich meine Verzweiflung in brennenden Zorn. »Nein!« rief ich. »Ich werde nicht zulassen, daß du auch noch stirbst.«

Ich lief zu dem Fohlen und schrie Habani zu, daß er mir Ledereimer mit heißem Wasser bringen sollte. Mit einem Leinentuch bedeckte ich die Kehle des Fohlens und versuchte so, die Schwellung zu lindern, aber es half nichts. Der Eiter quoll weiter aus seinen Nüstern, und die heiße Haut an seinem Hals dehnte sich, während sich das Fleisch darunter aufblähte.

»Es stirbt.« Habani schüttelte den Kopf. »Viele werden sterben.«

»Das lasse ich nicht zu«, schwor ich grimmig und schickte Hui zur Galeere, damit er meinen Medizinkasten holte.

Als er zurückkam, war es fast zu spät. Der Atem des Fohlens kam nur noch würgend aus ihm heraus, und ich fühlte, wie seine Kräfte unter meinen Händen nachließen. Ich tastete nach den vorstehenden Ringen seiner Luftröhre an der Verbindungsstelle zwischen Kehle und Brust. Mit einem flachen Schnitt legte ich die weiße Sehnenröhre frei, und dann drückte ich die Spitze meines Skalpells hinein und durchbohrte den festen Mantel. Sofort fuhr zischend Luft durch die Öffnung, und ich sah, wie die Brust des Fohlens anschwoll, während sich seine Lungen aufblähten. Es begann wieder gleichmäßig zu atmen, aber ich sah, daß sich die durchlöcherte Wunde in seiner Kehle sofort wieder mit Blut und Schleim füllte und verschloß.

In wilder Hast hackte ich ein Stück Bambus vom Gestell des nächstbesten Wagens, schnitt die hohle Röhre am Ende ab und stieß sie in die Wunde. Die Bambusröhre hielt die Wunde offen, und das Fohlen entspannte sich wieder, während die Luft ungehindert durch das Bambusstück hinein- und wieder hinausströmte.

»Hui!« schrie ich. »Ich werde dir zeigen, wie man sie retten kann.«

Bevor es Nacht wurde, hatte ich hundert oder mehr Wagenlenkern und Pferdeknechten beigebracht, diese drastische, aber wirksame Operation durchzuführen, und wir arbeiteten beim Schein der flackernden Öllampen die ganze Nacht hindurch.

Zu diesem Zeitpunkt waren in den königlichen Herden über dreizehntausend Pferde. Wir konnten sie nicht alle retten, obgleich wir es versuchten. Wir arbeiteten, bis unsere Arme bis über die Ellbogen von dem Blut aus den durchstoßenen Kehlen verklebt waren. Wenn wir vor Erschöpfung umsanken, ließen wir uns auf einen Heuhaufen fallen und schliefen eine Stunde, und dann rappelten wir uns wieder hoch und gingen zurück an die Arbeit.

Einige der Pferde waren von dieser Pest, die ich den Gelben Würger nannte, weniger stark befallen. Sie schienen angeborene Abwehrkräfte gegen ihre verheerenden Auswirkungen zu besitzen. Die Absonderung aus ihren Nüstern war nicht so stark, wie ich es in den Gnu-Herden gesehen hatte, und viele von ihnen blieben auf den Beinen und warfen die Krankheit innerhalb weniger Tage wieder ab.

Aber viele starben, auch bevor wir ihnen die Luftröhre öffnen konnten, und selbst einige von denen, die wir erfolgreich operiert hatten, starben später am Brand. Natürlich waren viele unserer Pferde in den Ebenen unterwegs und ohne meine Hilfe. Prinz Memnon verlor zwei von dreien seiner Streitwagenpferde und mußte seine Wagen zurücklassen und zu Fuß an die Qebui-Flüsse zurückkehren.

Am Ende verloren wir mehr als die Hälfte unserer Pferde, siebentausend waren tot, und diejenigen, die überlebt hatten, waren so geschwächt und heruntergekommen, daß es viele Monate dauerte, bis sie kräftig genug waren, wieder einen Wagen zu ziehen. Geduldš Fohlen aber überlebte und nahm bei mir die Stelle seiner Mutter ein. Es bekam im Geschirr meines Wagens den rechten Platz und war so stark und zuverlässig, daß ich es Felsen nannte.

»Welche Folgen hat die Seuche für unsere Hoffnung, bald nach Ägypten zurückzukehren?« fragte mich meine Herrin.

»Sie hat uns um viele Jahre zurückgeworfen«, antwortete ich und sah Kummer in ihren Augen. »Wir haben die meisten unserer geübten älteren Pferde verloren und werden die königlichen Herden erst wieder aufstokken und mit jungen Pferden üben müssen, damit sie ihren Platz im Geschirr der Wagen einnehmen können.«

Im darauffolgenden Jahr wartete ich voller Furcht auf die jährliche Wanderung der Gnus, doch Habanis Voraussage erwies sich als richtig. Nur einige wenige unserer Pferde wiesen die Symptome des Gelben Würgers auf, und auch das nur in einer milden Form. Nach wenigen Wochen waren sie wieder bei Kräften.

Merkwürdig war, daß die Fohlen, die in der Zeit nach der ersten Infektion mit dem Gelben Würger geboren waren, die der Krankheit also niemals ausgesetzt gewesen waren, genauso gegen sie gefeit waren wie ihre Mütter, die schwer erkrankt waren. Ich war mir sicher, daß wir die Seuche niemals wieder in ihrer vollen Stärke zu spüren bekommen würden.

Meine vordringliche Aufgabe war es nun, den Bau von Pharaos Grabmal in den Bergen voranzutreiben. Gezwungenermaßen verbrachte ich viel Zeit an diesem wilden und unwirtlichen Ort, und die Berge mit all ihren Stimmungen begannen mich zu faszinieren.

Die Berge waren so unberechenbar wie eine schöne Frau, manchmal weit entfernt und in dichte schwankende Schleier aus Wolken gehüllt, durch die Blitze schossen und Donner grollte. Zu anderen Zeiten waren sie lieblich und verlockend, sie winkten mir zu, forderten mich auf, ihre Geheimnisse zu erforschen und ihre gefährlichen Schönheiten zu erleben.

Obwohl ich achttausend Sklaven hatte und die uneingeschränkte Unterstützung unserer besten Handwerker und Künstler, schritt die Arbeit am Grabmal nur langsam voran. Ich wußte, daß es viele Jahre dauern würde, den kunstvoll gestalteten Bau zu vervollständigen. Aber in Wahrheit bestand gar kein Grund, die Arbeit zu beschleunigen, denn genauso lange würde es dauern, die königlichen Pferdeherden neu aufzuziehen und die Schilluk als Fußvolk auszubilden, damit sie sich mit den Schwadronen der Hyksos, gegen die sie eines Tages würden antreten müssen, messen konnten.

Wenn ich nicht oben in den Bergen war und am Grabmal arbeitete, verbrachte ich meine Zeit in Qebui, wo unzählige Aufgaben und Vergnügungen meiner harrten. Sie reichten von der Ausbildung meiner beiden kleinen Prinzessinnen bis zu Beratungen über neue Kriegstechniken mit dem edlen Herrn Tanus und Prinz Memnon.

Inzwischen war klar, daß Tanus sein ursprüngliches Mißtrauen gegen die Pferde niemals ganz abgelegt hatte, während Memnon eines Tages alle Wagendivisionen unter seinem Kommando haben würde. Tanus war bis auf die Knochen ein Seefahrer, und je älter er wurde, desto störrischer stellte er sich gegen Neuerungen. Seine neuen Schilluk-Regimenter würden immer Fußtruppen sein.

Der Prinz wurde ein kühner Wagenlenker. Jeden Tag kam er mit einem Dutzend neuer Ideen zu mir, manche ziemlich weit hergeholt, andere aber glänzend. Wir erprobten sie alle, selbst die, von denen ich wußte, daß sie nicht umsetzbar waren. Memnon war sechzehn Jahre alt, als ihn Königin Lostris in den Rang eines Führers von Zehntausend erhob.

Da Tanus immer seltener mit mir mitfuhr, wurde ich allmählich zu Memnons erstem Wagenlenker. Wir waren genauso gut aufeinander eingespielt wie unsere Lieblingspferde, Felsen und Kette. Memnon lenkte den Wagen noch immer am liebsten selbst, und ich stand auf dem Trittbrett hinter ihm. Aber sobald wir in eine Jagd oder in Streit verwickelt wurden, warf er mir die Zügel zu und zog seinen Bogen und seine Speere aus dem Halter. Dann lenkte ich den Wagen ins Gefecht und ließ ihn jene Manöver machen, die wir gemeinsam ersonnen hatten.

Als Memnon reifer wurde und seine Kräfte wuchsen, begannen wir bei den Spielen und Vorführungen, die zu unserem Leben in Qebui gehörten, Preise zu gewinnen. Zuerst triumphierten wir bei den Rennen in der Ebene, bei denen unser Wagen mit Felsen und Kette seine Geschwindigkeit voll zur Geltung brachte; danach gewannen wir Wettbewerbe im Bogenschießen und mit den Wurfspeeren. Nicht lange, und wir waren als der Wagen bekannt, der erst einmal geschlagen werden mußte, bevor man sich bei Königin Lostris das Siegerband holen konnte.

Ich erinnere mich noch heute an die Jubelrufe, die ertönten, wenn unser Wagen durch das letzte Tor des Kurses flog, ich selbst an den Zügeln und Memnon auf dem Trittbrett, von wo aus er nach rechts und links seine Speere in die mit Stroh ausgestopften Attrappen schleuderte.

Bald gab es noch andere Duelle, bei welchen sich der Prinz hervortat, und später Wettkämpfe ohne meine Unterstützung. Wann immer er an den jungen Mädchen vorbeiging, das funkelnde Ehrengold auf seiner

Brust und das Siegerband im Zopf, kicherten sie und wurden rot und warfen ihm Blicke nach. Einmal betrat ich in Eile sein Zelt, um ihm eine wichtige Nachricht zu überbringen, und prallte zurück, als ich meinen Prinzen sah, der nur Augen für den zarten jungen Körper und das hübsche Gesicht hatte, für das Mächen, welches bei ihm lag. Ich zog mich, ein wenig traurig, weil nun das Alter seiner Unschuld vorbei war, leise zurück.

Aber noch immer bereitete mir nichts so große Freude wie die kostbare Zeit, die ich mit meiner Herrin verbringen konnte. Mit ihren dreiunddreißig Jahren stand sie in der Blüte ihrer Schönheit, und ihr Zauber wurde durch ihre Erfahrung und ihre Klugheit noch erhöht. Sie war eine wahre Königin und eine Frau ohnegleichen.

Sie wurde von ihrem ganzen Volk geliebt, doch keiner liebte sie so wie ich. Nicht einmal Tanus konnte meine Zuneigung zu ihr übertreffen. Ich war stolz darauf, daß sie mich noch immer so sehr brauchte und sie sich vertrauensvoll auf mein Urteil und meinen Rat verließ. Ungeachtet aller anderen Segnungen, mit denen mein Dasein erfüllt war, würde sie immer meine einzige große Liebe sein.

Ich hätte zufrieden sein sollen, doch ich bin eine rastlose Natur, und meine neue Reiselust machte alles nur noch schlimmer. Wann immer ich bei meiner Arbeit an Pharaos Grabmal eine Pause einlegte und die Berge betrachtete, riefen sie mich. Ich fing an, kurze Ausflüge in ihre einsamen Schluchten zu machen, oft allein, aber manchmal auch mit Hui oder einem anderen Gefährten.

Hui war auch bei mir, als ich zum erstenmal hoch über uns in den luftigen felsigen Höhen der Berge die Herden der wilden Steinböcke sah. So hatte ich sie noch nie gesehen. Wenn sie aufrecht standen, waren sie zweimal so groß wie die wilden Ziegen, die wir aus dem Niltal kannten, und einige der alten Ziegenböcke hatten ein so gewaltiges gebogenes Horn, daß sie wie ein monströses Fabeltier aussahen.

Es war Hui, der die Nachricht von diesen großen Steinböcken zu den Zwillingsflüssen brachte, wo die Flotte bei Qebui vor Anker lag, und noch im selben Monat traf der edle Herr Tanus, seinen Bogen über der Schulter und Prinz Memnon an seiner Seite, im Tal des Grabmals ein. Der Prinz war ein begeisterter Jäger wie sein Vater. Was mich betraf, so begrüßte ich einfach die glückliche Gelegenheit, mit ihnen gemeinsam dieses faszinierende Hochland zu erforschen.

Eigentlich hatten wir nur vorgehabt, bis zur ersten Reihe Felsspitzen vorzudringen, aber als wir auf ihren Kamm geklettert waren, breitete sich vor unseren Augen eine Aussicht aus, die uns den Atem raubte. Wir sahen weitere Berge, die wie ein flacher Amboß geformt waren und die braungelbe Farbe von Löwen hatten. Sie ließen die Felsspitzen, auf denen wir standen, klein aussehen, und verführten uns dazu, immer weiterzugehen.

Der Nil kletterte mit uns durch abschüssige Täler und dunkle Schluchten, die sein Wasser zum Schäumen brachten, daß es weiße Kronen trug. Wir konnten seinem Lauf nicht immer folgen, an manchen Stellen waren wir gezwungen, höher hinaufzuklettern und schwindelerregenden Ziegenpfaden zu folgen, die über die Spitze eines finster blickenden Berges führten.

Und dann, wenn uns der Berg bis tief in seinen Schlund gelockt hatte, überschüttete er uns mit seiner ganzen Wildheit.

Wir waren einhundert Mann in unserer Truppe, und hatten zehn Packpferde, die unsere Verpflegung trugen. Wir lagerten tief unten, in einer der unermeßlichen Schluchten, und die Trophäen von Tanus' und Memnons letzter Jagd lagen auf dem felsigen Boden vor uns ausgebreitet, damit wir sie bewundern und preisen konnten. Es waren zwei Ziegenköpfe, die größten, die wir auf all unseren Reisen gesehen hatten, ihre Hörner waren so schwer, daß zwei Sklaven nötig waren, um sie hochzuheben. Plötzlich fing es zu regnen an.

Zuerst türmten sich dichte schwarze Wolken über den Felsklippen auf, so daß wir von der Mittagssonne in tiefe Dunkelheit tauchten. Ein kalter Wind blies durch das Tal und ließ unsere Körper und unseren Geist gefrieren. Erschrocken drängten wir eng aneinander.

Dann zuckten aus dem düsteren Bauch der Wolken Blitze auf und erschütterten die Felsen um uns herum, erfüllten die Luft mit dem Geruch von Schwefel und sprühenden Funken von dem Flintgestein. Der Donner brach über uns herein, wurde, während er von einer Klippe zur anderen rollte, immer stärker, und unter unseren Füßen schwankte und zitterte die Erde.

Dann fiel Regen. Aber es waren keine Tropfen, die auf uns herunterfielen. Es war, als würden wir unter einem der Wasserfälle des Nils stehen. Wir hatten keine Luft zum Atmen, denn unsere Münder und Nasenlöcher füllten sich mit Wasser. Der Regen schlug auf uns ein, daß wir zu Boden geworfen wurden und unter den nächsten Felsen krochen, um Schutz zu suchen. Er prasselte auf uns herab, daß uns Hören und Sehen verging, und er stach wie ein wütender Hornissenschwarm auf unsere nackte Haut ein.

Es war kalt. Noch nie hatte ich eine solche Kälte gespürt, und wir hatten nur unsere dünnen Leinenschals. Die Kälte vertrieb jede Kraft aus unseren Gliedern, und wir zitterten, bis uns die Zähne klapperten.

Dann hörte ich über dem Geräusch des fallenden Regens noch etwas anderes. Es war das Geräusch von Wasser, das zu einem gierigen Ungeheuer geworden war. Durch das enge Tal, in dem wir lagen, kam eine graue Wasserwand gestürzt. Sie reichte von einer Klippe zur anderen und riß alles mit sich fort.

Ich wurde kopfüber mitgerissen und glaubte, alles Leben würde aus mir herausgeschlagen, als ich gegen die Felsen geschleudert wurde und das eisige Wasser in meine Kehle rann. Dann war ich von Dunkelheit umgeben.

Ich erinnere mich undeutlich an Hände, die mich aus der Flut zerrten, dann wurde ich an eine ferne dunkle Küste getragen. Die Stimme meines Prinzen holte mich zurück. Bevor ich die Augen öffnen konnte, roch ich Holzrauch und fühlte die Wärme der Flammen.

»Wach auf, Taita! Sprich mit mir.« Die Stimme klang drängend, und ich schlug die Augen auf. Memnos Gesicht schwebte über mir, und er lächelte mich an. Dann rief er über die Schulter: »Er ist wach, edler Herr Tanus.«

Ich stellte fest, daß wir uns in einer Felsenhöhle befanden und daß es Nacht geworden war. Tanus kam von dem qualmenden Holzfeuer zu uns und hockte sich neben den Prinzen.

»Wie geht es dir, alter Freund? Ich glaube nicht, daß du dir deine Knochen gebrochen hast.«

Ich richtete mich mühsam auf und untersuchte eifrig jeden Teil meines Körpers, bevor ich antwortete. »Mein Kopf ist ganz zerschlagen, und mir tun alle Knochen weh. Außerdem ist mir kalt, und ich habe Hunger.«

»Dann bleibst du also am Leben«, sagte Tanus und lachte. »Obwohl ich es vor einer Weile nicht geglaubt hätte, von niemandem. Wir müssen uns beeilen, aus diesen verfluchten Bergen wegzukommen, bevor noch etwas Schlimmeres geschieht. Es war Wahnsinn, an einen Ort zu kommen, an dem die Flüsse aus dem Himmel fließen.«

»Wo sind die anderen?« fragte ich.

Tanus schüttelte den Kopf. »Die sind alle ertrunken. Du warst der einzige, den wir aus den Fluten gezogen haben.«

»Und die Pferde?«

»Weg«, grunzte er. »Alle weg.«

»Und Nahrung?«

»Nichts«, erwiderte Tanus. »Sogar mein Bogen ist in den Fluten ertrunken. Ich habe nur noch mein Schwert und die Kleider an meinem Körper.«

Als es zu dämmern begann, verließen wir unseren Felsenschutz und machten uns auf den Rückweg durch das trügerische Tal. Am Ende der Schlucht fanden wir einige unserer Männer und die Pferde. Sie lagen zwischen den Felsblöcken, dort, wo sie gestrandet waren, nachdem die Flut zurückgegangen war.

Wir suchten zwischen den Felsblöcken und dem Geröll nach Nahrung und konnten ein paar unserer Vorräte und Ausrüstungsstücke sicherstellen. Zu meiner großen Freude fand ich meinen Medizinkasten, der noch unbeschädigt war, wenn auch mit Wasser gefüllt. Ich breitete seinen Inhalt auf einem Felsblock aus, und während die Sachen trockneten, machte ich aus einem Ledergeschirr eine Schlinge, um den Kasten auf dem Rücken tragen zu können.

Inzwischen hatte Memnon Fleischstreifen vom Kadaver eines Pferdes geschnitten und über einem Feuer aus Treibholz geröstet. Als wir satt waren, hoben wir die Fleischreste auf und machten uns auf den Rückweg.

Die Reise wurde zu einem Alptraum. Wir rutschten über steile Felsen und fielen in den Abgrund hinunter. Diese schreckliche Wildnis schien kein Ende zu nehmen, und unsere zerschürften Füße in den offenen Sandalen litten bei jedem Schritt große Qualen. Und in den Nächten froren wir erbärmlich neben dem qualmenden kleinen Feuer aus Treibholz.

Am zweiten Tag wußten wir alle, daß wir uns verirrt hatten. Ich war überzeugt, daß wir dazu verdammt waren, in diesen schrecklichen Bergen zu sterben. Dann hörten wir den Fluß, und als wir den nächsten Kamm zwischen den Bergspitzen erklommen hatten, fanden wir das Nilkind wieder, das sich durch die tiefen Schluchten unter uns schlängelte. Doch das war noch nicht alles. An den Flußufern sahen wir eine Ansammlung bunter Zelte, und dazwischen bewegten sich Menschen.

»Zivilisierte Menschen«, sagte ich sofort, »die Zelte dort müssen aus gewebtem Stoff sein.«

»Und sie haben Pferde!« rief Memnon, nickte und zeigte auf die Tiere, die hinter dem Lager mit Seilen festgemacht waren.

»Da!« Tanus deutete hinunter. »Ich habe im Sonnenlicht eine Schwertklinge oder einen Speerkopf aufblitzen sehen. Sie haben Metalle.«

»Wir müssen herausfinden, wer diese Leute sind.« Mich verblüffte, daß es in einer derart unwirtlichen Gegend Menschen gab.

»Man wird uns die Kehle durchschneiden«, brummte Tanus. »Glaubt ihr nicht, daß diese Bergmenschen so wild sind wie das Land, in dem sie leben?« Erst später sollten wir erfahren, daß diese Menschen Äthiopier waren.

»Prächtige Pferde sind das«, flüsterte Memnon. »Größer und kräftiger als unsere. Wir müssen sie uns unbedingt ansehen.« Mehr als alles andere war der Prinz ein Pferdenarr.

»Der edle Herr Tanus hat recht.« Seine Warnung hatte mich zur Vernunft gebracht, und ich war bereit, Vorsicht walten zu lassen. »Vielleicht sind es gefährliche Wilde, die sich nur wie zivilisierte Menschen herrichten.«

Wir setzten uns auf den Bergrücken und stritten noch eine Weile, doch am Ende siegte unsere Neugier, und wir schlichen uns durch eine der Schluchten nach unten, um uns die Fremden aus der Nähe anzusehen.

Als wir näher kamen, sahen wir, daß es sich um hochgewachsene, gut gebaute Menschen handelte, wahrscheinlich kräftiger als wir Ägypter. Sie hatten dickes dunkles und dicht gelocktes Haar. Die Männer trugen Bärte, während wir glatt rasiert waren. Sie hatten lange, bis auf den Boden reichende Gewänder an, wahrscheinlich aus gewebter Wolle, in kräftigen bunten Farben. Sie trugen weiche Lederstiefel, und um den Kopf hatten sie ein buntes Tuch geschlungen.

Die Frauen, die wir zwischen den Zelten arbeiten sahen, trugen keinen Schleier, und sie waren fröhlich. Sie sangen und redeten in einer Sprache, die ich noch nie gehört hatte. Sie zogen Wasser aus dem Fluß und hockten an den Kochfeuern oder mahlten das Korn auf den Steinen.

Einige Männer saßen zusammen und spielten an einem Brett, das an unser Bao-Brett erinnerte. Sie schlossen Wetten ab und unterhielten sich, während sie mit den Steinen spielten. Einmal sprangen zwei von ihnen auf und zogen gebogene Dolche aus ihren Gürteln. Fauchend und zischend standen sie einander gegenüber wie zwei wütende Kater.

Da erhob sich ein dritter Mann, der für sich gesessen hatte, und streckte sich. Er schlenderte hinüber zu den beiden und schlug ihnen mit seinem Schwert die Dolche aus der Hand. Sofort ließen die Gegner voneinander ab und schlichen sich davon.

Der Friedensstifter war eindeutig der Anführer dieses Stammes. Er war ein großer Mann, drahtig wie eine Bergziege. Er hatte noch auf andere Art Ähnlichkeit mit einer Ziege: Sein Bart war so lang und dünn wie der eines Steinbocks, und er hatte grobe und ziegenbockartige Gesichtszüge. Seine Nase war dick und krumm, um seinen breiten Mund lag ein grausamer Zug.

Plötzlich umklammerte Tanus meinen Arm und flüsterte mir ins Ohr: »Sieh dir das an!«

Der Anführer trug die üppigste Tracht von allen. Sein Gewand war rot und blau gestreift, und die Steine in seinen Ohrringen glühten wie der Vollmond. Aber weswegen Tanus so aufgeregt war, konnte ich nicht entdecken.

»Sein Schwert«, zischte Tanus zwischen den Zähnen. »Sieh dir sein Schwert an.«

Ich betrachtete es eine Weile. Es war länger als alle unsere Waffen, und der Knauf war offenbar aus reinem Gold in Filigran gearbeitet, so fein, wie ich es noch nie gesehen hatte. Der Handschutz war mit kostbaren Steinen besetzt. Es war ein Meisterstück und bestimmt das einzige Werk eines begnadeten Künstlers. Doch das war es nicht, was Tanus' Aufmerksamkeit erregt hatte. Es war die Klinge. So lang wie ein Männerarm, war sie aus einem Metall gemacht, das weder gelbe Bronze noch rotes Kupfer war. Sie schimmerte in einem seltsamen silbrigen Blau und war mit Gold ausgelegt.

»Was ist das?« hauchte Tanus atemlos. »Was ist das für ein Metall?«

»Ich weiß es nicht.«

Der Anführer der Gruppe setzte sich wieder vor sein Zelt, aber jetzt hatte er das Schwert quer über seinen Schoß gelegt und strich mit einem phallusförmigen Stück Vulkanfelsen liebevoll über die Kante der Klinge. Bei jedem Strich des Steins gab das Metall einen hellen vibrierenden Ton von sich. Bronze würde niemals so klingen. Es klang wie das Schnurren eines schlafenden Löwen.

»Ich will es haben«, flüsterte Tanus. »Ich werde nicht ruhen, bis ich dieses Schwert in meinem Besitz habe.«

Ich warf ihm einen erstaunten Blick zu, denn so hatte ich ihn noch nie reden hören. Und ich sah, daß es ihm ernst war. Ein Mann, der von einer plötzlichen glühenden Leidenschaft ergriffen war.

»Wir können nicht länger hierbleiben«, sagte ich leise zu ihm. »Man wird uns entdecken.« Ich nahm seinen Arm, doch er entzog ihn mir. Sein Blick war starr auf die Waffe gerichtet.

»Komm, wir sehen uns ihre Pferde an«, drängte ich, und schließlich gab er nach und ließ sich von mir fortziehen. An der anderen Hand hielt ich Memnon. Wir schlugen in sicherer Entfernung einen Bogen um das Lager und krochen zu den Pferden.

Als ich die Pferde aus der Nähe sah, wurde ich von genauso einer wilden Leidenschaft erfaßt wie Tanus, als er das blaue Schwert erblickt hatte. Diese Pferde waren aus einer anderen Zucht als unsere Hyksos-Pferde. Sie waren größer und wirkten vornehmer. Ihre Köpfe hatten eine edle Form, und ihre Nüstern waren breiter. Ihre Augen saßen weiter vorn im Schädel und standen weiter vor als bei unseren Tieren. Es waren große sanfte Augen, in denen Klugheit aufblitzte.

»Sie sind wunderschön«, flüsterte Memnon an meiner Seite. »Schau nur, wie sie die Köpfe halten und die Nacken beugen.«

Tanus begehrte das Schwert, und wir begehrten die Pferde mit der gleichen Leidenschaft.

»Nur einen einzigen Hengst von ihnen, um ihn mit unseren Stuten zu paaren«, flehte ich jeden Gott an, der mich hörte. »Ich würde meine Hoffnung auf ein ewiges Leben gegen ihn eintauschen.«

Einer der fremden Pferdeknechte sah in unsere Richtung, dann sagte er etwas zu dem Burschen neben ihm und kam auf uns zu. Diesmal mußte ich nicht erst drängen, wir duckten uns alle drei hinter den Felsblock, der uns vor ihnen verbarg, und krochen auf allen vieren davon. Ein Stückchen weiter flußabwärts, zwischen ein paar Felsblöcken, fanden wir ein sicheres Versteck und stürzten uns sofort in eines jener Gespräche, bei denen alle gleichzeitig redeten und niemand zuhörte.

»Ich werde zu ihm gehen und ihm tausend Deben Gold anbieten«, schwor Tanus. »Ich muß das Schwert haben.«

»Aber vorher würde er dich töten. Hast du nicht gesehen, wie er es gestreichelt hat, als wäre es sein erstgeborener Sohn?«

»Diese Pferde!« sagte Memnon mit Bewunderung in der Stimme. »Nie hätte ich mir eine solche Schönheit träumen lassen. Horus muß solche Tiere haben, um seinen Wagen zu ziehen.«

»Habt ihr gesehen, wie die beiden aufeinander losgegangen sind?« warf ich ein, um zur Vorsicht zu mahnen. »Es sind Wilde, und sie sind sehr blutrünstig. Die reißen dir die Eingeweide aus dem Leib, noch ehe du den Mund aufgemacht und nur ein einziges Wort gesagt hast. Außerdem, was willst du ihm dafür anbieten? Man sieht doch, daß wir völlig mittellose Bettler sind.«

»Wir könnten heute nacht drei von ihren Hengsten stehlen und mit ihnen hinunter in die Ebene reiten«, schlug Memnon vor, und obwohl es sich verlockend anhörte, sagte ich mit fester Stimme: »Du bist der Kronprinz von Ägypten und nicht irgendein gewöhnlicher Dieb.«

Er grinste mich an. »Für so ein Pferd würde ich jedem die Kehle durchschneiden wie der schlimmste Wegelagerer in Theben.«

Während wir noch redeten, hörten wir plötzlich Stimmen, die sich aus der Richtung des Lagers am Flußufer näherten. Wir sahen uns nach einem besseren Versteck um und warteten.

Eine Gruppe Frauen kam in unser Blickfeld, sie blieben am Ufer unter uns stehen. Es waren drei ältere Frauen und ein Mädchen. Die Frauen trugen graubraune Gewänder und schwarze Kopftücher. Ich hielt sie für Dienerinnen oder Kindermädchen. Und ich wäre gar nie auf die Idee verfallen, daß es sich um Gefangenenaufseherinnen handeln könnte, denn sie gingen ungewöhnlich respektvoll mit dem Mädchen um.

Das Mädchen war groß und schlank und wiegte sich beim Gehen wie ein Papyrusstengel in einer leichten Nilbrise. Es trug ein kurzes Kleid aus feiner Wolle, mit gelben und himmelblauen Streifen. Es ließ ihre Knie unbedeckt. Obwohl sie kurze Stiefel aus weichem, genähtem Leder trug, sah ich, daß ihre Beine glatt und biegsam waren.

Sie machten unterhalb unseres Verstecks halt, und eine der älteren Frauen begann, das Mädchen zu entkleiden. Die anderen beiden füllten die Tonkrüge, die sie auf ihren Köpfen getragen hatten, mit Wasser aus dem Nil. Der Fluß war noch immer vom Hochwasser angeschwollen. Niemand konnte sich gefahrlos in diese eisigen Fluten wagen. Es war klar, daß sie vorhatten, das Mädchen mit dem Wasser aus den Krügen zu baden.

Nun stand sie nackt am Rand des Wassers. Ich hörte, wie Memnon neben mir die Luft anhielt. Ich sah ihn an, und er schien völlig vergessen zu haben, daß er eigentlich Pferde hatte stehlen wollen.

Während zwei Frauen das Wasser aus den Krügen über dem Mädchen ausschütteten, wischte die dritte Frau sie mit einem gefalteten Tuch ab. Das Mädchen hielt die Hände über den Kopf und drehte sich langsam um sich selbst, damit sie ihren ganzen Körper netzten. Sie lachte und kreischte von dem kalten Wasser, und ich sah, wie sich um ihre Brustwarzen – sie waren rubinrot wie polierte Granatäpfel und thronten wie Juwelen auf ihren weichen runden Brüsten – die Haut kräuselte.

Ihr Haar war ein dunkler Busch kleiner Locken, ihre Haut hatte die Farbe von poliertem Akazienholz, ein tiefes, rötliches Braun, das im hellen Sonnenlicht glühte.

Sie hatte fein geschnittene Gesichtszüge, ihre schmale Nase war wie gemeißelt, die Lippen weich und voll. Die großen dunklen Augen standen etwas schräg über den hohen Wangenknochen, und ihre Wimpern waren lang und dicht. Sie war wunderschön. Ich weiß nur eine Frau, die noch schöner war.

Plötzlich sagte sie etwas zu den Frauen. Sie traten zur Seite, und sie ließ sie stehen und kletterte auf ihren langen Beinen genau in unsere Richtung. Aber bevor sie unser Versteck erreicht hatte, trat sie hinter einen Felsblock, der sie vor den Blicken ihrer Begleiterinnen schützte, ohne uns jedoch die Sicht zu verstellen. Sie warf einen schnellen Blick in die Runde, sah uns aber nicht. Dann hockte sie sich flink auf den Boden und ließ ihr Wasser auf den Felsblock rinnen.

Memnon stöhnte leise. Es war ein Laut des innigsten Begehrens. Das Mädchen sprang auf und starrte ihn an. Memnon stand ein Stückchen von Tanus und mir entfernt. Während wir hinter dem Felsen verborgen waren, sah sie ihn in seiner vollen Größe.

Die beiden starrten einander an. Das Mädchen zitterte, ihre dunklen Augen waren weit geöffnet. Ich erwartete, daß sie weglief oder schrie. Statt dessen sah sie verschwörerisch über die Schulter nach hinten, als wollte sie sich vergewissern, daß die Frauen ihr nicht gefolgt waren. Dann drehte sie sich wieder zu Memnon um und stellte ihm mit leiser, süßer Stimme eine Frage, während sie gleichzeitig bittend die Hand ausstreckte.

»Ich verstehe dich nicht«, flüsterte Memnon und breitete die Hände aus, um ihr zu zeigen, daß er sie nicht verstand.

Das Mädchen machte einen Schritt auf ihn zu und wiederholte ungeduldig die Frage, und als Memnon den Kopf schüttelte, ergriff sie seine Hand und schüttelte sie. In ihrer Erregung wurde ihre Stimme lauter.

»Masara!« Eine ihrer Begleiterinnen hatte sie gehört.

»Masara!« Offenbar war das ihr Name, denn sie bedeutete Memnon zu schweigen und sich vorzusehen. Dann drehte sie sich um und wollte zurückgehen.

Doch die drei Frauen, sie plapperten aufgeregt durcheinander, kamen plötzlich hinter dem Felsblock hervor und blieben erschrocken stehen, als sie Memnon erblickten.

Einen Augenblick lang bewegte sich niemand, doch dann fingen die drei Frauen zu schreien an. Das Mädchen wollte zu Memnon laufen, aber zwei der Frauen hielten sie fest. Jetzt schrien alle vier, und das Mädchen bemühte sich verzweifelt, freizukommen.

»Zeit zu verschwinden.« Tanus packte meinen Arm, und ich war mit einem Sprung bei ihm.

Vom Lager her ertönten die Schreie von Männern. Als ich stehenblieb, um mich umzusehen, kamen sie über einen Felsenkamm gelaufen. Und ich sah, daß Memnon zu dem Mädchen gelaufen war, um ihm beizustehen.

Die Frauen, die sie festhielten, waren groß und kräftig. Obwohl Masara verzweifelt versuchte, sich loszureißen, gelang es Memnon nicht, sie zu befreien.

»Tanus!« schrie ich. »Memnon ist in Schwierigkeiten.«

Wir liefen zurück, packten ihn an beiden Armen und zogen ihn mit uns. Er folgte nur zögernd. »Ich komme dich holen!« rief er dem Mädchen zu. »Hab Mut. Ich komme zurück und hole dich.«

Wenn mir heute jemand weismachen will, daß es die Liebe auf den ersten Blick nicht gibt, lächle ich nur still vor mich hin und denke an den Tag zurück, an dem Memnon und Masara einander zum erstenmal begegneten.

Wir hatten viel Zeit verloren, und unsere Verfolger waren uns schon dicht auf den Fersen, als wir in einen der Ziegenpfade einbogen. Ein Pfeil schoß dicht an Memnons Schulter vorbei und fiel klirrend auf den Felsen neben dem Pfad.

Wir liefen hintereinander über den schmalen Pfad. Memnon voran, hinter ihm Tanus. Ich war der letzte, und mit meinem schweren Medizinkasten auf dem Rücken begann ich bald zurückzufallen. Wieder flog ein Pfeil über unsere Köpfe hinweg, und dann traf der dritte meinen Kasten mit einer solchen Kraft, daß ich taumelte. Doch der Kasten ließ den Pfeil, der sonst meinen Körper bestimmt durchbohrt hätte, abprallen.

»Komm weiter, Taita!« schrie Tanus mir zu. »Wirf den verdammten Kasten weg, sonst kriegen sie dich noch.«

Er und Memnon waren fünfzig Schritt vor mir und entfernten sich immer weiter, aber ich konnte meinen wertvollen Kasten nicht einfach wegwerfen. In diesem Augenblick traf mich der nächste Pfeil, und diesmal hatte ich nicht so viel Glück. Er traf mich ins Bein, in den Schenkel. Ich stolperte noch ein paar Schritte weiter, dann fiel ich hin.

Ich richtete mich auf und sah entsetzt auf den Pfeilschaft, der aus meinem Bein ragte. Dann drehte ich mich nach unseren Verfolgern um. Der bärtige Anführer in dem gestreiften Gewand war seinen Männern um hundert Schritt voraus. Er kam mit großen elastischen Sprüngen den Weg herauf, so schnell wie einer der Ziegenböcke, denen er auf so vielerlei Weise ähnelte.

»Taita!« rief Tanus von vorn. »Alles in Ordnung?« Er war auf dem Vorsprung des Abhangs stehengeblieben und sah ängstlich zu mir zurück. Memnon war schon über den Kamm gelaufen und nicht mehr zu sehen.

»Ich bin von einem Pfeil getroffen!« rief ich. »Lauft weiter und laßt mich. Ich kann nicht weiter.«

Ohne einen Augenblick zu zögern, machte Tanus kehrt und eilte zurück. Der Anführer der Äthiopier sah ihn kommen und bellte einen Befehl. Er zog das blitzende blaue Schwert und schwenkte es durch die Luft.

Tanus war inzwischen bei mir und versuchte mich auf die Füße zu ziehen. »Es hat keinen Zweck. Ich bin zu schwer verletzt. Bring dich in Sicherheit«, sagte ich, doch der Äthiopier hatte uns schon fast erreicht. Tanus ließ meinen Arm los und zog sein Schwert.

Die beiden stürzten mit einem gewaltigen Satz aufeinander los. Ich hatte keinen Zweifel daran, wie dieses Duell enden würde, denn Tanus war der stärkste und geschickteste Schwertkämpfer in ganz Ägypten. Wenn er den Äthiopier tötete, würden wir alle verloren sein, dann konnten wir von seinen Männern keine Gnade erwarten.

Der Äthiopier schwang sein Schwert zuerst mit einem kräftigen Schlag gegen Tanus' Kopf. Bei einem Schwertkämpfer vom Kaliber seines Gegners war es ein unüberlegter Schlag. Ich wußte, daß Tanus mit einem Gegenschlag in Höhe des Kopfes parieren würde. Er würde mit voller Wucht zustoßen und sein ganzes Gewicht hineinlegen, um die

Spitze seines Schwerts durch den Bart des Gegners, bis tief in seine Kehle zu bohren.

Die Klingen der Schwerter stießen aufeinander, aber sie gaben keinen klirrenden Laut von sich. Die blaue Klinge des Äthiopiers hackte Tanus' Bronzeschwert fein säuberlich in Stücke. Tanus hielt nur noch den Griff und ein fingerlanges Stück Bronzeklinge in der Hand, mehr war von seiner langen tödlichen Waffe nicht übriggeblieben.

Tanus war so verblüfft, daß er dem nächsten Schlag nicht wirklich begegnen konnte. Er sprang gerade noch rechtzeitig zurück, aber nicht weit genug, so daß die blaue Spitze des Schwerts eine lange flache Wunde quer über die gewölbten Muskeln seiner nackten Brust zog. Blut schoß daraus hervor.

»Lauf, Tanus!« rief ich. »Sonst wird er uns beide töten.«

Und tatsächlich ging der Äthiopier schon wieder auf ihn los. Da ich in der Mitte des schmalen Pfads lag, war er gezwungen, über mich hinwegzuspringen, um zu Tanus zu gelangen. Ich packte mit beiden Armen eines seiner Knie und riß ihn mit einem kräftigen Ruck zu Boden.

Der Äthiopier versuchte, die Spitze des blauen Schwerts in meinen Bauch zu stoßen, während ich unter ihm lag, aber ich warf mich so wild hin und her, daß wir beide vom Weg rollten und den steilen Geröllhang hinunterrutschten. Während wir immer mehr Schwung bekamen, sah ich Tanus ganz kurz ein letztes Mal. Er blickte über den Rand des Pfades zu uns herunter, und ich schrie verzweifelt: »Lauf. Kümmere dich um Memnon!«

Das Schiefergestein und das lose Geröll waren tückisch wie der Treibsand in Sümpfen, sie boten weder einen Halt noch die Möglichkeit zum Angriff. Der Äthiopier und ich wurden in verschiedene Richtungen geschleudert, aber am Ende lagen wir beide am Ufer des Sturzbachs. Ich war völlig zerschlagen und blieb stöhnend liegen, bis ich unsanft hochgezogen und geschlagen, getreten und mit wilden Flüchen bedacht wurde.

Der Anführer der Gruppe hielt die anderen davon ab, mich zu töten und in den Fluß zu werfen. Er war wie ich von oben bis unten mit Staub bedeckt, und sein langes Gewand war zerfetzt und schmutzig, aber er hielt noch immer das blaue Schwert in der rechten Faust und knurrte seine Männer an. Sie zogen mich in Richtung ihres Lagers, aber als ich mich verzweifelt umsah, entdeckte ich meinen Medizinkasten zwischen den Felsen. Der Lederriemen war gerissen, so daß er mir vom Rücken gefallen war.

»Bringt mir meine Kiste«, befahl ich meinen Fängern mit so viel Kraft und Würde, wie ich nur aufbringen konnte, und deutete auf meinen Medizinkasten. Sie lachten über meine Unverschämtheit, aber ihr Anführer schickte einen der Männer, ihn zu holen.

Die Männer mußten mich stützen, denn der Pfeil in meinem Schenkel bereitete mir entsetzliche Schmerzen, jeder Schritt war eine Qual. Als wir im Lager angelangt waren, ließen sie mich auf dem freien Platz zwischen den Zelten einfach zu Boden fallen.

Dann stritten sie lange miteinander. Es war klar, daß sie sich über meine Herkunft und meine Absichten Gedanken machten und uneins waren, was sie mit mir tun sollten. Ab und zu stellte sich einer über mich, brüllte mich an und gab mir einen Tritt in die Rippen. Ich blieb möglichst still liegen, um sie nicht noch mehr zu reizen.

Als die Männer, die Tanus und Memnon verfolgt hatten, mit leeren Händen zurückkehrten, richtete sich die Aufmerksamkeit aller auf sie, und es wurde noch mehr geschrien und mit den Armen gefuchtelt. Der Gedanke, daß die beiden davongekommen waren, munterte mich auf.

Aber nach einer Weile erinnerten sie sich wieder an mich und kehrten zurück, um ihre Enttäuschung mit weiteren Fußtritten und Schlägen an mir auszulassen. Schließlich pfiff der Anführer sie zurück und verbot ihnen, mich zu quälen. Nach und nach zerstreuten sie sich. Ich lag allein auf dem nackten Boden, schmutzig und mit blauen Flecken übersät und dem Pfeil im Bein.

Der äthiopische Stammesführer nahm seinen Platz vor dem größten Zelt ein, das offensichtlich ihm gehörte, und während er die Klinge seines Schwerts abzog, betrachtete er mich neugierig. Hin und wieder wechselte er mit einem seiner Männer ein paar leise Worte, aber wie es schien, war die unmittelbare Gefahr für mich vorüber.

Ich wartete einen günstigen Augenblick ab und sprach ihn dann direkt an. Ich deutete auf meinen Medizinkasten, der neben einem der Zelte lag, und bemühte mich, meiner Stimme einen milden und versöhnlichen Klang zu geben. »Ich brauche meinen Kasten. Ich muß meine Wunde versorgen.«

Auch wenn er meine Worte nicht verstand, begriff er, was ich wollte. Er befahl einem seiner Männer, ihm den Kasten zu bringen. Dann klappte er den Deckel hoch und packte den Kasten aus, untersuchte jeden einzelnen Gegenstand, der zum Vorschein kam. Alles, was seine Aufmerksamkeit besonders erregte, hielt er hoch und richtete dann eine Frage an mich, die ich ihm, so gut es ging, in der Zeichensprache beantwortete.

Er schien zufrieden, daß die Kiste außer meinen Skalpellen keine gefährliche Waffe enthielt. Ich bin mir nicht sicher, ob ihm damals schon klar war, daß es sich um medizinische Dinge handelte. Aber immerhin gelang es mir, ihm durch Zeichen zu verstehen zu geben, was ich vorhatte; ich deutete auf mein Bein und machte eine Bewegung, als würde ich den Pfeil herausziehen. Er beugte sich, das Schwert in der Hand, über mich und machte deutlich, daß er mir beim ersten Anzeichen eines Betrugs den

Kopf abschlagen würde. Aber er erlaubte mir, meine Instrumente zu benutzen.

Der Pfeil war an einer so ungünstigen Stelle eingedrungen, daß ich ihn nur schwer erreichen konnte. Und die Schmerzen, die ich mir selbst zufügte, als ich mit den Taita-Löffeln die Dornen abdeckte, welche tief in mein Fleisch eingedrungen waren, waren so groß, daß ich mehr als einmal fast das Bewußtsein verlor.

Ich atmete schwer und war in Schweiß gebadet, als ich endlich alles vorbereitet hatte, um die Pfeilspitze herauszuziehen. Inzwischen sahen mir die Männer zu. Sie waren herangekommen und verfolgten meine Operation mit schwatzhaftem Interesse.

Ich packte die Löffel mit beiden Händen, schob mir einen Holzkeil zwischen die Zähne, um darauf zu beißen, und dann zog ich die festsitzende Pfeilspitze mit aller Kraft aus der Wunde. Meine Zuschauer stießen Schreie der Verwunderung aus. Und als sie sahen, wie ich mir mit großer Geschicklichkeit den Leinenverband anlegte, waren sie offensichtlich tief beeindruckt.

In jedem Volk und in jeder Kultur nimmt selbst der primitivste Heiler und Arzt einen besonders ehrenwerten und hochgeachteten Platz ein. Ich hatte ein überzeugendes Beispiel geliefert und erlangte damit hohes Ansehen im äthiopischen Lager.

Auf Befehl des Anführers wurde ich in eines der Zelte getragen und auf eine Strohmatte gelegt. Meinen Medizinkasten stellte man mir ans Kopfende meines Lagers, und eine Frau brachte mir eine Mahlzeit aus Brot, Hühnerfleisch und dicker Milch.

Am nächsten Morgen, als die Zelte abgebaut waren, wurde ich in eine Tragbahre hinter eines der Pferde in der langen Karawane gelegt und so über die holprigen steilen Wege gezogen. Zu meinem Kummer sah ich am Stand der Sonne, daß wir immer weiter in die Berge vordrangen, so daß ich fürchten mußte, meinem Volk für alle Zeiten verloren zu sein. Wahrscheinlich hatte mir die Tatsache, daß ich ein Arzt war, das Leben gerettet; sie hatte mich aber auch so wertvoll gemacht, daß sie mich wohl nie freilassen würden. Mir war klar, daß ich jetzt mehr als nur dem Namen nach ein Sklave war.

Trotz der holperigen Fahrt über die Steine begann mein Bein gut zu verheilen. Das machte noch größeren Eindruck auf meine Fänger, und es dauerte nicht lange, da brachten sie mir jedes Mitglied der Gruppe, das krank oder verletzt war.

Der äthiopische Bandenführer behandelte mich mit großem Respekt und bot mir die Schüssel an, nachdem er selbst seine Auswahl an Fleischstücken getroffen hatte. Erst dann durften die anderen Männer sich bedienen.

Als ich wieder gehen konnte, durfte ich mich im Lager frei bewegen. Allerdings mußte ich in Sichtweite bleiben. Ich wurde ständig von einem bewaffneten Mann bewacht, der auch dann noch bei mir blieb, wenn ich zwischen den Felsblöcken meine persönlichsten Geschäfte erledigte.

Von Masara hielt man mich fern, so daß ich sie immer nur von weitem sah, wenn wir uns allmorgendlich auf den Weg machten, um weiterzuziehen. Während der langen Tagesritte durch die Berge waren wir getrennt; ich ritt dicht an der Spitze der Karawane, während sie weiter hinten folgte. Und sie war immer in Begleitung ihrer weiblichen Aufseherinnen und meistens zusätzlich von bewaffneten Wachen umgeben.

Wann immer wir uns sahen, warf Masara mir verzweifelte und flehende Blicke zu. Doch was konnte ich für sie tun? Es war klar zu erkennen, daß sie eine Gefangene von hohem Rang und großer Bedeutung war. Sie war eine so schöne junge Frau, daß ich mich oft dabei ertappte, wie ich an sie dachte. Vor allem sann ich über den Grund ihrer Gefangenschaft nach. Ich kam zu dem Schluß, daß sie eine widerborstige Braut sein mußte, die man gefangengenommen hatte, um sie mit ihrem künftigen Mann zusammenzubringen, oder daß sie das Unterpfand irgendeiner Stammesfehde war.

Ohne die Sprache der Äthiopier zu kennen, würde ich niemals begreifen, was hier vor sich ging, und auch nie etwas über die Äthiopier erfahren. Daher begann ich *Geez* zu lernen, wie ihre Sprache hieß.

Ich habe das Gehör eines Musikers, und ich spielte ihnen einen Streich. Ich lauschte aufmerksam jedem Geplapper um mich herum und nahm den Akzent und den Rhythmus ihrer Sprache in mich auf. Schon bald konnte ich aus dem Gehörten ableiten, daß ihr Anführer Arkoun hieß. Eines Morgens, bevor die Karawane aufgebrochen war, erteilte Arkoun der versammelten Mannschaft die Tagesbefehle. Ich wartete, bis er eine lange und hitzige Ansprache gehalten hatte, und wiederholte sie dann im gleichen Tonfall und mit dem gleichen Akzent.

Sie hörten mir staunend zu, und dann brach ein lautes Getöse los. Sie brüllten vor Lachen und schlugen sich gegenseitig auf den Rücken, denn sie besaßen einen natürlichen Sinn für Humor. Ich hatte nicht die leiseste Ahnung, was ich von mir gegeben hatte, aber anscheinend hatte ich es völlig richtig herausgebracht.

Sie schrien sich gegenseitig Auszüge aus meiner Rede zu und wackelten mit dem Kopf, ahmten Arkouns großtuerisches Benehmen nach. Es dauerte eine ganze Weile, bis wieder Ruhe herrschte, und am Ende kam

Arkoun zu mir und stellte mir eine beleidigte Frage. Ich verstand kein einziges Wort, aber ich schleuderte ihm dieselbe Frage ins Gesicht, Wort für Wort.

Jetzt tobten sie los. Erwachsene Männer fielen einander in die Arme und umklammerten sich, um nicht umzufallen, sie kreischten und wischten sich die Tränen aus den Augen. Einer fiel gar in ein Feuer und versengte sich den Bart.

Obwohl der Witz auf seine Kosten ging, lachte Arkoun mit ihnen und klopfte mir auf den Rücken. Von da an war jeder Mann und jede Frau im Lager mein Lehrer. Ich brauchte nur auf einen Gegenstand zu zeigen, und jemand rief mir das Wort in der *Geez*-Sprache zu. Als ich anfing, mit den Wörtern Sätze zu bilden, verbesserten sie mich eifrig und waren stolz auf meine Fortschritte.

Während ich ihre Sprache lernte und ihre Krankheiten behandelte, beobachtete ich ihre Sitten und Gebräuche. Ich erfuhr, daß sie eingefleischte Spieler waren und daß das Brettspiel, welches sie ununterbrochen spielten, ihre große Leidenschaft war. Sie nannten es *Dom*, aber es war eine vereinfachte Form des Bao-Spiels.

Arkoun war der beste *Dom*-Spieler, aber von der überlieferten Regel der sieben Steine verstand er nichts. Ohne genaue Kenntnis dieser Dinge konnte kein Bao-Spieler auch nur den niedrigsten dritten Meistergrad erreichen. Ich überlegte mir, welches Risiko ich eingehen würde, wenn ich einen so eitlen und anmaßenden Tyrannen wir ihn demütigte, aber ich gelangte zu dem Schluß, daß es die einzige Möglichkeit war, Macht über ihn zu gewinnen.

Als er das nächste Mal vor seinem Zelt saß und, grinsend und seinen Schnurrbart drehend, das Brett aufstellte, schob ich den ersten Anwärter auf ein Spiel mit dem Ellbogen zur Seite und setzte mich mit gekreuzten Beinen Arkoun gegenüber.

»Ich habe kein Silber, um eine Wette abzuschließen«, sagte ich in meinem immer noch kärglichen *Geez*. »Ich spiele aus Liebe zu den Steinen.«

Er nickte ernst. Als jemand, der dem Brett verfallen war, verstand er dieses Gefühl. Die Nachricht, daß ich am Brett gegen Arkoun spielte, verbreitete sich wie ein Lauffeuer im Lager, und alle kamen lachend und drängelnd angelaufen, um es sich anzusehen.

Als ich Arkoun erlaubte, drei Steine in die Ostburg zu legen, stießen sie sich mit den Ellbogen an und waren enttäuscht, weil das Spiel so schnell verloren gehen würde. Noch ein weiterer Stein im Osten, und das Brett gehörte ihm. Sie wußten nicht, was die vier Stiere zu bedeuten hatten, die ich im Süden postiert hatte. Wenn ich meine Stiere losließ, würden sie unweigerlich über das Brett spazieren, seine ungeschützten Steine teilen und die Ostburg isolieren. Er würde es nicht verhindern können. Vier Züge, und das Brett gehörte mir. Und dabei war ich noch nicht einmal aufgefordert worden, die Regel der sieben Steine zu erläutern.

Einen Augenblick saßen sie alle schweigend da. Ich glaube nicht, daß Arkoun das Ausmaß seiner Niederlage gleich erkannte. Aber als es ihm zu dämmern begann, sprang er auf und zog das schreckliche blaue Schwert. Ich bereute meine Vorwitzigkeit bitterlich.

Er hob das Schwert und ließ es mit einem zornigen Schrei niedersausen. Mit einem Dutzend Schlägen zerhackte er das Brett zu Feuerholz und verstreute die Steine im ganzen Lager. Dann trat er zwischen die Felsen, zerrte an seinem Bart und stieß wilde Todesdrohungen gegen mich aus.

Es vergingen drei Tage, bis Arkoun ein neues Brett aufstellte und mir zu verstehen gab, daß ich wieder den Platz ihm gegenüber einnehmen sollte. Der arme Mann ahnte nicht, was ihn erwartete.

Mit jedem Tag beherrschte ich die *Geez*-Sprache besser, und allmählich setzte ich ein Stück ans andere, um mir erklären zu können, aus welchem Grund meine Fänger diese lange Reise durch die Schluchten und Felswüsten machten.

Ich hatte Arkoun zu niedrig eingestuft. Er war nicht nur ein Anführer, er war ein König. Sein voller Name lautete Arkoun Gannouchi Maryam, Negusa Naghast, König der Könige und Herrscher des äthiopischen Staates Aksum. Erst später erfuhr ich, daß sich in diesem Land jeder Bandit mit hundert Pferden und fünfzig Frauen selbst zum König ernannte und daß es zu jeder Zeit an die zwanzig Könige der Könige gab, die durch die Lande zogen, um Beute zu machen.

Arkouns nächster Nachbar war ein gewisser Prester Beni-Jon, der ebenfalls behauptete, König der Könige und Herrscher des äthiopischen Staates Aksum zu sein. Zwischen diesen beiden Monarchen schien es ein gerüttelt Maß an Feindseligkeit zu geben. Sie hatten schon etliche Schlachten ausgefochten, die jedoch alle unentschieden ausgegangen waren.

Masara war die Lieblingstochter von Prester Beni-Jon. Sie war von einem anderen Räuberhäuptling entführt worden, einem, der sich bisher weder eine Krone aufgesetzt noch den Titel eines Königs der Könige angenommen hatte. Bei einem direkten Handel hatte Arkoun Masara für eine Pferdeladung Silber erstanden. Nun hielt er sie als Geisel, um ihren Vater unter Druck zu setzen.

Arkoun, der keinem seiner Leute eine so wertvolle Ware anvertrauen wollte, war selbst losgezogen, um Prinzessin Masara in seinen Besitz zu bringen. Und nun war die Karawane auf dem Rückweg zu seiner Festung. Dies und anderes mehr entnahm ich den Gesprächen mit den Sklavenfrauen, die mir mein Essen brachten, oder den beiläufigen Bemerkungen beim Dom-Spiel. Als wir in Amba Kamara, der Bergfestung von König Arkoun Gannouchi Maryam, eintrafen, wußte ich alles über die wechselhaften Geschicke der verschiedenen äthiopischen Staaten von Aksum.

Als wir uns dem Ziel unserer Reise näherten, fiel mir eine wachsende Erregung in der Karawane auf, und schließlich kletterten wir den schmalen gewundenen Weg hinauf, nicht viel mehr als ein Ziegenpfad, der zur Spitze eines weiteren *Amba* führte. Diese *Ambas* waren die Gebirgsmassive, welche die Bergketten Zentraläthiopiens bilden.

Als ich oben auf der Steilklippe stand, erkannte ich sofort, warum das Land in so viele kleine Königreiche und Fürstentümer aufgeteilt war. Jeder *Amba* war eine natürliche und uneinnehmbare Festung. Der Mann, der oben auf der Spitze stand, war unbezwingbar und konnte sich selbst einen König nennen, ohne Angst haben zu müssen, angefochten zu werden.

Arkoun ritt neben mir und deutete auf die Berge am südlichen Horizont. »Dort drüben ist das Versteck dieses Pferdediebes und Schurken Prester Beni-Jon. Er ist ein unübertroffener Verräter.« Er rülpste und spuckte über den Rand der Klippe in Richtung seines Rivalen.

Ich hatte Arkoun als einen Mann von nicht unbeträchtlicher Grausamkeit und Treulosigkeit kennengelernt. Wenn er Prester Beni-Jon zugestand, auf diesen Gebieten sein Meister zu sein, dann mußte Masaras Vater wahrlich ein fürchterlicher Mann sein.

Wir überquerten die Hochebene von Amba Kamara und kamen durch einige Dörfer mit elenden Hütten und Steinmauern und Feldern mit Zuckerhirse und Dhurra-Korn. Die Bauern auf den Feldern waren hochgewachsene aufdringliche Schurken mit Schwertern und Kupferschilden. Sie sahen genauso wild und kriegerisch aus wie die Männer in unserer Karawane.

Am Ende kamen wir zu der ungewöhnlichsten natürlichen Festung, die ich je gesehen hatte. Auf der Hochebene des Berges stand eine abgetragene Felssäule ganz allein und für sich, eine nackte Felsspitze mit steilen Wänden, die durch einen ehrfurchtgebietenden Abgrund vom Hochland getrennt war.

Diese Schlucht wurde von einem schmalen Damm überspannt, einem natürlichen Steinbogen, der den Fels mit dem Hochland verband. Er war so schmal, daß ein Pferd, wenn es einmal auf der Brücke war, nicht umkehren konnte; es mußte erst zur anderen Seite gehen.

Unter dem Damm fiel der Felsen tausend Fuß senkrecht in die Tiefe, direkt in die darunterliegende Schlucht des Flusses. Die Pferde waren so unruhig, daß die Reiter absteigen und ihnen die Augen verbinden und sie hinüberführen mußten. Als ich die Hälfte der Strecke hinter mich gebracht hatte, merkte ich, daß ich zitterte, weil mir schwindlig war, und ich wagte nicht, über den Rand des Damms in die Leere zu blicken. Ich mußte meine ganze Selbstbeherrschung aufbieten, um weiterzugehen und mich nicht flach auf den Boden zu werfen und den Felsen unter meinen Füßen zu umklammern.

Auf der Spitze dieses Felsens thronte eine plumpe, seitlich überhängende Burg aus Felsblöcken und Binsenstroh. Die offenen Fensterlöcher waren mit Vorhängen aus ungegerbter Schlachthaut bedeckt, und die Abwasser und stinkenden Abfälle lagen überall auf der Klippe unterhalb.

An den Wänden und Schutzmauern hingen, wie Fahnen oder Schmuckstücke zur Feier irgendeines unheimlichen Festes, die Leichname von Männern und Frauen. Der Verwesungsgeruch menschlicher Kadaver war so stark, daß ihn nicht einmal der Wind, der unaufhörlich um die Klippen blies, zerstreuen konnte.

König Arkoun nannte die Krähen, welche den Unglücklichen das Fleisch von den Knochen pickten, seine Küken. Manchmal fütterte er sie auf den Mauern, und manchmal warf er ihnen ihr Futter vom Damm in die Schlucht. Die schwächer werdenden Klageschreie eines weiteren armen Opfers, das in die Tiefe stürzte, waren bezeichnend für unser Leben auf der Spitze von Adbar Seged, im Haus des Windgesangs.

Diese Hinrichtungen und die täglichen Auspeitschungen und das Abhacken von Händen und Füßen oder das Herausreißen von Zungen mit glühend heißen Zangen waren König Arkouns vordringlichste Ablenkungen, wenn er nicht gerade *Dom* spielte oder einen Überfall auf einen benachbarten König plante.

Sobald unsere Karawane den Damm überquert hatte und in den großen Hof von Adbar Seged eingebogen war, wurde Masara von ihren Bewacherinnen in das Labyrinth aus Steingängen gebracht, während man mich in mein Quartier führte, das neben dem von Arkoun lag.

Ich bekam eine einzelne Steinzelle zugeteilt. Sie war dunkel und zugig. Die offene Feuerstelle schwärzte die Wände mit Ruß und gab nur wenig Wärme ab. Obwohl ich die Gewänder aus Wolle trug, die in diesem Land üblich waren, ist es mir in Adbar Seged niemals warm geworden. Wie sehnte ich mich nach dem Sonnenschein am Nil und nach der lichten Oase meines Ägyptens! Ich saß auf den windumtosten Zinnen und sehnte mich nach meiner Familie, nach Memnon und Tanus, nach meinen kleinen Prinzessinnen, aber am meisten sehnte ich mich nach meiner Herrin. Manchmal erwachte ich mitten in der Nacht mit tränenüberströmtem

Gesicht und bedeckte meinen Kopf mit meinem Schaffell, damit mich Arkoun nicht durch die dicke Steinmauer schluchzen hörte.

Oft bat ich ihn darum, mich freizulassen.

»Aber warum willst du denn weg von hier, Taita?«

»Ich möchte zu meiner Familie.«

»Ich bin jetzt deine Familie«, sagte er und lachte. »Ich bin dein Vater.«

Ich schloß eine Wette mit ihm ab. Wenn ich beim *Dom*-Spielen hundert Bretter in Folge gegen ihn gewann, würde er mich gehen lassen und mir sogar eine Eskorte bis in die großen Ebenen am Nil mitgeben. Als ich das hundertste Spiel gewonnen hatte, kicherte er und schüttelte den Kopf über meine Leichtgläubigkeit.

»Sagte ich hundert? Das glaube ich nicht. Bestimmt waren es tausend?« Er wandte sich an seine Gefolgsleute. »Waren es tausend?«

»Tausend!« sangen sie im Chor. »Es waren tausend!«

Als ich mich daraufhin weigerte, weiterzuspielen, hängte er mich an den Fersen nackt an der Zitadellenmauer auf, bis ich winselnd nach ihm rief und ihn bat, das Brett aufzustellen.

Als Arkoun mich nackt sah, brach er in schallendes Gelächter aus und kniff mich. »Kann sein, daß du mit dem *Dom*-Brett gut umgehen kannst, Ägypter, aber deine eigenen Steine sind dir anscheinend abhanden gekommen.« Es war das erste Mal seit meiner Gefangennahme, daß meine Verstümmelung offenbar wurde. Jetzt nannten mich die Leute zu meiner Scham und Demütigung wieder »Eunuch«.

Aber es sollte sich als nützlich erweisen. Denn wäre ich noch ein richtiger Mann gewesen, hätten sie mich niemals zu Masara gelassen.

Sie holten mich in der Nacht und führten mich durch die Gänge zu Masaras Zelle. Der Raum wurde von einer Öllampe erhellt und roch nach Erbrochenem. Das Mädchen lag zusammengerollt in der Mitte des Raums auf einer Strohmatte; um sie herum Erbrochenes. Sie hatte schreckliche Schmerzen, stöhnte und weinte und hielt sich den Magen.

Ich machte mich sofort an die Arbeit und untersuchte sie sorgfältig. Ich befürchtete, daß ihr Magen hart wie ein Stein sein würde, das Anzeichen für das Anschwellen und Aufbrechen der Eingeweide. Gegen diesen Zustand gab es kein Heilmittel. Nicht einmal ich mit meiner Erfahrung würde sie retten können, wenn das der Grund für ihre Schmerzen war.

Zu meiner großen Erleichterung war ihr Magen warm und weich und sie hatte kein Fieber im Blut. Ich fuhr mit meiner Untersuchung fort, und obwohl sie stöhnte und vor Schmerzen schrie, wenn ich sie anfaßte, konnte ich keine Ursache für ihren Zustand finden. Ich war verwirrt und setzte mich neben sie, um nachzudenken. Dann merkte ich, daß sie mich, obwohl ihr Gesicht vor Schmerzen verzerrt war, mit klarem Blick beobachtete.

»Es ist schlimmer, als ich befürchtet habe«, sagte ich in der *Geez*-Sprache und drehte mich zu den beiden Wärterinnen um. »Wenn ich sie retten soll, brauche ich meinen Medizinkasten. Holt ihn sofort.«

Sie eilten zur Tür, und ich beugte den Kopf dicht an ihr Ohr und flüsterte: »Du bist ein kluges Mädchen und eine gute Schauspielerin. Hast du deine Kehle mit einer Feder gekitzelt?«

Sie lächelte mich an und flüsterte zurück: »Mir ist nichts anderes eingefallen, um dich zu sehen. Als mir die Frauen erzählten, daß du unsere Sprache gelernt hast, wußte ich, daß wir einander helfen können.«

»Ich hoffe, das wird möglich sein.«

»Ich habe mich so einsam gefühlt. Allein mit einem Freund zu sprechen wird mir schon eine Freude sein.« Ihr Vertrauen rührte mich. »Vielleicht finden wir gemeinsam einen Weg, um von diesem schrecklichen Ort zu fliehen.«

In diesem Augenblick hörten wir die Frauen zurückkommen, ihre Stimmen hallten durch den Gang. Masara ergriff meine Hand.

»Du bist mein Freund, nicht wahr? Du wirst wiederkommen?«

»Das bin ich, und das werde ich.«

»Schnell, sag es mir, bevor du gehen mußt. Wie ist sein Name?«

»Wessen Name?«

»Von dem, der am ersten Tag am Fluß bei dir war. Der ausgesehen hat wie ein junger Gott.«

»Sein Name ist Memnon.«

»Memnon!« wiederholte sie mit großer Ehrfurcht. »Das ist ein schöner Name. Er paßt zu ihm.«

Die Frauen kamen herein, und Masara umklammerte ihren gesunden kleinen Bauch und stöhnte, als müßte sie gleich sterben. Während ich mit der Zunge schnalzte und sorgenvoll den Kopf schüttelte, rührte ich einen Saft aus Kräutern an, der ihr guttun würde, und sagte ihnen, ich müßte am nächsten Morgen wiederkommen.

Am nächsten Morgen hatte sich Masaras Zustand gebessert, und ich konnte etwas länger bei ihr bleiben. Es war nur eine der Frauen im Raum, aber sie begann sich bald zu langweilen und verschwand in der hinteren Ecke der Zelle. Masara und ich wechselten leise ein paar Worte.

»Memnon hat etwas zu mir gesagt. Ich habe es nicht verstanden. Was hat er gesagt?«

»Er sagte: ›Ich werde zurückkommen. Hab Mut. Ich werde zu dir zurückkommen.‹«

»Das hat er sicher nicht so wörtlich gemeint. Er kennt mich nicht, hat mich nur flüchtig gesehen.« Sie schüttelte den Kopf, und ihre Augen füllten sich mit Tränen. »Glaubst du, daß er es wirklich gemeint hat, Taita?« Ihre Stimme klang flehend, und ich konnte nicht zulassen, daß sie noch mehr leiden mußte.

»Er ist der Kronprinz von Ägypten und ein Mann der Ehre. Memnon hätte es nicht gesagt, wenn er nicht jedes Wort so gemeint hätte.«

Mehr konnten wir in diesem Augenblick nicht sprechen, aber am nächsten Tag ging ich wieder zu ihr. Das erste, was sie mich fragte, war: »Sag mir noch einmal, was Memnon gesagt hat«, und ich mußte ihr sein Versprechen wiederholen.

Ich sagte Arkoun, daß es Masara besser ginge, daß sie aber täglich einen Spaziergang auf den Zinnen machen müsse. »Sonst kann ich nicht für ihre Gesundheit einstehen.«

Er dachte einen Tag lang darüber nach. Aber Masara war für ihn ein wertvoller Besitz, und so gab er schließlich seine Zustimmung.

Unsere täglichen Rundgänge wurden nach und nach länger, und die Wachen gewöhnten sich daran, uns zu sehen.

Masara wollte alles wissen, was ich ihr über Memnon sagen konnte, und ich durchforschte mein Gedächtnis nach Geschichten von ihm, um sie zu unterhalten. Sie hatte Lieblingsgeschichten, die ich immer von neuem erzählen mußte, bis sie sie auswendig kannte, und wenn ich mich beim Wiedererzählen irrte, verbesserte sie mich. Besonders gut gefiel ihr jene über Tanus' und meine Errettung vor dem Elefantenbullen, und wie Memnon für seine Tat das Ehrengold erhalten hatte.

»Erzähl mir von seiner Mutter, der Königin«, bat sie, und dann: »Erzähl mir von Ägypten. Erzähl mir von euren Göttern. Erzähl mir von Memnon, als er noch klein war.« Ihre Fragen kehrten immer wieder zu ihm zurück, und ich erfüllte ihr die Bitte nur zu gern, denn wenn ich von meiner Familie erzählte, schien sie mir viel näher zu sein.

Eines Morgens kam Masara aufgeregt zu mir. »Letzte Nacht hatte ich einen schrecklichen Traum. Ich habe geträumt, daß Memnon zu mir zurückgekommen ist, aber ich konnte nicht verstehen, was er sagte. Du mußt mir beibringen, eure Sprache zu sprechen, Taita. Wir werden gleich heute damit anfangen. In diesem Augenblick!«

Sie war so begierig darauf, es zu lernen, und sie war so klug, daß es schnell ging. Bald sprachen wir nur ägyptisch miteinander, was besonders günstig war, wenn die Wärterinnen bei uns blieben. Wenn wir nicht von Memnon sprachen, schmiedeten wir Pläne für unsere Flucht. Natürlich hatte ich seit meiner Ankunft in Adbar Seged pausenlos darüber nachgedacht, aber es war hilfreich zu hören, was sie darüber dachte.

»Auch wenn es dir gelingt, aus der Festung zu fliehen, wirst du niemals ohne Hilfe durch die Berge kommen«, warnte sie mich. »Die Wege sind verwickelt wie ein Wollknäuel. Du wirst sie nie entwirren können. Jede Sippe steht mit den anderen im Krieg. Sie trauen keinem Fremden, sie werden dich für einen Spion halten und dir die Kehle durchschneiden.«

»Was sollen wir denn sonst tun?« fragte ich.

»Wenn du tatsächlich entkommen solltest, mußt du zu meinem Vater gehen. Er wird dich beschützen und dich zu deinem Volk zurückbringen. Du wirst Memnon sagen, wo ich bin, und dann kommt er, um mich zu retten.« Sie sagte es mit so großem Vertrauen, daß ich es nicht über mich brachte, ihr in die Augen zu sehen.

Mir wurde klar, daß Masara ein Bild von Memnon im Herzen trug, das nicht der Wirklichkeit entsprach. Sie liebte einen Gott und keinen Grünschnabel, der genauso jung und unerfahren war wie sie selbst. Und ich mit meinen klugen Geschichten über den Prinzen trug die Schuld daran. Doch ich konnte ihr jetzt nicht weh tun und ihre Hoffnungen zunichte machen, indem ich ihr erzählte, wie hoffnungslos ihre Pläne waren.

»Wenn ich zu deinem Vater Prester Beni-Jon gehe, wird er glauben, ich wäre einer von Arkouns Spionen. Er wird meinen Kopf fordern.«

»Ich werde dir verraten, was du ihm sagen mußt. Dinge, die nur er und ich kennen. Das wird für ihn der Beweis sein, daß ich dich geschickt habe.«

Damit hatte sie mich in der Falle, und so suchte ich einen anderen Ausweg. »Wie soll ich denn den Weg zur Festung deines Vaters finden? Du hast mir doch selbst gesagt, daß die Wege verschlungen sind wie ein Wollknäuel.«

»Ich werde dir den Weg beschreiben. Und weil du so klug bist, wirst du dir alles merken, was ich dir sage.«

Natürlich liebte ich sie inzwischen fast genauso wie meine beiden kleinen Prinzessinnen. Ich würde jedes Risiko eingehen, um sie zu beschützen.

»Also, gut, sag es mir.« Und so begannen wir unsere Flucht zu planen. Für mich war es ein Spiel, das ich vor allem ihr zuliebe spielte. Ich glaubte nicht ernstlich daran, einen Weg aus diesem Felsenkerker zu finden.

Wir sprachen über die Möglichkeit, mich an einem Seil von der Klippe herunterzulassen, obwohl mich jedesmal schauderte, wenn ich von der Terrasse vor ihrer Zelle über den Damm hinunter in die gähnende Schlucht sah. Sie sammelte Wollreste und Tuchstücke, die sie unter ihrer Schlafmatte versteckte. Sie hatte vor, ein Seil daraus zu flechten. Ich brachte es nicht über mich, ihr zu sagen, daß der Stoff für ein Seil, das lang und stark war, um uns beide bis zur Talsohle zu tragen, ihre Zelle bis unter die Decke ausfüllen würde.

Zwei Jahre lang siechten wir auf der Spitze von Adbar Seged dahin, und es gelang uns nie, einen umsetzbaren Fluchtplan zu entwerfen, doch Masara verlor nie den Glauben. Jeden Tag fragte sie mich: »Was hat Memnon zu mir gesagt? Sag mir noch einmal, was er versprochen hat.«

»Er sagte: ›Ich werde zu dir zurückkommen. Hab Mut.‹«

»Ja. Ich habe Mut, nicht wahr, Taita?«

»Du bist das mutigste Mädchen, das ich kenne.«

»Sag mir, was du meinem Vater sagen wirst, wenn du ihn triffst.«

Ich wiederholte ihre Anweisungen, und dann enthüllte sie mir ihren neuesten Fluchtplan.

»Ich werde die kleinen Spatzen fangen, die ich auf der Terrasse gefüttert habe. Und du wirst einen Brief an meinen Vater schreiben, um ihm zu sagen, wo ich bin. Wir werden ihn am Bein des Spatzen befestigen, und er wird zu ihm fliegen.«

»Es ist viel wahrscheinlicher, daß er direkt zu Arkoun fliegt, der uns beide auspeitschen lassen wird, und danach wird man nicht mehr zulassen, daß wir uns sehen.«

Am Ende aber floh ich auf einem guten Pferd aus Adbar Seged. Arkoun plante aufs neue einen Überfall auf König Prester Beni-Jon. Ich hatte den Befehl, ihn in meiner Rolle als Leibarzt und *Dom*-Spieler zu begleiten.

Während ich mit meinem blinden Pferd über den Damm ritt, blickte ich mich um und sah Masara, die auf ihrer Terrasse stand und mir nachschaute. Lieblich und verloren stand sie dort. Sie rief mir etwas Ägyptisches nach. Ich konnte ihre Worte durch das Heulen des Windes gerade noch verstehen.

»Sag ihm, daß ich auf ihn warte. Sag ihm, daß ich mutig gewesen bin.« Und dann so leise, daß ich mir nicht sicher war, ob ich es richtig verstanden hatte: »Sag ihm, daß ich ihn liebe.«

Der Wind ließ die Tränen auf meinen Wangen zu Eis erstarren, während ich über *Amba* Kamara davonritt.

Am Abend vor der Schlacht behielt mich Arkoun bis spät in die Nacht in seinem Zelt. Während er letzte Befehle austeilte, bearbeitete er die Klinge seines blauen Schwerts mit dem Streichriemen. Zwischendurch rasierte er immer wieder mit der glitzernden Klinge Haare von seinem Handgelenk, um die Schneide zu prüfen, und nickte zufrieden.

Zuletzt rieb er die Klinge mit gereinigtem Hammelfett ein. Dieses seltsame, silberblaue Metall mußte gut eingefettet werden, sonst bildete sich eine Art roter Puder darauf, fast so, als würde es bluten.

Das blaue Schwert übte auf mich inzwischen die gleiche Faszination aus wie auf Tanus. Wenn Arkoun besonders guter Laune war, erlaubte er mir gelegentlich, es zu benutzen. Das Gewicht des Metalls war erstaunlich, und die Schärfe der Schneidekanten unglaublich. Ich stellte mir vor, welche Verwüstungen es in den Händen eines Schwertkämpfers wie Tanus anrichten würde. Mir war klar, daß Tanus, falls wir uns je wieder begegnen sollten, jede Einzelheit über das Schwert würde wissen wollen, und so stellte ich Arkoun, der niemals müde wurde, damit zu prahlen, alle möglichen Fragen.

Er erzählte mir, daß einer der heidnischen Götter der Äthiopier das Schwert im Herzen eines Vulkans geschmiedet hatte. Arkouns Urgroßvater hatte es bei einem *Dom*-Spiel, das zwanzig Tage und zwanzig Nächte gedauert hatte, von dem Gott gewonnen.

Arkoun fragte mich, was ich von seinem Schlachtplan für den nächsten Tag hielt, denn er hatte gemerkt, daß ich mich mit der Kriegskunst auskannte. Ich sagte ihm, ich fände seinen Plan ausgezeichnet. Er hatte vor, seine Kräfte in vier angreifende Gruppen aufzuteilen. Sie würden sich hinter den Felsen verstecken, überfallartig ausbrechen, sich ein paar Geiseln schnappen, einige Kehlen aufschlitzen und schließlich weglaufen.

»Du gehörst zu den großen Generälen der Geschichte«, sagte ich zu Arkoun. »Ich würde gern eine Schriftrolle verfassen, um deine Geschicklichkeit zu preisen.« Dieser Gedanke gefiel ihm, und er versprach, mich mit allem zu versorgen, was ich dafür benötigte, sobald wir wieder in Adbar Seged wären.

Wie es schien, war jener König Prester Beni-Jon ein Befehlshaber mit ähnlich kühnen Vorstellungen. Am folgenden Tag trafen wir in einem breiten Tal zwischen steilen Wänden auf seine Streitkräfte. Das Schlachtfeld war schon Monate zuvor im beiderseitigen Einverständnis bestimmt worden, und Prester Beni-Jon hatte bereits am oberen Ende des Tals Stellung bezogen, als wir eintrafen. Er kam auf uns zugeritten und schleuderte uns aus sicherer Entfernung Beleidigungen und Beschimpfungen entgegen.

Prester Beni-Jon war ein spindeldürrer Mann, dünn wie ein Stock, mit einem langen weißen Bart und silbrig schimmernden Locken, die ihm bis auf die Hüfte hingen. Aus dieser Entfernung konnte ich seine Gesichtszüge nicht genau erkennen, aber die Frauen hatten mir erzählt, daß er in seiner Jugend der bestaussehende junge Mann Äthiopiens gewesen war und daß er zweihundert Frauen besaß. Einige Frauen hatten sich, wie es hieß, aus Liebe zu ihm das Leben genommen. Mir schien völlig klar, daß seine Talente im Harem besser genutzt waren als auf dem Schlachtfeld.

Nachdem Prester Beni-Jon seine Rede gehalten hatte, trat Arkoun vor und antwortete ausführlich. Seine Beleidigungen rollten über die Klippen und hallten bis hinunter in die Schlucht. Einige seiner markigsten Worte merkte ich mir, denn sie waren es wert, aufgezeichnet zu werden.

Als Arkoun geendet hatte, erwartete ich, daß die Schlacht beginnen würde, aber ich hatte mich getäuscht. Es gab auf beiden Seiten noch mehrere andere Krieger, die ebenfalls reden wollten. Gegen meinen Felsen gelehnt, schlief ich in der warmen Sonne ein. Es war Nachmittag, als ich vom Waffengeklirr erwachte und zusammenfuhr. Arkoun hatte seinen ersten Angriff begonnen. Eine seiner Truppen raste auf Prester Beni-Jons Stellungen zu, wobei sie mit den Schwertern gegen ihre Kupferschilde trommelten. Innerhalb bemerkenswert kurzer Zeit kehrten sie höchst munter an ihre Ausgangsposition zurück, ohne Verwundete zurückzulassen oder zu beklagen zu haben.

Wieder wurden Beschimpfungen ausgetauscht, und dann war es an Prester Beni-Jon, seinen Angriff zu starten. Er stürmte mit seinen Leuten nach vorn und zog sich mit dem gleichen Eifer und einem ähnlichen Ergebnis wieder zurück wie vorher Arkoun. Auf diese Weise verging der Tag, Beschimpfung gegen Beschimpfung, Angriff gegen Angriff. Bei Einbruch der Nacht zogen sich beide Armeen zurück. Wir kampierten in der Talsohle, und Arkoun schickte nach mir.

»Was für eine Schlacht!« begrüßte er mich begeistert, als ich sein Zelt betrat. »Es wird Monate dauern, bis Prester Beni-Jon es wagen wird, wieder ins Feld zu ziehen.«

»Wird denn morgen nicht gekämpft?« fragte ich.

»Morgen werden wir nach Adbar Seged zurückkehren«, sagte er, »und dann wirst du einen ausführlichen Bericht über meinen Sieg in deine Schriftrollen schreiben. Ich schätze, daß mich Prester Beni-Jon nach dieser heilsamen Niederlage schon bald um Frieden anflehen wird.«

Bei den wilden Begegnungen waren sieben unserer Männer verwundet worden, alle durch Pfeile, die aus sehr großer Entfernung abgeschossen worden waren. Ich zog die Spitzen mit den Widerhaken heraus und versorgte und verband die Wunden. Am nächsten Tag ließ ich die Verwundeten auf Bahren legen und ging neben ihnen her, als wir uns auf den Rückweg machten.

Einer der Männer hatte eine Bauchwunde und große Schmerzen. Ich wußte, daß er innerhalb einer Woche an Wundbrand sterben würde, trotzdem tat ich mein Bestes, um seine Leiden zu lindern, und bemühte mich, das Holpern des Wagens auf dem unebenen Weg abzuschwächen.

Am späten Nachmittag desselben Tages kamen wir zu einer Furt im Fluß, die wir schon auf unserem Weg in die Schlacht überquert hatten. Ich hatte diese Furt nach Masaras Beschreibung wiedererkannt. Der Fluß war einer der zahlreichen Nebenflüsse des Nils, die aus den Bergen kamen. An den vergangenen Tagen hatte es geregnet, und das Wasser war gestiegen.

Wir begannen mit der Überquerung, und ich wartete neben der Tragbahre des Mannes, der die Bauchwunde hatte. Er fieberte stark. Auf halbem Weg merkte ich, daß ich Höhe und Geschwindigkeit des Wassers unterschätzt hatte. Die Fluten erfaßten die Bahre und kippten sie um. Sie rissen das Pferd mit sich, zogen das arme Tier in das tiefe Wasser, wo es mit seinen Hufen keinen Halt mehr fand.

Ich hängte mich in sein Halfter, und im nächsten Augenblick schwammen das Pferd und ich davon. Wir wurden flußabwärts in die eisige grüne Flut gespült. Der verwundete Mann befreite sich aus seiner Bahre, und als ich ihn packen wollte, entglitt mir das Pferd, und wir wurden getrennt den Fluß hinuntergespült.

Der Kopf des Verwundeten verschwand im Wasser, aber ich hatte selbst um mein Leben zu kämpfen. Ich rollte mich auf den Rücken und streckte die Beine in Richtung der Strömung aus. Auf diese Weise konnte ich mich mit den Füßen von den Felsen abstemmen, gegen die mich der reißende Strom schleuderte. Eine kurze Strecke liefen Arkouns Männer am Ufer neben mir her, aber bald darauf wurde ich vom Fluß durch eine Biegung getragen, wo es entlang des Felsens keinen Weg mehr gab. Das Pferd und ich blieben allein im Fluß zurück.

Hinter der Biegung war die Strömung nicht mehr so stark, und ich konnte zu dem Pferd schwimmen und mich an seinem Hals festhalten. Für den Augenblick war ich in Sicherheit. Zum erstenmal kam mir der Gedanke an Flucht, und mir wurde klar, daß mir die Götter zu einer Gelegenheit verholfen hatten. Ich murmelte ein Dankesgebet und lenkte das Pferd an seiner Mähne durch die Flußmitte.

Wir waren mehrere Meilen den Fluß hinunter geschwommen, und es war dunkel, als ich mein Pferd ans Ufer brachte. Auf einer Sandbank kletterten wir an Land. Ich schätzte, daß ich bis zum nächsten Morgen vor einer Verfolgung und erneuten Gefangennahme sicher war. Keiner von Arkouns Männern würde es wagen, bei Dunkelheit durch die Schlucht zu gehen. Aber ich war von dem eisigen Wasser derart ausgekühlt, daß ich am ganzen Leibe zitterte.

Ich führte das Pferd an einen Platz, an dem es vor dem Wind geschützt war, und dann drückte ich mich dicht an seine Flanken. Aus dem nassen Fell stieg Dampf auf. Allmählich durchdrang mich die Wärme des Tieres, und das Zittern hörte auf. Als ich mich etwas aufgewärmt hatte, sammelte ich auf der Sandbank Treibholz. Nach Art der Schilluk gelang es mir unter großen Schwierigkeiten, ein Feuer zu entfachen. Ich breitete meine Kleider zum Trocknen aus und duckte mich für den Rest der Nacht dicht an die Feuerstelle.

Sobald es hell genug war, den Weg zu erkennen, zog ich mich wieder an und stieg auf das Pferd. Ich ritt weiter vom Fluß weg, denn Arkouns Männer würden ihre Suche nach mir auf das Ufer beschränken.

Nach zwei Tagen, in denen ich mich genau an die von Masara beschriebene Richtung gehalten hatte, erreichte ich das erste befestigte Bergdorf in Prester Beni-Jons Domäne. Der Anführer des Dorfes machte keinen Hehl daraus, daß er mir die Kehle durchzuschneiden und mein Pferd zu behalten gedachte. Ich mußte meine sämtlichen Überredungskünste aufbieten, um ihn davon abzuhalten, und schließlich willigte er ein, sich mit dem Pferd zufrieden zu geben und mich zu Prester Beni-Jons Festung zu bringen.

Die Männer, welche mich zu König Prester Beni-Jon brachten, sprachen voller Wärme und Zuneigung von ihm. Die Dörfer, durch die wir auf unserem Weg kamen, waren reinlicher und wohlhabender als jene von Arkoun. Die Rinderherden waren fetter, das Korn veredelt und die Menschen satter. Die Pferde, die ich zu sehen bekam, waren prächtig. Mir kamen die Tränen, so schön waren sie.

Als wir schließlich zur Burg gelangten, die hoch oben auf einem *Amba* lag, sah ich, daß sie sich in einem besseren Zustand befand als die von Arkoun und daß ihre Mauern nicht mit solch schauerlichen Trophäen geschmückt waren.

Aus der Nähe besehen, war König Prester Beni-Jon tatsächlich ein außerordentlich gutaussehender Mann. Sein silbriges Haar und sein Bart verliehen ihm eine einzigartige Würde. Seine Hautfarbe war hell, und er hatte kluge dunkle Augen. Zuerst war er höchst mißtrauisch, als er meine Geschichte hörte, aber das änderte sich, als ich ihm die geheimen Dinge erzählte, die Masara mir aufgetragen hatte.

Er war von den Bekundungen der Liebe und der Ehrerbietung, die ich ihm von seiner Tochter überbrachte, zutiefst beeindruckt und fragte mich nach ihrer Gesundheit und ihrem Wohlergehen. Dann wurde ich von seinen Dienern in ein Quartier geführt, das für äthiopische Verhältnisse geradezu verschwenderisch war, und man gab mir saubere Kleider aus Wolle.

Nachdem ich gegessen und mich ausgeruht hatte, brachten mich die Diener wieder zu der dumpfen und rauchigen Zelle, welche Prester Beni-Jons Audienzzimmer war.

»Majestät, Masara ist nun seit zwei Jahren Arkouns Gefangene«, trug ich ihm augenblicklich vor. »Sie ist ein junges und zartes Mädchen. Sie siecht in seinem stinkenden Verlies dahin.« Ich schmückte die Tatsachen ein wenig aus, um ihm vor Augen zu führen, wie dringlich es war, sie aus ihrer mißlichen Lage zu befreien.

»Ich habe mich bemüht, das Lösegeld, das Arkoun für meine Tochter verlangt, aufzubringen«, rechtfertigte sich Prester Beni-Jon. »Aber ich müßte jeden Teller und jede Schale in Aksum einschmelzen, um einen so gewaltigen Silberschatz zusammenzubringen, wie er ihn in seiner Gier verlangt. Außerdem verlangt er große Gebiete meines Landes und Anteile an meinen wichtigsten Dörfern. Wenn ich sie ihm überließe, wären mein Reich geschwächt und Zehntausende meiner Untertanen seiner Tyrannei ausgeliefert.«

»Ich könnte deine Armee zur Festung von Adber Seged bringen. Du könntest die Burg belagern und ihn zwingen, Masara herauszugeben.«

Prester Beni-Jon sah mich erstaunt an. Ich glaube nicht, daß ihm ein derartiger Verlauf der Dinge je in den Sinn gekommen war.

»Ich kenne Adbar Seged gut, aber es ist unbezwingbar«, antwortete er steif. »Arkoun hat eine mächtige Armee im Rücken. Wir haben gegen ihn schon viele schwere Schlachten geführt. Meine Männer sind Löwen, aber noch nie ist es uns gelungen, ihn zu besiegen.« Ich hatte Prester Beni-Jons Löwen auf dem Schlachtfeld erlebt und erkannte, daß er seine Lage völlig richtig einschätzte. Die Armee, die ihm gehorchte, konnte niemals hoffen, Adbar Seged zu stürmen und Masara mit Waffengewalt zu befreien.

Am folgenden Tag unterbreitete ich ihm einen neuen Vorschlag. »Großer Herrscher von Aksum, König der Könige, wie du wohl weißt, gehöre ich dem ägyptischen Volk an. Königin Lostris, die Regentin von Ägypten, hat mit ihren Armeen am Zusammenfluß der beiden Ströme ihr Lager aufgeschlagen.«

Er nickte. »Das weiß ich. Diese Ägypter sind ohne meine Zustimmung in mein Land eingedrungen. Sie graben Gänge in meine Berge. Bald werde ich sie überfallen und vernichten.«

Jetzt war es an mir, erstaunt zu sein. Prester Beni-Jon wußte von der Arbeit an Pharaos Grabmal, und unsere Männer dort liefen Gefahr, überfallen zu werden. Dementsprechend änderte ich den Vorschlag, den ich ihm eben hatte machen wollen.

»Mein Volk ist in der Kunst der Belagerung und der Kriegsführung sehr erfahren«, erklärte ich. »Ich übe auf Königin Lostris großen Einfluß aus. Wenn du mich zu ihr bringst, werde ich dafür sorgen, daß sie dir ihre Freundschaft gewährt. Dann werden ihre Truppen die Festung von Adbar Seged stürmen und deine Tochter befreien.«

Obwohl Prester Beni-Jon sich alle Mühe gab, diese Tatsache zu verbergen, merkte ich, daß ihm mein Vorschlag gefiel. »Und was würde deine Königin für ihre Freundschaft verlangen?« fragte er vorsichtig.

Wir feilschten fünf Tage lang um den Preis, aber am Ende war der Handel verabredet. »Du wirst Königin Lostris erlauben, einen Schacht in deinen Berg zu graben, und du wirst das ganze Tal ringsum zu verbotenem Gebiet erklären. Es soll deinem Volk unter Androhung der Todesstrafe untersagt sein, es zu betreten«, forderte ich. Das tat ich für meine Herrin. Es sollte Pharaos Grabmal davor bewahren, entweiht zu werden.

»Ich willige ein«, sagte Prester Beni-Jon.

»Und du wirst Königin Lostris zweitausend Pferde mitbringen, die ich selbst aus deinen Herden aussuchen werde.« Das tat ich für mich.

»Eintausend«, sagte der König.

»Zweitausend.« Ich blieb hart.

»Ich willige ein«, sagte Prester Beni-Jon.

»Wenn Prinzessin Masara befreit ist, wirst du ihr erlauben, einen Mann ihrer eigenen Wahl zu heiraten. Du wirst es ihr nicht verbieten.« Das war für Memnon und das Mädchen.

»Das ist gegen unsere Sitten und Gebräuche«, sagte er und seufzte. »Aber ich willige ein.«

»Wenn wir die Festung Adbar Seged und auch Arkoun bezwungen haben, werden sie an dich übergeben.« Er sah mich freudig an und nickte lebhaft.

»Und schließlich dürfen wir Ägypter alle Beutestücke, die wir Arkoun im Krieg abnehmen, behalten, einschließlich des legendären blauen Schwerts.« Das war für Tanus.

»Ich willige ein«, sagte Prester Beni-Jon, und ich sah, daß er glaubte, einen guten Handel abgeschlossen zu haben.

Er gab mir eine fünfzig Mann starke Eskorte, mit der ich mich gleich am nächsten Tag auf einem prächtigen Hengst, einem Abschiedsgeschenk des Königs, auf den Rückweg nach Qebui machte.

Wir waren noch fünf Tagesritte von Qebui entfernt, als ich die schnelle Staubwolke sah, die quer über das freie Feld auf uns zugerast kam. Dann sah ich in der flimmernden Hitze die Wagen auf und ab tanzen. Während sie sich näherten, nahmen die Reihen im Galopp Gefechtsformation an. Es war wunderbar mit anzusehen. Ich fragte mich, unter wessen Befehl sie standen.

Ich hielt die Hand über die Augen, mein Herz machte einen Freudensprung, als ich die Pferde des vordersten Wagens erkannte. Es waren

Felsen und Kette, meine Lieblinge. Aber ich erkannte den Wagenlenker nicht gleich. Es war fast drei Jahre her, daß ich Memnon das letzte Mal gesehen hatte. Der Unterschied zwischen siebzehn und zwanzig Jahren ist der Unterschied zwischen einem Jungen und einem Mann.

Ich hatte mir angewöhnt, nach äthiopischer Art mit Satteldecke und Steigbügel zu reiten, und so stand ich nun hoch in den Steigbügeln und winkte. Ich sah den ersten Wagen zur Seite schwenken, als Memnon mich erkannte und den Pferden die Peitsche gab, um sie zu vollem Lauf anzutreiben.

»Mem!« schrie ich. »Mem!« Und seine Antwort kam mit dem Wind zu mir zurück.

»Tata! Bei der süßen Milch von Isis, du bist es wirklich!«

Er brachte die Pferde zum Stehen, sprang vom Trittbrett und zog mich von meinem Pferd. Zuerst nahm er mich in die Arme und drückte mich an seine Brust, dann hielt er mich auf Armeslänge von sich weg, und wir betrachteten einander.

»Du bist blaß und dünn, Tata. Nur noch Haut und Knochen. Sind das etwa graue Haare, die ich da sehe?« Er zog an den Haarbüscheln an meinen Schläfen.

Er war jetzt größer als ich, mit schlanken Hüften und breiten Schultern. Seine Haut war gebräunt und geölt, so daß sie die Farbe von poliertem Bernstein hatte, und wenn er lachte, traten die Muskeln an seinem Hals hervor. Er trug Gelenkschützer aus Gold und das Ehrengold auf seiner nackten Brust.

Er hob mich hoch und setzte mich auf das Trittbrett des Wagens. »Nimm die Zügel«, befahl er. »Ich will sehen, ob du auch nichts von deiner alten Geschicklichkeit verloren hast.«

»Wohin?« fragte ich.

»Nach Westen, nach Qebui natürlich«, befahl er. »Meine Mutter würde mir zürnen, wenn ich dich nicht augenblicklich brächte.«

In jener Nacht saßen wir am Lagerfeuer beisammen, ein Stückchen entfernt von den anderen Offizieren, so daß wir ungestört reden konnten. Eine Weile saßen wir schweigend da und blickten hinauf zum Silberglanz der Sterne, dann sagte Memnon: »Als ich glaubte, ich hätte dich verloren, schien es mir, als hätte ich einen Teil meiner selbst verloren. Du bist so eng mit meinen frühesten Erinnerungen verknüpft.«

Und obwohl ich sonst nie um Worte verlegen bin, fehlten sie mir jetzt. Wieder schwiegen wir eine lange Zeit, dann legte er schließlich die Hand auf meine Schulter.

»Hast du das Mädchen wiedergesehen?« fragte er, und auch wenn seine Stimme nichts verriet, seine Hand auf meiner Schulter wurde schwer.

»Welches Mädchen?« fragte ich, um ihn zu necken.

»Das Mädchen am Fluß, an dem Tag, an dem wir uns getrennt haben.«

»War da ein Mädchen?« Ich runzelte die Stirn, als versuchte ich mich zu erinnern. »Wie sah sie denn aus?«

»Ihr Gesicht war eine dunkle Lilie, und ihre Haut hatte die Farbe von wildem Honig. Sie hieß Masara, und ich denke jede Nacht an sie.«

»Ihr Name ist Masara Beni-Jon«, sagte ich, »und ich habe mit ihr zwei Jahre in der Festung Adbar Seged in Gefangenschaft verbracht. Dort habe ich sie lieben gelernt, denn ihr Wesen ist noch lieblicher als ihr Gesicht.«

Er packte mich mit beiden Händen an den Schultern und schüttelte mich ohne Gnade. »Erzähl mir von ihr, Tata! Erzähl mir alles. Laß nichts aus.«

Und so saßen wir den Rest der Nacht neben dem Feuer und sprachen über das Mädchen. Ich erzählte ihm, wie sie seinetwegen die ägyptische Sprache gelernt hatte. Ich erzählte ihm, daß sein Versprechen ihr geholfen hatte, die düsteren einsamen Tage zu überstehen, und am Ende überbrachte ich die Botschaft an ihn, die sie mir von den Zinnen von Adbar Seged nachgerufen hatte, als ich fortgeritten war und sie allein zurückgelassen hatte.

»Sag ihm, daß ich mutig war. Sag ihm, daß ich ihn liebe.«

Lange Zeit schwieg er, starrte in die Flammen, und dann sagte er leise: »Wie kann sie mich lieben? Sie kennt mich nicht.«

»Kennst du sie denn besser, als sie dich kennt?« fragte ich, und er schüttelte den Kopf.

»Liebst du sie?«

»Ja«, sagte er.

»Dann liebt sie dich auf die gleiche Weise.«

»Ich habe ihr ein Versprechen gegeben. Wirst du mir helfen, mein Versprechen einzulösen, Tata?«

In meinem ganzen Leben habe ich nicht so viel Freude verspürt wie bei meiner Rückkehr nach Qebui, als ich an Bord der *Atem von Horus* ging. Memnon hatte einen Botschafter vorausgeschickt, um sie über meine Rückkehr zu informieren, und sie warteten schon auf mich.

»Bei dem stinkenden Schorf zwischen Seths Zehen!« schrie Kratas. »Ich hatte schon gehofft, daß wir dich endlich los wären, du alter Schurke.« Und er drückte mich an seine Brust, bis ich zu fürchten begann, er werde mir die Rippen brechen.

Tanus packte mich an den Schultern und sah mir einen Augenblick in die Augen, bevor er zu grinsen begann. »Wenn du nicht gewesen wärst, hätte mich dieser zottelige Äthiopier erwischt. Es war bestimmt ein besseres Geschäft für ihn, daß er dich dafür genommen hat. Vielen Dank, alter Freund.« Ich sah, daß Tanus gealtert war. So wie ich, hatte auch er graue Strähnen im Haar, und sein Gesicht war zerfurcht, begann zu verwittern wie ein Granitfelsen.

Meine kleinen Prinzessinnen waren nicht mehr klein, aber noch immer anbetungswürdig. Sie zeigten sich schüchtern, denn ihre Erinnerung an mich war verblaßt. Sie starrten mich mit großen Augen an, als ich mich vor ihnen verneigte. Bakhathas Haar war dunkler geworden und glänzte wie Kupfer. Ich freute mich darauf, ihre Zuneigung neu zu entfachen.

Tehuti erkannte mich schließlich. »Tata!« sagte sie. »Hast du mir ein Geschenk mitgebracht?«

»Ja, Hoheit«, erwiderte ich. »Ich bringe dir mein Herz.«

Meine Herrin lächelte mir entgegen, als ich über das Deck zu ihr ging. Sie trug die leichte Nemes-Krone und den goldenen Kopf der Uräusschlange auf der Stirn. Als sie lächelte, sah ich, daß sie ihren ersten Zahn verloren hatte, und die Lücke entstellte ihr Lächeln. Sie war um die Hüften voller geworden, und die Sorgen um ihr Land hatten Falten in ihre Stirn gegraben und Krähenfüße um ihre Augenwinkel gezeichnet. Aber für mich war sie noch immer die schönste Frau der Welt.

Sie erhob sich vom Thron, als ich vor ihr niederkniete. Das war ein Zeichen höchster Gunst. Sie legte die Hand auf meinen nach vorn gebeugten Kopf, und es war eine Liebkosung.

»Du warst zu lange weg von uns, Taita«, sagte sie so leise, daß nur ich es hören konnte. »Heute nacht wirst du wieder am Fußende meines Bettes schlafen.«

Als sie an jenem Abend die Schale mit Kräutersaft ausgetrunken hatte, die ich für sie zubereitet hatte, und mit einer Felldecke zugedeckt war, flüsterte sie: »Kann ich dir vertrauen? Wirst du mir keinen Kuß geben, während ich schlafe?«

»Nein, Hoheit«, erwiderte ich und beugte mich über sie. Sie lächelte, als meine Lippen die ihren berührten.

»Laß uns nie wieder so lange allein, Taita«, sagte sie.

Memnon und ich hatten unser Vorgehen sorgfältig geplant, und wir führten es mit der gleichen Genauigkeit aus wie unsere Wagenmanöver.

Tanus war leicht zu überzeugen gewesen. Die Niederlage, die Arkoun ihm beigebracht hatte, gärte noch immer in ihm. Memnon und ich redeten in seiner Gegenwart von der Leichtigkeit, mit der das blaue Schwert seine Bronzeklinge zerschnitten hatte, und daß Arkoun ihn bestimmt getötet hätte, wenn ich nicht dazwischengegangen wäre. Tanus sträubten sich die Haare, so gedemütigt fühlte er sich.

Dann fragte mich Memnon nach der geheimnisvollen Herkunft und den Eigenschaften der berühmten Waffe aus. Tanus vergaß seinen Zorn und beteiligte sich eifrig an den Fragen.

»Dieser Prester Beni-Jon hat das blaue Schwert zum Kriegspreis erklärt. Wer es sich holt, kann es behalten«, erklärte ich.

»Wenn wir Arkoun angreifen, können wir aber keine Wagen benutzen in jenen Tälern«, überlegte Memnon. »Es müßte das Fußvolk sein. Was meinst du, wie würden wohl deine Schilluk neben den Äthiopiern aussehen, edler Herr Tanus?« Memnon redete Tanus immer noch förmlich an. Offensichtlich hatte er auch während meiner Abwesenheit nicht erfahren, daß Tanus sein Vater war.

Als wir mit ihm fertig waren, hatte Tanus sich genauso für das Unternehmen begeistert wie wir. Er war sehr einvstanden damit, daß wir Königin Lostris unseren Plan unterbreiteten.

Im Unterschied zu Tanus hatte meine Herrin von Anfang an begriffen, wie lebenswichtig die Pferde und die Wagen sein würden, wenn wir uns je unseren Traum von der Rückkehr in unser Ägypten erfüllen wollten. Ich zeigte ihnen den Hengst, den Prester Beni-Jon mir geschenkt hatte, und erklärte meiner Herrin, welche Vorteile er für die Zucht bot.

»Sieh dir bloß diese Nüstern an, Hoheit. Sieh dir an, wie breit seine Brust ist, und das Gleichgewicht zwischen Muskeln und Knochen. Nichts, was die Hyksos besitzen, könnte sich mit den äthiopischen Pferden messen.«

Dann erinnerte ich sie an das Versprechen, das sie dem toten Pharao gegeben hatte, und sagte: »Prester Beni-Jon wird dir das Tal mit dem Grabmal überlassen. Seine Krieger werden es vor Grabräubern beschützen. Er wird das Tal mit einem Tabu belegen, und die Äthiopier sind sehr abergläubisch. Sie werden dieses Verbot noch lange, nachdem wir nach Theben zurückgekehrt sind, achten.«

Ich hatte Memnon den Rat erteilt, Königin Lostris gegenüber Masara nicht zu erwähnen. Es hätte unsere Sache nicht befördert. Jede Mutter ist auch eine Geliebte; sie hat selten Spaß daran, sich ihren Sohn von einer jungen Frau entführen zu lassen.

Keine Frau, auch keine Königin, hätte uns widerstehen können. Und so gab Königin Lostris ihr Einverständnis zu unserem Kriegszug gegen Adbar Seged.

Wir ließen die Wagen im Tal von Pharaos Grabmal zurück und machten uns auf den Weg in die Berge. Prester Beni-Jon hatte eine Gruppe mit Führern geschickt, die uns hier abholten. Es waren hundert seiner besten und zuverlässigsten Männer.

Tanus hatte eine Division seiner wilden und blutrünstigen Schilluk ausgesucht und ihnen sämtliche Herden versprochen, die sie erbeuteten. Jeder dieser schwarzen Heiden trug einen zusammengerollten Umhang aus dickem Schakalfell auf dem Rücken, denn wir erinnerten uns an den kalten Wind auf den Bergpässen.

Zur Unterstützung hatten wir drei Kompanien ägyptischer Bogenschützen, angeführt von dem edlen Herrn Kratas, bei uns. Der alte Schurke war in die Klasse der edlen Herren eingereiht worden, während ich in Adbar Seged in Gefangenschaft war. Er war auf einen richtigen Kampf erpicht. Er und all seine Männer waren mit den neuen gekrümmten Bogen ausgerüstet, welche die langen Bogen der Äthiopier in ihrer Reichweite um zweihundert Schritt übertrafen.

Memnon hatte eine kleine Gruppe der besten Schwertkämpfer und härtesten Krieger, die wir besaßen, ausgewählt. Natürlich war Remrem einer von ihnen, genauso wie der edle Herr Aqer und Astes. Ich gehörte auch zu dieser besonderen Truppe, nicht etwa wegen meiner kriegerischen Fähigkeiten, sondern weil ich als einziger je in der Festung Adbar Seged gewesen war. Auch Hui wollte um jeden Preis mit uns kommen, und ich willigte ein, vor allem weil ich einen Fachmann brauchte, der mir half, die besten Pferde auszusuchen.

Ich drängte sowohl Tanus als auch den Prinzen, machte ihnen klar, wie lebensnotwendig es war, daß wir schnell vorankamen, nicht nur wegen des Überraschungseffekts, sondern auch weil bald der Regen über die Berge hereinbrechen würde. Während meines Aufenthalts in Adbar Seged hatte ich die Muster des Wetters und der Jahreszeiten beobachtet. Wenn uns der Regen in den Tälern überraschte, würde er ein gefährlicherer Feind sein als jede äthiopische Armee.

Fünfundzwanzig Tage, nachdem wir aufgebrochen waren, standen wir im Tal unterhalb des Bergmassivs von *Amba* Kamara und sahen den gewundenen Pfad hinauf zu den Höhen, die über uns aufragten.

Auf meinen früheren Reisen den Berg hinauf und wieder hinunter hatte ich mir die Verteidigungsstellen angesehen, die Arkoun entlang des Weges errichtet hatte. Sie umfaßten Steinschläge und Verschanzungen hinter Mauern. Ich zeigte sie Tanus, und wir konnten die buschigen unbehelmten Köpfe der Verteidiger sehen, die an den Stützpunkten über die Mauern ragten.

»Die Schwäche eines Steinschlags besteht darin, daß du ihn nur einmal auslösen kannst, aber meine Schilluk sind so schnell auf den Beinen, daß sie einem angreifenden Büffel ausweichen können«, sagte Tanus nachdenklich.

Er schickte sie in kleine Gruppen den Weg hinauf, und als die Verteidiger die Keile unter den Steinen losschlugen und sie auf den Weg rollen ließen, sprangen die langbeinigen schwarzen Speerwerfer mit der Behendigkeit von Bergziegen auf die Seite. Wenn die Felsbrocken an ihnen vorbeigepoltert waren, drehten sie sich um und stiegen weiter den steilen Berghang hinauf. Sie sprangen von einem Felsen zum anderen und stießen schreckliche heulende Töne aus. Auf diese Weise trieben sie die Verteidiger immer weiter den Berg hinauf, bis über den Kamm.

Sie wurden allein von Arkouns Bogenschützen aufgehalten, die sich hinter den Steinbefestigungen versteckt hatten. Als das geschah, führte Kratas seine Bogenschützen den Berg hinauf. Mit ihrer überlangen Reichweite brauchten sich die Ägypter nur aufzustellen und ihre Schüsse nahezu senkrecht in den Himmel zu jagen.

Es war faszinierend, die Pfeile zu beobachten, die wie ein schwarzer Vogelschwarm in die Luft aufstiegen und dann so steil auf die Befestigungsstellung niedergingen, daß die Steinwände den Männern dahinter keinen Schutz zu bieten vermochten. Wir hörten ihre Schreie, und dann sahen wir, wie sie ausbrachen und den Berghang hinauf flüchteten. Sofort waren die Schilluk hinter ihnen her, bellend wie ein Rudel Jagdhunde. Selbst am Fuß des Tales konnte ich noch ihren Kampfschrei hören: »*Kajan! Kajan!* Tötet! Tötet!«

Obwohl meine Beine gehärtet und meine Lungen gekräftigt waren von dem vielen Marschieren, hatte ich Mühe, mit Memnon und dem Rest unserer kleinen Gruppe Schritt zu halten. Die Jahre fingen an, ihren Zoll zu fordern.

Wir trugen lange wollene äthiopische Gewänder und die runden Schilde unserer Feinde. Aber wir hatten noch nicht die Perücken aus Pferdehaaren über unsere Köpfe gezogen. Es wäre außerordentlich unklug gewesen, den Äthiopiern allzusehr zu ähneln, solange die Schilluk in ihrer gegenwärtigen Stimmung waren.

Als ich schließlich auf die flache Hochebene des Berges kam, sah ich mit einem Blick, daß Tanus sein Fußvolk sammelte und neu formierte. Der einzige Fehler der Schilluk als Kämpfer im Krieg ist, daß sie, wenn sie ihre Speere erst einmal mit Blut befeuchtet haben, nicht aufhören können. Tanus schrie wie ein Elefantenbulle und schlug mit seiner goldenen Peitsche um sich. Als die Schilluk schließlich besänftigt waren, bildeten sie Reihen und bewegten sich auf das erste Dorf zu, wo die Äthiopier hinter den Steinmauern warteten. Als die Welle hochgeschossener schwarzer Gestalten mit flauschigen weißen Pfauenfedern auf den Köpfen auf sie zuschwappte, schickten sie ihnen einen Schauer Pfeile aus ihren langen Bogen entgegen. Aber die Schilluk trugen ihre großen Schilde vor sich her.

Als die Schilluk zum Angriff übergingen, stürzten einige Äthiopier nach vorn und schwenkten ihre Schwerter. Es fehlte ihnen nicht an Mut, aber diese Art der Kriegsführung war ihnen fremd. Sie hatten noch nie einen Angriff abwehren müssen, bei dem bis zum Tode weitergekämpft wurde.

Ich blieb so lange, bis sie alle in den Kampf verwickelt waren, dann rief ich Memnon und seine Gruppe. »Die Perücken!« Jeder zog sich eine Perücke aus schwarzem Pferdehaar über den Kopf. Ich hatte sie mit meinen eigenen Händen angefertigt, voll und lockig und dem äthiopischen Geschmack angepaßt. In den langen gestreiften Gewändern und mit den Perücken auf den Köpfen konnte man uns für eine Meute aus Arkouns Stamm halten.

»Hier entlang! Folgt mir!« rief ich und stieß einen heulenden äthiopischen Kriegsschrei aus. Sie schrien und heulten mir nach, während wir um das Dorf herumliefen, in dem noch immer der Kampf tobte.

Wir mußten die Festung erreichen und bei Masara sein, um sie zu beschützen, wenn Arkoun schließlich merkte, daß er die Schlacht verloren hatte. Ich wußte, daß er nicht zögern würde, sie zu töten, sobald sie für ihn keinen Wert mehr besaß.

Während wir über die Felsbrücke liefen, war das gesamte Hochland in Aufruhr. Ganze Kriegsbanden mit buschigen Köpfen liefen wild durcheinander. Frauen zerrten ihre Kinder am Arm hinter sich her, ihre Habe auf dem Kopf aufgetürmt und vor Entsetzen schreiend. Ziegenherden blökten, und Rinderherden stampften über die Felder, daß der Staub hoch aufwirbelte.

Wir folgten der allgemeinen Bewegung in Richtung Adbar Seged am anderen Ende der Hochebene, und als wir uns dem Felsendamm näherten, wurde die Menschenmenge immer dichter und bot uns Schutz, bis wir gezwungen waren, uns regelrecht zwischen den Flüchtenden hindurchzudrängen. Oben auf dem Damm waren Wachen aufgestellt. Sie drängten die Flüchtenden mit gezogenen Schwertern und großem Geschrei zurück. Frauen kreischten und bettelten um Schutz in der Festung.

»Aufstellung zur Schildkröte.« Memnon gab den Befehl mit ruhiger Stimme, und wir rückten zusammen und hakten die Kanten unserer äthiopischen Schilde ineinander fest. Wir drängten uns durch die Menge wie ein Hai durch einen Sardinenschwarm. Ein paar der Schwächeren vorn wurden von hinten weitergestoßen und über den Rand des Abgrunds gedrängt. Als wir den Damm erreicht hatten, versuchten die Wachen uns aufzuhalten, aber sie wurden selbst so sehr von der Menge bedrängt, daß sie ihre Waffen nicht schwingen konnten und Gefahr liefen, überwältigt und selbst über die Klippe gestoßen zu werden.

»Wir unterstehen dem direkten Befehl von König Arkoun. Tretet zur Seite!« schrie ich ihnen in ihrer Sprache zu.

»Das Losungswort?« schrie der Kapitän der Wache, während er bemüht war, sich auf den Beinen zu halten. »Du mußt mir das Losungswort sagen.« Er stach mit dem Schwert nach mir, doch Memnon wehrte die Klinge ab.

Während meiner Gefangenschaft hatte ich das Losungswort tausend Male gehört, denn meine Zelle hatte sich direkt über dem Haupttor befunden.

»Ihr könnt passieren!« Er trat zur Seite, und wir befreiten uns aus der Zange, traten und stießen jene zurück, die uns folgen wollten. Dann liefen wir hinaus auf die Brücke. Mein Wunsch, zu Masara zu gelangen, war so stark, daß ich den Abgrund zu beiden Seiten kaum wahrnahm und unsere Männer ohne einen Anflug von Angst über die gähnende Leere führte.

»Wo ist König Arkoun?« rief ich den Wachen zu, welche das versperrte Tor bewachten. Als sie zögerten, sagte ich: »Der Berg ist hoch! Ich habe dringende Nachrichten für den König. Laßt uns durch!« Wir stürzten durch das offene Tor, bevor sie sich entschließen konnten, uns entgegenzutreten, und dann raste ich mit zwölf tapferen Männern im Gefolge zu der Außentreppe, die auf die oberste Terrasse führte.

An der Tür zu Masaras Zelle standen zwei bewaffnete Männer, und ich war froh, sie zu sehen. Ich hatte mir schon Sorgen gemacht, daß man das Mädchen vielleicht in einen anderen Teil der Festung gebracht hatte, aber die Wachen waren der Beweis, daß es nicht so war.

»Wer seid ihr?« schrie einer von ihnen und zog sein Schwert. »Wer hat euch erlaubt...« Er konnte den Satz nicht beenden, denn ich trat zur Seite und ließ Memnon und Remrem an mir vorbei. Sie stürzten sich auf die Wachen und stachen sie nieder, bevor sie sich verteidigen konnten.

Die Tür zu Masaras Zelle war von innen versperrt, und als wir unser gemeinsames Gewicht dagegen warfen, hörten wir einen Chor weiblicher Schreie von der anderen Seite. Beim dritten Versuch gab die Tür nach, und ich flog regelrecht in den Raum. Er war düster, und ich konnte das Häufchen Frauen in der hintersten Ecke kaum erkennen.

»Masara!« Ich rief ihren Namen, während ich mir die Perücke vom Kopf zog und meine Haare über die Schultern fallen ließ. Daran erkannte sie mich.

»Taita!« Sie biß die Frau, die sie festhalten wollte, ins Handgelenk und kam zu mir gelaufen. Sie schlang beide Arme um meinen Hals, und dann sah sie über meine Schulter, und ihr Griff lockerte sich. Ihre dunklen Augen öffneten sich weit, und ihre Wangen färbten sich rot.

Memnon hatte seine Perücke abgenommen. Ohne sie war er auf erstaunliche und unmißverständliche Weise ein Prinz. Ich ging aus dem Weg, und die beiden standen einander gegenüber. Keiner von ihnen bewegte sich oder sagte ein Wort, es war wie eine Ewigkeit, obgleich es nur ein einziger kurzer Augenblick war. Dann sagte Masara leise und schüchtern auf ägyptisch: »Du bist gekommen. Du hast dein Versprechen gehalten. Ich wußte, daß du es tun würdest.«

Ich glaube, es war das einzige Mal, daß Memnon je um Worte verlegen war. Er nickte nur, und dann war ich Zeuge eines erstaunlichen Vorgangs. Von seinem Hals stieg Blut auf und färbte sein Gesicht so rot, daß es selbst in dieser düsteren Kammer glühte. Der Kronprinz von Ägypten, Sohn von Pharao, Befehlshaber der ersten Division Streitwagen, Führer von Zehntausend, Träger des Ehrengolds, stand unbeholfen da und lief rot an.

Hinter mir kreischte eine der Frauen wie eine aufgeregte Henne, und bevor ich die Hand ausstrecken konnte, um sie festzuhalten, hatte sie sich unter meinem Arm weggeduckt und schoß die Innentreppe hinunter. Ihre Schreie hallten den Treppenschacht hinauf. »Wachen! Der Feind ist in den Ostflügel eingedrungen. Kommt schnell!« Und gleich darauf hörten wir eilige Schritte von Stiefeln auf der Treppe.

Im selben Augenblick verwandelte sich Memnon vom errötenden jungen Liebenden in einen entschlossenen Krieger. »Kümmere dich um sie, Taita. Paß auf, daß ihr nichts zustößt«, sagte er mit grimmiger Stimme und trat an mir vorbei zum Kopfende der Treppe.

Den ersten Mann, der heraufkam, tötete er mit jenem klassischen Stoß in die Kehle, den ihm Tanus beigebracht hatte. Dann stellte er seinen Fuß mitten auf die Brust des Toten, und während er seine Klinge herauszog, stieß er ihn rückwärts die Treppen hinunter. Der Leichnam fiel mitten zwischen die anderen Männer, die von unten heraufkamen, und fegte die Treppe leer.

Memnon sah mich an. »Glaubst du, daß wir das Tor erreichen können, bevor sie es schließen?«

»Wir müssen es versuchen«, erwiderte ich. »Der beste Weg zurück ist der über die Außentreppe.«

»Remrem, du führst uns an. Taita und die Prinzessin in der Mitte. Ich werde uns nach hinten absichern«, sagte er und stieß dem nächsten Mann, der die Treppe heraufkam, das Schwert ins Auge.

Der Äthiopier ließ seine Waffe fallen und hob beide Hände vor sein Gesicht. Memnon stach noch einmal mitten durch seine Brust und stieß ihn rückwärts die Treppe hinunter, fegte sie zum zweitenmal leer. »Folge Remrem!« schrie er mich an. »Steh nicht herum. Ihm nach, so schnell du kannst.«

Ich ergriff Masaras Arm, aber es war nicht nötig, sie mitzuziehen. Sie kam bereitwillig mit mir, so hurtig und schnell, daß sie es war, die mich führte.

Als wir auf die Terrasse hinausliefen, stach uns das grelle Sonnenlicht in die Augen. Nach der düsteren Zelle machte es mich schwindlig. Ich kniff die Augen zusammen und blinzelte, um wieder klar sehen zu können, und dann blickte ich über den Damm zum Rand der Hochebene auf der anderen Seite der Schlucht. Dort waren Tanus' Schilluk. Ich sah, wie ihre Kopffedern wippten und wie sie ihr Schilde hochhielten.

»*Kajan*! Tötet! Tötet!« sangen sie, und ihre Speerspitzen waren von frischem Blut getrübt.

Es waren zwei- oder dreihundert von Arkouns Soldaten dort. Sie standen mit dem Rücken zum Abgrund, und die Umstände machten jeden einzelnen von ihnen zum Helden. Jetzt waren sie wahrhaftige Löwen. Obwohl eine ganze Reihe von ihnen nach hinten über den Rand gestoßen wurde und in die tiefe Schucht stürtzte, schlugen die Überlebenden den ersten Angriff der Schilluk zurück. Dann sah ich Tanus genau dort, wo ich ihn erwartet hatte, im Mittelpunkt des Geschehens. Im dunklen Meer der Schilluk-Krieger glänzte sein Helm wie ein Leuchtfeuer. Ich sah, wie er den Kopf zurückwarf und zu singen begann.

Der wilde Schillukgesang wurde über den Abgrund getragen, bis herüber zu mir. Die Männer um ihn herum fielen im Chor ein, und sie drängten nach vorn. Diesmal konnte nichts vor ihnen bestehen. Sie hieben und stachen sich einen Weg durch die Verteidiger, und Tanus war der erste Mann auf dem Damm. Er lief leichtfüßig für seine Größe, und er sang noch immer. Seine Schilluk folgten ihm auf die Steinbrücke.

Tanus hatte die Brücke schon halb überquert, als ihm das Lied auf den Lippen erstarb und er stehenblieb.

Aus dem Tor von Adbar Seged, direkt unter mir, trat ein anderer Mann auf die Brücke, um sich Tanus entgegenzustellen. Ich blickte hinunter und konnte sein Gesicht nicht sehen, aber die Waffe in seiner Rechten schloß jeden Zweifel aus. Das blaue Schwert fing das Sonnenlicht ein und blitzte wie ein Sommergewitter.

»Arkoun!« bellte Tanus. »Ich habe dich schon gesucht.«

Arkoun konnte die Worte nicht verstehen, aber ihre Botschaft war unmißverständlich. Er lachte in den Wind, und sein Bart wehte wie Rauch um sein Ziegenbockgesicht.

»Ich kenne dich!« Er wirbelte die silberblaue Klinge um seinen Kopf, und sie zischte und pfiff in der Luft. »Diesmal werde ich dich töten.« Er begann, vorwärts zu gehen, trat hinaus auf den schmalen Steinbogen, ging mit langen, geschmeidigen Schritten direkt auf Tanus zu.

Tanus veränderte den Griff an seinem Bronzeschild und duckte seinen Kopf dahinter. Er kannte die Kraft, die in dieser funkelnden Klinge steckte, und ich sah, daß er nicht beabsichtigte, sie mit seiner eigenen weicheren Bronzeklinge abzuwehren. Arkoun seinerseits hatte aus ihrer letzten Begegnung gelernt, sich etwas zurückzuhalten. Aus der Art und Weise, wie er das blaue Schwert hielt, sah ich, daß er nicht noch einmal versuchen würde, einen Überhandschlag auszuführen.

Als sie dicht voreinander standen, machte sich Arkoun bereit. Ich sah, wie er seine Schulter spannte und sein Gewicht nach vorn verlagerte. Er zielte direkt auf Tanus' Kopf. Tanus hob den Schild und fing die blaue Klinge mit seiner schweren bronzenen Mitte ab. Ein Schwert von minderwertigem Metall wäre gesprungen, aber das blaue Schwert schnitt glatt durch den Schild hindurch, als wäre es eine Ziegenhaut. Es blieb bis zur Hälfte seiner silbernen Länge darin stecken.

Dann erst wurde mir klar, was Tanus vorhatte. Er drehte den Schild in einem bestimmten Winkel, so daß die Klinge gefangen war. Arkoun zerrte und zerrte, um seine Waffe herauszuziehen, er stieß und zog hin und her, warf sein ganzes Gewicht nach hinten, aber Tanus hielt das blaue Schwert mit seinem Bronzeschild fest.

Arkoun nahm seine ganze Kraft zusammen und zog noch einmal mit aller Macht. Aber diesmal setzte ihm Tanus keinen Widerstand entgegen, sondern sprang nach vorn, in dieselbe Richtung, in die Arkoun zog, und durch diese unerwartete Bewegung wurde Arkoun aus dem Gleichgewicht gebracht.

Arkoun schwankte, stolperte und bewegte sich unsicher am Rand des Abgrunds entlang. Um das Gleichgewicht nicht zu verlieren, war er gezwungen, den Griff des blauen Schwerts loszulassen.

Er schwenkte die Arme durch die Luft, während er über den Rand des Abgrunds taumelte. Dann wechselte Tanus seine Stellung, zog die Schulter hinter den Schild und machte einen Satz nach vorn. Der Schild fuhr krachend in Arkouns Brust, und der Griff des blauen Schwerts traf ihn in die Magengrube. Tanus legte sein ganzes Gewicht und seine ganze Kraft in den Stoß.

Arkoun wurde nach hinten geworfen, über den Rand des Brückenstegs, hinaus in den leeren Raum. Er drehte sich langsam einmal um seine eigene Achse und fiel nach unten, sein Gewand blähte sich rund um ihn auf, und sein Bart wehte wie eine Wagenfahne im Wind.

Ich beobachtete ihn auf seiner letzten Reise, auf jenem Weg, den er schon so viele andere unglückliche Seelen geschickt hatte. Die ganzen tausend Fuß bis hinunter, wo er auf den Felsen aufschlug, schrie er in einem schrillen, sich immer weiter entfernenden Ton.

Tanus stand allein in der Mitte des Felsenbogens. Er hatte noch immer den Schild erhoben, in dem das Schwert steckte.

Allmählich ließen der Tumult und die Kämpfe nach. Die Äthiopier hatten mit angesehen, wie ihr König besiegt worden und in die Schlucht gestürzt war. Und sie hatten keinen Mut mehr. Sie warfen ihre Waffen auf den Boden und bettelten um Gnade. Den ägyptischen Offizieren gelang es, einige von ihnen vor den blutrünstigen Schilluk zu retten, und sie wurden zu den Sklavenherren gebracht, die schon darauf warteten, sie festzubinden.

Aber ich hatte für all diese Dinge keinen Blick übrig, denn ich beobachtete Tanus dort draußen auf der Brücke. Er ging auf das Festungstor zu, und die Männer jubelten ihm zu und hoben ihre Waffen zum Gruß.

»In dem alten Stier steckt noch eine Menge Kampfgeist«, sagte Memnon und lachte bewundernd, aber ich stimmte nicht in sein Lachen ein. Ich spürte die eisige Vorahnung einer schrecklichen Tragödie.

»Tanus«, flüsterte ich. Er ging mit langsamen, vorsichtigen Schritten. Als er von der Steinbrücke kam, senkte er den Schild. Und da sah ich erst den Fleck, der sich auf seiner Brustplatte ausbreitete.

Ich stieß Masara in Memnons Arme und lief die Außentreppe hinunter. Die äthiopischen Wachen am Tor wollten mir ihre Waffen übergeben, aber ich drängte mich an ihnen vorbei und lief hinaus auf den Damm.

Tanus sah mich kommen, und er lächelte mich an, doch es war ein verzerrtes Lächeln. Dann blieb er stehen, und seine Beine knickten langsam unter ihm ein, bis er mitten auf der Brücke zusammenbrach. Ich ließ mich neben ihm auf die Knie fallen und sah den Spalt in der Krokodilshaut seiner Brustplatte. Es quoll Blut daraus hervor, und ich wußte, daß das blaue Schwert tiefer gedrungen war, als ich es für möglich gehalten hatte. Arkoun hatte die Spitze durch den Bronzeschild und weiter durch den festen Lederharnisch getrieben, bis tief in Tanus' Brust.

Vorsichtig löste ich die Riemen, die seine Rüstung hielten, und nahm den Brustharnisch ab. Wir starrten beide auf die Wunde. Es war ein tiefer Schnitt, genauso breit wie die Klinge, wie ein kleiner Mund mit feuchten roten Lippen. Bei jedem Atemzug, den Tanus machte, trat schäumend ein Strahl rosaroter Blasen aus dieser schrecklichen Öffnung. Es war eine Verletzung der Lunge, aber ich brachte es nicht über meine Lippen. Niemand überlebte, wenn ein Schwert seine Lunge durchstochen hatte.

»Du bist verletzt.« Es war eine dumme Bemerkung, und ich konnte ihm nicht ins Gesicht sehen, als ich es sagte.

»Nein, alter Freund. Ich bin nicht verletzt«, erwiderte er leise. »Ich bin tot.«

Tanus' Schilluks fertigten mit ihren Speeren eine Tragbahre an und legten ein Schaffell darauf. Sie hoben ihn hoch und trugen ihn behutsam in die Festung von Adbar Seged.

Wir legten ihn auf das Lager von König Arkoun, und dann schickte ich sie alle fort. Als sie gegangen waren, legte ich das blaue Schwert neben ihn auf sein Lager. Er lächelte und legte die Hand auf den Griff aus Gold und Juwelen. »Ich habe einen hohen Preis dafür gezahlt«, murmelte er. »Ich hätte es gern nur ein einziges Mal auf dem Schlachtfeld geführt.«

Ich konnte ihm weder Hoffnung noch Trost geben. Er war ein alter Soldat, und er hatte schon viele Verletzungen der Lunge gesehen. Ich würde ihm über das Ende nichts vormachen können. Ich verband die Wunde mit einem Kissen aus Wolle und einer Leinenbinde. Während ich es tat, sprach ich die Zauberformal, um das Blut zu stillen: »Ziehe dich aus mir zurück, Kreatur von Seth ...«

Er entfernte sich immer mehr von mir. Jeder Atemzug, den er machte, war eine Anstrengung, und ich hörte, wie sich das Blut in seinen Lungen bewegte wie ein verborgenes Wesen in den tiefen Sümpfen.

Ich mischte einen Trunk aus Rotem Mohn, aber er wollte ihn nicht. »Ich will jede Minute meines Lebens erleben«, sagte er. »Auch die allerletzte.«

»Was kann ich sonst noch für dich tun?«

»Du hast schon soviel getan«, sagte er. »Und die Forderungen, die wir alle an dich stellen, nehmen kein Ende.«

Ich schüttelte den Kopf. »Ich würde ohne Ende geben.«

»Dann möchte ich dich ein letztes Mal um etwas bitten. Vor allem sollst du Memnon niemals sagen, daß ich sein Vater bin. Er muß immer glauben, daß das Blut Pharaos durch seine Adern rinnt. Er wird seine ganze Kraft brauchen, um dem Schicksal, das ihn erwartet, zu begegnen.«

»Er wäre genauso stolz, von deinem Blut zu sein.«

»Schwöre mir, daß du es ihm nicht sagen wirst.«

»Ich schwöre es«, erwiderte ich, und er lag eine Weile still, um neue Kräfte zu sammeln.

»Ich bitte dich noch um eine andere Gunst.«

»Ich verspreche es dir, bevor du sie benennst«, sagte ich.

»Sorge für meine Frau, die nie meine Frau war. Beschütze sie und stehe ihr bei, wie du es in all den Jahren getan hast.«

»Du weißt, daß ich das tun werde.«

»Ja, ich weiß, daß du es tun wirst, denn du hast sie stets genauso geliebt, wie ich sie geliebt habe. Sorge für Lostris und unsere Kinder. Ich lege sie in deine Hände.«

Er schloß die Augen, und ich glaubte schon, daß das Ende gekommen war, aber seine Kraft war größer als die aller anderen Männer. Nach einer Weile öffnete er die Augen erneut.

»Ich möchte den Prinzen sehen«, sagte er.

»Er wartet auf der Terrasse«, erwiderte ich und ging zum Vorhang an der Tür.

Memnon stand am anderen Ende der Terrasse. Masara war bei ihm, die beiden standen dicht beisammen, ohne einander jedoch zu berühren. Sie sahen ernst aus und sprachen mit gedämpfter Stimme. Beide sahen sie zu mir, als ich rief.

Memnon kam sofort, ließ das Mädchen stehen. Er ging zu Tanus und sah auf ihn hinunter. Tanus lächelte, aber es war kein beständiges Lächeln. Ich wußte, welche Anstrengung es ihn kostete.

»Hoheit, ich habe dir alles beigebracht, was ich über den Krieg weiß, aber ich kann dir nicht alles über das Leben beibringen. Das muß jeder Mann für sich allein erfahren. Es gibt nichts, was ich dir noch sagen müßte, bevor ich mich auf diese neue Reise begebe – außer daß ich dir für das Geschenk danke, dich gekannt und dir gedient zu haben.«

»Du warst mir mehr als nur ein Lehrer«, erwiderte Memnon weich. »Du warst der Vater, den ich nie gekannt habe.«

Tanus schloß die Augen, und sein Gesicht verzerrte sich.

Memnon beugte sich über ihn und faßte seinen Arm mit festem Griff. »Schmerzen sind nur wie ein Feind, dem man begegnet und den man besiegen muß. Das hast du mich gelehrt, edler Herr Tanus.« Der Prinz glaubte, daß ihn die Wunde schmerzte, aber ich wußte, daß der Schmerz von dem Wort »Vater« kam.

Tanus öffnete die Augen wieder. »Ich danke dir, Hoheit. Es ist gut, dich bei mir zu haben, wenn ich diese letzten Qualen bestehe.«

»Nenne mich Freund, nicht Hoheit.« Memnon sank neben dem Lager auf die Knie und hielt Tanus' Arm umklammert.

»Ich habe ein Geschenk für dich, mein Freund.« Das gerinnende Blut in Tanus' Lungen ließ seine Stimme verschwommen klingen. Er griff nach dem blauen Schwert, das auf der Matte neben ihm lag, aber er hatte nicht genügend Kraft, es hochzuheben.

Er nahm Memnons Hand von seinem Arm und legte sie auf den juwelengeschmückten Griff. »Es gehört dir«, flüsterte er.

»Ich werde immer an dich denken, wenn ich es aus seiner Scheide ziehe. Ich werde deinen Namen rufen, wenn ich es auf dem Schlachtfeld benutze.« Memnon nahm die Waffe an sich.

»Du erweist mir eine große Ehre.«

Memnon erhob sich, das Schwert in der Hand, und nahm mitten im Zimmer die Eröffnungsstellung ein. Er berührte die Klinge mit den Lippen, grüßte den Mann, der auf dem Bett lag.

»So hast du es mich gelehrt.«

Dann begann er mit der Armübung, die ihm Tanus beigebracht hatte, als er noch klein war. Er führte zwölf Stöße aus, und dann, sicher und gekonnt, die Paraden und die Ausfälle. Die Silberklinge kreiste und schoß nach vorn wie ein funkelnder Adler. Sie zischte und sauste durch die Luft und erfüllte die düstere Kammer mit zuckenden Lichtblitzen.

Memnon endete mit einem geraden Stoß, der auf die Kehle eines imaginären Feindes gerichtet war. Dann stellte er die Spitze zwischen seine Füße und stützte sich mit beiden Händen auf den Griff.

»Du hast gut gelernt«, sagte Tanus und nickte. »Es gibt nichts, was ich dir noch beibringen könnte. Es ist nicht zu früh, wenn ich jetzt gehe.«

»Ich werde mit dir warten«, sagte Memnon.

»Nein.« Tanus machte eine matte Geste mit der Hand. »Deine Bestimmung wartet hinter den Mauern dieses trüben Raums auf dich. Du mußt nach vorn gehen, um ihr zu begegnen. Blick nicht zurück. Taita wird bei mir bleiben. Nimm das Mädchen mit. Geh zu Königin Lostris und bereite sie auf die Nachricht von meinem Tod vor.«

»Geh in Frieden, edler Herr Tanus.« Memnon entwürdigte diesen feierlichen Augenblick nicht mit fruchtlosen Einwänden. Er ging zum Bett und küßte seinen Vater auf die Lippen. Dann drehte er sich um und verließ, ohne sich noch einmal umzusehen und das blaue Schwert in der Hand, das Zimmer.

»Steige auf zu Ruhm und Ehren, mein Sohn«, flüsterte Tanus und drehte das Gesicht zur Steinmauer. Ich saß am Fußende seines Lagers und starrte auf den schmutzigen Boden. Ich wollte nicht sehen, wie ein Mann wie Tanus weinte.

In der Nacht erwachte ich vom Geräusch der Trommeln, jenen einfachen Holztrommeln der Schilluk, die draußen in der Dunkelheit ertönten. Und der traurige Ton ihrer Stimmen, als sie ihr wildes Klagelied sangen, ließ mich vor Furcht erzittern.

Die Lampe war heruntergebrannt und flackerte neben dem Bett. Sie warf unheimliche Schatten an die Decke. Zögernd ging ich hinüber zu Tanus. Ich wußte, daß die Schilluk sich nicht irrten – sie können diese Dinge spüren.

Tanus lag noch genauso, wie ich ihn zuletzt gesehen hatte, das Gesicht zur Mauer. Aber als ich seine Schulter berührte, spürte ich die Kälte in seinem Fleisch. Dieser unbezähmbare Geist war von uns gegangen.

Ich saß die ganze Nacht bei ihm und klagte und trauerte um ihn, wie es seine Schilluk-Krieger taten.

Im Morgengrauen schickte ich nach den Balsamierern. Ich würde nicht zulassen, daß diese groben Metzger meinen Freund ausweideten. Ich machte einen Einschnitt an seiner linken Hüfte. Es war kein langer, häßlicher Schnitt, wie ihn die Bestattungsleute durchführen, sondern die Arbeit eines Chirurgen.

Durch ihn zog ich seine Eingeweide heraus. Als ich Tanus' großes Herz in Händen hielt, zitterte ich. Es war, als hörte ich noch immer seine ganze Kraft in diesem Behältnis aus Fleisch schlagen. Voller Ehrerbietung und Liebe legte ich es in seinen Brustkorb und schloß den Schnitt an seiner Seite sowie die Wunde in seiner Brust, die das blaue Schwert geschlagen hatte, mit aller zu Gebote stehenden Geschicklichkeit.

Ich nahm den Bronzelöffel und schob ihn die Nasenlöcher hinauf, bis ich spürte, daß er die dünne Knochenwand am Ende des Ganges berührte. Mit einem einzigen kräftigen Stoß durchstieß ich diese dünne Trennwand und schabte die weiche Masse aus der Höhle seines Schädels. Erst danach war ich bereit, ihn den Balsamierern zu überlassen.

Obwohl es für mich nichts mehr zu tun gab, blieb ich während der vierzig lange Tage dauernden Mumifizierung bei Tanus in der kalten und düsteren Burg von Adbar Seged. Wenn ich jetzt auf diese Zeit zurückblicke, weiß ich, daß ich es aus Schwäche tat. Ich brachte es nicht über mich, den Kummer meiner Herrin mit anzusehen, wenn sie die Nachricht von Tanus' Tod erhielt. Ich hatte Memnon erlaubt, die Aufgabe zu übernehmen, die eigentlich meine gewesen wäre. Ich versteckte mich bei dem Toten, wo ich doch bei den Lebenden hätte sein sollen, die mich viel dringender brauchten. Ich war schon immer ein Feigling.

Es gab keinen Sarg für Tanus' mumifizierten Körper. Ich würde ihm einen machen, wenn wir schließlich in Qebui, wo die Flotte lag, angekommen sein würden. Ich befahl den äthiopischen Frauen, einen langen Korb für ihn zu flechten. Das Gewebe war so fein, daß es wie Leinen aussah. Es würde genau so wasserdicht sein wie ein Gefäß aus gebranntem Ton.

Wir brachten ihn von den Bergen hinunter ins Tal. Seine Schilluk trugen das leichte Gewicht seines ausgetrockneten Körpers. Sie rangen miteinander um die Ehre, es zu tun. Manchmal sangen sie wilde Klagelieder, während wir durch die tiefen Schluchten und über die hohen Pässe stiegen, über denen heftige Stürme tobten. Ein anderes Mal sangen sie die Kampflieder, die Tanus ihnen beigebracht hatte.

Ich ging auf dem langen traurigen Weg neben seiner Bahre. An den Felsspitzen brachen die Regenwolken auf, und große Tropfen durchweichten uns bis auf die Haut. Vom Regen waren die Furten überflutet, so daß wir an Leinen hinüberschwimmen mußten. In den Nächten stand Tanus' Sarg aus Binsengras neben meinem Lager in meinem Zelt. Im Dunkeln redete ich mit ihm, als könne er mich hören und mir antworten – so wie wir es in den alten Zeiten getan hatten.

Schließlich stiegen wir über den letzten Paß hinunter in die Täler, und vor uns erstreckten sich die weiten Ebenen. Als wir uns Qebui näherten, kam meine Herrin unserer traurigen Karawane entgegen. Sie stand hinter Prinz Memnon auf dem Trittbrett des Wagens.

Als sie durch das Grasland auf uns zukam, befahl ich den Schilluk-Trägern, Tanus' Sarg unter den gefächerten Zweigen einer großen Giraffenakazie abzustellen. Meine Herrin stieg vom Wagen und ging zu dem Sarg. Sie legte die Hand darauf und neigte schweigend den Kopf.

Ich war erschrocken, als ich sah, wie groß der Schmerz war, der sie erfaßt hatte. Ihr Haar war von grauen Strähnen durchsetzt, ihre Augen verquollen. Die funkelnde Lebensfreude war restlos daraus verschwunden. Und mit einem Mal wurde mir klar, daß die Tage ihrer Jugend und ihrer großen Schönheit für immer vergangen waren. Sie war eine einsame und traurige Gestalt. Ihr Schmerz über den Verlust war so deutlich zu erkennen, daß niemand, der sie sah, daran zweifeln würde, daß sie eine Witwe war.

Ich ging zu ihr, um sie zu warnen. »Herrin, du darfst deinen Kummer nicht so offen zeigen. Niemand darf je erfahren, daß er mehr als nur dein Freund und der Befehlshaber deiner Armeen war. Um seiner Erinnerung und um seiner Ehre willen, die er immer so hochgehalten hat, darfst du deinen Tränen keinen freien Lauf lassen.«

»Ich habe keine Tränen mehr«, antwortete sie mit ruhiger Stimme. »Meinen Kummer und meinen Schmerz habe ich schon herausgeschrien. Nur wir beide, du und ich, kennen die Wahrheit.«

Wir stellten Tanus' bescheidenen Schilfsarg in den Kielraum der *Atem von Horus* neben Pharaos prächtigen Sarg aus Gold. Ich blieb an der Seite meiner Herrin, wie ich es Tanus versprochen hatte, bis sich die Trauer in einen anhaltenden düsteren Schmerz verwandelt hatte, der sie nie wieder verlassen sollte. Dann kehrte ich auf ihren Befehl in das Tal der Grabstätte zurück, um ihre Fertigstellung zu überwachen.

Auf Wunsch meiner Herrin suchte ich dort, weiter unten im Tal, auch einen Platz für Tanus' Grab aus. Obwohl ich mir mit dem vorhandenen

Material und den Handwerkern, die mir zur Verfügung standen, alle Mühe gab, würde Tanus' Ruheplatz im Vergleich zum Begräbnispalast von Pharao Mamose eine ärmliche Hütte sein.

Ein ganzes Heer von Handwerkern hatte nun schon viele Jahre an den prächtigen Wandmalereien gearbeitet, welche die Gänge und die unterirdischen Räume der Königsgruft schmückten. Die Schatzkammern des Grabmals waren mit all den Schätzen vollgestopft, die wir aus Theben mitgebracht hatten.

Tanus' Grabmal war in großer Eile errichtet worden. Und er hatte in seinem Leben, das er in den Dienst des Staates und der Krone gestellt hatte, keine großen Schätze angesammelt. Ich malte Szenen an die Wände, die die Ereignisse seines irdischen Daseins hervorhoben, die Jagd auf mächtige wilde Tiere und die Schlachten mit dem roten Thronräuber und den Hyksos und zuletzt die Eroberung der Festung Adbar Seged. Doch ich wagte nicht, seine weitaus edleren Eigenschaften zu zeigen, seine Liebe zu meiner Herrin und seine immerwährende Freundschaft mit mir. Die Liebe zu einer Königin ist Verrat, die Freundschaft mit einem Sklaven entwürdigend.

Als wir schließlich alles vollendet hatten, stand ich allein in Tanus' bescheidenem Grabmal, wo er ewig leben würde, und ich wurde plötzlich sehr zornig, weil dies alles sein sollte, das ich für ihn tun konnte. In meinen Augen war er ein weitaus größerer Mann als jeder Pharao, der je die Doppelkrone getragen hatte. Diese Krone hätte ihm gehören können, sie hätte ihm gehören sollen, aber er hatte sie zurückgewiesen. Für mich war er ein erhabenerer König, als Pharao es je gewesen war.

Erst da kam mir der Gedanke. Er war so frevlerisch, daß ich ihn zunächst weit von mir wies. Auch nur ernsthaft dran zu denken war in den Augen der Menschen und Götter ein entsetzlicher Verrat und ein schädliches Vergehen. Doch in den darauffolgenden Wochen kehrte dieser Gedanke immer wieder zu mir zurück. Ich schuldete Tanus so viel und Pharao so wenig. Selbst wenn mir ewige Verdammnis drohte, so wäre das ein gerechter Preis. Tanus hatte mir unendlich viel mehr gegeben.

Ich konnte es nicht alleine durchführen. Ich brauchte Hilfe, aber an wen sollte ich mich wenden? Ich konnte weder Königin Lostris noch den Prinzen darum bitten. Meine Herrin war an den Eid gebunden, den sie Pharao geschworen hatte, und Memnon wußte nicht, wer von den beiden Männern sein natürlicher Vater war. Ich konnte es ihm nicht sagen, ohne den Eid zu brechen, den ich Tanus geschworen hatte.

Und am Ende konnte ich nur an einen Menschen denken, der Tanus fast genauso geliebt hatte wie ich, der weder die Götter noch die Menschen fürchtete und der die körperliche Kraft besaß, die mir fehlte.

»Bei Seths ungeputztem Hintern!« Der edle Herr Kratas brüllte vor Lachen, als ich ihm meinen Plan enthüllte. »Auf so etwas kannst auch nur du kommen. Du bist wirklich der größte Schurke, den ich kenne, Taita, aber ich bete dich an, weil du mir diese letzte Gelegenheit gibst, Tanus meine Ehre zu erweisen.«

Wir planten alles sehr sorgfältig. Ich ging sogar so weit, den Wachen am Eingang zum Ankerplatz der *Atem von Horus* um einen Krug Wein zu schicken, der mit dem zerstampften Samen der Schlafblume vermischt war.

Als Kratas und ich schließlich in den Schiffsrumpf kamen, in dem die beiden Särge standen, kamen mir Zweifel, und ich hätte meinen Entschluß fast umgeworfen. Ich fühlte, daß mich Pharao Mamoses *Ka* aus den Schatten heraus beobachtete und daß mich sein unheilvoller Geist mein Leben lang verfolgen würde, um sich für dieses heilige Vergehen zu rächen.

Der bullige dreiste Kratas hatte diese Sorgen nicht; er machte sich mit einem solchen Eifer an die Arbeit, daß ich ihn im Laufe der Nacht mehrmals zur Vorsicht ermahnen mußte, weil er soviel Krach machte, als er den goldenen Deckel des königlichen Sargs öffnete und die Mumie des Königs heraushob.

Tanus war größer als Pharao, aber zum Glück hatten die Sargbauer ein wenig Platz gelassen; zudem war Tanus durch das Einbalsamieren geschrumpft. Trotzdem mußten wir mehrere Lagen seiner Bandagen abwickeln, bis er in den goldenen Behälter paßte.

Ich murmelte eine Entschuldigung, als wir Pharao Mamose in den bescheidenen Holzsarg hoben, auf dessen Außenseite ein Bild des Großlöwen von Ägypten gemalt war. Es war noch etwas Platz darin, und wir füllten ihn mit den Leinenbinden, die wir Tanus abgewickelt hatten, bevor wir den Deckel verschlossen.

Als die Regenfälle vorbei waren und die kühle Jahreszeit begonnen hatte, ordnete meine Herrin an, daß der Begräbniszug Qebui verlassen und sich auf den Weg ins Tal des Grabmals machen sollte.

Die erste Wagendivision mit Prinz Memnon an der Spitze führte uns an. Dahinter folgten fünfzig Wagen, vollgeladen mit dem Grabschatz von Pharao Mamose. Die königliche Witwe, Königin Lostris, fuhr auf dem Wagen mit dem goldenen Sarg. Ich war froh, sehen zu können, daß sie den einzigen Mann, den sie je geliebt hatte, auf seiner letzten Reise begleitete, auch wenn sie glaubte, daß es ein anderer war. Mehr als einmal sah ich, wie sie zum Ende der langen Karawane zurückblickte, die traurig über die weiten Ebenen zog, fünf Meilen lang von der Spitze bis zu ihrem Ende.

Dem Wagen am Ende der Reihe, der den leichteren Holzsarg trug, folgte ein Schilluk-Regiment. Ihre vollen Stimmen waren bis zu uns an der Spitze der Wagenkolonne zu hören, als sie ihrem Herrn zum Abschied ihre Lieder sangen. Ich wußte, daß Tanus sie hörte und daß er wußte, für wen sie sangen.

Als wir das Tal des Grabmals endlich erreichten, wurde der goldene Sarg unter ein Zeltdach vor dem Eingang zum königlichen Grabmal gestellt. Das Leinendach des Zeltes war mit Versen und Bildern aus dem *Totenbuch* geschmückt.

Es sollte zwei getrennte Begräbnisse geben. Zuerst das geringere, das des Großlöwen von Ägypten. Dann würde das großartigere und bestens ausgestattete königliche Begräbnis folgen.

Und so wurde drei Tage nach unserer Ankunft im Tal der Holzsarg in das Grab gestellt, welches ich für Tanus vorbereitet hatte, und die Stätte wurde von den Priestern von Horus, der Tanus' Schutzgott war, gesegnet und dann verschlossen und versiegelt.

Während dieses Rituals gelang es meiner Herrin, ihren Kummer zu verbergen und nichts anderes zu zeigen als die angemessene Trauer einer Königin um ihren treuen Diener, aber ich wußte, daß tief in ihr etwas starb, das niemals wiederauferstehen würde.

Während der ganzen Nacht hallte das Tal von den Gesängen des Schilluk-Regiments wider; sie trauerten um den Mann, der für sie zu einem Gott geworden war. Bis zum heutigen Tag rufen sie in der Schlacht seinen Namen.

Zehn Tage nach dem ersten Begräbnis wurde der goldene Sarg auf einen Holzschlitten gestellt und in das große königliche Grabmal gezogen. Die Kraft von dreihundert Sklaven war nötig, um den Sarg durch die Gänge zu bewegen. Ich hatte das Grabmal so genau berechnet, daß rings um den Sarg nur jeweils eine Handbreit Raum blieb.

Um eine spätere Ausplünderung des Grabes zu vereiteln und jedwede Entweihung abzuwehren, hatte ich ein Labyrinth aus Gängen in den Berg geschlagen. Vom Eingang an der Klippenseite führte ein breiter Gang direkt zu einer eindrucksvollen Grabhöhle, die mit wunderbaren Wandzeichnungen geschmückt war. In der Mitte dieses Raums stand ein leerer Sarkophag aus Granitstein, dessen Deckel abgehoben und unordentlich auf die Seite geworfen war. Der erste Grabräuber, der hier eintrat, würde glauben, daß er zu spät gekommen war und das Grabmal schon von einem anderen ausgeplündert worden war.

In Wirklichkeit gab es einen anderen Gang, der im rechten Winkel vom Eingangstunnel wegbog. Die Öffnung dieses Gangs war als Nische zur Aufbewahrung von Grabbeigaben getarnt. Der Sarg mußte umgedreht und in diesen zweiten Gang gebracht werden. Von dort ging es in ein Labyrinth falscher Gänge und falscher Grabhöhlen, einer verschlungener und irreführender als die andere.

Alles in allem waren es vier Grabkammern, doch drei davon würden für immer leer bleiben. Es gab drei Geheimtüren und zwei vertikale Schächte. Der Sarg mußte durch den einen Schacht nach oben und durch den anderen wieder nach unten gebracht werden.

Es dauerte fünfzehn Tage, bis der Sarg durch dieses Labyrinth befördert war und an seinen endgültigen Ruheplatz gestellt werden konnte. Die Decke und die Wände der Grabkammer hatte ich mit all der Begabung, welche mir die Götter mitgegeben haben, ausgemalt. Es gab nicht eine einzige Stelle, die nicht in Farben und Bewegung erstrahlte.

Von der Grabkammer aus ging es in fünf Kammern. Dort wurden die Schätze aufgestapelt, die Pharao Mamose im Laufe seines Lebens angesammelt hatte. Ich hatte mich mit meiner Herrin gestritten, weil ich der Meinung war, daß diese Schätze besser dafür verwendet werden sollten, die Armee zu bezahlen und den Kampf, den wir mit dem Hyksos-Tyrannen führen mußten, um ihn zu vernichten und unser Volk und unser Land von seiner Tyrannei zu befreien.

»Die Schätze gehören Pharao«, hatte sie erwidert. »Wir haben hier in Kusch neue Schätze aus Gold und Sklaven und Elfenbein gesammelt. Das wird genügen. Laß dem göttlichen Mamose, was ihm gehört – ich habe ihm einen Eid darauf geschworen.«

Und so wurde der goldene Sarg am fünfzehnten Tag in den Sarkophag gestellt, der aus dem Felsen gehauen war, und dann wurde der schwere Deckel mit Seilen und Hebeln darübergehoben und direkt auf den Sarkophag heruntergelassen, so daß er fest verschlossen war.

Dann betraten die königliche Familie und die Priester und Adligen das Grabmal, um die letzten Zeremonien zu vollziehen.

Meine Herrin und der Prinz standen am Kopfende des Sarkophags, und die Priester sangen mit dröhnender Stimme ihre Beschwörungen und Texte aus dem *Totenbuch*. Der rußige Rauch der Lampen und der Atem der vielen Menschen machten die Luft in dem geschlossenen Raum schnell stickig.

In dem trüben gelben Licht konnte ich erkennen, daß meine Herrin immer blasser wurde und Schweißtropfen auf ihre Stirn traten. Ich drängte mich durch die dichte Menge und kam gerade bei ihr an, als sie zu schwanken begann und zusammenbrach. Ich fing sie noch rechtzeitig auf, ehe sie mit dem Kopf auf die Granitkante des Sarkophags schlug.

Wir trugen sie auf einer Bahre aus dem Grabmal. In der reinen Bergluft erholte sie sich schnell; trotzdem verbannte ich sie für den Rest des Tages auf ihr Lager in ihrem Zelt.

Als ich an jenem Abend ihren Kräutertrunk zubereitete, lag sie still und nachdenklich da, und nachdem sie getrunken hatte, flüsterte sie: »Ich hatte ein höchst merkwürdiges Gefühl. Als ich in Pharaos Grabmal stand, fühlte ich Tanus plötzlich ganz in meiner Nähe. Ich fühlte seine Hand, die mein Gesicht berührte, und seine Stimme, die in mein Ohr flüsterte. Und da bin ich ohnmächtig geworden.«

»Er wird dir immer nah sein«, sagte ich.

»Ja, das wird er«, sagte sie.

Obwohl ich es damals nicht erkannte, weiß ich heute, daß ihr Ende an jenem Tag begann, an dem wir Tanus in sein Grab legten. Sie hatte die Freude am Leben und den Willen zum Weiterleben verloren.

Am nächsten Tag kehrte ich mit den Steinmetzen und den Sklavenarbeitern zum königlichen Grabmal zurück, um die Eingänge und Schächte zu verschließen und um die Vorrichtungen zur Bewachung der Grabkammern anzubringen.

Als wir uns aus dem Labyrinth der Gänge zurückzogen, blockierten wir die Geheimtüren mit listig ausgelegten Steinen und Gips und malten Wandbilder darüber. Das Ende der vertikalen Schächte verschlossen wir auf eine Weise, daß es wie ein glatter Boden oder ein Stück Decke aussah.

Ich richtete Steinschläge ein, die durch das Betreten einer losen Steinplatte am Boden ausgelöst wurden, und die vertikalen Schächte füllte ich mit Holzbalken. Wenn sie im Verlauf der Jahrhunderte verrotteten und vom Pilz zersetzt wurden, würden sich giftige Dämpfe bilden, an denen jeder Eindringling ersticken würde, falls es ihm gelungen war, durch die Geheimtüren bis hierher vorzudringen.

Doch bevor wir all diese Vorsichtsmaßnahmen trafen, ging ich noch einmal ins Innere der eigentlichen Grabkammer, um mich von Tanus zu verabschieden. Ich hatte ein langes, in ein Leinentuch gewickeltes Bündel bei mir. Als ich zum letztenmal neben dem königlichen Sarkophag stand, schickte ich die Arbeiter fort. Ich würde das Grabmal als letzter verlassen, und dann würde der Eingang hinter mir verschlossen und versiegelt werden.

Als ich allein war, öffnete ich das Bündel, das ich mitgebracht hatte.

Daraus nahm ich den langen Bogen Lanata. Tanus hatte ihn nach meiner Herrin benannt, und ich hatte ihn gemacht. Es war unser Abschiedsgeschenk an Tanus. Ich legte es auf den versiegelten Steindeckel seines Sarges.

In dem Bündel befand sich noch etwas anderes. Es war die hölzerne *Uschebti*-Figur, die ich geschnitzt hatte. Ich legte sie ans Fußende des Sarkophags. Als ich sie schnitzte, hatte ich drei Kupferspiegel aufgestellt, so daß ich meine Gesichtszüge aus verschiedenen Winkeln betrachten und wahrheitsgetreu nachbilden konnte. Die Puppe war eine Miniaturausgabe von Taita.

Auf die Unterseite hatte ich folgende Worte geschrieben: »Mein Name ist Taita. Ich bin Arzt und Dichter. Ich bin Architekt und Philosoph. Ich bin dein Freund. Ich werde für dich sprechen.«

Als ich die Grabkammer verließ, blieb ich am Eingang stehen und blickte ein letztes Mal zurück.

»Leb wohl, alter Freund«, sagte ich. »Mein Leben ist reicher, weil ich dich gekannt habe. Warte auf uns auf der anderen Seite.«

Es dauerte noch viele Monate, bis ich die Arbeiten am königlichen Grabmal abschließen konnte. Als wir durch das Labyrinth zurückgingen, untersuchte ich eigenhändig jede versiegelte Tür und jede geheime Vorrichtung, die wir hinter uns zurückließen.

Ich war allein, denn meine Herrin und der Prinz waren hinauf in die Berge gegangen, zu der Festung von Prester Beni-Jon. Sie hatten sich mit dem gesamten Hof auf den Weg gemacht, um die Hochzeit von Memnon und Masara vorzubereiten. Hui hatte sie begleitet, um aus den äthiopischen Herden die Pferde auszuwählen, die Teil unseres Lohns für die Eroberung von Adbar Seged und die Befreiung von Masara waren.

Als das Grabmal endgültig verschlossen war, machte auch ich mich über jene kalten und windigen Pässe auf den Weg in die Berge. Ich wollte das Hochzeitsfest keinesfalls versäumen, aber ich war recht spät aufgebrochen. Die Vollendung des Grabmals hatte länger gedauert als geplant. Ich fuhr so schnell, wie die Pferde nur vorankamen.

Ich erreichte den Palast von Prester Beni-Jon fünf Tage vor der Hochzeit und suchte sofort jenen Teil der Festung auf, in dem sich meine Herrin in ihren Gemächern aufhielt.

»Ich habe nicht mehr gelächelt, seit ich dich das letzte Mal sah, Taita«, begrüßte sie mich. »Sing mir etwas vor. Erzähl mir deine Geschichten. Bring mich zum Lachen.«

Es war keine leichte Aufgabe, die sie mir stellte, denn sie war von einer tiefen Trauer erfaßt, und auch ich war nicht leichten Herzens. Ich spürte, daß mehr als nur Kummer sie bedrückte. Schon bald gaben wir den Versuch, fröhlich zu sein, auf und redeten von den Staatsgeschäften.

Was die beiden Liebenden betraf, so war es die Vereinigung zweier verwandten Seelen, von den Göttern gesegnet; für alle anderen aber war die Verbindung von Memnon und Masara eine königliche Hochzeit und ein Vertrag zwischen zwei Nationen. Es mußten Abkommen und Verträge geschlossen, die Mitgift ausgehandelt und Handelsvereinbarungen zwischen dem König der Könige und Herrscher von Aksum und der Regentin von Ägypten und Trägerin der Doppelkrone der beiden Königreiche getroffen werden. Wie ich vorausgesehen hatte, war meine Herrin zunächst nicht gerade entzückt von der Aussicht, daß ihr einziger Sohn eine Frau aus einem anderen Volk heiratete.

»Sie sind in allem verschieden, Taita. Die Götter, die sie anbeten, die Sprache, die sie sprechen, die Farbe ihrer Haut – oh! Ich wünschte, er hätte ein Mädchen unseres eigenen Volkes gewählt.«

»Das wird er noch tun«, beruhigte ich sie. »Er wird fünfzig, vielleicht hundert Ägypterinnen heiraten. Er wird auch Libyerinnen und Hurriterinnen und Hyksos-Frauen heiraten. Von allen Rassen und Völkern, die er in den kommenden Jahren besiegt, wird er mit Frauen versorgt werden, Kuschitinnen und Hethiterinnen und Syrierinnen . . .«

»Hör auf, mich zu necken, Taita.« Sie stampfte mit dem Fuß auf, wie sie es früher oft getan hatte. »Du weißt genau, was ich meine. Das andere werden Staatshochzeiten sein. Aber diese erste ist die Heirat zweier Herzen.«

Was sie sagte, stimmte. Das Liebesversprechen, das Memnon und Masara einander in jenem flüchtigen Augenblick am Fluß gegeben hatten, war eingelöst.

Ich genoß die besondere Ehre, ihnen in diesen bedeutsamen Tagen nahe zu sein. Beide wußten, daß ich sie zusammengeführt hatte, und waren dankbar dafür. Ich war für beide ein guter Freund, dem sie bedingungslos vertrauten.

Ich teilte die Befürchtungen meiner Herrin nicht. Wenn sie auch in jedem Punkt, den sie angeführt hatte, verschieden waren, so waren doch ihre Herzen aus einem Guß. Sie waren beide hingebungsvoll und stürmisch im Geist, und sie besaßen beide ein wenig von der Rücksichtslosigkeit und Grausamkeit eines Herrschers. Sie waren füreinander geschaffen, ein Falkenpaar. Ich wußte, daß sie ihn nicht davon abhalten würde, seiner Bestimmung zu folgen, sondern daß sie ihn vielmehr ermutigen und zu noch größeren Taten anspornen würde. Ich war mit mir als Heiratsvermittler sehr zufrieden.

An einem hellen klaren Tag in den Bergen standen Memnon und Masara unter den Augen von zwanzigtausend äthiopischen und ägyptischen Männern und Frauen, die die Hügelhänge um sie her füllten, zusammen am Flußufer und zerbrachen den Krug mit dem Wasser, das der Hohepriester von Osiris aus dem kleinen Nil geschöpft hatte.

Die Braut und der Bräutigam führten unsere Karawane an, welche, beladen mit der Mitgift einer Prinzessin und den Geschenken und Verträgen der Zusammengehörigkeit, die zwischen unseren Völkern besiegelt war, aus den Bergen hinunter ins Tal stieg.

Hui und seine Pferdeknechte trieben eine fünftausend Pferde große Herde hinter uns her. Ein Teil davon war die Bezahlung für unsere Söldnerdienste, der Rest gehörte zu Masaras Mitgift. Doch bevor wir bei Qebui den Zusammenfluß der beiden Ströme erreichten, sahen wir in der weiten Ebene vor uns einen dunklen Fleck, als würde eine Wolke mit ihrem Schatten die Savanne verdunkeln. Die Sonne aber strahlte aus einem wolkenlosen Himmel.

Die Gnuherden waren auf ihrer jährlichen Wanderung zurückgekehrt.

Wenige Wochen nach dieser Begegnung mit den Gnus brach über unsere Herde äthiopischer Pferde die Krankheit des Gelben Würgers herein und fegte wie der Blitz durch die Täler über sie hinweg.

Natürlich hatten Hui und ich schon damit gerechnet, daß die Seuche wieder ihren Tribut fordern würde, wenn die Gnus zurückkehrten, und so hatten wir Vorkehrungen getroffen. Wir hatten jedem Pferdeknecht und Wagenlenker gezeigt, wie sie die Luftröhre durchbohren und die Wunde mit heißem Pech behandeln mußten, um den Brand zu verhindern – bis das Tier sich von dem Würger erholt hatte.

Viele Wochen lang hatte kaum einer von uns genügend Schlaf, aber am Ende starben nicht einmal zweitausend unserer neuen Pferde an der schrecklichen Krankheit, und vor der nächsten Nilflut waren die Pferde, die überlebt hatten, kräftig genug, um mit den Übungen im Geschirr beginnen zu können.

Als die Flut kam, brachten die Priester an den Ufern des Flusses Opfer dar, jeder seinem eigenen Gott, und sie fragten nach den Weissagungen für das kommende Jahr. Manche holten sich Rat bei den Gedärmen der geopferten Schafe, andere beobachteten den Flug der wilden Vögel, und wieder andere starrten in Gefäße, die mit Wasser aus dem Nil gefüllt waren. Sie alle machten ihre Voraussagen auf ihre Weise.

Königin Lostris brachte Hapi Opfer dar. Obwohl ich mit ihr den Gottesdienst besuchte und mich auch an der Liturgie beteiligte, war ich nicht mit dem Herzen dabei. Ich glaube an Horus, genauso wie der edle Herr Kratas und Prinz Memnon. Wir brachten unserem Gott ein Opfer aus Gold und Elfenbein dar und beteten um Beistand.

Es ist eigentlich nicht üblich, daß die Götter einander zustimmen, um sich, mehr als die Menschen es tun, auch daran zu halten. Aber dieses Jahr war anders als alle anderen, die ich kannte. Mit Ausnahme der Götter Anubis und Thot und der Göttin Nut sprachen sie alle mit einer Stimme. Diese drei aber, Anubis und Thot und Nut, waren geringere Gottheiten, ihr Rat durfte ohne Gefahr mißachtet werden. All die großen Götter, Amun-Re und Osiris und Horus und Hapi und Isis und zweihundert andere, sowohl große als auch kleine, erteilten denselben Rat: »Die Zeit für die Rückkehr zur heiligen schwarzen Erde von *Kemit* ist gekommen.«

Der edle Herr Kratas, der in seinem Herzen ein Heide und seinem Wesen nach ein Zyniker ist, hegte den Verdacht, daß sich die gesamte Priesterschaft verschworen hatte, ihren Schutzgöttern diese Worte in den Mund zu legen. Obwohl ich meine Empörung über diese Gotteslästerung zum Ausdruck brachte, war ich insgeheim nicht abgeneigt, Kratas' Meinung zu teilen.

Die Priester sind weich und an Luxus gewöhnt, und wir hatten nun schon seit fast zwei Dekaden das harte Leben von Wanderern und Kriegern in dem rauhen Land Kusch geführt. Ich glaube, sie sehnten sich noch mehr als meine Herrin nach dem schönen Theben zurück. Vielleicht hatten gar nicht die Götter, sondern die Menschen selbst den Rat erteilt, in den Norden zurückzukehren.

Königin Lostris berief den hohen Staatsrat ein, und als sie die Erklärung abgab, welche die Gebote der Götter enthielt, erhoben sich die Adelsherren und Priester und spendeten ihr einhelligen Beifall. Ich jubelte so laut und so lange wie alle anderen auch, und in jener Nacht waren meine Träume voller Visionen von Theben und Bildern aus jenen längst vergangenen Tagen, in denen Tanus, Lostris und ich jung und glücklich gewesen waren.

Seit Tanus' Tod hatten unsere Armeen keinen obersten Befehlshaber gehabt, und der Kriegsrat fand sich zu heimlichen Beratungen ein. Natürlich war ich von den Sitzungen ausgeschlossen, aber meine Herrin erzählte mir Wort für Wort, was gesprochen worden war.

Nach langen Streitereien und Debatten bot man Kratas die oberste Befehlsgewalt an. Aber er stellte sich, ergraut und mit Narben übersät wie ein alter Löwe, vor sie hin, und lachte sein mächtiges Lachen, und sagte: »Ich bin ein Soldat. Ich folge, aber ich führe nicht. Gebt mir einen Befehl über die Schilluk, dann werde ich meinen Mann bis zum Tod und darüber hinaus folgen.« Dann zog er sein Schwert und deutete damit auf Prinz Memnon. »Das ist der Mann, dem ich folgen werde. Heil, Memnon! Möge er ewig leben.«

»Möge er ewig leben!« riefen alle, und meine Herrin lächelte. So hatten wir beide den Ablauf geplant.

Im Alter von zweiundzwanzig Jahren wurde Prinz Memnon in den Rang des Großlöwen von Ägypten und obersten Befehlshabers aller ägyptischer Armeen erhoben. Er machte sich unverzüglich daran, unsere Rückkehr zu planen.

Obwohl ich nur den Rang eines Gebieters der königlichen Pferde hatte, gehörte ich zu Prinz Memnons Stab. Häufig bat er mich um Unterstützung. Tagsüber fuhr ich seinen Wagen mit der blauen Fahne, die über unseren Köpfen flatterte, während er die Regimenter besuchte und bei Kriegsübungen anführte.

Viele Nächte lang saßen der Prinz und Kratas und ich bei einem Krug Wein und sprachen über die Rückkehr. In diesen Nächten war auch Prinzessin Masara bei uns und füllte mit ihren anmutigen braunen Händen unsere Becher. Danach saß sie auf einem Kissen aus Schaffell zu Memnons Füßen und lauschte jedem Wort, das gesprochen wurde. Wenn sich unsere Blicke begegneten, lächelte sie.

Unsere größte Sorge bestand darin, wie wir auf unserem Weg den Fluß hinunter die gefährliche und mühsame Überquerung all der Katarakte würden vermeiden können. Sie konnten nur bei Hochwasser durchfahren werden, was uns sehr viel Zeit kosten würde.

Ich schlug vor, unterhalb des fünften Katarakts eine weitere Flotte zu bauen; mit ihr würden wir unsere Armee bis hinunter zu der Stelle bringen, von der aus die Durchquerung der Wüste bei der großen Flußwindung möglich war. Wenn wir unterhalb des ersten Katarakts wieder zum Fluß gelangten, würden wir ein weiteres Geschwader schneller Kampfgaleeren und Schiffe bauen, die uns bis nach Elephantine bringen würden.

Wenn wir uns die Zeit gut einteilten und die Hyksos-Flotte, die in Elephantine vor Anker lag, überraschten, würden wir dem Feind einen empfindlichen Schlag versetzen und die Galeeren erbeuten, die wir brauchten, um die Kampfkraft unserer Flotte zu stärken. Dessen war ich mir ganz sicher. Und wenn wir erst einmal Fuß gefaßt hatten, würden wir unsere Fußtruppen und unsere Wagen durch die Schlucht des ersten Katarakts bringen und die Hyksos in den Überschwemmungsgebieten Ägyptens angreifen können.

Beim nächsten Hochwasser brachen wir zum ersten Teil unserer Reise auf. In Qebui, das so viele Jahre unser Standort gewesen war, ließen wir lediglich eine kleine Besatzungstruppe zurück. Qebui würde ein Handelsposten des Reiches werden; die Schätze aus Kusch und Äthiopien würden über diese Niederlassung in Richtung Norden nach Theben strömen.

Als die Hauptflotte zurück in den Norden segelte, blieben Hui und ich mit fünfhundert Pferdeknechten und einer Wagentruppe zurück, um die Wanderung der Gnus abzuwarten. Sie kamen so plötzlich, wie sie es immer taten, als ein großer schwarzer Fleck, der sich über dem goldbraunen Gras der Ebene ausbreitete. Wir fuhren mit den Wagen zu ihnen hinaus.

Es war eine einfache Sache, diese ungeschickten Biester einzufangen. Wir jagten sie mit den Wagen und warfen Schlingen über ihre häßlichen Köpfe. Die Gnus waren nicht schnell genug und hatten auch nicht den Geist unserer Pferde. Sie wehrten sich nur kurze Zeit gegen die Seile und ließen sich schließlich gefangennehmen. Innerhalb von zehn Tagen hatten wir auf den Weiden am Ufer des Nils, die wir zu diesem Zweck eingerichtet hatten, über sechstausend von ihnen eingezäunt.

Hier, innerhalb der Gehege, war ihr Mangel an Lebenskraft und Stärke deutlich zu erkennen. Ohne ersichtlichen Grund starben sie zu Hunderten. Wir behandelten sie freundlich und gingen behutsam mit ihnen um. Wir fütterten sie und gaben ihnen zu trinken, genauso wie wir es mit unseren Pferden taten. Aber es schien, als ließe sich ihr ungestümer Wandertrieb nicht zügeln, und so siechten sie dahin.

Am Ende verloren wir über die Hälfte der Herde, die wir eingefangen hatten, und auf der langen Reise nach Norden starben noch viele mehr.

Zwei ganze Jahre, nachdem Königin Lostris die Rückkehr befohlen hatte, versammelte sich das Volk über dem vierten Katarakt am Ostufer des Nils. Vor uns lag die Wüstenstraße, die quer durch die große Bucht in den Flußbogen führte.

Während des ganzen letzten Jahres waren unaufhörlich Wagenkarawanen von hier losgefahren. Jeder Wagen war mit Tonkrügen beladen gewesen, bis zum Rand mit Nilwasser gefüllt und mit Holzpfropfen und heißem Pech versiegelt. Entlang der staubigen Straßen hatten wir alle zehn Meilen Wasserstationen errichtet, bei denen wir dreißigtausend Wasserkrüge vergraben hatten, damit sie nicht unter den Strahlen der heißen Sonne zerbarsten.

Wir waren fast fünfzigtausend Menschen und genau so viele Tiere, einschließlich meiner dahinschwindenden Herde eingefangener Gnus.

Die Wasserkarren machten sich jeden Abend vom Fluß aus auf den Weg. Ihre Aufgabe war schier uferlos.

Wir warteten am Flußufer auf das Aufgehen des neuen Mondes, damit er unseren Weg durch die Wildnis erhellte. Obwohl wir unsere Abfahrt für die kühlste Jahreszeit vorgesehen hatten, würden die Hitze und die Sonne sowohl für die Menschen als auch für die Tiere tödlich sein. Wir würden immer nur während der Nacht fahren.

Zwei Tage vor der geplanten Durchquerung sagte meine Herrin: »Taita, wann haben wir beide das letzte Mal gemeinsam einen Tag mit Fischen im Fluß verbracht? Hol deine Fischspeere und ein Boot.«

Da wußte ich, daß sie etwas außerordentlich Wichtiges auf dem Herzen hatte, das sie mit mir besprechen wollte. Wir ließen uns so lange auf dem grünen Wasser dahintreiben, bis ich das Boot an einer Weide am anderen Ufer festmachen konnte, wo wir vor neugierigen Ohren sicher waren.

Zuerst sprachen wir von der unmittelbar bevorstehenden Reise durch die Wüste und der Aussicht auf unsere Rückkehr nach Theben.

»Wann werde ich Thebens glänzende Mauern wiedersehen, Taita?« Meine Herrin seufzte, und ich konnte ihr nur sagen, daß ich es nicht wußte.

»Wenn uns die Götter wohlgesonnen sind, könnten wir in der nächsten Jahreszeit zur selben Zeit in Elephantine sein, während die Nilflut unsere Schiffe über den ersten Katarakt bringt. Danach wird unser Glück mit den Gefahren und Zufällen des Krieges abnehmen und zunehmen, wie die Ebbe und die Flut des Flusses.«

Aber das war nicht der Grund, weswegen sie mit mir auf den Fluß gefahren war, und ihre Augen schwammen in Tränen, als sie jetzt fragte: »Wie lange ist es her, seit Tanus von uns gegangen ist, Taita?«

Ich konnte nur mit erstickter Stimme antworten: »Es ist schon über drei Jahre her, seit er seine Reise zu den Gefilden des Paradieses angetreten hat, Herrin.«

»Also ist es schon viele Monate länger her, seit ich zum letztenmal in seinen Armen gelegen habe«, sagte sie nachdenklich, und ich nickte. Ich war mir nicht sicher, in welche Richtung ihre Fragen führen würden.

»Seither habe ich fast jede Nacht von ihm geträumt, Taita. Wäre es möglich, daß er zurückgekehrt ist, um seinen Samen in meine Gebärmutter zu legen, während ich schlief?«

»Im Himmel ist alles möglich«, erwiderte ich vorsichtig. »Das haben wir den Leuten über die Empfängnis von Tehuti und Bakhatha gesagt. Aber im Ernst und um ehrlich zu sein, ich habe noch niemals sonst gehört, daß so etwas tatsächlich geschehen wäre.«

Für eine Weile waren wir beide still, meine Herrin tauchte ihre Hand ins

Wasser und hob sie wieder hoch, um zuzusehen, wie es von ihren Fingerspitzen tropfte. Dann sprach sie weiter, ohne mich anzusehen. »Ich glaube, ich bekomme wieder ein Kind«, flüsterte sie. »Mein roter Mond ist verblaßt und völlig verschwunden.«

»Herrin«, erwiderte ich ruhig und taktvoll, »du näherst dich nun bald der Zeit in deinem Leben, da die Flüsse deiner Gebärmutter auszutrocknen beginnen.« Unsere ägyptischen Frauen sind wie Blumen in der Würste, die früh erblühen, aber schnell verwelken.

Sie schüttelte den Kopf. »Nein, Taita. Das ist es nicht. Ich fühle, wie das Kind in mir wächst.«

Ich starrte sie schweigend an. Wieder fühlte ich eine Tragödie wie auf Schwingen so nahe an mir vorbeigleiten, daß ich den Luftzug spürte und die Haare auf meinen Armen sich aufstellten.

»Du braucht mich nicht zu fragen, ob ich mit einem anderen Mann zusammen war.« Sie sah mir in die Augen, während sie es sagte. »Du weißt genau, daß es nicht so ist.«

»Ja, das weiß ich. Und doch kann ich nicht glauben, daß dich ein Geist geschwängert hat, ganz gleich, wie geliebt und willkommen dieser Geist dir auch sein mag. Vielleicht hat dein Wunsch nach einem weiteren Kind deine Phantasie befruchtet.«

»Fühl meinen Bauch, Taita«, befahl sie. »Da ist ein Lebewesen in mir, das mit jedem Tag größer wird.«

»Ich werde es heute abend in der Abgeschlossenheit deiner Kabine tun. Nicht hier auf dem Fluß, wo man uns beobachten könnte.«

Meine Herrin lag nackt auf den Leinentüchern, und ich untersuchte zuerst ihr Gesicht und dann ihren Körper. Wenn ich sie mit den Augen eines Mannes betrachtete, war sie noch immer schön, aber als Arzt konnte ich deutlich erkennen, wie die Jahre und die Mühsal des Lebens in der Wildnis sie auf grausame Weise verändert hatten. Ihr Haar war eher silbrig als schwarz, und der schmerzliche Verlust und die Sorgen der Regentschaft hatten grimmige Spuren auf ihrer Stirn eingemeißelt. Sie wurde alt.

Ihr Körper war das Behältnis, welches drei weitere Leben hervorgebracht hatte. Aber ihre Brüste waren leer, sie waren nicht von der Milch einer neuen Schwangerschaft angeschwollen. Ihr Körper war dünn. Ich hätte es schon längst merken müssen. Sie war nicht auf eine natürliche Art dünn, sie war abgemagert. Und doch stand ihr Bauch, der zu den dünnen Armen und Beinen in keinem Verhältnis stand, wie eine blasse Elfenbeinkugel heraus.

Behutsam legte ich die Hände auf den Bauch, auf die Silberstreifen, die zurückgeblieben waren, wo sich die Haut einmal ausgedehnt hatte, um eine freudige Bürde zu stützen. Ich fühlte das Ding in ihr und wußte sofort, daß es kein neues Leben war, was ich da mit meinen Fingern ertastete. Es war der Tod.

Ich fand keine Worte. Ich drehte mich von ihr weg, ging hinaus aufs Deck und sah hinauf zu den Sternen. Sie waren kalt und weit entfernt. Sie kümmerten sich genausowenig um uns wie die Götter. Man brauchte sie nicht um etwas zu bitten, nicht die Götter und nicht die Sterne.

Ich kannte dieses Ding, das in meiner Herrin heranwuchs. Ich hatte es schon in den Körpern anderer Frauen gefunden. Nachdem sie gestorben waren, hatte ich die tote Gebärmutter geöffnet und das Ding, das sie getötet hatte, gesehen. Es war eine schreckliche Mißbildung, hatte keinerlei Ähnlichkeit mit irgend etwas Menschlichem oder auch nur Tierischem. Es war ein unförmiger Ball aus wildem rotem Fleischwuchs. Es war ein Ding von Seth.

Es dauerte lange, bis ich den Mut aufbrachte, zurück in die Kabine zu gehen.

Meine Herrin hatte sich mit einem Gewand bedeckt. Sie saß mitten auf dem Bett und sah mich mit ihren großen dunkelgrünen Augen an, die niemals gealtert waren. Sie sah aus wie das kleine Mädchen, das ich einmal gekannt hatte.

»Herrin, warum hast du mir nichts von den Schmerzen gesagt?« fragte ich leise.

»Was weißt du von Schmerzen?« flüsterte sie. »Ich habe mich bemüht, sie vor dir zu verbergen.«

Unsere Karawane machte sich auf in die Wüste, reiste im Mondschein über den silbrigen Sand. Manchmal ging meine Herrin neben mir her, und die beiden Prinzessinnen sprangen ausgelassen um uns herum, lachten und genossen das Abenteuer. Wenn ihre Schmerzen zu groß waren, fuhr meine Herrin in dem Wagen, den ich eigens für sie hergerichtet hatte, damit sie es sich bequem machen konnte. Dann setzte ich mich neben sie und hielt ihre Hand, bis das Pulver des Roten Mohns seine Wirkung tat und ihr eine Ruhepause gönnte.

Nacht für Nacht fuhren wir bis zur nächsten Wasserstation an der Straße, die von den vielen tausend Wagen, welche sie vor uns benutzt hatten, ausgefahren war. Während der langen Tage lagen wir unter den Planen des Wagens und dösten in der siedenden Hitze vor uns hin.

Wir waren nun schon dreißig Tage und Nächte unterwegs, als sich uns in der Dämmerung ein bemerkenswerter Anblick bot. Ein losgelöstes Segel in der Wüste, das sich langsam über den Sand nach Süden bewegte. Erst als wir viele Meilen weitergefahren waren, erkannten wir, daß wir einer Täuschung erlegen waren. Die erhöhten Ufer des Nils hatten den Rumpf der Galeere vor unseren Augen verdeckt, und hinter den Dünen strömte der Fluß wie eh und je dahin. Wir hatten die Bucht der Flußbiegung durchquert.

Prinz Memnon und seine Männer waren bereits dort, um uns zu begrüßen. Das neue Galeerengeschwader war schon fast fertig. Es war das Segel einer dieser Galeeren, das wir wahrgenommen hatten, als wir uns dem Fluß wieder näherten. Jede Planke und jeder Mast war in den weiten Ebenen von Kusch geschnitten und zersägt und über die Flußwindung transportiert worden. Alle Wagen waren versammelt. Hui hatte alle Pferde durch die Wüste getrieben, und die Wagen hatten das Futter transportiert. Sogar meine Gnus warteten schon auf ihren eingezäunten Weiden am Flußufer.

Auch wenn die Wagenkarawane mit den Frauen und Kindern erst noch kommen mußte, war der größte Teil unseres Volkes schon über den Fluß gebracht. Es war ein schier unglaublich erscheinendes Unterfangen von göttlichen Ausmaßen gewesen. Nur Männer wie Kratas, Remrem und Memnon hatten es in so kurzer Zeit zustande bringen können.

Jetzt befand sich zwischen uns und der heiligen Erde unseres Ägyptens nur noch der erste Katarakt.

Wir fuhren weiter nach Norden, meine Herrin auf dem neuen Schiff, das eigens für sie und die Prinzessinnen gebaut worden war. Sie hatte eine große luftige Kabine, die ich mit jedem uns möglichen Luxus ausgestattet hatte. Die Vorhänge waren aus äthiopischer Wolle, mit Stickereien verziert, und die Möbel waren aus dunklem Akazienholz, verziert mit Einlegearbeiten aus Elfenbein und dem Gold von Kusch. Die Decken und Wände schmückte ich mit Bildern von Blumen und Vögeln und anderen hübschen Dingen.

Wie immer schlief ich bei meiner Herrin, am Fußende ihres Bettes. Drei Tage und drei Nächte waren wir schon unterwegs, als ich nachts aufwachte. Sie weinte leise. Obwohl sie ihre Schluchzer mit einem Kissen zu ersticken versuchte, hatte ich bemerkt, daß ihre Schultern zitterten. Ich ging sofort zu ihr.

»Hast du wieder Schmerzen?« fragte ich.

»Ich wollte dich nicht aufwecken, Taita, aber es ist, als stecke ein Schwert in meinem Bauch.«

Ich mischte ihr einen Trunk aus der Schlafblume, stärker als zuvor. Die Schmerzen begannen über die Blume zu triumphieren.

Sie trank ihn und lag eine Weile still da. Dann sagte sie: »Kannst du es nicht aus meinem Körper herausschneiden, Taita?«

»Nein, Herrin. Das kann ich nicht.«

»Dann halte mich fest, Taita. Halte mich so, wie du mich immer gehalten hast, als ich noch klein war.«

Ich stieg in ihr Bett und nahm sie in die Arme. Ich wiegte sie, und sie war so dünn und leicht wie ein Kind. Ich schaukelte sie sanft hin und her, und nach einer Weile schlief sie ein.

Die Flotte erreichte den ersten Katarakt über Elephantine, und wir machten wieder im ruhigen Strom des Flusses am Ufer fest, bevor der Nil, von den Wasserfällen bedrängt, in die Schlucht stürzte.

Wir warteten, bis die restliche Armee zu uns gebracht war, alle Pferde und die Wagen und die heidnischen Schilluk-Regimenter des edlen Herrn Kratas. Wir warteten auch darauf, daß der Nil wieder anstieg und den Katarakt für uns öffnete, damit wir weiter nach Ägypten fahren konnten.

Während wir warteten, schickten wir Kundschafter durch die Schlucht. Sie waren als Bauern, Priester, Kaufleute verkleidet. Ich ging mit Kratas hinunter in die Schlucht, um den Weg auf einer Karte festzuhalten und ihn zu markieren. Jetzt, bei dem niedrigen Wasserstand, lagen alle Gefahren offen vor uns. Wir malten Zeichen für die Kanäle auf die Felsen über die Hochwasserlinie, damit wir später, wenn die Hindernisse von der Flut bedeckt waren, wußten, wo sie lauerten.

Diese Arbeit beschäftigte uns viele Wochen, und als wir zu dem Platz zurückkehrten, an dem die Flotte ankerte, war die gesamte Armee dort eingetroffen. Wir schickten Gruppen mit Kundschaftern los, um für die Wagen und die Pferde einen Weg durch die Felsenwüste bis nach Ägypten zu finden. Wir konnten diese wertvolle Fracht nicht einfach den wilden Gewässern des Katarakts aussetzen und das Risiko eingehen, sie zu verlieren.

Nach und nach kehrten unsere Spione von Elephantine zurück. Sie kamen unbemerkt und einzeln, meist in der Nacht. Sie brachten uns die ersten Nachrichten aus unserem Mutterland, die wir in all den Jahren im Exil erhielten.

König Salitis war noch immer an der Macht, aber er war alt geworden, und sein Bart hatte eine silbrig weiße Farbe. Die mächtigen Männer an der Spitze der Hyksos-Legionen waren seine beiden Söhne. Prinz Beon hatte das Kommando über die Fußtruppen und Prinz Apachan das über die Wagen.

Die Macht, die die Hyksos besaßen, übertraf all unsere Erwartungen. Unsere Kundschafter berichteten, daß Apachan über zwölftausend Streitwagen verfügte, wohingegen wir nur viertausend aus Kusch mitgebracht hatten. Beon hatte vierzigtausend Bogenschützen und Fußsoldaten in seinen Truppen. Selbst mit Kratas' Schilluk konnten wir nur fünfzehntausend aufbieten. Wir waren ihnen weit unterlegen.

Es gab auch eine gute Nachricht. Der größte Teil der Hyksos-Streitkräfte hielt sich im Delta auf, und Salitis hatte seinen Hauptstützpunkt in Memphis aufgeschlagen. Er würde Monate brauchen, bis er seine Truppen nach Süden, bis Elephantine und Theben, bewegt hatte. Er würde seine Wagen so lange nicht den Fluß hinaufbringen können, bis das Hochwasser zurückging und das Land getrocknet war. Die Stadt Elephantine wurde nur von einer einzigen Schwadron, also hundert Streitwagen, bewacht, die sich uns entgegenstellen würden. Sie hatten noch die alten kompakten Räder. Wie es schien, hatten die Hyksos das Speichenrad noch immer nicht entwickelt.

Prinz Memnon legte uns einen Schlachtplan vor. Wir würden den Katarakt auf der Flut überwinden und Elephantine einnehmen. Dann würden wir uns auf den Weg nach Theben machen und das Volk zum Aufruhr anstiften, während Salitis nach Süden zog, um sich uns entgegenzustellen.

Wir konnten erwarten, daß sich Salitis uns mit seiner ganzen Armee in den Überschwemmungsgebieten vor Theben zur Schlacht stellen würde, sobald das Nilwasser abgeflossen war. Aber inzwischen durften wir hoffen, daß die zahlenmäßige Ungleichheit der beiden Armeen teilweise durch die ägyptischen Truppen ausgeglichen sein würde, die zu unserer Fahne überliefen.

Von unseren Spionen erfuhren wir, daß die Hyksos unsere Befreiungsarmee nicht so nahe an ihrer Grenze vermuteten und daß wir hoffen konnten, bei unserem ersten Angriff aufgrund der Überraschung erfolgreich zu sein. Wir erfuhren auch, daß Salitis unsere ägyptische Lebensart angenommen hatte. Er lebte in unseren Palästen und verehrte unsere Götter. Selbst sein alter Suatekh hieß jetzt Seth und war, völlig passend, noch immer sein wichtigster Gott.

Obwohl seine hohen Offiziere alle Hyksos waren, hatte er viele seiner Hauptleute und Feldwebel unter den Ägyptern gewonnen, und die Hälfte seiner Soldaten stammte aus unserem Volk. Die meisten von ihnen waren noch Kinder gewesen – oder noch gar nicht geboren –, als wir aus Ägypten auszogen. Wir fragten uns, wem sie die Treue halten würden, wenn Prinz Memnon mit unserer Armee nach Ägypten kam.

Alles war jetzt bereit. Die Kundschafter hatten durch die Wüste am

Westufer eine Straße markiert, und die Wasserwagen hatten Stationen mit Futter und Wasserkrügen entlang dieser Straße eingerichtet, genug, um unsere Wagen bis zu den fruchtbaren Ebenen Ägyptens zu bringen. Auch unsere Galeeren waren für die Schlacht gerüstet. Wenn der Nil Hochwasser führte, würden wir lossegeln, aber vorher mußten wir noch eine letzte Zeremonie abhalten.

Wir kletterten das steile Ufer über dem Fluß hinauf, auf dem noch immer der Obelisk stand, welchen meine Herrin vor mehr als zwanzig Jahren errichtet hatte, ein hoher und eleganter Steinfinger, der sich gegen das wolkenlose Blau des afrikanischen Himmels zeigte.

Meine Herrin war zu schwach, um über den zerfurchten Weg bis zur Spitze hinaufzuklettern. Zehn Sklaven trugen sie in einer Sänfte und setzten sie unter dem hohen Bauwerk ab. Unter Schmerzen und sehr langsam ging sie am Arm von Prinz Memnon bis zum Fuß der Säule und starrte hinauf zu der Inschrift, die in das Granitgestein gehauen war. Unser ganzes Volk sah ihr zu, alle, die wieder an den Punkt zurückgekehrt waren, von dem aus wir vor so langer Zeit aufgebrochen waren.

Meine Herrin las die Inschrift laut vor. Ihre Stimme war schwach, aber noch immer melodisch, daß sie deutlich bis zu dem Platz getragen wurde, an dem ich hinter den großen edlen Herrn und Generälen stand.

»Ich, Königin Lostris, Regentin von Ägypten und Witwe von Pharao Mamose, dem achten dieses Namens, Mutter von Kronprinz Memnon, der nach mir über die beiden Königreiche herrschen wird, habe die Errichtung deses Bauwerks bestimmt...«

Als sie die Inschrift vorgelesen hatte, wandte sie das Gesicht ihrem Volk zu und breitete die Arme aus.

»Ich habe getan, was von mir verlangt wurde«, sagte sie, und ihre Stimme gewann eine Spur ihrer alten Macht zurück. »Ich habe euch wieder an die Grenze eures Landes zurückgebracht. Meine Aufgabe ist erfüllt, und ich gebe die Regentschaft ab.« Sie legte eine Pause ein, und ganz kurz begegneten sich unsere Blicke über die Köpfe der adligen Herrn hinweg. Ich nickte leicht, um sie zu ermutigen, und sie fuhr fort:

»Volk von Ägypten, es ist angemessen, daß ihr bei euren letzten Schritten auf dem Weg in die Heimat von einem echten Pharao angeführt werdet. Ich übergebe euch den heiligen Pharao Tamose, der früher Kronprinz Memnon war. Möge er ewig leben!«

»Möge er ewig leben!« rief das Volk wie aus einem Munde. »Möge er ewig leben!«

Pharao Tamose trat vor, um sich seinem Volk zu zeigen. »Möge er ewig leben!« riefen sie zum drittenmal, und unser neuer Pharao zog sein blaues Schwert aus der juwelenbesetzten Scheide und grüßte sie damit.

In der Stille, die folgte, ertönte seine Stimme und hallte von den öden roten Felsklippen der Berge wider.

»Ich nehme dieses heilige Vertrauen an. Ich schwöre bei meiner Hoffnung auf ein ewiges Leben, meinem Volk und meinem Land mein Leben lang zu dienen. Ich werde vor dieser Pflicht nicht zurückschrecken, und ich rufe alle Götter an, meinen Schwur zu bezeugen.«

Die Flut kam. Das Wasser stieg bis zu den Felsen, die den Eingang zur Schlucht bewachten, und seine Farbe wechselte von Grün zu Grau. Der Katarakt begann zu knurren wie ein wildes Tier in seiner Höhle, und die Gischtwolke stieg hinauf in den Himmel.

Ich ging mit dem edlen Herrn Kratas und Pharao an Bord der ersten Galeere. Wir machten die Taue los, stießen uns vom Ufer ab und schossen in den Strom. Die Ruderer auf den Bänken waren nackt bis auf ihren Lendenschurz, sie hatten die Köpfe gehoben, um Kratas sehen zu können, der hoch aufgerichtet im Heck stand und mit seinen bärenstarken Fäusten das Steuerruder umklammert hielt.

Im Bug standen zwei Mannschaften Segler mit schweren Rudern unter dem König, um das Schiff davor zu bewahren, gegen die Felsen geschleudet zu werden. Ich stand neben Kratas, und vor mir auf dem Deck war die Karte mit den Katarakten ausgebreitet. Ich war bereit, den Männern die Biegungen und Windungen des Kanals zuzurufen, sobald wir zu ihnen gelangten. Eigentlich brauchte ich die Karte gar nicht, denn ich hatte mir jede Linie, die darauf gezogen war, ins Gedächtnis eingeprägt. Außerdem waren an den Seiten der Schluchten und auf den Inseln im Hauptstrom vor uns einige zuverlässige Männer postiert. Sie würden uns mit Fahnen Zeichen geben und uns den Weg weisen.

Als der Strom unter unserem Kiel schneller wurde, warf ich einen letzten Blick zurück und sah die restliche Flotte in einer Reihe hinter uns, die nur darauf wartete, uns durch den Katarakt zu folgen. Aus der Schlucht vor uns stieg Dampf auf, es sah aus wie an den Toren zur Hölle.

Unsere Geschwindigkeit nahm fast unsichtbar zu. Die Ruderer berührten mit ihren Blättern leicht die Oberfläche des Wassers, gerade soviel, um den Bug flußabwärts zu lenken. Wir trieben so leicht und ruhig dahin, daß wir zu schweben schienen. Nur wenn ich zu den Ufern sah und bemerkte, wie sie an uns vorbeischossen, ahnte ich, wie schnell wir waren. Die Felsenportale der Schlucht flogen auf uns zu. Trotzdem wurde mir erst wirklich klar, in welcher Gefahr wir uns befanden, als ich das Grinsen auf Kratas' zerfurchtem Gesicht entdeckte. So grinste er nur, wenn er den Tod vor Augen hatte, der ihm mit knochigem Finger zuwinkte.

»Los, los, ihr Schurken!« schrie er seiner Mannschaft zu. »Heute mache ich eure Mütter stolz auf euch, oder ich gebe den Balsamierern was zu tun.«

Der Fluß wurde von drei Inseln zerteilt, und der Kanal wurde immer schmaler.

»Haltet auf den Hafen und steuert auf das blaue Kreuz zu«, ich bemühte mich, ruhig zu klingen, aber im selben Augenblick spürte ich, wie sich das Deck unter meinen Füßen zu neigen begann, und ich klammerte mich an der Reling fest.

Wir stürzten durch eine Stromschnelle aus grauem Wasser, und unser Bug schwankte hin und her. Ich glaubte schon, wir hätten die Kontrolle verloren, und wartete nur noch auf das Bersten von Holz am Felsen und daß das Deck unter meinen Füßen aufbrach. Dann merkte ich, daß das Schiff wieder ruhiger wurde, und sah das blaue Kreuz, das an die Felswand gemalt war, direkt vor uns.

»Hart Steuerbord, wenn wir zur Fahne kommen!« Meine Stimme quietschte, aber ich erkannte den Mann auf der Insel, der uns die Biegung mit seiner Fahne zeigte, und Kratas riß das Steuerruder herum und schrie zu den Bänken: »Alle rechts zurück, zieht zusammen links!« Das Deck schwenkte scharf herum, während wir uns mit der Biegung drehten.

Die Felswand raste an uns vorbei, und wir bewegten uns mit der Geschwindigkeit eines galoppierenden Pferdes voran. Noch eine Biegung, und die ersten Stromschnellen lagen vor uns. Quer über den Weg ragte schwarzes Felsgestein aus dem Wasser. Das Wasser nahm die Gestalt der Felsen darunter an. Es blähte sich auf und verharrte in großen statischen Wellen. Es teilte sich in glatte grüne Wasserrinnen. Es kräuselte sich und überschlug sich und explodierte in weißen Schleiern, durch die uns der Felsen mit gefährlichen schwarzen Fangzähnen anknurrte. Mein Magen verkrampfte sich zu einem harten Klumpen, als wir über den Rand hinausschossen und die steile Wand hinunterstürzten. Unten angekommen, schlingerten und drehten wir uns wie ein trockener Grashalm im Wind.

»Nach links ziehen!« bellte Kratas. »Zieht, bis euch die Eier platzen!« Das Schiff wurde ruhiger und steuerte auf die nächste Lücke zwischen den Felsen zu, und das weiße schäumende Wasser schwappte über das Deck und in meine Augen. Es fuhr zischend an den Schiffsseiten entlang, verfolgte uns, während sich die Wellen hoch über unserem Achterdeck auftürmten.

»Bei Seths stinkendem Atem, seit ich mein erstes Schaf besprungen habe, habe ich nicht mehr so viel Spaß gehabt!« Kratas lachte, und der Felsen sprang uns wie ein angreifender Elefantenbulle an.

Wir prallten aufeinander, dann schabte der Felsen an unserem Schiffsrumpf entlang. Das Deck bebte unter unseren Füßen, und ich hatte viel zuviel Angst, um zu schreien. Dann stießen uns Memnons Männer mit den Stangen vom Felsen los, und wir stürzten weiter in die Tiefe.

Hinter uns hörte ich ein Krachen und Bersten, als eine der anderen Galeeren hart auf den Felsen fuhr. Ich wagte nicht, mich umzusehen, während ich die nächste Kurve, die wir nehmen mußten, abschätzte, aber bald darauf trieben überall um uns herum Wrackteile im Wasser, und zu beiden Seiten des Schiffs tauchten die Köpfe ertrinkender Männer gurgelnd und sich im Kreis drehend auf. Sie schrien, während sie von der Strömung mitgerissen und gegen die Felsen geschleudert wurden, aber wir konnten ihnen nicht helfen. Der Tod war uns hart auf den Fersen, und wir fuhren mit seinem Gestank in der Nase weiter.

In jener Stunde habe ich hundert Leben gelebt und den Tod jedes einzelnen erfahren. Aber am Ende wurden wir vom Fuß des Katarakts in den Hauptstrom geschleudert. Von den dreiundzwanzig Galeeren, die uns in die Schlucht gefolgt waren, kamen achtzehn wieder heil heraus. Die anderen waren zu Treibgut zertrümmert, und die Leichen ihrer ertrunkenen Besatzung wurden um uns herum in die grünen Nilfluten gespült.

Es blieb keine Zeit, unsere Rettung zu feiern. Direkt vor uns lag die Insel Elephantine, und an beiden Ufern des Flusses standen die Mauern und Gebäude der Stadt, die uns noch gut in Erinnerung war.

»Bogenschützen, legt an!« rief König Tamose vom Bug her. »Hißt das blaue Banner! Trommler, beschleunigt den Schlag, damit wir Geschwindigkeit zulegen!«

Unsere kleine Schwadron flog zwischen die Schiffe, die die Straße von Elephantine blockierten. Die meisten waren Handels- und Frachtschiffe. An ihnen fuhren wir vorbei und direkt auf die Hyksos-Galeeren zu. Die Hyksos hatten ihre Kampfschiffe mit ägyptischen Seeleuten bemannt, denn niemand hätte den Fluß besser gekannt. Nur die Offiziere waren Hyksos. Aber die meisten von ihnen waren an Land, um sich in den Schenken am Hafen zu amüsieren.

Unsere Spione hatten uns gesagt, welches die Flagge des Admirals der Südarmee war, ein Schwalbenschwanz aus Scharlachrot und Gold, so lang, daß sein Ende ins Wasser hing. Wir steuerten geradewegs auf das Schiff zu, an der sie befestigt war, und Memnon ging mit zwanzig Mann im Rücken seitwärts an Bord.

»Freiheit von dem Hyksos-Tyrannen!« schrien sie. »Erhebt euch für unser Ägypten!«

Die Mannschaft starrte sie mit offenem Mund an. Die Männer waren völlig überrascht, und die meisten von ihnen waren unbewaffnet. Ihre

Waffen waren unter Deck eingeschlossen, denn die Hyksos-Offiziere trauten ihnen ganz und gar nicht.

Jede unserer Galeeren hatte sich eines der feindlichen Schlachtschiffe ausgesucht und schnell eingenommen. Die Reaktion der Mannschaften war auf allen Schiffen gleich. Nach der ersten Überraschung stellten sie die Frage: »Wer seid ihr?«

Und die Antwort lautete immer: »Ägypter! Die Armee des wahren Pharao Tamose. Vereinigt euch mit uns, Landsleute! Jagt den Tyrannen aus dem Land!«

Sie drehten sich zu ihren Hyksos-Offizieren um und stachen sie nieder, noch ehe wir bei ihnen waren. Dann umarmten sie unsere Männer, brüllten uns ihr Willkommen entgegen.

»Für Ägypten!« jubelten sie. »Für Tamose! Für Ägypten und Tamose!«

Die Jubelrufe sprangen auf die anderen Schiffe über. Die Männer tanzten auf der Reling und kletterten die Masten hinauf, um die Hyksos-Fahnen herunterzureißen. Sie brachen die Waffenlager auf und verteilten Bogen und Schwerter.

Dann stürmten sie an Land. Sie zerrten die Hyksos aus den Tavernen und zerhackten sie zu blutigen Fleischstücken, daß sich aus den Kanälen schon bald eine rote Flut in die Hafengewässer ergoß. Sie rannten durch die Straßen zu den Baracken der Garnison und fielen über die Wachen her.

»Für Ägypten und Tamose!« sangen sie.

Einige Hyksos-Offiziere versammelten ihre Männer um sich und konnten sich eine Weile an den Plätzen halten, an denen der Mob nicht vorbeikam. Dann gingen Kratas und Memnon mit ihren Veteranen an Land, und innerhalb von zwei Stunden gehörte die Stadt uns.

Die meisten Wagen ließen die Hyksos zurück, aber ihre halbe Schwadron floh durch das Osttor und galoppierte über die Brücke, die über die überschwemmten Felder zu dem trockenen Boden dahinter führte.

Ich hatte das Schiff verlassen und eilte durch die Hintergassen, die ich so gut kannte, zum Nordturm der Stadtmauer. Ich wußte, daß ich von dort aus die beste Aussicht über die Stadt und das umliegende Land haben würde. Verbittert sah ich den fliehenden Truppen mit den Wagen der Hyksos nach. Jeder, der jetzt davonkam, mußte später bekämpft werden, und ich wollte ihre Pferde. Als ich mich gerade umdrehen und nachsehen wollte, was in der Stadt unter mir geschah, sah ich eine fingergroße Staubwolke, die vom Fuß der rauhen Hügel im Süden näherkam. Ich hielt die Hand über die Augen und sah genauer dorthin. Mich erfaßte ein Gefühl wachsender Erregung. Die Staubwolke kam schnell näher, und dann konnte ich die dunklen Umrisse erkennen.

»Bei Horus, es ist Remrem!« flüsterte ich erfreut. Der alte Krieger hatte die erste Wagendivision schneller, als ich für möglich gehalten hätte, durch die Hügel gebracht. Es war erst zwei Tage her, seit wir uns getrennt hatten.

Stolz beobachtete ich, wie sich die erste Division aus Viererkolonnen zu Reihen formierte, die Brust an Brust nebeneinander lagen. Hui und ich hatten sie gut trainiert. Sie waren perfekt, und Remrem hatte die Hyksos im Flankenfeuer. Die Hälfte ihrer Wagen befand sich noch immer auf dem überhöhten Damm. Es kam mir so vor, als wäre sich der feindliche Befehlshaber der zusammengezogenen Schwadron, die auf seine offenen Flanken zukam, gar nicht bewußt. Ich glaube, er sah die ganze Zeit immer nur über die Schulter nach hinten. Im allerletzten Augenblick versuchte er dann auszuschwärmen, um sich Remrems Angriff zu stellen, aber da war es schon zu spät. Er hätte besser daran getan, umzudrehen und wegzulaufen.

Remrems Wagen schlugen wie eine Welle über ihm zusammen, die ihn wie Abfall in den Strom des Nils spülte. Ich sah zu, bis ich sicher war, daß Remrem die meisten Hyksos-Pferde eingefangen hatte, erst dann atmete ich erleichtert auf und drehte mich wieder um und sah hinunter auf die Stadt.

Das Volk war verrückt vor Freude über seine Befreiung. Die Menschen tanzten durch die Straßen, winkten mit jedem blauen Stoffetzen, den sie in die Hände bekamen. Blau war die Farbe von Pharao Tamose. Die Frauen befestigten blaue Bänder in ihrem Haar, und die Männer banden sich blaue Schärpen um die Hüften und blaue Bänder um die Arme.

Vereinzelt wurde noch gekämpft, aber nach und nach wurden die noch lebenden Hyksos niedergestochen oder aus den Gebäuden gezerrt, die sie verteidigen wollten. Eine der Baracken mit mehreren hundert Mann darin wurde mit einer Fackel in Brand gesteckt. Ich hörte die Männer schreien, als sie bei lebendigem Leibe verbrannten, und bald darauf stieg mir von unten der Geruch von verbranntem Fleisch in die Nase. Es roch wie geröstetes Schweinefleisch.

Natürlich gab es Plünderungen, und einige unserer aufrechten Bürger brachen in die Tavernen und Weinläden ein und trugen die Krüge hinaus auf die Straßen. Als dann ein Krug brach, ließen sie sich auf allen vieren nieder und schlürften den Wein wie Schweine aus der Gosse.

Ich beobachtete auch, wie drei Männer ein Mädchen durch die Gasse jagten, über der ich mich befand. Als sie sie gefangen hatten, warfen sie sie zu Boden und rissen ihr den Rock vom Leib. Zwei von ihnen hielten sie am Boden fest und spreizten ihre Beine, während sich der dritte Mann über sie hermachte. Ich verzichtete darauf, mir die Sache bis zu Ende anzusehen.

Sobald Memnon und Kratas den letzten Rest Widerstand der Hyksos ausgelöscht hatten, gingen sie daran, die Ordnung in der Stadt wiederherzustellen. Die Soldaten marschierten diszipliniert durch die Straßen und verwendeten die Schäfte ihrer Speere wie Keulen, um den betrunkenen ausgelassenen Pöbel wieder zu Verstand zu bringen.

Memnon gab den Befehl, eine Handvoll Männer, die bei Vergewaltigungen und Plündereien auf frischer Tat ertappt wurden, auf der Stelle zu erdrosseln und ihre Leichen an den Fersen an den Stadttoren aufzuhängen. Als es Nacht wurde, herrschte wieder Ruhe in der Stadt, und anständige Männer und Frauen konnten sich wieder ohne Furcht auf die Straße wagen.

Memnon richtete sein Hauptquartier in Pharao Mamoses Palast ein, der auf der Insel Elephantine unser Zuhause gewesen war. Als ich ans Ufer kam, machte ich mich sofort auf den Weg zu unseren alten Gemächern im Harem.

Sie waren noch immer luxuriös eingerichtet und den Plünderern entgangen. Wer immer darin gewohnt hatte, hatte meine Wandbilder mit dem Respekt behandelt, den sie verdienten. Der Wassergarten war voller lieblicher Pflanzen, und in den Teichen schwammen Fische und Lotosblüten. Der ägyptische Gärtner erzählte mir, daß der Kommandant der Hyksos-Garnison, der hier gewohnt hatte, unsere ägyptische Lebensweise bewundert habe und bemüht gewesen sei, sie nachzuahmen. Dafür war ich ihm dankbar.

Innerhalb weniger Tage hatte ich die Räume und den Garten wieder so weit hergerichtet, daß meine Herrin einziehen konnte. Dann ging ich zu Memnon, um seine Erlaubnis einzuholen, die Königin nach Hause zu bringen.

Pharao war von der schweren Bürde, sein Königreich wieder fest in den Griff zu bekommen, abgelenkt. Es gab viele tausend Dinge, denen er sich widmen mußte, aber er schob sie einen Augenblick zur Seite und umarmte mich.

»Alles wird gut, Taita.«

»Eine geglückte Rückkehr, Hoheit«, erwiderte ich, »aber es gibt noch viel zu tun.«

»Es ist mein königlicher Befehl, daß du mich, wenn wir beide, so wie jetzt, allein sind, auch weiterhin Mem nennst.« Er lächelte mich an. »Aber du hast recht, es gibt viel zu tun, und es bleibt wenig Zeit, bis Salitis und sein ganzes Heer vom Delta heraufkommen, um sich uns im Kampf zu stellen. Das erste kleine Scharmützel haben wir gewonnen. Aber die großen Schlachten liegen noch vor uns.«

»Es gäbe eine Aufgabe, die mir großes Vergnügen bereiten würde, Mem. Ich habe für die Königinmutter die Quartiere vorbereitet. Darf ich den Fluß hinauffahren und sie wieder nach Hause, nach Elephantine, bringen? Sie wartet schon zu lange darauf, den Fuß auf ägyptischen Boden setzen zu können.«

»Mach dich sofort auf den Weg, Taita«, befahl er, »und hole auch Königin Masara hierher.«

Der Fluß war zu hoch gestiegen und die Wüstenstraße zu holprig. Hundert Sklaven trugen die Sänften der beiden Königinnen am Ufer des Nils entlang, dann durch die Schlucht und hinunter in unser grünes Tal.

Es war kein Zufall, daß das erste Bauwerk, zu dem wir gelangten, nachdem wir die Grenze überschritten hatten, ein kleiner Tempel war. Ich hatte unseren Weg so gelegt, daß wir hier vorbeikommen mußten.

»Was ist das für ein Schrein, Taita?« Meine Herrin zog den Vorhang ihrer Sänfte zur Seite.

»Es ist der Tempel des Gottes Akh-Horus, Herrin. Möchtest du hier beten?«

»Danke«, flüsterte sie. Sie wußte, was ich getan hatte. Ich half ihr aus der Sänfte, und sie stützte sich auf mich, als wir das kühle düstere Steingebäude betraten.

Wir beteten gemeinsam, und ich war ganz sicher, daß Tanus den Stimmen der beiden Menschen lauschte, die ihn auf der ganzen Welt am meisten geliebt hatten. Bevor wir weiterzogen, befahl mir meine Herrin, den Priestern das gesamte Gold zu übergeben, das wir bei uns hatten, und versprach, noch mehr für die Erhaltung und die Verschönerung des Tempels zu schicken.

Als wir den Palast von Elephantine erreichten, war sie völlig erschöpft. Jeden Tag wurde das Ding in ihrer Gebärmutter größer, denn es ernährte sich von ihrem verfallenden Körper. Ich legte sie im Pavillon im Wassergarten auf ein Lager, und sie schloß die Augen und ruhte sich eine Weile aus. Dann öffnete sie sie wieder und lächelte mich sanft an. »Hier waren wir einmal glücklich, aber werde ich mein Theben wiedersehen, bevor ich sterbe?« Ich konnte ihr nicht antworten. Es war müßig, ihr ein Versprechen zu geben, das ich vielleicht nicht einhalten konnte.

»Wenn ich vorher sterben sollte, versprichst du mir dann, mich dorthin zurückzubringen und mir ein Grab in den Hügeln zu bauen, von wo ich meine wunderschöne Stadt sehen kann?«

»Das verspreche ich dir mit ganzem Herzen«, erwiderte ich.

In den darauffolgenden Tagen baute ich mit Aton im ganzen oberen Königreich wieder unser altes Spinnennetz aus Spionen und Informanten auf. Viele von denen, die früher für uns gearbeitet hatten, waren längst tot, aber manche waren noch am Leben. Mit Gold und Patriotismus als Köder rekrutierten sie in jedem Dorf und in jeder Stadt neue junge Spione.

Bald hatten wir Spione im Palast des Stadthalters der Hyksos in Theben und andere bis weit oben im Norden, bis zum Delta des unteren Königreichs. Durch sie erfuhren wir, welche Hyksos-Regimenter in den Städten Quartier bezogen hatten und welche auf dem Marsch waren. Wir erfuhren ihre Stärke und die Namen und Schwächen ihrer Befehlshaber. Wir kannten die genaue Zahl ihrer Schiffe und Streitwagen, und als das Hochwasser des Nils zurückging, waren wir in der Lage, dieser riesigen Zahl an Menschen und Kampfmaschinen nach Süden zu folgen, während König Salitis nach Theben unterwegs war.

Im Namen des Pharao Tamose schmuggelte ich heimlich Botschaften zu den Ägyptern in den Regimentern des Feindes, drängte sie, einen Aufstand anzuzetteln. Sie fingen an, zu uns überzulaufen, und brachten wertvolle Unterstützung. Schon bald kamen die Fahnenflüchtigen aus den Hyksos-Armeen nicht mehr vereinzelt, sondern in Scharen. Zwei volle Regimenter Bogenschützen liefen zu uns über, mit dem blauen Banner, das über ihrem Kopf flatterte, und sie sangen: »Ägypten und Tamose!«

Die Mannschaften von hundert Kampfgaleeren meuterten und schlachteten ihre Hyksos-Offiziere ab. Als sie den Fluß heraufkamen, um sich mit uns zu vereinigen, trieben sie eine ganze Flotte Barken vor sich her, die sie im Hafen von Theben erbeutet hatten. Sie waren mit Korn und Öl und Salz und Flachs und Holz vollgeladen, alles Kriegsreserven.

Inzwischen waren unsere sämtlichen Streitkräfte, außer der kleinen Herde zahmer Gnus, durch den Katarakt gekommen und rund um die Stadt verteilt. Die Gnus hatte ich bis zuletzt übriggelassen. Von meinem Aussichtspunkt im Nordturm konnte ich die Pferdelinien sehen, die sich an beiden Uferbänken meilenweit hinzogen, und den Rauch aus den Kochfeuern der Truppenlager, die die Luft blau färbten.

Mit jedem Tag wurden wir stärker, und ganz Ägypten brodelte vor Aufregung und Erwartung. Der ungestüme Geruch von Freiheit erfüllte jeden Atemzug. *Kemit* war eine Nation, die kurz vor ihrer Wiedergeburt stand. In den Straßen und Schenken sangen sie patriotische Lieder, und die Huren und Weinhändler wurden fett von den guten Geschäften, die sie machten.

Aton und ich, die wir über unseren Karten und geheimen Berichten brüteten, sahen ein anderes Bild vor unseren Augen entstehen. Wir sahen, wie sich der Hyksos-Riese wachschüttelte und seine eiserne Faust nach uns ausstreckte. Von Memphis aus, und von jeder Stadt und jedem Ort im Delta, waren König Salitis' Regimenter auf dem Vormarsch zu uns. Jede Straße war von seinen Streitwagen überzogen, und der Fluß von seinen Schiffen. Sie alle zogen nach Süden, nach Theben.

Ich wartete, bis ich wußte, daß der edle Herr Apachan, der Befehlshaber der Hyksos-Streitwagen, Theben erreicht hatte und mit seinen Wagen und Pferden vor den Stadtmauern sein Lager aufgeschlagen hatte. Dann trat ich vor Pharao Tamoses Kriegsrat.

»Hoheit, ich bin gekommen, um zu berichten, daß der Feind jetzt einhundertundzwanzigtausend Pferde und zwölftausend Streitwagen bei Theben zusammengezogen hat. In zwei Monaten wird der Nil so weit gesunken sein, daß Apachan mit seinem letzten Vorstoß beginnen kann.«

Sogar Kratas machte ein ernstes Gesicht. »Wir hatten schon schlechtere Karten...«, begann er, aber der König schnitt ihm das Wort ab.

»Ich kann es von seinem Gesicht ablesen, daß uns der Gebieter der königlichen Pferde noch mehr zu sagen hat. Habe ich recht, Taita?«

»Pharao hat immer recht«, stimmte ich zu. »Ich bitte dich um Erlaubnis, meine Gnus von oberhalb des Katarakts herunterbringen zu dürfen.«

Kratas lachte. »Bei Seths Glatze, Taita, willst du etwa auf diesen komischen Biestern gegen die Hyksos zu Felde ziehen?« Ich lachte höflich über seinen Scherz. Sein Sinn für Humor ist fast so feinsinnig wie der seiner wilden Schilluks, die seinem Befehl unterstehen.

Am nächsten Morgen zogen Hui und ich flußaufwärts, um die Gnus zu holen. Inzwischen waren von den ursprünglichen sechstausend nur noch dreihundert dieser bedauernswerten Kreaturen am Leben geblieben, aber sie waren ziemlich zahm und fraßen einem aus der Hand. Wir trieben sie an einem ruhigen Platz zusammen, um sie möglichst zu schonen.

Die Pferde, die Remrem in jener ersten kurzen Schlacht mit den flüchtenden Hyksos-Wagen erbeutet hatte, waren auf meine Anordnung von unseren eigenen Pferden, die wir von Kusch mitgebracht hatten, abgesondert worden. Hui und ich trieben die Gnus zu ihnen auf die Weide, und nach ihrem anfänglichen Unbehagen weideten beide Tierarten völlig friedlich miteinander. Und in der Nacht trieben wir die Gnus und die Hyksos-Pferde zusammen in einen Pferch. Ich ließ Hui bei ihnen, der sie bewachen sollte, und kehrte in den Palast auf der Insel Elephantine zurück.

Ich will gern zugeben, daß ich mir meiner Sache keineswegs sicher war und mir während der nächsten Tage ziemliche Sorgen machte. Ich hatte soviel Vertrauen in den Erfolg dieser List gesetzt, die schließlich auf einem natürlichen Vorgang beruhte, den ich nicht ganz verstand. Wenn die

Sache schiefging, würden wir uns der geballten Wut eines Feindes gegenübersehen, der mindestens viermal so stark war wie wir.

Ich hatte mit Aton bis spät in die Nacht gearbeitet und war in der Palastbibliothek über meinen Schriftrollen eingeschlafen, als ich von unsanften Händen wachgerüttelt wurde und Hui in mein Ohr schrie: »Komm mit, du fauler alter Schurke! Wach auf! Ich muß dir etwas zeigen.«

Er hatte Pferde mitgebracht, die am Lagerplatz auf uns warteten. Sobald uns die Fähre am anderen Ufer abgesetzt hatte, liefen wir zu ihnen und stiegen auf. Im Mondschein galoppierten wir den ganzen Weg am Flußufer entlang und kamen mit schweißnassen Pferden zu den Weidekoppeln. Die Pferdeknechte hatten Lampen angezündet und waren in dem trüben gelben Licht bei der Arbeit.

Sieben der Hyksos-Pferde lagen bereits am Boden, und aus ihren Mäulern und Nüstern quoll dicker gelber Eiter. Die Pferdeknechte schnitten ihre Luftröhren ein und schoben die hohlen Schilfgräser durch, um sie vor dem Ersticken zu bewahren.

»Es hat geklappt!« rief Hui und riß mich in seine Arme und drückte mich an sich und tanzte mit mir im Kreis herum. »Der Gelbe Würger! Es hat geklappt! Es hat geklappt!«

»Es war doch meine Idee, nicht wahr?« sagte ich so würdevoll, wie es mir sein närrisches Treiben erlaubte. »Natürlich hat es geklappt.«

Die Barken waren in den vergangen Wochen am Ufer vertäut gewesen, um für diesen Tag bereit zu sein. Wir luden die Pferde sofort auf, alle, die noch aufrecht stehen konnten. Die Gnus ließen wir im Pferch zurück. Wo wir jetzt hinfuhren, wäre ihre Gegenwart nur schwer zu erklären.

Mit einer erbeuteten Hyksos-Galeere im Tau jeder Barke ruderten wir hinaus auf den Strom und drehten dann nach Norden. Mit fünfzig Rudern an jeder Seite und dem Wind und dem Strom im Rücken kamen wir schnell voran, als wir uns eilig nach Theben aufmachten, um dem edlen Herrn Apachan unser Geschenk zu überbringen.

Sobald wir an Kom-Ombo vorbei waren, holten wir die blaue Fahne vom Mast und hißten die erbeuteten Hyksos-Flaggen. Die meisten Männer aus den Besatzungen der Galeeren, die die Barken zogen, waren unter der Hyksos-Herrschaft geboren, manche hatten gemischte Eltern und beherrschten die Hyksos-Sprache fließend.

Zwei Nächte nach Kom-Ombo wurden wir von einer Hyksos-Galeere angehalten. Sie legte längsseits an und schickte eine Gruppe Männer zu uns an Bord, um unsere Ladung zu besichtigen.

»Pferde für die Streitwagen des edlen Herrn Apachan«, sagte ihnen unser Kapitän. Sein Vater war ein Hyksos, aber seine Mutter war eine ägyptische Adelige. Sein Benehmen wirkte ganz natürlich, und seine Beglaubigungen waren überzeugend. Nach einer flüchtigen Durchsuchung ließen sie uns weiterfahren. Bevor wir Theben erreicht hatten, wurden wir noch zweimal angehalten und durchsucht, aber unserem Kapitän gelang es jedesmal, die Hyksos-Offiziere zu täuschen, die an Bord kamen.

Zu diesem Zeitpunkt galt meine größte Sorge dem Zustand der Pferde. Trotz unserer großen Anstrengungen starben sie eines nach dem anderen, und die Hälfte von denen, die noch lebten, befand sich in einem bemitleidenswerten Zustand. Wir warfen ihre Kadaver über Bord und fuhren so schnell es ging weiter nach Norden.

Ursprünglich hatte ich vorgehabt, die Pferde im Hafen von Theben an die Quartiermeister der Hyksos zu verkaufen, aber niemand, der etwas von Pferden verstand, würde sich diese armselige Herde auch nur ansehen. Deshalb faßten Hui und ich einen anderen Plan.

Wir richteten es beim letzten Stück unserer Reise so ein, daß wir bei Sonnenuntergang in Theben eintrafen. Mir tat das Herz weh, als ich die vertrauten Wahrzeichen wiedersah. Die Mauern der Zitadelle glühten in den letzten Sonnenstrahlen in einem rosaroten Schein. Die drei eleganten Türme, die ich für den edlen Herrn Intef gebaut hatte und die wegen ihrer Form die Finger von Horus genannt wurden, ragten immer noch hoch in den Himmel.

Memnons Palast am Westufer, den ich unvollendet zurückgelassen hatte, war von den Hyksos neu errichtet worden. Und selbst ich mußte zugeben, daß sich der asiatische Einfluß nicht schlecht ausnahm. In diesem Licht wirkten die Türmchen und Wachtürme irgendwie geheimnisvoll und exotisch. Ich wünschte, meine Herrin wäre bei mir, um diesen Augenblick der Heimkehr mit mir zu teilen. Wir hatten uns beide mehr als ein halbes Leben danach gesehnt.

Trotz des verblassenden Lichts konnten wir vor den Stadtmauern die riesige Ansammlung von Menschen und Pferden und Streitwagen sehen. Obwohl man mir alles genau berichtet hatte, war es mir unmöglich gewesen, mir eine so große Menge an Material und Menschen vorzustellen. Ich fuhr zusammen, als ich sie sah, und mußte an die tapfere kleine Armee denken, die ich in Elephantine zurückgelassen hatte.

Wir würden die Gunst der Götter brauchen, und viel Glück dazu, um gegen diesen mächtigen Feind bestehen zu können. Als das letzte Licht verblaßt war und die Nacht hereinbrach, glühten die Feuer der Hyksos hell auf und flackerten wie ein Sternenfeld über die Ebene. Sie nahmen kein Ende – sie erstreckten sich bis in die Ferne, soweit das Auge reichte.

Während wir ihnen immer näher kamen, konnten wir sie riechen. Eine Armee, die ihr Lager aufgeschlagen hat, gibt einen ganz eigenen Geruch von sich. Es ist eine Mischung aus vielen Gerüchen, aus Dungfeuern und gekochtem Essen, dem frischen Geruch von getrocknetem Heu, dem Ammoniakgeruch der Pferde und dem Gestank menschlicher Kloaken in den offenen Gruben, ein Geruch von Leder und Pech und Pferdeschweiß und Hobelspänen und saurem Bier. Vor allem aber ist es der Geruch von Menschen, Zehntausenden Menschen, die dicht gedrängt in Zelten und Hütten und Unterkünften leben.

Wir segelten weiter, und die Geräusche drangen über das sternenerhellte Wasser bis zu unserem stummen Schiff: das Schnauben und Wiehern der Pferde, das Schlagen der Schmiedehämmer auf dem Amboß, die Speerköpfe und Klingen in ihre Form brachten, die Zurufe der Wachen und die Stimmen der Männer, die miteinander stritten und sangen und lachten.

Ich stand neben dem Kapitän auf dem Deck der ersten Galeere und wies ihm den Weg zum Ostufer. Ich erinnerte mich an den Anlegeplatz der Holzhändler draußen vor den Stadtmauern. Falls es ihn noch gab, würde er sich am besten zum Entladen unserer Herde eignen.

Ich entdeckte den Eingang zum Kai, und wir ruderten hinein. Der Anlegeplatz war noch genauso, wie ich ihn in Erinnerung hatte. Während wir längsseits anlegten, kam der Hafenmeister umständlich an Bord, verlangte unsere Papiere und unsere Handelslizenz zu sehen.

Ich katzbuckelte vor ihm, verbeugte mich tief und grinste unterwürfig. »Exzellenz, es hat einen schrecklichen Unfall gegeben. Meine Lizenzen wurden mir vom Wind aus der Hand geweht, zweifellos ein übler Trick, den mir Seth gespielt hat.«

Er blähte sich auf wie ein wütender Ochsenfrosch, machte sich aber wieder kleiner, als ich einen schweren Goldring in seine fette Faust schob. Er prüfte das Metall mit den Zähnen und trollte sich lächelnd vom Schiff.

Ich schickte einen der Pferdeknechte an Land, damit er die Fackeln löschte, die den Anlegeplatz beleuchteten. Ich wollte verhindern, daß irgendwelche neugierigen Augen den bedauernswerten Zustand der Pferde bemerkten, die wir an Land brachten. Einige unserer Tiere waren schon zu schwach, um aufzustehen, andere taumelten und keuchten, und aus ihren Mäulern und Nüstern tropfte stinkender Schleim. Wir waren gezwungen, ihnen Halfter anzulegen und sie von der Barke ans Ufer zu locken. Am Ende hatten nur noch hundert Pferde genügend Kraft, um gehen zu können.

Wir führten sie über den Wagenweg hinauf zu der Stelle, an der nach Auskunft unserer Spione die meisten Pferde vorbeikamen. Unsere Spione hatten uns auch das Losungswort der ersten Wagendivision der Hyksos besorgt, und die Sprachkundigen unter uns antworteten auf die Zurufe der Wachen.

Wir führten unsere Pferde am Lager des Feindes entlang. Unterwegs begannen wir damit, unsere schwer heimgesuchten Pferde freizulassen und durch die Linien der zwanzig Wagendivisionen der Hyksos zu schikken. Wir bewegten uns so natürlich, daß wir keinen Verdacht erregten und kein Alarm geschlagen wurde, wir plauderten und scherzten sogar mit den feindlichen Pferdeknechten und Pferdehändlern, denen wir auf dem Weg begegneten.

Beim ersten Schein der Morgendämmerung kehrten wir zum Anlegeplatz zurück, wo wir von Bord gegangen waren. Nur eine der Galeeren hatte gewartet, um uns wieder aufzunehmen, die restliche Flotte war schon wieder nach Süden unterwegs, nachdem sie ihre Ladung kranker Tiere abgeladen hatte.

Nachdem wir an Bord des zurückgebliebenen Schiffes gegangen waren, ließen sich Hui und die anderen Pferdeknechte erschöpft auf das Deck sinken, während ich an der Reling des Achterdecks stehenblieb und zu den Stadtmauern meines schönen Theben sah, die, eingehüllt in die reine Morgensonne, hinter uns zurückblieben.

Zehn Tage später fuhren wir in den Hafen von Elephantine ein, und nachdem ich Pharao Tamose Bericht erstattet hatte, lief ich eilig in den Wassergarten im Harem. Meine Herrin lag im Schatten des Pavillons. Sie war so blaß und dünn, daß meine Hände zitterten, als ich sie in Ehrerbietung nach ihr ausstreckte. Sie begann zu weinen, als sie mich sah.

»Ich habe dich vermißt, Taita. Es bleibt uns nur noch so wenig Zeit, zusammenzusein.«

Der Nil begann sich wieder in sein Flußbett zurückzuziehen. Die Felder tauchten unter einer dicken fruchtbaren Schlammdecke glänzend schwarz aus der Überschwemmung auf. Die Straßen wurden wieder trocken und gaben den Weg nach Norden frei. Bald würde die Zeit zum Pflügen gekommen sein – und die Zeit für den Krieg.

Aton und ich warteten besorgt ab, lasen jeden Bericht von unseren Spionen im Norden sorgfältig und genau. Endlich traf die Nachricht ein, auf die wir so sehnlich gewartet und um die wir gebetet hatten. Die Nachricht kam mit einem schnellen Boot, das der Nordwind zu uns getragen hatte. Es legte während der dritten Nachtwache an, aber der Bote fand uns in Atons Zelle im Schein der Lampe noch immer bei der Arbeit.

Ich hastete mit dem schmutzigen Stück Papyrus sogleich zu den königlichen Gemächern. Die Wachen hatten den Befehl, mich zu jeder Tages- und Nachtzeit durchzulassen, doch Königin Masara kam mir schon am Vorhang vor der Tür zum Schlafgemach des Königs entgegen.

»Ich lasse nicht zu, daß du ihn jetzt weckst, Taita. Es ist seit einem Monat die erste Nacht, in der er schlafen kann, ohne gestört zu werden.«

»Hoheit, ich muß ihn sehen. Ich unterstehe seinem direkten Befehl...«

Während wir noch stritten, ertönte eine tiefe junge Stimme hinter dem Vorhang: »Bist du es, Taita?« Der Vorhang wurde zur Seite gezogen, und dann stand der König in seiner nackten Schönheit vor uns. Einen Mann wie ihn hatte ich nur selten gesehen – schlank und hart wie die Klinge des blauen Schwerts, mit majestätischen männlichen Geschlechtsteilen, die mir meine eigene Unzulänglichkeit schmerzlich bewußt machten.

»Was gibt es, Taita?«

»Nachrichten aus dem Norden, aus dem Lager der Hyksos. Eine schreckliche Seuche hat sich in den Reihen der Hyksos ausgebreitet. Die Hälfte ihrer Pferde sind davon befallen, und Tausende weitere fallen mit jedem Tag dieser Krankheit zum Opfer.

»Du bist ein wahrer Zauberkünstler, Taita. Wie haben wir uns nur je über dich und deine Gnus lustig machen können!« Er packte mich bei den Schultern und sah mir in die Augen. »Bist du bereit, für Ruhm und Ehren mit mir in die Schlacht zu ziehen?«

»Ja, ich bin bereit, Pharao.«

»Dann spanne sofort Felsen und Kette an und laß die blaue Fahne über meinem Wagen wehen. Wir fahren heim nach Theben.«

Und so standen wir schließlich mit vier Wagendivisionen und einer dreißigtausend Mann starken Fußtruppe vor der Stadt der hundert Tore.

Vor uns lag König Salitis' Armee, aber dahinter winkten uns die Finger von Horus zu, und die Mauern von Theben schimmerten im Morgenlicht.

Schwerfällig wie eine riesige Pythonschlange, die sich langsam entrollt, bezog die Hyksos-Armee Reihe für Reihe Gefechtsstellung. Ihre Speerspitzen glitzerten, und die goldenene Helme der Offiziere funkelten in der ersten Morgensonne.

»Wo ist Apachan mit seinen Streitwagen?« fragte der König, und ich starrte zu dem Finger von Horus, welcher am dichtesten beim Fluß stand. Ich mußte meine Augen anstrengen, um die winzigen bunten Stoffetzen zu erkennen, die von der Turmspitze wehten.

»Apachan hat fünf Divisionen bei sich, sechs weitere stehen bereit. Sie halten sich hinter der Stadtmauer versteckt.«

Ich konnte es den Flaggenzeichen des Spions entnehmen, welchen ich im höchsten der drei Türme postiert hatte. Ich wußte, daß er von dort die Sicht eines Falken über das Schlachtfeld hatte.

»Das sind nur elf Divisionen, Taita«, sagte der König ungeduldig. »Wir wissen, daß er zwanzig hat. Wo sind die anderen?«

»Der Gelbe Würger«, erwiderte ich. »Er hat jedes Pferd, das sich noch auf den Beinen halten kann, aufs Schlachtfeld gebracht.«

»Bei Horus, ich hoffe, daß du recht hast. Ich hoffe, daß uns Apachan nicht eine hübsche kleine Überraschung bereitet.«

Er berührte mich an der Schulter. »Die Würfel sind gefallen, Taita. Wir können nichts anderes mehr tun, als diesen Schlag mit dem ausführen, was uns die Götter gegeben haben. Fahre hinaus, um noch einmal alles zu überprüfen.«

Ich ergriff die Zügel, scherte aus der Reihe aus und fuhr hinaus vor die Stellungen unserer Armee. Der König zeigte sich seinen Truppen. Seine Gegenwart würde ihnen Mut machen und den Rücken stärken. Ich lenkte die Pferde im Trab an den Reihen entlang. Felsen und Kette waren so eifrig gebürstet worden, daß ihre Felle glänzten wie poliertes Kupfer im Sonnenlicht. Der Wagen des Königs war mit einer dünnen Schicht Blattgolds überzogen. Mehr Schmuck hatte ich ihm nicht zugebilligt, denn der Wagen mußte so leicht wie möglich sein.

Das Gold war dünner als ein Papyrusblatt und fügte dem Gesamtgewicht unseres Wagens nicht einmal hundert Deben hinzu, doch er zeichnete ihn vor allen anderen aus. Freund oder Feind, wer immer ihn sah, konnte keinen Zweifel daran hegen, daß dies Pharaos Streitwagen war. Auf einem langen wippenden Bambusstab wehte die blaue Fahne hoch über unseren Köpfen im Wind, und die Männer jubelten uns zu, als wir an ihren Reihen vorbeifuhren.

An dem Tag, da wir Qebui verlassen hatten, um die Rückreise anzutreten, hatte ich den Schwur getan, mein Haar so lange nicht zu schneiden, bis ich im Tempel von Horus mitten in Theben ein Opfer gebracht hatte. Nun reichte mir mein Haar schon bis an die Hüften, und um die grauen Strähnen darin zu verbergen, hatte ich es mit Henna gefärbt, das aus den Ländern hinter dem Indus-Fluß stammte. So hatte es die Farbe von rötlichem Gold, was meine Schönheit vollkommen machte. Ich trug einen einfachen gestärkten Schurz aus dem weißesten Leinen und das Ehrengold auf meiner nackten Brust. Ich wollte in keiner Weise von der Pracht meines jungen Pharao ablenken, deshalb hatte ich mich nicht geschminkt und keinen weiteren Schmuck angelegt.

Wir kamen an den Speerwerfern der Schilluk-Regimenter vorbei. Diese wunderbaren blutrünstigen Heiden waren der Felsen, an dem alle anderen ankerten. Sie jubelten uns zu. »*Kajan!* Tanus! *Kajan!* Tamose!« riefen sie.

Als sie ihre Speere zum Gruß hoben, wallten ihre Straußenfedern weiß auf wie der Schaum des Stroms in den Katarakten. Ich sah den edlen Herrn Kratas mitten unter ihnen, und er rief mir etwas zu. Seine Worte gingen im Gebrüll der zehntausend Stimmen unter, doch ich las sie ihm von den Lippen ab: »Wir beide werden uns heute nacht in Theben betrinken, daß uns speiübel wird, du alter Halunke.«

Die Schilluk standen ordentlich aufgereiht, ein Regiment nach dem anderen. Kratas hatte immer wieder mit ihnen die Aufstellungen geübt, welche ich mit ihm zusammen ersonnen hatte, und ihnen gezeigt, wie sie mit den Streitwagen umgehen mußten. Außer den langen Speeren trugen sie jeder ein Bündel Wurfspieße und eine Schlinge aus Holz und Leder, um sie mit größerer Kraft abschießen zu können. Sie hatten die spitzen Holzstangen vor sich in den Boden gestoßen, so daß sie eine Palisade bildeten. Wollten sie auf die Schilluks treffen, mußten die Hyksos als erstes mit ihren Streitwagen diese stachelige Barriere überwinden.

Hinter den Schilluk standen die ägyptischen Bogenschützen, darauf vorbereitet, durch die Reihen vorzustoßen oder zurückzuweichen, je nachdem, wie die Schlacht verlief und was gerade erforderlich war. Sie hoben ihre gekrümmten Bogen empor und jubelten Pharao zu. »Tamose! Ägypten und Tamose!«

Pharao trug die blaue Kriegskrone mit dem goldenen Bild der Uräusschlange auf der Stirn. Der Kopf des Geiers und der Schlange – die beiden Königreiche – waren miteinander verschlungen und mit glitzernden Juwelenaugen besetzt. Pharao erwiderte den Gruß mit der blanken Klinge des blauen Schwerts.

Wir umrundeten die linke Flanke, und bevor wir zurückfuhren, legte Memnon mir die Hand auf die Schulter und bedeutete mir anzuhalten. Für einen Augenblick blickten wir über das Feld zurück zu den Hyksos. Sie rückten bereits vor, ihre Frontlinie war doppelt so lang wie unsere.

»Nach deinem eigenen Bericht, Taita«, sagte er und wiederholte meine Worte: »›Eine wohlüberlegte Verteidigung, bis sich der Feind eine Blöße gibt und dann ein schneller und entschlossener Vorstoß.‹«

»Du hast es dir gut gemerkt, Herr.«

»Bestimmt wird er uns in die Flanken fallen, und wahrscheinlich wird Apachan gleich zu Beginn seine ersten fünf Wagendivisionen in den Kampf schicken.«

»Das glaube ich auch, Mem.«

»Aber wir wissen, was wir zu tun haben, nicht wahr, Taita?«

Er klopfte mir auf die Schulter, und wir fuhren zurück zu unseren Streitwagen.

Remrem führte die erste Division an, Astes die zweite und der edle Herr

Aqer die dritte. Hauptmann Hui, der gerade in den Rang eines Führers von Zehntausend erhoben war, befehligte die vierte Division. Zwei Regimenter der Schilluk bewachten unser Gepäck und die restlichen Pferde.

»Sieh dir bloß diesen alten Jagdhund an«, sagte Memnon und wies in Remrems Richtung. »Er kann es kaum noch erwarten, loszuschlagen. Bei Horus, ich werde ihn ein Weilchen zappeln lassen.«

Aus der Mitte hörten wir die Hörner erschallen.

»Es geht los.« Memnon deutete nach vorn, wo die Streitwagen der Hyksos in einer Staubwolke heranrollten.

Dann warf er einen Blick auf unsere Divisionen, und Remrem streckte sein Schwert hoch in die Luft. »Die erste ist bereit, Hoheit!« rief er ungestüm, doch Memnon beachtete ihn nicht und gab dem edlen Herrn Aqer ein Zeichen. Die dritte Division kam in Viererreihen nach vorn, und Pharao führte sie hinaus.

Die Streitwagen der Hyksos rollten schwerfällig auf uns zu, ihr Ziel war die Mitte unserer Kampflinie. Memnon wechselte auf die andere Seite, brachte unsere schmale Kolonne zwischen ihre Massen und die Fußtruppen. Und dann schwenkten wir auf sein Zeichen hin und fuhren geradewegs auf sie zu. Es schien selbstmörderisch, aussichtslos, als wollten wir mit einer zerbrechlichen Holzgaleere gegen die Felsen des Katarakts antreten.

Während wir aufeinander losstürmten, schossen unsere Bogenschützen unentwegt auf die Hyksos-Wagen, zielten auf die Pferde. In ihren Reihen taten sich Lücken auf, wenn Tiere von den Pfeilen zu Boden gestreckt wurden. Und dann, im allerletzten Augenblick, löste sich unsere Reihe auf wie Rauch im Wind. Unsere Wagenlenker nutzten die Möglichkeiten unserer leichteren und wendigeren Wagen nach Kräften. Statt direkt mit den Hyksos-Reihen zusammenzustoßen und unter sie zu geraten, lenkten wir unsere Wagen durch die Lücken und rasten durch sie hindurch. Nicht alle unsere Streitwagen kamen ungeschoren davon, einige wurden zertrümmert und überschlugen sich, aber der edle Herr Aqer brachte vier von fünf Wagen heil durch die feindlichen Linien.

Wir machten, als wir die Reihen der angreifenden Hyksos durchstoßen hatten, kehrt, formierten uns neu und überrollten sie von hinten her, indem wir in sie hineinfuhren und unsere Pfeile aus kürzester Entfernung auf sie abschossen.

Die Streitwagen der Hyksos waren so gebaut, daß sie der Mannschaft von vorn Schutz gewährten; ihre Bogenschützen standen auf dem vorderen Trittbrett, um ihre Pfeile nach vorn abzuschießen. Als sie unserem Angriff von hinten zu begegnen suchten, breitete sich Verwirrung in ihren Reihen aus. Hart bedrängt, versuchten einige Lenker, ihren Wagen zu wenden, was dazu führte, daß sie mit den neben ihnen fahrenden eigenen Wagen zusammenstießen. Die schrecklichen Radmesser bohrten sich in die Beine ihrer eigenen Pferde und brachten sie in einem schreienden, wiehernden Knäuel zu Fall.

In diesem Augenblick stiegen die ersten Pfeile der ägyptischen Bogenschützen über den Reihen der Schilluk auf und prasselten auf die Hyksos nieder. Auf Memnons Befehl hin scherten wir aus und fuhren davon, während die Hyksos auf die Palisade aus spitzen Pfählen prallten und die Hälfte ihrer Pferde von dieser schrecklichen Waffe aufgespießt und verstümmelt oder getötet wurde. Und die wenigen Hyksos-Wagen, die durchkamen, trafen auf die Schilluk und einen Hagel Wurfspieße. Von Stäben und Pfeilen und Wurfspießen getroffen, gerieten ihre Pferde außer sich; sie schlugen um sich und bäumten sich wild in den Zugriemen auf.

Die Speerwerfer der Hyksos bewegten sich nach vorn, sie folgten den Wagen, um ihren Angriff auszuweiten, aber sie kamen nicht weit. Losgerissene Pferde und die letzten Streitwagen sprengten auf ihrer wilden Flucht die Reihen der Speerwerfer. Sie blieben inmitten des Schlachtfeldes stecken, und Memnon nutzte die Gelegenheit sogleich geschickt aus.

Die Pferde des edlen Herrn Aqer waren außer Atem, und Memnon brachte sie zurück, um sie gegen ausgeruhte einzutauschen. Die Pferdeknechte brauchten nur einen Augenblick, um die Halterung zu lösen, welche Felsen und Kette miteinander verband, und zwei andere Pferde anzuspannen. Wir hielten sechstausend Pferde als Ersatz bereit. Ich fragte mich, wie viele der Hyksos-Pferde wohl dem Gelben Würger entronnen waren, wie viele Ersatzgespanne sie hatten.

Als wir in die Reihe zurückrollten, rief uns Remrem verzweifelt hinterher: »Hoheit! Die erste! Schick doch meine erste Division in die Schlacht!«

Pharao gab Astes das Zeichen. Die zweite Division reihte sich hinter uns ein und nahm trabend Aufstellung.

Die Fußtruppen der Hyksos waren dem Durcheinander des Schlachtfeldes noch nicht entronnen. Ihre Reihen wiesen keinerlei Ordnung mehr auf. Mit dem Auge eines Generals suchte sich Memnon den schwächsten Punkt aus, einen Vorsprung in ihrer linken Flanke.

»Die zweite Division rückt vor. Trab-marsch! Vorwärts! Angriff in Achtergruppen!«

Acht Wagen nebeneinander, eine Gruppe nach der anderen, hielten wir auf sie zu und fuhren mit voller Wucht in sie hinein. Ihre linke Flanke geriet ins Schwanken, während die rechte noch immer vorrückte. Dann trieben wir sie schräg über das Feld, und Memnon ordnete die dritte Division im Galopp neu, daß sie den Feind in der Mitte aufreißen konnte.

Kurz bevor wir angriffen, warf ich einen Blick hinüber zur Stadt. Es war alles in Staub gehüllt, aber ich konnte die beiden weißen Flaggen auf der Spitze des Fingers von Horus erkennen. Es war ein Warnzeichen meines Aussichtspostens dort oben, und ich drehte mich mit einem Ruck um und sah zur Ostfestung der Stadt.

»Hoheit!« rief ich und deutete nach hinten. Der König folgte meiner Armbewegung und sah die erste Schwadron Hyksos-Streitwagen aus ihrem Versteck hinter der Mauer auftauchen, immer mehr kamen zum Vorschein.

»Apachan schickt seine Ersatz-Divisionen in den Kampf, um seine Fußtruppen zu retten!« rief Memnon mir zu. »Einen Augenblick später, und er hätte uns der ganzen Länge nach unter Flankenbeschuß genommen. Gut gemacht, Taita.«

Wir mußten die Fußtruppen entkommen lassen und eine Reihe bilden, um uns Apachans Streitwagen zu stellen. Das Feld, auf dem wir aufeinandertrafen, war mit zerbrochenen und umgekippten Streitwagen, Pfeilen und Wurfspießen, toten und verwundeten Pferden und sterbenden Männern übersät. Ich stand hoch aufgerichtet auf dem Trittbrett und starrte den angreifenden Hyksos entgegen. Irgend etwas war ungewöhnlich an der Fahrt der feindlichen Wagen, und schlagartig erfaßte ich, was es war. »Majestät!« rief ich. »Sieh die Pferde! Sie fahren mit kranken Tieren.« Die Brust der Pferde im ersten Gespann war von dickem gelbem Schleim überzogen, der aus ihren weit aufgerissenen Mäulern quoll. Noch während ich hinsah, stolperte eines der Pferde, stürzte zu Boden und riß das andere mit sich. »Süße Iris, du hast recht. Ihre Pferde sind hinüber, noch ehe es begonnen hat«, erwiderte Memnon. Er erkannte sofort, was er zu tun hatte. Und es war der Beweis dafür, wie sicher er alles beherrschte, daß er seine Wagen noch umzuleiten vermochte, als sie schon zum Angriff rollten. Im allerletzten Augenblick änderte er ihre Richtung.

Als sie uns angriffen, wichen wir nach beiden Seiten zurück, machten kehrt und fuhren zu unseren eigenen Linien zurück, zogen den Feind hinter uns her, so schnell, daß seine kranken und keuchenden Pferde aufs äußerste gefordert wurden.

Auch die Pferde des edlen Herrn Aqer waren inzwischen erschöpft. Er war zwei wilde Angriffe mit ihnen geritten, ohne eine Pause. Verfolgt von den restlichen Streitwagen Apachans, brachte Memnon sie zurück zu dem Platz, an dem Huis vierte Division neben Remrem und seiner ersten wartete.

»Pharao! Wir sind bereit. Schick die erste! Im Namen aller Götter, gib uns den Befehl!« heulte Remrem in verzweifelter Kampfeslust.

Memnon würdigte ihn keines Blickes. Ich schwenkte mit meinem Wagen neben Hui ein. Zwei Knechte spannten unsere schweißgebadeten Pferde aus und gaben uns neue. Wärend die erschöpfte Division des edlen Herrn Aqer sich an uns vorbei nach hinten zurückzog, stellten wir uns auf, um die näherkommenden Hyksos zu empfangen.

»Bist du bereit, Hauptmann Hui?« rief Memnon, und Hui hob den Bogen zum Gruß.

»Für Ägypten und Tamose!« schrie er.

»Dann vorwärts, marsch! Angriff!« Memnon lachte. Unsere Pferde tänzelten in ihren Halftern, und dann schossen wir mit einem Satz nach vorn.

Auf dem Feld waren Apachans Streitwagen aus sechs Divisionen weit verstreut. Die Hälfte lag zerschlagen am Boden, die Pferde waren umgefallen, oder sie hingen matt im Geschirr, halb erstickt, dahingerafft vom Gelben Würger. Die anderen kamen nur noch im Schrittempo voran; trotzdem hielten sie eine gewisse Ordnung in ihren Reihen.

Wir stellten uns ihnen von vorn. In ihrer Mitte fuhr ein großer Streitwagen mit einem funkelnden Bronzegestell. Auf seinem Trittbrett stand ein Mann, der seinen Fahrer weit überragte. Auf seinem Kopf prangte der hohe goldene Helm des Hyksos-Königs, und in seinem dunklen Bart flatterten die bunten Bänder wie Schmetterlinge im Wind.

»Apachan!« rief Memnon. »Du bist ein toter Mann.«

Apachan hörte ihn und erkannte unseren goldenen Streitwagen. Er brach seitlich aus und galoppierte direkt auf uns zu, und Memnon klopfte mir auf die Schulter.

»Bring mich neben diesen bärtigen Verbrecher. Endlich ist es Zeit für das Schwert.«

Apachan schoß vergebens zwei Pfeile auf uns ab, während wir uns näherten. Mein Blick war auf die schrecklichen rotierenden Dolche an den Rädern von Apachans Streitwagen gerichtet; sie konnten meinen Pferden die Beine zerhacken.

Ich vernahm ein leises knirschendes Geräusch, als Memnon das blaue Schwert von der Seitenwand des Wagens nahm und blankzog. Und als er Aufstellung nahm, fing ich aus den Augenwinkeln das Aufblitzen der Stahlklinge auf.

Ich schwenkte ein wenig nach rechts und dann wieder nach links, um den Hyksos-Fahrer zu verwirren. Ich wich den Sicheln aus, fuhr aber möglichst dicht an ihm vorbei, dann drehte ich direkt hinter ihm scharf nach innen. Mit meiner freien Hand packte ich den Enterhaken und warf ihn über die Seitenwand seines anderen Streitwagens. Jetzt waren wir aneinandergekoppelt.

Apachan wirbelte herum, hob das Schwert und stieß zu, doch ich ließ mich auf die Knie fallen, und Memnon fing den Schlag mit seinem Schild auf. Dann schwang er das blaue Schwert. Vom Rand der Waffe, die Apachan hielt, löste sich ein Stück Bronze, wurde von der scharfen Stahlklinge weggeschnitten, und Apachan stieß einen wütenden Schrei aus und riß seinen Kupferschild hoch, als Memnon zum zweiten Schlag ausholte.

Apachan war ein ausgezeichneter Schwertkämpfer, doch gegen meinen König und das blaue Schwert vermochte er nichts auszurichten. Memnon schlug seinen Schild in Streifen, dann holte er aus und schlug gegen die Bronzeklinge, während sich Apachan bemühte, seinen Kopf zu schützen. Die blaue Klinge zerteilte die Bronzeklinge mit einem einzigen Schlag, so daß Apachan nur noch den Griff in der Faust hielt.

Er öffnete den Mund und schrie uns an. Da holte Memnon zu seinem bewährten geraden Stoß aus, um die Sache zu beenden. Er stieß die Spitze der blauen Klinge durch Apachans offenen Mund bis tief hinunter in die Kehle. Die wütenden Schreie wurden in dem hellen Blutstrom ertränkt.

Ich schnitt das Seil des Enterhakens durch und gab den Hyksos-Wagen frei. Die Pferde waren sich selbst überlassen, sie kehrten um und liefen an der Reihe ineinander verkeilter kämpfender Streitwagen vorbei. Apachan klammerte sich am Spritzbrett fest und blieb aufrecht stehen, obwohl er starb. Aus seinem Mund sprudelte das Blut und rann in Kaskaden über seinen Brustschild.

Dieser Anblick erfüllte die Herzen seiner Wagenlenker mit Schrecken. Sie versuchten ihre kranken Pferde aus dem Knäuel zu befreien, aber wir fuhren, Nabe an Nabe, an ihre Seite und schleuderten unsere Wurfspieße in sie hinein. Wir folgten ihnen den ganzen Weg zurück bis in die Reichweite ihrer Bogenschützen. Nun prasselten Wolken aus Pfeilen auf uns herab und zwangen uns, die Verfolgung abzubrechen.

»Es ist noch nicht vorbei«, warnte ich Memnon, als wir unsere müden Pferde zurückführten. »Du hast Apachans Wagenkolonne gebrochen, aber du hast es noch immer mit Beons Fußtruppen zu tun.«

»Bring mich zu Kratas«, befahl Pharao.

Ich hielt unseren Wagen vor den aufmarschierten Regimentern der Schilluk an, und Memnon rief Kratas zu: »Wie fühlst du dich, edler Herr?«

»Ich fürchte, Herr, daß meine Männer einschlafen werden, wenn du ihnen nicht bald etwas zu tun gibst.«

»Dann wollen wir sie aber hören, wenn du sie anführst, damit sie ihre Arbeit tun.«

Die Schilluk marschierten zum Angriff. Sie bewegten sich mit merkwürdig schleifenden Schritten voran, und bei jedem dritten Schritt stampften sie gemeinsam mit einer solchen Wucht auf die Erde, daß der Boden zu zittern begann. Und sie sangen mit ihren tiefen melodischen afrikanischen Stimmen und klopften im Rhythmus mit den Speeren gegen ihre Schilde aus ungegerbten Tierhäuten. Die Hyksos standen unbeirrt und erwarteten Kratas' Angriff hinter einer Wand aus Bronzeschilden.

Die beiden Armeen trafen wie kämpfende Tempelstiere aufeinander. Die schwarzen und weißen Stiere verhakten ihre Hörner ineinander und kämpften Brust an Brust und Speer an Speer, bis zum Ende.

Pharao hielt seine Streitwagen zurück, setzte sie nur dann geschickt ein, wenn sich in den feindlichen Stellungen eine Lücke oder eine Schwäche auftat. Als an der linken Seite ein Haufen Hyksos-Soldaten von den anderen getrennt wurde, schickte er Aqers Division zu ihnen und löschte sie mit zwei Angriffen aus. Als der edle Herr Beon Verstärkung nach vorn schicken wollte, um seiner umzingelten Truppe zu helfen, setzte Pharao seinerseits Astes mit fünfhundert Wagen in Marsch, um es zu vereiteln.

Pharao und ich fuhren mit dem goldenen Streitwagen um die Kämpfe herum, beobachteten jede Verlagerung der Kräfte und jede Veränderung. Mit seinem untrüglichen Gefühl für den geeigneten Zeitpunkt – eine Gabe, die nicht erlernt oder vermittelt werden kann – schickte er seine Ersatzleute genau an die Stellen, wo sie am meisten gebraucht wurden. Es war, als schlüge der Puls der Schlacht in seinem Herzen, als spüre er sie in seinem Blut.

Wo Kratas kämpfte, begannen die Hyksos-Reihen nachzugeben. Es war wie das erste Tröpfeln durch eine Dammauer, ihre Reihen blähten sich auf und dehnten sich, bis sie brachen. Die hinteren Reihen begannen unter dem unaufhörlichen Druck in sich selbst zusammenzufallen.

»Bei der Liebe von Horus und dem Erbarmen aller Götter, Taita, wir haben gesiegt.« Memnon hatte es noch vor mir erkannt.

Wir galoppierten quer über das Feld zu Remrem, der noch immer wartete, und Pharao rief ihm zu: »Bist du bereit, mein edler Herr Remrem?«

»Ich bin seit dem Morgengrauen bereit, Herr, aber ich bin kein edler Herr.«

»Willst du dich mit deinem König streiten, Herr? Jetzt bist du ein edler Herr. Der Feind ist in seiner Mitte zerbrochen. Nimm deine Streitwagen und jage ihn zurück nach Memphis!«

»Mögest du ewig leben, Pharao!« brüllte der edle Herr Remrem, sprang auf seinen Wagen und führte seine erste Division in den Kampf. Ihre Pferde waren frisch und kräftig, und ihr Kampfgeist war aufgestachelt und zornig vom langen Warten.

Sie stürzten sich auf die rechte Flanke der Hyksos. Sie durchbrachen sie, ohne auch nur einmal anzuhalten, dann kehrten sie um und fuhren von hinten mitten in die feindlichen Linien. Genau in diesem Augenblick geriet die Schlacht ins Wanken, und der Kern der Hyksos brach auseinander. In einem einzigen kurzen Augenblick, nicht länger, als man die Luft anhalten kann, waren sie in die Flucht geschlagen.

Sie strömten zurück zu den Stadttoren, aber nicht einmal Kratas' Schilluk machten noch Anstalten, ihnen zu folgen. Sie standen bis zu den Knien zwischen toten und sterbenden Männern, stützten sich auf ihre Speere und ließen die Hyksos ziehen. Und nun zeigte sich, welch ein großer Feldherr Memnon war. Er hatte die erste Division allein für diesen Augenblick aufgespart. Sie nahmen die Verfolgung auf, ich sah Remrems Schwert in einem schrecklichen Rhythmus niedersausen, während er sie vor sich hertrieb.

Die ersten fliehenden Feinde erreichten die Stadtmauern und standen vor verschlossenen Türen. Meine Kundschafter hatten gute Arbeit geleistet. Das Volk von Theben hatte sich gegen die feindlichen Herrscher erhoben, und die Stadt gehörte uns. Das Volk hatte die Tore vor den geschlagenen Hyksos-Legionen felsenfest verschlossen.

Remrem jagte die Hyksos, bis es Nacht wurde und seine Pferde erschöpft waren. Er trieb sie dreißig Meilen weit vor sich her, und die Straße nach Norden war bald mit weggeworfenen Waffen und den Leichnamen erschlagener Hyksos-Soldaten übersät.

Ich lenkte Pharaos goldenen Streitwagen zum Haupttor der Stadt; er aber stand hoch aufgerichtet auf dem Trittbrett und rief den Wachen auf dern Brustwehr über uns zu: »Öffnet die Tore! Laßt mich herein!«

»Wer ist es, der Eintritt fordert in Theben?« riefen sie hinunter.

»Ich bin Tamose, Herrscher beider Königreiche.«

»Heil Pharao! Mögest du ewig leben!« Die Tore schwangen auf, und Memnon berührte meine Schulter. »Fahr hinein, Taita.«

Ich drehte mich um und sah ihm in die Augen. »Verzeih mir, Hoheit. Ich habe einen Schwur geleistet, daß ich die Stadt nur an der Seite meiner Herrin betreten werde. Ich übergebe die Zügel jetzt dir.«

»Steig ab«, befahl er mit weicher Stimme. »Geh! Hol deine Herrin und erfülle deinen Schwur.«

Er nahm mir die Zügel ab, und ich kletterte hinunter auf die staubige Straße. Ich sah ihm nach, als er in dem goldenen Streitwagen durch das Stadttor fuhr, und die Jubelrufe waren wie das Donnern der Gewässer von Katarakten, wenn die Flut eintrat. Das Volk von Theben grüßte seinen König.

Ich stand am Straßenrand und sah zu, wie unsere erschöpfte Armee ihrem König in die Stadt folgte. Nun erst wurde mir bewußt, welch bitteren Preis wir für unseren Sieg gezahlt hatten. Wir würden die Hyksos nicht verfolgen können, bevor wir unsere Armee wieder aufgebaut hatten. Inzwischen würde auch König Salitis wieder stark sein, und seine Pferde würden sich vom Gelben Würger erholt haben. Wir hatten die erste Schlacht gewonnen, doch ich wußte, daß noch viele weitere vor uns lagen, bis wir den Tyrannen aus Ägypten vertreiben konnten.

Als die Schilluk-Regimenter an mir vorbeimarschierten, suchte ich Kratas, aber ich fand ihn nicht.

Hui hielt einen Streitwagen und ausgeruhte Pferde für mich bereit. »Ich begleite dich, Taita«, bot er an, doch ich schüttelte den Kopf.

»Allein komme ich schneller voran«, sagte ich. »Geh in die Stadt und feiere deinen Triumph. Tausend hübsche Mädchen warten dort, dich zu Hause willkommen zu heißen.«

Bevor ich nach Süden fuhr, lenkte ich den Wagen noch einmal auf das Schlachtfeld. Die Schakale und Hyänen waren schon bei der Mahlzeit, welche wir ihnen bereitet hatten, ihr Knurren und Heulen vermischte sich mit dem Stöhnen der Sterbenden.

Ich fuhr an die Stelle, an der ich Kratas zuletzt gesehen hatte, es war der grausigste Teil des schrecklichen Schlachtfeldes. Die Toten lagen im Haufen übereinander, so hoch wie die Räder meines Wagens. Da sah ich seinen Helm im Staub liegen. Ich stieg vom Wagen und hob ihn auf. Der Federbusch war abgerissen, der Helm war von schweren Schlägen furchtbar gebeult. Ich warf den Helm beiseite und machte mich auf die Suche nach Kratas. Ich sah sein Bein, das wie ein Ast einer riesigen Akazie unter einem Haufen toter Körper herausragte. In der Waffenruhe des Todes lagen Schilluk und Hyksos bunt durcheinander. Ich zog sie auf die Seite und fand Kratas, der auf dem Rücken lag. Er war über und über mit klumpigem schwarzem Blut bedeckt, es klebte in seinen Haaren, und sein Gesicht war eine schwarze verkrustete Maske.

Ich kniete neben ihm nieder und flüsterte: »Müssen sie denn alle sterben? Alle, die ich so sehr liebe, müssen sie alle sterben?« Ich beugte mich über ihn und küßte seine blutigen Lippen.

Da richtete er sich auf und starrte mich an. Dann setzte er sein breites, jungenhaftes Grinsen auf. »Bei Seth, eine tolle Schlacht war das!« begrüßte er mich.

»Kratas!« Ich starrte ihn fassungslos, aber voller Freude an. »Du wirst bestimmt ewig leben.«

»Daran darfst du niemals zweifeln, mein Junge. Aber für den Augenblick brauche ich erst mal einen kleinen Schluck.«

Ich eilte zum Wagen und holte den Weinkrug. Kratas packte ihn, hielt ihn sich mit ausgetreckten Armen über den Kopf und ließ den roten Wein in seine Kehle rinnen, ohne zu schlucken. Als der Krug leer war, ließ er ihn fallen und rülpste.

»Das dürfte für den Anfang genügen«, sagte er und zwinkerte mir zu. »Und jetzt bring mich auf dem schnellsten Weg in die nächste Schenke, du alter Schurke.«

Schneller als jedes Schiff gegen den Strom segeln konnte, brachte ich die gute Nachricht nach Elephantine. Ich war allein im Wagen, und die Pferde liefen beschwingt und leichtfüßig. Ich wechselte das Gespann an jeder Pferdestation entlang der Straße und fuhr ohne Pause weiter. Die Pferdeknechte reichten mir einen Krug oder ein Stück Kornbrot und Käse, während sie die Pferde wechselten, aber ich gönnte mir keinen Schlaf und keine Rast.

Nachts wiesen mir die Sterne und der Mond den Weg, und Horus bewachte meine müden Hände an den Zügeln; obwohl mir jeder Knochen weh tat und ich auf dem Trittbrett vor Müdigkeit wankte, geschah mir kein Unglück.

Bei jeder Pferdestation und in jedem Dorf entlang des Wegs schrie ich die freudige Nachricht heraus. »Ein Sieg! Ein gewaltiger Sieg! Pharao hat in Theben gesiegt. Die Hyksos sind geschlagen.«

»Lob den Göttern!« jubelten sie. »Ägypten und Tamose.«

Ich galoppierte weiter, und noch heute erzählt man sich von meinem Ritt auf der Straße nach Süden. Sie erzählen von dem hageren Mann mit den wilden, blutunterlaufenen Augen, dessen Gewand dick mit Staub und Flecken getrockneten Bluts überzogen war, mit dem langen Haar, das im Winde wehte; erzählen von dem Vorboten des Sieges, der die Nachricht von der gewonnenen Schlacht, welche Ägypten in die Freiheit führte, nach Elephantine brachte.

Ich flog binnen zweier Tage und zweier Nächte von Theben nach Elephantine, und als ich den Palast erreichte, hatte ich kaum noch genügend Kraft, um in den Wassergarten zu taumeln, wo meine Herrin lag. Ich warf mich neben ihrem Lager auf den Boden.

»Herrin«, krächzte ich mit ausgedörrter Kehle, »Pharao hat einen mächtigen Sieg errungen. Ich bin gekommen, dich heimzuholen.«

Wir segelten den Fluß hinunter nach Theben. Die Prinzessinnen waren bei uns, um ihrer Mutter Gesellschaft zu leisten und sie aufzumuntern. Sie saßen mit ihr auf dem offenen Deck und sangen für sie. Sie machten Reime und lösten Rätsel und lachten, doch ihr Lachen war traurig, und ihre Augen blickten voller Sorge auf meine Herrin.

Königin Lostris war gebrechlich wie ein verwundeter Vogel. Ihre Knochen waren federleicht, und ihr Fleisch durchsichtig wie Perlmutt. Ich konnte sie hochheben und so mühelos herumtragen, wie ich es getan hatte, als sie zehn Jahre alt gewesen war. Der Schlaftrunk aus dem Roten Mohn konnte ihren Schmerz, der wie ein Krebs mit schrecklichen Zangen in ihrem Bauch nagte, nicht länger betäuben.

Als hinter der letzten Flußwindung endlich die Mauern von Theben vor unseren Augen erschienen, trug ich meine Herrin zum Bug der Galeere. Gemeinsam erfreuten wir uns an den Bildern, welche wir solange in unserer Erinnerung bewahrt hatten.

Doch die Anstrengung ermüdete sie. Als wir unterhalb des Palastes von Memnon anlegten, stand das Volk von Theben bereit, sie willkommen zu heißen. Pharao Tamose stand an der Spitze der riesigen Menschenmenge.

Als die Träger sie in der Sänfte an Land trugen, jubelte das Volk ihr zu. Obgleich die wenigsten von ihnen sie jemals gesehen hatten, war sie ihnen als die barmherzige Königin vertraut. Mütter hoben ihre Kinder hoch, um sie von ihr segnen zu lassen; andere streckten die Arme aus, um ihre Hand zu berühren, die über den Rand der Sänfte hing.

»Bete für uns zu Hapi«, baten sie. »Bete für uns, Mutter Ägyptens.«

Pharao Tamose ging neben ihrer Sänfte wie der Sohn einer Frau des Volkes, und Tehuti und Bakhatha folgten dicht dahinter. Die Prinzessinnen lächelten, während Tränen über ihre Wangen liefen.

Aton hatte die Gemächer der Königin vorbereitet. An ihrer Tür schickte ich alle anderen fort, auch den König. Ich bettete sie unter der Weinlaube auf der Terrasse. Von dort aus konnte sie über den Fluß zu den glänzenden Mauern ihrer geliebten Stadt sehen.

Als es dunkel wurde, trug ich sie in ihr Schlafgemach. Sie ließ ihren Kopf in die Leintücher sinken und sah mich an. »Taita«, murmelte sie, »wirst du ein letztes Mal die Labyrinthe von Amun-Re für mich befragen?«

»Herrin, du weißt, daß ich dir nichts abschlagen kann.« Ich neigte den Kopf und ging meinen Medizinkasten holen.

Ich saß mit gekreuzten Beinen auf den Steinfliesen neben ihrem Bett, und sie sah mir zu, wie ich die Kräuter zubereitete. Ich zerstampfte sie in meinem Alabastermörser und erhitzte das Wasser in einem Kupferkessel.

Schießlich hob ich den dampfenden Becher und nickte ihr zu.

»Danke«, flüsterte sie, und ich leerte den Becher. Ich schloß die Augen und wartete auf das vertraute und gefürchtete Gefühl, über den Rand der Wirklichkeit hinauszugleiten in die Welt der Träume und Gesichte.

Als ich zurückkehrte, tropften und rauchten die Lampen in ihren Ständern, und es war still im Palast. Vom Fluß und von der schlafenden Stadt am anderen Ufer drang kein Geräusch zu uns, nur das süße Trillern einer Nachtigall in den Gärten und die leisen Atemzüge meiner Herrin auf ihrem seidenen Kissen waren zu hören.

Ich glaubte, sie schliefe. Doch als ich meine zitternde Hand hob, um mir den unangenehmen kalten Schweiß von der Stirn zu wischen, öffnete sie die Augen. »Armer Taita, war es so schlimm?«

Es war schlimmer gewesen als je zuvor. Mein Kopf schmerzte, und vor meinen Augen schwamm alles. Ich wußte, daß ich die Labyrinthe niemals wieder in die Hand nehmen würde. Es war das letzte Mal gewesen, und ich hatte es nur für sie getan.

»Ich habe den Geier und die Uräusschlange zu beiden Seiten des Flusses gesehen. Ich habe das Wasser hundert Jahreszeiten lang steigen und fallen sehen. Ich habe hundert Felder Korn gesehen, und ich habe hundert Vögel über den Fluß fliegen sehen. Und unter ihnen habe ich den Staub der Schlacht und das Aufblitzen von Schwertern gesehen. Ich habe den Rauch und Staub brennender Städte gesehen. Zuletzt habe ich gesehen, wie die Uräusschlange und der Geier zusammengekommen sind. Ich habe gesehen, wie sie sich gepaart und einander auf einem Tuch aus reiner blauer Seide umschlungen haben. An den Stadtmauern wehten blaue Fahnen über den Eingangstoren des Tempels. Ich habe die blauen Fahnen an Streitwagen wehen sehen, welche durch die Welt fuhren. Ich habe Bauwerke gesehen, die so hoch und mächtig waren, daß sie zehntausend Jahre halten würden. Ich habe gesehen, wie sich die Völker von fünfzig verschiedenen Ländern vor ihnen verneigt haben.«

Ich seufzte und drückte die Finger gegen meine Schläfen, damit das Klopfen in meinem Schädel aufhörte, und dann sagte ich: »Das habe ich gesehen.«

Lange Zeit verharrten wir in reglosem Schweigen. Dann sagte meine Herrin mit ruhiger Stimme: »Hundert Jahreszeiten müssen vergehen, bis die beiden Königreiche vereint sein werden, hundert Jahre Krieg und Anstrengung, bevor die Hyksos schließlich von dem heiligen Boden Ägyptens vertrieben werden. Es wird eine harte und bittere Zeit für mein Volk sein.«

»Aber sie werden unter dem blauen Banner vereint werden, und die Könige deines Geschlechts werden die Welt erobern. Alle Völker der Welt werden ihnen Ehrerbietung erweisen«, deutete ich weiter.

»Damit kann ich zufrieden sein.« Sie seufzte und schlief ein.

Ich fand keine Ruhe, denn ich wußte, daß sie mich in ihrer Nähe brauchte.

Sie erwachte in der Stunde vor dem Morgengrauen, in der es am dunkelsten ist. »Der Schmerz!« rief sie. »Süße Isis, der Schmerz!«

Ich mischte ihr den Trunk der Roten Mohnblume. Einige Zeit später sagte sie: »Die Schmerzen sind vergangen, aber mir ist kalt. Halte mich, Taita, wärme mich mit deinem Körper.«

Ich nahm sie in meine Arme und hielt sie fest, während sie schlief.

Als die ersten schüchternen Strahlen des Morgens durch die Terrassentür hereinkamen, wachte sie noch einmal auf.

»Ich habe in meinem Leben nur zwei Männer geliebt«, murmelte sie, »und du warst einer von ihnen. Vielleicht werden die Götter unserer Liebe im nächsten Leben freundlicher gesonnen sein.«

Es gab nichts, was ich darauf hätte erwidern können. Zum letztenmal schloß sie die Augen. Und dann ging sie ganz ruhig von mir und ließ mich allein zurück. Ihr letzter Atemzug war nicht lauter als der davor, doch ich spürte die Kälte auf ihren Lippen, als ich sie küßte.

»Leb wohl, meine Herrin«, flüsterte ich. »Leb wohl, mein Herz.«

Ich habe diese Schriftrollen in den siebzig Tagen und Nächten der königlichen Einbalsamierung gefüllt. Sie sind mein letzter Tribut an meine Herrin.

Bevor die Bestatter sie von mir wegholten, nahm ich den Einschnitt an der linken Seite vor, wie ich es bei Tanus getan hatte. Ich öffnete die Gebärmutter und nahm die schreckliche und bedrückende Last von ihr, die sie getötet hatte. Es war ein Ding aus Fleisch und Blut, aber es war nichts Menschliches. Als ich es im Feuer verbrannte, verfluchte ich es, und ich verfluchte den stinkenden Gott Seth, der es in ihr eingepflanzt hatte.

Ich habe zehn Alabasterkrüge vorbereitet, um diese Schriftrollen darin aufzubewahren. Ich werde sie bei ihr lassen. Ich male jedes Bild an den Wänden ihres Grabmals mit meinen eigenen Händen. Es sind die schönsten, die ich je geschaffen habe. In jeden Pinselstrich lege ich meine Liebe.

Ich wünschte, ich könnte mit ihr zusammen in diesem Grab ruhen, denn ich bin müde und krank vor Kummer. Doch ich muß mich um meine beiden Prizessinnen und um meinen König kümmern und für sie sorgen.

Sie brauchen mich.

Tanja Kinkel
bei Blanvalet

Die Puppenspieler
Roman. 670 Seiten

Von Fürsten, Künstlern und Bankiers, von Hexen, Mönchen und Zigeunern im Europa der Renaissance

Im Jahre 1484 gibt der Papst das Signal zur Hexenverfolgung. Und mitten in Deutschland muß daraufhin ein Zwölfjähriger zusehen, wie seine Mutter auf dem Scheiterhaufen endet. Richard, Sohn eines schwäbischen Kaufmanns und einer schönen Sarazenin, werden die unmenschlichen Bilder für immer verfolgen. Bis ins Haus des reichen Jakob Fugger, der den Neffen seiner Frau aufnimmt und in seinem Hause erziehen läßt. Und später nach Florenz und Rom, wo er für Jakob Fugger arbeiten wird. Im Italien der Medici und Borgia, der Bußpredigten eines Savanarola und der grenzensprengenden Kunst eines Michelangelo wird Richard gegen das Erbe seines eigenen Blutes kämpfen. Und er muß sich endgültig entscheiden: zwischen Freundschaft und Liebe, zwischen dem Wunsch nach Rache und einem ungebundenen, vorurteilsfreien Leben.

»Das wird der Medicus-Nachfolger!«
Erhard Wacher. Buchhandlung am Annakloster, Remagen

Elizabeth George
bei Blanvalet

Mein ist die Rache
Roman. 478 Seiten

Gott schütze dieses Haus
Roman. 382 Seiten

Keiner werfe den ersten Stein
Roman. 445 Seiten

Auf Ehre und Gewissen
Roman. 468 Seiten

Denn bitter ist der Tod
Roman. 478 Seiten

Aus dem Amerikanischen von Mechthild Sandberg-Ciletti

»Am Anfang ist der Mord. Er gebiert Plot und Charaktere, Szenen und Verwicklungen und markiert gleichzeitig den Schlußpunkt: Die eigentliche Geschichte ist immer schon vor dem ersten Satz passiert. Auf diese klassisch englische Art funktionieren die Krimis von Elizabeth George. Dabei ist die inzwischen mehrfach preisgekrönte Newcomerin Amerikanerin.
Nichtdestotrotz spielen ihre Romane in England und nur in England. Mit so britischem Personal wie einem adeligen Scotland-Yard-Inspector namens Thomas Lynley und einer proletarisch-derben Assistentin namens Barbara Havers. Die Handlung ist brillant konstruiert, mit falschen Fährten, die auch gewiefte Krimileser todsicher in die Irre führen, und Lösungen, die nicht nur unerwartet, sondern auch plausibel sind. Perfekt beherrschtes Handwerk.«

Christa von Bernuth

Ruth Rendell
bei Blanvalet

Eine entwaffnende Frau
Roman. 476 Seiten. Gebunden
Aus dem Englischen von Christian Spiel

Ruth Rendell ist mit der Gestalt des Inspector Wexford das Kunststück gelungen, aus Kriminalromanen hochkarätige und vergnügliche Literatur zu machen.
»Eine entwaffnende Frau« ist Wexfords erschreckendster Fall. Denn zwei Frauen machen Wexford blind für die wahren Vorgänge auf Tancred Dorst, wo rüde Herrschsucht und geschändete Liebe zu tödlichen Wahn verschmelzen: Daisy Flory, einzige Überlebende eines blutigen Massakers und Alleinerbin von Tancred House, und Sheila, Wexfords eigene Tochter.

Der Krokodilwächter
Roman. ca. 450 Seiten. Gebunden
Aus dem Englischen von Cornelia Walter

Souverän und präzise schildert Ruth Rendell die Untiefen menschlicher Seelen. So auch von Liza und ihrer Mutter Eve, die von klein auf völlig abgeschieden im Gesindehaus eines englischen Landsitzes wohnen. Mit seinen unendlichen Wäldern und prächtigen Parks, mit Zimmerfluchten voller Geheimnisse und Wunder ist Shrove House der Mittelpunkt ihres Lebens. Ein Garten Eden, in dem die Zeit stillzustehen scheint. Doch als Liza erwachsen wird, erkennt sie allmählich die Schatten des Paradieses, das ihre Mutter gegen jeden Eindringling von außen verteidigt, wenn nötig mit tödlicher Gewalt.